JOHN GRISHAM

Américain, John Grisham est né en 1955 dans l'Arkansas. Il exerce pendant dix ans la profession d'avocat, tout en écrivant des romans à ses heures perdues. Il publie en 1989 son premier roman, *Non coupable,* mais c'est en 1991, avec *La firme,* qu'il rencontre le succès. Depuis, *L'affaire Pélican* (1992), *Le couloir de la mort* (1994), *L'idéaliste* (1995), *Le maître du jeu* (1996) et *L'associé* (1999) ont contribué à en faire la figure de proue du " legal thriller ". Mettant à profit son expérience du barreau, il nous dévoile les rouages du monde judiciaire, et aborde par ce biais les problèmes de fond de la société américaine. Aux États-Unis, où il représente un véritable phénomène éditorial, la vente de ses livres se compte en millions d'exemplaires et ses droits d'adaptation font l'objet d'enchères faramineuses auprès des producteurs de cinéma *(La firme, L'affaire Pélican).*
Marié, père de deux enfants, John Grisham est l'un des auteurs les plus lus dans le monde.

LE TESTAMENT

DU MÊME AUTEUR
CHEZ POCKET

JOHN GRISHAM

LE TESTAMENT

*Traduit de l'américain
par Benjamin Legrand*

ROBERT LAFFONT

Titre original :

THE TESTAMENT

© Belfry Holdings, Inc.
© Éditions Robert Laffont, S.A., Paris, 2000,
pour la traduction française.
ISBN 2-266-11059-4

1.

Voici le dernier jour, la dernière heure. Je suis un vieil homme, seul et sans amour, malade, acariâtre, fatigué de vivre. Je suis prêt pour l'au-delà ; ça ne peut pas être pire qu'ici-bas.

Je possède le grand building de verre à l'intérieur duquel je suis assis et quatre-vingt-dix-sept pour cent de la compagnie qui y réside, sous moi ; le terrain qui l'entoure sur presque un kilomètre à la ronde, les deux milles personnes qui y travaillent et les vingt mille réparties sur mes autres sites ; et je possède le pipeline sous l'écorce terrestre qui apporte au building le gaz de mes houillères du Texas, les lignes électriques qui conduisent l'électricité, et le satellite grâce auquel j'aboyais mes ordres à mon empire planétaire. Mes biens excèdent les onze milliards de dollars. Je possède du cuivre dans le Montana et de l'argent dans le Nevada, du café au Kenya et du charbon en Angola, du caoutchouc en Malaisie et du gaz naturel au Texas, du brut en Indonésie et de l'acier en Chine. Ma compagnie possède des sociétés qui produisent de l'électricité, fabriquent des ordinateurs, construisent des barrages, impriment des livres de poche et diffusent des signaux vers mon satellite. Chacune a des succursales dans plus de pays qu'on ne peut l'imaginer.

Une fois au moins j'ai eu entre mes mains tous les jouets appropriés – les yachts et les jets et les blondes, des maisons en Europe, des fermes en Argentine, une île dans le Pacifique, des pur-sang, même une équipe de hockey. Mais je suis devenu trop vieux pour les jouets.

L'argent est la racine de mon malheur.

J'ai eu trois familles – trois ex-femmes qui ont porté sept enfants, dont six sont encore vivants et font tout ce qu'ils peuvent pour me tourmenter. Autant que je le sache, j'ai reconnu les sept et j'en ai enterré un. Je devrais dire : sa mère l'a enterré. J'étais en voyage.

Toutes ces femmes et tous ces enfants sont des étrangers pour moi. Ils se rassemblent ici aujourd'hui parce que je suis en train de mourir et qu'il est l'heure de partager l'argent.

J'ai planifié ce jour depuis très longtemps. Mon building comporte quatorze étages, longs, larges et encadrant une cour ombragée sur l'arrière où je donnais jadis des déjeuners dehors. Je vis et travaille au dernier étage – quatre mille mètres carrés d'opulence qui sembleraient obscènes à beaucoup mais qui ne me gênent pas le moins du monde. Avec ma sueur, ma cervelle et de la chance, j'ai amassé chaque centime de ma fortune. La dépenser relève de mes prérogatives. L'abandonner pourrait également être un choix pour moi, mais je suis traqué.

Pourquoi devrais-je me soucier de qui va ramasser cet argent ? J'ai fait tout ce qu'il était imaginable de faire avec. Assis dans mon fauteuil roulant, seul, je n'arrive pas à penser à une seule chose que je voudrais acheter, ou voir, ni à un seul endroit où je voudrais aller, une autre aventure que je désirerais poursuivre.

J'ai tout fait et je suis très fatigué.

Je me fous de savoir qui obtiendra l'argent. Mais je suis très attaché à savoir qui ne l'aura pas.

8

J'ai conçu le moindre mètre carré de ce building et je sais donc exactement où placer chacun lors de cette petite cérémonie. Ils sont tous là, ils attendent et attendent, mais ils ne s'inquiètent pas. Ils se planteraient nus dans le blizzard s'il le fallait pour me voir faire ce que je vais faire dans quelques minutes.

La première famille comprend Lillian et sa progéniture – quatre de mes enfants nés d'une femme qui me laissait rarement la toucher. Nous nous sommes mariés jeunes – j'avais vingt-quatre ans et elle dix-huit –, Lillian est donc vieille, elle aussi. Je ne l'ai pas vue depuis des années et je ne la verrai pas aujourd'hui. Je suis certain qu'elle joue toujours le rôle de la première épouse éplorée, abandonnée, mais consciente de ses devoirs, qu'on a échangée contre un trophée. Elle ne s'est jamais remariée, et je suis sûr qu'elle n'a pas eu de relation sexuelle depuis la naissance de notre dernier enfant. Je ne sais même plus comment nous nous sommes reproduits.

Son fils le plus âgé a aujourd'hui quarante-sept ans, Troy Junior, un crétin sans valeur qui est marqué par son prénom, le même que le mien. Quand il était enfant, il avait adopté le surnom de TJ, et il le préfère toujours à Troy. Des six enfants rassemblés ici aujourd'hui, TJ est le plus stupide, mais pas de très loin. Il a été renvoyé de l'université à dix-neuf ans pour trafic de stupéfiants.

TJ, comme les autres, a reçu cinq millions de dollars pour son vingt et unième anniversaire. Et comme les autres, cet argent lui a filé entre les doigts tel du sable.

Je ne supporte pas de me rappeler les misérables histoires des enfants de Lillian. Il suffit de dire qu'ils sont tous très lourdement endettés et virtuellement impossibles à employer, avec peu d'espoir d'amélioration, et donc ma signature au bas de ce testament est l'événement le plus crucial de toute leur vie.

Revenons aux ex-femmes. De la frigidité de Lillian, je suis passé à la passion brûlante de Janie, une jolie petite chose engagée comme secrétaire à la comptabilité, mais rapidement promue à partir du moment où j'ai décidé que j'avais besoin d'elle pour mes voyages d'affaires. J'ai divorcé d'avec Lillian et épousé Janie, qui avait vingt-deux ans de moins que moi et était bien déterminée à me satisfaire éternellement. Elle a eu deux enfants aussi vite qu'elle a pu. Elle s'en est servie comme d'ancres pour me garder auprès d'elle. Rocky, le plus jeune, s'est tué en voiture de sport avec deux de ses potes, dans un accident qui m'a coûté six millions de dollars pour échapper au tribunal.

J'ai épousé Tira à soixante-quatre ans. Elle en avait vingt-trois et elle était enceinte de moi. Un petit monstre qu'elle a prénommé Ramble, pour une raison que je n'ai jamais bien comprise. Ramble a maintenant quatorze ans et il a déjà été arrêté une fois pour vol dans un magasin et une autre fois pour détention de marijuana. Ses cheveux gras lui collent à la nuque et tombent bas sur son dos, et il a le visage criblé de piercings. On m'a dit qu'il n'allait au collège que quand l'envie lui en prenait.

Ramble a honte que son père ait presque quatre-vingts ans et son père a honte que son fils ait des clous en argent en travers de la langue. Lui aussi, comme les autres, n'attend qu'une chose : que je signe ce testament de mon nom pour lui rendre la vie plus agréable. Quelle que soit la part de ma fortune qui leur échoie, elle ne durera pas longtemps avec ces idiots.

Un homme qui va mourir ne devrait pas haïr, mais je n'arrive pas à faire autrement. Ce n'est qu'une bande de misérables, tous autant qu'ils sont. Leurs mères me haïssent et, à leur tour, ont enseigné cette haine à leurs enfants.

Ce sont des vautours qui planent en cercle, serres et becs affûtés, les yeux affamés, avides à l'idée de ces liquidités illimitées.

Le fait que je sois sain d'esprit a une importance énorme désormais. Ils pensent que j'ai une tumeur parce que je dis des choses bizarres. Je marmonne de façon incohérente pendant certaines réunions ou au téléphone et, derrière mon dos, mes collaborateurs chuchotent, hochent la tête et pensent, en leur for intérieur : « Oui, c'est vrai. C'est la tumeur. »

J'ai établi un testament il y a deux ans où je léguais tout à la dernière en date, laquelle, à l'époque, paradait dans mon appartement en string léopard et rien d'autre – oui, je crois que je suis dingue des blondes de vingt ans avec toutes leurs courbes. Mais plus tard, je l'ai foutue dehors. Le testament est passé au broyeur. J'en ai simplement eu assez.

Il y a trois ans, j'en avais rédigé un autre, juste pour m'amuser, où je laissais tout à des œuvres, une bonne centaine au total. Un jour où TJ et moi nous lancions des injures à la tête, je lui ai parlé de ce nouveau testament. Illico presto, sa mère, lui et toute leur descendance ont engagé une bande d'avocats véreux pour me traîner au tribunal. Ils voulaient me faire enfermer afin de me soigner et de faire évaluer mes capacités mentales. C'était assez malin de leur part, car si j'avais été jugé mentalement inapte, mon testament n'aurait pas été valable.

Mais j'ai de nombreux avocats et je les paye mille dollars de l'heure pour manipuler le système légal en ma faveur. Je n'ai pas été condamné, et pourtant à l'époque j'étais probablement un peu à côté de la plaque.

Et puis j'ai mon propre broyeur, celui que j'ai utilisé pour tous les vieux testaments. Ils ont tous disparu les uns après les autres, mangés par cette petite machine.

Je porte de longues robes de chambre en soie thaïe et je me rase le crâne comme un moine. Je mange peu pour que mon corps demeure mince et flétri. Ils pensent que je suis bouddhiste, mais en réalité j'étudie Zoroastre. Ils ne connaissent pas la différence. J'en arrive presque à comprendre pourquoi ils sont convaincus que je suis gâteux.

Lillian et la première famille sont dans la salle de conférences des exécutifs au treizième étage, juste en dessous de moi. C'est une vaste pièce, toute de marbre et d'acajou, avec de riches tapis et une longue table ovale au centre ; à présent elle est remplie de gens très nerveux. Il n'est pas surprenant qu'on y compte plus d'avocats que de membres de la famille. Lillian en a un, comme chacun de ses quatre enfants, sauf TJ, qui en amené trois pour affirmer son importance et s'assurer que chaque scénario recevra le conseil approprié. TJ a plus de problèmes avec la loi que la plupart des condamnés dans les couloirs de la mort. À un bout de la table, on a installé un grand écran digital qui va diffuser toute la procédure.

Le frère de TJ, c'est Rex, quarante-quatre ans, mon deuxième fils, marié pour l'instant à une strip-teaseuse, Amber. Une pauvre créature sans cervelle, mais pourvue d'une opulente poitrine (fausse, évidemment), qui, je pense, est sa troisième épouse. Deuxième ou troisième, je ne sais plus, mais qui suis-je pour le condamner ? Elle est ici, comme toutes les autres épouses actuelles et/ou petites amies du moment, trépignant de nervosité parce que l'on s'apprête à diviser onze milliards de dollars.

La première fille de Lillian, ma fille aînée, c'est Libbigail, une enfant que j'ai aimée désespérément jusqu'à ce qu'elle parte pour l'université et m'oublie. Puis elle a épousé un Africain et j'ai rayé son nom de mes testaments.

Mary Ross est la dernière née de Lillian. Elle a épousé un médecin qui se voudrait richissime, mais ils sont très lourdement endettés.

Janie et la deuxième famille attendent dans une pièce du dixième étage. Janie s'est remariée deux fois depuis notre divorce, il y a des années. Je suis presque certain qu'elle vit seule en ce moment. J'engage des détectives pour être informé, mais même le FBI ne pourrait pas tenir le décompte de ses activités au lit. Comme je l'ai mentionné, Rocky, son fils, est décédé. Sa fille Geena est ici avec son deuxième mari, un crétin diplômé d'un MBA d'économie, juste assez dangereux pour prendre un demi-milliard et le perdre avec brio en moins de trois ans.

Et puis il y a Ramble, vautré dans un fauteuil au cinquième étage à sucer l'anneau d'or au coin de sa lèvre et à tripoter ses cheveux gras et verts, qui a eu le culot de se présenter tout à l'heure accompagné d'un gigolo hirsute. Ramble s'attend à être riche aujourd'hui, à ce qu'on lui remette une fortune simplement parce qu'il a été engendré par mes soins. Et Ramble a un avocat aussi, une espèce de hippie radical que Tira a vu à la télévision et engagé juste après l'avoir baisé. Ils attendent, avec les autres.

Je connais ces gens. Je les observe.

Snead apparaît au fond de mes appartements. Il est mon homme à tout faire depuis presque trente ans maintenant, un petit bonhomme trapu avec une veste blanche, doux et humble, perpétuellement penché en avant comme s'il se courbait devant le roi. Snead s'arrête devant moi, les mains jointes sur le ventre, la tête penchée de côté, le sourire dégoulinant, et il demande : « Comment allez-vous, monsieur ? », sur ce ton affecté qu'il a acquis des années auparavant quand nous étions en Irlande.

Je ne dis rien, car on ne s'attend pas à ce que je réponde à Snead.

– Du café, monsieur ?

– Déjeuner.

Snead cligne des yeux et se penche encore plus, puis il quitte la pièce, ses ourlets de pantalon frottant le sol. Lui aussi est persuadé qu'il sera riche quand je mourrai et je suppose qu'il compte les jours comme le reste d'entre eux.

Le problème quand on a de l'argent, c'est que chacun dans votre entourage veut sa part du gâteau. Juste une tranche, une petite lamelle. Qu'est-ce qu'un million de dollars pour un homme qui en a des milliards ? Donne-moi un million, mon vieux, et tu ne verras même pas la différence. Fais-moi un petit prêt et on l'oubliera tous les deux. Mets mon nom dans ton testament, il y a de la place.

Snead est un fouineur de première et, il y a des années, je l'ai surpris en train de fouiller dans mon bureau, cherchant, je pense, le testament du moment. Il souhaite ma mort parce qu'il s'attend à ce qu'elle lui rapporte quelques millions.

Quel droit a-t-il de s'attendre à quoi que ce soit ? J'aurais dû le virer il y a belle lurette.

Son nom n'est pas mentionné dans mon nouveau testament.

Il pose un plateau devant moi : un rouleau de crackers Ritz dûment emballé, un petit pot de miel avec le sceau plastifié autour du couvercle, et une bouteille d'un demi-litre d'eau minérale Fresca à température ambiante. Au moindre changement, Snead serait immédiatement viré.

Je le renvoie et je trempe les crackers dans le miel. Le repas final.

2.

Je suis assis et je regarde à travers les baies en verre fumé. Par temps clair, je peux voir le sommet du Washington Monument, à dix kilomètres, mais pas aujourd'hui. Aujourd'hui il fait froid et gris, l'air est venteux et humide, ce n'est pas un mauvais jour pour mourir. Le vent arrache les dernières feuilles à leurs branches et les fait tourbillonner dans le parking en contrebas.

Pourquoi suis-je inquiet de la douleur? Qu'y a-t-il de mal à souffrir un petit peu à mon tour? J'ai causé plus de misères que nombre de gens.

J'appuie sur un bouton et Snead réapparaît. Il se courbe et pousse mon fauteuil roulant, passant la porte de mes appartements pour atteindre le palier de marbre, puis un couloir de marbre, et une autre porte. Nous approchons, mais je ne ressens aucune anxiété.

J'ai fait attendre les psy pendant plus de deux heures.

Nous traversons mon bureau et je fais un signe de tête à Nicolette, ma dernière secrétaire, une jolie petite chose que j'aime vraiment bien. Si j'avais eu le temps, elle aurait pu devenir l'épouse numéro quatre.

Mais je n'ai plus le temps. Il ne me reste que quelques minutes.

Une foule attend – des grappes d'avocats et quelques psychiatres qui vont déterminer si je suis sain d'esprit. Ils sont rassemblés autour d'une longue table dans ma salle de conférences et, quand j'entre, leurs conversations s'arrêtent immédiatement et tous les regards se fixent sur moi. Snead m'installe à un bout de la table, près de mon avocat, Stafford.

Des caméras sont pointées dans toutes les directions et les techniciens se bataillent pour régler leurs zooms. Chaque murmure, chaque mouvement, chaque souffle sera enregistré parce qu'une fortune est en jeu.

Le dernier testament que j'avais signé donnait très peu à mes enfants. Josh Stafford l'avait préparé, comme d'habitude. Je l'ai broyé ce matin.

Je suis assis ici pour prouver au monde que mes capacités mentales me permettent d'établir un nouveau testament. Une fois cela fait, les dispositions que j'aurai prises ne pourront plus être remises en question.

Juste en face de moi sont assis trois psy – chacun d'eux engagé par chaque famille. Quelqu'un a imprimé leurs noms sur des bristols pliés devant eux – les docteurs Zadel, Flowe et Theishen. J'étudie leurs yeux et leurs visages. Puisque je suis censé avoir l'air sain d'esprit, je ne dois pas fuir le contact visuel.

Ils s'attendent à ce que je sois quelque peu cinglé, or je vais les dévorer tout crus.

Stafford mènera le spectacle. Une fois tout le monde installé et les caméras prêtes, il dit :

– Je suis Josh Stafford, et je suis l'avocat de M. Troy Phelan, assis ici à ma droite.

Je dévisage les psy, un par un, soutenant leur regard jusqu'à ce que chacun d'eux cligne des yeux ou les détourne carrément. Tous trois portent des costumes sombres. Zadel et Flowe ont une barbiche. Theishen arbore un nœud papillon et il n'a pas plus de trente ans. Les familles ont eu le droit d'engager qui elles voulaient.

Stafford parle.

– Le but de cette réunion est que M. Phelan soit examiné par une équipe de psychiatres assermentés pour déterminer ses capacités testamentaires. Si ces experts le jugent sain d'esprit, il a l'intention de signer un testament qui disposera de ses biens après sa mort.

Stafford tapote son crayon sur un dossier de trois centimètres d'épaisseur posé devant nous. Je suis certain que les caméras zooment dessus pour le prendre en gros plan, et je suis certain que la simple vue de ce document provoque des frissons tout le long de la moelle épinière de mes enfants et de leurs mères dispersés dans mon building.

Ils n'ont pas vu le testament, et ils n'en ont pas le droit. Un testament est un document privé dont on ne révèle la teneur qu'après la mort. Les héritiers ne peuvent que spéculer sur son contenu. Mes héritiers ont reçu des indices, de petits mensonges que j'ai soigneusement disséminés.

Ils ont été amenés à croire que le gros de mes biens sera divisé équitablement entre les enfants, avec de généreux cadeaux pour les ex-femmes. Ils le savent. Ils le sentent. Ils prient pour cela avec ferveur depuis des semaines, des mois même. C'est une question de vie ou de mort pour eux car ils sont criblés de dettes. Le testament posé devant moi est censé les rendre riches, et arrêter les querelles. Stafford l'a préparé et, dans ses conversations avec leurs avocats, il a, avec ma permission, brossé à grands traits le contenu supposé de ce document. Chaque descendant recevra une somme comprise dans une fourchette de trois cents à cinq cents millions de dollars, et chacune des trois ex-épouses cinquante millions. Ces trois femmes ont été largement dotées au moment des divorces, mais ça, bien sûr, elles l'ont oublié.

Au total, les cadeaux aux familles atteindront approximativement deux milliards de dollars. Après le ratissage gouvernemental de plusieurs milliards, le reste ira à des œuvres.

On comprend donc pourquoi ils sont ici, luisants, peignés, sobres (pour la plupart), fixant les écrans de télé avec avidité, attendant pleins d'espoir que moi, le vieillard, je déclenche tout cela. Je suis certain qu'ils ont dit à leurs psy : « Ne soyez pas trop durs avec le vieux. On veut qu'il soit considéré comme sain d'esprit. »

Si tout le monde est satisfait, alors pourquoi s'ennuyer avec cet examen psychiatrique ? Parce que je vais les baiser une dernière fois, et que je veux faire ça bien.

Les psy, c'est une idée à moi, mais mes enfants et leurs avocats sont trop balourds pour s'en rendre compte.

Zadel attaque le premier.

– Monsieur Phelan, pouvez-vous nous dire la date, l'heure et l'endroit où nous nous trouvons ?

Je me sens comme un môme au cours élémentaire. Je laisse tomber mon menton sur ma poitrine comme un imbécile et je réfléchis à la question assez longtemps pour les faire se déplacer jusqu'au bord de leurs fauteuils et chuchoter : « Allez, vieux rapace cinglé, tu sais sûrement quel jour on est. »

– Lundi, dis-je doucement. Lundi 9 décembre 1996. Et nous sommes dans mon bureau.

– Quelle heure est-il ?

– Environ 14 h 30, dis-je. Je ne porte pas de montre.

– Et où est situé votre bureau ?

– McLean, Virginie.

Flowe se penche comme s'il allait entrer dans son micro.

– Pouvez-vous décliner les noms et dates de naissance de vos enfants ?

– Non. Les noms, peut-être, mais pas les dates de naissance.

– Okay. Donnez-nous leurs noms.

Je prends mon temps. Il est trop tôt encore pour la jouer fine. Je veux qu'ils transpirent.

– Troy Phelan Junior, Rex, Libbigail, Mary Ross, Geena et Ramble.

Je récite cette liste comme si c'était douloureux d'y penser.

Flowe a droit à une question subsidiaire.

– Il y avait un septième enfant, non ?

– Si.

– Vous souvenez-vous de son nom ?

– Rocky.

– Et que lui est-il arrivé ?

– Il est mort dans un accident de voiture.

Je me redresse sur mon fauteuil roulant, la tête haute, les yeux fixant un psy après l'autre, exprimant, à l'intention des caméras, la santé mentale la plus pure. Je suis certain que mes enfants et mes ex-femmes sont fiers de moi, contemplant les télévisions par petits groupes, serrant les mains de leurs époux actuels, et souriant à leurs avocats affamés parce que le vieux Troy a passé haut la main les contrôles préliminaires.

Ma voix peut être basse et faible, et il se peut que j'aie l'air d'un cinglé avec ma robe de soie blanche, mon visage ratatiné et mon turban vert, mais j'ai répondu à leurs questions.

Tiens bon, mon vieux, semblent-ils supplier.

Theishen demande :

– Quelle est votre condition physique actuelle ?

– Je me suis senti mieux.

– Des rumeurs circulent comme quoi vous seriez atteint d'une tumeur cancéreuse.

Tu vas droit au but, hein ?

– Je pensais qu'il s'agissait d'un examen mental, dis-je en jetant un œil vers Stafford, qui ne peut réprimer un sourire.

Mais les règles autorisent toutes les questions. Nous ne sommes pas dans une salle de tribunal.

– C'en est un, dit poliment Theishen, mais toutes les questions sont pertinentes.

– Je vois.

– Répondrez-vous à la question ?

– Laquelle ?

– Sur la tumeur.

– Bien sûr. Elle est dans mon crâne, de la taille d'une balle de golf, et elle grossit chaque jour, est inopérable et mon médecin estime que je n'en ai plus que pour trois mois.

Je peux presque entendre les bouchons de champagne sauter dans les étages inférieurs. La tumeur a été confirmée !

– Êtes-vous, en ce moment, sous l'influence d'un médicament quelconque, d'une drogue, ou de l'alcool ?

– Non.

– Avez-vous en votre possession un quelconque médicament pour soulager la douleur ?

– Pas encore.

Retour à Zadel.

– Monsieur Phelan, il y a trois mois, le magazine *Forbes* a établi une liste de vos biens se montant à huit milliards de dollars. Est-ce une estimation assez proche ?

– Depuis quant est-ce que *Forbes* est réputé pour sa fiabilité ?

– Cette estimation n'est donc pas valable ?

– Le chiffre se situe entre onze et onze et demi, selon les fluctuations du marché.

Je dis cela très lentement, mais mes mots sont précis et ma voix empreinte d'autorité. Personne ne doute plus de l'ampleur de ma fortune.

Flowe décide de continuer sur l'argent.

– Monsieur Phelan, pourriez-vous décrire, d'une manière générale, le fonctionnement des holdings de vos sociétés ?

– Je pourrais, oui.

– Le feriez-vous ?

– Je suppose.

Je marque une pause pour les laisser transpirer. Stafford m'a assuré que je n'ai pas à divulguer la moindre information secrète. Brosse-leur juste un tableau général, a-t-il conseillé.

– Le Groupe Phelan est une entreprise privée qui compte soixante-dix compagnies différentes, dont certaines affiliées aux marchés d'État.

– Combien possédez-vous du Groupe Phelan ?

– Environ quatre-vingt-dix-sept pour cent. Le reste est détenu par une poignée d'actionnaires.

Theishen se joint à la chasse. Il ne lui a pas fallu longtemps pour repérer la mine d'or.

– Monsieur Phelan, votre compagnie a-t-elle des intérêts dans Spin Computer ?

– Oui.

Je réponds lentement, essayant de restituer Spin Computer dans la jungle de mes compagnies.

– Combien en possédez-vous ?

– Quatre-vingt-un pour cent.

– Et Spin Computer est une compagnie d'intérêt national ?

– C'est exact.

Theishen fouille dans une pile de documents à l'air officiel, et je vois d'ici qu'il s'agit du rapport annuel de la compagnie et des bilans trimestriels, choses qu'un étudiant à moitié illettré serait capable d'obtenir.

– Quand avez-vous acquis Spin ? demande-t-il.

– Il y a quatre ans environ.

– Combien l'avez-vous payée ?

– Vingt dollars l'action, pour un total de trois cents millions de dollars.

Je veux répondre à ces questions moins rapidement, mais je ne peux pas m'en empêcher. Je vois à travers Theishen, je connais la prochaine question.

– Et quelle est sa valeur actuelle ?

– Eh bien, à la fermeture hier, les actions étaient à quarante-trois et demi, en baisse d'un point. Les parts ont été divisées en deux depuis que je les ai achetées, et l'investissement est donc actuellement aux alentours de quatre-vingt-cinq.

– Huit cent cinquante millions de dollars ?

– C'est exact.

À ce stade, l'examen est virtuellement terminé. Si mes capacités mentales me permettent d'appréhender les chiffres de la clôture du marché d'hier, alors mes adversaires sont plus que satisfaits. Je peux presque voir leurs sourires béats. Entendre leurs « hourras » étouffés. Bon gars, Troy. Donne la papatte...

Zadel veut aborder mon passé, histoire de tester ma mémoire.

– Monsieur Phelan, où êtes-vous né ?

– Monclair, New Jersey.

– Quand ?

– Le 12 mai 1918.

– Quel était le nom de jeune fille de votre mère ?

– Shaw.

– Quand est-elle morte ?

– Deux jours avant Pearl Harbor.

– Et votre père ?

– Quoi, mon père ?

– Quand est-il mort ?

– Je n'en sais rien. Il a disparu quand j'étais enfant.

Zadel lance un coup d'œil à Flowe, qui a des questions groupées sur un bloc-notes. Flowe reprend :

– Qui est votre plus jeune fille ?

– Dans quelle famille ?

– Euh... la première.

– Ce serait donc Mary Ross.

– Exact.

– Bien sûr que c'est exact.

– Où a-t-elle été au collège ?

– À Tulane, à La Nouvelle-Orléans.

– Qu'a-t-elle étudié ?

– Quelque chose sur l'époque médiévale. Puis elle a fait un mauvais mariage, comme tous mes enfants. Je crois qu'ils ont hérité ce talent de moi.

Je les vois comme s'ils étaient en face de moi se raidir et murmurer. Et je vois leurs avocats et leurs époux et fiancées actuels cacher de petits sourires parce que personne ne peut discuter le fait que je me sois réellement très mal marié, et trois fois. Et que je me sois reproduit encore plus misérablement.

Flowe en a soudain fini avec cette salve. Theishen est toujours attiré par l'argent. Il demande :

– Possédez-vous le contrôle d'une compagnie nommée MountainCom ?

– Oui, je suis certain qu'elle est là, dans votre pile de feuilles. C'est une compagnie nationale.

– Quel était votre investissement initial ?

– Environ dix-huit dollars l'action, pour dix millions de parts.

– Et maintenant elle est...

– Hier à la clôture, elles étaient à vingt et un. En six ans, le holding a pris une valeur de quatre cents millions de dollars. Cela répond-il à votre question ?

– Oui, tout à fait. Combien de compagnies publiques contrôlez-vous ?

– Cinq.

Flowe jette un coup d'œil vers Zadel, et je me demande combien de temps ce cirque va encore durer. Soudain, je suis très fatigué.

– D'autres questions ? demande Stafford.

Nous n'allons pas les presser parce que nous voulons qu'ils soient entièrement satisfaits.

Zadel reprend la parole :

– Avez-vous l'intention de signer un testament aujourd'hui ?

– Oui, c'est mon intention.

– Est-ce le testament posé sur la table devant vous ?

– Oui.

– Ce testament donne-t-il une part substantielle de vos biens à vos enfants ?

– Oui.

– Êtes-vous prêt à le signer maintenant ?

– Je le suis.

Zadel pose son stylo sur la table avec soin, joint les mains d'un air réfléchi, puis regarde Stafford.

– Pour moi, M. Phelan a des capacités testamentaires suffisantes pour disposer de ses biens.

Il prononce cela en y mettant beaucoup de poids, comme si ma performance les avait tenus en suspension dans les limbes.

Les deux autres s'engouffrent dans la brèche.

– Je n'ai aucun doute sur ses capacités mentales, dit Flowe à Stafford. Pour moi, il est incroyablement clair et précis.

– Aucun doute ? insiste Stafford.

– Pas le moindre.

– Docteur Theishen ?

– Ne nous leurrons pas. M. Phelan sait exactement ce qu'il fait. Son esprit est nettement plus vif que le nôtre.

Oh ! merci. Cela signifie tant pour moi. Vous vous battez comme des diables pour vous faire dans les cent mille dollars par an. Je me suis fait des milliards, et pourtant vous me tapotez la tête en me disant combien je suis malin.

– Votre opinion est donc unanime ? résume Stafford.

– Oui, absolument.

Ils n'arrivent pas à hocher la tête assez vite.

Stafford fait glisser le testament devant moi et me tend un stylo. Je lis :

– « Voici les dernières volontés et le testament de Troy L. Phelan, révoquant tous testaments précédents et codicilles. »

Le document fait quatre-vingt-dix pages, préparées par Stafford et un de ses sbires. Je comprends le concept, mais l'imprimé lui-même me laisse perplexe. Je ne l'ai pas lu et je ne le lirai pas. Je passe à la dernière page, je gribouille un nom que personne ne peut lire, puis je place mes mains sur le dessus et voilà, c'est fini.

Les vautours ne le verront jamais.

– La réunion est terminée, dit Stafford, et tout le monde remballe ses affaires.

Selon mes instructions, on demande aux trois familles de quitter rapidement les lieux.

Une caméra reste fixée sur moi, ses images destinées aux seules archives. Les avocats et les psychiatres se hâtent de partir. Je dis à Snead de prendre un siège. Stafford et l'un de ses associés, Durban, restent également dans la pièce, tous deux assis. Une fois que nous sommes seuls, je sors de sous ma robe de chambre en soie blanche une enveloppe, que j'ouvre. J'en ôte trois feuilles de papier jaune et je les pose devant moi sur la table.

Plus que quelques secondes maintenant. Un minuscule ruisselet de peur coule en moi. Cela va me demander plus de force que je n'en ai eue depuis des semaines.

Stafford, Durban et Snead fixent les trois feuilles jaunes, complètement sidérés.

– Ceci est mon testament, dis-je en prenant un stylo. Un testament manuscrit, chaque mot écrit de ma main, il y a quelques heures à peine. Daté d'aujourd'hui et à présent signé aujourd'hui.

Je signe à nouveau. Stafford est trop ébahi pour réagir.

– Il révoque tout testament antérieur, y compris celui que j'ai paraphé il y a à peine cinq minutes.

Je replie les feuilles et les remets dans l'enveloppe.

Je serre les dents et je me remémore combien j'ai envie de mourir.

Je fais glisser l'enveloppe sur la table jusqu'à Stafford, et au même instant, je me lève de mon fauteuil roulant. Mes jambes tremblent. Mon cœur bat à tout rompre. Plus que quelques secondes maintenant. Je serai certainement mort avant de toucher le sol. « Hé ! » crie quelqu'un, Snead, je crois. Mais je m'éloigne d'eux.

L'homme si affaibli que je suis marche, court presque, dépasse la rangée de fauteuils en cuir, longe un de mes portraits, un très mauvais commandé par une de mes épouses, puis tout ce qui orne cette pièce, et atteint les portes coulissantes, qui ne sont pas verrouillées. Je le sais parce que j'ai répété cette scène quelques heures auparavant. « Stop ! » hurle l'un d'entre eux et je les sens qui s'élancent derrière moi. Personne ne m'a vu marcher depuis des années. Je saisis la poignée et j'ouvre la porte. L'air est d'un froid coupant. Je m'avance pieds nus sur l'étroit balcon qui borde mon dernier étage. Sans un regard vers le bas, je passe par-dessus la rampe.

3.

Snead était deux pas derrière M. Phelan et pendant une seconde il crut qu'il pourrait l'attraper. Le choc de voir le vieil homme non seulement se lever et marcher mais aussi pratiquement courir jusqu'à la porte avait paralysé le majordome. Son patron ne s'était pas déplacé à cette vitesse depuis des années.

Snead atteignit la balustrade juste à temps pour crier d'horreur et voir, totalement impuissant, Phelan tournoyer en silence dans le vide, de plus en plus ratatiné et petit à mesure qu'il s'approchait du sol. Snead serra la balustrade de toutes ses forces, tétanisé par cette vision, puis il se mit à pleurer.

Josh Stafford était juste derrière lui et lui aussi assista à presque toute la chute. C'était arrivé si vite, le saut du moins. La chute elle-même sembla durer une heure. Il faut moins de cinq secondes à un homme de soixante-dix kilos pour dégringoler presque cent mètres, mais Stafford raconta plus tard que le vieil homme semblait avoir flotté pendant une éternité, comme une plume emportée par le vent.

Tip Durban arriva à la balustrade en troisième position et ne vit que l'impact du corps sur le patio de brique entre l'entrée principale et l'allée circulaire. Pour une raison qu'il ne s'expliquait pas,

Durban tenait l'enveloppe, qu'il avait ramassée sans s'en rendre compte dans la précipitation qui avait précédé le drame. Là, dans l'air glacé, devant cette scène digne d'un film d'horreur, et alors que les premiers témoins s'approchaient de la victime, elle paraissait bien plus lourde.

La chute de Troy Phelan n'eut pas l'intensité dramatique dont il avait rêvé. Au lieu de dériver vers la terre comme un ange, en un plongeon parfait digne d'un cygne, sa robe blanche derrière lui comme une traîne, au lieu de mourir sous les yeux de sa famille frappée de terreur (il avait tout minuté pour qu'elle quitte le building à cet instant précis), il n'y eut qu'un seul témoin à sa chute, un employé au plus bas échelon de la hiérarchie, qui traversait le parking après sa pause-déjeuner. L'employé entendit une voix, leva les yeux vers le dernier étage et vit avec horreur un corps nu et pâle tomber, entortillé dans ce qui ressemblait à un drap accroché à son cou. Il s'écrasa sur le dos, avec le bruit mat que ne pouvait manquer de provoquer un tel impact.

L'employé courut jusqu'au lieu du drame à l'instant même où un vigile remarquait quelque chose d'anormal et bondissait de son perchoir près de l'entrée principale de la Tour Phelan. Ni l'employé ni le vigile n'avaient jamais rencontré M. Troy Phelan, aucun des deux ne pouvait donc identifier le corps qui gisait sous leurs yeux. Nu, tordu et sanglant, il était entortillé dans un peignoir blanc qui lui couvrait vaguement le buste et il n'avait pas de chaussures. Et il était tout à fait mort.

À trente secondes près, les souhaits de Troy auraient été exaucés. Parce qu'ils étaient installés dans une salle du cinquième étage, Tira, Ramble, le docteur Theishen et leur cohorte d'avocats furent les premiers à quitter le building. Et donc les premiers à tomber sur le suicidé. Tira hurla, pas de douleur, ni d'amour, ni de perte, mais du simple choc de voir le vieux Troy aplati sur le pavé. Un cri perçant et violent que Snead, Stafford et Durban entendirent clairement, quatorze étages plus haut.

Ramble trouva la scène plutôt cool. Enfant de la télé et accro aux jeux vidéo, le gore l'attirait comme un aimant. Il s'écarta de sa mère et s'agenouilla auprès du cadavre de son père. Le vigile posa une main ferme sur son épaule.

– C'est Troy Phelan, dit l'un des avocats en se penchant au-dessus du mort.

– Sans blague, ricana le garde.

– Wow, fit l'employé.

Janie, Geena et Cody, leur psy et leurs avocats sur les talons, sortirent à leur tour du building en courant. Mais il n'y eut ni cris ni effondrement. Ils se regroupèrent en un bloc serré, assez loin de Tira et des siens, bouche bée devant le pauvre Troy, comme tout le monde.

On commença à entendre le grésillement d'une radio tandis qu'un autre vigile arrivait, prenant le contrôle de la situation. Il appela une ambulance.

– À quoi ça va lui servir ? demanda l'employé, qui, en sa qualité de premier témoin, se sentait soudain investi d'une responsabilité nouvelle.

– Vous voulez l'emmener dans votre voiture ? rétorqua le garde.

Ramble regardait le sang remplir les craquelures du mortier et s'écouler avec des angles droits parfaits, selon une pente douce, vers une fontaine gelée et un mât dressé un peu plus loin.

Dans l'atrium, un ascenseur bondé s'arrêta et s'ouvrit sur Lillian, la première épouse, et sa suite. TJ et Rex ayant jadis disposé de bureaux dans le building, ils s'étaient garés sur l'arrière. Alors que tout ce groupe s'y dirigeait, quelqu'un cria près de l'entrée principale : « M. Phelan s'est jeté par la fenêtre ! » Ils rebroussèrent aussitôt chemin vers l'attroupement qui s'était formé autour du patio de brique où gisait Phelan.

Ils n'auraient pas besoin d'attendre que la tumeur le ronge, après tout.

Il fallut environ une minute à Josh Stafford pour encaisser le choc et retrouver ses réflexes d'homme de loi. Il attendit que la troisième et dernière famille soit visible en bas, puis il demanda à Snead et Durban de rentrer.

La caméra fonctionnait toujours. Snead lui fit face, leva la main droite et jura de dire la vérité, toute la vérité puis, luttant contre ses larmes, il raconta ce dont il venait d'être le témoin. Stafford ouvrit l'enveloppe et apporta les feuilles jaunes assez près pour que la caméra les cadre.

– Oui, je l'ai vu signer cela, dit Snead, il y a quelques minutes à peine.

– Et c'est bien sa signature ? demanda Stafford.

– Oui, c'est bien sa signature.

– A-t-il déclaré que c'étaient ses dernières volontés et son testament ?

– Il a appelé cela son testament, effectivement.

Stafford retira les papiers avant que Snead puisse les lire. Il répéta la même opération avec Durban, puis se posta lui-même devant la caméra et donna sa version des événements. On éteignit la caméra et tous trois prirent l'ascenseur pour se recueillir devant la dépouille de Phelan. L'ascenseur était plein à craquer d'employés et de cadres, secoués mais surtout impatients de cette occasion unique de voir une dernière fois le vieil homme. On entendait à peine les sanglots étouffés de Snead dans un coin.

Pour les familles, de vagues tiraillements de chagrin remplacèrent assez vite le choc de la mort. Ils se tenaient tête baissée, les yeux tristement fixés sur la robe de chambre blanche, rassemblant leurs pensées pour les jours à venir. Il était impossible de regarder Troy sans penser à l'argent. Du chagrin pour un parent étranger, fût-il votre père, ne tient pas une seconde face à un demi-milliard de dollars.

Chez les employés, le choc provoqua une certaine confusion. La rumeur voulait que Troy habite là-haut, au-dessus d'eux, mais peu d'entre eux l'avaient déjà rencontré. C'était un excentrique, un cinglé, un malade – les rumeurs allaient bon train. Il n'aimait pas les gens. Certains vice-présidents ne le voyaient qu'une fois par an. Si la compagnie s'en sortait si bien comme ça, leurs emplois n'étaient certainement pas menacés.

Pour les psychiatres – Zadel, Flowe et Theishen –, le moment était empreint d'une énorme tension. Vous déclarez un homme sain d'esprit et, deux minutes plus tard, il saute du quatorzième étage. Pourtant, même l'individu le plus fou peut avoir des intervalles de lucidité – tel est l'article de la loi auquel ils se raccrochaient en frissonnant au milieu de la foule. Complètement cinglé, mais un éclair de lucidité au cœur de cette folie et l'être le plus déséquilibré peut signer un testament valide. Ils tiendraient leur position avec fermeté. Dieu merci, tout avait été enregistré. Le vieux Troy était malin. Et lucide.

Quant aux avocats, le choc passa rapidement et ils n'éprouvèrent pas la moindre trace de chagrin. Ils se tenaient, l'air accablé, auprès de leurs clients respectifs, et contemplaient ce triste tableau. Les honoraires seraient énormes.

Une ambulance arriva et s'arrêta près de Troy. Stafford s'avança jusqu'à la barrière et chuchota quelque chose aux vigiles.

On plaça très vite le cadavre sur un brancard puis on l'emporta.

Troy Phelan avait implanté la raison sociale de son entreprise dans le nord de la Virginie vingt-cinq ans auparavant pour échapper aux taxes locales new-yorkaises. Il avait dépensé quarante millions de dollars pour sa Tour et ses environs, somme qu'il avait récupérée au centuple en étant domicilié en Virginie.

Il avait rencontré Joshua Stafford, un jeune avocat de Washington en pleine ascension, au milieu d'une sale procédure que le magnat avait perdue et le juriste gagnée. Admirant son style et sa ténacité, Troy l'avait engagé. Dans la décennie précédente, Stafford avait doublé la taille de son cabinet et il était devenu un homme riche grâce à l'argent gagné en livrant les batailles de Phelan.

Dans les dernières années de sa vie, personne n'avait été aussi proche de Troy Phelan que Josh Stafford.

Durban et lui regagnèrent la salle de conférences du quatorzième étage et verrouillèrent la porte. Ils renvoyèrent Snead en lui conseillant de s'allonger un moment. Faisant tourner la caméra, Stafford ouvrit l'enveloppe et retira les trois feuilles de papier jaune. La première feuille contenait une lettre de Troy pour lui. Il se plaça face à la caméra :

– Cette lettre est datée d'aujourd'hui, lundi 9 décembre 1996. Manuscrite, elle m'est adressée et signée par Troy Phelan. Elle contient cinq paragraphes. Je vais la lire en entier :

« Cher Josh, je suis mort désormais. Voici mes instructions, et je veux que tu les suives à la lettre. Utilise les tribunaux s'il le faut, mais je veux que mes volontés soient respectées.

« Tout d'abord, je désire une autopsie, le plus rapidement possible, pour des raisons dont l'importance apparaîtra ultérieurement.

« Deuxièmement, il n'y aura pas d'enterrement, pas de cérémonie de quelque type que ce soit. Je veux être incinéré et que mes cendres soient dispersées au-dessus de mon ranch du Wyoming.

« Troisièmement, je veux que mon testament soit maintenu confidentiel jusqu'au 15 janvier

1997. La loi ne t'oblige pas à le rendre public immédiatement. Garde-le sous le coude pendant un mois.

« Au revoir. Troy. »

Stafford posa lentement la première feuille sur la table puis il saisit la deuxième avec soin. Il l'étudia un moment, puis dit à la caméra :

– Il s'agit d'un document d'une page se présentant comme le dernier testament de Troy L. Phelan. Je vais le lire dans son intégralité :

« Le dernier testament de Troy L. Phelan. Moi, Troy L. Phelan, étant sain d'esprit et disposant de toutes mes facultés mentales, révoque expressément ici tous les testaments et codicilles antérieurs exécutés à ma demande et dispose de mes biens de la manière suivante :

« À chacun de mes enfants, Troy Phelan Junior, Rex Phelan, Libbigail Jeter, Mary Ross Jackman, Geena Strong et Ramble Phelan, je lègue une somme d'argent nécessaire et suffisante pour couvrir toutes leurs dettes qui courent jusqu'à aujourd'hui. Toutes les dettes contractées au-delà de cette date ne seront pas couvertes par ce cadeau. Si l'un d'entre eux essaie de contester ce testament, alors il perdra tout le bénéfice de ce cadeau.

« À mes ex-femmes, Lillian, Janie et Tira, je ne lègue rien. Elles ont été suffisamment dotées par les divorces.

« Je lègue le reste de mes biens à ma fille Rachel Lane, née le 2 novembre 1954 à l'hôpital catholique de La Nouvelle-Orléans, Louisiane, d'une femme nommée Evelyn Cunningham, aujourd'hui décédée. »

Stafford n'avait jamais entendu parler de ces deux femmes. Il lui fallut reprendre son souffle avant de pouvoir poursuivre :

« Je désigne mon homme de confiance, maître Joshua Stafford, comme exécuteur testamentaire, et lui passe tous pouvoirs discrétionnaires dans l'administration de cette mission.

« Ce document est un testament manuscrit. Chaque mot a été écrit de ma main et je le signe ici.

« Signé le 9 décembre 1996, à 15 heures, par Troy L. Phelan. »

Stafford posa la feuille sur la table et cligna des yeux face à la caméra. Il avait besoin d'une bonne marche autour du building, d'une grande goulée d'air glacé, mais il s'obligea à aller jusqu'au bout. Il ramassa la troisième feuille et dit :

– Il s'agit d'une note qui m'est adressée encore une fois. Je vais la lire : « Josh, Rachel Lane est missionnaire pour Tribus du Monde à la frontière Brésil-Bolivie. Elle travaille avec une tribu indienne très isolée dans une région connue sous le nom de Pantanal. La ville la plus proche est Corumbá. Je n'ai pas pu la trouver. Je n'ai pas eu le moindre contact avec elle depuis vingt ans. Signé, Troy Phelan. »

Durban éteignit la caméra et fit deux fois le tour de la table à grands pas tandis que Stafford lisait et relisait le document.

– Tu savais qu'il avait une fille illégitime ?

Stafford fixait un mur sans le voir.

– Non. J'ai écrit onze testaments pour Troy et il ne l'a jamais mentionnée.

– Je crois qu'on ne devrait pas être surpris.

Stafford avait maintes fois déclaré que Troy Phelan ne pouvait plus le surprendre. Dans les affaires, commerciales ou privées, l'homme était saugrenu et chaotique. Stafford avait fait couler des millions de dollars derrière son client pour éteindre des dizaines d'incendies.

Mais cette fois il était abasourdi. Il venait d'assister au suicide d'un homme qui, condamné au fauteuil roulant, s'était soudain levé pour courir vers sa mort. Et à présent il tenait entre ses mains un testament valide qui, en quelques paragraphes hâtifs, transférait l'une des plus grosses fortunes du monde à une héritière inconnue et potentiellement introuvable, sans plus de détail. Les taxes de succession allaient être sévères.

– J'ai besoin d'un verre, Tip, dit-il.

– Il est un peu tôt.

Ils se rendirent dans la pièce voisine, le bureau de Phelan, où rien n'avait été touché. La secrétaire du moment et tous ceux qui travaillaient au quatorzième étage étaient encore en bas.

Ils fermèrent la porte derrière eux et examinèrent rapidement les tiroirs du bureau et les placards à dossiers. Troy s'était attendu à ce qu'ils le fassent. Il n'aurait jamais laissé ses espaces privés ouverts à tous vents sinon. Il savait que Josh s'y rendrait immédiatement. Dans le tiroir central de son bureau, ils trouvèrent un contrat avec un crématorium d'Alexandria, daté de cinq semaines auparavant. En dessous, il y avait un dossier sur les missions de Tribus du Monde.

Ils rassemblèrent ce qu'ils pouvaient porter, puis allèrent trouver Snead et lui demandèrent de verrouiller le bureau.

– Qu'y a t-il dans le testament, le dernier ? demanda-t-il.

Il était pâle et avait les yeux gonflés. M. Phelan ne pouvait pas mourir comme ça sans lui laisser quelque chose, des moyens de survivre. Il avait été son loyal serviteur pendant trente ans.

– Je ne peux pas le dire, répondit Stafford. Je reviendrai demain pour tout inventorier. Que personne n'entre ici.

– Bien sûr que non, chuchota Snead avant de se remettre à pleurer.

Puis un policier recueillit le témoignage des deux avocats. Cette formalité dura une demi-heure. Ils lui montrèrent où Troy avait passé la rambarde, lui donnèrent les noms des témoins, décrivirent sans entrer dans les détails la dernière lettre et le dernier testament. C'était un suicide, purement et simplement. Ils promirent une copie du rapport d'autopsie, et le flic classa l'affaire avant même d'avoir quitté le building.

Ils rejoignirent le cadavre dans le bureau du médecin légiste et remplirent toutes les demandes pour l'autopsie.

– Pourquoi une autopsie ? fit Durban dans un murmure, pendant qu'ils attendaient la paperasserie.

– Pour prouver qu'il n'y avait pas de drogue, pas d'alcool. Rien qui vienne invalider son jugement. Il a pensé à tout.

Il était presque 6 heures du soir quand ils finirent par atteindre le bar de l'hôtel Willard, près de la Maison-Blanche, à deux pâtés de maisons de leur bureau. Ce n'est qu'après un bon verre bien tassé que Stafford parvint à esquisser son premier sourire.

– Il a pensé à tout, hein ?

– C'est un homme cruel, dit Durban, perdu dans ses pensées.

Le choc s'estompait, mais la réalité revenait à la charge.

– C'était, tu veux dire.

– Non. Il l'est toujours. Il continue de tirer les ficelles.

– Est-ce que tu peux imaginer la quantité d'argent que ces idiots vont dépenser durant le mois qui vient ?

– Cela semble criminel de ne pas les prévenir.

– Nous n'avons pas le droit. Nous avons des ordres.

Pour des avocats dont les clients communiquaient rarement les uns avec les autres, cette réunion commune était un événement. L'ego le plus gros de la pièce appartenait à Hark Gettys, un avocat querelleur qui avait représenté Rex Phelan pendant quelques années. C'est lui qui avait insisté pour qu'elle soit organisée. En réalité, l'idée avait germé dans son esprit dès l'instant où on avait chargé le vieux Phelan dans l'ambulance, et il l'avait aussitôt soufflée aux avocats de TJ et de Libbigail.

C'était une si bonne idée que les autres avocats ne pouvaient que s'incliner. Ils arrivèrent tous après 17 heures, avec Flowe, Zadel et Theishen, dans le bureau de Gettys. Un greffier auprès des tribunaux et deux caméras les attendaient.

Pour des raisons évidentes, ce suicide les rendait nerveux. Chaque psychiatre fut pris séparément et interrogé en long, en large et en travers sur son analyse de l'état psychique de M. Phelan juste avant qu'il ne saute.

Ils furent tous absolument catégoriques. M. Phelan savait exactement ce qu'il faisait, il était en pleine possession de ses facultés mentales et il avait une capacité testamentaire plus que suffisante. Nul besoin d'être dingue pour se suicider, insistèrent-ils avec soin.

Quand les treize avocats eurent entendu toutes les opinions possibles, Gettys ajourna la réunion. Il était presque 20 heures.

4.

Selon le magazine *Forbes,* Troy Phelan était numéro dix sur la liste des hommes les plus riches des États-Unis. Sa mort était un événement digne des gros titres ; le choix qu'il avait fait la rendait plus sensationnelle encore.

Aux abords de la grande demeure de Lillian à Falls Church, une grappe de reporters attendait qu'un porte-parole de la famille veuille bien se manifester. Ils filmaient amis et voisins qui entraient et sortaient, essayant de glaner au hasard quelques renseignements sur les réactions du clan.

À l'intérieur, les quatre aînés de Phelan étaient rassemblés avec leurs conjoints pour recevoir les condoléances. L'humeur était au chagrin devant les visiteurs. Dès qu'ils se retrouvaient seuls, le ton changeait radicalement. La présence des petits-enfants de Troy – onze d'entre eux – forçait TJ, Rex, Libbigail et Mary Ross à feindre un semblant de tristesse. C'était difficile. On servait champagne et vins fins à profusion. Le vieux Troy n'aurait pas voulu qu'ils se désespèrent, tout de même ? Les plus âgés des petits-enfants buvaient plus que leurs parents.

Dans un petit salon, un téléviseur était branché sur CNN en permanence et, toutes les demi-heures, ils regardaient ensemble la dernière annonce de la mort dramatique de Troy. Un correspondant financier y allait d'une analyse de dix minutes sur l'ampleur de la fortune Phelan, et tout le monde souriait.

Lillian, la lèvre supérieure raidie en un pli amer, était plutôt convaincante dans son rôle de veuve éplorée. Dès demain, elle s'occuperait de l'organisation des funérailles.

Hark Gettys arriva vers 10 heures et expliqua à la famille qu'il avait parlé avec Josh Stafford. Il n'y aurait ni enterrement ni cérémonie d'aucune sorte ; juste une autopsie, une crémation et la dispersion des cendres. Ces dispositions étaient couchées par écrit, et Stafford était prêt à livrer bataille au tribunal s'il le fallait pour préserver les dernières volontés de son client.

Lillian se fichait pas mal de ce qu'on ferait de la dépouille de Troy, et ses enfants également. Mais il fallut, pour la forme, qu'ils protestent et qu'ils ferraillent avec Gettys. Ce n'était pas bien de le laisser partir ainsi sans cérémonie. Libbigail parvint même à se fendre d'une petite larme et de trémolos dans la voix.

– Je ne me battrais pas pour cela, les conseilla gravement Gettys. M. Phelan a tout couché par écrit avant sa mort et les tribunaux honoreront ses désirs.

Ils changèrent rapidement d'avis. Oui, cela n'avait aucun sens de gaspiller du temps et de l'argent pour de telles choses. Aucun sens de prolonger le deuil. Pourquoi rendre les choses encore plus douloureuses ? Troy avait toujours obtenu ce qu'il voulait, de toute façon. Et ils avaient appris, à la manière forte, à ne pas chercher d'embrouilles à Josh Stafford.

– Nous respecterons ses dernières volontés, dit Lillian, et les quatre autres hochèrent tristement la tête derrière leur mère.

Il ne fut pas fait mention du testament ni du jour où ils pourraient le voir, même si la question planait dans tous les esprits. Il valait mieux s'en tenir à un deuil approprié quelques heures encore, puis on se remettrait à parler affaires. Puisqu'il n'y aurait pas de veillée mortuaire, pas d'enterrement ni de cérémonie, peut-être pourrait-on se retrouver dès le lendemain pour discuter des biens ?

– Pourquoi une autopsie ? demanda Rex.

– Pas la moindre idée, répondit Gettys. Stafford a dit que c'était écrit, mais même lui n'est pas bien certain des raisons.

Gettys les laissa et ils se remirent à boire. Les visites cessèrent peu à peu. Lillian alla se coucher, Libbigail et Mary Ross s'en allèrent avec leurs familles respectives. TJ et Rex s'enfermèrent dans la salle de billard au sous-sol avant de passer au bourbon. Vers minuit, ils tapaient des boules, ronds comme des marins en goguette, célébrant leur fantastique nouvelle richesse.

À 8 heures du matin, le lendemain de la mort de Troy, Josh Stafford s'adressa aux directeurs du Groupe Phelan, un peu inquiets. Deux ans plus tôt, Josh lui-même avait été nommé au conseil d'administration par son client, mais ce n'était pas un rôle qu'il appréciait.

Durant les six années précédentes, le Groupe Phelan avait opéré avec un profit notable sans beaucoup d'aide de son fondateur. Pour une raison quelconque, probablement la dépression, Troy avait perdu tout intérêt pour la gestion au jour le jour de son empire. Il ne s'intéressait plus qu'aux fluctuations du marché et aux bilans d'exploitation.

Le président-directeur général actuel était Pat Solomon, un homme issu de la compagnie que Troy avait engagé presque vingt ans plus tôt. Il était aussi nerveux que les sept autres quand Stafford entra dans la pièce.

Il y avait largement de quoi s'inquiéter. Dans la société, tout le monde avait une profonde connaissance des femmes de Troy et de ses descendants. Le plus petit signe que la propriété du Groupe Phelan puisse tomber entre les mains de ces gens aurait terrorisé n'importe quel conseil d'administration.

Josh commença par exposer les désirs de M. Phelan quant à son enterrement.

– Il n'y aura pas de cérémonie, dit-il d'un air sombre. Franchement, il n'y a aucun moyen de lui exprimer vos derniers respects.

Les sept directeurs absorbèrent la nouvelle sans commentaire. Avec une personne normale, de telles « non-dispositions » auraient paru bizarres. Mais avec Troy, il était difficile d'être surpris.

– Qui possédera la compagnie ? demanda Solomon.

– Je ne peux le révéler maintenant, dit Stafford, tout à fait conscient que sa réponse était évasive et insatisfaisante. Troy a signé un testament juste avant de se jeter dans le vide, et il m'a demandé de le garder par-devers moi pendant un certain laps de temps. Je ne peux, quelles que soient les circonstances, divulguer son contenu. Du moins, pas pour l'instant.

– Alors, quand ?

– Bientôt. Mais pas aujourd'hui.

– Donc les affaires continuent comme d'habitude ?

– Exactement. Ce conseil d'administration demeure inchangé. Tout le monde garde son poste. La compagnie fait demain ce qu'elle faisait la semaine dernière.

Cela sonnait bien, mais personne n'y croyait. La propriété de la compagnie allait changer de mains. Troy n'avait jamais cru en un partage des parts du Groupe Phelan. Il payait très bien ses employés, mais il ne se laissait pas aller à leur abandonner un morceau de son empire. Seulement trois pour cent des parts étaient détenues par quelques-uns de ses collaborateurs favoris.

Ils passèrent une heure à débattre d'un communiqué destiné à la presse, puis se donnèrent rendez-vous un mois plus tard.

Stafford retrouva Tip Durban dans le hall, et ils se rendirent tous deux en voiture jusqu'au centre médico-légal de McLean. L'autopsie était terminée.

La cause de la mort était évidente. Il n'y avait pas trace d'alcool ni d'aucune sorte de drogue.

Et il n'y avait pas de tumeur. Pas le moindre signe de cancer. Troy était en bonne condition physique à l'heure de sa mort, bien que légèrement sous-alimenté.

Tip brisa le silence tandis qu'ils traversaient le Potomac sur le Roosevelt Bridge.

– Et il t'avait dit qu'il avait une tumeur au cerveau ?

– Oui, plusieurs fois.

Stafford était au volant mais il prêtait peu d'attention aux routes, ponts, rues et voitures. Combien de surprises Troy avait-il en réserve ?

– Pourquoi a-t-il menti ?

– Va savoir. Tu essaies d'analyser le comportement d'un homme qui vient de sauter du haut d'un immeuble. La tumeur au cerveau rendait tout très urgent. Tout le monde, moi compris, pensait qu'il était mourant. Son côté farfelu faisait que l'expertise psychiatrique paraissait une très bonne idée. Il a tendu le piège, ils se sont précipités dedans et maintenant leurs propres experts psychiatres jurent que Troy était absolument sain d'esprit. De plus, il cherchait la sympathie.

– Mais il était cinglé, non ? Après tout, il a sauté.

– Troy était bizarre par bien des côtés, mais il savait exactement ce qu'il faisait.

– Pourquoi a-t-il sauté ?

– Dépression. C'était un vieil homme extrêmement seul.

Ils étaient sur Constitution Avenue, coincés dans les encombrements, regardant tous deux les feux arrière des voitures devant la leur, essayant de réfléchir à tout ça.

– Cela semble frauduleux, dit Durban. Il les attire avec la promesse de l'argent ; il satisfait leurs experts psychiatres, puis, à la dernière seconde, il signe un testament qui les exclut complètement.

– C'est frauduleux, mais il s'agit d'un testament, pas d'un contrat. Un testament est un cadeau. Selon la loi de Virginie, aucun individu n'est tenu de laisser un centime à ses enfants.

– Mais ils vont l'attaquer, pas vrai ?

– Probablement. Ils ont des bataillons d'avocats. Il y a trop d'argent en jeu.

– Pourquoi les haïssait-il tant ?

– Il les considérait comme des sangsues. Ils le gênaient. Ils se disputaient avec lui. Ils n'ont jamais gagné honnêtement un seul centime de leur vie et ils ont gaspillé pas mal de ses millions. Troy n'a jamais prévu de leur laisser quoi que ce soit. Il se disait que, s'ils arrivaient à gaspiller des millions, alors ils feraient exactement la même chose avec des milliards. Et il avait raison.

– Quelle est sa vraie part de responsabilité dans les conflits familiaux ?

– Elle est importante. Troy était un homme difficile à aimer. Il m'a dit un jour qu'il avait été un mauvais père et un mari épouvantable. Il ne pouvait pas s'empêcher de posséder les femmes qui passaient à sa portée, surtout celles qui travaillaient pour lui. Il pensait en être le propriétaire.

– Je me souviens de quelques plaintes pour harcèlement sexuel.

– On s'en est occupé sans problème. En payant le prix fort. Troy ne voulait pas de ce genre d'ennuis.

– Une chance qu'il y ait d'autres héritiers inconnus quelque part ?

– J'en doute. Mais qu'est-ce que j'en sais ? Je n'avais jamais imaginé qu'il pouvait avoir une autre héritière et l'idée de tout lui laisser à elle est quelque chose que je n'arrive pas à comprendre. Troy et moi avons passé des heures à parler de ses biens et de la façon de les diviser.

– Comment va-t-on la trouver ?

– Je n'en sais rien. Je n'ai pas encore pensé à elle.

Le cabinet Stafford était en ébullition quand Josh revint. Selon les standards de Washington, c'était une petite firme – soixante avocats. Josh en était le fondateur et l'associé principal. Tip Durban était l'un de ses quatre autres associés, ce qui signifiait que Josh prenait occasionnellement leur avis et partageait avec eux certains des profits. Pendant trente ans, cela avait été un cabinet spécialisé dans les procès difficiles ; mais, maintenant que Josh approchait la soixantaine, il passait moins de temps dans les salles d'audience et davantage derrière son bureau encombré de dossiers. Il aurait pu avoir une centaine d'avocats sous ses ordres s'il avait voulu, des ex-sénateurs, des spécialistes des lobbies et des analystes de marché, l'habituelle clique washingtonienne. Mais Josh aimait les procès et les salles d'audience et il n'engageait que de jeunes avocats qui avaient essuyé au moins dix affaires devant des jurés.

La carrière moyenne d'un avocat plaidant dure vingt-cinq ans. La première attaque cardiaque les ralentit en général assez pour retarder la seconde. Josh avait évité ce piège en s'occupant du labyrinthe des besoins légaux de Troy Phelan – valeurs, loi anti-trust, emploi, fusions et des douzaines d'affaires personnelles.

Trois groupes de collaborateurs patientaient dans la salle d'attente de son vaste bureau. Deux secrétaires lui tendirent une liasse de mémos et de messages téléphoniques tandis qu'il ôtait son manteau et s'installait derrière son bureau.

– Lequel est le plus urgent ? demanda-t-il.

– Celui-ci, je crois, répondit une secrétaire.

C'était un message de Hark Gettys, avec lequel Josh avait parlé au moins trois fois par semaine durant le mois qui venait de s'écouler. Il composa le numéro et Hark fut immédiatement en ligne. Ils passèrent rapidement sur les civilités d'usage et Hark attaqua le vif du sujet.

– Écoutez, Josh, vous pouvez imaginer assez facilement que la famille ne me lâche pas la grappe une minute.

– J'en suis certain, oui.

– Ils veulent voir ce satané testament, Josh. Au moins connaître son contenu.

Les quelques phrases qui allaient suivre seraient cruciales et Josh les avait soigneusement soupesées.

– Pas si vite, Hark.

Un bref silence, puis :

– Pourquoi ? Qu'est-ce qui se passe ?

– Ce suicide m'ennuie.

– Quoi ? Que voulez-vous dire ?

– Écoutez, Hark, comment un homme peut-il être considéré comme sain d'esprit trois secondes avant de sauter par la fenêtre ?

La voix tranchante de Hark grimpa d'une octave et ses mots reflétèrent une anxiété grandissante.

– Mais vous avez entendu nos experts psychiatres. Bon Dieu, on les a sur bande.

– Est-ce qu'ils se tiennent à leur opinion, à la lumière du suicide qui a suivi ?

– Bon Dieu, oui !

– Pouvez-vous le prouver ? J'ai besoin d'aide, là, Hark.

– Josh, nous avons rediscuté hier soir avec eux. Nous les avons passés sur le grill et ils n'ont pas bougé d'un iota. Chacun d'eux nous a signé un document de huit pages jurant que M. Phelan était en pleine possession de ses facultés mentales.

– Puis-je voir ces documents ?

– Je vous les fais immédiatement porter par coursier.

– Merci infiniment.

Josh raccrocha avec un petit sourire satisfait. Il fit entrer ses collaborateurs, trois groupes de jeunes avocats sans peur et sans reproche. Ils s'installèrent autour de la grande table d'acajou dans un coin du bureau.

Josh commença par résumer le contenu du testament manuscrit de Troy, et les problèmes juridiques qu'il risquait de poser. Au premier groupe il assigna la tâche de s'assurer de la capacité testamentaire de son client. Josh s'inquiétait de la mince frontière qui peut séparer la lucidité de la folie. Il voulait une analyse de chaque cas impliquant, même de manière très éloignée, la signature d'un testament par une personne considérée comme folle.

La deuxième équipe fut chargée des recherches sur les testaments manuscrits ; plus spécifiquement, le meilleur moyen de les attaquer et de les défendre.

Une fois seul avec la troisième équipe, il se détendit et s'enfonça confortablement dans son fauteuil. Eux, c'étaient les veinards, parce qu'ils ne passeraient pas leurs trois prochains jours en bibliothèque.

– Il vous faut trouver une personne qui, je le soupçonne, ne désire pas être trouvée.

Il leur expliqua ce qu'il savait sur Rachel Lane. Pas grand-chose, en réalité. La fiche sortie du bureau de Troy ne fournissait que peu d'informations.

– Tout d'abord, enquêtez sur les missions des Tribus du Monde. Qui sont-ils ? Comment opèrent-ils ? Comment choisissent-ils leurs membres ? Où les envoient-ils ? Tout. Ensuite, il y a d'excellents détectives privés à Washington. En général ce sont des types venus du gouvernement ou du FBI qui se sont spécialisés dans la recherche de personnes disparues. Choisissez les deux meilleurs et on prendra une décision demain. Troisièmement, le nom de jeune fille de la mère de Rachel était Evelyn Cunningham, aujourd'hui décédée. Je veux une biographie. Nous supposons que M. Phelan et elle ont eu une liaison et que de cette liaison est né un enfant.

– Nous supposons ? demanda l'un des associés.

– Oui. Nous ne prenons rien pour argent comptant.

Il les laissa et se dirigea vers une petite salle où une mini-conférence de presse avait été organisée par Tip Durban. Pas de caméras, juste la presse écrite. Une douzaine de reporters étaient assis, attentifs, autour d'une table, magnétophones et micros dispersés un peu partout. Ils étaient envoyés par les grands journaux et les publications financières connues.

Les questions fusèrent. Oui, il y avait eu un testament de dernière minute, mais il ne pouvait révéler son contenu. Oui, il y avait eu une autopsie, mais il n'avait pas le droit d'en parler. La compagnie continuerait à fonctionner, sans le moindre changement. Il ne pouvait pas dire qui en seraient les nouveaux propriétaires.

Ce ne fut une surprise pour personne, mais les différentes familles avaient passé la journée à discuter en privé avec des journalistes.

– Il y a une forte rumeur comme quoi le dernier testament de M. Phelan divise sa fortune entre ses six enfants. Pouvez-vous confirmer ou invalider cette rumeur ?

– Ni l'un ni l'autre. Ce n'est qu'une rumeur.

– Est-ce qu'il n'était pas en train de mourir d'un cancer ?

– Cela nous ramènerait à l'autopsie, et je ne suis pas autorisé à faire de commentaires sur cela.

– Nous avons entendu dire qu'un groupe de psychiatres l'a examiné juste avant sa mort et l'a déclaré sain d'esprit. Pouvez-vous confirmer ?

– Oui, dit Stafford, c'est vrai.

Ils passèrent donc les vingt minutes suivantes à détailler l'examen mental. Josh tenait bon, ne laissant filtrer que le fait que M. Phelan « apparaissait » sain d'esprit.

Les journalistes financiers voulaient des chiffres. Parce que le Groupe Phelan était une entreprise privée, tenue d'une main de fer, ils avaient toujours eu du mal à obtenir des informations. Ils tenaient enfin une opportunité d'ouvrir une brèche, du moins le croyaient-ils. Mais Josh leur livra peu de chose.

Au bout d'une heure, il s'excusa et regagna son bureau où une secrétaire l'informa que le crématorium avait appelé. Les cendres de M. Phelan étaient prêtes. Il n'avait plus qu'à passer les prendre.

5.

TJ soigna sa gueule de bois jusqu'à midi, puis il but une bière et décida qu'il était temps de se remuer un peu. Il appela son principal avocat pour savoir s'il y avait du nouveau, et l'avocat lui conseilla d'être patient.

– Cela risque de prendre quelque temps, TJ, dit ce dernier.

– Peut-être ne suis-je pas d'humeur à attendre, répondit TJ, l'esprit engourdi par la migraine.

– Patientons encore quelques jours.

TJ raccrocha brutalement et gagna le fond de son appartement cradingue, où, à son grand soulagement, il ne trouva pas sa femme. Ils s'étaient déjà engueulés trois fois et il était à peine midi. Peut-être était-elle sortie faire des courses, dépenser une fraction de sa nouvelle fortune. Le shopping n'était plus un problème pour lui désormais.

– Le vieux bouc est crevé ! dit-il à voix haute.

Il n'y avait personne avec lui.

Ses deux enfants étaient pensionnaires, leur scolarité payée par Lillian grâce à un reliquat de l'argent qu'elle avait extirpé à Troy lors de leur divorce, des décennies auparavant. TJ vivait donc seul avec Biff, une divorcée de trente ans dont les deux enfants vivaient avec leur père. Biff était agent immobilier et vendait d'adorables petits appartements à de jeunes mariés.

Il ouvrit une autre bière et se regarda dans la glace en pied de l'entrée.

– Troy Phelan Junior, proclama-t-il. Fils de Troy Phelan, le dixième homme le plus riche d'Amérique, valeur réelle onze milliards de dollars, décédé, à qui survivent ses épouses adorées et ses enfants aimants, qui l'aimeront encore bien plus après homologation du testament. Oui !

Il décida à cet instant précis qu'à partir de ce jour TJ serait enterré et qu'il se ferait désormais appeler Troy Phelan, Jr. Ce nom était magique.

L'appartement dégageait une odeur très particulière parce que Biff refusait les tâches ménagères. Elle était trop occupée avec ses téléphones portables. Le plancher était couvert de saletés, mais les murs étaient nus. Les meubles étaient loués à une société qui avait engagé des poursuites pour les récupérer. TJ fila un grand coup de pied dans un canapé en criant :

– Allez, venez chercher cette merde ! Dans pas longtemps je vais engager des décorateurs !

Il aurait pu mettre le feu à l'appart. Une ou deux bières de plus et il se serait mis à jouer avec des allumettes.

Il enfila son plus beau costume, le gris qu'il avait porté la veille quand son bon vieux papa faisait face aux psychiatres et réussissait si brillamment son show. Puisqu'il n'y avait pas d'enterrement, il n'avait plus besoin de s'acheter un nouveau costume noir.

– Armani, me voilà, sifflota-t-il joyeusement en boutonnant son pantalon.

Au moins, il avait une BMW. Il vivait peut-être dans un taudis, mais le monde ne le verrait jamais. Le monde, cependant, remarquait sa voiture et il se bataillait tous les mois pour gratter les six cent quatre-vingts dollars de leasing. Il maudit son appartement en faisant marche arrière dans le parking. C'était l'un des quatre-vingts nouveaux cubes encerclant un étang sinistre dans une des sections les plus inondables de Manassas.

On l'avait habitué à bien mieux quand il était enfant. La vie avait été douce et luxueuse pendant ses vingt premières années et puis il avait reçu son héritage. Mais ses cinq millions de dollars avaient fondu avant qu'il ait atteint la trentaine et son père l'avait méprisé pour ça.

Ils se querellaient avec vigueur et régularité. Junior avait tenu plusieurs postes dans le Groupe Phelan, et chaque travail s'était achevé par un désastre. Senior l'avait viré plusieurs fois. Senior avait l'idée d'un investissement à risque et deux ans plus tard son idée valait des millions de dollars. Les idées de Junior se terminaient en faillite et devant les tribunaux.

Ces dernières années, les disputes avaient presque cessé. Aucun des deux ne pouvait changer, ils avaient donc fini par s'ignorer, tout simplement. Et puis la tumeur était apparue, donnant à TJ de nouveaux espoirs.

Oh, quel palais il allait se faire construire ! Il savait exactement quel architecte engager, une Japonaise de Manhattan sur laquelle il avait lu un article dans un magazine branché. D'ici un an il déménagerait probablement pour Malibu, Aspen ou Palm Beach, où il pourrait étaler son argent et être enfin pris au sérieux.

« Qu'est-ce qu'on peut faire avec un demi-milliard de dollars ? se demanda-t-il en s'engageant à toute vitesse sur l'autoroute inter-États. Cinq cents millions nets d'impôts. » Il se mit à rire.

Un type qu'il connaissait dirigeait le garage BMW-Porsche où il avait pris sa voiture en leasing. TJ entra dans le hall d'exposition en se pavanant et en souriant d'un air supérieur, comme le roi du monde. Il pouvait acheter tout ce satané magasin si ça lui chantait. Sur le bureau d'un des vendeurs, il vit le journal du matin : un gros titre pleine page sur la mort de son père. Mais pas le moindre soupçon de chagrin en lui.

Le manager, Dickie, bondit de derrière son bureau.

– TJ, je suis sincèrement désolé, dit-il.

– Merci, fit Troy Junior avec un bref froncement de sourcils. C'est mieux pour lui, tu sais.

– Mes condoléances tout de même.

– Ça va.

Ils entrèrent dans le bureau et fermèrent la porte.

– Le journal dit qu'il a signé un testament juste avant son décès. C'est vrai ? demanda Dickie.

Troy Junior regardait déjà les magnifiques brochures en papier glacé vantant les derniers modèles.

– Oui. J'étais là. Il a divisé sa fortune en six parts, une pour chacun d'entre nous.

Il dit cela sans lever les yeux, d'un air tout naturel, comme si l'argent pesait déjà dans ses poches, de tout son poids.

Dickie en resta bouche bée et s'enfonça dans son fauteuil. Était-il soudain en présence d'un véritable gros héritier ? Ce type, ce bon à rien de TJ Phelan, serait devenu milliardaire ? Comme tous ceux qui connaissaient TJ, Dickie aurait supposé que le vieux lui aurait coupé les vivres pour de bon.

– Biff voudrait une Porsche, dit Troy Junior, le nez toujours plongé dans les catalogues. Une Carrera Turbo 911 rouge, avec capote.

– Pour quand ?

Troy Junior lui lança un regard furieux.

– Tout de suite.

– Bien sûr, TJ. Et pour le paiement, on fait comment ?

– Je la paierai quand je paierai la mienne, une noire, une 911 également. Elles sont à combien ?

– Environ quatre-vingt-dix mille chacune.

– Pas de problème. Quand est-ce qu'on peut les prendre ?

– Il faut que je les fasse venir. Cela devrait mettre un jour ou deux. Cash ?

– Bien sûr.

– Quand est-ce que tu auras l'argent ?

– D'ici un mois à peu près. Mais je veux les voitures maintenant.

Dickie retint son souffle et se dandina sur son siège.

– Écoute, TJ, je ne peux pas laisser partir deux voitures toutes neuves sans un minimum d'arrhes.

– Très bien. On va aller chez Jaguar. Biff a toujours voulu une Jaguar.

– Allons, TJ...

– Je pourrais m'offrir ce garage et toutes les bagnoles qu'il y a dedans si je voulais. Je pourrais entrer dans n'importe quelle banque et demander dix ou vingt millions pour acheter cette turne, et ils seraient heureux de me les prêter à soixante jours. Tu comprends ça ?

Dickie hocha la tête et se pencha vers TJ en plissant les yeux. Oui, il comprenait.

– Combien t'a-t-il laissé ?

– Assez pour acheter la banque aussi. Tu me donnes ces voitures, ou il faut que j'aille chez la concurrence ?

– Laisse-moi le temps de les faire venir.

– T'es un petit malin, dit TJ. Magne-toi. Je t'appelle cet après-midi. Reste près de ton téléphone.

Il balança les catalogues sur le bureau de Dickie et sortit du bureau en roulant des mécaniques.

Ramble avait sa propre conception du deuil : depuis son réveil, il s'était enfermé au sous-sol et fumait de l'herbe en écoutant du rap, ignorant ceux qui frappaient à la porte ou téléphonaient. En raison des circonstances, sa mère l'avait autorisé à manquer le collège jusqu'à la fin de la semaine. Si elle s'était davantage intéressée à son fils, elle aurait su qu'il n'avait pas mis les pieds en cours depuis un mois.

En revenant de la tour Phelan la veille, son avocat lui avait expliqué que, selon les termes du testament, son héritage serait bloqué sur un compte auquel il ne pourrait pas toucher avant ses vingt et un ans. En ajoutant que, même s'il ne pouvait pas toucher sa part tout de suite, on lui verserait sans doute une pension assez généreuse.

Certainement pas. Ramble voulait monter un groupe et produire des albums avec son argent. La plupart de ses amis musiciens galéraient parce qu'ils n'avaient pas de quoi se payer des heures de studio, mais avec lui ce serait différent. Son groupe s'appellerait Ramble, décida-t-il, il jouerait de la basse et serait le chanteur principal, et les filles lui sauteraient dessus. Du rock alternatif avec de fortes influences de rap, quelque chose de nouveau. Quelque chose qu'il était en train d'inventer, là, maintenant.

Deux étages au-dessus, dans le bureau de sa spacieuse maison, Tira, sa mère, recevait coup de fil sur coup de fil d'amies qui venaient lui présenter des condoléances hypocrites. Elles faisaient durer la conversation assez longtemps pour pouvoir demander combien Tira espérait retirer de cet héritage, mais cette dernière avait peur d'avancer un chiffre. Elle avait épousé Troy en 1982, à l'âge de vingt-trois ans, après avoir signé un contrat de mariage de plusieurs pages qui ne lui accordait que dix millions de dollars et une maison en cas de divorce.

Ils s'étaient séparés dix ans plus tard. Elle attaquait maintenant ses deux derniers millions.

Ses besoins étaient considérables. Ses amies avaient des résidences secondaires nichées dans les petites criques privées des Bahamas. Elle descendait seulement dans les hôtels de luxe. Elles achetaient leurs robes chez les couturiers de New York. Elle devait se contenter des magasins locaux. Leurs enfants étaient pensionnaires et ne les encombraient pas. Ramble se terrait au sous-sol et ne voulait plus sortir.

Troy lui avait certainement laissé dans les dix millions. Un pour cent de ses avoirs faisait environ cent millions. Un malheureux pour cent. Elle fit les calculs sur une serviette en papier tout en parlant au téléphone avec son avocat.

Geena Phelan Strong avait trente ans et survivait à ce qui était devenu un mariage tumultueux avec Cody, son mari numéro deux, issu d'une vieille famille de la Côte est, réputée riche. Apparemment sa fortune n'était qu'une rumeur ; elle n'en avait pas vu la couleur en tout cas. Cody avait été extrêmement bien éduqué – Taft, Dartmouth et un MBA à Columbia – et il se considérait comme un visionnaire dans le monde des affaires. Aucun travail n'était assez bien pour lui. Ses talents ne pouvaient se confiner aux quatre murs d'un bureau. Ses rêves ne seraient jamais bridés par les ordres et les caprices d'un patron. Cody serait milliardaire, par ses propres moyens bien sûr, et probablement le plus jeune de toute l'Histoire.

Au bout de six ans, Cody n'avait toujours pas trouvé sa place. En réalité, ses pertes s'accumulaient. Il avait fait un mauvais placement sur le cuivre en 92, qui avait englouti plus d'un million de l'argent de Geena. Deux ans plus tard, il s'était fait ratisser quand la Bourse avait subitement chuté d'une manière dramatique. Geena l'avait quitté pendant quatre mois, puis, après une entrevue avec un conseiller conjugal, elle était revenue. Une idée de poulets surgelés avait tourné au vinaigre, et Cody avait encore perdu cinq cent mille dollars dans l'affaire.

Ils dépensaient beaucoup. Leur conseiller recommandait les voyages comme thérapie, alors ils avaient vu le monde. Être jeunes et riches adoucissait pas mal de leurs problèmes, mais l'argent filait vite. Des cinq millions que Troy avait donnés à Geena pour son vingt et unième anniversaire, il n'en restait plus qu'un. Et leurs dettes ne cessaient d'augmenter. Quand Troy avait sauté de sa terrasse, la combinaison de tous ces éléments avait amené leur mariage au point de rupture.

Ils passaient donc une matinée très affairée à visiter des maisons à Swinks Mill, l'endroit de leurs rêves les plus grandioses. Leurs rêves grandissaient au fur et à mesure que la journée avançait et, au déjeuner, ils en étaient à visiter des maisons dépassant les deux millions de dollars. À 14 heures, ils retrouvèrent un agent immobilier très stressé, une femme nommée Lee, avec des cheveux crêpés, des bracelets en or, deux téléphones portables et une Cadillac étincelante. Geena se présenta comme « Geena Phelan », en insistant lourdement sur le nom de famille sans la moindre gêne. Apparemment, Lee ne lisait pas les pages financières parce qu'elle ne réagit pas et, au milieu de la troisième visite, Cody dut la prendre à part et lui chuchoter la vérité sur son beau-père.

– Ce richard qui s'est balancé par la fenêtre ? dit Lee en portant une main à sa bouche.

Geena inspectait le placard d'un hall dans lequel on avait aménagé un petit sauna.

Cody hocha tristement la tête.

Au crépuscule, ils visitaient une maison vide mise à prix quatre millions et demi, pour laquelle ils étaient sérieusement prêts à faire une offre. Lee avait rarement rencontré des clients si riches et elle se sentit gagnée par leur frénésie.

Rex, quarante-quatre ans, frère de TJ, était à l'instant de la mort de Troy le seul de ses enfants à avoir des démêlés avec la justice. Ses ennuis venaient d'une banque qui avait fait faillite, et il était poursuivi sous plusieurs chefs d'inculpation. Les experts bancaires et le FBI le harcelaient depuis trois ans.

Pour approvisionner sa défense, et son style de vie très dépensier, Rex avait acheté une kyrielle de bars topless et de clubs de strip-tease dans la région de Fort Lauderdale à un type mort depuis dans une fusillade. Le commerce de la chair était lucratif ; ça ne désemplissait pas et l'argent liquide était facile à escamoter. Sans être outrancièrement avare, Rex mettait vingt mille dollars de côté par mois, hors d'atteinte du fisc, environ quatre mille dans chacun de ses clubs.

Les clubs étaient au nom d'Amber Rockwell, son épouse, une ancienne strip-teaseuse qu'il avait repérée pour la première fois dans un bar de nuit. La totalité de ses biens était au nom d'Amber, et cela lui causait quelque anxiété. En faisant un petit effort de discrétion côté tenue et maquillage, Amber arrivait très bien à se faire passer pour respectable dans leurs cercles washingtoniens. Peu de gens connaissaient son passé. Mais, au fond d'elle-même, elle restait une prostituée, et savoir toute leur fortune entre ses mains engendrait chez le pauvre Rex de nombreuses nuits d'insomnie.

À l'heure de la mort de son père, Rex en était à plus de sept millions de dollars d'amendes et de commandements de saisie de la part de divers prêteurs, associés et investisseurs bancaires. Et cette somme allait grandissant. Les jugements, pourtant, étaient difficilement exécutables parce que les créditeurs n'avaient rien à se mettre sous la dent. Rex ne possédait rien, pas même sa voiture. Amber et lui louaient un appartement et possédaient deux Corvette assorties, et tous les papiers étaient à son nom à elle. Les clubs et les bars appartenaient à une firme offshore dont elle était sur le papier la seule responsable officielle. Jusqu'ici, Rex s'était montré très difficile à coincer.

Leur union était aussi stable que peut l'être celle de deux personnes dont l'histoire est faite d'instabilité. Ils sortaient et recevaient beaucoup, laissant graviter autour d'eux une bande de pique-assiettes attirés par le nom de Phelan. Ils menaient la belle vie, malgré leurs soucis juridico-financiers et l'inquiétude permanente de Rex au sujet d'Amber. Une dispute un peu violente et elle pouvait s'envoler du jour au lendemain. Ce poids avait disparu à la mort de Troy. La roue avait tourné et Rex se retrouvait soudain au top, son nom de famille valant finalement une fortune. Il allait vendre bars et clubs, éponger toutes ses dettes séance tenante, puis jouer avec son argent. Un faux mouvement, et Amber recommencerait à danser nue sur des tables, des dollars coincés dans son mini-string.

Rex passa la journée avec Hark Gettys, son avocat. Il voulait sa part, vite. Il la voulait désespérément et il pressait Gettys d'appeler Josh Stafford pour exiger l'accès au testament. Rex élaborait mille châteaux en Espagne sur la manière dont il gérerait cet héritage, et Hark serait à ses côtés à chaque étape. Il voulait le contrôle du Groupe Phelan. Sa part des actions, quelle qu'elle soit, ajoutée à celle de TJ et de ses deux sœurs, leur donnerait certainement la majorité du vote des actionnaires. Mais les actions étaient-elles placées, cotées, libres, ou imbriquées dans une des mille astuces sournoises qui devaient faire rire Troy du haut des cieux ?

– Il faut qu'on voie ce foutu testament ! hurlat-il à Hark pendant des heures.

Hark le calma avec un long déjeuner et du bon vin, puis ils passèrent au scotch en début d'après-midi. Amber arriva et les trouva tous deux ivres morts, mais elle ne se mit pas en colère. Rex ne pourrait plus jamais la mettre en colère désormais. Elle l'aimait plus que jamais.

6.

Le voyage vers l'ouest devait être un plaisant répit après le chaos créé par le saut dans le vide de M. Phelan. Son ranch se trouvait près de Jackson Hole, dans les Tetons, où il y avait déjà trente centimètres de neige et où on en prévoyait davantage. Cela heurterait-il les bonnes manières de répandre ainsi des cendres sur une terre couverte de neige ? Devait-on attendre le dégel ? Ou bien les semer tout de même ? Josh s'en fichait éperdument. Il les aurait jetées au visage de n'importe quelle catastrophe naturelle.

Il était pourchassé par les avocats des héritiers Phelan. Les observations prudentes qu'il avait faites à Hark Gettys à propos des capacités testamentaires du vieil homme avaient provoqué des ondes de choc dans chaque famille, qui réagissait avec une hystérie prévisible. Et des menaces. Ce voyage ressemblait à de courtes vacances. Durban et lui allaient enfin pouvoir analyser les recherches préliminaires et établir une stratégie.

Ils quittèrent National Airport dans le Gulf-stream IV de Phelan, un avion que Josh avait déjà eu le privilège d'emprunter une fois. C'était l'appareil le plus récent de la flottille et, à trente-cinq millions de dollars, le plus beau de tous les jouets de Phelan. L'été précédent, ils l'avaient pris pour se rendre à Nice, où le vieil homme marchait nu sur les plages en bavant devant les jeunes Françaises. Josh et son épouse avaient gardé leurs vêtements comme les autres Américains et ils avaient passé leur séjour à l'ombre près de la piscine.

Une hôtesse leur servit le petit déjeuner, puis elle disparut dans la partie arrière quand ils étalèrent leurs papiers sur une table ronde. Le vol devait durer quatre heures.

Les déclarations sous serment signées par les docteurs Flowe, Zadel et Theishen étaient longues et verbeuses, surchargées d'opinions personnelles et de redondances qui couvraient des pages et des pages et ne laissaient pas la moindre étincelle de doute quant à la santé mentale et la mémoire de Troy Phelan. Il était sacrément brillant et savait exactement ce qu'il faisait à quelques minutes de sa propre mort.

En lisant les déclarations, Stafford et Durban profitaient du comique de la situation. Quand le nouveau testament serait connu, ces trois experts seraient virés, bien évidemment, et une demi-douzaine d'autres seraient engagés pour livrer mille et une interprétations sur la terrible maladie mentale de ce pauvre Troy.

Quant à Rachel Lane, les enquêteurs engagés par la firme fouillaient avec frénésie, mais en avaient appris très peu sur la missionnaire la plus riche du monde.

Selon les premières recherches faites sur Internet, les missions des Tribus du Monde avaient leur quartier général à Houston, Texas. Fondée en 1920, cette organisation comptait quatre mille missionnaires répandus sur la surface du globe et travaillant exclusivement avec des tribus primitives. Son seul but et sa seule raison d'être étaient de répandre l'Évangile chrétien dans chaque tribu isolée du monde. Visiblement, Rachel n'avait pas hérité ses convictions religieuses de son père.

Pas moins de vingt-huit tribus indiennes du Brésil étaient actuellement approchées par ces évangélisateurs et quelque trois cents autres dans le reste du monde. Les tribus « cibles » étaient retirées et coupées de la civilisation moderne, les missionnaires recevaient un entraînement intensif à la survie en milieu naturel hostile, en langues et en médecine.

Josh lut avec grand intérêt l'histoire d'un missionnaire qui avait passé vingt ans dans une cabane dans la jungle, essayant d'apprendre assez du langage d'une tribu primitive pour communiquer avec elle. Les Indiens se souciaient très peu de sa présence dans leur village. Après tout, c'était un Blanc venu du Missouri, qui avait débarqué avec son sac à dos et un vocabulaire local limité à « Bonjour » et « Merci ». S'il avait besoin d'une table, il s'en construisait une. S'il avait besoin de nourriture, il chassait. Cinq ans s'écoulèrent avant que les Indiens ne lui manifestent un début de confiance. La sixième année seulement, il put leur raconter sa première histoire tirée de la Bible. Il appliqua à la lettre tous les préceptes qu'on lui avait enseignés – la patience, construire des relations, apprendre langages et cultures –, et lentement, très lentement, il put commencer leur évangélisation. La tribu avait très peu de contacts avec le monde extérieur. La vie avait à peine changé depuis mille ans.

Quel genre de personne pouvait avoir ainsi assez de foi et d'abnégation pour oblitérer la société moderne et pénétrer dans un monde préhistorique ? Le missionnaire écrivait que les Indiens ne l'avaient accepté que le jour où ils s'étaient rendu compte qu'il ne partirait pas. Il avait choisi de vivre auprès d'eux, pour toujours. Il les aimait et voulait être l'un d'entre eux.

Donc, Rachel vivait dans une hutte ou une case et dormait sur un lit bâti de ses propres mains, cuisinait sur un feu de bois, mangeait le produit de ce qu'elle cultivait ou chassait, et enseignait les histoires de la Bible aux enfants et les Évangiles aux adultes ; et ne savait rien sur les événements, les inquiétudes et les pressions de la civilisation, ou s'en fichait éperdument. Elle était très satisfaite. Sa foi la soutenait.

Il semblait presque cruel d'aller l'ennuyer avec tout ça.

Durban lut les mêmes documents et dit :

– Il se pourrait qu'on ne la trouve jamais. Pas de téléphone, pas d'électricité. Bon Dieu, il faut escalader des montagnes pour atteindre ces gens.

– Nous n'avons pas le choix, répondit Josh.

– Avons-nous contacté Tribus du Monde ?

– Pas encore. Je dois le faire aujourd'hui.

– Et que comptes-tu leur dire ?

– Je ne sais pas. En tout cas surtout pas qu'on cherche l'une de leurs missionnaires parce qu'elle vient d'hériter de onze milliards de dollars.

– Onze milliards hors impôts.

– Il y aura de beaux restes.

– Alors, qu'est-ce que tu vas leur dire ?

– Qu'il s'agit d'un problème juridique pressant. Que c'est très urgent et qu'il faut qu'on parle à Rachel face à face.

Un fax se mit à cracher mémos et notes. Le premier émanait de la secrétaire de Josh avec la liste des appels de la matinée – dont la plupart venaient des avocats des héritiers Phelan. Deux journalistes avaient également appelé.

Les associés faisaient leurs rapports, avec les recherches préliminaires sur les aspects variés de la loi virginienne. À chaque page dont Josh et Durban prenaient connaissance, le testament rédigé à la hâte par le vieux Troy devenait de plus en plus solide.

Après le déjeuner, ils se posèrent à Jackson Hole par temps clair, de grosses congères de neige bordant les côtés de la piste. Ils descendirent de l'avion, firent vingt mètres et grimpèrent dans un Sikorsky S-76C, l'hélicoptère favori de Troy. Dix minutes plus tard ils survolaient son ranch bien-aimé. Des bourrasques secouaient l'hélico et Durban vira au vert. Josh entrouvrit une porte, lentement et assez nerveusement, et un vent acéré lui cingla le visage.

Le pilote faisait des cercles à huit cents mètres d'altitude, tandis que Josh vidait de ses cendres une petite urne noire. Le vent les dispersa immédiatement, si bien que les restes de Troy disparurent de leur vue bien avant d'atteindre la neige. Quand l'urne fut vide, Josh retira son bras et sa main gelés et il referma la porte.

D'apparence, la maison était une cabane en rondins tout à fait rustique. Mais avec ses trois mille mètres carrés, elle n'avait rien d'une cabane. Troy l'avait achetée à un acteur dont la carrière tournait court.

Un majordome en velours côtelé prit leurs sacs et une bonne leur servit le café. Durban admirait les trophées de chasse empaillés accrochés au mur pendant que Josh rappelait le bureau. Un bon feu brûlait dans la cheminée et la cuisinière demanda ce qu'ils voulaient pour dîner.

Pour traiter cette partie de l'affaire, Stafford avait choisi Montgomery, son associé depuis quatre ans. Ce dernier se perdit trois fois dans l'étendue de Houston avant de trouver les bureaux de Tribus du Monde, cachés au rez-de-chaussée d'un immeuble de cinq étages. Il gara sa voiture de location et resserra sa cravate.

Il avait parlé à M. Trill deux fois au téléphone et, même s'il arrivait à leur rendez-vous avec une bonne heure de retard, cela ne semblait pas avoir d'importance. M. Trill était poli, parlait doucement, mais n'avait pas l'air très coopératif. Ils échangèrent les préliminaires d'usage.

– Bon, que puis-je faire pour vous ? finit par demander Trill.

– J'ai besoin de renseignements sur l'une de vos missionnaires, expliqua Montgomery.

Trill hocha la tête en silence.

– Une certaine Rachel Lane.

Son interlocuteur plissa les yeux comme s'il essayait de se la remémorer.

– Le nom ne me dit rien. Mais nous avons quatre mille personnes en action.

– Elle travaille près de la frontière du Brésil et de la Bolivie.

– Que savez-vous d'elle ?

– Pas grand-chose. Mais nous avons besoin de la voir.

– Dans quel but ?

– Un problème juridique, dit Montgomery avec juste assez d'hésitation pour laisser naître les soupçons.

Trill fronça les sourcils et croisa les bras sur sa poitrine. Son petit sourire avait disparu.

– Des ennuis ? demanda-t-il.

– Non. Mais l'affaire est assez urgente. Il faut que nous la rencontrions.

– Vous ne pouvez pas envoyer une lettre ou un paquet ?

– Je crains que non. Nous avons besoin de sa coopération, ainsi que de sa signature.

– Je présume que c'est confidentiel ?

– Extrêmement.

Il y eut comme un déclic qui fit que Trill cessa de froncer les sourcils.

– Excusez-moi une minute, fit-il.

Il disparut du bureau, laissant Montgomery inspecter le mobilier spartiate. La seule décoration consistait en une collection de photos d'enfants indiens épinglées au mur.

Trill avait complètement changé d'attitude quand il revint, sec, dénué de tout sourire, presque hostile.

– Je suis désolé, monsieur Montgomery, dit-il sans s'asseoir, mais nous ne serons pas en mesure de vous aider.

– Est-elle au Brésil?

– Désolé.

– En Bolivie?

– Désolé.

– Est-ce qu'elle existe, au moins?

– Je ne peux répondre à vos questions.

– Du tout?

– Du tout.

– Pourrais-je parler à votre patron ou à votre supérieur?

– Bien sûr.

– Où est-il?

– Au ciel.

Après un dîner composé de steaks épais accompagnés de sauce aux champignons, Josh Stafford et Tip Durban se retirèrent dans le bureau, où un feu illuminait la cheminée. Un autre majordome, un Mexicain en veste blanche et jean délavé, leur servit du très vieux malt issu de la réserve personnelle de M. Phelan et leur proposa des cigares cubains. Pavarotti chantait des chants de Noël sur une lointaine stéréo.

– J'ai une idée, dit Josh en contemplant le feu. Il nous faut envoyer quelqu'un à la recherche de Rachel Lane, non?

Au milieu d'une longue bouffée de son cigare, Tip se contenta de hocher la tête.

– Et on ne peut pas envoyer n'importe qui. Il faut un avocat; quelqu'un qui puisse expliquer les implications légales. Et quelqu'un de chez nous, à cause de la confidentialité.

Les joues pleines de fumée, Tip continuait à opiner.

– Alors, qui?

Tip souffla doucement, par la bouche et les

narines, et la fumée masqua un instant son visage avant de se disperser vers le haut.

– Combien de temps cela prendra-t-il? finit-il par demander.

– Je n'en sais rien, mais ce n'est pas un petit voyage rapide. Le Brésil est un pays immense, presque aussi grand que le nôtre. Et là, on parle jungle et montagnes. Ces gens sont si isolés qu'ils n'ont jamais vu même une voiture.

– Je n'y vais pas.

– On peut engager des guides locaux, mais cela prendra au moins une semaine.

– Ils ont des cannibales par là-bas?

– Non.

– Des anacondas?

– Relax, Tip. Tu n'iras pas.

– Merci.

– Mais tu vois le problème, non? On a soixante avocats, tous surchargés de plus de travail qu'on ne peut en faire. Aucun de nous ne peut tout laisser tomber pour partir à la recherche de cette femme.

– Envoie un auxiliaire juridique.

Josh n'aimait pas cette idée. Il but une lampée de scotch, tira sur son cigare et écouta les flammes crépiter dans la cheminée.

– Il faut que ce soit un avocat, répéta-t-il presque pour lui-même.

Le majordome revint avec de nouveaux verres. Il leur demanda s'ils voulaient un dessert et du café, mais les hôtes avaient déjà eu plus que ce qu'ils désiraient.

– Et Nate? demanda Josh quand ils furent à nouveau seuls.

Il était visible que Josh avait pensé à Nate depuis le début, et cela irrita quelque peu Tip.

– Tu plaisantes? dit-il.

– Non.

Ils réfléchirent quelques instants à l'idée d'envoyer Nate, chacun essayant de dépasser ses objections initiales et ses craintes. Nate O'Riley était l'un de leurs partenaires, associé depuis vingt-trois ans, pour l'heure enfermé dans un centre de réinsertion dans les Blue Ridge Mountains, à l'ouest de Washington. Les dix dernières années, il avait fait de nombreux séjours en désintoxication, en sortant sobre chaque fois, brisant ses accoutumances, s'approchant d'une maîtrise de soi supérieure, travaillant son bronzage et son tennis, et affirmant s'être débarrassé de ses vices pour de bon. Et alors qu'il jurait que chaque rechute serait la dernière, la descente finale jusqu'au fond du trou, chacune était immanquablement suivie d'une autre, encore plus dure. Maintenant, à quarante-huit ans, il était ruiné, deux fois divorcé et récemment tombé sous le coup d'une inculpation pour fraude fiscale. Son avenir était tout sauf enviable.

– C'était un type qui adorait le grand air, non ?

– Ah ouais. Plongée sous-marine, varappe, tous ces trucs de dingue. Et puis il a glissé sur le toboggan et il n'a plus rien fait que travailler.

Le toboggan avait démarré vers ses trente-cinq ans, à l'époque où il avait remporté une impressionnante série de grands procès contre des médecins négligents. Nate O'Riley avait gagné le statut de star de la chasse aux erreurs médicales, et il avait également commencé à boire et à prendre de la coke. Il avait négligé sa famille et était devenu complètement obsessionnel, accro à trois choses – les grands verdicts, l'alcool et la dope. Il arrivait à maintenir un certain équilibre, mais il était toujours au bord du désastre. Et puis il avait perdu une affaire et dégringolé de la falaise pour la première fois. La firme l'avait caché en cure de thalasso jusqu'à ce qu'il ait suffisamment décroché et il avait fait un come-back impressionnant. Le premier d'une longue série.

– Quand est-ce qu'il sort ? demanda Tip, moins surpris par l'idée, qui le séduisait même de plus en plus.

– Bientôt.

Mais Nate était sérieusement accro. Il pouvait rester clean pendant des mois, des années même, mais il replongeait toujours. Les produits chimiques avaient ravagé sa tête et son corps. Son comportement était devenu tout à fait étrange, et des rumeurs sur sa folie circulaient sournoisement dans la boîte et finissaient toujours par atteindre le réseau de cancans des avocats.

Presque quatre mois plus tôt, il s'était enfermé dans un motel avec une bouteille de rhum et un sac de pilules pour accomplir ce que la plupart de ses collègues avaient vu comme une tentative de suicide.

Josh l'avait rengagé pour la quatrième fois en dix ans.

– Cela lui ferait peut-être du bien, dit Tip, tu sais, de partir un moment loin de tout ça.

7.

Le troisième jour après le suicide de Troy Phelan, Hark Gettys arriva à son bureau avant l'aube, déjà fatigué, mais impatient que la journée commence. Il avait soupé tard avec Rex Phelan, passé ensuite quelques heures dans un bar où ils s'étaient pris la tête à propos du testament et avaient multiplié les stratégies. Ses yeux étaient donc rougis et gonflés et il avait mal à la tête, mais il se déplaçait pourtant avec rapidité autour du pot à café.

Les tarifs horaires de Hark variaient. L'année précédente, il s'était occupé d'un divorce salement compliqué pour quelques pauvres deux cents dollars de l'heure. Il annonçait trois cent cinquante à chaque client éventuel, ce qui était un peu bas pour un ambitieux avocat de Washington, mais s'il leur faisait franchir le seuil à trois cent cinquante, il pouvait certainement palper l'addition et gagner ce qu'il méritait. Une compagnie de ciment indonésienne l'avait payé quatre cent cinquante dollars de l'heure pour une petite affaire, puis avait essayé de l'évincer quand il avait présenté sa note. Il avait gagné un procès en condamnation à mort dans lequel il s'était fait un tiers des trois cent cinquante mille remportés. Il était donc très rodé quand on en arrivait aux honoraires.

Hark était membre du barreau dans une compagnie de quarante avocats, un cabinet de second plan avec un historique de luttes intestines et de querelles qui avaient entravé son ascension, et il rêvait d'ouvrir sa propre boutique. Presque la moitié des honoraires atterrissait directement dans ses poches. Pour lui, l'argent lui appartenait.

Durant son insomnie, il avait pris la décision d'augmenter ses tarifs à cinq cents dollars de l'heure, avec effet rétroactif sur la semaine précédente. Il n'avait travaillé sur rien d'autre que l'affaire Phelan pendant les six derniers jours, et maintenant que le vieil homme était mort, sa famille de dingues était un vrai rêve pour un avocat.

Ce que Hark désirait désespérément, c'était une contestation du testament – un long combat vicieux avec des équipes entières d'avocats remplissant des tonnes de baratin juridique. Un procès serait merveilleux, une bataille énorme pour l'une des plus grosses fortunes d'Amérique, avec Hark au centre. Gagner serait bien, mais ce n'était pas pour ça qu'il se battait. Non, ce qu'il voulait, c'était faire fortune et devenir célèbre.

À cinq cents dollars de l'heure, soixante heures par semaine, cinquante semaines par an, les honoraires de Hark se monteraient, en gros, à un million et demi l'an. Les frais généraux pour un nouveau bureau – loyer, secrétaires, assistants – ne coûteraient pas plus d'un demi-million, ce qui lui offrait la possibilité de se faire un million de dollars s'il quittait sa misérable firme et ouvrait un nouveau cabinet au bout de la rue.

Réglé. Il avala une gorgée de café et dit mentalement au revoir au capharnaüm de son bureau. Il allait se tirer avec le dossier Phelan et peut-être un ou deux autres. Il emmènerait sa secrétaire et son auxiliaire juridique, et il le ferait très vite, avant que la boîte puisse réclamer le moindre droit et le moindre honoraire sur le dossier Phelan.

Il s'installa devant son bureau, le cœur battant à la perspective de cette nouvelle aventure, et il réfléchit à tous les moyens à sa disposition pour entamer une guerre contre Josh Stafford. Il n'avait aucune raison de s'inquiéter. Stafford n'avait pas voulu révéler le contenu du nouveau testament. Il avait mis sa validité en question, à la lumière du suicide. Hark avait été intrigué par le changement de ton de son confrère immédiatement après le drame. À présent, ce dernier avait quitté la ville et ne répondait plus à ses appels.

Oh! qu'il avait envie d'une bataille.

À 9 heures, il retrouva Libbigail Phelan Jeter et Mary Ross Phelan Jackman, les deux filles du premier mariage de Troy. Rex avait arrangé ce rendez-vous à la demande insistante de Hark. Même si les deux femmes avaient déjà des avocats, Hark les voulait comme clientes. Plus de clients signifiait plus d'influence à la table des négociations et au tribunal, et cela signifiait également qu'il pouvait présenter à chacun sa note de cinq cents dollars de l'heure pour le même boulot.

Le rendez-vous fut bizarre; aucune des deux femmes n'avait confiance en lui pour la simple raison qu'aucune n'avait confiance en Rex. TJ avait trois avocats personnels, et leur mère en avait un. Pourquoi devraient-ils unir leurs forces quand personne d'autre ne le faisait? Avec autant d'argent en jeu, elles estimaient avoir plutôt intérêt à conserver leurs propres avocats?

Hark se fit pressant mais gagna peu de terrain. Il était déçu, mais il rabattit son énergie sur la création de son cabinet. Il sentait presque physiquement les billets craquer entre ses doigts.

Libbigail Phelan Jeter avait été une enfant rebelle qui détestait sa mère et cherchait à tout prix l'attention de son père, lequel était rarement à la maison. Elle avait neuf ans quand ses parents avaient divorcé.

Quand elle en eut quatorze, Lillian l'expédia en pension. Troy désapprouvait les pensions, comme s'il savait quoi que ce soit concernant l'éducation des enfants, et durant toutes ses études secondaires il fit un effort inhabituel pour rester en contact avec elle. Il lui disait souvent qu'elle était sa préférée. Elle était en tout cas de loin la plus brillante.

Mais il rata sa remise de diplôme et oublia de lui envoyer un cadeau. Durant l'été précédant son entrée à l'Université, elle se mit à songer aux moyens de le blesser. Elle prit un avion pour Berkeley, officiellement pour étudier la poésie médiévale irlandaise, mais en réalité elle avait décidé d'étudier très peu, voire pas du tout. Troy détestait l'idée qu'elle aille dans une université californienne, surtout sur un campus aussi radical. La guerre du Viêt-nam s'achevait. Les étudiants avaient gagné et l'heure était aux célébrations.

Elle glissa facilement dans la contre-culture, drogue et amour libre. Elle vivait dans une maison de deux étages avec un groupe d'étudiants de toutes races, sexes et préférences sexuelles. Les coutumes changeaient quasiment une fois par semaine, ainsi que le nombre d'habitants. Ils se baptisaient communauté, mais il n'y avait ni structure ni règles. L'argent n'était pas un problème car la plupart d'entre eux venaient de familles riches. Parmi eux, Libbigail était une jeune fille riche du Connecticut, tout simplement. À l'époque, Troy pesait cent millions de dollars et quelques.

Avec son goût pour l'aventure, elle essaya toutes les drogues, jusqu'à ce que l'héroïne s'empare d'elle. Son fournisseur était un batteur de jazz nommé Tino, qui vivait plus ou moins dans sa communauté. Ancien étudiant de Memphis qui avait tout largué, il atteignait presque la quarantaine et personne ne savait exactement comment ni quand il était devenu membre de leur groupe. Tout le monde s'en foutait, d'ailleurs.

Libbigail se fit assez propre pour réapparaître dans sa famille à l'occasion de son vingt et unième anniversaire, jour glorieux pour tous les enfants Phelan car c'était celui où le vieil homme faisait le Cadeau. Troy ne croyait pas aux fidéicommis, aux fonds de pension pour ses enfants. S'ils n'étaient pas stabilisés à l'âge de vingt et un ans, pourquoi continuer à les tenir en laisse ? Les fonds de pension nécessitaient des notaires, et des avocats et des batailles constantes avec les bénéficiaires, qui n'aimaient pas vraiment que leur argent soit géré par des comptables. Donnez-leur l'argent, raisonnait Troy, qu'ils nagent ou qu'ils coulent.

La plupart des Phelan coulaient rapidement

Troy rata son anniversaire. Il était quelque part en Asie en voyage d'affaires. À l'époque, il était en plein dans son second mariage, avec Janie. Rocky et Geena étaient tout petits, et il avait perdu le peu d'intérêt qu'il manifestait pour sa première famille.

Il ne manqua pas à Libbigail. Les avocats avaient tout arrangé pour le Cadeau, et elle passa une semaine au lit avec Tino dans un palace de Manhattan, défoncée.

Son argent lui dura presque cinq ans, un laps de temps qui inclut deux maris, pas mal de petits amis, deux arrestations, trois longs séjours forcés en cure de désintoxication, et un accident de voiture qui faillit emporter sa jambe gauche.

Son mari actuel était un ex-motard qu'elle avait rencontré en cure. Il pesait cent soixante-dix kilos et avait une barbe frisée grise qui lui tombait sur la poitrine. On l'appelait Spike, et il avait curieusement plutôt bien évolué. Il construisait des bureaux dans une boutique derrière leur modeste maison, à Lutherville, une banlieue de Baltimore.

L'avocat de Libbigail était un type tout ébouriffé nommé Wally Bright et, en quittant le bureau de Hark Gettys, elle se rendit directement chez lui.

Elle lui fit un rapport complet des propos de Hark. Wally était un avocat de seconde zone qui affichait des annonces pour des divorces éclairs sur les bancs des arrêts de bus dans le quartier de Bethseda. Il s'était occupé d'un des divorces de Libbigail et avait attendu un an avant d'être payé. Mais il savait qu'il fallait être patient avec elle. Après tout, c'était une Phelan. Elle représentait son billet pour les vaches grasses, billet qu'il n'avait jamais été vraiment capable de décrocher.

En sa présence, Wally appela Hark Gettys et entama un combat téléphonique vicieux qui fit rage pendant un quart d'heure. Il tapait du pied en tournant autour de son bureau, battant des bras, hurlant des obscénités au téléphone. « Je tuerais pour ma cliente ! » cria-t-il même à un moment, et Libbigail fut très impressionnée.

Quand il eut fini, il la raccompagna gentiment à la porte et l'embrassa sur la joue. Il la caressa, lui tapota l'épaule et papillonna autour d'elle. Il lui donnait l'attention qu'elle avait désespérément cherchée toute sa vie. Elle n'était pas désagréable à regarder ; un peu lourde, et avec les stigmates d'une vie dure, mais Wally avait vu pire. Wally avait couché avec bien pire. Quand l'heure viendrait, Wally saurait jouer le coup.

8.

Le havre de Nate était recouvert de dix centimètres de neige fraîche quand il fut réveillé par les
trilles de Chopin qui filtraient à travers les murs.
La semaine précédente, c'était du Mozart. Celle
d'avant, il ne se souvenait pas. Vivaldi avait fait
partie de son passé récent, mais tout cela se
confondait dans un brouillard épais.

Comme il l'avait fait chaque matin pendant
presque quatre mois, Nate s'avança jusqu'à la
fenêtre et contempla la vallée de la Shenandoah
étalée devant lui, mille mètres plus bas. Elle aussi
était couverte de blanc, et il se rappela qu'on
approchait de Noël.

Il serait sorti à temps pour Noël. Ils – ses docteurs et Josh Stafford – lui avaient au moins promis
cela. Il pensa à cette fête et cela l'attrista. Autrefois, il n'y avait pas si longtemps, il avait aimé cette
période, quand les enfants étaient petits et que la
vie était stable. Mais les enfants étaient partis
maintenant, soit parce qu'ils avaient grandi, soit
parce que leur mère les avait emmenés, et la dernière chose que Nate souhaitait, c'était de passer le
réveillon dans un bar en compagnie d'autres misérables pochards à brailler des chants de Noël tout
en faisant semblant d'être joyeux.

Sous sa blancheur immaculée, la vallée était

tranquille, seules quelques voitures avançant comme des fourmis dans le lointain.

Il était censé méditer dix minutes, soit en priant, soit en pratiquant les exercices de yoga qu'ils avaient essayé de lui enseigner à Walnut Hill. À la place, il fit des abdominaux, puis il alla nager.

Le petit déjeuner était composé de café noir et d'un beignet, qu'il prit avec Sergio, son conseiller-thérapeute-gourou. Durant les quatre mois écoulés, Sergio avait aussi été son meilleur ami. Il savait tout sur la misérable vie de Nate O'Riley.

– Tu as un invité aujourd'hui, dit Sergio.

– Qui ?

– M. Stafford.

– Merveilleux.

Tout contact avec le monde extérieur était le bienvenu, surtout parce que les visites étaient sévèrement contrôlées. Josh était venu une fois par mois. Deux autres amis de la firme avaient fait les trois heures de voiture depuis Washington, mais ils étaient surchargés et Nate comprenait.

La télévision était interdite à Walnut Hill, à cause des publicités pour la bière et parce que de nombreux films ou séries glorifiaient la consommation d'alcool et même de drogue. La plupart des magazines populaires étaient écartés pour les mêmes raisons. Nate s'en foutait. Après quatre mois, il se souciait fort peu de ce qui se passait au Capitole, à Wall Street ou au Moyen-Orient.

– Quand ? demanda-t-il.

– En fin de matinée.

– Après mes exercices ?

– Bien sûr.

Rien ne venait jamais troubler les exercices, deux heures d'une orgie de transpiration, de grognements et de hurlements menées par une femme à la voix suraiguë que Nate adorait en secret.

Il se reposait dans sa chambre, à nouveau perdu dans la contemplation de la vallée, en mangeant une orange sanguine, quand son ami arriva.

– Tu as l'air en pleine forme, dit Josh. Combien de poids as-tu perdu ?

– Sept kilos, répondit Nate en tapant sur son estomac plat.

– Waouh, bravo ! Je devrais peut-être passer quelque temps ici.

– Je te le recommande grandement. La nourriture est totalement dénuée de graisse et de goût. Les portions tiennent dans une soucoupe, trois bouchées et c'est fini. Le déjeuner et le dîner prennent sept minutes environ si tu mâches lentement.

– Pour mille dollars par jour, tu t'attendrais à de la bonne chère.

– Est-ce que tu m'as apporté des gâteaux, Josh ? Quelques Oreos ? Tu as certainement planqué un paquet dans ton attaché-case.

– Désolé, Nate, je respecte les consignes.

– Des M&M, ou une barre de chocolat ?

– Désolé.

Nate mordit dans son orange. Assis côte à côte, ils profitaient du paysage. Quelques minutes passèrent.

– Comment te sens-tu ? demanda Josh.

– J'ai besoin de sortir d'ici, mon pote. Je suis en train de devenir un robot.

– Tes toubibs disent une semaine ou deux encore.

– Super. Et après ?

– On verra.

– Ce qui signifie ?

– Cela signifie qu'on verra.

– Allons, Josh...

– On prendra notre temps, et on verra ce qui se passe.

– Est-ce que je peux réintégrer la boîte, Josh ? Dis-le-moi.

– Pas si vite, Nate. Tu as des ennemis.

– Qui n'en a pas ? Mais, bon Dieu, c'est ta

société. Ces mecs se plieront à tout ce que tu déci-
deras.

– Tu as quelques problèmes.

– J'ai un million de problèmes. Mais tu ne peux
pas me virer comme ça.

– La faillite, on peut s'en arranger. L'inculpation pour fraude, c'est moins facile.

Effectivement, ce n'était pas si facile, et Nate ne
pouvait pas feindre de l'ignorer. De 1992 à 1995, il
avait « oublié » de déclarer soixante mille dollars
de revenus.

Il jeta les pelures d'orange dans une corbeille et
reprit :

– Alors qu'est-ce que je suis censé faire ? Rester
assis à la maison toute la journée ?

– Si tu as de la chance.

– Ce qui veut dire ?

Josh devait se montrer très prudent. Son ami
émergeait d'un trou noir. Il fallait éviter chocs et
surprises.

– Tu penses que je vais aller en taule ? demanda
Nate.

– Troy Phelan est mort, dit Josh, et il fallut une
seconde à Nate pour comprendre de qui il parlait.

– Oh ! M. Phelan, fit-il.

Nate avait eu son propre domaine dans le cabinet de son ami. Ses bureaux étaient au bout d'un
long couloir, au sixième étage où, assisté d'un autre
avocat, de trois auxiliaires juridiques et de six
secrétaires, il travaillait à poursuivre des médecins
en se fichant quelque peu de ce qui se passait dans
les autres bureaux. Il savait qui était Troy Phelan,
mais il n'avait jamais eu à s'occuper de lui.

– Mes condoléances, dit-il.

– Tu n'étais pas au courant ?

– Je ne suis au courant de rien ici. Quand est-il
mort ?

– Il y a quatre jours. Il s'est jeté par la fenêtre.

– Sans parachute ?

– Bingo.

– Pouvait pas voler.

– Non. Il n'a pas essayé. Je l'ai vu faire. Il venait juste de signer deux testaments – le premier, préparé par mes soins ; le second, manuscrit. Puis il s'est levé et il a sauté.

– Tu as tout vu ?

– Oui.

– Wow. Ce devait être un sacré enculé.

Il y avait un soupçon d'humour dans la voix de Nate. Quatre mois plus tôt, une femme de ménage l'avait trouvé dans une chambre de motel, l'estomac plein de pilules et de rhum.

– Il a tout légué à une fille illégitime dont je n'avais jamais entendu parler.

– Elle est mariée ? À quoi elle ressemble ?

– Je veux que tu la retrouves.

– Moi ?

– Oui, toi.

– Elle s'est perdue ?

– Nous ne savons pas où elle est.

– Combien lui a-t-il ?...

– Quelque chose comme onze milliards de dollars, bruts.

– Est-ce qu'elle le sait ?

– Non. Elle ne sait même pas qu'il est mort.

– Est-ce qu'elle sait que Troy était son père ?

– Je ne sais pas ce qu'elle sait.

– Où est-elle ?

– Au Brésil, apparemment. C'est une missionnaire qui travaille avec une tribu d'Indiens perdus.

Nate se leva et se mit à faire les cent pas dans la chambre.

– J'ai passé une semaine là-bas une fois, dit-il. J'étais encore à la fac de droit, je crois. C'était carnaval, les filles nues qui dansaient dans les rues de Rio, les orchestres de samba, un million de gens qui faisaient la fête toute la nuit...

Sa voix s'estompa en même temps que ce joli petit souvenir s'effaçait.

– Ce n'est pas carnaval.

– Non. Ça, j'en suis sûr. Tu veux du café ?

– Oui. Noir.

Nate appuya sur un bouton dans le mur et passa sa commande dans l'interphone. Mille dollars par jour incluaient le room service.

– Combien de temps est-ce que je serai parti ? demanda-t-il en se rasseyant devant la fenêtre.

– C'est une estimation vague, mais je dirais dix jours. Nous ne sommes pas réellement pressés et elle pourrait être difficile à trouver.

– Quelle partie du pays ?

– Vers l'ouest, près de la Bolivie. Les gens pour lesquels elle travaille se sont fait une spécialité d'envoyer leurs ouailles dans la jungle afin d'évangéliser des Indiens vivant encore à l'âge de pierre. On a fait quelques recherches, et ils ont l'air plutôt fiers d'avoir mis la main sur les tribus les plus isolées de la surface de la terre.

– Tu veux donc que je repère d'abord la bonne jungle, puis que je m'y enfonce pour dégoter la bonne tribu d'Indiens, puis que j'arrive à les convaincre que je suis un amical avocat américain pour qu'ils m'aident à trouver une femme qui, pour commencer, ne veut probablement pas qu'on la trouve.

– Quelque chose comme ça.

– Ça peut être drôle.

– Penses-y comme à une aventure.

– Et puis ça me tiendra éloigné du bureau, pas vrai, Josh ? C'est ça, non ? Une diversion pendant que tu débrouilles les choses ?

– Il faut que quelqu'un y aille, Nate. Un avocat de chez nous doit rencontrer cette femme face à face, lui montrer une copie du testament, le lui expliquer, et découvrir ce qu'elle veut en faire. Cela ne peut pas être fait par un auxiliaire juridique ni par un avocat brésilien.

– Pourquoi moi ?

– Parce que tous les autres sont occupés. Tu connais la routine. Tu l'as vécue pendant plus de vingt ans. La vie au bureau, déjeuner au palais, dormir dans les trains. De surcroît, cela pourrait te faire du bien.

– Es-tu en train d'essayer de me mettre au vert, Josh ? Parce que, si c'est le cas, tu perds ton temps. Je suis clean. Clean et sobre. Plus de bars, plus de fêtes, plus de dealers. Je suis clean, Josh, pour toujours.

Josh hocha la tête parce qu'il ne pouvait pas faire autrement. Mais il connaissait la chanson.

– Je te crois, dit-il.

Il le voulait vraiment.

Un serveur frappa et apporta leur café sur un plateau d'argent.

Au bout d'un moment, Nate demanda :

– Et la mise en examen ? Je ne suis pas censé quitter le pays avant que tout soit réglé.

– J'ai parlé avec le juge, je lui ai dit qu'il s'agissait d'une affaire urgente. Il veut te voir dans quatre-vingt-dix jours.

– Il est sympa ?

– C'est le Père Noël.

– Donc, si je suis condamné, tu crois qu'il m'accordera un sursis ?

– C'est dans un an. On s'inquiétera de ça plus tard.

Assis devant une petite table, Nate réfléchissait, penché sur son café. Josh était en face de lui, le regard perdu sur l'horizon.

– Et si je refuse ? demanda Nate.

Josh haussa les épaules comme si cela n'avait aucune importance.

– Pas grave. On trouvera quelqu'un d'autre. Penses-y comme à des vacances. Tu n'as pas peur de la jungle, hein ?

– Bien sûr que non.

– Alors vas-y et profites-en.

– À quand est fixé le départ ?

– Dans une semaine. Il faut un visa pour le Brésil, et il faut qu'on tire quelques sonnettes. Et puis il y a quelques trucs à régler ici aussi.

Walnut Hill imposait un préavis d'une semaine avant la sortie, sorte de période de reconditionnement avant de relâcher ses clients parmi les loups. On les avait soignés, langés, rendus sobres, on leur avait lavé le cerveau et on avait tenté de les remettre en forme physiquement et moralement. La pré-sortie fournissait les béquilles nécessaires au retour dans le monde.

– Une semaine, répéta Nate pour lui-même.

– Environ, oui.

– Et cela ne prendra que dix jours ?

– C'est une estimation personnelle.

– Donc, je serai là-bas pendant les fêtes ?

– Je pense que c'est à peu près ça.

– C'est une très bonne idée.

– Tu veux sauter Noël ?

– Oui.

– Et tes enfants ?

Il en avait quatre. Deux avec chaque femme. L'un était en classe préparatoire, l'autre au lycée, et les deux petits en primaire.

Il remua son café avec une petite cuiller et dit :

– Pas un mot, Josh. Presque quatre mois ici et pas un mot d'aucun d'entre eux.

Sa voix faisait mal et ses épaules tremblaient. L'espace d'une seconde, il eut l'air terriblement fragile.

– Désolé, dit Josh.

Josh avait eu maille à partir avec les deux familles. Chacune des ex-épouses avait des avocats qui avaient appelé pour renifler l'argent. Le fils aîné de Nate était étudiant à Northwestern et il avait besoin de financer ses études. Il avait téléphoné à Josh pour l'interroger sur l'état de son père, mental et physique, mais aussi et surtout pour lui demander quelle serait la part de ce dernier dans les bénéfices du cabinet l'an prochain. Il était arrogant et mal élevé et Josh avait fini par l'envoyer paître sans aménité.

– J'aimerais éviter toute la période des fêtes, dit Nate, retrouvant son humour.

Il se leva pour arpenter à nouveau la pièce, pieds nus.

– Tu iras donc ?

– C'est en Amazonie ?

– Non. Dans le Pantanal, la zone marécageuse la plus vaste de la terre.

– Piranhas, anacondas, alligators ?

– Bien sûr.

– Cannibales ?

– Pas plus qu'à Washington.

– Sérieusement ?

– Je ne crois pas. Ils n'ont pas perdu un missionnaire depuis onze ans.

– Et un avocat ?

– Je suis sûr qu'ils rêveraient d'en déguster un. Allons, Nate. Ce n'est pas la mer à boire. Si je n'étais pas si occupé, j'irais moi-même. Le Pantanal est une grande réserve écologique.

– Jamais entendu parler.

– C'est parce que tu as arrêté de voyager il y a des années. Tu t'es enfermé dans ton bureau et tu n'en es plus sorti.

– Sauf pour la désintox.

– Prends des vacances. Va voir autre chose.

Nate but son café assez lentement pour réorienter la conversation.

– Et qu'est-ce qui se passe quand je reviens ? Je récupère mon bureau ? Je suis encore associé ?

– C'est ça que tu veux ?

– Bien sûr, dit Nate, après une légère hésitation.

– Tu en es certain ?

– Qu'est-ce que je pourrais faire d'autre ?

– Je ne sais pas, Nate, mais c'est ta quatrième

cure en dix ans. Chaque rechute est pire. Si tu sortais aujourd'hui, tu irais droit au bureau et tu serais le meilleur avocat du monde, pendant six mois. Tu ignorerais tes vieux potes, tes vieux bars, ton vieux quartier. Rien que du travail, du travail, du travail. Sous peu, tu te retrouverais dans deux ou trois grands procès. Gros verdicts, grosses pressions. Tu t'en tirerais impeccablement. Et au bout d'un an il y aurait une fêlure quelque part. Un vieil ami qui te retrouve. Une fille venue du passé. Peut-être un mauvais jury qui te balance un mauvais verdict. Je surveillerais chacun de tes gestes, mais je ne peux pas deviner où commence la descente.

— Plus de descente, Josh, je le jure.

— J'ai déjà entendu cette phrase, et je désire te croire. Mais si tes vieux démons réapparaissent, alors quoi ? Tu étais à dix minutes de la mort, la dernière fois.

— Plus de dérapage.

— Le prochain sera le dernier, Nate. On fera une belle cérémonie, on te dira adieu et on te regardera descendre en terre. Je ne veux pas que ça arrive.

— Cela n'arrivera pas, promis.

— Alors, oublie le bureau. Il y a trop de pression là-bas.

Ce que Nate détestait le plus dans la désintoxication, c'étaient les longues périodes de silence, de méditation, comme les appelait Sergio. On demandait aux patients de s'accroupir comme des moines dans la pénombre, de fermer les yeux et de trouver la paix intérieure. Nate était capable de faire les gestes, mais, derrière ses paupières closes, il entamait des procédures, il se battait contre le fisc et contre ses ex-femmes, et, surtout, il broyait du noir en pensant à son avenir. Cette conversation avec Josh, il se l'était déjà jouée plusieurs fois dans ces moments-là.

Mais il avait perdu son sens de la repartie. Presque quatre mois de solitude virtuelle avaient érodé ses réflexes. Il avait l'air pitoyable, rien d'autre.

– Allons, Josh. Tu ne vas pas me foutre à la porte.

– Tu as plaidé pendant vingt ans, Nate. C'est l'heure. L'heure de passer à autre chose.

– Alors je deviendrai avocat d'affaires, et je déjeunerai avec les attachés parlementaires des membres les plus obscurs du Congrès.

– On te trouvera un poste. Mais ce ne sera plus dans les salles d'audience.

– Je ne suis pas très bon pour les déjeuners d'affaires. Je veux plaider.

– La réponse est non. Tu peux rester dans la boîte, te faire un tas de fric, veiller à ta santé, apprendre le golf, et la vie sera belle, si le fisc ne te met pas à l'ombre.

Pendant quelques agréables instants, il avait oublié le fisc. Il se rassit. Il écrasa une petite dose de miel dans son café. Le sucre et les sucrettes n'étaient évidemment pas autorisés dans un endroit aussi sain que Walnut Hill.

– Deux semaines dans les marécages brésiliens commencent à bien me plaire, dit-il.

– Tu iras, donc ?

– Oui.

Comme Nate avait tout le temps de lire, Josh lui laissa un épais dossier sur les biens de Phelan et la mystérieuse nouvelle héritière. Plus deux livres sur les tribus isolées de l'Amérique du Sud.

Nate lut non-stop pendant huit heures, négligeant même de dîner. Il avait soudain hâte de partir, de démarrer cette aventure. Quand Sergio passa pour sa visite de 22 heures, il le trouva assis comme un moine au milieu de son lit, des papiers étalés tout autour de lui, perdu dans un autre monde.

– Il est temps pour moi de partir, dit Nate.

– C'est exact, répliqua Sergio. Je m'attaquerai à la paperasse demain.

9.

Dans le clan Phelan, les luttes internes devenaient de plus en plus âpres. On se parlait désormais par avocat interposé. Une semaine passa sans nouvelles du testament, et aucune stratégie valable ne sortit de ces tractations agitées. Savoir le pactole si près sans pouvoir le toucher rendait les héritiers fous furieux. Plusieurs avocats furent débarqués et d'autres engagés en surnombre pour les remplacer.

Mary Ross Phelan Jackman vira le sien parce qu'il ne lui prenait pas assez de l'heure. Son mari était un chirurgien orthopédiste à succès entre les mains duquel passait beaucoup d'argent. Il avait affaire à des avocats à longueur de temps. Leur nouveau défenseur était une boule de feu nommée Grit, qui fit une entrée fracassante dans la mêlée, à six cents dollars de l'heure.

Tandis que les héritiers attendaient, ils s'endettaient aussi, considérablement. Ils achetaient des palais, se faisaient livrer de nouvelles voitures, engageaient des spécialistes à tire-larigot pour dessiner une piscine et sa maison d'été adjacente, choisir le jet privé ou le pur-sang adéquats. Quand ils ne se disputaient pas, ils faisaient du shopping. Ramble était la seule exception. Mais seulement parce qu'il était mineur. Il traînait avec son avocat, qui n'hésitait pas à s'endetter au nom de son client.

Les procès boule de neige commencent souvent par une course à l'audience. Avec Josh Stafford qui refusait l'accès au testament et qui dans le même temps distribuait de mystérieux indices sur l'absence de capacité testamentaire de Troy, les avocats des héritiers Phelan finirent par paniquer.

Dix jours après le suicide, Hark Gettys se rendit au tribunal du comté de Fairfax, Virginie, et déposa une requête exigeant la divulgation des dernières volontés et du testament de Troy L. Phelan. Avec toute la finesse d'un avocat ambitieux, il soudoya un journaliste du *Post*. Ils bavardèrent pendant une heure à sa sortie du tribunal ; certains commentaires restèrent hors magnétophone, d'autres furent enregistrés pour satisfaire la vanité de l'avocat. Un photographe prit quelques clichés.

Curieusement, Hark avait établi sa requête au nom de tous les héritiers Phelan. Et donné leurs noms et leurs adresses respectives comme s'ils étaient ses clients. Il leur en faxa des copies quand il regagna son bureau. En quelques minutes son standard téléphonique fut pris d'assaut.

Le lendemain matin, l'article du *Post* était agrémenté d'une grande photo de Hark fronçant les sourcils et se frottant la barbe. L'article couvrait plus de colonnes qu'il n'en avait rêvé. Il le lut à l'aube dans un café de Chevy Chase, puis se dépêcha de filer jusqu'à son nouveau bureau.

Deux heures plus tard, juste après 9 heures, le bureau du greffe du comté de Fairfax était submergé d'avocats. Ils arrivaient en petits paquets serrés, parlaient à coups de phrases tendues aux greffiers et s'évertuaient à s'ignorer les uns les autres. Leurs requêtes étaient variées mais ils voulaient tous la même chose – être reconnus dans l'affaire Phelan et avoir lecture du testament.

Dans le comté de Fairfax, les affaires civiles échouaient au hasard à l'un des douze juges en fonction. Le dossier Phelan atterrit sur le bureau de l'Honorable F. Parr Wycliff, trente-six ans, un juriste peu expérimenté mais très ambitieux qui vit tout de suite en cette grosse affaire la chance de sa vie.

Le bureau de Wycliff était dans les bâtiments du tribunal de Fairfax et toute la matinée il se fit porter les requêtes déposées au bureau du greffe. Sa secrétaire lui passait les demandes et il les lisait immédiatement.

Quand le soir tomba, il appela Josh Stafford pour se présenter. Selon l'usage, ils bavardèrent poliment pendant quelques minutes, tendus et prudents à l'approche des choses sérieuses. Josh n'avait jamais entendu parler du juge Wycliff.

– Y a-t-il un testament ? finit par demander le juge.

– Oui, Votre Honneur. Il y a un testament.

Josh choisissait ses mots avec soin. En Virginie, c'était un délit de dissimuler un testament. Si le juge voulait savoir, alors Josh ne pouvait faire autrement que coopérer.

– Où est-il ?

– Ici, dans mes bureaux.

– Qui en est l'exécuteur ?

– Moi.

– Quand comptez-vous en donner lecture ?

– Mon client m'a demandé d'attendre jusqu'au 15 janvier.

– Mmmmh. Une raison particulière à cela ?

Il existait une raison très simple. Troy voulait que ses enfants si cupides prennent bien le temps de s'endetter avant de leur retirer le tapis de sous les pieds. C'était méchant et cruel. Du Troy tout craché.

– Je n'en ai pas la moindre idée, dit Josh. Le testament est manuscrit. M. Phelan l'a signé quelques secondes avant de se jeter par la fenêtre.

– Un testament manuscrit ?

– Oui.

– N'étiez-vous pas avec lui?

– Si. C'est une longue histoire.

– Peut-être devrais-je l'entendre.

– Peut-être, effectivement.

Josh avait une journée bien remplie. Pas Wycliff, mais il fit comme si chaque minute était planifiée. Ils convinrent de se retrouver pour déjeuner, un sandwich rapide dans le bureau du juge.

Sergio n'aimait pas l'idée du voyage de Nate en Amérique du Sud. Après presque quatre mois dans un endroit aussi structuré que Walnut Hill, où portes et fenêtres étaient verrouillées, où un invisible garde armé surveillait la route à un kilomètre à la ronde, et où la télé, les films, les jeux, les magazines et les téléphones étaient sévèrement contrôlés, la reprise de contact avec la société était souvent traumatisante. Qu'elle se fasse en passant par le Brésil lui apparaissait plus que troublant.

Nate s'en foutait. Il n'était pas à Walnut Hill par ordre de la Cour. Josh l'avait placé là, et si Josh lui demandait de jouer à cache-cache dans la jungle, qu'il en soit ainsi. Sergio pouvait râler tout ce qu'il voulait.

La pré-sortie ressembla à une dernière semaine avant l'enfer. Le régime changea de sans-graisse à mi-gras, avec des ingrédients aussi inévitables que le sel, le poivre, le fromage et un petit peu de beurre afin de préparer son système aux diables de l'extérieur. L'estomac de Nate se rebella et il perdit encore presque deux kilos.

– C'est juste un aperçu de ce qui t'attend là-bas, dit Sergio d'un ton renfrogné.

Ils se querellèrent pendant leurs séances de thérapie, ce qui était fréquent à Walnut Hill. Avant de sortir, il fallait que la peau s'endurcisse, que les angles s'affûtent. Sergio commença à prendre de la distance avec son patient. Cette période précédant la séparation était toujours difficile, aussi Sergio raccourcit les sessions et devint distant.

Avec la fin du tunnel en vue, Nate se mit à compter les heures.

Le juge Wycliff s'enquit du contenu du testament et Josh refusa poliment de le lui révéler. Ils mangeaient des sandwiches au saucisson autour d'une petite table dans le bureau étroit de Son Honneur. La loi n'obligeait pas Josh à se dévoiler, du moins pas pour l'instant. Et Wycliff exagérait un peu en le demandant, mais sa curiosité était compréhensible.

– J'ai quelque sympathie pour les demandeurs, dit-il. Ils ont le droit de savoir ce qui les attend. Pourquoi ce délai ?

– Je ne fais que suivre le souhait de mon client, répliqua Josh.

– Il faudra l'homologuer un jour ou l'autre.

– Bien sûr.

Wycliff fit glisser son agenda sur son plateau en plastique et regarda le calendrier en plissant les yeux au-dessus de ses demi-verres.

– Nous sommes le 20 décembre. Impossible de rassembler tout le monde avant Noël. Que pensez-vous du 27 ?

– Qu'avez-vous derrière la tête ?

– Une lecture du testament.

Josh faillit s'étouffer avec un morceau de cornichon. Tous les rassembler, les Phelan et leur entourage, leurs nouveaux amis et leurs vieux parasites, et tous leurs joyeux avocats, et les entasser dans la salle d'audience de Wycliff. Bien s'assurer que la presse soit au courant. Tout en croquant une autre bouchée de cornichon, il regarda son petit carnet noir en essayant de réprimer un sourire. Il entendait d'ici les interjections et les grognements, les ondes de choc, la complète et amère incrédulité, puis les jurons maudissant Troy. Ensuite, peut-être une larme ou deux quand les Phelan réaliseraient d'absorber l'ultime vacherie de leur bien-aimé père.

Ce serait un moment unique, glorieux et pervers dans les annales judiciaires américaines et, soudain, Josh se sentit très impatient.

– Le 27 me convient très bien, dit-il.

– Bien. J'en avertirai les parties dès que je parviendrai à les identifier toutes. Il y a de nombreux avocats.

– Cela vous aidera si vous gardez en mémoire qu'il y a six enfants et trois ex-femmes, donc neuf principaux groupes d'avocats.

– J'espère que mon tribunal est assez grand.

Tout le monde tiendra debout, faillit dire Josh. Les gens entassés, pas un bruit tandis qu'on ouvre l'enveloppe, qu'on déplie le testament, et que jaillissent les incroyables mots.

– Je suggère que vous lisiez vous-même le testament, dit-il.

Wycliff en avait bien l'intention. Il visualisait la même scène que Josh. Ce serait l'un de ses meilleurs moments, la lecture d'un testament qui disposait de onze milliards de dollars.

– Je suppose que ce testament prête à controverse, dit le juge.

– Il est tordu, oui.

Son Honneur eut un large sourire.

10.

Avant sa dernière rechute, Nate vivait dans un vieil appartement de Georgetown, qu'il avait loué à la suite de son deuxième divorce. Mais il avait été emporté par la débâcle, avec le reste. Nate n'avait donc aucun endroit où passer sa première nuit de liberté.

Comme d'habitude, Josh avait soigneusement planifié sa sortie. Il arriva à Walnut Hill le jour dit avec un sac de voyage bourré de shorts et de chemises J. Crew flambant neufs. Il avait aussi le passeport et le visa, beaucoup de liquide, de nombreux itinéraires et billets d'avion, un plan de chasse. Et même une trousse de premiers secours.

Nate n'eut pas la moindre occasion de s'angoisser. Il dit au revoir à quelques-uns des membres du staff, mais la plupart étaient occupés ailleurs parce qu'ils évitaient les cérémonies d'adieu. Il passa fièrement la porte de sortie après cent quarante jours d'une merveilleuse sobriété. Clean, bronzé, en forme, ayant perdu presque dix kilos pour revenir à quatre-vingt-cinq, poids qu'il n'avait pas retrouvé depuis plus de vingt ans.

Josh conduisait et, pendant les cinq premières minutes, ils n'échangèrent pas un mot. La neige couvrait les pâturages, mais elle disparut rapidement quand ils quittèrent la chaîne des Blue Ridge. On était le 22 décembre. La radio passait des chants de Noël en sourdine.

– Tu peux couper ce truc ? finit par demander Nate.

– Quoi ?

– La radio.

Josh appuya sur un bouton et la musique qu'il n'entendait pas s'éteignit.

– Comment te sens-tu ? fit-il.

– Est-ce que tu pourrais t'arrêter à la prochaine station ?

– Bien sûr. Pourquoi ?

– Je voudrais un pack de douze.

– Très drôle.

– Je tuerais ma mère pour un Coca.

Ils achetèrent des sodas et des cacahuètes dans une épicerie. La caissière leur lança « Joyeux Noël » et Nate ne put rien répondre. De retour dans la voiture, Josh prit la direction de Dulles. Deux heures de trajet avant l'aéroport.

– Ton vol atterrit à São Paulo, où tu attendras trois heures avant de prendre un autre avion qui t'emmènera dans une ville appelée Campo Grande.

– Est-ce que ces gens parlent anglais ?

– Non. Les Brésiliens parlent portugais.

– Bien évidemment.

– Mais tu trouveras des gens qui parlent anglais à l'aéroport.

– C'est grand, Campo Grande ?

– Un demi-million d'habitants, mais ce n'est pas ta destination. De là, tu prendras un vol local jusqu'à une ville baptisée Corumbá. La ville est plus petite.

– Et l'avion également.

– Oui, comme ici.

– Je ne sais pas pourquoi, mais l'idée d'un vol intérieur brésilien ne me dit rien qui vaille. Aide-moi, là, Josh. Je me sens très nerveux.

– C'est ça ou six heures de bus.

– Continue à parler.

– À Corumbá, tu rencontreras un avocat nommé Valdir Ruiz. Il maîtrise l'anglais.

– Tu lui as parlé ?

– Oui.

– Tu arrivais à le comprendre ?

– Oui, en grande partie. Un type très bien. Il travaille pour cinquante dollars de l'heure, tu peux le croire ?

– C'est grand comment, Corumbá ?

– Quatre-vingt-dix mille habitants.

– Donc ils ont de la nourriture et de l'eau et un endroit où dormir.

– Oui, Nate. Tu auras une chambre. C'est plus que ce que tu as ici.

– Aïe.

– Désolé. Tu veux faire demi-tour ?

– Oui, mais je ne vais pas le faire. À cet instant précis, mon but est de fuir ce pays avant d'entendre « Mon beau sapin » une fois de plus. Je dormirais dans une tranchée pendant les deux semaines à venir rien que pour éviter « Noël blanc ».

– Oublie la tranchée. C'est un bon hôtel.

– Et que suis-je censé faire avec Valdir ?

– Il est en quête d'un guide pour t'emmener dans le Pantanal.

– Comment ? En avion ? En hélicoptère ?

– En bateau, probablement. Si j'ai bien compris, cette région n'est faite que de rivières et de marécages.

– Et de serpents, d'alligators et de piranhas.

– Quel trouillard ! Je croyais que tu voulais y aller.

– Je veux, oui. Roule plus vite.

– Calme-toi.

Josh désigna une mallette posée sur la banquette arrière.

94

– Ouvre ça, c'est ton baise-en-ville.

Nate attira la mallette à lui.

– Ça pèse une tonne. Qu'est-ce qu'il y a dedans ?

– De la bonne came.

La mallette était en cuir brun, neuve mais déjà patinée, et assez grande pour contenir une petite bibliothèque. Nate la posa sur ses genoux et l'ouvrit.

– Des jouets, fit-il.

– Ce petit instrument gris, là, est le plus récent modèle de téléphone digital, dit Josh, fier des objets qu'il avait rassemblés. Valdir s'occupera du branchement sur le réseau local quand tu arriveras à Corumbá.

– Ils ont donc le téléphone au Brésil ?

– Plusieurs réseaux. En fait, les communications sont en plein boum là-bas. Tout le monde a un portable.

– Pauvres gens. Et ça, c'est quoi ?

– Un ordinateur.

– Pour quoi faire, bon Dieu ?

– C'est le dernier modèle. Tu as vu comme il est petit ?

– Je ne peux même pas lire le clavier.

– Tu peux le relier à ton téléphone et recevoir tes e-mails.

– Wow. Et je suis censé faire ça au beau milieu d'un marécage entouré de serpents et d'alligators ?

– C'est à toi de voir.

– Josh, je ne me sers même pas des e-mails au bureau.

– Ce n'est pas pour toi. C'est pour moi. Je veux rester en contact avec toi. Quand tu la trouveras, je veux le savoir immédiatement.

– Et ça, c'est quoi ?

– Le plus beau jouet du paquet. C'est un Sat-Phone, un téléphone satellite. Tu peux l'utiliser n'importe où sur la surface de la terre. Garde les batteries chargées, et tu pourras toujours me joindre.

– Tu viens de me dire que leur système télé-phonique était très au point.

– Pas dans le Pantanal. C'est deux cent mille kilomètres carrés de zone humide, sans villes et très peu peuplée. Ce SatPhone sera ton seul moyen de communication une fois que tu auras quitté Corumbá.

Nate ouvrit la boîte en plastique dur et examina cette petite merveille technologique.

– Combien ça t'a coûté ? demanda-t-il.

– À moi ? Pas un centime.

– OK, combien ça a coûté au Groupe Phelan ?

– Quatre mille quatre cents dollars. Et ça les vaut jusqu'au dernier centime.

– Est-ce que mes Indiens ont l'électricité ? demanda Nate tout en feuilletant le manuel de l'appareil.

– Bien sûr que non.

– Alors comment je fais pour maintenir mes batteries chargées ?

– Il y a une batterie de rechange. Tu trouveras bien un truc.

– Tout ce matériel pour des vacances tran-quilles !

– Ce sera très tranquille. Tu me remercieras d'avoir pensé à ces jouets quand tu arriveras là-bas.

– Est-ce que je peux te remercier maintenant ?

– Non.

– Merci, Josh. Pour tout.

– Je t'en prie.

Dans le terminal encombré, ils burent un ex-presso délavé en lisant les journaux, assis à une petite table face à un bar bondé. Josh était très conscient du bar. Nate n'avait pas l'air d'y prêter attention. Le néon avec le logo Heineken était dif-ficile à éviter, pourtant.

Un Père Noël maigre et fatigué déambulait, à la recherche d'enfants à qui donner les cadeaux minables extraits de sa hotte.

Elvis Presley chantait « Blue Christmas » dans le juke-box du bar. En ce jour de vacances, il y avait un monde fou, et un brouhaha pénible.

– Tu te sens bien ? demanda Josh.

– Oui, très bien. Pourquoi tu ne t'en vas pas ? Je suis certain que tu as mieux à faire que de rester ici.

– Je reste.

– Écoute, Josh, je vais bien. Si tu penses que j'attends que tu sois parti pour foncer au comptoir et m'enfiler douze vodkas, tu te trompes. Je n'ai aucun désir d'alcool. Je suis clean, et très fier de l'être.

Gêné que Nate ait lu dans ses pensées, Josh afficha un air penaud. Les beuveries de Nate étaient légendaires. S'il craquait, il n'y aurait pas assez d'alcool dans tout l'aéroport pour le satisfaire.

– Ce n'est pas ça qui m'inquiète, mentit-il pourtant.

– Alors va-t'en. Je suis un grand garçon.

Ils se dirent au revoir devant la salle d'embarquement ; une accolade chaleureuse et des promesses d'appeler presque toutes les heures. Nate était impatient de s'installer dans son nid de première classe. Josh avait mille choses à régler au bureau.

Ce dernier avait pris deux petites précautions secrètes. D'abord, il avait également réservé le siège voisin de celui de Nate. Inutile qu'un cadre supérieur assoiffé s'assoie juste à côté du repenti et se mette à siffler du scotch et du vin pendant tout le vol. Les sièges coûtaient sept mille dollars pièce, aller et retour, mais l'argent n'était pas un problème.

Ensuite, Josh avait longuement parlé avec un responsable de la compagnie aérienne de la santé de Nate. On ne devait pas lui servir d'alcool, sous aucun prétexte. Il avait joint une lettre signée de sa main, à exhiber au cas où Nate se montrerait difficile à convaincre.

Une hôtesse lui servit jus d'orange et café. Il s'enroula dans une couverture et regarda l'étendue de Washington disparaître sous lui, tandis que l'appareil de la Varig s'enfonçait dans les nuages.

Cette alternative était un soulagement. Il échappait à Walnut Hill et à Sergio, à la ville et au stress du boulot, aux ennuis avec sa dernière femme, à sa faillite personnelle et au bordel dans lequel il était face au fisc. À trente mille pieds, Nate avait presque décidé qu'il ne reviendrait jamais.

Mais chaque retour dans le monde réel était une épreuve pour les nerfs. La peur d'un nouveau dérapage était toujours présente, juste sous la surface. Le plus effrayant était qu'il en avait connu tellement qu'il se sentait comme un vétéran. Comme pour ses femmes et ses grands procès. Il pouvait désormais les comparer. Y aurait-il un autre dérapage ?

Pendant le dîner, il se rendit compte que Josh avait pensé à tout. On ne lui offrit pas de vin. Il picora dans la nourriture avec la prudence de quelqu'un qui vient de passer quatre mois à la diète.

Il fit un bref somme, mais il était fatigué de dormir. Avocat surchargé et noctambule invétéré, il avait appris à vivre avec peu de sommeil. Le premier mois à Walnut Hill, ils l'avaient assommé de pilules et il dormait dix heures par jour. Il ne pouvait pas lutter contre eux s'il était dans le coma.

Il rassembla ses jouets sur le siège vide à côté de lui et entama la lecture de sa collection de manuels d'utilisation. Le téléphone satellite l'intriguait, même s'il avait du mal à imaginer qu'il aurait réellement à s'en servir.

Un autre téléphone attira son attention. C'était le dernier gadget du voyage aérien, un petit appareil pratiquement caché dans la paroi près du hublot. Il le prit et appela Sergio chez lui. Sergio était en train de dîner, mais il parut content d'entendre sa voix.

– Où es tu ? demanda-t-il.

– Dans un bar, répliqua Nate, à voix basse parce que les lumières de la cabine étaient éteintes.

– Très drôle.

– Je dois être quelque part au-dessus de Miami, et j'ai encore huit heures de vol. Je viens de trouver ce téléphone à bord et je voulais te faire mon rapport.

– Donc tu vas bien ?

– Très bien. Est-ce que je te manque ?

– Pas encore. Et moi, je te manque ?

– Tu plaisantes ? Je suis un homme libre qui s'envole vers la jungle pour une merveilleuse aventure. Tu me manqueras plus tard, d'accord ?

– D'accord. Appelle-moi si tu as des problèmes.

– Je n'en aurai pas, Sergio. Pas cette fois.

– Voilà le type que j'aime entendre.

– Merci, Sergio.

– Pas de quoi. Donne-moi des nouvelles.

Un film démarra, dans l'indifférence générale. L'hôtesse apporta encore du café. La secrétaire de Nate avait longtemps souffert. Elle s'appelait Alice et avait décroché peu de temps après lui. Elle était sobre depuis dix ans. Elle vivait avec sa sœur dans une vieille maison à Arlington. Il l'appela. Depuis quatre mois, ils s'étaient parlé une fois.

La conversation dura une demi-heure. Alice était ravie d'entendre sa voix et d'apprendre qu'il était sorti. Elle ne savait rien du voyage en Amérique du Sud, ce qui lui sembla un peu bizarre parce que normalement elle était toujours au courant de tout. Mais elle était très réservée au téléphone, prudente, même. Nate, avocat du barreau, sentait l'embrouille, aussi attaqua-t-il comme lors d'un contre-interrogatoire.

Elle était toujours dans les procès, toujours au même bureau, occupant pratiquement les mêmes fonctions mais pour un avocat différent.

– Qui ? demanda Nate.

Un nouveau. Un nouvel avocat. Ses mots étaient choisis et Nate savait que Josh avait dû prendre le soin de la briefer lui-même. Il était évident que Nate l'appellerait dès qu'il serait dehors.

À quel bureau ce nouveau était-il rattaché ? Qui était son auxiliaire juridique ? D'où sortait-il ? Quelle expérience avait-il des erreurs médicales ? Était-elle attachée à lui temporairement ou définitivement ?

Alice resta suffisamment vague.

– Qui occupe mon bureau ? demanda-t-il.

– Personne. On n'a rien touché. Il y a encore des piles de dossiers dans tous les coins.

– Et que fait Kerry ?

– Il s'occupe comme il peut. Il vous attend.

Kerry était l'auxiliaire juridique favori de Nate.

Alice donnait les bonnes réponses, tout en révélant peu de choses. Elle était particulièrement peu loquace sur le nouvel avocat.

– Tenez-vous prête, dit-il quand la conversation faiblit. Je vais bientôt faire mon come-back.

– On s'ennuie sans vous, Nate.

Il raccrocha lentement et se repassa leur dialogue. Quelque chose avait changé. Mine de rien, Josh réorganisait sa firme. Nate allait-il se perdre dans cette métamorphose ? Probablement pas, à ceci près que les procès, c'était fini pour lui.

Il s'en soucierait plus tard, décida-t-il. Il y avait tant de gens à appeler et tant de téléphones pour le faire. Il connaissait un juge qui avait lâché l'alcool dix ans auparavant et il voulait lui parler pour lui faire part de sa merveilleuse désintoxication. Sa première ex-femme méritait un coup de fil vengeur, mais il n'était pas d'humeur. Et il voulait appeler ses quatre enfants et leur demander pourquoi ils l'avaient laissé sans nouvelles depuis quatre mois.

Au lieu de cela, il prit un dossier dans sa mallette et se plongea dans la lecture de mémos sur le magnat Troy Phelan et ses diverses affaires. Vers minuit, quelque part au-dessus des Caraïbes, Nate s'assoupit.

11.

Une heure avant l'aube, l'avion entama sa descente. Nate avait dormi pendant le petit déjeuner, et quand il s'éveilla une hôtesse lui apporta du café.

La ville de São Paulo apparut, un fourmillement gigantesque qui couvrait presque mille cinq cents kilomètres carrés. Nate regardait l'océan de lumières en contrebas et se demandait comment une ville pouvait contenir vingt millions d'habitants.

Dans un flot de portugais, le commandant souhaita la bienvenue à ses passagers puis leur lut plusieurs paragraphes auxquels Nate ne comprit goutte. Heureusement, la traduction anglaise suivit. Il allait certainement être obligé de parler avec les doigts et de grogner pour trouver son chemin dans ce pays. La barrière du langage lui provoqua une bouffée d'anxiété, mais elle disparut quand une ravissante hôtesse brésilienne lui demanda de boucler sa ceinture.

L'aéroport, brûlant, grouillait de monde. Nate récupéra son sac de voyage, passa la douane sans le moindre regard de qui que ce soit, et se rendit à l'embarquement du vol de la Varig pour Campo Grande. Là, il trouva un petit café avec le menu affiché sur le mur. Il désigna une tasse en disant « Expresso » et la caissière fit sonner son tiroir-caisse. Elle fronça un peu les sourcils devant son argent américain, mais elle le lui changea tout de même. Un *real* brésilien équivalait presque à un dollar américain. Nate possédait maintenant quelques *reais*.

Il but son café à petites gorgées, coincé entre des touristes japonais. D'autres langues virevoltaient autour de lui, l'allemand et l'espagnol se mélangeant avec le portugais sorti des haut-parleurs. Il regretta de ne pas avoir emporté un lexique de phrases toutes faites ou un mini-dictionnaire, histoire de pouvoir saisir un mot ou deux.

Le sentiment de solitude s'installait lentement. Au milieu de cette multitude, il était un homme seul. Il ne connaissait pas âme qui vive. Presque personne ne savait où il se trouvait à l'heure actuelle, et sacrément peu de gens s'en souciaient. La fumée des cigarettes jaillissait en nuées autour de lui, et il s'éloigna à pas rapides, jusqu'au hall central d'où il pouvait voir le plafond, deux niveaux plus haut, et le rez-de-chaussée en dessous de lui. Il commença à déambuler dans la foule, sans but, sa lourde mallette à la main, maudissant Josh de l'avoir remplie avec tant de saletés.

Il entendit de l'anglais, fort, et se dirigea vers les voix. Quelques hommes d'affaires attendaient devant le comptoir de la United, et il trouva un siège près d'eux. Il neigeait à Detroit, et ils avaient hâte d'arriver là-bas pour Noël. C'était un pipeline qui les avait fait venir au Brésil. En moins de cinq minutes, Nate en eut assez de leurs bavardages. Ils l'avaient guéri du vague mal du pays qu'il avait pu ressentir.

Sergio lui manquait. Après sa dernière désintoxication, la clinique avait placé Nate dans un centre thérapeutique à temps partiel pour faciliter son retour dans la vie active. Il détestait cet endroit et sa routine mais, en y réfléchissant, ce système avait du bon. Vous aviez réellement besoin de quelques jours de réorientation. Sergio avait sans doute raison. Il l'appela d'une cabine et le réveilla. Il était 6 h 30 à São Paulo, mais seulement 4 h 30 en Virginie.

Sergio ne le prit pas mal. Cela faisait partie de ses fonctions.

Il n'y avait pas de première classe sur le vol pour Campo Grande, ni de siège vacant. Nate fut plaisamment surpris d'observer que tous les visages étaient cachés derrière les journaux du matin, journaux d'une très grande variété. Les quotidiens ressemblaient à ceux des États-Unis, et ils étaient lus par des gens qui avaient, apparemment, soif de nouvelles. Peut-être que le Brésil n'était pas aussi arriéré qu'il l'avait cru. Ces gens savaient lire ! L'avion, un 727, était propre et nanti de sièges tout neufs. Sur le chariot de boissons il y avait du Coca-Cola et du Sprite. Il se sentait presque chez lui.

Assis près du hublot dans la vingtième rangée, il ignora le mémo sur les Indiens posé sur ses genoux et admira la campagne au-dessous de lui. Elle était vaste, touffue et verte, faite de collines ondulantes semées de fermes et de bétail et traversées de routes de terre rouge. Le sol était d'un ocre brûlé vif et les routes serpentaient comme au hasard, d'un hameau à l'autre. Les routes nationales semblaient virtuellement inexistantes.

Une route asphaltée apparut, et il y avait de la circulation. L'avion amorça sa descente et le pilote leur souhaita la bienvenue à Campo Grande. Il y avait de hauts buildings, un centre-ville bondé, le terrain de football obligatoire, des rues pleines de voitures et chaque maison avait un toit de tuiles rouges. Grâce à l'efficacité typique d'un grand cabinet, il était en possession d'un mémo, sans nul doute préparé par l'un des tout nouveaux associés travaillant à trois cents dollars de l'heure, dans lequel Campo Grande était analysée comme une donnée cruciale dans l'affaire en cours. Six cent mille habitants. Centre de marché aux bestiaux. Beaucoup de vachers. Croissance rapide. Installations modernes. Intéressant, sûrement, mais pourquoi s'en soucier ? Nate n'y dormirait même pas.

L'aéroport était remarquablement petit pour une ville de cette taille, et il se rendit compte qu'il comparait tout aux États-Unis. Il fallait qu'il arrête ça. Quand il descendit de l'avion, il fut frappé par la chaleur. Il faisait au moins 35° C. Deux jours avant Noël, et il faisait étouffant dans l'hémisphère sud. Il plissa les yeux face à la luminosité du soleil et descendit les marches en se tenant à la rampe d'une main ferme.

Il parvint à commander à déjeuner dans le restaurant de l'aéroport et, quand on lui apporta son repas, il fut ravi de constater que ça avait l'air comestible. Un sandwich au poulet grillé dans un petit pain comme il n'en avait jamais vu auparavant, avec des frites aussi croustillantes que dans n'importe quel fast-food des États-Unis. Il mangea lentement tout en regardant la piste au loin. Au milieu de son repas, un engin à deux hélices d'Air Pantanal se posa et vint se garer près du terminal. Six personnes en descendirent.

Il s'arrêta de manger, luttant contre une soudaine attaque de peur panique. Les vols intérieurs étaient ceux qu'on voyait dans les journaux ou sur CNN, sauf que personne chez lui n'entendrait parler de celui-ci s'il s'écrasait.

Mais l'avion avait l'air solide et propre, moderne, et les pilotes étaient des professionnels impeccablement vêtus. Nate se remit à manger. « Pense positif », se dit-il.

Il déambula dans le petit terminal pendant une heure. Dans un kiosque à journaux il s'acheta un lexique portugais et commença à mémoriser des mots. Il lut des publicités pour l'aventure dans le Pantanal – l'écotourisme, appelait-on ça. Il y avait des voitures à louer. Un agent de change dans une cabine, un bar avec des publicités de bière et des bouteilles de whisky alignées sur une étagère. Et près de la porte de sortie, un sapin de Noël artificiel tout maigre, pourvu d'une malheureuse guirlande lumineuse. Il la regarda clignoter au rythme d'un chant de Noël brésilien et, malgré ses efforts pour s'en empêcher, Nate pensa à ses enfants.

On était l'avant-veille de Noël. Tous les souvenirs n'étaient pas douloureux.

Il embarqua, les dents serrées et la colonne vertébrale raide, puis dormit pendant presque toute l'heure qu'il leur fallut pour atteindre Corumbá. Le petit aéroport était moite et bondé de Boliviens qui attendaient un vol pour Santa Cruz. Ils étaient surchargés de paquets et de cadeaux de Noël.

Il trouva un chauffeur de taxi qui ne parlait pas un mot d'anglais, mais c'était sans importance. Nate lui montra les mots « Palace Hotel » sur son itinéraire et ils filèrent dans une vieille Mazda toute sale.

Corumbá comptait quatre-vingt-dix mille habitants, d'après un autre mémo préparé par les équipes de Josh. Située sur la rivière Paraguay, à la frontière bolivienne, elle s'était depuis longtemps déclarée capitale du Pantanal. Le trafic fluvial et le commerce avaient bâti cette cité et continuaient à la faire vivre.

À travers la chaleur moite qui régnait à l'arrière du taxi, Corumbá apparaissait comme une petite ville plaisante et paresseuse. Les rues étaient pavées et vides, bordées d'arbres. Des marchands étaient assis à l'ombre de leurs auvents, attendant le client et discutant entre eux. Des adolescents se faufilaient dangereusement dans la circulation sur des scooters pétaradants. Des enfants aux pieds nus mangeaient des glaces sur les trottoirs.

Comme ils approchaient du quartier des affaires, le trafic augmenta et ils se retrouvèrent bloqués dans les embouteillages, en plein cagnard. Le chauffeur marmonna quelque chose, mais il n'avait pas l'air excessivement ennuyé. Le même chauffeur à New York ou Washington aurait déjà perdu patience.

Mais c'était le Brésil et le Brésil était l'Amérique du Sud. Les pendules tournaient plus lentement. Rien n'était urgent. Le temps n'était pas aussi crucial. « Enlève ta montre », se dit Nate. À la place, il ferma les yeux et inspira l'air lourd.

Le Palace Hotel était en plein centre-ville, dans une rue qui descendait doucement vers le fleuve Paraguay, s'étalant majestueusement au loin. Il donna au taxi une poignée de reais et attendit patiemment sa monnaie. Il le remercia en portugais, un faible « *Obrigado* ». Le taxi sourit et dit quelque chose qu'il ne comprit pas. Les portes du hall étaient ouvertes, comme l'étaient toutes les portes donnant sur les trottoirs de Corumbá.

Les premiers mots qu'il entendit en entrant étaient braillés avec un fort accent du Texas. Une bande de durs à cuire était en train de régler sa note d'hôtel. Ils avaient bu et étaient d'humeur festive, impatients de rentrer chez eux pour Noël. Nate prit un fauteuil non loin d'un téléviseur et attendit qu'ils dégagent le comptoir.

Sa chambre était au huitième étage. Pour dix-huit dollars par jour, il disposait d'une chambre de trois mètres sur trois avec un lit étroit très proche du sol. S'il avait un matelas, il était plutôt mince. Sans parler du sommier, inexistant. Il y avait un petit bureau avec une chaise, un système d'air conditionné accroché à la fenêtre, un mini-frigo avec de l'eau minérale, des Coca et de la bière, et une salle de bains propre avec du savon et plusieurs serviettes. Pas mal, se dit-il. C'était une aventure. Pas un cinq étoiles, mais certainement vivable.

Pendant une demi-heure, il tenta d'appeler Josh. Mais la barrière de la langue l'arrêta. Le réceptionniste savait assez d'anglais pour trouver une opératrice des lignes internationales, mais là, on passait au portugais. Il essaya son nouveau téléphone cellulaire : le réseau local n'avait pas été activé.

Nate étira son corps fatigué sur toute la longueur de son lit étriqué et il s'endormit.

Valdir Ruiz était un petit homme mince, à la peau brun clair, avec un visage rusé surmonté d'un crâne dégarni, hormis quelques filaments qu'il peignait en arrière en les huilant. Ses yeux noirs étaient sertis de rides, résultat de plus de trente ans de cigarette. Il avait cinquante-deux ans et, à l'âge de dix-sept ans, il était parti de chez lui pour passer un an dans une famille de l'Iowa grâce aux échanges du Rotary. Il était fier de son anglais, même s'il ne s'en servait pas souvent à Corumbá. Il regardait CNN et la télévision américaine presque tous les soirs par satellite, pour rester dans le coup.

Après cette année dans l'Iowa, il était allé à l'université de Campo Grande, puis à la faculté de droit de Rio. C'est à reculons qu'il était revenu à Corumbá pour travailler dans le petit cabinet d'avocats de son oncle, et pour s'occuper de ses parents vieillissants. Pendant plus d'années qu'il n'aurait voulu en compter, Valdir avait supporté le train-train languide des avocats de province, tout en rêvant à ce qu'aurait pu être sa carrière dans la capitale.

Mais c'était un homme plaisant, heureux de vivre comme presque tous les Brésiliens ont tendance à l'être. Il travaillait avec efficacité dans son étroit bureau, juste lui et une secrétaire qui répondait au téléphone et tapait le courrier. Valdir aimait l'immobilier, les baux, contrats et ventes. Il n'allait jamais au palais, principalement parce que l'utilisation à outrance des salles d'audience ne fait pas partie intégrante du système juridique brésilien. Les procès étaient rares. Les plaidoiries à l'américaine restaient confinées aux cinquante États. Valdir s'émerveillait devant les choses que faisaient ou disaient les avocats sur CNN. « Pourquoi déclament-ils afin qu'on leur prête attention ? » se demandait-il souvent. Des avocats tenant des conférences de presse, se glissant d'un talk-show à l'autre et bavardant sur leurs clients. On n'avait jamais entendu parler de telles choses au Brésil.

Son bureau était à trois pâtés de maisons du Palace Hotel, sur un vaste terrain ombragé que son oncle avait acheté des décennies auparavant. Des arbres épais couvraient le toit, et donc, sans se soucier de la chaleur, Valdir gardait ses fenêtres ouvertes. Il aimait les murmures de la rue. À 15 h 30 il aperçut un homme qu'il n'avait jamais vu s'arrêter et examiner son bureau. L'homme était visiblement un étranger, et un Américain. Valdir sut que c'était M. O'Riley.

La secrétaire apporta leurs *cafézinhos,* le café noir fort et sucré que les Brésiliens boivent à longueur de journée dans de minuscules tasses, et Nate sentit qu'il devenait instantanément accro à ce breuvage. Il était assis dans le bureau de Valdir – ils s'appelaient déjà par leurs prénoms – et observait le décor : le ventilateur grinçant au plafond au-dessus d'eux, les fenêtres ouvertes avec les sons étouffés de la rue qui semblaient se disperser en entrant, les dossiers poussiéreux soigneusement rangés sur les étagères derrière Valdir, le vieux plancher usé sous leurs pieds. La pièce était chaude, mais pas du tout inconfortable. Nate était assis dans un film, un film tourné il y a cinquante ans.

Valdir appela Washington et obtint Josh. Ils parlèrent quelques instants, puis il tendit le téléphone à Nate en travers de son bureau. « Salut, Josh », dit Nate. Josh était visiblement soulagé d'entendre sa voix. Nate raconta son voyage jusqu'à Corumbá, en insistant sur le fait qu'il allait bien, qu'il était toujours sobre, et qu'il attendait la suite de ses aventures.

Valdir s'occupait avec un dossier dans un coin, essayant d'avoir l'air de ne pas écouter leur conversation, mais en absorbant chaque mot. Pourquoi Nate O'Riley était-il si fier d'être sobre ?

Quand le coup de fil fut terminé, Valdir déplia une grande carte de navigation du Mato Grosso do Sul, en gros la même taille que le Texas, et désigna le Pantanal. Il couvrait tout le nord-ouest de l'État et continuait jusqu'au nord du Mato Grosso et jusqu'à la Bolivie à l'ouest. Des centaines de rivières grandes et petites s'étendaient comme des veines et des vaisseaux sanguins dans cette zone humide. Celle-ci était ombrée de jaune et n'indiquait ni villes ni villages. Pas de routes, encore moins d'autoroutes. Nate repensait aux innombrables mémos que Josh avait empilés dans ses bagages.

Valdir alluma une cigarette pendant qu'ils étudiaient la carte. Il avait pas mal travaillé. Il avait inscrit quatre X rouges le long du bord ouest de la carte, près de la Bolivie.

— Il y a des tribus ici, dit-il en pointant les croix rouges, Guatos et Ipicas.

— Elles sont importantes ? demanda Nate en se penchant sur la carte, observant vraiment pour la première fois le terrain qu'il était censé passer au peigne fin à la recherche de Rachel Lane.

— On ne sait pas vraiment, répliqua Valdir, qui parlait lentement et avec précision. Il y a cent ans, ils étaient beaucoup plus nombreux, mais les tribus s'amenuisent à chaque génération.

— Quel contact ont-ils avec le monde extérieur ?

— Quasiment aucun. Leur culture n'a pas évolué depuis des milliers d'années. Ils font un peu de troc avec les bateaux, mais ils n'ont aucun désir de changement.

– Est-ce qu'on sait où sont les missionnaires ?

– C'est difficile à dire. J'ai parlé avec le ministre de la Santé du Mato Grosso do Sul. Je le connais personnellement, et son équipe semble savoir, en gros, où travaillent les missionnaires. J'ai aussi parlé avec un représentant de la FUNAI – c'est notre bureau des affaires indiennes.

Valdir désigna deux des croix rouges.

– Ceux-ci sont des Guatos. Il y a probablement des missionnaires dans cette zone.

– Vous connaissez leurs noms ? demanda Nate, bien que ce fût inutile.

Selon un mémo de Josh, on n'avait pas donné à Valdir le nom de Rachel Lane. On s'était contenté de lui dire que la personne recherchée travaillait pour Tribus du Monde.

Valdir sourit.

– Ce serait trop facile. Vous devez comprendre qu'une vingtaine d'organisations différentes, américaines et canadiennes, ont des missionnaires au Brésil. Il est facile d'entrer dans notre pays, et il est facile de s'y déplacer. Surtout dans les régions sauvages. Personne ne se soucie de qui est là-bas ni de ce qu'il y fait. Nous nous disons que, si ce sont des missionnaires, alors ce sont de braves gens.

Nate désigna Corumbá, puis la croix rouge la plus proche.

– Combien de temps faut-il pour se rendre là-bas ?

– Ça dépend. En avion, je dirais une heure. En bateau, de trois à cinq jours.

– Alors, où est mon avion ?

– Ce n'est pas si facile, dit Valdir en attrapant une autre carte.

Il la déroula et l'étala sur la première.

– Ceci est une carte topographique du Pantanal. Ça, ce sont les *fazendas*.

– Les quoi ?

– Les fazendas. Les grandes fermes.

– Je croyais qu'il n'y avait que des marécages.

– Non. De nombreux endroits sont juste assez asséchés pour élever du bétail. Les fazendas ont été bâties il y a deux cents ans, et ce sont toujours les *pantaneiros* qui y travaillent. Seules quelques-unes sont accessibles par bateau, donc ils se servent de petits avions. Les terrains d'atterrissage sont marqués en bleu.

Nate remarqua qu'il y avait très peu de ces terrains près des zones indiennes.

Valdir poursuivit.

– Même si vous voliez jusque dans la région, il vous faudrait tout de même un bateau pour arriver jusqu'aux Indiens.

– Comment sont les terrains ?

– En herbe, tous. Parfois ils fauchent l'herbe, parfois pas. Le plus gros problème, ce sont les vaches.

– Les vaches ?

– Oui. Les vaches aiment l'herbe. Quelquefois c'est difficile de se poser parce que les vaches sont en train de brouter le terrain.

Valdir avait dit cela le plus sérieusement du monde.

– Ils ne peuvent pas déplacer les vaches ?

– Si, s'ils savent que vous arrivez. Mais il n'y a pas de téléphone.

– Pas de téléphone dans les fazendas ?

– Aucun. Elles sont très isolées.

– Donc, je ne peux pas voler jusque dans le Pantanal, puis louer un bateau là-bas pour trouver les Indiens ?

– Non. Les bateaux sont ici, à Corumbá. Et les guides également.

Nate fixa la carte, se concentrant sur les méandres du fleuve Paraguay qui descendait puis se tordait vers le nord en direction des campements indiens. Quelque part le long de ce fleuve, au beau milieu de ces immenses terres humides, avec un peu de chance pas trop loin, se trouvait une simple servante de Dieu qui vivait chaque jour dans la paix et la tranquillité, pensait très peu au futur et évangélisait doucement ses brebis.

Et il fallait qu'il la trouve.

– J'aimerais survoler la zone, dit Nate.

Valdir enroulait la dernière carte.

– Je peux vous trouver un avion et un pilote.

– Et pour un bateau ?

– J'y travaille. C'est la saison des crues, et la plupart des bateaux sont en service. Les rivières sont hautes. Il y a beaucoup plus de trafic fluvial à cette époque de l'année.

Comme c'était gentil de la part de Troy de s'être suicidé durant la période des crues. D'après les renseignements de la firme, les pluies démarraient en novembre et duraient jusqu'en février, inondant toutes les zones les plus basses et de nombreuses fazendas.

– Je dois vous avertir, dit Valdir en allumant une nouvelle cigarette avant de replier l'autre carte, que les voyages aériens ne sont pas sans risques. Les avions sont petits, et s'il y a un problème de moteur, eh bien...

Sa voix s'éteignit et il leva les sourcils en haussant les épaules comme s'il n'y avait plus d'espoir.

– Eh bien, quoi ?

– Aucun emplacement n'est prévu pour des atterrissages forcés, aucun endroit où se poser. Un avion est tombé il y a un mois. Ils l'ont retrouvé près d'une rive, entouré d'alligators.

– Qu'est-il arrivé aux occupants ? demanda Nate, terrifié d'avance par la réponse.

– Demandez aux alligators.

– Changeons de sujet.

– Encore un peu de café ?

– Oui, s'il vous plaît.

Valdir cria pour appeler sa secrétaire. Ils s'approchèrent d'une fenêtre et contemplèrent la circulation.

– Je crois que j'ai trouvé un guide, dit-il.

– Bien. Il parle anglais ?

– Oui, sans problème. C'est un jeune homme qui vient juste de finir son service militaire. Un jeune très bien. Son père était pilote fluvial.

– Parfait.

Valdir s'approcha de son bureau et prit le téléphone. La secrétaire apporta à Nate un autre cafézinho, et il le but devant la fenêtre. De l'autre côté de la rue, il repéra un petit bar avec trois tables en terrasse. Un panneau rouge vantait l'Antartica Beer. Deux hommes en bras de chemise partageaient une table, une grande bouteille d'Antartica posée entre eux. C'était une scène parfaite – une journée très chaude, une ambiance de fête, une bonne bière fraîche partagée à l'ombre par des amis.

Nate se sentit soudain pris de vertige. Le logo de la bière devint flou tandis que son cœur cognait et que sa respiration s'accélérait. Il s'appuya au montant de la fenêtre pour reprendre son équilibre. Ses mains tremblaient, et il reposa le cafézinho sur la table. Valdir était derrière lui, ne se rendant compte de rien, continuant à parler en portugais.

Des gouttes de sueur perlaient en rangées bien nettes sur ses sourcils. Il sentait le goût de la bière, irrépressiblement. La descente s'amorçait. Un coup dans l'armure. Une fêlure dans le barrage. Un grondement dans la montagne de résolutions qu'il avait bâtie ces quatre derniers mois avec Sergio. Nate prit une grande inspiration et rassembla ses esprits. Ça allait passer. Il savait que ça allait passer. Il avait vécu ça si souvent.

Il reprit sa minuscule tasse et avala son café d'un coup tandis que Valdir raccrochait, annonçant que le pilote hésitait à voler juste avant Noël. Nate reprit son siège sous le ventilateur grinçant.

– Offrez-lui plus d'argent, dit-il.

Valdir avait été informé par M. Josh Stafford que l'argent n'était pas un problème dans cette mission.

– Il doit me rappeler dans une heure, dit-il.

Nate était prêt à partir. Il sortit son dernier modèle de téléphone cellulaire, et Valdir lui montra comment procéder pour obtenir un opérateur AT&T qui parle anglais. Comme test, il appela Sergio et tomba sur son répondeur. Puis il appela Alice, sa secrétaire, et lui souhaita un joyeux Noël.

Le petit téléphone fonctionnait à merveille. Il en était très fier. Il remercia Valdir et sortit de son bureau. Ils devaient se reparler en fin de journée.

Il marcha jusqu'à la rivière, à quelques pâtés de maisons de chez Valdir, et tomba sur un petit parc où des employés installaient des chaises pour un concert. Cette fin d'après-midi était humide, sa chemise était trempée et lui collait à la peau. L'entrevue avec Valdir l'angoissait plus qu'il ne voulait bien l'admettre. Il s'assit sur une table de pique-nique et songea au grand Pantanal qui s'étendait au loin. Un adolescent maigre apparut, comme sorti de nulle part, et offrit de lui vendre de la marijuana. Elle était en petits sachets, dans une boîte en bois. Nate lui fit signe de s'en aller. Peut-être dans une autre vie.

Un musicien commença à accorder sa guitare et, lentement, les badauds s'attroupèrent tandis que le soleil sombrait derrière les montagnes de Bolivie, pas si loin que ça.

12.

L'argent fonctionnait. Le pilote accepta, après quelques réticences, de l'emmener, et insista pour qu'ils partent tôt de sorte à être revenus à Corumbá à midi. Il avait de jeunes enfants, une femme en colère, et après tout, c'était la veille de Noël. Valdir promit et le caressa dans le sens du poil, tout en lui versant une belle caution.

Une belle avance avait également été consentie à Jevy, le guide avec lequel Valdir négociait depuis une semaine. Jevy avait vingt-quatre ans. Il était célibataire, un corps de souleveur de fonte avec des bras très musclés ; quand il s'avança dans le hall du Palace Hotel, il portait un chapeau de brousse, des shorts en jean, des rangers noirs, un tee-shirt sans manches et un couteau de chasse brillant passé dans sa ceinture juste au cas où il aurait eu besoin de dépecer quelque chose. Il broya la main de Nate en la lui serrant.

– *Bom dia,* dit-il avec un large et franc sourire.
– *Bom dia,* répondit Nate en serrant les dents pendant que ses phalanges craquaient.

Difficile d'ignorer le couteau : sa lame faisait vingt-deux centimètres de long.

– Vous parlez portugais ? demanda Jevy.
– Non, anglais seulement.

– Pas de problème, fit-il en relâchant enfin sa main, je le parle aussi.

L'accent était épais, mais jusqu'ici Nate avait saisi tous les mots.

– Appris dans l'armée, ajouta fièrement Jevy.

On ne pouvait qu'aimer Jevy, instantanément. Il prit la mallette de Nate et adressa quelque fine plaisanterie à la fille derrière le comptoir. Elle rougit. Visiblement, elle en demandait encore.

Le véhicule du guide était un 4 X 4 Ford de plus d'une tonne, le plus gros que Nate ait vu jusqu'ici à Corumbá. Il avait l'air préparé pour la jungle, avec des pneus énormes, un treuil sur le pare-chocs avant, de gros grillages sur les phares, une peinture camouflage. Mais pas d'air conditionné.

Ils se lancèrent dans les rues de Corumbá dans un rugissement, ralentissant à peine aux feux rouges, ignorant complètement les panneaux de stop, et semant une belle panique dans la circulation. Le pot d'échappement marchait mal. Malgré le moteur assourdissant, Jevy se sentait obligé de parler tout en manipulant son volant comme un pilote de Formule 1. Nate n'entendait pas un mot. Il souriait et hochait la tête comme un idiot en se cramponnant comme il pouvait – les pieds plantés dans le sol, une main crispée sur le cadre de la fenêtre, l'autre tenant sa mallette. Son cœur s'arrêtait à chaque carrefour.

Visiblement, s'il existait un code de la route dans ce pays, il était complètement ignoré. Et pourtant, il n'y avait pas plus d'accidents qu'ailleurs. Tout le monde, Jevy inclus, réussissait à éviter le danger à la dernière seconde.

L'aéroport était désert. Ils se garèrent près du petit terminal et marchèrent jusqu'au bout du tarmac, où quatre petits avions étaient garés. Un pilote s'affairait sur l'un d'eux. Jevy ne le connaissait pas. Ils se présentèrent en portugais. Le nom du pilote sonna comme Milton. Il était assez amical, mais il était visible qu'il aurait préféré ne pas travailler la veille de Noël.

Pendant que les deux Brésiliens discutaient, Nate examina l'avion. La première chose qu'il remarqua, c'était qu'il avait bien besoin d'un bon coup de peinture ; ce simple détail l'inquiéta beaucoup. Si l'extérieur s'écaillait, que dire de l'intérieur ? Les pneus étaient lisses. Il y avait des taches d'huile autour du capot du moteur. C'était un vieux Cessna 206 à une seule hélice.

Remplir les réservoirs prit quinze minutes et le soleil blanc et brillant commença à taper. On approchait de 10 heures. Nate retira son magnifique portable de la grande poche de son short kaki pour appeler Sergio.

Son thérapeute prenait le café avec sa femme en établissant une liste pour les achats de dernière minute avant Noël, et Nate se sentit à nouveau soulagé d'être loin des États-Unis, loin de cette frénésie des fêtes. Il faisait froid et humide le long de la côte Est. Nate lui assura qu'il allait bien. Pas de problèmes.

Il pensait avoir enrayé les mécanismes de rechute. Il s'était réveillé empli de nouvelles résolutions et de force. Le malaise de la veille n'avait été qu'un moment de faiblesse passager. Il ne le mentionna donc pas à Sergio. Il aurait dû, mais pourquoi l'ennuyer désormais ?

Pendant qu'ils parlaient, le soleil fut masqué par un gros nuage noir et quelques gouttes éparses tombèrent autour de Nate. Il les remarqua à peine. Il raccrocha après le classique « Joyeux Noël ».

Le pilote annonça qu'il était prêt.

– Toutes les mesures de sécurité ont été prises ? demanda Nate à Jevy tandis qu'ils chargeaient la mallette et un sac à dos.

Jevy rit et dit :

– Pas de problème. Cet homme a quatre petits enfants et une jolie femme, du moins c'est ce qu'il dit. Pourquoi irait-il risquer sa vie ?

Jevy rêvait de s'offrir des leçons de pilotage, il se porta donc volontaire pour occuper le siège de droite, à côté de Milton. Cela convenait parfaitement à Nate. Il s'installa derrière eux sur un siège étroit et inconfortable, sa ceinture et sa sangle de sécurité aussi serrées que possible. Le moteur démarra avec quelque réticence, trop selon Nate, et la petite cabine se changea en four jusqu'à ce que Milton ouvre sa fenêtre. L'air brassé par l'hélice les aidait à respirer. Ils roulèrent en cahotant sur le tarmac jusqu'en bout de piste. Ils n'avaient pas à attendre leur tour, parce qu'il n'y avait aucun autre avion. Quand ils décollèrent, la chemise de Nate était collée à sa poitrine et de la sueur lui coulait dans le cou.

Corumbá fut instantanément sous eux. Du ciel, elle semblait plus jolie, avec ses rangées bien nettes de maisonnettes donnant sur des rues qui apparaissaient lisses et ordonnées. Le centre était très affairé à cette heure-ci, avec des voitures coincées dans les embouteillages et des piétons téméraires se lançant au milieu d'elles. La ville était posée sur une crête au-dessus de la rivière. Ils suivirent le fleuve vers le nord, grimpant doucement en laissant Corumbá derrière eux.

À douze cents mètres, la majesté du Pantanal apparut soudain alors qu'ils traversaient un grand nuage menaçant. À l'est et au nord, une douzaine de rivières tournaient en rond et s'emmêlaient, n'allant nulle part, reliant chaque marécage à des centaines d'autres. À cause des inondations, les rivières débordaient et se déversaient les unes dans les autres en de nombreux endroits. Les eaux avaient différentes couleurs. Les marais stagnants étaient bleu foncé, presque noirs à certains endroits où les plantes étaient épaisses. Les bassins plus profonds se teintaient de vert foncé. Les petits ruisseaux charriaient une boue rougeâtre, et le grand Paraguay apparaissait plein et brun comme du chocolat malté. À l'horizon, aussi loin qu'ils pouvaient voir, l'eau était bleue et la terre verte.

Tandis que Nate regardait vers l'est et le nord, ses deux compagnons observaient l'ouest, vers les montagnes distantes de Bolivie. Jevy pointa son index, captant l'attention de Nate. Le ciel était beaucoup plus sombre derrière les montagnes.

Au bout de quinze minutes de vol, Nate vit la première construction depuis Corumbá. C'était une ferme sur la rive du Paraguay. La maison était petite et jolie, avec le toit de tuiles rouges habituel. Des vaches blanches paissaient dans un pré et buvaient le long de la rive. Du linge séchait sur un fil près de la maison. Pas signe d'activité humaine – pas de véhicules, pas d'antenne de télé, pas de lignes électriques. Un jardin carré entouré d'une clôture de bois se trouvait à une courte distance de la maison, au bout d'un chemin de terre. L'avion passa à travers un nuage et la ferme disparut.

Davantage de nuages. Ils s'épaississaient et Milton descendit à huit cents mètres pour rester en dessous d'eux. Jevy l'avait prévenu qu'il s'agissait d'une mission de repérage, et qu'il fallait donc voler aussi bas que possible. Le premier campement probable des Guatos était à environ une heure de Corumbá.

Ils s'éloignèrent du fleuve pendant quelques minutes et, ce faisant, survolèrent une fazenda. Jevy plia sa carte, fit un cercle dessus et la passa à Nate. « Fazenda de Prata », dit-il en désignant le sol. Sur la carte, toutes les fazendas portaient un nom, comme si c'étaient de grandes propriétés. Au sol, la fazenda de Prata était à peine plus grande que la première ferme que Nate avait vue.

Il y avait plus de vaches, deux petits bâtiments supplémentaires, une maison un peu plus grande et une longue bande de terre que Nate mit un certain temps à identifier : le terrain d'atterrissage. Il n'y avait pas de rivière proche, et absolument aucune route. L'accès ne pouvait se faire que par les airs.

Milton était de plus en plus inquiet : à l'ouest, le ciel ne cessait de noircir. Le front nuageux se déplaçait vers l'est et eux avançaient vers le nord. La rencontre semblait inévitable. Jevy se pencha vers l'avocat et cria :

– Il n'aime pas ce ciel, là-bas.

Nate non plus ne l'aimait pas, mais il n'était pas pilote. Il haussa les épaules parce qu'il ne trouvait rien à répondre.

– On ne reste pas plus de quelques minutes, dit Jevy.

Milton voulait faire demi-tour. Nate tenait au moins à apercevoir les villages indiens. Il s'accrochait encore au vain espoir de voler jusqu'à Rachel, voire de l'emmener jusqu'à Corumbá, où ils pourraient boire un bon café et discuter des biens de son père. Vains espoirs, qui s'estompèrent rapidement.

Un hélicoptère aurait résolu le problème. Le Groupe Phelan pouvait certainement se le permettre. Si Jevy trouvait le bon campement, et le bon endroit où se poser, Nate pourrait louer un hélico immédiatement.

Il rêvait.

Une autre petite fazenda, celle-ci à une courte distance du fleuve Paraguay. Des gouttes de pluie commençaient à frapper le pare-brise et Milton descendit à six cents mètres. Une impressionnante chaîne de montagnes se dressait sur leur gauche, nettement plus proche maintenant, avec, à sa base, le fleuve qui se frayait un chemin en serpentant à travers une forêt dense.

Coupant les montagnes, l'orage se précipitait vers eux avec fureur. Soudain, le ciel s'assombrit nettement. Le vent secouait le Cessna. Il plongea d'un coup et Nate se cogna la tête au plafond. En une seconde, la terreur l'envahit.

– On fait demi-tour ! hurla Jevy.

Sa voix manquait sérieusement du calme que Nate aurait apprécié. Le visage de Milton était figé comme la pierre, et des ruisseaux de sueur lui couvraient le front. L'avion vira sur la droite, est puis sud-est, et quand il eut accompli son virage, une vision terrible s'imposa à eux. Vers Corumbá, le ciel était noir comme de l'encre.

Milton ne tenait pas du tout à s'y frotter. Il vira rapidement vers l'est et dit quelque chose à Jevy.

– On ne peut pas retourner à Corumbá, cria Jevy vers le siège arrière. Il veut trouver une fazenda. On va se poser et attendre que l'orage soit passé.

Sa voix était haut perchée et anxieuse, son accent portugais reprenant nettement le dessus.

Nate hocha la tête du mieux qu'il put. Il était secoué en tous sens et son crâne lui faisait mal depuis la première secousse qui l'avait pris par surprise. Son estomac commençait également à protester.

Pendant quelques minutes il sembla que le Cessna allait gagner la course contre l'orage. Nate se disait qu'un avion, quelle que soit sa taille, pouvait battre un orage à la course. Il se frotta le crâne et décida de ne pas regarder derrière eux. Mais les nuages noirs les cernaient maintenant sur les côtés.

Quelle espèce de pilote arriéré, quel genre de tête de nœud décolle sans interroger radar et météo ? D'un autre côté, s'il y avait un radar, il devait avoir au moins vingt ans d'âge et on l'avait probablement débranché pour les fêtes de Noël.

La pluie cinglait l'appareil. Les vents ululaient tout autour de lui. Les nuages bouillonnaient en lui passant dessus. L'orage les rattrapa et s'empara d'eux. Le petit avion fut secoué comme un shaker. Pendant deux très longues minutes, la violence des turbulences rendit Milton incapable de le contrôler. Ce n'était plus du pilotage, mais du rodéo sur un cheval sauvage.

Nate regardait par le hublot et ne voyait rien, ni eau, ni marécages, ni de ces jolies petites fazendas pourvues de longs terrains d'atterrissage. Il se courba encore plus. Il serra les mâchoires en priant pour ne pas vomir.

Un trou d'air balança l'avion cent mètres plus bas en moins de deux secondes et les trois hommes crièrent en même temps. Nate laissa échapper un « Oh merde ! » très fort. Ses copains brésiliens juraient en portugais. Leurs exclamations suintaient la peur.

Il y eut une vague pause, très brève, durant laquelle l'ouragan sembla se calmer. Milton poussa le manche vers l'avant et commença à piquer. Nate se tenait à deux mains au dossier du siège de Milton et pour la première et heureusement la seule fois de son existence, il se sentit comme un pilote kamikaze. Son cœur cognait à tout rompre et il avait l'estomac dans la gorge. Il ferma les yeux et pensa à Sergio et au professeur de yoga de Walnut Hill qui lui avait appris prières et méditation. Il essaya de méditer et il tenta de prier, mais c'était impossible quand on était piégé dans un avion en perdition. La mort était à deux secondes d'eux.

Un coup de tonnerre juste au-dessus du Cessna les fit sursauter, comme un coup de canon dans une pièce obscure, et les secoua jusqu'aux os. Les tympans de Nate éclatèrent presque.

Le plongeon s'arrêta à deux cents mètres. Luttant de toutes ses forces contre le vent, Milton réussit à se remettre à l'horizontale. « Cherche une fazenda ! » cria Jevy, et Nate, avec réticence, remit le nez au hublot. Sous lui la terre était secouée par la pluie et le vent. Les arbres s'agitaient en tous sens et les petites mares étaient blanchies d'écume. Jevy examinait une carte, mais ils étaient irrémédiablement perdus.

La pluie leur tombait dessus en rideaux blancs qui réduisaient la visibilité à quelques dizaines de mètres. Nate avait du mal à apercevoir le sol. Ils étaient entourés par des torrents d'eau, poussés de côté par un vent d'une brutalité inouïe. Leur petit avion était ballotté comme un cerf-volant, Milton se bagarrait avec les commandes et Jevy scrutait désespérément la fazenda qui leur sauverait la vie. Ils ne s'écraseraient pas sans combattre.

Mais Nate abandonna. S'ils ne pouvaient pas voir le sol, comment pouvaient-ils espérer atterrir ? Le pire de l'orage n'était pas encore sur eux. Tout était fini.

Il ne marchanderait pas avec Dieu. Il n'avait que ce qu'il méritait pour la vie qu'il avait menée. Des centaines de gens mouraient dans des accidents d'avion chaque année. Il ne valait pas mieux qu'eux.

Son regard accrocha une rivière, juste en dessous d'eux, et il se souvint soudain des alligators et des anacondas. Il fut horrifié à l'idée de s'écraser dans un marécage. Il se vit lui-même, sévèrement blessé mais pas encore mort, s'accrochant à l'épave, se battant pour survivre, essayant de faire marcher ce satané téléphone satellite tout en tentant de repousser des reptiles affamés.

Une autre secousse fit trembler l'habitacle et Nate, dans un dernier sursaut, décida de réagir. Il scruta le sol, en une vaine tentative pour apercevoir une fazenda. Un éclair les aveugla pendant une seconde. Le moteur pétaradait et semblait presque avoir des ratés, puis il se reprit et se remit à tourner normalement. Milton descendit à cent mètres, une altitude sécurisante dans des circonstances normales. Au moins, dans le Pantanal, ils ne risquaient pas de heurter une colline ou une montagne.

Nate resserra sa sangle encore plus, puis vomit entre ses jambes. Il ne ressentit aucune gêne à le faire. Il ne ressentait plus rien que de la terreur pure.

L'obscurité les avala. Milton et Jevy criaient en mesure tout en sautant sur leurs sièges, serrant les commandes comme ils pouvaient. Leurs épaules venaient se frotter l'une contre l'autre. La carte était coincée entre les jambes de Jevy, totalement inutile.

L'orage se déplaçait au-dessus d'eux. Milton descendit à soixante mètres. Là, ils pouvaient apercevoir le sol, par intermittence, comme des taches noyées de pluie. Une rafale les bouscula sur le côté, basculant littéralement le Cessna à la verticale, et Nate se rendit une fois de plus compte que leur situation était totalement désespérée. Il aperçut quelque chose de blanc en dessous deux et cria : « Une vache ! Une vache ! » Jevy hurla la traduction à Milton.

Ils descendirent encore, à quarante mètres sous les nuages, dans une pluie aveuglante et passèrent juste au-dessus du toit rouge d'une maison. Jevy cria à nouveau et désigna quelque chose sur le côté de l'avion. Le terrain d'atterrissage semblait avoir la longueur d'une petite rue de banlieue, dangereux même par beau temps. Peu importait. Ils n'avaient pas le choix. S'ils s'écrasaient, au moins il y aurait des gens non loin de là.

Ils avaient repéré le terrain trop tard pour atterrir avec le vent, et Milton écrasa le manche pour se poser face à la tempête. Le vent fit presque se retourner le Cessna, comme sous l'effet d'une énorme claque. La pluie réduisait la visibilité à presque rien. Nate se pencha pour regarder la piste et il ne vit que l'eau qui noyait les vitres.

À vingt mètres, le Cessna fut balayé de côté. Milton bataillait pour le remettre en position. Jevy hurla : « *Vaca ! Vaca !* » Nate comprit immédiatement qu'il parlait d'une vache. Nate la vit aussi. Ils esquivèrent la première.

Dans le flash d'images en accéléré qui précédèrent le choc, Nate distingua un garçon avec un bâton qui courait dans l'herbe haute, trempé et affolé. Puis une vache qui s'éloignait du terrain en cavalant. Il vit Jevy serrer ses épaules avec ses bras croisés tout en regardant à travers le pare-brise, les yeux hallucinés, la bouche ouverte sans qu'un mot en sorte.

Ils frappèrent l'herbe, mais ils continuaient à avancer. Ils atterrissaient. Ils ne s'écrasaient pas. Et pendant cette demi-seconde, Nate espéra qu'ils n'allaient pas mourir. Une autre secousse les releva trois mètres en l'air, puis ils touchèrent le sol à nouveau.

– *Vaca ! Vaca !*

L'hélice fonça droit dans une étrange vache immobile. L'avion la frappa violemment, toutes les vitres éclatèrent et les trois hommes hurlèrent leurs derniers mots.

Nate se réveilla allongé sur le côté, couvert de sang, paralysé et muet de peur, mais tout à fait vivant et soudain conscient qu'il pleuvait toujours. Le vent hurlait à travers l'habitacle. Milton et Jevy étaient emmêlés l'un à l'autre, mais ils bougeaient aussi et essayaient de détacher leurs ceintures.

Nate passa son visage par le hublot. Le Cessna était couché sur le flanc, avec une aile brisée repliée sous la cabine. Il y avait du sang partout, mais il venait de la vache et pas des passagers. La pluie, qui tombait en rafales, le lavait rapidement.

Le garçon avec le bâton les conduisit vers une petite étable près du terrain. Une fois à l'abri de l'orage, Milton tomba à genoux et marmonna une prière fervente à la Vierge Marie. Nate le regarda et esquissa avec lui ce qui ressemblait vaguement à une prière de son cru.

Il n'y avait pas de blessure grave. Milton avait une grosse coupure sur le front. Le poignet droit de Jevy était douloureux et enflé. D'autres douleurs viendraient plus tard.

Ils restèrent assis à même la terre pendant un bon moment, regardant la pluie, entendant le vent, pensant à ce qui aurait pu arriver, les mots ne venant pas.

13.

Le propriétaire de la vache apparut environ une heure plus tard, tandis que la tempête s'éloignait et que la pluie cessait progressivement. Il était pieds nus, serré dans un short en jean délavé et un tee-shirt des Chicago Bulls. Il s'appelait Marco, et, malgré Noël, il n'était pas d'une humeur franchement joyeuse.

Il renvoya le jeune garçon et entama une discussion très animée avec Jevy et Milton sur la valeur de la vache. Milton était nettement plus préoccupé par son avion et Jevy par son poignet enflé. Nate se tenait près de la fenêtre en se demandant comment au juste il avait fait pour se retrouver au milieu de la jungle brésilienne la veille de Noël dans une étable qui puait, couvert du sang d'une vache, écoutant trois hommes se disputer dans une langue étrangère, et vraiment veinard d'être vivant. Il n'y avait pas de réponses claires.

À en juger par les autres vaches qui broutaient alentour, elles ne devaient pas valoir beaucoup.

– Je paierai sa fichue bête, dit Nate à Jevy.

Jevy demanda à l'homme combien il voulait, puis dit :

– Cent reais.

– Est-ce qu'il prend la carte American

Express ? demanda Nate, mais sa plaisanterie manqua son but. Je les paierai.

Cent dollars. Il aurait payé la même somme juste pour que Marco cesse de se lamenter et leur lâche la grappe.

Le marché conclu, l'homme devint leur hôte. Il les mena jusqu'à sa maison, où un déjeuner fut préparé par une petite femme souriante aux pieds nus qui les accueillit avec moult effusions. Pour des raisons évidentes, on ne recevait pas beaucoup d'invités dans le Pantanal et quand ils se rendirent compte que Nate venait des USA, ils envoyèrent chercher leurs enfants. Le garçon au bâton avait deux frères, et leur mère leur dit de bien examiner Nate parce que c'était un Américain.

Elle prit les chemises des trois hommes et les plongea dans une bassine remplie de savon et d'eau de pluie. Ils mangèrent du riz et des haricots noirs autour d'une petite table, torse nu et s'en fichant complètement. Nate était fier de ses biceps solides et de son estomac plat. Jevy avait la silhouette costaude d'un véritable souleveur de fonte. Le pauvre Milton montrait les signes d'un âge mur précoce, mais visiblement ça ne le souciait pas le moins du monde.

Tous trois parlèrent peu pendant ce déjeuner. L'horreur de l'atterrissage forcé était encore fraîche. Les enfants étaient assis par terre près de la table, mangeant des galettes et du riz, sans perdre une miette des mouvements de Nate.

Il y avait une petite rivière à huit cents mètres de la ferme et Marco possédait un bateau avec un moteur. Le fleuve Paraguay était à cinq heures de là. Peut-être avait-il assez d'essence et peut-être pas. Mais ce serait impossible avec les trois hommes dans le bateau.

Quand le ciel s'éclaircit, Nate et les enfants marchèrent jusqu'à l'épave de l'avion et ramenèrent sa mallette. Le long du chemin, il leur apprit à compter en anglais, et eux en portugais. C'étaient trois garçons délicieux, terriblement timides au début, mais de plus en plus chaleureux avec Nate. Il se souvint que c'était Noël. Est-ce que le Père Noël se déplaçait jusque dans le Pantanal ? Personne ne semblait l'attendre.

Sur une belle souche plate devant la ferme, Nate déballa ses affaires avec soin et installa le téléphone satellite. La parabole de réception faisait trente centimètres de diamètre et le téléphone par lui-même n'était pas plus gros qu'un mini-ordinateur portable. Un fil reliait les deux. Nate alluma l'appareil, tapa son identification et son code Pin, puis tourna lentement la parabole jusqu'à ce qu'elle capte le signal du satellite Astar-East, à cent kilomètres au-dessus de l'Atlantique, suspendu quelque part vers l'Équateur. Le signal était fort, un bip continu le confirma et Marco et le reste de sa famille se pressèrent autour de l'Américain. Il se demanda s'ils avaient même déjà vu un téléphone.

Jevy lui dicta le numéro de Milton à Corumbá. Nate le composa doucement, lentement, puis il attendit, retenant son souffle. Si l'appel ne passait pas, alors cela signifierait qu'ils étaient coincés avec Marco et sa famille pour Noël. La maison était petite. Nate présumait qu'il dormirait dans l'étable. Parfait.

Le plan de secours était d'envoyer Jevy et Marco avec le bateau. Il était presque 13 heures. Cinq heures pour atteindre le fleuve Paraguay et il ferait déjà noir, en supposant qu'il y ait assez d'essence. Une fois sur la grande rivière, il leur faudrait alors trouver de l'aide et cela pouvait prendre des heures. S'il n'y avait pas assez d'essence, ils seraient coincés en plein Pantanal. Jevy n'avait pas mis le veto sur ce plan, mais personne ne le poussait non plus.

Il y avait d'autres facteurs. Marco était réticent à l'idée de partir si tard dans la journée. Normalement, quand il allait jusqu'au fleuve pour faire du commerce, il s'en allait à l'aube. Quant à savoir s'il pouvait trouver de l'essence chez un voisin à une heure de là, rien n'était moins certain.

– *Oi,* fit une voix de femme dans le haut-parleur, et tout le monde sourit.

Nate tendit le téléphone à Milton, qui dit bonjour à sa femme, puis lui raconta leur désastre. Jevy chuchotait une traduction à Nate. Les enfants s'émerveillaient d'entendre de l'anglais.

La conversation devint très tendue, puis cessa soudain.

– Elle cherche un numéro de téléphone, expliqua Jevy.

Le numéro arriva, celui d'un pilote que Milton connaissait. Il promit d'être là pour le dîner et raccrocha.

Le pilote n'était pas chez lui. Sa femme expliqua qu'il était à Campo Grande pour affaires et qu'il serait de retour en fin de journée. Milton expliqua où il était et la pria de lui communiquer un numéro où son mari pouvait être joint.

– Demande-lui de parler vite, dit Nate en formant un nouveau numéro, cette batterie ne durera pas éternellement.

Péniblement, ils finirent par joindre le pilote. Il était en train de dire à Milton que son avion était en réparation quand le signal s'interrompit.

Les nuages étaient de retour.

Nate regarda le ciel s'assombrir avec une totale incrédulité. Milton était au bord des larmes.

Ce fut une brève averse, une pluie fraîche sous laquelle les enfants jouèrent pendant que les adultes étaient assis sous le porche, les regardant en silence.

Jevy avait un autre plan. Il y avait une base de

l'armée aux limites de Corumbá. Ce n'était pas là qu'il avait fait son service, mais il soulevait des poids avec certains des officiers locaux. Quand le ciel fut à nouveau clair, ils retournèrent à la souche et se rassemblèrent autour du téléphone. Jevy appela un ami qui lui trouva les numéros de téléphone.

L'armée disposait d'hélicoptères. Après tout, il s'agissait d'un accident d'avion. Quand l'officier en second répondit au téléphone, Jevy expliqua rapidement ce qui était arrivé et réclama de l'aide.

Regarder Jevy raconter était presque une torture pour Nate. Il ne comprenait pas un mot, mais le langage de son corps disait toute l'histoire. Sourires et froncements de sourcils, pauses frustrantes, puis la répétition de choses déjà dites.

Quand Jevy eut fini, il dit à Nate :

– Il va demander à son commandant. Il veut que je rappelle dans une heure.

L'heure leur parut durer une semaine. Le soleil revint et se mit à cuire l'herbe détrempée. L'humidité était palpable. Toujours torse nu, Nate commençait à sentir la brûlure d'un coup de soleil.

Ils se retirèrent à l'ombre d'un arbre pour échapper aux rayons. Jevy et Milton avaient la peau de quelques degrés plus sombre que celle de Nate, et le soleil ne les préoccupait pas. Il ne dérangeait pas Marco non plus et tous trois se dirigèrent vers l'avion pour inspecter les dégâts. Nate resta en arrière, là où il ne s'exposait pas. La chaleur de l'après-midi était terrible. Sa poitrine et ses épaules commençaient à le brûler, et l'idée d'une sieste lui traversa l'esprit. Mais les garçons avaient d'autres projets : ils voulaient communiquer avec lui. Utilisant le lexique qu'il trimballait dans sa mallette, Nate brisa lentement la barrière du langage. Bonjour. Comment allez-vous ? Quel est votre nom ? Quel âge avez-vous ? Bon après-midi. Les garçons répétaient les phrases en portugais pour que Nate puisse apprendre la prononciation, puis il leur faisait faire la même chose en anglais.

Jevy revint avec des cartes et ils passèrent le coup de téléphone. L'armée semblait plutôt prête à coopérer. Milton désigna un point sur une carte et dit : « Fazenda Esperança », ce que Jevy répéta avec grand enthousiasme. Enthousiasme qui s'évanouit deux secondes plus tard quand il raccrocha.

– Il n'arrive pas à trouver son commandant, dit-il en anglais, tout en s'efforçant de masquer son découragement. C'est Noël, tu sais.

Noël dans le Pantanal. Quarante degrés au moins avec un taux d'humidité insensé. Un soleil brûlant que rien n'arrête. Des insectes de toutes sortes sans la moindre pommade répulsive. De gentils petits enfants sans le moindre espoir d'avoir un quelconque jouet. Pas de musique parce qu'il n'y a pas d'électricité. Pas de sapin de Noël. Pas de repas de Noël, ni de vin ni de champagne.

« C'est une aventure, ne cessait de se répéter Nate. Où est passé ton sens de l'humour ? »

Il remit le téléphone dans sa mallette et la referma. Milton et Jevy retournèrent à l'avion. Madame rentra dans la maison. Marco avait quelque chose à faire dans son arrière-cour. Nate resta à l'ombre, pensant combien il serait réconfortant d'entendre ne serait-ce qu'un seul couplet de « Petit papa Noël » tout en sirotant une coupe pleine de bulles.

Luis apparut avec trois des chevaux les plus maigres que Nate eût jamais vus. L'un portait une selle rudimentaire faite de cuir et de bois posée sur une couverture orange, qui s'avéra être un vieux bout de tapis. La selle était pour Nate. Luis et Oli sautèrent sur leurs montures à cru, sans le moindre effort. Un bond et ils étaient en selle, parfaitement équilibrés.

Nate étudia son cheval.

– *Onde ?* demanda-t-il. Où ?

Luis désigna une piste. Nate savait, grâce aux index pointés précédemment pendant le déjeuner et après, que cette piste menait à la rivière où Marco rangeait son bateau.

Pourquoi pas ? C'était une aventure. Qu'avait-il d'autre à faire pour tuer le temps ? Il reprit sa chemise sur la corde à linge puis se débrouilla pour monter le pauvre cheval sans tomber ni se faire mal.

Fin octobre, Nate et quelques autres toxicos de Walnut Hill avaient passé un agréable dimanche à cheval, en randonnée dans les Blue Ridge, dans la splendeur automnale. Ses fesses et ses cuisses lui avaient fait mal pendant une semaine, mais sa peur de ces animaux avait été vaincue. Quelque peu.

Il batailla avec les étriers jusqu'à ce que ses pieds soient coincés dedans, puis il serra la bride si fort que l'animal ne voulut pas bouger. Les garçons le regardèrent, follement amusés, puis commencèrent à s'éloigner au petit trot. Finalement, le cheval de Nate se mit à trotter aussi, un trot lent qui le frappait dans l'entrejambe et le secouait d'un côté à l'autre. Préférant aller au pas, il tira la bride et le cheval ralentit. Les garçons firent demi-tour et revinrent au pas à côté de lui.

Le sentier menait jusqu'à un petit pré et faisait un virage, d'où la maison était hors de vue. Devant eux, il y avait de l'eau – un marécage, comme tous ceux, innombrables, que Nate avait vus du haut des airs. Cela n'arrêta pas les garçons parce que le sentier passait au milieu et que les chevaux l'avaient déjà franchi bon nombre de fois. Ils ne ralentissaient jamais. Au début l'eau ne faisait que quelques centimètres de profondeur, puis trente centimètres, puis elle atteignit les étriers. Bien évidemment, les garçons étaient pieds nus, avaient la peau tannée comme du cuir et se fichaient pas mal de l'eau ou de ce qu'il pouvait y avoir dedans. Nate portait sa paire de Nike favorite, qui fut bientôt trempée.

Il y avait, partout dans le Pantanal, des piranhas, ces féroces petits poissons aux dents comme des rasoirs.

Il voulait faire demi-tour, mais ne savait pas comment le dire. « Luis », appela-t-il, sa voix trahissant ses peurs. Les garçons le regardèrent sans la moindre trace d'inquiétude.

Quand l'eau atteignit le poitrail des chevaux, ils ralentirent un peu. Quelques pas de plus et Nate voyait à nouveau ses pieds. Les chevaux s'engagèrent de l'autre côté, où le sentier reprenait.

Ils dépassèrent les restes d'une clôture sur leur gauche. Puis une cahute toute déglinguée. Le sentier s'élargissait, empruntant le lit d'une ancienne rivière. Des années auparavant, cette fazenda avait été plus importante, sans nul doute, avec beaucoup de bétail et de nombreux employés.

Le Pantanal avait été conquis deux cents ans auparavant. Nate le savait grâce aux mémos de Josh. Peu de choses avaient changé depuis. L'isolement de ces gens était phénoménal. Il n'y avait pas le moindre signe d'un voisin, ni d'autres enfants, et Nate ne cessait de s'interroger sur l'école et l'éducation. Est-ce que les enfants s'enfuyaient, quand ils étaient assez vieux, jusqu'à Corumbá pour trouver travail et épouse ? Ou est-ce qu'ils reprenaient les petites fermes pour élever la prochaine génération de pantaneiros ? Est-ce que Marco et sa femme savaient lire ? Et en ce cas, apprenaient-ils à lire à leurs enfants ?

Il poserait ces questions à Jevy. Il y avait à nouveau de l'eau au-devant d'eux, un marécage plus vaste avec des arbres pourris entassés les uns sur les autres des deux côtés. Et bien évidemment, le sentier passait en plein milieu. C'était la période des crues. L'eau était haute partout. Durant les mois de sécheresse, le marais n'était qu'une tache de boue et un novice pouvait suivre le sentier sans craindre de se faire manger. « Reviens à la bonne saison », se dit Nate. Peu de chance que ça arrive.

Les chevaux marchaient, réglés comme des métronomes, sans se soucier du marécage et des éclaboussures que provoquaient leurs sabots. Les garçons avaient l'air à moitié assoupis. Le pas des chevaux ralentit quelque peu quand le marais devint plus profond. Au moment où les genoux de Nate furent recouverts d'eau et où il se préparait à crier quelque chose de désespéré en direction de Luis, Oli désigna nonchalamment sa droite, vers un endroit où deux souches pourries se dressaient trois mètres en l'air. Entre elles, allongé bas sur l'eau, paressait un gros reptile noir.

– *Jacaré,* dit simplement Oli par-dessus son épaule comme si Nate était très intéressé. Alligator.

Les yeux de la bête étaient protubérants par rapport au reste du corps et Nate était certain qu'ils le suivaient, lui, spécifiquement. Son cœur se mit à cogner comme un tambour et il voulut crier au secours. Luis se tourna en souriant parce qu'il savait que son hôte était terrifié. Son hôte essaya de sourire comme s'il était heureux, finalement, de voir un tel monstre de si près.

Les chevaux levèrent la tête parce que l'eau montait. Nate talonna son cheval, sous l'eau, mais rien ne se produisit. L'alligator s'enfonça doucement jusqu'à ce qu'on ne voie plus que ses yeux, puis il avança dans leur direction et disparut dans l'eau noire.

Nate retira ses pieds des étriers et ramena ses genoux vers sa poitrine, si bien qu'il se retrouva quasiment accroupi sur sa selle. Les garçons dirent quelque chose et se mirent à glousser, mais Nate s'en foutait.

Passé le milieu de l'étang, l'eau redescendit à hauteur des jambes des chevaux, puis de leurs sabots. Une fois en sécurité de l'autre côté, Nate respira. Puis il rit de lui-même. Il pourrait raconter ça quand il serait rentré. Il avait des amis qui donnaient dans les vacances extrêmes – sacs à dos, rafting, photographies de gorilles, amateurs de safaris qui essayaient toujours d'humilier les autres avec leurs histoires d'expériences proches de la mort à l'autre bout de la terre. Ajoutez l'aspect écologique du Pantanal, et pour dix mille dollars ils sauteraient volontiers à cheval afin de gambader dans les marais et d'y photographier serpents et alligators.

Sans rivière en vue, Nate décida qu'il était temps de rentrer. Il désigna sa montre et Luis les ramena vers la maison.

Le commandant lui-même était au téléphone. Jevy et lui échangèrent des souvenirs d'armée pendant quelques minutes – des endroits où ils avaient été cantonnés, des gens qu'ils connaissaient – pendant que l'indicateur de batterie clignotait de plus en plus vite et que le SatPhone arrivait au bout de son énergie. Nate le désigna. Jevy répondit en expliquant au commandant que c'était leur dernière chance.

Pas de problème. Un hélico était prêt ; on rassemblait un équipage. Les blessures étaient-elles graves ?

– Internes, dit Jevy en jetant un coup d'œil vers Milton.

La fazenda était à quarante minutes d'hélicoptère, d'après les pilotes de l'armée.

– Donnez-nous une heure, dit le commandant. Milton sourit pour la première fois de la journée.

Une heure passa et l'optimisme s'estompa.

Le soleil commençait à descendre rapidement à l'ouest; le crépuscule approchait. Une expédition de secours nocturne était hors de question.

Ils retournèrent à l'avion brisé, où Milton et Jevy avaient travaillé sans relâche tout l'après-midi. L'aile fracturée avait été enlevée, ainsi que l'hélice. Elle était posée dans l'herbe près de l'appareil, encore toute tachée de sang. Le train droit était tordu, mais n'aurait pas besoin d'être remplacé.

La vache tuée avait été découpée par Marco et sa femme. Sa carcasse, bien visible, séchait dans les buissons près du petit terrain.

D'après Jevy, Milton avait l'intention de revenir par bateau dès qu'il pourrait trouver une nouvelle aile et une nouvelle hélice. Pour Nate cela semblait virtuellement impossible. Comment pourrait-il transporter quelque chose d'aussi énorme qu'une aile d'avion sur un bateau assez petit pour naviguer dans les bras sinueux du Pantanal, puis la porter à travers les mêmes marécages que ceux que Nate avait vus pendant sa promenade à cheval?

C'était son problème. Nate avait bien d'autres soucis.

Madame apporta du café chaud et des gâteaux secs, et ils s'assirent dans l'herbe près de l'étable en discutant. Les trois petits s'installèrent à côté de Nate, effrayés qu'il les quitte. Une autre heure passa.

C'est Tomás, le plus jeune, qui entendit le ronronnement le premier. Il dit quelque chose, puis se leva et pointa le doigt en l'air et tous les autres se figèrent. Le bruit augmenta et devint l'immanquable vacarme d'un hélicoptère. Ils coururent jusqu'au centre du terrain et regardèrent le ciel.

Quand l'appareil se posa, quatre soldats sautèrent par la porte ouverte et coururent vers le groupe. Nate était à genoux au milieu des garçons, et il leur donna dix reais à chacun. « *Feliz Natal* », dit-il. Joyeux Noël. Puis il les serra rapidement dans ses bras, ramassa sa mallette et courut vers l'hélico.

Jevy et Nate firent de grands signes de la main à la petite famille quand ils décollèrent. Milton était trop occupé à remercier les pilotes et les soldats. À deux cents mètres, le Pantanal commença à s'étirer vers l'horizon. À l'est, il faisait déjà très sombre.

Et il faisait nuit noire quand ils survolèrent Corumbá, une demi-heure plus tard. La vue était magnifique – les immeubles et les maisons, les lumières, les illuminations de Noël, la circulation. Ils se posèrent dans la base de l'armée située sur une butte au-dessus du fleuve Paraguay. Le commandant les accueillit et reçut la profusion de remerciements qu'il méritait. Il fut un peu surpris de l'absence de blessures sérieuses, mais néanmoins heureux du succès de cette mission. Il les fit raccompagner dans une jeep conduite par un jeune soldat.

Comme ils entraient dans la ville, la jeep fit un virage soudain et s'arrêta devant une petite épicerie. Jevy y entra et revint avec trois bouteilles de bière Brahma. Il en donna une à Milton, et une à Nate.

Après une courte hésitation, Nate dévissa la capsule et s'envoya une lampée. C'était pétillant, froid et parfaitement délicieux. Et c'était Noël, merde. Il pouvait gérer ça.

Assis à l'arrière de la jeep dans les rues poussiéreuses, l'air humide balayant son visage, une bière fraîche à la main, Nate se souvint de la chance qu'il avait d'être vivant.

À peine quatre mois auparavant, il avait essayé de se tuer. Sept heures plus tôt, il avait survécu à un atterrissage forcé catastrophique.

Mais la journée n'avait rien apporté. Il n'était pas plus près de Rachel Lane que la veille.

Le premier arrêt fut pour son hôtel. Nate leur souhaita à tous un Joyeux Noël, puis il se rendit dans sa chambre, où il se déshabilla et passa vingt minutes sous la douche.

Il y avait quatre canettes de bière dans le petit frigo. Il les but toutes en une heure, s'assurant à chaque boîte que ce n'était pas le début de la glissade. Qu'il ne craquerait plus. Qu'il avait les choses bien en main. Qu'il contrôlait. Il avait vaincu la mort, alors pourquoi ne pas célébrer ça avec une petite entorse à la règle, juste pour Noël? Personne ne le saurait jamais. Il pouvait gérer ça.

De plus, la sobriété n'avait jamais marché avec lui. Il allait se prouver qu'il pouvait tenir en buvant juste un peu. Pas de problème. Quelques bières ici et là. Quel mal pouvait-il y avoir à faire ça?

14.

Le téléphone le réveilla, et il lui fallut du temps pour l'atteindre. La bière n'avait pas d'effet secondaire autre que la culpabilité, mais il payait son tribut à la petite aventure dans le Cessna. Son cou, ses épaules et sa taille étaient complètement bleus – des rangées de bleus bien nets là où les sangles l'avaient maintenu en place quand l'avion s'était écrasé. Il avait deux bosses sur le crâne. Il se souvenait très bien de la première, pas de la seconde. Ses genoux avaient brisé le dossier du siège du pilote en le heurtant – de petites blessures sans importance, avait-il cru, mais leur sévérité s'était révélée pendant la nuit. Ses bras et sa nuque étaient brûlés de coups de soleil.

– Joyeux Noël, dit une voix gaie.

C'était Valdir, et il était presque 9 heures.

– Merci, dit Nate. Vous de même.

– Comment vous sentez-vous ?

– Très bien, merci.

– Jevy a appelé hier soir et il m'a raconté votre accident. Milton doit être fou pour aller voler dans un orage. Je ne l'utiliserai jamais plus.

– Moi non plus.

– Vous allez bien ?

– Oui.

– Vous avez besoin d'un médecin ?

– Non.

– D'après Jevy, vous étiez OK.

– Je vais bien, juste un peu secoué et endolori.

Il y eut une courte pause pendant laquelle Valdir changea de sujet.

– Nous faisons une petite fête pour Noël cet après-midi chez moi. Juste ma famille et quelques amis. Voulez-vous vous joindre à nous ?

Il y avait une certaine raideur dans cette invitation. Nate ne parvint pas à déterminer si Valdir essayait seulement de se montrer poli ou si c'était affaire de langage et d'accent.

– C'est très gentil de votre part, dit-il, mais j'ai énormément de choses à lire.

– Vous êtes sûr ?

– Oui, merci.

– Très bien. J'ai de bonnes nouvelles. J'ai loué un bateau hier, enfin.

Il n'avait pas fallu longtemps pour passer de la petite fête au bateau.

– Bien. Quand est-ce que je pars ?

– Peut-être demain. Ils sont en train de le préparer. Jevy connaît le bateau.

– Je suis impatient d'embarquer sur le fleuve, surtout après l'aventure d'hier.

Valdir se lança alors dans une longue explication sur la manière dont il avait dû jouer au plus fin avec le propriétaire du bateau, un type connu pour sa dureté qui, initialement, exigeait mille reais par semaine. Ils étaient tombés d'accord pour six cents. Nate écoutait, mais il s'en fichait. Le Groupe Phelan pouvait se le permettre.

Valdir lui dit au revoir avec un autre Joyeux Noël.

Ses Nike étaient encore humides, mais il les mit tout de même, avec un short et un tee-shirt. Il allait essayer de faire un peu de jogging ; si ses membres refusaient, il se contenterait de marcher. Il avait besoin d'air frais et d'exercice. Se déplaçant lentement dans la pièce, il vit les boîtes de bière vides dans la corbeille.

Il s'en préoccuperait plus tard. Ce n'était pas une rechute, et cela ne le ferait pas craquer à nouveau. Sa vie avait défilé devant ses yeux la veille, dans une suite de flashes, et cela avait modifié les choses. Il aurait pu mourir. Chaque jour était désormais un cadeau, chaque moment devait être savouré. Pourquoi ne pas profiter de quelques-uns des plaisirs de l'existence ? Juste de la bière et du vin, rien de plus fort et certainement aucune drogue.

C'était un territoire familier ; des mensonges qu'il s'était déjà racontés.

Il prit deux Tylenol et enduisit sa peau rougie avec de l'écran total. Dans le hall de l'hôtel, un show de Noël passait à la télévision, mais personne ne regardait. Il n'y avait pas âme qui vive. La jeune femme derrière le comptoir sourit et lui dit bonjour. La chaleur lourde et collante pénétrait par les portes de verre ouvertes. Nate s'arrêta pour prendre deux tasses de café sucré. Le Thermos était posé sur le comptoir, de petits gobelets de carton à côté, attendant que quelqu'un ait envie de déguster un cafezinho.

Deux tasses et il transpirait déjà avant même d'avoir mis le nez dehors. Sur le trottoir, il essaya de s'étirer, mais ses muscles hurlaient et ses articulations étaient nouées. Le défi ne consistait pas à courir, simplement à marcher sans boiter d'une manière évidente.

Mais personne ne le regardait. Les magasins étaient fermés et les rues étaient vides, ainsi qu'il s'y attendait. Deux pâtés de maisons plus loin, son tee-shirt lui collait déjà dans le dos. Il avait l'impression d'évoluer dans un sauna.

Avenida Rondon était la dernière rue pavée le long de la crête qui surplombait le fleuve. Il suivit le trottoir en la longeant pendant un bon moment, et ses articulations cessèrent de grincer. Il retrouva le petit parc où il s'était arrêté deux jours auparavant, le 23, où la foule s'était rassemblée pour écouter musique et chants de Noël. Certaines des chaises pliantes étaient encore là. Ses jambes avaient besoin de repos. Il s'installa sur la même table de pique-nique et chercha des yeux l'adolescent famélique qui avait essayé de lui vendre de la dope.

Il n'y avait personne. Il se frotta doucement les genoux et regarda le vaste Pantanal, qui s'étendait sur des kilomètres, disparaissant à l'horizon. Une désolation magnifique. Il pensa aux garçons – Luis, Oli et Tomás –, ses petits copains avec dix reais dans la poche et aucun moyen de les dépenser. Noël ne signifiait rien pour eux. Chaque jour était semblable au précédent.

Quelque part dans les vastes terres qui lui faisaient face se cachait Rachel Lane, pour l'instant simple servante du Seigneur, mais qui allait devenir l'une des femmes les plus riches du monde. S'il parvenait à la trouver, comment réagirait-elle à la nouvelle de son immense fortune ? Comment réagirait-elle quand elle le rencontrerait, lui, un avocat américain qui aurait réussi à la traquer jusque-là ?

Les réponses possibles le mettaient mal à l'aise.

Pour la première fois, il vint à l'esprit de Nate que Troy était peut-être vraiment cinglé après tout. Est-ce qu'un esprit lucide et rationnel donnerait onze milliards de dollars à une personne qui se fichait complètement de l'argent ? Une inconnue pour tout le monde, y compris pour celui qui avait signé ce testament ? Cet acte semblait dément, et bien plus encore maintenant que Nate était assis face au Pantanal, face à sa sauvagerie, à six mille kilomètres de chez lui.

On en savait très peu sur Rachel. Evelyn Cunningham, sa mère, était originaire de la petite ville de Dehli, en Louisiane. À l'âge de dix-neuf ans, elle avait déménagé pour Baton Rouge et trouvé un poste de secrétaire dans une compagnie qui faisait de la prospection de gaz naturel. Troy Phelan possédait cette compagnie et, lors d'une de ses visites de routine, il repéra Evelyn. Apparemment, c'était une jeune femme très belle, et naïve. Éternel vautour, Troy frappa vite, et quelques mois plus tard Evelyn se retrouva enceinte. C'était au printemps 1954.

En novembre de cette même année, des gens qui travaillaient pour Troy dans les bureaux de la direction firent admettre Evelyn à l'Hôpital catholique de La Nouvelle-Orléans, où Rachel naquit, le 2 du mois. Evelyn ne vit jamais son enfant.

Avec un tas d'avocats et en multipliant les pressions, Troy s'était arrangé pour que Rachel soit adoptée par un pasteur et sa femme à Kalispell, Montana. Il achetait du cuivre et du zinc dans cet État et il avait des contacts là-bas par l'intermédiaire de ses compagnies. Les parents adoptifs ne connaissaient pas l'identité des parents biologiques.

Evelyn ne voulait pas l'enfant, et elle ne voulait plus rien avoir à faire avec Troy Phelan non plus. Elle accepta les dix mille dollars de compensation qu'il lui donna et retourna à Dehli, où, très typiquement, des rumeurs de son péché l'avaient précédée. Elle emménagea avec ses parents, et ils attendirent patiemment que l'orage passe. Il ne passa pas. Avec la cruauté si spécifique aux petites villes, Evelyn se retrouva traitée en paria au milieu des gens dont elle avait le plus besoin. Elle quittait rarement la maison, et avec le temps elle battit en retraite plus profondément encore, jusqu'à l'obscurité de sa chambre à coucher. C'est là, dans la pénombre de son propre petit monde, que son enfant commença à lui manquer.

Elle écrivit des lettres à Troy, dont aucune ne reçut de réponse. Une secrétaire les cacha et les rangea dans un dossier. Deux jours après le suicide de Troy, l'un des enquêteurs de Josh les avait trouvées enterrées dans ses archives personnelles, quelque part dans son appartement.

Les années passaient et Evelyn coulait de plus en plus dans ses propres abysses. Les rumeurs devinrent sporadiques, mais ne cessèrent jamais. L'apparition de ses parents à l'église ou à l'épicerie provoquait toujours des regards en coin et des murmures, et ils finirent par ne plus sortir non plus.

Evelyn se tua le 2 novembre 1959, le jour du cinquième anniversaire de Rachel. Elle conduisit la voiture de ses parents jusqu'aux limites de la ville et sauta du haut d'un pont.

La notice nécrologique et l'histoire de sa mort dans le journal local finirent par arriver jusque dans les bureaux de Troy dans le New Jersey, où elles furent également archivées et cachées.

On en savait très peu sur l'enfance de Rachel. Le révérend et Mme Lane déménagèrent deux fois, de Kalispell à Butte, puis de Butte à Helena. Il mourut du cancer quand Rachel atteignit ses dix-sept ans. Elle était fille unique.

Pour des raisons que seul Troy aurait pu expliquer, il décida de refaire une entrée dans sa vie quand elle finit le lycée. Peut-être ressentait-il quelques onces de culpabilité. Peut-être s'inquiétait-il du choix de ses études supérieures et de la manière dont elle pourrait les financer. Rachel savait qu'elle avait été adoptée, mais elle n'avait jamais exprimé le moindre intérêt pour ses géniteurs.

On ignore les détails, mais Troy rencontra Rachel un jour durant l'été 1972. Quatre ans plus tard, elle était diplômée de l'Université du Montana. Des trous apparaissaient ensuite, d'immenses vides dans son histoire qu'aucune enquête n'avait pu combler.

Nate soupçonnait que seules deux personnes auraient pu fournir des informations sur leur relation. L'une était morte, l'autre vivait comme une Indienne quelque part dans cette jungle, sur les rives de l'une des mille rivières.

Il essaya de courir sur la longueur d'un pâté de maisons, mais, de douleur, il s'arrêta. C'était déjà assez difficile de marcher. Deux voitures passèrent, des gens joyeux. Le rugissement s'approcha très vite de lui par-derrière et fut sur lui avant qu'il ait pu réagir. Jevy écrasa les freins à ras du trottoir.

– *Bom dia!* cria-t-il pour couvrir le bruit du moteur.

Nate hocha la tête.

– *Bom dia!*

Jevy tourna le contact et le grondement mourut.

– Comment tu te sens?

– Endolori, et toi?

– Pas de problème. La fille à la réception m'a dit que tu étais parti courir. Allons faire une balade.

Nate aurait préféré courir dans la douleur plutôt que rouler avec Jevy, mais la circulation réduite rendait les rues plus sûres.

Ils traversèrent le centre-ville, son chauffeur ignorant toujours les feux et les stops. Jevy ne regardait jamais sur les côtés quand il déboulait dans un carrefour.

– Je veux que tu voies le bateau, dit Jevy au bout d'un moment.

S'il était endolori et courbatu après le crash de l'avion, cela ne se voyait pas. Nate se contenta d'acquiescer.

Il y avait une sorte d'amarrage à l'extrémité est de la ville, au pied de la crête, dans un petit bras mort où l'eau était boueuse et tachée d'huile. Un triste rassemblement de bateaux se balançait lentement au gré des vaguelettes – certains n'étaient plus entretenus depuis des décennies, d'autres étaient rarement utilisés. Deux servaient visiblement au transport de bestiaux, avec leurs ponts divisés par des cages de bois couvertes de boue.

– On y est, dit Jevy en désignant la rivière.

Ils se garèrent dans la rue et descendirent jusqu'au quai. Il y avait plusieurs bateaux de pêche, petits et bas sur l'eau, et leurs propriétaires entraient ou sortaient. Jevy héla deux d'entre eux, et ils répondirent quelque chose d'apparemment drôle.

– Mon père était capitaine de bateau, expliqua Jevy. Quand j'étais gamin, je venais ici tous les jours.

– Où est-il maintenant ? demanda Nate.

– Il s'est noyé pendant un orage.

Merveilleux, songea Nate. Les orages pouvaient vous avoir aussi bien sur l'eau qu'en l'air.

Une vieille planche vermoulue enjambait l'eau et menait à leur bateau, baptisé *Santa Loura*. Ils s'arrêtèrent au bout du quai pour l'admirer.

– Qu'est-ce que t'en penses ? demanda Jevy.

– Je n'en sais rien, répondit Nate.

Il était certainement plus beau que les bateaux à bétail. Quelqu'un donnait des coups de marteau à l'arrière.

Une couche de peinture aurait considérablement aidé. Le bateau faisait presque vingt mètres de long, avec deux ponts et une passerelle en haut des marches. Il était plus grand que ce à quoi Nate s'attendait.

– C'est juste pour moi, ça ? demanda-t-il.

– Exact.

– Pas d'autres passagers ?

– Non. Juste toi, moi et un aide qui peut aussi cuisiner.

– Comment s'appelle-t-il ?

– Welly.

La planche vermoulue craqua mais ne céda pas. Le bateau s'enfonça légèrement quand ils sautèrent à bord. Des fûts de diesel et d'eau s'alignaient à la proue. En descendant deux marches, ils arrivèrent dans la cabine, qui avait quatre couchettes, chacune équipée de draps blancs et d'une fine couche de mousse en guise de matelas. Les muscles de Nate flanchèrent rien qu'à l'idée de passer une semaine là-dessus. Le plafond était bas, les fenêtres closes, et le premier problème majeur qu'il constata fut l'absence d'air conditionné. La cabine était un four.

– On aura un ventilateur, dit Jevy, qui lisait dans ses pensées. Ce n'est pas si terrible, quand le bateau avance.

C'était impossible à croire. Se faufilant de côté, ils longèrent l'étroite coursive jusqu'à l'arrière du bateau, traversant une cuisine avec un évier et une cuisinière à propane, la salle des machines, et finalement une petite salle de bains. Dans la salle des machines, un type sinistre et torse nu transpirait à grosses gouttes en regardant une grosse clé à molette comme si elle l'avait offensé personnellement.

Jevy connaissait l'homme et il dut se débrouiller pour dire exactement ce qu'il ne fallait pas, car des mots se mirent à fuser avec violence. Nate battit en retraite vers la passerelle arrière, où il découvrit un petit canot en aluminium attaché au *Santa Loura*. Il avait des pagaies et un moteur hors-bord et Nate eut soudain une vision de Jevy et lui-même explorant des eaux stagnantes, s'enfonçant entre buissons et troncs vermoulus, évitant des alligators, en train de fouiller une autre impasse. L'aventure n'avait qu'à peine commencé.

Jevy rit et la tension disparut. Il rejoignit Nate à l'arrière et expliqua :

– Il a besoin d'une pompe à huile. Le magasin est fermé aujourd'hui.

– Et demain ? demanda Nate.

– Pas de problème.

– À quoi sert ce petit bateau ?

– À plein de trucs.

Ils grimpèrent les marches usées jusqu'à la passerelle où Jevy inspecta la barre et les manettes de commande. Derrière la passerelle, il y avait une petite pièce ouverte avec deux banquettes. Jevy et le matelot y prendraient leurs quarts. Et, plus loin, le pont, de cinq mètres carrés environ, était ombragé d'un auvent de toile vert cru. Suspendu en travers, un hamac à l'air confortable attira immédiatement l'attention de Nate.

– C'est pour toi, dit Jevy avec un sourire. Tu auras tout le temps de lire et de dormir.

– Quelle bonne nouvelle ! commenta Nate.

– Ce bateau sert parfois pour les touristes, en général des Allemands, qui veulent voir le Pantanal.

– Tu as déjà travaillé comme capitaine de ce bateau ?

– Oui, deux fois. Il y a quelques années. Le propriétaire n'est pas un type très agréable.

Avec précaution, Nate s'assit dans le hamac, puis il balança ses jambes endolories et s'allongea complètement. Jevy lui donna une poussée, puis le quitta pour aller discuter avec le mécanicien.

15.

Lillian Phelan avait rêvé d'un dîner de Noël douillet et confortable. Ses rêves volèrent en éclats quand Troy Junior arriva, ivre, en retard et en pleine engueulade avec Biff. Ils étaient venus à deux voitures, chacun au volant de sa nouvelle Porsche. Les cris augmentèrent encore quand Rex, qui avait également bu quelques verres, agressa son frère aîné parce qu'il ruinait le Noël de leur mère. La maison était pleine. Les quatre enfants de Lillian – Troy Junior, Rex, Libbigail et Mary Ross – étaient là ainsi que ses onze petits-enfants et une tribu d'amis, dont la plupart n'avaient pas précisément été invités par Lillian.

Les petits-enfants, comme leurs parents, étaient très courus depuis le décès de leur grand-père.

Jusqu'à l'arrivée de Troy Junior, cela avait été un Noël délicieux. Jamais autant de cadeaux si fabuleux n'avaient été échangés. Les héritiers Phelan avaient acheté des merveilles les uns pour les autres, et pour Lillian, sans regarder à la dépense – vêtements de marque, joaillerie, gadgets électroniques, et même des œuvres d'art. Pendant quelques heures, l'argent avait fait ressortir le meilleur d'eux tous. Leur générosité était sans bornes.

Dans seulement deux jours le testament serait lu.

Spike, le mari de Libbigail, tenta d'intervenir dans la dispute entre Troy Junior et Rex, et ce faisant, il se fit injurier à son tour par Troy, qui lui rappela qu'il n'était qu'un « gros hippie dont le cerveau avait été grillé par le LSD ». Cela offensa Libbigail, qui traita Biff de pute. Lillian courut s'enfermer dans sa chambre. Les petits-enfants et leurs copains filèrent au sous-sol, où on avait installé une glacière pleine de bière.

Mary Ross, probablement la plus raisonnable et certainement la plus posée des quatre, réussit à convaincre ses frères et Libbigail d'arrêter de hurler et de se séparer, au moins entre les rounds. Ils éclatèrent en petits groupes. Certains dans le bureau, d'autres dans le living. Un cessez-le-feu fragile s'installa.

Les avocats n'avaient pas réellement arrangé les choses. Ils travaillaient maintenant en équipe, représentant ce qu'ils affirmaient être les meilleurs intérêts de chacun des héritiers Phelan. Et ils passaient également des heures à renforcer leur connivence, imaginant les meilleurs moyens d'obtenir une plus grosse part du gâteau. Quatre petites armées bien distinctes – six, si vous comptiez celles de Geena et Ramble – travaillaient toutes fébrilement. Plus les héritiers passaient de temps avec leurs avocats, moins ils se faisaient confiance entre eux.

Après une heure de trêve, Lillian émergea. Sans dire un mot, elle se rendit à la cuisine et acheva de préparer le dîner. Un buffet paraissait à présent la solution la plus pacifique. Ils mangeraient par petits groupes, viendraient tour à tour remplir leurs assiettes et se retireraient chacun dans leur coin, en sécurité.

Ainsi, la première famille Phelan passa tout de même un dîner de Noël très calme. Troy Junior mangea du jambon et des patates douces tout seul au bar près du patio. Biff dîna avec Lillian à la cuisine. Rex et sa femme Amber, la strip-teaseuse, se gavèrent de dinde dans leur chambre en regardant un match de football à la télé. Libbigail, Mary Ross et leurs époux partagèrent des plateaux-télé dans le salon. Quant aux petits-enfants et à leurs groupies, ils se bâfrèrent de pizza surgelée au sous-sol, où la bière coulait à flots.

La seconde tribu ne fêta pas Noël du tout, du moins pas en famille. Janie n'avait jamais vraiment aimé les fêtes, et elle se réfugia donc à Klosters, en Suisse, où la jet-set européenne se rassemblait pour skier et se montrer. Elle emmena avec elle un adepte body-buildé des salles de sport nommé Lance, qui, à vingt-huit ans, avait la moitié de son âge, mais était très heureux d'être du voyage.

Sa fille Geena fut contrainte de passer Noël avec sa belle-famille dans le Connecticut, perspective mortellement glauque d'habitude, mais cette année les choses avaient radicalement changé. Pour Cody, le mari de Geena, c'était un retour triomphal dans la vieille propriété familiale près de Waterbury.

Jadis, la famille Strong avait bâti sa fortune en armant des navires mais, après des siècles de mauvaise gestion et d'unions consanguines, cet argent avait pratiquement fondu. Le nom et le pedigree garantissaient encore l'accès aux bonnes écoles et aux bons clubs, et un mariage chez les Strong restait un événement mondain ; à part ça, le creux de la vague durait et trop de générations s'y étaient perdues.

C'était une bande d'arrogants, fiers de leur nom, de leur accent et de leur sang, et pas du tout concernés par les aléas du patrimoine familial, en apparence. Ils faisaient carrière à New York et à Boston. Ils dépensaient ce qu'ils gagnaient parce que la fortune de leurs ascendants avait toujours servi d'ultime filet de sécurité.

Le dernier Strong nanti d'un vague souci de l'avenir en avait visiblement aperçu les limites : il avait donc établi des fidéicommis pour l'éducation des futures générations, d'épais fidéicommis rédigés par des escouades d'avocats, d'impénétrables fidéicommis en béton armé capables de résister à tous les assauts des futurs Strong. Les assauts vinrent. Les fidéicommis tinrent bon, garantissant à chaque jeune Strong une éducation parfaite. Cody s'inscrivit à Taft, fut un étudiant moyen à Dartmouth, puis obtint un MBA à Columbia.

Son mariage avec Geena Phelan avait été désapprouvé par le clan : pour elle, il s'agissait d'une seconde union. Le fait que son étrange père pesât, à l'époque, six milliards de dollars l'avait quelque peu aidée à se faire admettre. Mais on la regardait toujours de haut parce que c'était une divorcée, qu'elle avait reçu une piètre éducation dans des écoles qui n'appartenaient pas à l'Ivy League, et aussi parce que Cody était un peu bizarre.

Et pourtant, cette fois, ils étaient tous là pour l'accueillir. Elle n'avait jamais vu autant de sourires chez ces gens qu'elle haïssait. Tant d'embrassades, de petits baisers maladroits sur les joues et de caresses sur les épaules. Elle les détesta encore plus pour leur hypocrisie.

Quelques verres et Cody se mit à parler. Les hommes se rassemblèrent autour de lui dans la bibliothèque et il ne fallut pas longtemps avant que quelqu'un demande : « Combien ? »

Il fronça les sourcils comme si l'argent était déjà un poids.

– Probablement un demi-milliard, dit-il en balançant à la perfection la réplique qu'il avait répétée devant le miroir de sa salle de bains.

Quelques-uns des hommes en eurent presque le souffle coupé. D'autres grimacèrent parce qu'ils connaissaient Cody, qu'ils étaient des Strong, et qu'ils savaient qu'ils n'en verraient jamais le moindre centime. Ils bouillaient tous d'envie sans rien en montrer. La rumeur se répandit rapidement jusqu'aux femmes dispersées dans la maison. La mère de Cody, une petite chose très collet monté dont les rides craquaient quand elle souriait, était outrée par l'obscénité de cette fortune. « C'est de l'argent de nouveaux riches », dit-elle à une de ses filles. De l'argent qu'avait fait fructifier un vieux bouc scandaleux, avec trois femmes et une flopée d'enfants mal élevés dont pas un n'était passé par une des grandes écoles de l'Ivy League.

Nouveau riche ou pas, cette fortune suscitait l'envie chez les plus jeunes. Elles imaginaient les jets, les villas en bord de mer et les fabuleux rassemblements familiaux sur des îles lointaines, les fidéicommis pour des nièces et des neveux, sans oublier une brassée de cadeaux extraordinaires, en nature ou en liquide.

L'argent dégela les Strong, leur fit manifester une chaleur qu'ils n'avaient jamais montrée envers une étrangère. Il les fit fondre, littéralement, et, en leur apprenant l'ouverture et l'amour, leur permit de passer un Noël agréable et convivial.

Plus tard, quand la famille se rassembla autour de la table du traditionnel dîner de Noël, il se mit à neiger. « Quel Noël parfait ! » s'exclamèrent les Strong en chœur. Geena les détestait plus que jamais.

Ramble passa les fêtes avec son avocat à six cents dollars de l'heure (détail qu'il ignorait puisque la facture serait dissimulée comme seuls les avocats savent le faire).

Tira, sa mère, avait également quitté le pays avec un gigolo. Elle était sur une plage, quelque part, sans soutien-gorge et probablement sans string, se contrefichant de ce que son fils de quatorze ans pouvait bien faire pour Noël.

L'avocat, Yancy, était célibataire, deux fois divorcé, et il avait deux jumeaux de onze ans de son second mariage. Ces garçons étaient exceptionnellement brillants ; Ramble étant plutôt l'extrême inverse, et même un peu lent pour son âge, ils passèrent des heures passionnantes à jouer ensemble à toutes sortes de jeux vidéo dans la chambre, abandonnant Yancy devant un match de football à la télé.

Son client récupérerait les cinq millions de dollars de son héritage pour ses vingt et un ans, et, étant donné son niveau de maturité et l'absence d'un chef de famille, cet argent s'évaporerait encore plus vite avec lui qu'avec les autres héritiers Phelan. Mais Yancy se souciait peu de ces malheureux cinq millions de dollars ; bon Dieu, il se ferait au moins ça en honoraires sur la part testamentaire de Ramble.

Il avait d'autres problèmes. Tira avait contacté un nouveau cabinet d'avocats, une firme très agressive implantée près du Capitole, à tu et à toi avec le Tout-Washington. Elle n'était qu'une ex-femme, pas une héritière, et sa part serait plus petite que celle de Ramble. Bien évidemment, ses nouveaux juristes le savaient. Ils pressaient donc Tira de virer Yancy et de ramener le jeune Ramble dans leur camp. Heureusement, elle ne s'intéressait pas à son fils, et Yancy faisait, de son côté, un formidable travail de sape pour les éloigner encore plus l'un de l'autre.

Les rires du garçon étaient une douce musique à ses oreilles.

16.

Tard dans l'après-midi, Nate s'arrêta devant une petite épicerie à quelques rues de l'hôtel. Il hésita un instant sur le trottoir, vit que l'épicerie était ouverte, et y entra dans l'espoir de trouver une bière. Rien qu'une, deux peut-être. Il était seul à l'autre bout de la terre, c'était Noël et il n'avait personne avec qui le fêter. Complètement déprimé, Nate se laissa glisser. L'apitoiement sur soi-même... il ne connaissait que trop bien cette sensation.

Il vit les rangées de bouteilles d'alcool, pleines et neuves, whiskies, gins et vodkas, alignées comme de jolis petits soldats avec leurs brillants uniformes. Sa bouche se dessécha immédiatement. Sa mâchoire s'affaissa et ses yeux se fermèrent tout seuls. Il s'agrippa au comptoir pour ne pas vaciller et son visage se tordit de douleur tandis qu'il pensait à Sergio, à Josh, à ses ex-femmes, à tous ceux qu'il avait blessés tant de fois, chaque fois qu'il avait craqué. Il était sur le point de s'évanouir quand le petit épicier lui dit quelque chose. Nate le fusilla du regard, se mordit les lèvres et désigna la vodka. Deux bouteilles, huit reais.

Chaque rechute avait été différente. Certaines avaient été insidieuses, un verre par-ci, une ligne par-là, une fissure qui s'élargissait progressivement dans le barrage. Une fois, il avait même roulé lui-même jusqu'à un centre de désintoxication. Une autre fois, il s'était réveillé sanglé sur un lit avec une perfusion dans le poignet. Et la dernière fois, c'est la femme de ménage qui l'avait retrouvé dans une sordide chambre de motel, comateux.

Il serra le sac en papier et se hâta de rentrer à l'hôtel, faisant un grand détour pour ne pas déranger une bande de gamins en sueur qui tapaient dans un ballon sur le trottoir. « Que les enfants ont de la chance ! se dit-il. Pas de poids à porter, pas de bagages. Demain n'est qu'une autre partie de foot. »

Dans une heure, il ferait nuit et Corumbá revenait doucement à la vie. Les cafés et les échoppes rouvraient, quelques voitures circulaient. À l'hôtel, un orchestre jouait près de la piscine et la musique envahissait le hall. Pendant une seconde, Nate fut tenté de s'installer à une table pour écouter un dernier air.

Mais il ne le fit pas. Il gagna sa chambre, où il ferma la porte à clé. Il remplit de glaçons un grand gobelet en plastique. Il posa les bouteilles côte à côte, en ouvrit une, versa lentement la vodka sur la glace et fit le serment de ne pas s'arrêter de boire avant que les deux soient vides.

Jevy attendait devant chez le vendeur de pièces détachées quand l'homme arriva enfin, à 8 heures. Le soleil était levé et aucun nuage ne le filtrait. Le bitume était déjà chaud.

Il n'y avait pas de pompe à huile, en tout cas pas pour un moteur diesel. Jevy s'en alla, faisant rugir son pick-up. Il roula jusqu'aux abords de Corumbá où il connaissait le propriétaire d'une casse encombrée des restes de douzaines de bateaux délabrés. Dans la réserve, on lui trouva une pompe à huile très usée, couverte de cambouis et emballée dans un vieux bout de tissu. Tout content, Jevy paya vingt reais pour cette merveille.

Il regagna le quai et se gara au bord de l'eau. Le *Santa Loura* n'avait pas bougé. Il fut heureux de voir que Welly était sur le pont. Matelot novice, Welly n'avait pas dix-huit ans, mais il affirmait pouvoir cuisiner, piloter, guider, nettoyer, naviguer et rendre tous les services possibles à bord. Jevy savait qu'il mentait, comme souvent les garçons de son genre qui cherchaient du travail sur le fleuve.

– Tu as vu M. O'Riley ? demanda Jevy.

– L'Américain ?

– Oui, l'Américain.

– Non, pas signe de lui.

D'un bateau en bois voisin, un pêcheur cria quelque chose à Jevy, mais il était bien trop préoccupé pour lui prêter attention. Il sauta sur la planche et monta à bord, où les coups avaient repris dans la salle des machines. Le même mécano acariâtre se bagarrait toujours avec le moteur. Il était penché dessus, à moitié cassé en deux, torse nu et dégoulinant de sueur. L'atmosphère était suffocante. Jevy lui tendit la pompe à huile et il l'examina avec ses gros doigts boudinés.

Le moteur était un diesel cinq cylindres en ligne, avec la pompe sous le carter, juste sous le bord du plancher usé. Le mécano haussa les épaules comme si l'achat de Jevy pouvait effectivement faire l'affaire, puis il passa son ventre de l'autre côté de l'admission, se laissa doucement tomber à genoux et se pencha, quasiment à plat ventre, le front appuyé sur l'échappement.

Il grommela quelque chose et Jevy lui tendit une clé. La pompe de remplacement fut lentement mise en place. En quelques minutes, la chemise et le short de Jevy étaient trempés.

Au bout d'un certain temps, comme il ne les voyait pas ressortir, Welly décida de montrer son nez pour demander si on avait besoin de lui. « Non. Contente-toi de guetter l'Américain », dit Jevy en essuyant la sueur de son front.

Le mécano jura et tordit des clés pendant une demi-heure, puis déclara que la pompe était prête. Il démarra le moteur et passa quelques minutes à régler la pression d'huile. Finalement, il sourit, puis rassembla ses outils.

Jevy reprit son 4 × 4 et partit chercher Nate à l'hôtel.

La fille timide qui était à la réception n'avait pas vu M. O'Riley. Elle appela sa chambre et personne ne répondit. Une femme de ménage passait devant le comptoir. On l'interrogea. Non, à sa connaissance, il n'avait pas quitté sa chambre. Avec une certaine réticence, la fille confia une clé à Jevy.

La porte était verrouillée, mais la chaîne de sécurité n'était pas tirée, et Jevy entra tout doucement. Il remarqua tout de suite le lit abandonné et les draps froissés. Puis il vit les bouteilles. L'une était vide et avait roulé sur le tapis; l'autre était à moitié pleine. La pièce était très fraîche, l'air conditionné fonctionnant à plein régime. Il aperçut un pied nu, s'approcha et vit Nate, qui gisait, nu, entre le lit et le mur, un drap à moitié entortillé autour des genoux. Jevy lui donna un petit coup de pied dans les orteils et la jambe remua.

Au moins, il n'était pas mort.

Jevy se mit à lui parler, tout en lui secouant l'épaule; au bout de quelques secondes, un grognement lui répondit. Un cri rauque et douloureux. S'appuyant sur le lit, Jevy passa ses mains sous les aisselles de Nate et le souleva. Il parvint à le faire rouler sur le lit, où il s'empressa de lui recouvrir l'entrejambe avec un drap.

Autre grognement douloureux. Nate était sur le dos, une jambe pendant dans le vide, les yeux gonflés et toujours fermés, les cheveux en bataille. Il respirait lentement, avec difficulté. Debout au pied du lit, Jevy le regardait.

La femme de ménage et la fille de la réception apparurent par la porte entrouverte et Jevy leur fit signe de s'en aller. Il referma la porte et ramassa la bouteille vide.

– C'est l'heure d'y aller, dit-il, mais il n'eut pas la moindre réponse.

Peut-être devrait-il appeler Valdir, qui, à son tour, appellerait les Américains qui avaient envoyé ce pauvre ivrogne au Brésil. Il verrait plus tard.

– Nate ! beugla-t-il en le secouant. Parle-moi !

Pas de réponse. S'il ne reprenait pas conscience rapidement, il faudrait faire venir un médecin. Une bouteille et demie de vodka pouvait tuer un homme.

Dans la salle de bains, il mouilla une serviette avec de l'eau froide, puis la passa sur le cou de Nate. Nate commença à émerger et ouvrit la bouche, faisant un effort pour parler.

– Où suis-je ? grommela-t-il, la langue épaisse et collante.

– Au Brésil. Dans ta chambre d'hôtel.

– Je suis vivant ?

– Plus ou moins.

Jevy prit un coin de la serviette et essuya le visage et les yeux de Nate.

– Comment tu te sens ? demanda-t-il.

– Je veux mourir, dit Nate en tendant la main vers la serviette.

Il la prit et la mit dans sa bouche, commençant à la sucer.

– Je vais chercher de l'eau, fit Jevy. Il ouvrit le frigo et en sortit une bouteille d'eau. Tu peux redresser la tête ?

– Non, grogna Nate.

Jevy lui fit couler de l'eau sur les lèvres et la langue, éclaboussant au passage ses joues et la serviette. Nate s'en fichait. Sa tête était comme fendue en morceaux et le sang lui battait violemment les tempes. Sa première pensée distincte fut : « Comment diable ai-je pu me réveiller ? »

Il entrouvrit l'œil droit, la paupière du gauche restant obstinément collée. La lumière lui donnait mal au cœur et une vague de nausée lui monta dans la gorge. Avec une vivacité surprenante, il roula sur un côté et se redressa à quatre pattes quand le vomi explosa.

Jevy bondit en arrière, puis alla chercher une autre serviette. Il attendit dans la salle de bains, écoutant les spasmes et la toux. Il se serait volontiers passé de la vision de cet homme nu et à quatre pattes en train de vomir ses tripes. Il ouvrit les robinets de la douche et régla la température de l'eau.

Son accord avec Valdir lui assurait mille reais pour emmener M. O'Riley dans le Pantanal, trouver la personne qu'il cherchait, puis le ramener à Corumbá. C'était une bonne somme, mais il n'était ni infirmier ni baby-sitter. Le bateau était prêt. Si Nate ne pouvait pas répondre à l'appel sans escorte, alors Jevy irait se chercher un autre boulot.

Les spasmes se calmèrent et Jevy réussit à traîner le malade jusque dans la douche, où il s'effondra. « Je suis désolé », ne cessait-il de répéter. Jevy le planta là. Qu'il se noie, s'il voulait. Il plia les draps et essaya de remettre un peu d'ordre, puis il se rendit au bar de l'hôtel pour boire un bon café bien fort.

Il était presque 14 heures quand Welly les entendit arriver. Jevy se gara sur la berge, son énorme 4 × 4 projetant des cailloux partout et réveillant les pêcheurs. Il n'y avait aucune trace de l'Américain.

Puis une tête émergea lentement de l'avant de la voiture. Les yeux étaient masqués par de grosses lunettes noires et une casquette à la visière baissée. Jevy ouvrit la porte côté passager et aida M. O'Riley à se mettre debout. Welly s'approcha du camion et s'empara du sac et de la mallette de Nate. Il voulait qu'on le présente à M. O'Riley, mais le moment était mal choisi. L'Américain était dans un sale état. Sa peau blafarde dégoulinait de sueur et il était trop faible pour marcher tout seul. Welly les guida pour traverser la planche vermoulue qui menait au bateau. Jevy porta presque M. O'Riley jusqu'au petit pont où le hamac attendait. Il l'installa dedans.

Quand il revint sur la passerelle, il fit démarrer le moteur et Welly largua les amarres.

– Qu'est-ce qu'il a ? demanda le jeune mousse.

– Il est ivre.

– Mais il n'est que 2 heures !

– Il est ivre depuis un sacré bout de temps.

Le *Santa Loura* quitta lentement le rivage et commença à remonter le fleuve, laissant Corumbá derrière lui.

Nate regardait la ville s'éloigner. Au-dessus de lui, une toile verte épaisse et usée, tendue sur un cadre de métal accroché au pont par quatre poteaux métalliques, tenait lieu de toit. Deux de ces poteaux soutenaient son hamac, qui s'était un peu balancé au moment du départ. Sa nausée s'estompait. Il s'efforçait de ne pas bouger. Tout était calme, il n'y avait pas de vent, et Nate essayait de réfléchir, les yeux rivés sur le tissu vert du toit. Mais la tête lui tournait, et le mal de crâne lancinant qui ne le lâchait pas rendait ce simple effort surhumain.

Il avait appelé Josh de sa chambre, juste avant de quitter l'hôtel. Avec un sac de glace sur la nuque et une bassine entre les pieds, il avait composé le numéro et feint, du mieux qu'il pouvait, d'avoir l'air normal. Jevy n'avait rien dit à Valdir. Valdir n'avait rien dit à Josh. Jevy et Nate étaient tombés d'accord pour que cet incident reste entre eux. Il n'y avait pas d'alcool sur le bateau, et Nate avait promis d'être sobre jusqu'à leur retour. De toute façon, comment diable pourrait-il trouver à boire dans le Pantanal ?

Si Josh était inquiet, sa voix n'en avait rien laissé paraître. Nate avait dit qu'il allait très bien. Le bateau convenait, et avait été réparé comme il fallait. Ils étaient impatients de partir. Quand il avait raccroché, il avait vomi à nouveau. Puis repris une douche. Ensuite, Jevy l'avait aidé à gagner l'ascenseur et à traverser le hall.

Le fleuve fit une courbe, puis une autre, et Corumbá disparut. Au fur et à mesure qu'ils avançaient, le trafic fluvial diminuait. De là où il était, Nate voyait les eaux boueuses que le sillage du bateau laissait derrière eux. Le Paraguay faisait moins de trente mètres de large et il se rétrécissait un peu plus à chaque méandre. Ils dépassèrent une grosse barge chargée de bananes vertes et deux petits garçons les saluèrent de la main.

Le moteur diesel émettait une sorte de ronronnement grave, provoquant une vibration constante dans l'appareil. Pénible, mais il faudrait bien qu'il s'y habitue. Il se tourna légèrement, faisant bouger le hamac sous une petite brise. La nausée avait disparu.

« Ne pense pas à Noël, à chez toi et aux enfants, aux souvenirs brisés. Ne pense pas à l'alcool. Ça va, c'est fini. Le bateau est ton centre de cure. Jevy ton thérapeute. Et Welly ton infirmier. » Dans le Pantanal, il allait décrocher, et il ne boirait plus jamais.

Combien de fois pourrait-il encore se mentir à lui-même ?

L'aspirine que Jevy lui avait donnée commençait à ne plus faire effet, et sa tête se remit à cogner. Il sombra dans un demi-sommeil, que Welly rompit en lui apportant une bouteille d'eau et un bol de riz. Ses mains tremblaient si fort qu'il en renversa sur sa chemise et dans le hamac. Mais c'était chaud et salé, et il n'en laissa pas un grain.

Puis, aidé de Welly, il but l'eau à petites gorgées avant de s'enfoncer dans le hamac pour faire une sieste.

17.

Les faux départs, le décalage horaire, la fatigue des derniers jours et les effets secondaires de la vodka finirent par avoir raison de lui. Nate sombra dans un sommeil profond. Welly venait le voir toutes les heures. « Il ronfle », rapportait-il à Jevy qui ne quittait pas la petite cabine servant de timonerie.

C'était un sommeil sans rêves. Il dormit plus de quatre heures tandis que le *Santa Loura* grignotait les miles en direction du nord, contre le courant et le vent. Le bruit régulier du diesel finit par le réveiller, avec la sensation que le bateau n'avançait pas vraiment. Il se souleva précautionneusement dans le hamac et regarda par-dessus le bastingage, cherchant un signe de leur progression. La végétation était dense. Les rives du fleuve paraissaient complètement inhabitées. Le sillage qu'ils laissaient derrière eux lui prouva qu'ils avançaient bien. Mais très lentement. L'eau était haute à cause des pluies, ce qui ralentissait la navigation à contre-courant.

La nausée et la migraine avaient disparu, mais ses mouvements étaient encore difficiles. Il entreprit de se dégager du hamac et, au bout d'un moment, parvint à poser le pied par terre. Il reprenait à peine son souffle que Welly apparut comme une petite souris et lui tendit une tasse de café fumante.

Nate la prit, la serra entre ses mains et la renifla. Rien n'avait jamais senti aussi bon.

– *Obrigado,* dit-il pour le remercier.

– *Sim,* répondit Welly avec un sourire encore plus grand.

Nate commença à boire le précieux breuvage sucré tout en évitant le regard du gamin. Ce dernier était habillé comme tous les habitants du fleuve : un short de gym élimé, un vieux tee-shirt et des sandales en caoutchouc bon marché tout juste bonnes à protéger la plante des pieds endurcie et pleine de cicatrices. Comme Jevy, Valdir et la plupart des Brésiliens qu'il avait rencontrés jusqu'ici, Wally avait les cheveux noirs et les yeux sombres, des traits semi-caucasiens, et une peau ambrée qui était plus claire que certaines, plus sombre que d'autres, bref une couleur bien à lui.

« Je suis en vie et sobre, se répétait Nate en dégustant son café. Une fois de plus j'ai frôlé la porte de l'enfer et j'ai survécu. Je suis allé au fond, j'ai craqué, j'ai fixé l'image floue de mon visage et j'ai souri à la mort, et pourtant je suis ici, assis, et je respire. Deux fois en trois jours j'ai prononcé mes dernières paroles. Peut-être n'est-ce pas mon heure ? »

– *Mais ?* demanda Wally en désignant la tasse vide d'un geste du menton.

– *Sim,* répliqua Nate en la lui tendant.

Deux pas et le garçon avait disparu.

Encore titubant, Nate tenta de se remettre debout. Vacillant, les genoux tremblants, il finit par y parvenir, sans aide. Rien que cela était une victoire. Récupérer n'était qu'une série de petites victoires, étape après étape. Alignez-les sans trébucher et vous êtes soigné. Jamais guéri, juste soigné, réhabilité ou désintoxiqué pendant un temps. Il avait déjà assemblé ce puzzle auparavant ; en célébrant chaque petite pièce.

C'est alors que la coque frotta un banc de sable, secouant le bateau et projetant Nate dans son hamac, qui, sous le choc, se retourna et éjecta son occupant sur le pont, où la tête de ce dernier heurta une planche. Nate réussit à se relever et s'accrocha à la rambarde tout en se frottant le crâne. Pas de sang, juste une petite bosse, une autre blessure dans sa chair. Mais la secousse l'avait réveillé, et quand il y vit à nouveau parfaitement clair, il se déplaça lentement le long de la rambarde jusqu'au pont encombré où Jevy était assis sur un tabouret, une main posée sur la roue de la timonerie.

Le vif jeune homme sourit et lui demanda :

– Comment tu te sens ?

– Beaucoup mieux, répondit Nate, presque honteux.

Mais la honte était une émotion qui l'avait abandonné depuis des années. Les accros ne connaissent pas la honte. Vous vous disgraciez tant de fois que vous finissez par être immunisé.

Welly grimpa les marches avec un café dans chaque main. Il en donna un à Nate et l'autre à Jevy, puis se percha sur un banc étroit à côté du capitaine.

Le soleil commençait à tomber derrière les lointaines montagnes de Bolivie, et des nuages se formaient au nord, directement en face d'eux. L'air était léger et nettement plus frais. Jevy enfila un tee-shirt. Nate craignait un nouvel orage, mais la rivière n'était pas large. Ils auraient certainement le temps de faire accoster ce satané bateau et de l'attacher à un arbre.

Ils approchaient d'une petite maison, la première que Nate voyait depuis Corumbá. Il y avait des signes de vie : un cheval et une vache, du linge sur une corde, un canoë près de l'eau. Un homme portant un chapeau de paille, un pantaneiro de bonne souche, s'avança et les salua paresseusement de la main.

Une fois passé la maison, Welly désigna un endroit où une végétation épaisse se déversait dans la rivière. « *Jacarés* », dit-il. Jevy jeta un œil indifférent. Il avait vu des milliers d'alligators. Nate n'en avait vu qu'un, du haut d'un cheval, aussi lui regarda attentivement les agiles reptiles qui les observaient. Il fut frappé par le fait que, du bateau, ils paraissaient nettement plus petits. Il appréciait cette distance.

Quelque chose lui disait pourtant qu'avant la fin de son voyage il aurait sûrement d'autres occasions de se retrouver beaucoup trop près d'eux pour se sentir à l'aise. Un jour ou l'autre, il faudrait bien utiliser le canot que remorquait le *Santa Loura* pour explorer la jungle à la recherche de Rachel Lane. Jevy et lui seraient obligés de naviguer sur de petites rivières, de passer sous des branches, d'errer sur des eaux sombres et luxuriantes. Avec des tas d'alligators et autres bestioles vicieuses qui seraient ravis de faire de lui leur déjeuner...

Mais, bizarrement, ça ne l'inquiétait pas vraiment. Jusqu'ici, il s'était montré plutôt résistant. C'était une aventure, et son guide semblait sans crainte.

Serrant la rambarde, il parvint à descendre avec moult précautions, puis il se faufila dans l'étroite coursive, passa la cabine et la cuisine où Welly surveillait une casserole sur le feu. Le diesel rugissait dans la salle des machines. Il atteignit la salle de bains, un minuscule placard avec des toilettes, un lavabo sale dans un angle, et une pomme de douche déglinguée qui se balançait à quelques centimètres de sa tête. Il se soulagea tout en examinant le cordon de la douche. Il recula et le tira. De l'eau chaude d'une teinte brunâtre en coula avec une pression suffisante. C'était visiblement l'eau du fleuve, aspirée dans ses réserves illimitées et probablement non filtrée. « Quelle importance, bon Dieu, songea Nate. Je prendrai moins de douches, tout simplement. »

Il retourna à la cuisine et se pencha au-dessus de la casserole. Riz et haricots noirs. Il se demanda si tous les repas seraient identiques. Mais il s'en fichait, en fait. Pour lui, la bonne chère ne faisait pas partie des plaisirs indispensables. À Walnut Hill, ils vous désintoxiquaient en vous affamant gentiment. Son estomac avait rétréci pour de bon, des mois auparavant.

Il s'installa sur les marches, sur le pont, tournant le dos au capitaine et à Welly, et regarda le fleuve sombrer dans l'obscurité.

La vie sauvage se préparait pour la nuit. Des oiseaux volaient à ras de l'eau, passant d'arbre en arbre, à la recherche d'une dernière petite friture à se mettre sous le bec. Leurs chants et leurs cris couvraient le ronron régulier du diesel. En se déplaçant, les alligators laissaient des éclaboussures sur les berges. Nate n'osait même pas penser aux serpents qui devaient grouiller là-dedans, d'énormes anacondas suspendus aux branches. Il se sentait tout à fait en sécurité sur le *Santa Loura*. Une petite brise tiède soufflait, lui réchauffant le visage. L'orage ne s'était pas matérialisé.

Ailleurs, le temps courait, mais dans le Pantanal il était sans conséquence. Nate commençait à s'y adapter. Il pensa à Rachel Lane. Que lui ferait cet héritage ? Personne, quel que soit son niveau de foi et d'engagement, ne pouvait rester soi-même à l'annonce d'une pareille somme. Rentrerait-elle avec lui aux États-Unis pour toucher sa part ? Elle pourrait toujours retourner chez ses Indiens après. Comment réagirait-elle en voyant qu'un avocat américain avait réussi à la déloger ?

Welly grattait une vieille guitare et Jevy l'accompagna en chantant. Leur duo était plaisant, presque apaisant. Des chansons d'hommes simples qui vivaient au rythme des jours et des saisons. D'hommes qui pensaient peu à demain et certainement pas à ce qui pourrait ou ne pourrait pas arriver l'année prochaine. Il les enviait, au moins tant qu'ils chantaient.

C'était une sacrée résurrection pour un homme qui avait essayé de se tuer à la vodka pas plus tard que la veille au soir. Il profitait vraiment de ce moment, heureux d'être en vie, presque curieux de la suite de son aventure. Son passé appartenait réellement à un autre monde, à des années-lumière de là, dans les rues humides et froides de Washington.

Rien de bon ne pouvait arriver, là-bas. Il avait clairement expérimenté qu'il ne parviendrait jamais à rester clean en y vivant, en voyant les mêmes gens, en faisant le même travail, en feignant d'ignorer les mêmes vieux vices, jusqu'à ce qu'il craque. Il craquerait toujours.

Welly entama un solo qui balaya les souvenirs de Nate. C'était une ballade lente et triste qui dura jusqu'à ce que la nuit soit entièrement tombée sur le fleuve. Jevy alluma deux ampoules, de chaque côté de la proue. Naviguer sur le Paraguay semblait facile. Il grossissait ou diminuait selon les saisons mais n'atteignait jamais une grande profondeur. Les bateaux étaient minces et plats, construits pour passer les bancs de sable qui surgissaient parfois sur leur chemin. Jevy en toucha un et le *Santa Loura* cessa d'avancer. Il inversa le moteur, puis le relança, les libérant au bout de cinq minutes de manœuvres. Ce bateau ne pouvait pas couler.

Nate mangea seul dans un coin de la cabine, près des quatre couchettes, sur une table qui était boulonnée au plancher. Welly lui servit le riz aux haricots, avec du poulet bouilli et une orange. Il but de l'eau minérale fraîche. Une ampoule se balançait au-dessus de sa tête. Il faisait chaud, la pièce n'était pas ventilée. Welly lui avait suggéré de dormir dans le hamac.

Jevy le rejoignit avec une carte fluviale du Pantanal pour situer leur progression. Jusqu'ici, ils

170

n'avaient pas beaucoup avancé. Ils remontaient le Paraguay mètre par mètre, et sur la carte la distance qui les séparait de Corumbá semblait dérisoire.

– Le fleuve est haut, expliqua Jevy. On ira beaucoup plus vite au retour.

Le retour était quelque chose à quoi Nate n'avait pensé.

– Pas de problème, dit-il.

Jevy désigna quelques directions et fit d'autres calculs.

– Le premier village indien est dans cette zone, dit-il en pointant un endroit qui semblait à des semaines de là, étant donné leur vitesse actuelle.

– Guato ?

– *Sim*. Oui. je crois qu'on devrait commencer par là. Si elle n'y est pas, on trouvera peut-être quelqu'un qui saura où elle est.

– Combien de temps pour y arriver ?

– Deux jours, peut-être trois.

Nate haussa les épaules. Le temps s'était arrêté. Sa montre était dans sa poche. Sa collection d'agendas journaliers, d'éphémérides, de plannings mensuels ou annuels était oubliée depuis longtemps. Son calendrier des procès, la grande carte inviolable de sa vie, avait été rangé dans le tiroir d'une secrétaire quelconque. Il avait vaincu la mort, et donc chaque jour était désormais un cadeau.

– J'ai plein de choses à lire, dit-il.

Jevy replia soigneusement la carte.

– Tu vas bien ? demanda-t-il.

– Oui. Je me sens très bien.

On sentait que Jevy aurait aimé en demander beaucoup plus. Mais Nate n'était pas prêt pour une confession.

– Je vais bien, répéta-t-il. Ce petit voyage me fera du bien.

Il lut pendant une heure, à table, sous la lampe qui se balançait, jusqu'à ce qu'il se rende compte qu'il était trempé de sueur. Dans son coffre, il attrapa du répulsif anti-insectes, une torche électrique et une pile de mémos de Josh. Il regagna son hamac avec précaution. Quand il fut installé et qu'il sentit le hamac se balancer gentiment au rythme de la rivière, il alluma sa lampe torche et se remit à lire.

18.

C'était une simple audience, une lecture de testament, mais les détails étaient cruciaux. F. Parr Wycliff n'avait presque pensé qu'à ça durant les congés de fin d'année. Tous les sièges de son tribunal seraient occupés, avec des spectateurs supplémentaires debout, entassés contre les murs et au fond. Cela l'inquiétait tellement que le lendemain de Noël il était venu examiner son tribunal vide en se demandant vraiment comment y faire tenir tout le monde.

Et, comme d'habitude, la presse avait ses exigences. Ils voulaient des caméras à l'intérieur, ce qu'il avait refusé avec véhémence. Ils voulaient des caméras dans le hall, qui auraient filmé par les petites fenêtres carrées des grandes portes, et il avait également dit non. Ils voulaient être placés aux premières loges : encore non. Ils voulaient l'interviewer, et pour l'instant il les maintenait à distance.

Les avocats aussi se démenaient comme des diables. Certains demandaient que la lecture ait lieu à huis clos, d'autres souhaitaient qu'elle soit télévisée, pour des raisons évidentes. Certains réclamaient que le dossier soit scellé, d'autres qu'on leur en faxe des copies. Entre les motions pour ceci ou cela, les requêtes pour être assis ici ou là, les inquiétudes sur qui serait admis dans la salle et qui ne le serait pas, il était bien compliqué de gérer les choses. Plusieurs des avocats allèrent jusqu'à suggérer qu'on leur permette d'ouvrir et de lire le testament au motif qu'il devait être plutôt épais et qu'ils seraient sans doute contraints d'expliquer les paragraphes les plus compliqués tout en le lisant à leurs clients.

Wycliff arriva de bonne heure pour briefer les renforts de police qu'il avait requis. Ils le suivirent dans la salle, précédés de sa secrétaire et de son greffier, tandis qu'il désignait les emplacements réservés et testait la sono tout en comptant les sièges. Il était très soucieux des détails. Quelqu'un annonça qu'une équipe de télévision essayait de s'installer dans le hall, et il expédia vite fait un policier pour reprendre la situation en main.

Une fois sa salle d'audience installée et organisée, il se retira dans son bureau. Difficile de se concentrer. Jamais plus son calendrier ne promettrait une telle excitation. Égoïstement, il espérait que le testament de Troy Phelan prêterait à une scandaleuse controverse, qu'il dépouillait l'une des ex-familles pour en favoriser une autre. Voire qu'il faisait la nique à tous ces cinglés d'enfants gâtés au profit de quelqu'un d'autre. Une longue et sale bataille autour de ce testament ferait très certainement avancer la carrière mondaine de Wycliff. Il serait au centre de la tempête, une tempête qui ferait rage pendant des années, avec onze milliards de dollars à la clé.

Il était certain que cela arriverait. Seul, sa porte verrouillée, il passa quinze minutes à repasser sa robe.

Le premier spectateur, un reporter, arriva juste après 8 heures. Comme il était le premier, il essuya les plâtres des mesures de sécurité musclées décidées par le juge. Il fut accueilli sans ménagement. On exigea qu'il montre des papiers d'identité et

qu'il signe une feuille réservée à la presse. On inspecta son bloc sténo comme si c'était une grenade,
puis on le dirigea vers le détecteur de métal, où
deux colosses furent sérieusement déçus car rien
ne sonna. Il put s'estimer heureux de ne pas passer
à la fouille intégrale. Une fois à l'intérieur, on le
mena, par l'allée centrale, jusqu'à un siège au troisième rang. Ouf! il avait eu raison de venir tôt.

L'audience était prévue pour 10 heures. Dès
9 heures, une jolie foule était amassée dans le
foyer. La sécurité prenait tout son temps. Une
queue s'était formée dans le hall, et l'énervement
causé par cette attente gagnait tout le monde,
notamment les avocats des Phelan qui commencèrent à échanger insultes et menaces avec les policiers. Quelqu'un envoya chercher Wycliff, mais il
cirait ses bottes et ne voulait pas être dérangé. Et
surtout, comme une mariée avant l'autel, il ne voulait pas que les invités le voient. Les héritiers et
leurs avocats obtinrent de passer en priorité dans
la file d'attente, ce qui calma provisoirement la
tension.

Le tribunal se remplissait lentement. On avait
arrangé des tables en U face au juge pour que Son
Honneur puisse, du haut de son perchoir, voir
toute l'assistance. À gauche de l'estrade, devant le
box du jury, on avait installé une longue table
autour de laquelle on plaça les Phelan. Troy Junior
arriva le premier, suivi de Biff. La mine sombre,
chacun s'efforçait d'ignorer les autres. Biff était
furieuse que la sécurité lui ait confisqué son téléphone portable. Elle ne pourrait pas passer ses
coups de fil immobiliers.

Ramble fut le troisième. Pour l'occasion, il avait
négligé ses cheveux, qui portaient encore des
traces de vert fluo et n'avaient pas été lavés depuis
deux semaines. Ses anneaux étincelaient – oreilles,
nez, sourcils. Une veste en cuir noir sans manches,
des tatouages sur ses bras maigres, un jean en lam-

beaux, de vieilles bottes. Une attitude revêche. Quand il remonta l'allée, il capta l'attention des journalistes. Il était couvé par Yancy, son avocat au look d'ancien hippie, qui s'était débrouillé pour rester au côté de son inestimable client. Les spectateurs regardaient Ramble avec horreur – cette... « chose » allait hériter d'un demi-milliard de dollars ? Le potentiel de mutilation du corps humain semblait sur lui sans limites.

Geena Phelan Strong arriva ensuite, encadrée par Cody et deux de leurs avocats. Ils jaugèrent la distance qui les séparait de Troy Junior et de Ramble et s'assirent au milieu, aussi loin que possible de l'un et de l'autre. Particulièrement mal à l'aise, Cody se mit aussitôt à examiner d'importants papiers avec l'un de ses avocats. Geena toisait Ramble avec mépris : comment une telle épave pouvait-elle être son demi-frère ?

Amber la strip-teaseuse fit une entrée remarquée en mini-jupe et chemisier au décolleté si plongeant qu'il laissait presque tout voir de ses seins hors de prix. Le policier qui l'escortait dans l'allée n'en croyait pas sa chance. Il ne la lâchait pas d'une semelle, les yeux rivés sur l'échancrure de sa blouse. Rex suivait, en costume sombre, un gros attaché-case à la main comme s'il était un homme d'affaires important et débordé. Derrière lui venait Hark Gettys, toujours le plus bruyant avocat de la troupe. Hark avait amené avec lui deux de ses nouveaux associés ; sa firme toute neuve grandissait jour après jour. Comme Amber et Biff ne se saluaient pas, Rex intervint rapidement et désigna un espace entre Ramble et Geena.

Il y avait de moins en moins de sièges vides autour de la table. Sous peu, les Phelan seraient obligés de s'asseoir les uns à côté des autres.

Tira était escortée de deux jeunes gens qui avaient bien la moitié de son âge. L'un portait un jean serré et une chemise qui laissait deviner un

176

torse poilu. L'autre était impeccablement coiffé et en costume rayé sombre. Elle couchait avec le gigolo. L'avocat aurait sa part bientôt.

De l'autre côté de la barre, la salle bruissait du murmure des cancans et des spéculations. « Pas étonnant que le vieux ait sauté par la fenêtre », dit un reporter à un collègue en examinant les Phelan.

Les petits-enfants durent s'asseoir avec les spectateurs. Entourés de leurs bandes respectives, ils se serrèrent en gloussant nerveusement à l'idée que le destin penchait de leur côté.

Libbigail Jeter fit son entrée avec Spike, son mari, l'ex-motard de cent soixante-dix kilos ; ils remontèrent l'allée centrale, aussi déplacés que les autres, malgré leur longue expérience des tribunaux. Ils suivaient Wally Bright, leur avocat tout droit sorti des pages jaunes. Wally portait un imper de sport qui traînait par terre, des manchettes et une cravate en polyester vieille d'au moins vingt ans. Si les spectateurs avaient dû voter, il aurait gagné à l'unanimité le prix de l'avocat le plus mal fagoté. Il portait ses papiers dans un classeur à soufflets, qu'il avait utilisé pour d'innombrables divorces. Pour on ne sait quelle raison, Bright n'avait jamais acheté d'attaché-case. Il avait fini dixième dans ses cours du soir.

Ils se dirigèrent tout droit vers l'espace vide le plus large et Bright entreprit d'ôter son imperméable. Le coin râpé de son imper frotta la nuque de l'un des équipiers de Hark, un jeune type que l'odeur corporelle de Bright incommodait déjà.

– Faites donc attention ! s'exclama-t-il sèchement.

Les mots éclatèrent dans l'atmosphère surtendue. Les têtes se tournèrent, ignorant soudain les importants documents qu'elles lisaient. Tout le monde haïssait tout le monde.

– Désolé ! répondit Bright en forçant sur l'ironie.

Deux policiers s'avancèrent aussitôt, mais Bright réussit à plier son manteau et à s'asseoir à côté de Libbigail sans autre incident. À sa gauche, Spike caressait sa barbe en fixant Troy Junior comme s'il rêvait de lui flanquer une gifle.

Personne dans l'assemblée ne s'attendait à ce que cette brève altercation soit la dernière de la matinée.

Les journalistes, venus en nombre, se délectaient à observer les supposés héritiers de onze milliards de dollars s'épier les uns les autres. Trois dessinateurs de presse travaillaient d'arrache-pied ; l'inspiration leur venait tout naturellement. Le punk aux cheveux verts reçut plus que son lot de dessins.

Josh Stafford pénétra dans l'arène à 9 h 50, accompagné de Tip Durban, de deux avocats et de deux auxiliaires juridiques. Impassibles et plutôt sombres, ils gagnèrent leur table. Josh posa un seul dossier, assez épais, devant lui, et tous les yeux se braquèrent instantanément dessus. Il semblait contenir un document de quatre centimètres d'épaisseur très similaire à celui que le vieux Troy avait signé devant les caméras vidéo dix-neuf jours auparavant.

Ils ne pouvaient pas s'empêcher de le fixer. Seul Ramble semblait s'en désintéresser. La loi de Virginie autorisait les héritiers à recevoir une provision sur leur héritage si les biens étaient solvables et s'il n'y avait pas d'inquiétude quant au paiement des dettes et des taxes. Les estimations des avocats des Phelan allaient d'un plancher de dix millions à cinquante millions de dollars par héritier, estimation de Bright.

À 10 heures, les policiers fermèrent la salle et le juge Wycliff fit son entrée par une porte dérobée. Le silence se fit aussitôt. Le juge s'installa dans son fauteuil, sa robe bien repassée s'étalant autour de lui. Il sourit et dit « Bonjour » dans le micro.

Tout le monde lui sourit en retour. À sa plus grande satisfaction, la salle était archicomble.

– Toutes les parties sont-elles présentes ? demanda-t-il.

Les têtes opinèrent à toutes les tables.

– Il me faut identifier tout le monde, poursuivit-il en saisissant ses papiers. La première demande a été remplie par Rex Phelan.

Avant qu'il ait achevé sa phrase, Hark Gettys s'était levé et s'éclaircissait la gorge.

– Votre Honneur, je suis Hark Gettys, dit-il en bondissant vers l'estrade, et je représente M. Rex Phelan.

– Merci. Vous pouvez rester assis.

Il fit lui-même le tour des tables, relevant méthodiquement les noms des héritiers et des avocats. De tous les avocats. Les reporters les notaient aussi vite que lui. Six héritiers, trois ex-femmes et vingt-deux avocats.

– Avez-vous le testament, monsieur Stafford ? demanda Wycliff.

Josh se leva, exhibant un autre dossier.

– Oui, Votre Honneur.

– Approchez-vous de la barre des témoins, s'il vous plaît.

Josh obéit, leva la main droite et jura de dire toute la vérité.

– Vous représentiez Troy Phelan ? reprit le juge.

– Je le représente, oui, depuis de nombreuses années.

– Avez-vous préparé un testament pour lui ?

– Oh, plusieurs.

– Avez-vous préparé le dernier ?

Il y eut une longue pause. Les Phelan tendirent le cou, anxieux.

– Non, Votre Honneur, dit lentement Josh en regardant les vautours.

Il avait parlé avec douceur, mais les mots tombèrent comme un couperet. Les avocats réagirent plus vite que les héritiers, qui se demandaient quoi penser. Visiblement, c'était sérieux, et inattendu.

La tension augmenta encore d'un degré. On aurait entendu une mouche voler.

– Qui a révisé ses dernières volontés et son ultime testament ? questionna Wycliff, comme un mauvais acteur lisant un scénario.

– M. Phelan lui-même.

Ce n'était pas vrai. Ils avaient tous vu le vieil homme assis à table entouré par leurs avocats, et les trois psy – Zadel, Flowe et Theishen – juste en face d'eux. On l'avait déclaré sain d'esprit et, quelques secondes plus tard, il avait pris un épais document *préparé par Stafford et l'un de ses associés,* avait déclaré que c'était son testament et l'avait signé.

Il n'y avait pas à discuter.

– Oh mon Dieu..., grommela Hark Gettys entre ses dents, assez fort pour que tout le monde l'entende.

– Quand l'a-t-il signé ? demanda Wycliff sans lui prêter attention.

– Quelques secondes avant de sauter par la fenêtre.

– Est-il manuscrit ?

– Oui.

– L'a-t-il signé en votre présence ?

– Oui. Il y a d'autres témoins. L'acte de signature a également été filmé en vidéo.

– Passez-moi le testament, je vous prie.

Avec une lenteur délibérée, Josh sortit une simple enveloppe du dossier et la tendit au juge. Elle semblait affreusement mince. Il était impossible qu'elle contienne assez de feuilles pour distribuer à tous les héritiers Phelan les parts qui leur revenaient de droit.

– Qu'est-ce que c'est que ce bordel ? siffla Troy Junior à l'avocat le plus proche.

Mais l'avocat ne pouvait pas répondre.

L'enveloppe ne contenait qu'une feuille de papier. Wycliff la sortit avec emphase de sorte que tout le monde puisse la voir, la déplia soigneusement, puis l'étudia un moment.

La panique s'empara des Phelan, mais ils ne pouvaient absolument rien faire. Le vieil homme les avait-il baisés une dernière fois ? Peut-être avait-il changé d'avis et leur avait-il donné plus encore. Autour des tables, ils se regardaient et donnaient des coups de coude à leurs avocats qui ne bougeaient pas d'un cil.

Wycliff s'éclaircit la gorge et se pencha vers le micro.

– Je tiens ici un document d'une page se présentant comme un testament manuscrit de Troy Phelan. Je vais vous en donner lecture dans son intégralité.

« Le dernier testament de Troy L. Phelan. Moi, Troy L. Phelan, étant sain d'esprit et disposant de toutes mes facultés mentales, révoque expressément ici tous les testaments et codicilles antérieurs exécutés à ma demande et dispose de mes biens de la manière suivante :

« À chacun de mes enfants, Troy Phelan Junior, Rex Phelan, Libbigail Jeter, Mary Ross Jackman, Geena Strong et Ramble Phelan, je lègue une somme d'argent nécessaire et suffisante pour couvrir toutes leurs dettes qui courent jusqu'à aujourd'hui. Toutes les dettes contractées au-delà de cette date ne seront pas couvertes par ce cadeau. Si l'un d'entre eux essaie de contester ce testament, alors il perdra tout le bénéfice de ce cadeau. »

Même Ramble comprit ces mots. Geena et Cody se mirent à pleurer doucement. Rex s'affaissa sur la table et s'enfouit le visage dans les mains, le cerveau anesthésié. Libbigail regarda au-delà de Bright, vers Spike, et lança : « Quel fils de pute ! » Spike acquiesça. Mary Ross se couvrit les yeux tandis que son avocat lui tapotait un genou et son mari l'autre. Seul Troy Junior parvint à garder quelques minutes l'impassibilité d'un joueur de poker.

Le pire restait peut-être à venir. Wycliff poursuivit sa lecture.

– « À mes ex-femmes, Lillian, Janie et Tira, je ne lègue rien. Elles ont été suffisamment dotées par les divorces. »

À cet instant, Lillian, Janie et Tira se demandèrent ce qu'elles foutaient dans cette salle d'audience. S'étaient-elles vraiment attendues à recevoir encore plus d'argent d'un homme qu'elles haïssaient ? Elles sentirent les regards braqués sur elles et se firent toutes petites derrière leurs avocats.

Les journalistes étaient surexcités, partagés entre le désir de prendre des notes et la peur de rater ne serait-ce qu'un seul mot. Certains ne pouvaient retenir un sourire carnassier.

– « Je lègue le reste de mes biens à ma fille Rachel Lane, née le 2 novembre 1954 à l'Hôpital catholique de La Nouvelle-Orléans, Louisiane, d'une femme nommée Evelyn Cunningham, aujourd'hui décédée. »

Wycliff s'interrompit, mais ce geste n'avait rien de théâtral. Plus que deux petits paragraphes à lire encore, et tout était dit. Les onze milliards de dollars iraient à une fille illégitime dont il n'avait jamais entendu parler. Tous les Phelan assis devant lui avaient été déshérités. Il ne put s'empêcher de les regarder avant de reprendre :

– « Je désigne mon homme de confiance, maître Joshua Stafford, comme exécuteur testamentaire, et lui passe tous pouvoirs discrétionnaires dans l'administration de cette mission. »

Pendant un moment, ils avaient tous oublié Josh. Mais il était là, assis dans le box comme le témoin innocent d'un terrible accident de voiture, et ils le fusillaient des yeux avec une haine palpable. Que savait-il ? Faisait-il partie du complot ? Pourquoi n'avait-il rien fait pour éviter ça ?

Josh s'efforçait de conserver un visage impassible.

– « Ce document est un testament manuscrit. Chaque mot a été écrit de ma main et je le signe ici. »

Wycliff le posa et conclut :

– Le testament a été signé par Troy L. Phelan à 15 heures, le 9 décembre 1996.

Puis il jeta un regard circulaire sur l'assemblée avant de revenir à son épicentre. Le tremblement de terre était terminé et c'était l'heure des ondes de choc. Les Phelan étaient effondrés sur leurs chaises. Et les vingt-deux avocats muets de stupeur.

Le choc s'étendit par vagues jusque dans les rangs des spectateurs, où quelques sourires perçaient çà et là. Tiens, comme par hasard, c'étaient les médias, soudain impatients de foncer dehors pour répandre la bonne nouvelle...

Amber sanglota bruyamment, puis elle se reprit. Elle n'avait rencontré Troy qu'une fois, et il lui avait carrément fait des avances. Quelle idiote elle avait été... Geena et Mary Ross pleuraient sans bruit. Libbigail et Spike, eux, proféraient à haute et intelligible voix des bordées d'injures. « Ne vous inquiétez pas », ânonnait Bright comme s'il se faisait fort de remédier à cette injustice en quelques jours.

Biff fusillait Troy Junior des yeux. Les graines du divorce étaient plantées. Depuis le suicide, il s'était montré particulièrement arrogant et condescendant avec elle. Elle l'avait toléré pour des raisons évidentes, mais c'était fini. Elle attendait le premier accrochage, qui aurait sans doute lieu à quelques pas de ce tribunal de malheur.

D'autres pommes de discorde ne tarderaient pas à éclater. Les avocats, durs à cuire de nature, avaient absorbé la surprise, puis ils s'en étaient débarrassés d'une secousse, comme des canards qui sortent de l'eau. Ils allaient devenir riches. Leurs clients étaient lourdement endettés, sans le moindre espoir de s'en sortir à l'horizon. Ils n'avaient pas d'autre choix que de contester le testament. Le procès durerait des années.

– Quand projetez-vous d'homologuer le testament ? demanda Wycliff à Josh.

– D'ici une semaine.

– Très bien. Vous pouvez vous rasseoir.

Josh regagna son siège, triomphant, tandis que ses confrères classaient leurs papiers, feignant la plus parfaite sérénité.

– La séance est levée.

19.

Il y eut trois bagarres dans le hall après l'ajournement de la séance. Heureusement, aucune n'opposa les Phelan entre eux. Cela viendrait plus tard.

Une foule de journalistes attendait dehors la sortie des héritiers déshérités que leurs avocats tentaient de réconforter à l'intérieur. Troy Junior fut le premier à se montrer et il fut aussitôt assailli par une meute de loups, micros tendus. Primo, il avait la gueule de bois, deuzio il était un demi-milliard plus pauvre qu'une demi-heure plus tôt ; par conséquent, il n'avait pas du tout envie de parler de son père.

– Êtes-vous surpris ? demanda un crétin.

– Sacrément, oui ! fit Troy Junior en essayant de se dégager.

– Qui est Rachel Lane ? enchaîna un autre.

– Je crois que c'est ma sœur, répondit-il du tac au tac.

Un petit maigrichon boutonneux à l'expression stupide se cala juste devant lui, lui balança un magnétophone sous le nez et demanda :

– Combien d'enfants illégitimes votre père a-t-il eus ?

Instinctivement, Troy Junior lui renvoya son magnétophone à la figure, pile entre les deux yeux. Le type s'écroula et Troy Junior lui allongea un crochet du gauche dans l'oreille qui acheva de le sonner. Dans la confusion, un policier poussa l'agresseur hors du cercle qui s'était formé autour d'eux et il s'échappa à toute vitesse.

Ramble cracha sur un autre journaliste qu'un de ses collègues dut retenir en lui rappelant que le gamin était mineur.

La troisième bagarre se produisit quand Libbigail et Spike sortirent de la salle derrière Wally Bright.

– Pas de commentaires! criait Bright à la horde qui se refermait sur eux. Pas de commentaires. S'il vous plaît, dégagez le passage!

Libbigail, qui était en larmes, trébucha sur un câble télé et tomba sur un journaliste, l'entraînant dans sa chute. Ils commencèrent à s'insulter, et, tandis que le journaliste, à quatre pattes, essayait de se relever, Spike lui balança un coup de pied dans les côtes. L'homme gémit et retomba, puis, tendant une main pour se redresser, il accrocha l'ourlet de la jupe de Libbigail, qui le gifla pour faire bonne mesure. Spike s'apprêtait à le massacrer quand un policier intervint.

Les policiers jugulèrent tous les conflits, prenant systématiquement parti pour les Phelan contre la presse. Ils aidèrent les héritiers déshérités et leurs avocats à descendre l'escalier, à traverser l'entrée et à sortir du bâtiment.

L'avocat Grit, qui représentait Mary Ross Phelan Jackman, était très perturbé par cette foule de journalistes. Le premier amendement, ou du moins l'idée rudimentaire qu'il en avait, lui surgit à l'esprit et il se sentit tenu de s'exprimer. Passant un bras autour des épaules de sa cliente désemparée, il s'ouvrit librement sur leurs réactions au testament-surprise. C'était visiblement l'œuvre d'un dément. Comment pouvait-on expliquer autrement qu'une si vaste fortune soit léguée à une inconnue? Sa cliente adorait son père, l'aimait profondément, l'adulait... Au bout de quelques minutes de ce discours, Mary Ross finit par comprendre où il voulait en venir et se remit à pleurer. Grit lui-même était au bord des larmes. Oui, ils livreraient bataille. Ils lutteraient contre cette grave injustice devant la Cour suprême. Pourquoi ? Parce que ce testament aberrant était indigne du Troy Phelan qu'ils avaient connu. Que son nom soit béni. Il adorait ses enfants et ses enfants l'adoraient. Le lien qui les unissait était d'une force incroyable, forgé dans la tragédie et les difficultés de la vie. Ils combattraient parce que leur bien-aimé père n'était plus lui-même quand il avait gribouillé ce sinistre document.

Josh Stafford n'était pas pressé de partir. Il discuta tranquillement avec Hark Gettys et quelques-uns des avocats des parties adverses. Il promit de leur envoyer des copies de ce hideux testament. Sous cette apparence de cordialité, l'hostilité grandissait de minute en minute. Un reporter du *Post* qu'il connaissait l'attendait dans le hall et Josh bavarda dix minutes avec lui sans rien lui apprendre de plus. Tout l'intérêt était maintenant focalisé sur Rachel Lane, son histoire et l'endroit où elle se trouvait. À ces nombreuses questions, Josh n'avait pas de réponses.

À présent, il n'avait plus qu'à espérer que Nate mette la main sur elle avant qui que ce soit d'autre.

L'histoire enfla. Partie du tribunal, elle passa sur les ondes des plus récents gadgets de la communication high-tech. Les reporters se jetèrent sur leurs téléphones cellulaires, leurs ordinateurs portables et leurs pagers, parlant sans réfléchir.

Les premières informations furent jetées en pâture au public vingt minutes après l'ajournement et, une heure plus tard, le premier réseau d'infos en continu interrompit son programme en boucle pour cadrer une journaliste en direct devant le tribunal. « Une nouvelle stupéfiante vient de secouer cette salle d'audience... », commença-t-elle, puis elle embraya sur l'histoire, réussissant presque à la relater correctement.

Pat Solomon, la dernière personne choisie par Troy pour gérer le Groupe Phelan, resta un long moment assis au fond de la salle d'audience. Il avait été PDG pendant six ans, six années parfaitement tranquilles et très profitables financièrement.

Il quitta la salle sans qu'aucun journaliste le reconnaisse. Assis à l'arrière de sa limousine, il tenta d'analyser la dernière bombe du vieux Troy. Elle ne le choquait pas. Après avoir travaillé pendant vingt ans pour lui, plus rien ne pouvait le surprendre. Les réactions de ses idiots d'enfants et de leurs avocats étaient rassurantes. Un jour, on avait assigné à Solomon l'impossible tâche de trouver à Troy Junior un boulot qu'il pourrait faire sans provoquer de trous dans la comptabilité ni dans les profits trimestriels. Cela avait été un cauchemar. Enfant gâté, immature, mal élevé et dépourvu des qualités professionnelles les plus élémentaires, Troy Junior avait manqué entraîner tout le secteur des minéraux dans la faillite. Solomon avait obtenu in extremis le feu vert d'en haut pour le virer.

Quelques années plus tard, un épisode similaire avait impliqué Rex et sa chasse à l'approbation et à l'argent de son père. Rex avait même été jusqu'à s'adresser à Troy pour faire saquer Solomon.

Les femmes et les autres enfants s'étaient immiscés dans les affaires pendant des années, mais le magnat avait fini par mettre le holà. Sa vie privée était un fiasco, mais rien ne pouvait atteindre sa compagnie bien-aimée.

Solomon et Troy n'avaient jamais été proches. En réalité, personne, sauf peut-être Josh Stafford, n'avait jamais réussi à devenir son confident. Un défilé de blondes avait visiblement partagé son intimité, mais Troy n'avait pas d'amis. Et comme il se retirait peu à peu et qu'il déclinait physiquement et mentalement, les suppositions parmi ceux qui géraient la compagnie sur ses futurs propriétaires allaient bon train. Troy n'allait quand même pas laisser tout ça à ses enfants...

Il ne l'avait pas fait, en tout cas pas aux suspects prévisibles.

Le conseil d'administration l'attendait, au quatorzième étage, dans la salle même où Troy avait signé son ultime testament avant de tirer sa révérence. Solomon décrivit la scène au tribunal avec beaucoup d'humour. L'idée que les héritiers puissent prendre le contrôle du groupe avait causé un énorme malaise dans le conseil d'administration.

Ils voulurent savoir comment avait réagi Janie, l'épouse numéro deux. Avant sa promotion comme maîtresse, puis son mariage, elle avait travaillé comme secrétaire pour la compagnie et, après avoir atteint le sommet, elle s'était montrée particulièrement dure avec les employés, abusant de sa situation. Troy l'avait bannie du quartier général.

— Elle pleurait à chaudes larmes en quittant la salle, dit Solomon, la mine réjouie.

— Et Rex? demanda l'un des directeurs, le principal responsable financier, que Rex avait viré une fois en le croisant dans un ascenseur.

— Déconfit, décomposé, même. Vous savez qu'il est l'objet d'une enquête fédérale?

Ils passèrent ainsi tout le monde en revue, et la réunion tourna à la fête.

— J'ai compté vingt-deux avocats, dit Solomon en souriant. Plutôt tristes à voir, les malheureux.

Comme c'était une réunion informelle, l'absence de Josh était sans conséquence. Le responsable du service juridique déclara que ce testament était un vrai coup de chance, en fait. Ils n'avaient plus à s'inquiéter que d'une seule héritière, une inconnue, au lieu de six idiots.

— Une idée d'où se trouve cette femme?

– Aucune, répondit Solomon. Peut-être que Josh le sait.

En fin d'après-midi, Stafford avait été obligé de quitter son bureau et de battre en retraite dans une petite salle de lecture au sous-sol de son building. Au cent vingtième appel, la secrétaire avait arrêté de compter les messages téléphoniques. Le hall était bondé de journalistes depuis la fin de la matinée. Il avait laissé pour consigne qu'on ne le dérange pas pendant une heure, sous aucun prétexte. Les coups à la porte l'agacèrent donc au plus haut point.

– Qui est-ce ? cria-t-il.

– Une urgence, monsieur, répondit une secrétaire.

– Entrez.

Elle entrouvrit juste assez la porte pour le regarder en face et préciser : « C'est M. O'Riley. » Josh cessa de se masser les tempes et fit un grand sourire. Il regarda autour de lui et se souvint qu'il n'y avait pas de téléphone dans cette pièce. La jeune femme avança de deux pas et posa un portable sur la table, puis disparut.

– Nate, fit-il dans l'appareil.

– C'est toi, Josh ? entendit-il en réponse.

Le volume était suffisant, mais les mots grésillaient un peu. La réception était pourtant meilleure qu'avec bon nombre de téléphones de voiture.

– Tu m'entends, Nate ?

– Oui. Je passe par le satellite.

– Où es-tu ?

– Je suis assis à l'arrière de mon yacht, flottant sur le fleuve Paraguay. Tu me reçois bien ?

– Cinq sur cinq. Comment ça va, Nate ?

– Je vais à merveille, à part quelques petits ennuis maritimes.

– Quel genre d'ennuis ?

190

– Eh bien, l'hélice s'est prise dans un tas de vieilles lianes et le moteur a calé. Mon équipage est en train d'essayer de la dégager. Je supervise.

– Tu as l'air en pleine forme.

– C'est une aventure, pas vrai, Josh ?

– Bien sûr. Aucun signe de la fille ?

– Pas le moindre. On est à deux ou trois jours d'elle, dans le meilleur des cas, et on a le courant contre nous. Je ne suis pas certain qu'on y arrive un jour.

– Il le faut, Nate. On a lu le testament ce matin au tribunal. Bientôt, le monde entier va chercher Rachel Lane.

– Je ne me ferais pas trop de soucis à ce sujet. Elle est en sécurité.

– J'aimerais bien être avec toi.

Le passage d'un nuage brouilla le signal.

– Qu'est-ce que tu as dit ? demanda Nate plus fort.

– Rien. Alors, tu penses la voir d'ici un ou deux jours, c'est ça ?

– Si on a de la chance. Le bateau avance nuit et jour, mais on remonte le courant et c'est la saison des pluies, ce qui signifie que les rivières sont en crue et les courants violents. En plus, on ne sait pas exactement où on va. Deux jours, c'est très optimiste, en supposant qu'on parvienne à réparer cette fichue hélice.

– La météo est mauvaise, alors ? dit Josh.

Il n'y avait pas grand-chose à discuter. Nate était en vie, allait bien et se déplaçait en gros vers la cible.

– Il fait une chaleur d'enfer et il pleut toutes les six heures. À part ça, c'est impeccable.

– Des serpents ?

– Deux ou trois. Des anacondas plus longs que le bateau. Pas mal d'alligators. Des rats gros comme des chiens. Ils les appellent *capivanas*. Ils vivent sur les berges pas loin des alligators. Quand les gens d'ici sont affamés, ils les tuent et ils les bouffent.

— Mais tu as de quoi manger ?

— Oh oui ! Une pleine cargaison de riz et de haricots. Welly m'en prépare matin, midi et soir.

La voix de Nate était aiguë et chargée d'aventure.

— Qui est Welly ?

— Mon matelot. Pour l'instant, il est sous le bateau dans trois mètres d'eau, en train de retenir son souffle en coupant la liane qui retient l'hélice. Comme je te disais, je supervise.

— Reste en dehors de l'eau, Nate.

— Tu plaisantes ? Je suis sur le pont supérieur. Écoute, je vais te quitter. J'use mes batteries et je n'ai pas encore trouvé le moyen de les recharger.

— Quand appelleras-tu la prochaine fois ?

— Je vais attendre d'avoir repéré Rachel Lane.

— Bonne idée. Mais rappelle avant si tu as des ennuis.

— Des ennuis ? Pourquoi est-ce que je t'appellerais, Josh ? Il n'y a rien que tu puisses faire pour moi... rien au monde.

— C'est vrai. N'appelle pas.

20.

L'orage éclata au crépuscule, alors que Welly faisait cuire du riz dans la cuisine et que Jevy regardait le fleuve s'assombrir. C'est le vent qui réveilla Nate, un ululement soudain qui frappa le hamac et le fit bondir sur ses pieds. Éclairs et tonnerre suivirent. Il rejoignit Jevy et scruta lui aussi l'intense noirceur au loin, au nord.

– Un gros orage, dit le Brésilien comme si de rien n'était.

« Ne devrions-nous pas accoster ? se demanda Nate. Ou au moins trouver des eaux calmes ? » Jevy ne semblait pas inquiet. Sa nonchalance avait quelque chose de rassurant. Quand il commença à pleuvoir, Nate descendit dîner. Il mangea en silence son riz aux haricots, avec Welly assis dans le coin de la cabine. Au-dessus d'eux, l'ampoule se balançait au gré du vent qui secouait le bateau. De grosses gouttes frappaient les vitres.

Sur le pont, Jevy passa un poncho jaune imperméable. Les deux projecteurs n'éclairaient qu'une vingtaine de mètres d'eau écumante devant eux. Jevy connaissait bien le fleuve, et il avait vécu des tempêtes bien pires.

Il était difficile de lire avec le bateau qui tanguait de droite à gauche. Au bout de quelques minutes, Nate sentit le mal de mer l'envahir. Dans son sac il prit un poncho muni d'une capuche et qui descendait jusqu'aux genoux. Josh avait pensé à tout. S'agrippant au bastingage, il se hissa lentement en haut de l'escalier où Welly s'était déjà installé, courbé contre la timonerie, trempé jusqu'aux os.

Le fleuve tournait vers l'est, vers le cœur du Pantanal, et quand ils amorcèrent le virage, le vent les prit de côté. Le bateau tangua, projetant Nate et Welly contre la rambarde. Jevy s'accrocha à la porte de la timonerie. Ses bras musclés lui permettaient de garder le contrôle sur la roue.

Les rafales étaient de plus en plus fortes et rapprochées et le *Santa Loura* cessa bientôt de remonter le courant. La tempête le drossait vers le rivage. Les gouttes de pluie, dures et froides à présent, leur tombaient dessus par nappes. Jevy sortit une longue lampe torche d'une boîte près de la roue et la tendit à Welly.

– Trouve la berge ! cria-t-il assez fort pour couvrir le hurlement du vent et le vacarme de la pluie.

Nate s'agrippa à la rampe pour se rapprocher de Welly de sorte à voir lui aussi où ils se dirigeaient. Mais le rayon de la torche n'accrochait que de la pluie, de la pluie si épaisse qu'on aurait dit une brume tourbillonnant au-dessus de l'eau.

Puis les éclairs leur vinrent en aide. Un flash et ils aperçurent la végétation dense de la rive, non loin d'eux. Le vent les poussait droit dessus. Welly cria et Jevy hurla quelque chose en retour juste au moment où une autre rafale s'écrasait sur le bateau et le secouait si violemment qu'il pencha terriblement à bâbord. Cette brusque secousse arracha la lampe des mains de Welly et ils la virent disparaître dans l'eau.

Accroupi sur le bastingage, accroché de toutes ses forces à la rambarde, trempé et tremblant, Nate comprit qu'ils étaient au bord d'une double catastrophe. D'abord le bateau allait verser. Et s'il ne se couchait pas, ils allaient se planter droit contre la rive du fleuve, dans le bourbier où vivaient les reptiles. Et puis, soudain, il pensa aux papiers. Mon Dieu...

Les papiers ne devaient être perdus sous aucun prétexte. Il se redressa d'un coup, juste au moment où le bateau subissait une nouvelle secousse, et manqua passer par-dessus bord.

– Il faut que je descende ! cria-t-il à Jevy qui se cramponnait à la roue.

Tiens, le capitaine avait peur, lui aussi.

À quatre pattes, dos au vent, Nate réussit à atteindre les marches. Le pont était couvert de gasoil. Un fût s'était renversé. Il tenta de le remettre d'aplomb, mais il aurait fallu deux hommes. Il plongea dans la cabine, jeta son poncho dans un coin et se pencha pour attraper sa mallette sous la table. Une rafale frappa le bateau qui se coucha, propulsant Nate contre la paroi, cul par-dessus tête.

Il y avait deux choses qu'il ne devait pas perdre. Les papiers et le SatPhone. Bref, le contenu de la mallette, qui était neuve et très belle, mais certainement pas étanche. Il la saisit, la plaqua contre sa poitrine et s'allongea sur sa couchette tandis que le *Santa Loura* affrontait la tempête.

Les coups cessèrent. Il espéra que Jevy avait coupé le moteur. Il entendait le bruit de leurs pas directement au-dessus de lui. « On va toucher la rive, songea-t-il, et il vaut mieux que l'hélice ne soit pas engagée. »

Les lumières s'éteignirent. Obscurité complète.

Allongé dans le noir, se balançant au gré du roulis, s'attendant à ce que le *Santa Loura* s'écrase contre le rivage, Nate eut une pensée affreuse. Si Rachel refusait de signer la reconnaissance et/ou la renonciation, un autre voyage serait nécessaire. Dans plusieurs mois, peut-être même des années, quelqu'un, probablement Nate lui-même, serait contraint de revenir sur le fleuve Paraguay pour informer la missionnaire la plus riche du monde que la procédure était terminée et que l'argent était à elle.

Il avait lu que les missionnaires avaient la possibilité de prendre des congés – de longues vacances durant lesquelles ils revenaient aux États-Unis pour recharger leurs batteries. Pourquoi Rachel n'en prendrait-elle pas un, histoire de l'accompagner et d'attendre sur place que la pagaille semée par son père trouve une issue ? Pour onze milliards, cela semblait être le moins qu'elle pouvait faire. Il le lui suggérerait, s'il avait un jour la chance de la rencontrer.

Il y eut un énorme craquement, et Nate fut projeté au sol. Ils avaient rencontré la rive.

Le *Santa Loura* était, comme tous les bateaux du Pantanal, à fond plat, pour passer les bancs de sable et les débris que charriaient les rivières. Après la tempête, Jevy redémarra le moteur et, pendant une demi-heure, fit des marches avant et des marches arrière, le délogeant lentement du sable et de la boue pendant que Welly et Nate nettoyaient le pont des branches et des feuillages. Ils fouillèrent le bateau et ne trouvèrent aucun passager clandestin, ni serpent ni alligator. Durant une brève pause-café, Jevy raconta l'histoire d'un anaconda qui avait réussi à se glisser à bord, des années auparavant. Il avait attaqué un matelot endormi.

Nate avoua qu'il n'appréciait pas vraiment les histoires de serpents. La phase finale de sa fouille fut lente et méticuleuse.

Les nuages se dispersèrent et la lueur d'une magnifique demi-lune baigna le fleuve. Welly refit du café. Après la violence de l'orage, le Pantanal semblait décidé à rester parfaitement calme. La rivière était lisse comme un miroir. La lune les guidait, disparaissant quand ils tournaient avec le fleuve, réapparaissant quand ils repartaient vers le nord.

Devenu à moitié brésilien, Nate ne portait pas de montre. Le temps lui importait peu. Il était tard, probablement autour de minuit. La pluie les avait balayés pendant quatre heures.

Nate dormit quelques heures dans le hamac et s'éveilla juste après l'aube. Il trouva Jevy ronflant sur sa couchette dans la minuscule cabine derrière la barre. Welly pilotait, lui-même à moitié assoupi. Nate l'envoya chercher du café et prit les commandes du *Santa Loura*.

Les nuages étaient revenus, mais il ne pleuvait pas. Sur l'eau flottaient troncs et feuilles, débris de la tempête de la nuit. Cette partie du fleuve était large et il n'y avait aucun bateau en vue, le capitaine Nate envoya donc Welly faire un somme tandis qu'il prenait les commandes du vaisseau.

Torse et pieds nus, sirotant de petites gorgées de café noir sucré tout en menant une expédition au cœur du marécage le plus vaste du monde... Ça écrasait tous les procès du monde. À la même heure, durant ses années de gloire, il aurait été en train de foncer vers un tribunal quelconque, jonglant entre dix affaires, un téléphone dans chaque poche. Cela ne lui manquait pas vraiment; aucun avocat sain d'esprit ne devrait ressentir de manque loin des tribunaux. Mais personne ne l'admettrait jamais.

Le bateau avançait pratiquement tout seul. Avec les jumelles de Jevy, Nate surveillait les rives, guettant les alligators, les serpents et les capivanas. Et il comptait les tuiuius, ces grands oiseaux blancs au long cou et à la tête rouge qui étaient devenus le symbole du Pantanal. Il en vit douze dans un buisson sur un banc de sable. Immobiles, ils regardaient le bateau passer.

Le capitaine et son équipage endormi fonçaient à toute vapeur vers le nord, tandis que le ciel virait à l'orange et qu'une nouvelle journée commençait. De plus en plus profond dans le Pantanal, incertains de là où les menait leur voyage.

21.

Neva Collier était la coordinatrice des missions sud-américaines. Elle était née dans un igloo au Groenland où ses parents avaient travaillé pendant vingt ans auprès des Inuits. Elle-même avait passé onze ans dans les montagnes de Nouvelle-Guinée. Elle connaissait donc mieux que quiconque les défis et les problèmes auxquels les neuf cents personnes qu'elle gérait étaient confrontées.

Et elle était la seule personne à savoir que Rachel Porter s'était autrefois appelée Rachel Lane et qu'elle était la fille illégitime de Troy Phelan. Après l'école de médecine, Rachel avait changé de nom, espérant effacer le plus possible de son passé. Elle n'avait pas de famille ; ses parents adoptifs étaient morts. Pas de frères et sœurs. Pas de tantes, d'oncles ou de cousins. Du moins aucun qu'elle connaisse. Elle n'avait que Troy, et elle voulait absolument le barrer de son existence. Après avoir suivi le séminaire de Tribus du Monde, Rachel avait confié ses secrets à Neva Collier.

La haute hiérarchie de Tribus du Monde savait que Rachel avait des secrets, mais aucun qui puisse contrecarrer sa vocation de servir Dieu. Elle était médecin, diplômée de leur organisme, une humble servante du Christ, très dévouée et impatiente d'aller sur le terrain. Ils avaient promis de ne jamais rien divulguer sur elle, y compris l'emplacement exact de sa mission en Amérique du Sud.

Assise dans son petit bureau propret de Houston, Neva lisait dans la presse l'extraordinaire récit de la lecture publique du testament de Troy Phelan. Elle avait suivi l'histoire depuis son suicide.

Entrer en contact avec Rachel prenait du temps. Elles échangeaient du courrier deux fois par an, en mars et en août, et Rachel appelait une fois par an d'une cabine de Corumbá quand elle s'y rendait pour faire des provisions. Neva lui avait parlé l'année passée. Ses derniers congés dataient de 1992. Après six semaines, elle les avait interrompus et était retournée dans le Pantanal. Rester aux États-Unis ne l'intéressait en rien, avait-elle avoué à Neva. Elle ne s'y sentait plus chez elle. Elle appartenait à son peuple.

À en juger par les commentaires des avocats dans l'article, rien n'était encore réglé, loin de là. Neva écarta le journal et décida d'attendre. Lorsque viendrait le moment, Dieu seul savait quand, elle informerait ses supérieurs de l'ancienne identité de Rachel.

Elle espérait que ce moment n'arriverait jamais. Mais comment cacher toute une vie que vous êtes l'héritière de onze milliards de dollars ?

Personne n'espérait réellement que les avocats tombent d'accord sur le lieu de la réunion. Chaque cabinet insistait pour défendre son choix. Le fait même qu'ils aient tous accepté de se rencontrer aussi rapidement était déjà exceptionnel.

Ils finirent par consentir à se retrouver au Ritz Hotel, à Tysons Corner, dans une salle de banquet où des tables avaient été regroupées à la hâte pour former un carré parfait. Quand tout le monde fut entré, il y avait près de cinquante personnes dans la pièce, chaque cabinet s'étant senti obligé de venir en nombre, histoire d'impressionner les autres.

La tension était presque palpable. Aucun Phelan n'était présent, rien que leurs équipes juridiques.

Hark Gettys déclara la réunion ouverte et eut la bonne idée de balancer une plaisanterie qui détendit l'atmosphère. Puis il proposa qu'on fasse un tour de table en demandant à un avocat par héritier Phelan d'exprimer sa vision de l'affaire. Lui-même parlerait le dernier.

Une objection fut soulevée :

– Qui sont exactement les héritiers ?

– Les six enfants Phelan, répondit Hark.

– Et les trois épouses, alors ?

– Ce ne sont pas des héritières. Ce sont des ex-femmes.

Cette précision souleva un tollé chez les avocats des ex-femmes en question, et ils menacèrent de quitter la salle. Quelqu'un suggéra de les autoriser à parler tout de même, ce qui permit de clore l'incident.

Grit, le fringant bagarreur engagé par Mary Ross Phelan Jackman et son mari, parla le premier. Il plaidait pour la guerre.

– Nous n'avons pas d'autre choix que de contester le testament, dit-il, il n'a pas été rédigé sous la contrainte, et donc nous devons prouver que le vieux vautour était fou. Bon Dieu, il a sauté par la fenêtre. Et il a donné l'une des plus grosses fortunes du monde à une parfaite inconnue. Pour moi, il était dingue. On peut trouver des psychiatres pour expliquer ça.

– Et les trois qui l'ont examiné juste avant qu'il saute, alors ? lança quelqu'un de l'autre côté de la table

– Ça, c'était idiot, répliqua Grit avec dédain. Une mise en scène organisée par le vieux, et vous vous êtes tous fait piéger.

Hark et ceux de ses confrères qui avaient donné leur aval à cet examen mental virent rouge.

– Facile à dire, rétrospectivement, siffla Yancy, ce qui coupa la chique à Grit, provisoirement.

L'équipe représentant Geena et Cody Strong était dirigée par une femme à la carrure impressionnante drapée dans une robe Armani. Cette Mme Langhorne avait été autrefois professeur de droit à la faculté de Georgetown et elle en avait gardé une manière de s'exprimer très Madame-je-sais-tout. Elle commença son cours magistral. Premier point : la loi virginienne n'admettait que deux motifs pour entamer une procédure de contestation en testament – la réduction sous la contrainte et l'incapacité mentale. Puisque personne ne connaissait Rachel Lane, on pouvait raisonnablement supposer qu'elle avait eu peu, voire pas de contact avec Troy. Par conséquent, il serait difficile de prouver qu'elle avait pu exercer une contrainte quand il avait rédigé son dernier testament. Deuxième point : l'incapacité intellectuelle était leur seul espoir. Troisième point : oubliez l'idée de fraude. Bien sûr qu'il les avait dupés avec cet examen mental, mais un testament ne peut en aucun cas être attaqué sur ce terrain-là. Un contrat, oui, mais pas un testament. Son cabinet avait déjà fait les recherches et elle tenait tous les précédents à leur disposition, s'ils voulaient les examiner.

Son argumentation s'appuyait sur un mémo impeccablement préparé. Assises à côté d'elle, pas moins de six personnes de son cabinet la soutenaient.

Quatrième point : l'expertise psychiatrique serait très difficile à dénoncer. Elle avait visionné les vidéos. Ils allaient probablement perdre la guerre, mais ils pouvaient obtenir de se faire payer pour les batailles. Sa conclusion : attaquer le testament avec rage, et espérer un arrangement à l'amiable hors tribunaux.

Son intervention dura dix minutes et ouvrit peu de nouvelles perspectives. Il était criant qu'on ne l'avait tolérée sans l'interrompre que parce qu'elle émanait d'une femme.

Wally Bright, l'avocat des cours du soir, lui succéda. Le contraste entre ces deux personnalités était frappant : brouillon, n'ayant rien préparé, il criait à l'injustice, et n'avait rien de concret à proposer. Le symbole même du beau parleur complètement à côté de ses pompes.

Puis deux des avocats de Lillian se levèrent en même temps. On aurait dit des frères siamois. Ils portaient le même costume noir et arboraient ce visage cireux des avocats d'affaires qui voient trop rarement le soleil. L'un commençait une phrase et l'autre la finissait. L'un posait une question rhétorique et l'autre donnait la réponse. L'un mentionnait un dossier et l'autre le sortait d'un attaché-case. Bon travail d'équipe, mais leur résumé de l'affaire n'apprit rien qu'on ne savait déjà. Bref, on tournait en rond.

Un consensus se dégagea rapidement. Combattre, parce que : (petit a) il y avait peu à perdre, (petit b) il n'y avait rien d'autre à faire, (petit c) c'était la seule manière d'obtenir un arrangement à l'amiable. Personne n'évoqua tout haut le petit d, c'est-à-dire les honoraires mirifiques que leur vaudrait chaque heure de ce combat, mais tout le monde l'avait à l'esprit.

Yancy était le plus déterminé à lancer la procédure sans attendre. Il avait de bonnes raisons. De tous les héritiers, Ramble était le seul mineur et il n'avait pas de dettes, lui. Le fidéicommis qui lui verserait cinq millions de dollars le jour de son vingt et unième anniversaire avait été établi longtemps auparavant et ne pouvait pas être remis en cause. Avec cette certitude, Ramble était en bien meilleure position que n'importe lequel de ses frères et sœurs. Quand on n'a rien à perdre, n'a-t-on pas intérêt à attaquer rapidement pour obtenir davantage ?

202

Il se passa une heure avant que quelqu'un mentionne la clause de contestation citée dans le testament. Les héritiers, à l'exclusion de Ramble, couraient en effet le risque de perdre ce que le vieux Troy leur avait laissé s'ils entamaient cette procédure. Aucun des avocats ne s'y arrêta vraiment. Ils avaient déjà décidé d'attaquer le testament, et ils savaient que leurs clients si âpres au gain suivraient leurs conseils.

Dans cette réunion qui dura trois heures, on omit pourtant l'essentiel. La lourdeur du procès, pour commencer. La procédure la plus sage et la plus économique aurait été de choisir pour mener la lutte la firme la plus expérimentée. Les autres se seraient mises en retrait, auraient continué à protéger leurs clients et auraient été tenues au courant de tous les développements. Mais cela supposait une volonté de coopération et une humilité que la plupart des egos monumentaux présents dans cette pièce étaient incapables d'accepter.

En l'absence de réelle stratégie commune, les avocats avaient réussi à diviser les héritiers de manière à ce qu'aucun ne soit représenté par le même cabinet. Par une manipulation habile qu'on n'enseigne pas dans les facultés de droit mais qu'on acquiert naturellement ensuite, ils avaient amené leurs clients à ne parler qu'avec eux, et à s'ignorer les uns les autres. Chez les Phelan comme chez leurs hommes de loi, la confiance était la vertu la moins bien partagée du monde.

Tout cela jetait les bases d'un futur procès long et chaotique.

Aucune voix courageuse dans cette assemblée de rapaces ne suggéra qu'on en reste là ; personne n'imaginait une seconde qu'on pût respecter les dernières volontés du seul véritable propriétaire de cette fortune.

Durant le troisième ou le quatrième tour de table, on accepta quand même d'essayer d'évaluer le niveau de dettes de chacun des six héritiers à l'heure de la mort de Troy Phelan. Tâche impossible. En réalité, aucun des juristes présents n'était prêt à admettre pour son propre client ce que tout le monde savait : chacun des héritiers Phelan était enfoncé jusqu'au cou dans les prêts et les hypothèques.

Ils avaient en revanche tous très peur de la manière dont la bataille qu'ils allaient engager serait perçue par la presse. Avocats aguerris, ils étaient bien placés pour connaître les raccourcis hâtifs des journalistes. Leurs clients n'étaient pas simplement une bande d'enfants gâtés et cupides que leur père avait dépouillés. Or ils craignaient que les médias ne mettent que cela en avant. La perception qu'ils donneraient de l'affaire était donc cruciale.

– Je suggère que nous engagions une boîte de relations publiques, dit Hark.

Excellente idée, que beaucoup reprirent immédiatement à leur compte. Engager des pros qui dépeindraient les Phelan comme des enfants au cœur brisé, frustrés de l'amour d'un homme, leur père, qui ne leur accordait pas la moindre attention. Un excentrique, un dragueur, à moitié cinglé... Oui ! Ils tenaient la stratégie ! Faire de Troy le mauvais de l'histoire ! Et de leurs clients les victimes !

L'idée bourgeonna, fleurit, et cette fiction se répandit joyeusement autour des tables jusqu'à ce que quelqu'un demande exactement combien elle coûterait.

– Ces agences sont horriblement chères, remarqua un avocat, qui prenait six cents dollars de l'heure d'honoraires et quatre cents pour chacun de ses trois associés inutiles.

L'enthousiasme se refroidit considérablement, jusqu'à ce que Hark propose timidement que chaque cabinet consacre une partie de son budget à cette dépense. Un silence de mort s'abattit sur la pièce. Les plus prolixes, qui avaient jusqu'alors un avis sur tout, semblaient subitement captivés par leurs mémos comme si on venait juste de les poser sous leurs yeux.

– On peut reparler de ça plus tard, dit Hark, tentant de sauver la face.

Sans aucun doute, on ne mentionnerait plus jamais cette idée géniale.

Puis ils en arrivèrent à Rachel, et à l'endroit où elle pouvait être. Devaient-ils faire appel aux services d'une agence de détectives ? Ils pouvaient tous en indiquer une extrêmement efficace. L'idée était tentante et reçut plus d'attention qu'elle n'aurait dû. Quel avocat n'aurait pas voulu représenter l'héritière désignée ?

Mais ils décidèrent de ne pas rechercher la jeune femme. Ils étaient incapables de se mettre d'accord sur ce qu'ils feraient quand ils la trouveraient. Elle referait surface bien assez tôt, sans doute avec sa propre escouade de juristes.

La réunion s'acheva toutefois dans l'autosatisfaction générale. Les avocats s'accordèrent sur les conclusions qu'ils souhaitaient. Ils partirent appeler immédiatement leurs clients pour leur relater, fièrement, les immenses progrès qu'ils avaient faits. Et affirmer sans équivoque que dans leur grande sagesse ils étaient tous arrivés à la même conclusion : le testament devait être attaqué pour obtenir vengeance.

22.

Le fleuve monta toute la journée, abandonnant lentement ses rives par endroits, avalant les bancs de sable, atteignant l'épaisse végétation, inondant les petites cours boueuses des maisons qu'ils dépassaient, une toutes les trois heures. Il charriait de plus en plus de débris – plantes et herbes, troncs et branches. En s'élargissant, ses courants se faisaient plus violents, ralentissant leur progression.

Mais personne ne regardait l'heure. Nate avait été poliment relevé de ses devoirs de capitaine quand le *Santa Loura* avait été frappé par un énorme tronc flottant, qu'il n'avait pas vu. Pas de dégâts, mais la secousse avait précipité Jevy et Welly jusqu'à la timonerie. Il regagna son hamac et passa la matinée à lire et à observer la vie sauvage.

Jevy le rejoignit pour le café.

– Alors, qu'est-ce que tu penses du Pantanal ? demanda-t-il.

Ils s'étaient installés sur une banquette, les bras par-dessus la rambarde et leurs pieds nus pendant sur le flanc du bateau.

– C'est plutôt magnifique.

– Tu connais le Colorado ?

– J'y ai été, oui.

– Pendant la saison des pluies, les rivières du

Pantanal débordent. La zone inondée est de la taille de l'État du Colorado.

– Tu es allé dans le Colorado ?

– Oui. J'ai un cousin là-bas.

– Où es-tu encore allé ?

– Il y a trois ans, j'ai traversé les États-Unis avec mon cousin dans un de ces gros autobus, un Greyhound. On a été dans tous les États sauf six.

Jevy était un Brésilien pauvre de vingt-quatre ans. Nate avait deux fois son âge et durant la plus grande partie de sa carrière il avait disposé de beaucoup d'argent. Et pourtant Jevy avait bien plus voyagé que lui.

Quand l'argent roulait, Nate avait visité l'Europe. Ses restaurants favoris se trouvaient à Rome et à Paris.

– Avec la décrue vient la saison sèche, poursuivit Jevy. Des pâturages, des marais, et plus de lagons et de marécages qu'on peut en compter. Ce cycle – inondations et saison sèche – produit plus de vie sauvage que n'importe où sur terre. Nous avons six cents espèces d'oiseaux ici, plus que le Canada et les États-Unis réunis. Au moins deux cent soixante espèces de poissons. Des serpents, des alligators et même des loutres géantes.

Comme pour prouver ses dires, il désigna un buisson aux abords d'une petite forêt.

– Regarde, c'est un cerf, dit-il. On a des cerfs, des jaguars, des fourmiliers géants, des capivanas, des tapirs et des aras. Le Pantanal grouille d'animaux sauvages.

– Tu es né ici ?

– Je suis né à l'hôpital de Corumbá, mais j'ai grandi au bord de ces rivières. C'est chez moi.

– Tu m'as dit que ton père était pilote sur le fleuve...

– Oui. Tout gosse, j'ai commencé à l'accompagner. Tôt le matin, quand tout le monde dormait, il me permettait de prendre la barre. À dix ans, je connaissais toutes les rivières principales.

– Et il est mort sur le fleuve.

– Pas sur celui-ci, non. Sur le Taiquiri, plus à l'est. Il guidait un bateau de touristes allemands quand un orage a éclaté. Il n'y a eu qu'un survivant, un matelot.

– Quand cela s'est-il produit ?

– Il y a cinq ans.

Avocat dans l'âme, Nate avait sur les lèvres une douzaine de questions. Il voulait connaître les détails – ce sont les détails qui font gagner les procès. Mais il se contenta de dire « Désolé », et se tut.

– Ils veulent détruire le Pantanal, reprit Jevy.

– Qui ?

– Beaucoup de gens. De grosses compagnies qui possèdent de grandes exploitations. Ils déboisent d'immenses étendues de terrain au nord et à l'est pour les cultiver. Ils font pousser du soja. Ils veulent l'exporter. Plus ils déboisent, plus la couche cultivable est balayée par les pluies. Les sédiments montent chaque année dans nos rivières. Leur sol n'est pas bon, alors ces compagnies utilisent des tonnes d'engrais, de fertilisants et de désherbants. Et nous, on hérite des produits chimiques. La plupart des grandes fermes construisent des barrages pour créer de nouveaux champs. Cela perturbe le cycle des eaux. Et le mercure tue nos poissons.

– Comment le mercure arrive jusqu'ici ?

– Par les mines. Au nord, il y a des mines d'or où on se sert de mercure. Il coule dans les rivières et finalement les rivières se jettent dans le Pantanal. Nos poissons l'avalent et en meurent. Toutes les saletés finissent dans le Pantanal. Cuiabá est une ville d'un million d'habitants à l'est. Elle n'a pas de déchetterie. Devine où se déversent ses égouts ?

– Et le gouvernement ne fait rien ?

Jevy eut un rire amer.

– Tu as entendu parler d'Hydrovia ?

– Non.

– C'est un immense canal qu'on doit ouvrir à travers le Pantanal. C'est censé relier le Brésil, la Bolivie, le Paraguay, l'Argentine et l'Uruguay. C'est supposé sauver l'Amérique du Sud. Mais ça va assécher le Pantanal. Et notre gouvernement est son plus ardent supporter.

Nate faillit se lancer dans une tirade bien-pensante sur la responsabilité et l'environnement, puis il se souvint que ses compatriotes étaient les plus gros pollueurs que le monde ait connus.

– C'est encore très beau, fit-il.

– Oui, acquiesça Jevy en finissant son café. Parfois je me dis que c'est trop grand pour qu'ils arrivent à le détruire.

Ils passèrent un étroit ruisseau qui se jetait dans le Paraguay. Un groupe de cerfs errait dans l'eau, mangeant des lianes vertes, sans se soucier du bruit venu du fleuve. Sept en tout, dont deux faons tachetés.

– Il y a un petit comptoir commercial à quelques heures d'ici, dit Jevy en se levant. On devrait y être avant la nuit.

– On va acheter quoi ?

– Rien, je pense. Fernando, c'est le propriétaire, entend tout ce qui se dit sur le fleuve. Il saura peut-être quelque chose sur les missionnaires.

Jevy s'étira.

– Parfois, il a de la bière à vendre. *Cerveja*.

Nate gardait les yeux fixés sur l'eau.

– Je crois qu'on ne devrait pas en acheter, ajouta Jevy en s'en allant.

« Tout à fait d'accord », songea Nate. Il vida son gobelet, suçant le marc et le sucre au fond.

Une bouteille marron bien glacée, peut-être de l'Antartica ou de la Brahma, les deux marques qu'il avait déjà goûtées au Brésil. Excellente bière. Un de ses endroits favoris autrefois était un bar d'étudiants près de Georgetown avec une carte de cent vingt bières étrangères. Il les avait toutes essayées. Ils servaient des cacahuètes grillées sur place et avaient l'habitude que les clients jettent les coquilles sur le plancher. Quand ses copains de la fac de droit étaient en ville, ils se retrouvaient toujours dans ce bar pour se rappeler le bon vieux temps. La bière était glacée à souhait, les cacahuètes chaudes et salées, et les filles jeunes et faciles. À chaque période de sobriété, c'était le bar qui manquait le plus à Nate.

Il se mit à transpirer, alors que le soleil était caché et que soufflait une petite brise fraîche. Il s'enfonça dans le hamac et pria pour que vienne le sommeil, un coma lourd et profond qui l'emmènerait jusqu'au beau milieu de la nuit. Bientôt, sa chemise fut trempée. Il commença un livre sur la mort des Indiens du Brésil, puis essaya à nouveau de dormir.

Il était complètement réveillé quand le régime du moteur baissa. Le bateau s'approchait du rivage. Il y eut des voix, puis une gentille petite secousse quand ils accostèrent. Le comptoir. Nate descendit lentement du hamac et s'installa sur la banquette.

Ça ressemblait à une petite épicerie de campagne bâtie sur pilotis – une masure faite de planches brutes avec un toit en tôle ondulée et un porche étroit où deux autochtones fumaient une cigarette en buvant du thé. Une petite rivière faisait un cercle autour du magasin et disparaissait dans le Pantanal. Une grosse citerne de fuel était accrochée sur le côté de la maison.

Un ponton branlant avançait dans le fleuve pour amarrer les bateaux. Jevy et Welly s'en approchèrent avec précaution, car le courant était fort. Ils sautèrent dessus, bavardèrent avec les pantaneiros sous le porche, puis pénétrèrent dans la boutique.

Nate s'était juré de rester à bord. Il passa de

l'autre côté du pont, s'assit sur la banquette opposée et contempla le fleuve qui suivait son cours. Il resterait sur le pont, sur cette banquette, les bras et les pieds comme attachés à la rambarde. La bière la plus fraîche du monde ne parviendrait jamais à l'en arracher.

Comme il l'avait appris, au Brésil les courtes visites n'existaient pas. Surtout sur le fleuve, où les visiteurs étaient rares. Jevy acheta trente gallons de fuel pour remplacer ce qui avait été perdu dans la tempête. Le bateau redémarra.

– Fernando m'a confirmé qu'il y a bien une femme missionnaire. Elle travaille avec les Indiens, dit Jevy en lui tendant une bouteille d'eau fraîche.

Le bateau avançait à nouveau.

– Où est-elle ?

– Il n'en est pas bien sûr. Il y a des campements vers le nord, près de la Bolivie. Mais les Indiens ne se déplacent pas sur le fleuve, alors il ne sait pas grand-chose d'eux.

– À quelle distance est le premier campement ?

– On devrait s'en approcher à l'aube. Mais on ne peut pas utiliser ce bateau. Il faudra qu'on prenne le petit.

– Encore de l'amusement en perspective.

– Tu te souviens de Marco, le fermier dont la vache a été tuée par notre avion ?

– Bien sûr. Il avait trois petits garçons.

– C'est ça. Eh bien, il était là hier, dit Jevy en désignant le comptoir qui disparaissait derrière une courbe du fleuve. Il vient une fois par mois.

– Ses garçons étaient avec lui ?

– Non. C'est trop dangereux.

Comme le monde est petit ! Nate espérait que les garçons avaient dépensé l'argent qu'il leur avait donné pour Noël. Il regarda le comptoir jusqu'à ce qu'il disparaisse enfin.

Peut-être qu'au retour il se sentirait assez bien pour s'arrêter en boire une petite. Juste une ou deux, bien fraîches, pour célébrer le succès de leur mission. Il retourna dans son hamac en se maudissant pour sa faiblesse. En plein cœur de cet immense marécage sauvage, il avait failli sombrer à nouveau et pendant des heures ses pensées avaient été obsédées par l'alcool. Tous les subterfuges possibles pour boire un verre. Puis, même après avoir lutté et réussi à échapper à ses démons, le rêve tenace de recommencer... Quelques verres passeraient très bien parce qu'il pouvait s'arrêter. C'était là son mensonge préféré.

Il n'était qu'un poivrot. Collez-le dans une clinique de désintoxication à mille dollars par jour ou au sous-sol d'une église avec les Alcooliques anonymes tous les mardis soir, ce serait du pareil au même. Il était complètement accro.

Sa dépendance le saisit à la gorge et le désespoir s'empara de lui. Il payait ce satané bateau et Jevy travaillait pour lui. S'il insistait pour qu'ils fassent demi-tour droit sur le comptoir, son équipage s'exécuterait. Il pouvait acheter toute la bière que Fernando possédait, la charger dans la glacière sous le pont, et s'envoyer de la Brahma jusqu'en Bolivie. Et personne ne pourrait l'en empêcher.

Comme un mirage, Welly apparut avec un sourire et un gobelet de café tout frais.

– *Vou cozinhar,* dit-il. Je vais faire la cuisine.

Nate songea que dîner lui ferait du bien. Même une autre assiettée de riz, de haricots et de poulet bouilli. La nourriture satisferait son sens du goût, ou du moins divertirait son obsession.

Il mangea lentement, sur le pont supérieur, seul et dans l'obscurité, écartant les moustiques de ses yeux. Quand il eut fini, il se vaporisa de répulsif anti-insectes de la tête aux pieds. La crise de manque était passée, et seuls de petits à-coups l'agitaient encore. Il ne parvenait plus à évoquer la bière ni le parfum de cacahuètes grillées de son bar favori.

Il battit en retraite vers son hamac-sanctuaire. Il pleuvait à nouveau, une pluie tranquille, sans vent ni tonnerre. Josh avait mis quatre livres dans ses bagages. Il avait déjà lu et relu tous les mémos. Il ne lui restait plus que les livres.

Il s'enterra profond dans son hamac et se remit à lire la triste histoire des populations natives du Brésil.

Quand l'explorateur portugais Pedro Álvarez Cabral mit pour la première fois le pied sur le sol brésilien, sur la côte de Bahia, en avril 1500, le pays comptait cinq millions d'Indiens, répartis en neuf cents tribus. Ils parlaient onze cent soixante-quinze langues, et, en dehors des querelles tribales habituelles, c'étaient des gens pacifiques.

Au bout de cinq siècles de « civilisation » européenne, la population indienne avait été décimée. Il ne restait plus que deux cent soixante dix mille autochtones, répartis en deux cent six tribus parlant cent soixante-dix langues. La guerre, le meurtre, l'esclavage, l'exclusion territoriale, les maladies – toutes les méthodes avaient été bonnes pour exterminer ces peuples.

C'était une page d'histoire violente qui faisait mal au cœur. Si les Indiens étaient pacifiques et essayaient de coopérer avec les colonisateurs, ils étaient sujets à d'étranges maladies – petite vérole, variole, fièvre jaune, grippe, tuberculose – contre lesquelles ils n'avaient pas de défenses naturelles. S'ils ne coopéraient pas, ils étaient massacrés par des hommes utilisant des armes plus sophistiquées que leurs propres arcs et flèches empoisonnées. Quand ils se défendaient et tuaient leurs assaillants, on les traitait de sauvages.

Ils avaient été réduits en esclavage par les mineurs, les éleveurs et les barons du caoutchouc. Ils avaient été chassés de leurs terres ancestrales par n'importe qui possédant assez de fusils. Ils avaient été brûlés sur des bûchers par des prêtres, traqués par des armées et des bandits, leurs femmes violées à l'envi. Ils avaient été massacrés en toute impunité. À chaque étape historique, qu'elle soit cruciale ou insignifiante, quand les intérêts des natifs brésiliens étaient entrés en conflit avec ceux des Blancs, les Indiens avaient perdu.

Vous perdez pendant cinq cents ans. Donc vous espérez peu de la vie. Le plus gros problème actuel des tribus indiennes était le suicide parmi les jeunes générations.

Après des siècles de génocide, le gouvernement brésilien avait finalement décidé qu'il était temps de protéger ses « nobles sauvages ». Les massacres récents avaient soulevé l'opinion internationale et par conséquent obligé à établir de nouvelles lois. En grande pompe et avec force satisfaction de soi, quelques terres tribales avaient été rendues aux autochtones et on avait dessiné des lignes sur les cartes gouvernementales pour les déclarer zones protégées.

Mais le gouvernement lui-même cachait des ennemis. En 1967, une enquête au sein du bureau chargé des affaires indiennes avait choqué la plupart des Brésiliens. Ce rapport révélait que des agents du gouvernement, des spéculateurs fonciers et des éleveurs – des assassins travaillant pour l'agence à moins que ce ne soit l'agence qui travaillait pour des assassins – avaient utilisé des armes chimiques et bactériologiques d'une manière systématique pour balayer les Indiens. Ils donnaient aux Indiens des vêtements contaminés par la variole et la tuberculose. À l'aide d'avions et d'hélicoptères, ils larguaient sur les villages des germes mortels.

Quant aux éleveurs et aux mineurs du bassin de l'Amazone, ils se foutaient pas mal des lignes sur les cartes.

Dans les années 1990, le gouvernement avait cherché à désenclaver le bassin amazonien au nord du Bantana car il représentait un vaste réservoir de ressources naturelles. Mais les Indiens bloquaient la route, encore une fois. La majorité des survivants y vivaient. En réalité, on estimait que cinquante tribus avaient eu la chance d'échapper au contact avec la civilisation.

Aujourd'hui, la civilisation passait à nouveau à l'attaque. Mineurs et éleveurs avançaient en Amazonie, aidés par le gouvernement, au détriment des Indiens, toujours.

L'histoire était un domaine fascinant mais très déprimant. Nate lut quatre heures d'affilée et acheva son livre.

Il se rendit à la timonerie et but un café avec Jevy. La pluie avait cessé.

– On y sera au matin ?

– Je pense, oui.

Les lumières du bateau se balançaient lentement au gré du courant. On aurait dit qu'ils n'avançaient pas.

– Est-ce que tu as du sang indien ? demanda Nate, après avoir longuement hésité.

C'était une question très personnelle, le genre de question que personne n'oserait poser aux États-Unis.

Jevy sourit sans quitter l'eau noire des yeux.

– Nous avons tous du sang indien. Pourquoi tu me demandes ça ?

– Je viens de lire l'histoire des Indiens du Brésil.

– Et alors, qu'est-ce que tu en penses ?

– C'est plutôt tragique.

– Ça l'est, oui. Tu penses que les Indiens ont été maltraités ici ?

– Bien évidemment.

– Et les tiens, dans ton pays ?

Pour il ne savait quelle raison, la première image qui lui vint fut celle du général Custer. Au moins les Indiens avaient gagné une bataille. Et on ne les avait pas brûlés sur des bûchers, ni aspergés de produits chimiques, ni réduits en esclavage. Ou bien l'avait-on fait ? Et que penser des fameuses réserves naturelles des États-Unis ? À qui appartenaient-elles ?

– Ce n'est pas beaucoup mieux, j'en ai peur, admit-il avec un sentiment de défaite.

Ce n'était pas une discussion qu'il avait envie d'avoir.

23.

Il faisait encore nuit quand le moteur s'arrêta, réveillant Nate. Il toucha son poignet gauche et se souvint qu'il ne portait plus sa montre. Welly et Jevy remuaient en dessous de lui. Ils étaient à l'arrière du bateau, parlant doucement.

Il était fier de lui, fier de cette nouvelle journée de sobriété. Six mois plus tôt, il se réveillait chaque matin dans un brouillard flou, les yeux battus, la bouche pâteuse, la langue sèche, l'haleine nauséabonde, les pensées confuses aussitôt hantées par la même question : « Pourquoi diable ai-je fait ça ? » Il vomissait souvent sous sa douche, se forçant, parfois, pour se débarrasser de ses nausées. Puis venait immanquablement le dilemme du petit déjeuner : quelque chose de chaud et de gras pour calmer son estomac, ou un bloody mary pour calmer ses nerfs ?

Chaque matin. Sans exception. Dans les semaines précédant sa dernière rechute, il n'avait jamais ouvert l'œil sobre ni clair. À bout de forces, il avait été voir un thérapeute et, quand celui-ci lui avait demandé s'il se rappelait son dernier jour de sobriété, il avait dû admettre qu'il n'en avait aucun souvenir.

Boire lui manquait, mais pas les gueules de bois.

Welly tira la barque jusqu'au flanc bâbord du

Santa Loura et l'amarra solidement. Ils étaient en train de le charger quand Nate descendit l'escalier. Leur aventure prenait un nouveau tournant. Nate était prêt pour le changement de décor.

Le ciel était chargé et menaçant. Le soleil fit une percée vers 6 heures.

Un coq chanta. Ils s'étaient arrêtés près d'une petite ferme, leur poupe amarrée à un tronc qui, jadis, avait soutenu un ponton. À l'ouest, sur leur gauche, une rivière nettement plus petite se jetait dans le Paraguay.

Le défi à relever était de remplir la barque sans la surcharger. Les petits affluents qu'ils allaient traverser étaient en crue. Les rives ne seraient pas toujours visibles. Si la barque était trop basse sur l'eau, ils pouvaient s'échouer ou, pire, endommager l'hélice du moteur hors-bord. S'ils cassaient ce moteur, ils ne pourraient plus compter que sur les deux pagaies que Nate étudia du haut du pont tout en buvant son café. Les pagaies feraient l'affaire, décida-t-il, surtout si des Indiens sauvages ou des animaux affamés étaient à leur poursuite.

Trois réservoirs de cinq gallons étaient alignés au milieu de la barque.

— Cela devrait nous donner quinze heures d'autonomie, expliqua Jevy.

— C'est beaucoup.

— Je préfère me sentir en sécurité.

— À quelle distance se trouve le camp ?

— Je ne sais pas au juste. Jevy désigna la maison. Le fermier dit dans les quatre heures.

— Il connaît ces Indiens ?

— Non. Il ne les aime pas. Il dit qu'il ne les voit jamais sur le fleuve.

Jevy chargea une petite tente, deux couvertures, deux moustiquaires, une toile imperméable, deux seaux pour écoper en cas d'orage, et son poncho. Welly ajouta une caisse de nourriture et une autre d'eau minérale.

218

Assis sur la banquette de sa cabine, Nate prit la copie du testament, la reconnaissance et la renonciation à signer, plia le tout ensemble et le plaça dans une enveloppe aux armes du cabinet Stafford. Comme il n'y avait pas de sac plastique étanche dans le bateau, il la plaça dans un carré de trente centimètres qu'il découpa dans la capuche de son ciré. Il scella les coutures avec du chatterton et, après examen, décida que son œuvre était imperméable. Il colla le tout au chatterton sur son tee-shirt, en travers de sa poitrine, et recouvrit l'ensemble avec son blouson en jean.

Le *Santa Loura* paraissant bien plus sûr que la barque, il décida d'y laisser la copie des papiers bien au chaud dans son attaché-case de même que son SatPhone. Il verrouilla la mallette et la glissa sous sa banquette. « Aujourd'hui sera peut-être le jour », songea-t-il. L'excitation le gagnait à l'idée de rencontrer enfin Rachel Lane.

Il était impatient de partir. Avant de sauter sur la barque, Jevy attrapa une machette étincelante à la longue poignée. « C'est pour les anacondas », dit-il en riant. Nate fit mine de ne pas avoir entendu. Il fit au revoir de la main à Welly, puis vida sa dernière tasse de café. Ils se laissèrent dériver sur le fleuve, avant que Jevy démarre le hors-bord.

De la brume traînait au ras de l'eau, et il faisait frais. Depuis leur départ de Corumbá, Nate avait observé la rivière en toute sécurité du haut du pont. À présent, il était pratiquement assis dedans, et, apparemment, il n'y avait pas de gilet de sauvetage à bord. La rivière frappait la proue. Anxieux, Nate essayait de percer la brume, cherchant à localiser des obstacles éventuels ; un bon gros tronc d'arbre avec une pointe un peu acérée, et on n'entendrait plus jamais parler d'eux.

Ils finirent par atteindre l'embouchure de l'affluent qui devait les mener aux Indiens. Là, l'eau était nettement plus calme. Le hors-bord vrombissait, laissant derrière lui un sillage bouillonnant. Le Paraguay disparut rapidement.

Sur la carte fluviale de Jevy, cet affluent était officiellement baptisé la Cabixa. Jevy n'avait jamais navigué dessus, parce qu'il n'en avait jamais eu besoin. Cette rivière serpentait comme une pelote de fil du Brésil jusqu'en Bolivie, et n'allait apparemment nulle part. À son embouchure, elle faisait quelque vingt mètres de large ; elle se rétrécit peu à peu jusqu'à une dizaine de mètres. À certains endroits, elle avait débordé, à d'autres, la végétation sur les rives était plus épaisse que le long du Paraguay.

Quinze minutes depuis qu'ils naviguaient sur la Cabixa, vérifia Nate sur sa montre. Il avait décidé de tout chronométrer. Jevy ralentit la barque alors qu'ils approchaient de la première fourche. Une rivière de la même taille partait sur la gauche, et le capitaine devait décider quelle route les maintiendrait sur la Cabixa. Ils restèrent sur la droite, mais en ralentissant quelque peu, et arrivèrent assez vite dans un lac. Jevy coupa le moteur. « Une minute », fit-il en grimpant sur le réservoir pour examiner l'étendue d'eau qui les entourait. La barque était parfaitement immobile. Une rangée d'arbres envahis de broussailles attira son attention. Il les désigna et marmonna quelque chose dans sa barbe.

À quel point repérait-il les lieux, Nate n'aurait pu le dire. Jevy avait étudié ses cartes et avait vécu sur ces rivières. Elles menaient toutes au fleuve Paraguay. S'ils prenaient un mauvais virage et se perdaient, les courants les ramèneraient vraisemblablement jusqu'à Welly.

Ils suivirent la rangée d'arbres et de broussailles à moitié submergées qui, pendant la saison sèche, constituaient la rive, et se retrouvèrent en peu de temps au milieu d'un bras d'eau que surplombait la végétation. Cela ne ressemblait pas à la Cabixa, mais en jetant un bref coup d'œil au capitaine, Nate vit qu'il semblait confiant.

Au bout d'une heure de progression, ils approchèrent de la première habitation – une petite hutte couverte de boue avec un toit en tuiles rouges. Presque un mètre d'eau en couvrait la base, et il n'y avait aucun signe de présence humaine ou animale. Jevy ralentit pour qu'ils puissent parler.

– Durant la saison des pluies, beaucoup de gens du Pantanal se déplacent vers les terres les plus élevées. Ils chargent leur bétail et leurs enfants et ils partent pour trois mois.

– Je n'ai pas vu de terrains plus élevés.

– Il y en a peu, oui, mais chaque pantaneiro a un endroit où aller en cette saison.

– Et les Indiens ?

– Ils se déplacent aussi.

– Merveilleux. On ne sait pas où ils sont, et en plus ils se déplacent.

– On les trouvera, répliqua Jevy en riant.

Ils dérivèrent jusqu'à la hutte. Elle n'avait ni fenêtres ni porte. Accueillant...

Quatre-vingt-dix minutes plus loin, Nate avait complètement oublié qu'il pouvait être dévoré quand ils suivirent une nouvelle courbe et passèrent près d'une bande d'alligators qui dormaient les uns contre les autres dans trente centimètres d'eau. Le bateau dérangea leur sieste. Leurs queues frappèrent l'eau, éclaboussant les voyageurs. Nate regarda la machette, juste au cas où, puis rit de sa propre stupidité.

Les reptiles n'attaquaient pas. Ils regardaient passer le bateau.

La rivière se rétrécissait de plus en plus. Les branches des arbres des deux rives se croisaient au-dessus de l'eau. Il faisait soudain plus sombre, comme s'ils étaient dans un tunnel. Nate consulta sa montre. Le *Santa Loura* était à deux heures d'eux.

Tout en zigzaguant à travers les branchages, ils apercevaient des morceaux d'horizon. Les montagnes de Bolivie les surplombaient, paraissant de plus en plus proches. La rivière s'élargit, les arbres se firent plus rares et ils entrèrent dans un grand lac dans lequel se jetaient plus d'une douzaine de petites rivières comme autant de serpents. Ils en firent deux fois le tour, lentement. Tous ces affluents semblaient identiques. La Cabixa était l'un d'eux, et le capitaine n'avait pas la moindre idée duquel.

Jevy se percha sur le réservoir et observa l'eau, pendant que Nate restait assis, immobile. Ils repérèrent un pêcheur au milieu des broussailles de l'autre côté du lac. Ce devait être leur seule chance de la journée.

L'homme était tranquillement assis dans un canoë qu'il avait dû bâtir lui-même des années auparavant. Il portait un vieux chapeau de paille qui lui masquait presque tout le visage. Quand ils ne furent plus qu'à quelques mètres de lui, assez près pour l'examiner, Nate remarqua qu'il pêchait sans canne, sans rien. Même pas un bâton. La ligne était enroulée autour de sa main.

Jevy lui parla en portugais et lui tendit une bouteille d'eau. Nate se contenta de sourire et d'écouter les rugosités chantantes de cette étrange langue. C'était plus lent que de l'espagnol, presque aussi nasal que du français.

Si le pêcheur était heureux de rencontrer d'autres êtres humains au milieu de nulle part, il ne le montra pas. Où pouvait bien vivre ce pauvre bonhomme ?

Puis Jevy lui montra les montagnes du doigt et l'homme lui désigna successivement à peu près tous les affluents du lac. La conversation se prolongeait. Nate avait l'impression que Jevy essayait, en vain, d'arracher au pêcheur le maximum d'informations. Il pouvait se passer des heures avant qu'ils ne croisent quelqu'un d'autre. Avec le marais et les rivières qui débordaient, la navigation s'avérait difficile. Deux heures et demie, et ils étaient déjà perdus.

Un nuage de moustiques noirs les attaqua et Nate se précipita sur son répulsif. Le pêcheur le dévisagea avec curiosité.

Ils le saluèrent et s'éloignèrent, dérivant au gré d'un vent léger.

– Sa mère était indienne, dit Jevy.

– C'est bien, répliqua Nate en écrasant des moustiques.

– Il y a un campement à quelques heures d'ici.

– Quelques heures ?

– Trois, peut-être.

Ils disposaient de quinze heures de carburant. Et Nate avait prévu d'en compter chaque minute. La Cabixa poursuivait son cours près d'une anse où une autre rivière parfaitement identique quittait également le lac. Elle s'élargit et ils repartirent, pleins gaz.

Nate s'installa plus commodément dans la barque et trouva près du fond, entre la caisse de vivres et les seaux, un endroit où installer son dos contre un banc. Il envisageait une sieste quand le moteur se mit à hoqueter. La barque tressauta et ralentit. Il garda les yeux braqués droit devant lui, craignant de se retourner pour croiser le regard de Jevy.

Il n'avait pas encore pensé à d'éventuels problèmes de moteur. Leur voyage leur avait déjà apporté son quota de petits dangers. Il faudrait des journées entières pour rejoindre Welly à la force des pagaies. Ils seraient obligés de dormir dans la barque, de manger ce qu'ils avaient apporté jusqu'à épuisement des vivres, de récolter de l'eau pendant les pluies et de prier le saint patron des causes désespérées pour retrouver leur petit copain pêcheur afin qu'il leur indique le chemin du salut.

En un instant, Nate sentit la panique l'envahir.

Puis ils repartirent, le moteur vrombissant comme s'il ne s'était rien passé. Bientôt cela devint une routine. Toutes les vingt minutes environ le ronron régulier du moteur toussait. Le bateau s'arrêtait. Nate regardait alors vers les berges de la rivière pour surveiller la faune sauvage. Jevy jurait en portugais, bataillait avec le démarreur et la poignée des gaz, et puis les choses rentraient dans l'ordre.

Ils déjeunèrent – fromages, crackers et gâteaux secs – sous un arbre dans une petite fourche, pendant une averse.

– Ce pêcheur, là-bas, dit Nate, est-ce qu'il connaît les Indiens ?

– Oui. Environ une fois par mois il les croise sur le Paraguay qu'ils empruntent pour aller faire du troc.

– Est-ce que tu lui as demandé s'il avait vu une femme missionnaire ?

– Oui. Il ne l'a pas vue. Tu es le premier Américain qu'il rencontre.

– Il en a de la chance.

Le premier signe du camp leur apparut à presque sept heures de navigation. Nate vit une fine ligne de fumée bleue qui s'élevait au-dessus des arbres, près du pied d'une colline. Jevy était certain qu'ils étaient en Bolivie. Le sol était plus élevé et ils s'étaient rapprochés des montagnes. Les zones inondées étaient derrière eux.

Ils parvinrent à une brèche dans la futaie qui ouvrait sur une clairière. Là, il y avait deux canoës. Jevy guida la barque jusqu'à la clairière. Nate sauta promptement à terre, impatient d'étirer ses jambes et de sentir le sol sous ses pieds.

– Ne t'éloigne pas, l'avertit Jevy tout en changeant les arrivées d'essence des réservoirs.

Nate le regarda. Leurs yeux se rencontrèrent et Jevy hocha la tête en désignant les arbres.

Un Indien les observait. Un homme à la peau brune, la poitrine nue, avec une espèce de pagne en raphia qui pendait de sa taille et pas d'arme visible. Ce détail rasséréna quelque peu Nate. L'Indien avait de longs cheveux noirs et des peintures rouges sur le front et, s'il avait tenu une lance, Nate se serait rendu sans dire un mot.

– Est-ce qu'il est amical ? demanda-t-il sans quitter l'Indien des yeux.

– Je pense, oui.

– Est-ce qu'il parle portugais ?

– Je n'en sais rien.

– Pourquoi tu ne t'en assures pas ?

– Détends-toi.

Jevy descendit de la barque.

– Il ressemble à un cannibale, chuchota-t-il.

Mais cette tentative d'humour tomba à plat.

Ils firent quelques pas vers l'homme qui en fit autant vers eux. Tous trois s'arrêtèrent, laissant un large espace libre au centre. Nate fut tenté de lever la paume de sa main et de dire « hugh ».

– *Fala português ?* fit Jevy avec un grand sourire.

L'Indien réfléchit à la question pendant un bon moment, et il devint douloureusement évident qu'il ne parlait pas portugais. Il avait l'air jeune, probablement pas encore vingt ans.

Ils s'examinaient, à six ou sept mètres les uns des autres, et Jevy étudiait ses diverses options. Il y eut un mouvement dans les fourrés. Le long de la ligne des arbres, trois autres membres de la tribu apparurent, tous désarmés. C'était déjà ça. Nate se tenait prêt à bondir. Les Indiens ne semblaient pas particulièrement costauds, mais ils avaient l'avantage du terrain. Et ils n'étaient pas amicaux. Ni sourires ni saluts.

Une jeune femme apparut à son tour et vint se poster près du premier Indien. Elle aussi avait la peau brune et la poitrine dénudée, et Nate s'efforça de ne pas la fixer.

– *Falo,* dit-elle.

Parlant lentement, Jevy expliqua ce qu'ils étaient venus faire et demanda à voir le chef de leur tribu. Elle traduisit pour les hommes qui se regroupèrent et se mirent à discuter entre eux.

– Il y en a qui veulent nous manger tout de suite, fit Jevy entre ses dents, et d'autres qui préfèrent attendre demain.

– Très drôle.

Quand les hommes eurent fini leurs délibérations, ils firent part de leur décision à la jeune femme. Elle expliqua à Nate et Jevy qu'ils devaient attendre, près de la rivière, le temps que la nouvelle de leur arrivée soit rapportée au chef. Cela convenait parfaitement à Nate, mais Jevy était un peu perturbé par cette décision. Il demanda s'il y avait une femme missionnaire avec eux.

– Vous devez attendre, répéta la femme.

Les Indiens disparurent dans la forêt.

– Qu'est-ce que tu en penses ? l'interrogea Nate quand ils se retrouvèrent seuls.

Ni Jevy ni lui n'avaient bougé d'un centimètre. Ils étaient debout dans des herbes qui leur arrivaient aux chevilles et ils scrutaient les arbres, une forêt épaisse d'où, Nate en était certain, on continuait à les observer.

– Les étrangers leur apportent des maladies, expliqua Jevy. C'est pour ça qu'ils sont méfiants.

– Je ne toucherai personne, promis.

Ils revinrent à la barque où Jevy s'occupa à nettoyer les bougies du moteur. Nate enleva blouson et tee-shirt et inspecta le contenu de sa pochette étanche faite maison. Les papiers étaient encore secs.

– Ces papiers sont pour la missionnaire ? demanda Jevy.

– Oui.

– Pourquoi ? Que lui est-il arrivé ?

Les règles draconiennes régissant la confidentialité des relations avocat-client semblaient un peu dérisoires à cet instant précis. En principe, elles étaient inviolables, mais là, assis dans une barque en plein Pantanal, sans l'ombre d'un Américain à des milliers de kilomètres à la ronde, Nate eut envie de les enfreindre. Pourquoi pas ? À qui Jevy pourrait-il bien en parler ? Quel mal y aurait-il à se confier un peu ?

Selon les instructions expresses de Josh à Valdir, on avait seulement dit à Jevy qu'il s'agissait d'une affaire juridique importante requérant impérativement la signature de Rachel Lane.

– Son père est mort il y a quelques semaines. Il lui a laissé beaucoup d'argent.

– Combien ?

– Plusieurs milliards.

– Milliards ?

– Oui.

– Il était très riche.

– Ça oui.

– Il avait d'autres enfants ?

– Six, je crois.

– Il leur a donné plusieurs milliards ?

– Non. Il ne leur a presque rien laissé.

– Pourquoi lui a-t-il donné autant à elle ?

– Personne ne le sait. Tout le monde a été surpris.

– Est-ce qu'elle sait que son père est mort ?

– Non.

– Est-ce qu'elle aimait son père ?

– J'en doute. C'est une enfant illégitime. On dirait qu'elle a essayé de lui échapper, d'échapper à tout. Tu ne penses pas ? fit Nate en balayant le Pantanal d'un geste du bras.

– Oui. C'est un endroit idéal pour se cacher. Il savait où elle était quand il est mort ?

– Pas exactement. Il savait qu'elle était missionnaire et qu'elle travaillait avec des Indiens quelque part par ici.

Jevy en avait complètement oublié la bougie qu'il tenait encore à la main. Il absorbait ces informations. Et de nombreuses questions lui venaient à l'esprit. La sacro-sainte règle de confidentialité était bel et bien enfreinte.

– Pourquoi laisser une telle fortune à une enfant qui ne l'aimait pas ?

– Peut-être qu'il était fou. Il s'est jeté par la fenêtre.

C'était plus que ce que Jevy pouvait encaisser pour l'instant. Il plissa les yeux et contempla la rivière, perdu dans ses pensées.

24.

C'était une tribu Guato, qui résidait dans ces parages depuis très longtemps, vivait comme ses ancêtres et préférait ne pas avoir de contact avec l'extérieur. Les membres cultivaient de petits lopins de terre, pêchaient dans les rivières et chassaient à l'arc et à la lance.

Selon toute évidence, c'était un peuple circonspect. Au bout d'une heure, Jevy sentit de la fumée. Il grimpa dans un arbre proche de leur barque et, quand il se fut élevé d'une quinzaine de mètres, il aperçut les toits de leurs huttes. Il fit signe à Nate de le rejoindre.

Nate n'était pas monté dans un arbre depuis quarante ans, mais il n'avait pas le choix. Bien que moins agile que Jevy, il parvint à se hisser sur une branche, encerclant le tronc d'un bras pour asseoir son équilibre.

On distinguait effectivement les toits de trois huttes – du chaume épais en rangées parfaites. La fumée bleue s'élevait entre deux des huttes, d'un point qu'ils ne pouvaient pas voir.

Y avait-il une chance qu'il soit proche de Rachel Lane ? Était-elle là, en train d'écouter ses Indiens et de décider quoi faire d'eux ? Allait-elle envoyer un guerrier les chercher, ou bien tout simplement traverser la forêt et venir leur dire bonjour ?

– C'est un petit campement, dit Nate en essayant de ne pas bouger.

– On ne voit peut-être pas toutes les huttes.

– Que font-ils, à ton avis ?

– Ils parlent. Ils passent leurs journées à parler.

– Eh bien, je suis désolé de devoir te dire ça, mais il faudrait qu'on agisse. Ça fait huit heures et demie qu'on a quitté le bateau. J'aimerais bien rejoindre Welly avant la nuit.

– Pas de problème. On va redescendre le courant. Et en plus je connais le chemin. Ça ira beaucoup plus vite.

– Tu n'es pas inquiet ?

Jevy secoua la tête comme si l'idée de redescendre la Cabixa dans le noir était le dernier de ses soucis. Ce n'était pas celui de Nate. Sa principale inquiétude portait sur les deux grands lacs qu'ils avaient rencontrés, chacun avec ses nombreux confluents, qui semblaient déjà tous identiques en plein jour.

Ses projets étaient très simples. Dire bonjour à Rachel Lane, lui raconter l'histoire en deux mots, expliquer les grandes lignes des aspects juridiques, lui montrer la paperasse officielle, répondre à ses questions, obtenir sa signature, la remercier et clore l'entrevue le plus tôt possible. Les heures qui passaient, les ratés du moteur et le trajet pour rejoindre le *Santa Loura* le préoccupaient au plus haut point. Peut-être accepterait-elle de parler ? Peut-être pas ? Peut-être dirait-elle très peu de choses et exprimerait-elle son désir de les voir partir et ne jamais revenir ?

Redescendu de son perchoir, il s'était installé dans la barque pour piquer un somme quand Jevy aperçut les Indiens. Il désignait la forêt. Nate tourna la tête.

Ils approchaient lentement de la rivière, en ligne derrière leur chef, le plus vieux Guato qu'ils aient vu jusqu'ici. Ce dernier était large et costaud, plutôt gros, et il portait une espèce de long bâton qui n'avait l'air ni acéré ni dangereux. De très jolies plumes en ornaient le bout et Nate supposa qu'il s'agissait d'une lance de cérémonie.

Le chef jaugea rapidement les deux intrus, puis s'adressa à Jevy.

– Pourquoi êtes-vous ici ? demanda-t-il en portugais.

Son visage n'était pas amical, mais il n'y avait rien d'agressif non plus dans son attitude. Nate ne quittait pas la lance des yeux.

– Nous cherchons une missionnaire américaine, une femme, expliqua Jevy.

– D'où venez-vous ? poursuivit le chef tout en se tournant vers Nate.

– De Corumbá.

– Et lui ?

Tous les regards étaient braqués sur Nate.

– C'est un Américain. Il a besoin de voir la femme.

– Pourquoi ?

C'était le premier indice montrant que les Indiens pouvaient connaître Rachel Lane. Est-ce qu'elle se cachait quelque part derrière eux, dans le village ou dans les bois, pour les écouter ?

Jevy se lança dans une narration ampoulée pour expliquer que Nate avait fait un long, difficile et dangereux voyage avant d'arriver ici. C'était une question importante pour les Américains, rien que lui, Jevy, ni les Indiens ne pourraient jamais comprendre.

– Est-elle en danger ?

– Non. Aucun danger.

– Elle n'est pas ici.

– Il dit qu'elle n'est pas ici, traduisit Jevy à Nate.

– Dis-lui que je pense que c'est un empaffé de menteur, murmura Nate.

– Je ne crois pas. Avez-vous une femme missionnaire par ici ? demanda Jevy au chef.

231

Le chef secoua la tête négativement.

– Avez-vous entendu parler d'une missionnaire?

Le chef indien jaugea Jevy sans répondre. Visiblement, il hésitait sur le degré de confiance qu'il pouvait accorder à cet homme. Puis il hocha légèrement la tête.

– Où est-elle? poursuivit Jevy.

– Avec une autre tribu.

– Où?

Le chef précisa qu'il n'en était pas certain, mais pointa quand même le doigt vers le nord-ouest.

– Quelque part par là, fit-il, balayant l'horizon avec sa lance.

– Guatos? demanda Jevy.

Le chef fronça les sourcils et secoua la tête, contrarié.

– Ipica, répondit-il avec mépris.

– Très loin?

– Une journée.

Jevy essaya d'obtenir plus de précisions sur la durée, mais les heures ne signifiaient rien pour les Indiens. Un jour ne comportait pas vingt-quatre heures divisibles en deux fois douze. C'était simplement un jour. Il essaya les notions de lever et coucher du soleil et obtint quelques précisions.

– Entre douze et quinze heures, dit-il à Nate.

– Mais dans un de leurs petits canoës, non? chuchota Nate.

– Oui.

– Alors nous, combien de temps on peut mettre?

– Trois ou quatre heures. Si on trouve.

Jevy sortit deux cartes et les étala dans l'herbe. Les Indiens devinrent très curieux. Ils se rapprochèrent de leur chef.

Pour repérer leur destination, ils devaient d'abord déterminer où ils étaient. Cela prit une tournure désagréable quand le chef informa Jevy qu'ils n'avaient pas suivi la Cabixa. Ils avaient pris un mauvais embranchement quelque part après leur rencontre avec le pêcheur. Jevy digéra l'information avec difficulté et la transmit à Nate.

Nate l'avala encore plus difficilement. Il avait remis sa vie entre les mains de Jevy.

Les jolies cartes de navigation colorées ne signifiaient pas grand-chose pour les Indiens. Elles furent vite mises de côté quand Jevy se mit à dessiner la sienne propre. Il commença par la rivière inconnue qui s'étalait devant eux et, sans cesser de parler avec le chef, traça son chemin vers le nord. Le chef écoutait attentivement l'avis de deux jeunes hommes. Tous deux, expliqua-t-il à Jevy, étaient d'excellents pêcheurs qui naviguaient de temps en temps jusqu'au fleuve Paraguay.

– Engage-les, murmura Nate.

Jevy essaya mais, au cours des négociations, il apprit que les deux hommes n'avaient jamais vu les Ipicas, qu'ils ne désiraient pas particulièrement les rencontrer, qu'ils ne savaient pas bien où ils étaient, et qu'ils ne comprenaient pas la notion de travailler pour de l'argent. En outre, le chef ne voulait pas qu'ils partent.

L'itinéraire sinuait d'une rivière à une autre, montant grosso modo vers le nord ; au bout d'un moment, le chef et ses pêcheurs ne parvinrent plus à tomber d'accord sur la direction à suivre. Jevy compara ses dessins à ses cartes.

– On l'a trouvée, dit-il à Nate.

– Où ça ?

– Il y a un camp d'Ipicas ici, montra-t-il en pointant son index sur une carte. Au sud de Porto Indio, juste au pied des montagnes. Leurs indications nous en rapprochent.

Nate se pencha et examina les marques.

– Comment va-t-on jusque là-bas ?

– Je crois qu'il faut qu'on retourne au bateau et qu'on remonte le Paraguay vers le nord pendant une demi-journée. Puis on reprendra le petit bateau pour atteindre le camp.

Le Paraguay faisait une courbe relativement proche de leur cible, et l'idée de naviguer sur le *Santa Loura* pour atteindre Rachel enchantait Nate.

– Combien d'heures dans le petit bateau ? demanda-t-il.

– Quatre, plus ou moins.

Au Brésil, plus ou moins pouvait signifier n'importe quoi. La distance, pourtant, semblait moindre que celle qu'ils avaient parcourue depuis l'aube.

– Alors qu'est-ce qu'on attend ? demanda Nate en se relevant avec un grand sourire à l'adresse des Indiens.

Jevy commença à remercier leurs hôtes, tout en repliant ses cartes. À présent qu'ils semblaient déterminés à partir, les Indiens se détendaient un peu et voulaient se montrer hospitaliers. Ils proposèrent de la nourriture, que Jevy refusa. Il expliqua qu'ils étaient très pressés, parce qu'ils avaient l'intention de regagner le fleuve avant la nuit.

Nate leur sourit tout en reculant vers la rivière. Ils voulaient voir le bateau. Ils s'approchèrent de la rive, regardant avec une intense curiosité Jevy qui réglait le moteur. Quand il le démarra, ils firent un pas en arrière.

Dans l'autre sens, Nate ne reconnaissait rien du paysage qu'ils avaient traversé à l'aller. Comme ils atteignaient le premier virage, il se retourna et vit les Guatos, toujours debout près de l'eau.

Il était presque 16 heures. Avec un peu de chance, ils dépasseraient les deux lacs avant la tombée de la nuit et retrouveraient la Cabixa. Welly les attendrait avec du riz et des haricots. Tandis que Nate faisait ces rapides calculs, il sentit les premières gouttes de pluie.

Les ratés du moteur ne venaient pas des bougies encrassées. Cinquante minutes après leur départ, le bateau cessa complètement d'avancer. Il dériva en suivant le courant pendant que Jevy ôtait le capot et s'attaquait au carburateur, muni d'un tournevis. Nate proposa son aide et fut rembarré aussi sec. Du moins pour le moteur. Il pouvait, néanmoins, prendre un seau et écoper l'eau de pluie. Ou prendre une pagaie et les maintenir au centre de la rivière, dont ils ne connaissaient toujours pas le nom.

Il fit les deux. Ils continuaient à avancer grâce au courant, mais nettement moins vite que Nate l'aurait voulu. La pluie était intermittente. La rivière accéléra son cours alors qu'ils approchaient d'une courbe étroite, mais Jevy était trop occupé pour s'en apercevoir. La barque prit de la vitesse, les dirigeant droit vers un épais fourré.

– J'ai besoin d'aide, là, dit Nate.

Jevy s'empara d'une pagaie. Il fit pivoter la barque pour qu'elle ne verse pas. « Tiens bon ! » s'exclama-t-il quand ils s'enfoncèrent dans les fourrés. Des lianes et des branches leur frappaient le visage et Nate s'efforçait de les écarter avec sa pagaie.

Un petit serpent se glissa dans la barque juste derrière le dos de Nate. Il ne le vit pas. Jevy l'enroula autour de sa pagaie et le rebalança dans la rivière. Il valait mieux ne pas le mentionner.

Ils luttèrent contre le courant pendant quelques minutes, mais de façon pas du tout synchrone. Nate se débrouillait apparemment pour faire exactement le contraire de ce qu'il fallait. La frénésie de ses coups de pagaie mettait sans cesse la barque au bord de la catastrophe.

Dès qu'ils parvinrent malgré tout à regagner le milieu de la rivière, Jevy confisqua les deux pagaies et trouva à Nate un nouveau boulot. Il lui demanda de s'installer debout devant le moteur en le protégeant de son ciré pour que la pluie ne noie pas le carburateur. Nate fit donc parapluie, étrange ange aux bras écartés, un pied sur les réservoirs, l'autre sur le bord de la barque, paralysé par la peur.

Vingt minutes passèrent, lors desquelles ils dérivèrent sans but au gré du courant. Le Groupe Phelan aurait pu leur payer les moteurs hors-bord flambant neufs les plus performants du Brésil, et Nate était là, entre les mains d'un mécanicien amateur qui essayait d'en rafistoler un plus âgé que lui.

Jevy remit le capot, puis manipula les gaz pendant une éternité. Il tira la corde du démarreur tandis que Nate se surprenait à tenter de prier. À la quatrième tentative, le miracle se produisit. Le moteur rugit, quoique moins régulièrement qu'auparavant. Il toussait et crachotait, et Jevy tenta de le régler sans grand succès.

– Il va falloir aller plus doucement, commenta-t-il, sans regarder Nate.

– Bien. Tant qu'on sait où on est.

– Pas de problème.

L'orage grondait en haut des montagnes de Bolivie, puis il descendit vers le Pantanal, un peu comme celui qui avait failli les tuer lors des repérages en avion. Nate était assis au fond de la barque, à l'abri sous son ciré, scrutant la rivière à l'est à la recherche de quelque chose de familier, quand il sentit brusquement la première rafale de vent. La pluie se mit à tomber beaucoup plus dru. Il se retourna lentement pour regarder Jevy, qui avait bien sûr remarqué ce changement, mais il ne dit rien.

Le ciel était gris foncé, presque noir. Des nuages bouillonnaient, très bas, si bien qu'on ne distinguait plus les montagnes. En quelques secondes, la pluie les trempa jusqu'aux os. Nate se sentait complètement exposé et perdu.

Il n'y avait aucun endroit où s'abriter, aucun bout de bois où s'amarrer pour échapper à cette tempête. Il n'y avait que de l'eau autour d'eux, sur des kilomètres et dans toutes les directions. Ils étaient au milieu d'une zone inondée, d'où seul le haut des buissons dépassait, ainsi que quelques arbres qui pouvaient leur servir de repères pour passer de rivière en marécage. Ils n'avaient pas d'autre choix que de rester dans la barque.

Un coup de vent les poussa depuis la poupe, accélérant le mouvement de la barque, tandis que la pluie leur martelait le dos. Le ciel s'assombrissait. Nate aurait voulu se recroqueviller sous son banc d'aluminium, serrer son coussin gonflable et s'enfouir sous son ciré. Mais l'eau s'accumulait autour de ses pieds. Leurs vivres étaient détrempés. Il prit son seau et commença à écoper.

Ils arrivèrent à une fourche. Nate était certain qu'ils n'étaient pas passés par là à l'aller. Puis à un embranchement de rivières qu'ils pouvaient à peine distinguer à travers le rideau de pluie. Jevy réduisit les gaz pour essayer de se repérer, puis remit le moteur à fond et fit un virage serré sur sa droite comme s'il savait exactement où il allait. Nate était convaincu qu'ils étaient perdus.

Au bout de quelques minutes, la rivière disparut dans un entrelacs d'arbres pourris – paysage impressionnant qu'ils n'avaient pas croisé à l'aller. Jevy fit demi-tour aussi vite qu'il put. L'orage les rattrapait et c'était une vision terrifiante. Le ciel était noir. Le courant se chargeait de vagues écumantes.

De retour à la fourche, ils discutèrent en hurlant dans le vent et la pluie, puis empruntèrent une autre rivière. Juste avant la nuit, ils traversèrent une vaste plaine inondée, un lac temporaire qui ressemblait vaguement à l'endroit où ils avaient rencontré le pêcheur. Mais ce dernier n'était plus là.

Jevy choisit un affluent, parmi tant d'autres; il continuait de se comporter comme s'il naviguait dans ce coin du Pantanal tous les jours. Puis les éclairs zébrèrent le ciel et pendant un moment ils purent voir où ils allaient. La pluie diminua. L'orage s'éloignait lentement d'eux.

Jevy arrêta le moteur et étudia les berges de la rivière.

– À quoi tu penses ? demanda Nate.

Iis avaient très peu parlé pendant l'orage. Ils étaient perdus, ça c'était certain. Mais Nate n'allait pas forcer Jevy à l'admettre.

– On devrait établir notre campement, dit Jevy.

C'était plus une suggestion qu'une affirmation.

– Pourquoi ?

– Parce qu'il faut dormir quelque part.

– On peut prendre des tours de veille dans la barque, dit Nate. C'est plus sûr.

Il dit cela avec la confiance en soi d'un guide professionnel.

– Peut-être. Mais je crois qu'on devrait s'arrêter ici. On va se perdre si on continue à avancer dans l'obscurité.

Nate avait envie de remarquer qu'ils étaient perdus depuis trois heures mais il se tut.

Jevy guida la barque jusqu'à une berge légèrement surélevée. Ils dérivaient vers l'aval, restant près du bord et tentant de scruter les eaux sombres avec leurs torches. Ils s'amarrèrent à un tronc à trois mètres de la rive.

Ils dînèrent de crackers à moitié humides, de petits poissons en boîte comme Nate n'en avait jamais goûté, de fromage et de bananes.

Quand le vent tomba, les moustiques les attaquèrent. Nate se badigeonna le visage, le cou, les paupières et les cheveux de répulsif. Son ciré lui protégeait le corps.

Vers 23 heures le ciel s'éclaircit quelque peu, mais il n'y avait pas de lune. Le courant balançait doucement la barque. Jevy offrit de prendre le premier tour de veille et Nate essaya du mieux qu'il put de s'installer assez confortablement pour sommeiller. Il mit sa tête sous la tente et étendit les jambes. Son ciré s'entrouvrit et une douzaine de moustiques se précipitèrent, lui dévorant la taille. Quelque chose l'éclaboussa, peut-être un reptile. La barque en aluminium n'était pas faite pour se reposer.

Et il était hors de question de dormir.

25.

Les trois psychiatres qui avaient examiné Troy Phelan quelques semaines auparavant et avaient tiré de belles conclusions unanimes sur ses capacités mentales furent virés illico presto.

On engagea de nouveaux psychiatres. Hark acheta le premier, à trois cents dollars de l'heure. Il l'avait découvert à la rubrique petites annonces dans un magazine juridique spécialisé. Ce docteur Sabo, qui ne pratiquait plus, était prêt à vendre son témoignage. Hark le briefa en quelques mots sur le comportement de M. Phelan et il ne lui en fallut pas plus pour affirmer que le vieil homme avait perdu la tête. Sauter par la fenêtre n'était pas exactement un signe de santé mentale ni de lucidité. Et léguer à une héritière inconnue une somme de onze milliards de dollars était la preuve évidente d'un comportement dérangé.

Sabo se léchait les babines d'avoir à travailler sur l'affaire Phelan. Réfuter les opinions des trois premiers psychiatres était une véritable aubaine. La publicité qu'il en tirerait le séduisait – il n'avait jamais participé à une affaire célèbre. Et l'argent lui permettrait de se payer un voyage en Orient.

De la même manière, tous les avocats des Phelan se démenaient pour détruire le témoignage de Flowe, Zadel et Theishen.

Les héritiers ne seraient jamais capables de payer les honoraires mensuels de leurs avocats pendant toute la durée de la bataille ; ces derniers proposèrent donc pour simplifier les choses de travailler au pourcentage. La fourchette était large, même si la part de chaque cabinet demeurait confidentielle. Hark voulait quarante pour cent, mais Rex refusa. Ils tombèrent finalement d'accord sur vingt-cinq pour cent. Grit réussit à en obtenir vingt-cinq de Mary Ross Phelan Jackman. Le grand vainqueur de ce premier combat fut Wally Bright, qui parvint à soutirer cinquante pour cent à Libbigail et à Spike.

Dans cette course à l'argent qui commença avant même le dépôt des requêtes en contestation, aucun des héritiers Phelan ne se demanda s'il avait raison d'agir ainsi. Ils faisaient une confiance aveugle à leurs avocats, d'autant plus qu'ils savaient que tous les autres s'embarquaient dans la même procédure. Personne ne pouvait se permettre de ne pas sauter dans le même train. L'enjeu était trop important.

Parce qu'il avait la plus forte personnalité des avocats des Phelan, Hark avait attiré l'attention de Snead, l'homme à tout faire de Troy. Dans la panique qui avait suivi le suicide, personne ne s'était soucié du majordome. Dans la course à l'héritage, on l'avait complètement oublié. Il était désormais au chômage. Quand on avait lu le testament, le petit homme était assis dans la salle du tribunal, le visage masqué de lunettes noires et la tête cachée sous un chapeau. Personne ne l'avait reconnu. Il était sorti en larmes.

Il haïssait les enfants Phelan parce que Troy les haïssait. Pendant des années, Snead avait été contraint à toutes sortes d'actes déplaisants pour protéger Troy de ses familles successives. Il avait arrangé des avortements, il avait soudoyé des flics quand les garçons étaient arrêtés pour usage de stupéfiants, il avait menti aux épouses pour couvrir les maîtresses et, quand les maîtresses étaient devenues des épouses, il leur avait également menti pour protéger les petites amies.

Pour le remercier de ses bons offices, les enfants et les épouses l'avaient traité de sale pédale.

Et en reconnaissance d'une carrière entière de bons et loyaux services, M. Phelan ne lui avait absolument rien laissé. Pas un centime. Il avait été bien payé, toutes ces années, et il avait quelques économies, mais pas assez pour survivre. Il avait tout sacrifié à son travail et à son maître. On lui avait dénié toute vie privée, parce que M. Phelan trouvait normal qu'il soit disponible à n'importe quelle heure du jour ou de la nuit. Fonder une famille avait été impossible dans ces conditions. Il n'avait même pas de véritable ami.

M. Phelan avait été son ami, son confident, la seule personne en qui Snead croyait pouvoir avoir confiance.

Pendant toutes ces années, le magnat l'avait mené en bateau avec des promesses tant et si bien qu'il tenait pour acquis d'avoir sa petite part de l'héritage. Il avait vu le document lui-même. À la mort de M. Phelan, il devait hériter d'un million de dollars. À cette époque, Troy possédait environ trois milliards, et Snead se souvenait combien un million paraissait dérisoire. Logiquement, plus le vieil homme s'enrichissait, plus Snead imaginait que sa part grossissait à chaque nouveau testament.

Il avait, en quelques occasions, posé des questions sur cet épineux sujet, des questions subtiles, polies, toujours au bon moment, pensait-il. Mais M. Phelan l'avait injurié et avait à chaque fois menacé de le rayer complètement de la liste. « Tu es aussi mauvais que mes enfants », éructait-il, écrasant le pauvre Snead.

Il était passé d'un million à rien, et cela le rendait très amer. Aujourd'hui, il était forcé de se joindre à ses ennemis de toujours. Il n'avait pas le choix.

Il trouva les nouveaux bureaux de Hark Gettys & Associés près du Dupont Circle. La réceptionniste lui expliqua que M. Gettys était très occupé.

– Moi aussi, répliqua Snead du tac au tac.

À côtoyer Troy de si près, il avait passé une bonne partie de sa vie à fréquenter des avocats. Ils étaient toujours occupés.

– Donnez-lui ceci, dit-il en lui tendant une enveloppe. C'est très urgent. J'attends dix minutes, et s'il ne me reçoit pas j'irai voir un de ses confrères.

Snead prit un fauteuil et s'absorba dans la contemplation du plancher. Un nouveau tapis, bon marché. La réceptionniste hésita un instant, puis disparut par une porte. L'enveloppe contenait une petite note manuscrite qui disait : « J'ai travaillé pour Troy Phelan pendant trente ans. Je sais tout. Malcolm Snead. »

Hark apparut en un éclair, avec un sourire éclatant parfaitement ridicule, comme si ce soudain débordement d'amitié pouvait impressionner Snead. Il l'emmena précipitamment dans un vaste bureau, la réceptionniste sur leurs talons. Non, Snead ne voulait ni café, ni thé, ni eau, ni Coca. Hark claqua la porte et la verrouilla.

La pièce sentait la peinture fraîche. Le bureau et les étagères étaient neufs et les bois différents n'allaient pas ensemble. Des cartons de dossiers et de rebuts divers étaient empilés contre les murs. Snead prit son temps pour enregistrer les détails.

– Vous venez de vous installer ? demanda-t-il.

– Il y a deux semaines.

Snead détestait cet endroit et il n'était pas bien certain non plus d'apprécier l'avocat lui-même. Celui-ci portait un costume en laine bon marché, de bien moins bonne qualité que le sien.

– Trente ans, hein ? fit Hark, tenant toujours le petit mot à la main.

– C'est exact.

– Vous étiez avec lui quand il a sauté ?

– Non. Il a sauté seul.

Un rire faux, puis le sourire revint.

– Je veux dire, vous étiez dans la pièce ?

– Oui. J'ai presque réussi à le rattraper.

– Ça a dû être terrible.

– Oui. Ça l'est toujours.

– Vous l'avez vu signer le testament, le dernier ?

– Oui, je l'ai vu.

– Vous l'avez vu écrire ce foutu truc ?

Snead était parfaitement préparé à mentir. La vérité ne signifiait rien désormais, parce que le vieil homme lui avait menti. Qu'avait-il à perdre ?

– J'ai vu beaucoup de choses, dit-il. Et j'en sais beaucoup plus encore. Ma visite n'a pour objet que l'argent. M. Phelan avait promis qu'il prendrait soin de moi dans son testament. Il m'a fait de nombreuses promesses, toutes non tenues.

– Donc, vous êtes dans le même bateau que mon client, dit Hark.

– J'espère que non. Je méprise votre client et ses misérables frère et sœurs. Mettons-nous bien d'accord là-dessus, d'entrée.

– Je pense que c'est fait.

– Personne n'était aussi proche de Troy Phelan que moi. J'ai vu et entendu des choses dont personne d'autre ne peut témoigner.

– Donc vous voulez témoigner ?

– Je suis un témoin unique. Et je suis très cher.

Leurs yeux se happèrent un instant. Message reçu cinq sur cinq.

– La loi est formelle, le personnel de maison n'est pas habilité à donner d'opinion sur les capacités testamentaires, mais vous pouvez en revanche témoigner sur des actes précis et des comportements qui prouveraient un esprit dérangé.

– Je sais tout cela, dit Snead avec rudesse.

– Était-il fou ?

– Il l'était ou il ne l'était pas. Peu m'importe. Je peux pencher d'un côté ou de l'autre.

Hark dut s'arrêter pour étudier ces différentes données. Il se gratta le visage et étudia le mur.

Snead décida de l'aider.

– Voici comment je vois les choses. Votre client s'est fait avoir, comme son frère et ses sœurs. Ils ont reçu cinq millions de dollars quand ils ont eu vingt et un ans, et nous savons ce qu'ils ont fait de cet argent. Puisqu'ils sont lourdement endettés, ils n'ont pas d'autre choix que de contester ce testament. Mais aucun jury ne les plaindra. Ce n'est qu'une bande de ratés avides. C'est un combat dur à gagner. Mais vous et les autres aigles de la loi allez attaquer le testament et créer une énorme pagaille juridique, de celles qui font la une des journaux parce que onze milliards sont en jeu. Comme vous n'avez pas beaucoup d'atouts, vous espérez un accord à l'amiable avant le début du procès.

– Vous pigez vite.

– Non. J'ai observé M. Phelan pendant trente ans. Bref, l'importance du chèque que vous négocierez dépend de moi. Si mes souvenirs sont clairs et détaillés, alors peut-être que mon ancien patron était inapte intellectuellement quand il a rédigé son ultime testament.

– Donc vos souvenirs vont et viennent.

– Ma mémoire sera ce que je veux qu'elle soit. Personne ne peut me contredire.

– Que voulez-vous ?

– De l'argent.

– Combien ?

– Cinq millions de dollars.

– C'est beaucoup.

– Ce n'est rien. Je le prendrai de ce côté, ou de l'autre. Peu importe.

– Comment suis-je supposé obtenir cinq millions pour vous ?

– Je n'en sais rien. Je ne suis pas avocat. Je m'imagine que vos copains et vous allez concocter un bon petit plan bien tordu.

Il y eut une longue pause pendant laquelle Hark soupesa ces arguments. Mille questions lui brûlaient les lèvres, mais il supposait qu'il n'obtiendrait pas beaucoup de réponses. En tout cas pas aujourd'hui.

– D'autres témoins ? demanda-t-il.

– Une seule. Nicolette, la dernière secrétaire de M. Phelan.

– Que sait-elle ?

– Ça dépend combien vous la payez.

– Vous lui avez déjà parlé ?

– Tous les jours. Nous sommes un *package*.

– Combien pour elle ?

– Elle est comprise dans les cinq millions.

– Une vraie bonne affaire ! Personne d'autre ?

– Personne qui ait de l'importance.

Hark ferma les yeux et se frotta les tempes.

– Je ne fais pas d'objections sur vos cinq millions, c'est juste que je ne vois pas comment je peux vous les obtenir.

– Je suis certain que vous trouverez un moyen.

– Laissez-moi du temps, OK ? Il faut que je réfléchisse à tout ça.

– Je ne suis pas pressé. Je vous donne une semaine. Si vous dites non, alors j'irai dans le camp adverse.

– Il n'y a pas de camp adverse.

– N'en soyez pas si certain.

– Vous savez quelque chose sur Rachel Lane ?

– Je sais tout, dit Snead.

Sur ce, il quitta le bureau.

26.

Les premières lueurs de l'aube ne leur apportèrent aucune surprise. Ils étaient toujours attachés à un tronc d'arbre le long d'une petite rivière qui ressemblait à toutes celles qu'ils avaient vues. Les nuages étaient à nouveau très bas ; le jour avait du mal à percer.

Le petit déjeuner consista en une boîte de gâteaux secs, la dernière des rations que Welly avait empaquetées pour eux. Nate mangea lentement, dégustant chaque bouchée avec la conscience amère qu'il ne remangerait pas de sitôt.

Le courant étant fort, ils se laissèrent dériver tandis que le soleil se levait. À part le clapotis de l'eau qui filait sous eux, le silence était absolu. Ils économisaient le carburant et retardaient le moment où Jevy serait forcé d'essayer de redémarrer le moteur.

Ils finirent par se retrouver dans une zone inondée où trois petites rivières se rejoignaient.

– Je crois bien qu'on est perdus, pas vrai ? demanda Nate.

– Je sais exactement où nous sommes.

– Ah bon ?

– Nous sommes dans le Pantanal. Et toutes les rivières se jettent dans le Paraguay.

– Finalement.

– Oui, finalement.

Jevy ouvrit le capot du moteur et essuya l'humidité sur le carburateur. Il ajusta la manette des gaz, vérifia l'huile, puis essaya de démarrer. Au cinquième coup, le moteur démarra, crachota, puis cala.

« Je vais mourir ici, se dit Nate. Je vais soit me noyer, soit mourir de faim, soit être dévoré, mais c'est ici, dans cet immense marécage, que je vais rendre mon dernier souffle. »

À leur grande surprise, ils entendirent un cri. La voix était haut perchée, comme celle d'une jeune fille. Le hoquet du moteur avait attiré l'attention d'un autre être humain. La voix provenait de la rive herbeuse d'un ruisseau convergent. Jevy cria et quelques secondes plus tard la voix cria en réponse.

Un garçon de moins de quinze ans apparut entre les herbes dans un minuscule canoë creusé à la main dans un tronc d'arbre. S'aidant d'une pagaie du même bois, il traversa les eaux à une vitesse et avec une habileté déconcertantes. « *Bom dia* », dit-il avec un large sourire. Son petit visage était brun et carré, probablement le plus beau visage que Nate ait vu depuis des années. Il leur lança une corde et ils arrimèrent les deux embarcations.

Jevy entama avec le gamin une longue conversation ; au bout d'un moment Nate commença à s'agiter.

– Qu'est-ce qu'il dit ? demanda-t-il à son guide.

– Il dit que nous sommes loin de la Cabixa.

– Ça, je m'en serais douté.

– Il dit que le fleuve Paraguay est à une demi-journée à l'est.

– En canoë ?

– Non. En avion.

– Très drôle. Combien de temps ça va nous prendre ?

– Quatre heures, plus ou moins.

Cinq, ou plutôt six, et encore, si leur moteur se remettait à fonctionner correctement. S'il fallait qu'ils pagaient, ils en auraient pour une semaine.

Il y eut comme un changement de ton dans la conversation et Nate vit que les deux Brésiliens désignaient un coin de la jungle. Jevy le regardait en parlant.

– Qu'est-ce qu'il y a ? lui lança Nate.

– Les Indiens ne sont pas loin.

– À quelle distance ?

– Une heure, deux peut-être.

– Il peut nous conduire là-bas ?

– Je connais le chemin.

– J'en suis sûr, mais je me sentirais plus en sécurité s'il venait avec nous.

Jevy encaissa l'affront sans broncher.

– Il voudra peut-être un peu d'argent.

– Ce qu'il voudra.

Si seulement le gamin savait. Le Groupe Phelan d'un côté, et ce petit pantaneiro maigrelet de l'autre. Nate sourit à cette pensée. « Que dirais-tu d'une flotte de canoës, remplis de cannes à pêche et de sonars ? Demande ce que tu veux, fiston, et ce sera à toi. »

– Dix reais, annonça Jevy après de brèves négociations.

– Bien.

S'il suffisait d'une dizaine de dollars pour les mener à Rachel Lane...

Jevy fit pivoter le hors-bord pour sortir l'hélice de l'eau, et ils se mirent à pagayer. Ils suivirent ainsi le gamin dans son canoë pendant une vingtaine de minutes, avant d'entrer dans un petit torrent au courant très rapide. Nate retira sa pagaie, reprit sa respiration et essuya la sueur de son front. Son cœur battait et ses muscles lui tiraient. À présent, les nuages s'étaient dissipés et le soleil tapait.

Jevy se repencha sur le moteur. Ils eurent la chance qu'il accepte de démarrer et continuèrent de suivre leur jeune guide, son canoë les surclassant aisément, eux et leur hors-bord crachotant.

Il était presque 13 heures quand ils atteignirent un terrain plus élevé. Graduellement les zones inondées disparaissaient, si bien que les rivières étaient maintenant bordées d'une végétation épaisse. Le gamin s'était assombri et, curieusement, il semblait inquiet de la position du soleil.

– Là, dit-il à Jevy. Juste après la courbe.

Il semblait effrayé d'aller plus loin.

– Je m'arrête ici, dit-il. Il faut que je rentre chez moi.

Nate lui tendit l'argent et ils le remercièrent. Il repartit avec le courant et disparut rapidement. Ils poursuivirent leur remontée, le moteur peinant et toussotant à mi-régime, mais avançant tout de même.

La rivière s'enfonçait dans une forêt où les arbres se rejoignaient au-dessus de l'eau, formant un tunnel qui masquait la lumière. Il faisait sombre et le bruit incongru de leur moteur résonnait sur les rives. Nate avait l'impression désagréable qu'on les observait. Il sentait presque les arcs braqués sur lui. Il imaginait une volée de fléchettes mortelles lancées par des sauvages couverts de peintures de guerre, entraînés à tuer tout ce qui ressemblait à un homme blanc.

Mais ils tombèrent d'abord sur des enfants, qui jouaient dans l'eau en s'éclaboussant. Le tunnel s'achevait près d'un campement.

Les mères se baignaient également, aussi nues que leurs enfants, et aussi indifférentes de l'être. Quand elles virent la barque, leur premier mouvement fut de battre en retraite vers la rive. Jevy éteignit le moteur et les aborda en souriant tout en dérivant vers elles. Une fille plus âgée fila en courant vers le camp.

– *Fala português?* demanda Jevy à la petite foule de quatre femmes et sept enfants.

Ils se contentèrent de le fixer. Les plus petits se cachaient derrière leurs mères. Les femmes étaient trapues, avec des corps épais et de petits seins.

– Sont-ils pacifiques ? interrogea Nate.

– Les hommes vont nous le dire.

Trois d'entre eux arrivèrent quelques minutes plus tard. Ils étaient tout aussi trapus, épais et musclés, leurs parties génitales couvertes de petits étuis en cuir.

Le plus vieux affirma parler la langue de Jevy, mais son portugais était très rudimentaire. Nate resta dans la barque, où il se sentait plus en sécurité, tandis que Jevy s'adossait à un arbre près de l'eau, essayant de se faire comprendre. Les Indiens s'approchèrent de lui. Il les dépassait de plus d'une tête.

Au bout de quelques minutes de discussion, Nate intervint :

– Traduction, s'il te plaît.

Les Indiens se tournèrent vers lui.

– *Americano,* expliqua Jevy, ce qui entraîna de nouveaux palabres.

– Et la femme ? demanda Nate.

– On n'en est pas encore là. J'essaie toujours de les convaincre de ne pas te brûler vif.

– Débrouille-toi pour y parvenir.

D'autres Indiens arrivèrent. Leurs huttes étaient visibles à une centaine de mètres, à la lisière d'une forêt. Plus en amont, une demi-douzaine de canoës étaient attachés à la rive. Les enfants commençaient à s'ennuyer. Lentement, ils quittèrent leurs mères et s'approchèrent de la barque pour l'inspecter. Ils étaient également intrigués par l'homme au visage pâle. Nate sourit et cligna de l'œil et, très vite, obtint un sourire en retour. Si Welly n'avait pas été si avare en gâteaux secs, Nate aurait eu quelque chose à partager avec eux.

La discussion s'éternisait. Le porte-parole des Indiens se tournait toutes les cinq secondes vers ses compagnons pour leur traduire ses pourparlers avec Jevy, et, inévitablement, ses propos provoquaient force commentaires. Leur langage semblait être fait de séries de grognements et de cris, émis en bougeant les lèvres le moins possible.

– Qu'est-ce qu'il dit ? grommela Nate.

– Je ne sais pas, répliqua Jevy.

Un petit garçon posa sa main sur le bord de la barque et étudia Nate avec des yeux noirs grands comme des soucoupes. Tout doucement il dit : « *Hello.* » Nate sut aussitôt qu'ils étaient au bon endroit.

Personne n'avait entendu le garçon, excepté Nate. Il se pencha en avant et, tout doucement, répéta :

– Hello.

– *Good bye,* fit le garçon sans bouger.

Rachel lui avait appris au moins deux mots d'anglais.

– Comment tu t'appelles ? demanda Nate en chuchotant.

– Hello, fit encore le garçon.

Sous l'arbre, la traduction faisait autant de progrès.

Les Indiens étaient lancés dans une conversation très animée ; les femmes, elles, n'avaient toujours pas ouvert la bouche.

– Et Rachel ? insista Nate.

– J'ai demandé. Ils ne répondent pas.

– Qu'est-ce que ça veut dire ?

– Je pense qu'elle est là, mais qu'ils sont réticents, pour je ne sais quelle raison. Mais je ne suis pas sûr.

– Pourquoi seraient-ils réticents ?

Jevy fronça les sourcils et leva les yeux au ciel. Comment était-il censé savoir ?

Ils parlementèrent encore un peu, puis les Indiens partirent en bloc – les hommes d'abord, puis les femmes, puis les enfants. Ils s'éloignèrent en file vers le camp, disparaissant à leur vue.

– Tu les as contrariés ?

– Non. Ils veulent faire une sorte de réunion.

– Tu crois qu'elle est là ?

– Je crois, oui.

Jevy reprit son siège dans la barque et se prépara à faire une sieste. Il était presque 13 heures. Le déjeuner était passé sans le moindre cracker à se mettre sous la dent.

On vint les chercher vers 15 heures. Ils étaient conduits par un petit groupe de jeunes hommes, qui les entraînèrent sur un sentier boueux, loin de la rivière, jusqu'au village, au milieu des huttes sur le seuil desquelles les habitants les regardèrent passer, immobiles, puis plus loin, le long d'un autre sentier dans la forêt.

« C'est une marche vers la mort, songea Nate. Ils nous emmènent dans la jungle et ils vont nous sacrifier. » Il suivait Jevy, qui avançait d'un pas confiant.

– Mais où est-ce qu'on va, bon sang ? siffla-t-il.

Il se faisait l'effet d'un prisonnier de guerre terrorisé par ses geôliers.

– Détends-toi.

Le sentier déboucha dans une clairière, et ils se retrouvèrent près de la rivière. Le meneur s'arrêta et pointa un doigt vers la berge. Au bord de l'eau, un anaconda se lovait au soleil. Il était noir avec des taches jaunes sur le ventre. Il faisait presque trente centimètres de diamètre.

– Il est long comment ? réussit à demander Nate.

– Six ou sept mètres. Finalement, tu auras vu un anaconda, dit Jevy.

Les genoux de Nate se mirent à trembler et sa bouche s'assécha d'un coup. Il avait plaisanté sur les serpents, mais la vision d'un véritable anaconda était proprement stupéfiante.

– Certains Indiens adorent les serpents, ce sont des dieux pour eux, dit Jevy.

« Mais que font donc nos missionnaires ? » songea Nate. Il en parlerait à Rachel.

Les moustiques ne paraissaient aimer que lui. Les Indiens étaient immunisés. Jevy ne se donnait jamais la moindre claque. Nate n'arrêtait pas et se grattait jusqu'au sang. Son répulsif était resté dans la barque, avec la tente, la machette et le reste. Tout ce qu'il possédait était sans doute à l'heure actuelle entre les mains des enfants de la tribu.

Ils marchaient depuis longtemps maintenant.

– On va encore loin ? demanda Nate, sans se faire aucune illusion.

Jevy interrogea le meneur, qui répondit dans sa langue. « Pas loin » fut la réponse. Ils traversèrent un autre sentier, puis en empruntèrent un plus large. Ils croisèrent d'autres Indiens. Bientôt ils virent la première hutte et sentirent de la fumée.

Quand ils ne furent plus qu'à deux cents mètres, le chef de file désigna un endroit ombragé près de la rivière. On mena Nate et Jevy jusqu'à un banc fait de longs bâtons attachés ensemble avec un genre de raphia. On les laissa là avec deux gardes pendant que les autres s'en allaient faire leur rapport au village.

Comme l'attente se prolongeait, les deux gardes se détendirent et décidèrent de faire une sieste. Ils s'adossèrent au tronc d'un arbre et, très vite, s'assoupirent.

– Je crois qu'on pourrait s'échapper, dit Nate.

– Pour aller où ?

– Tu as faim ?

– Un peu. Et toi ?

– Non, je suis au bord de l'indigestion. J'ai mangé sept minuscules petits gâteaux il y a neuf heures. Rappelle-moi de gifler Welly quand on le reverra.

– J'espère qu'il va bien.

– Pourquoi irait-il mal ? Il se balance dans mon hamac, en buvant du café, en sécurité, au sec et le ventre plein.

Les Indiens ne les auraient pas amenés si profond dans la forêt si Rachel n'était pas dans les parages. Tout en se reposant sur le banc, Nate regardait le sommet des huttes au loin, se posant mille et une questions sur elle. Il était curieux de son apparence physique – sa mère avait sûrement été belle. Troy Phelan ne choisissait que de jolies femmes. Quel genre de vêtements portait-elle ? Les Ipicas auprès desquels elle se dévouait allaient entièrement nus. Depuis quand n'avait-elle pas vu la civilisation ? Était-elle la première Américaine à visiter ce village ?

Comment réagirait-elle à sa présence ? Et à l'argent ?

Plus le temps passait, plus Nate était impatient de la rencontrer.

Les deux gardes dormaient toujours quand il y eut soudain du mouvement dans le camp. Jevy leur jeta un ou deux petits cailloux et sifflota doucement. Ils bondirent sur leurs pieds et reprirent leur position.

Un groupe venait vers eux. Rachel les accompagnait. Rachel ! Une chemise jaune pâle au milieu des poitrines brunes et un visage plus clair sous un chapeau de paille... À cent mètres, Nate la distinguait sans problème.

– On a trouvé notre fille, dit-il sobrement.

– Oui, je crois bien.

Ils prenaient leur temps. Trois jeunes hommes devant, et trois derrière. Elle était un peu plus grande que les Indiens et marchait avec une élégance naturelle. Elle aurait aussi bien pu être en train de se promener entre des massifs de fleurs. Rien ne pressait.

Nate observait le moindre de ses mouvements. Elle était mince, avec des épaules larges et osseuses. Comme ils approchaient, elle commença à regarder dans leur direction. Nate et Jevy se levèrent pour l'accueillir.

Les Indiens s'arrêtèrent à la lisière de l'ombre, mais Rachel continua à avancer. Elle ôta son chapeau. Ses cheveux châtains étaient semés de gris, coupés très court. Elle s'immobilisa à un mètre de Nate et de Jevy.

– *Boa tarde, senhor,* dit-elle à Jevy, puis elle regarda Nate.

Ses yeux étaient d'un bleu sombre, presque indigo. Pas de rides, pas de maquillage. Elle avait quarante-deux ans et elle vieillissait très bien, dégageant l'espèce de douce aura de ceux qui connaissent peu de stress.

– *Boa tarde.*

Elle ne leur tendit pas la main, et elle ne se présenta pas non plus. C'était à eux de faire le prochain geste.

– Je m'appelle Nate O'Riley. Je suis avocat à Washington.

– Et vous ? demanda-t-elle à Jevy.

– Jevy Cardozo, de Corumbá. Je suis son guide.

Elle les examina de la tête aux pieds avec un léger sourire. Visiblement, cet instant ne semblait pas lui déplaire.

Elle était contente de cette rencontre.

– Qu'est-ce qui vous amène ici ? demanda-t-elle encore.

Elle parlait un anglais dénué d'accent, pas trace de Louisiane ni du Montana, un anglais plat, précis et sans inflexion, du genre de celui qu'on entend à Sacramento ou Saint Louis.

– On a entendu dire que le coin était bon pour la pêche, lança Nate.

Pas de réponse.

– Il fait de très mauvaises plaisanteries, dit Jevy pour l'excuser.

– Désolé. Je suis à la recherche de Rachel Lane. J'ai des raisons de croire que vous et elle ne formez qu'une seule personne.

Son visage resta parfaitement impassible.

– Pourquoi voulez-vous retrouver Rachel Lane ?

– Parce que je suis avocat et que mon cabinet a une affaire importante à traiter avec elle.

– Quel genre d'affaire ?

– Je ne peux le dire qu'à elle.

– Je ne suis pas Rachel Lane, désolée.

Jevy soupira et les épaules de Nate s'affaissèrent. Elle guettait chaque mouvement, chaque réaction, chaque détail.

– Vous avez faim ? demanda-t-elle.

Ils hochèrent tous deux la tête. Elle appela les Indiens et leur donna des instructions.

– Jevy, dit-elle, suivez ces hommes jusqu'au village. Ils vont vous nourrir et vous donner de quoi manger pour M. O'Riley.

Ils s'installèrent sur le banc, dans l'ombre qui s'épaississait, regardant en silence les Indiens accompagner Jevy jusqu'au village. Celui-ci se retourna une fois, juste pour s'assurer que Nate allait bien.

27.

À l'écart des Indiens, elle ne paraissait plus aussi grande. Elle n'avait pas un gramme de graisse. Ses jambes étaient fines et longues. Elle portait des sandales en cuir, ce qui faisait bizarre dans ce pays où tout le monde allait pieds nus. Où les avait-elle trouvées ? Et où avait-elle eu sa chemise jaune à manches courtes et son short kaki ? Oh ! il avait tant de questions à poser.

Ses vêtements étaient simples et elle les portait à merveille. Si elle n'était pas Rachel Lane, elle savait certainement où la trouver.

Leurs genoux se touchaient presque.

– Rachel Lane a cessé d'exister il y a très long-temps, dit-elle en regardant le village au loin. J'ai gardé le prénom, mais j'ai laissé tomber le nom. Ce doit être sérieux, sinon vous ne seriez pas venu jusqu'ici.

Elle parlait doucement et lentement, sans omettre une seule syllabe et en pesant soigneuse-ment chaque mot.

– Troy est mort. Il s'est suicidé il y a trois semaines.

Elle baissa légèrement la tête, ferma les yeux, et eut l'air de prier. Ce fut une brève prière, suivie d'un long silence. Le silence ne l'embarrassait pas.

– Vous le connaissiez ? finit-elle par demander.

– Je l'ai rencontré une fois. Notre cabinet compte de nombreux avocats et, personnellement, je n'ai jamais travaillé sur les affaires de Troy. Non, je ne le connaissais pas.

– Moi non plus. C'était mon père génétique, et j'ai passé de nombreuses heures à prier pour lui, mais il est toujours resté un étranger.

– Quand l'avez-vous vu pour la dernière fois ?

Nate parlait plus lentement, plus doucement. Elle déteignait sur lui, peu à peu son calme le gagnait.

– Il y a des années. Avant que j'aille à l'Université... Que savez-vous de moi exactement ?

– Pas grand-chose. Vous ne laissez pas beaucoup de traces.

– Alors comment m'avez-vous dénichée ?

– Troy nous a beaucoup aidés. Il avait essayé de vous retrouver avant de mourir, mais il n'y était pas parvenu. Il savait que vous étiez missionnaire pour Tribus du Monde et que vous viviez dans cette partie du globe. Pour le reste, c'était à moi de jouer.

– Comment pouvait-il savoir ça ?

– Il avait des ressources quasi illimitées.

– Et c'est pour cela que vous êtes ici.

– Oui, c'est pour ça que je suis ici. Il faut que nous parlions affaires.

– Troy a dû me laisser quelque chose dans son testament.

– On peut dire ça comme ça, oui.

– Je ne veux pas parler affaires. Je veux bavarder. Est-ce que vous pouvez imaginer combien de fois par an j'entends de l'anglais ?

– Rarement, je pense.

– Je vais à Corumbá une fois par an pour faire des provisions. Je téléphone au bureau en Amérique, et pendant environ dix minutes je parle anglais. C'est toujours une épreuve.

– Pourquoi ?

– Je suis trop nerveuse. Mes mains tremblent pendant que je tiens le téléphone. Je connais les gens à qui je parle, mais j'ai peur d'utiliser les mauvais mots. Parfois je bégaie, même. Dix minutes par an.

– Vous vous débrouillez bien, là, maintenant.

– Je suis très nerveuse.

– Détendez-vous. Je suis un type vachement bien.

– Mais vous m'avez trouvée. J'étais avec un patient il y a une heure quand les garçons sont venus me dire qu'un Américain était ici. J'ai couru jusqu'à ma hutte et je me suis mise à prier. Dieu m'a donné la force.

– Je viens en messager de paix.

– Vous avez l'air d'un type bien.

« Si vous saviez ! » songea Nate.

– Merci. Vous... euh, vous avez parlé d'un patient ?

– Oui.

– Je pensais que vous étiez missionnaire.

– C'est exact. Mais je suis aussi médecin.

Et la spécialité de Nate était de traîner des médecins en justice... Ce n'était ni le moment ni l'endroit pour une discussion sur les erreurs médicales.

– Ça ne figurait pas dans les mémos vous concernant.

– J'ai changé mon nom après le lycée, avant la fac de médecine et le séminaire. C'est probablement là que mes traces se perdent.

– Exact. Pourquoi avez-vous changé de nom ?

– C'est compliqué. En tout cas ça l'était à l'époque. Cela me semble nettement moins important aujourd'hui.

Une petite brise soufflait, venue de la rivière. Il était presque 17 heures. Les nuages étaient bas et sombres au-dessus de la forêt. Elle le vit regarder sa montre.

– Les garçons vont installer votre tente ici. C'est un bon endroit pour dormir.

– Merci, enfin, si je peux dire. On sera en sécurité, n'est-ce pas ?

– Oui. Dieu vous protégera. Dites bien vos prières.

À cet instant, Nate décida qu'il prierait avec la ferveur d'un saint martyr. La proximité de la rivière l'inquiétait particulièrement. En fermant les yeux, il voyait comme s'il y était l'anaconda se faufiler jusqu'à sa tente.

– Vous priez, n'est-ce pas, monsieur O'Riley ?

– Appelez-moi Nate, je vous en prie. Oui, je prie.

– Vous êtes irlandais ?

– Je suis d'ascendances diverses. Plus allemand qu'autre chose. Mon père avait des ancêtres irlandais. La généalogie familiale ne m'a jamais intéressé.

– À quelle église allez-vous ?

– Épiscopalienne.

Catholique, luthérienne, épiscopalienne, cela importait vraiment peu. Nate n'avait pas mis les pieds dans une église depuis son deuxième mariage. Sa vie spirituelle était un sujet qu'il préférait éviter. La théologie n'était pas dans ses cordes et il n'avait pas envie d'en discuter avec une missionnaire. Elle marqua un nouveau silence, et il en profita pour changer le cours de la conversation.

– Est-ce que ces Indiens sont pacifiques ?

– Pour la plupart. Les Ipicas ne sont pas des guerriers, mais ils ne font pas confiance aux Blancs.

– Et vous ?

– Je suis ici depuis onze ans. Ils m'ont acceptée.

– Combien de temps ça vous a pris ?

– J'ai eu de la chance parce qu'il y avait un couple de missionnaires ici avant moi. Ils avaient appris la langue et traduit le Nouveau Testament. Et je suis médecin. Je me suis fait des amis très vite à partir du moment où j'ai aidé les femmes à enfanter.

– Votre portugais a l'air vraiment bien.

– Je le parle couramment. Je parle espagnol, ipica et machiguenga.

– Qu'est-ce que c'est que ça ?

– Les Machiguengas sont une tribu des montagnes du Pérou. J'y ai passé six ans. Je commençais juste à parler correctement la langue quand j'ai été évacuée.

– Pourquoi ?

– La guérilla.

Comme si les serpents, les alligators, les maladies et les inondations ne suffisaient pas.

– Les guérilleros avaient kidnappé deux missionnaires dans un village voisin du mien. Mais Dieu les a sauvés. Ils ont été relâchés sains et saufs quatre ans plus tard.

– Et par ici, pas de guérilleros ?

– Non. C'est le Brésil ici. Les gens sont très pacifiques. Il y a quelques passeurs de drogue, mais personne ne s'aventure si profond dans le Pantanal.

– Ce qui nous ramène à une question intéressante : est-ce que le fleuve Paraguay est loin d'ici ?

– À cette époque de l'année, huit heures.

– En heures brésiliennes ?

Cela la fit sourire.

– Je vois que vous avez appris que la notion du temps est différente ici. Huit à dix heures américaines.

– En canoë ?

– C'est comme ça que nous voyageons. J'avais une barque à moteur. Mais le moteur était vieux et il a fini par rendre l'âme.

– Combien de temps faudrait-il avec une barque à moteur ?

– Cinq heures à peu près. C'est la saison des pluies et il est facile de se perdre.

– Ça, je l'ai appris aussi.

– Les rivières se rejoignent. Il faudra qu'un des pêcheurs vous accompagne quand vous repartirez. Sans guide, vous ne retrouverez jamais le fleuve.

– Et vous voyagez une fois par an ?

– Oui, mais pendant la saison sèche, en août. Il fait moins chaud et il y a moins de moustiques.

– Vous partez seule ?

– Non. Je vais jusqu'au Paraguay avec Lako, mon ami indien. Cela nous prend six heures quand les rivières sont basses. Là, j'attends un bateau et je me fais emmener jusqu'à Corumbá. J'y reste quelques jours, je vaque à mes affaires, et puis je reprends un bateau pour revenir.

Nate songea qu'il avait vu bien peu de bateaux sur le Paraguay.

– N'importe lequel ?

– Des transports de bétail, en général. Les capitaines aiment bien prendre des passagers.

« Elle voyage en canoë parce que sa vieille barque a rendu l'âme. Elle fait du bateau-stop pour aller à Corumbá, son seul contact avec la civilisation. L'argent ne va-t-il pas la changer ? » se demandait Nate. Il semblait impossible de répondre à cette question.

Il lui dirait tout demain, quand il ferait plus frais, quand il serait reposé et nourri et qu'ils auraient quelques heures devant eux. Des silhouettes apparurent à l'orée du village, des hommes qui venaient dans leur direction.

– Les voilà, dit-elle. Nous mangeons juste avant la nuit, et puis nous allons dormir.

– Je pense qu'il ne doit pas y avoir grand-chose d'autre à faire.

– Rien dont on puisse parler, répliqua-t-elle rapidement, et cela le fit sourire.

Jevy apparut avec un groupe d'Indiens, dont l'un portait un panier qu'il tendit à Rachel. Elle le passa à Nate, qui en sortit une espèce de petite miche de pain.

– C'est du manioc, dit-elle, notre principale nourriture.

Visiblement la seule, au moins pour ce repas-là. Nate en était à son second pain quand d'autres Indiens les rejoignirent, venus du premier campement. Ils apportaient la tente, les moustiquaires, des couvertures et de l'eau minérale qu'ils avaient trouvées dans la barque.

– Nous restons ici ce soir, expliqua Nate à Jevy.

– Ah bon ?

– C'est le meilleur endroit, dit Rachel. Je vous offrirais bien une place au village, mais le chef doit d'abord approuver une visite des hommes blancs.

– Ça, c'est pour moi, fit Nate.

– Oui.

– Et lui ? ajouta-t-il en désignant Jevy d'un mouvement du menton.

– Il est venu chercher de la nourriture, pas un endroit où dormir. Les règles sont très compliquées.

Nate trouva cela très drôle – les primitifs qui n'ont pas encore découvert les vêtements mais qui suivent un système de règles archicomplexe.

– J'aimerais partir demain vers midi, ajouta Nate.

– Cela aussi dépendra du chef.

– Vous voulez dire qu'on ne peut pas s'en aller quand on veut ?

– Vous partirez quand il dira que vous pouvez partir. Ne vous inquiétez pas.

– Et le chef et vous êtes très proches ?

– On ne s'entend pas mal.

Elle renvoya les Indiens au village. Le soleil avait disparu derrière les montagnes. Les ombres de la forêt les avalaient peu à peu.

Pendant quelques minutes, Rachel regarda Nate et Jevy se bagarrer avec la tente. Roulée dans son sac, celle-ci semblait minuscule et une fois tendue sur ses piquets elle n'avait pas l'air beaucoup plus

264

grande. Nate n'était pas bien certain qu'elle puisse contenir Jevy, et encore moins eux deux ensemble. Complètement montée, elle lui arrivait à la taille et promettait de belles heures d'insomnie à deux adultes côte à côte.

– J'y vais, annonça Rachel. Vous serez très bien.

– Promis ? murmura Nate.

– Je peux demander à deux jeunes de monter la garde si vous voulez.

– Pas la peine, merci, dit Jevy.

– Vers quelle heure vous vous réveillez, par ici ? demanda Nate.

– Une heure avant l'aube.

– Je suis sûr que je serai réveillé, affirma Nate en jetant un coup d'œil vers la tente. On peut se retrouver de bonne heure ? J'ai beaucoup de choses à voir avec vous.

– Oui. Je vous ferai porter à manger. Et puis nous bavarderons.

– Ce serait bien.

– Dites bien vos prières, monsieur O'Riley.

– Promis.

Elle s'enfonça dans l'obscurité. Pendant un moment, Nate vit sa silhouette sur le sentier, puis plus rien. Le village était plongé dans la nuit.

Ils restèrent assis sur le banc pendant des heures, attendant que l'air se rafraîchisse, guère pressés de se serrer comme des sardines dans la tente pour dormir dos à dos, tous deux puant de crasse et de transpiration. Il n'y avait pas d'autre choix. La tente, aussi minable fût-elle, les protégerait des moustiques et autres insectes. Elle les garantirait également des bestioles rampantes.

Ils parlèrent du village. Jevy raconta des histoires d'Indiens, qui se terminaient toutes par la mort de quelqu'un. Finalement, il demanda :

– Tu lui as dit pour l'argent ?

– Non. Demain.

– Tu la connais maintenant. Qu'est-ce qu'elle va en penser, à ton avis ?

– Pas la moindre idée. Elle est heureuse ici. Cela semble cruel de bousculer sa vie.

– Alors, donne-moi l'argent. Moi, ça ne bousculera pas la mienne.

Nate rampa sous la tente le premier. Il avait passé la nuit précédente à regarder le ciel du fond de la barque, et la fatigue eut rapidement raison de lui.

Quand il se mit à ronfler, Jevy rouvrit doucement la fermeture Éclair de la tente et partit à la recherche d'un endroit où s'installer. Son ami avait sombré dans l'inconscience.

28.

Après neuf heures de sommeil, les Ipicas se levèrent avant l'aube. Les femmes allumaient de petits feux devant leurs huttes pour préparer à manger, puis partaient avec les enfants chercher de l'eau et se laver à la rivière. Une des règles de base était d'attendre les premières lueurs du jour pour prendre le sentier. Il était plus prudent de voir ce qui pouvait être couché devant vos pas.

En portugais, ce serpent s'appelait un *urutu*. Les Indiens le nommaient un *bima*. Il était très commun près des rivières du sud du Brésil, et souvent fatal. La petite fille se prénommait Ayesh, elle avait sept ans et avait été mise au monde par la missionnaire blanche. Ayesh marchait devant sa mère au lieu de marcher derrière comme le voulait la coutume, et elle sentit le bima se faufiler sous son pied nu.

Il la frappa derrière la cheville au moment où elle criait. Quand son père la rejoignit, elle était en état de choc et son pied droit avait déjà doublé de volume. On envoya un garçon de quinze ans, le plus rapide coureur de la tribu, chercher Rachel.

Quatre campements ipicas s'étendaient le long de deux rivières qui se rejoignaient près de l'endroit où Jevy et Nate s'étaient arrêtés. La distance de la fourche à la dernière hutte ipica n'excédait pas huit kilomètres. Chaque campement était bien distinct des autres et abritait de petites tribus avec chacune leurs particularités, mais c'étaient tous des Ipicas, avec la même langue, le même héritage culturel et les mêmes coutumes. Ils se fréquentaient et se mariaient d'une tribu à l'autre.

Ayesh vivait dans le troisième campement à partir de la fourche. Rachel était dans le deuxième, le plus grand. L'adolescent la trouva dans sa hutte, où elle lisait les Écritures. Elle vérifia ses réserves et remplit sa petite trousse médicale à toute vitesse.

Il existait quatre serpents venimeux dans cette partie du Pantanal, et, le plus souvent, Rachel avait eu l'antidote qu'il fallait pour chacun d'eux. Mais pas cette fois. Le sérum qui guérissait la morsure de bima était fabriqué par une compagnie brésilienne, et elle n'avait pas pu en acheter lors de son dernier voyage à Corumbá. Les pharmacies n'avaient pas la moitié des médicaments dont elle avait besoin.

Elle laça ses chaussures de cuir et attrapa son sac. Lako et deux autres jeunes de son village l'accompagnèrent tandis qu'elle courait entre les hautes herbes, puis dans la forêt.

D'après les statistiques de Rachel, les quatre campements comptaient quatre-vingt-six femmes adultes, quatre-vingt-un hommes et soixante-douze enfants, soit un total de deux cent trente-neuf Ipicas. Quand elle avait commencé à travailler avec eux onze ans auparavant, la population comprenait deux cent quatre-vingts personnes. La malaria avait frappé les plus faibles au fil des années. Une épidémie de choléra avait tué vingt personnes dans un village en 1991. Si Rachel n'avait pas insisté pour imposer une quarantaine, la plupart des Ipicas auraient été emportés.

Avec la précision d'un anthropologue, elle tenait un livre des naissances, des mariages, des arbres généalogiques, des maladies et des traitements. La plupart du temps, elle savait qui avait une histoire extraconjugale, et avec qui. Elle connaissait tous les habitants par leurs noms. Elle avait baptisé les parents d'Ayesh dans la rivière où ils se baignaient.

Ayesh était petite et fluette, et elle allait probablement mourir faute de médicament. On pouvait facilement se procurer l'antidote aux États-Unis et dans les plus grandes villes du Brésil, et il n'était pas cher. Son maigre budget de Tribus du Monde l'aurait largement couvert. Trois injections en six heures et on pouvait éviter la mort. Sans elles, l'enfant allait souffrir de terribles nausées, puis la fièvre monterait, la plongerait dans le coma et l'emporterait.

Les Ipicas n'avaient pas vu de mort par morsure de serpent depuis trois ans. Et pour la première fois depuis deux ans, Rachel n'avait pas de sérum.

Les parents d'Ayesh étaient chrétiens, de nouveaux saints combattant pour une nouvelle religion. Environ un tiers des Ipicas avaient été convertis. Grâce au travail de Rachel et de ses prédécesseurs, la moitié d'entre eux savaient lire et écrire.

Tout en courant derrière les jeunes Indiens, Rachel priait. Elle était mince et solide. Elle marchait au minimum dix kilomètres par jour et mangeait peu. Les Indiens admiraient sa vigueur et sa résistance.

Jevy se lavait à la rivière quand Nate ouvrit la fermeture Éclair de la tente et parvint à s'extraire de la moustiquaire. Il avait encore des bleus de l'accident d'avion. Dormir dans la barque et à même le sol n'avait rien arrangé à ses douleurs. Il s'étira. Il avait mal partout, sentant peser chacun de ses quarante-huit ans. Il voyait Jevy, dans l'eau jusqu'à la taille, une eau qui paraissait nettement plus claire que dans le reste du Pantanal.

– Je suis perdu, murmura Nate. J'ai faim. Je n'ai pas de papier-toilette.

C'était une aventure, bon sang ! Début janvier... c'était l'époque des bonnes résolutions, celle où les avocats se promettaient avec ferveur de faire plus d'heures, de gagner de plus gros procès, de ratisser plus large et de ramener plus d'argent à la maison. Il avait fait ces vœux pendant des années et aujourd'hui ils lui paraissaient stupides.

Avec un peu de chance, il dormirait dans son hamac ce soir. Du plus loin qu'il se souvenait, Nate n'avait jamais si ardemment rêvé d'un plat de riz aux haricots noirs.

Jevy revint en même temps qu'un groupe d'Indiens qui arrivaient du village. Le chef souhaitait les voir.

– Il veut qu'on mange le pain avec lui, expliqua Jevy tandis qu'ils s'éloignaient.

– Le pain me va très bien. Demande s'ils ont du bacon et des œufs.

– Ils mangent beaucoup de singe.

Le Brésilien n'avait pas l'air de plaisanter. Aux abords du village, un groupe d'enfants curieux les attendait. Nate leur offrit un sourire figé. Il ne s'était jamais senti aussi blanc de sa vie, et il aurait voulu qu'on l'aime. Quelques mamans nues rigolaient dans la première hutte. Quand Jevy et lui entrèrent dans le vaste espace commun, tout le monde s'arrêta pour les regarder.

Çà et là, des feux achevaient de se consumer. Le petit déjeuner était fini. La fumée restait suspendue comme du brouillard au-dessus des toits, rendant l'air humide encore plus épais. Il était à peine plus de 7 heures, et il faisait déjà très chaud.

L'architecte du village avait fait du beau boulot. Chaque case formait un carré parfait avec un toit de chaume très pointu qui descendait presque sur le sol. Certaines étaient plus grandes que d'autres, mais leur dessin ne variait jamais. Elles encerclaient le campement en un anneau ovale, faisant toutes face à une vaste esplanade – la place du village. Au centre se trouvaient quatre larges structures – deux circulaires et deux rectangulaires – surmontées des mêmes épaisses toitures de chaume.

Le chef les attendait. Sa hutte était la plus grande village, ce qui n'avait rien de surprenant. Et il était le plus costaud de toute la communauté. Il était jeune et n'avait pas ces larges rides au milieu du front ni ce gros ventre que les hommes plus vieux portaient avec fierté. Il se tenait droit comme un I et lança à Nate un regard qui aurait glacé John Wayne. Un guerrier plus âgé servait d'interprète. Au bout de quelques minutes, Nate et Jevy furent conviés à s'asseoir près du feu où la femme du chef, entièrement nue, préparait le repas.

Quand elle se penchait, ses seins se balançaient et le pauvre Nate ne pouvait s'empêcher de la regarder à la dérobée. Il n'y avait rien de particulièrement érotique chez cette femme, mais le simple fait qu'elle se balade ainsi nue avec le plus parfait naturel le sidérait.

Où était son appareil photo ? Les potes du bureau ne le croiraient jamais sans preuves.

Elle tendit à Nate une assiette en bois remplie de ce qui ressemblait à des pommes de terre bouillies. Il jeta un coup d'œil à Jevy, qui hocha discrètement la tête comme s'il savait tout de la cuisine indienne. Elle servit le chef en dernier et, quand il commença à manger avec ses doigts, Nate fit de même. C'était entre le navet et la pomme de terre et ça n'avait guère de goût.

Jevy parlait pendant qu'ils mangeaient, et le chef avait l'air d'apprécier la conversation. Au bout de quelques phrases, Jevy traduisait en anglais, puis ils reprenaient.

Le village n'était jamais inondé. Ils vivaient ici depuis plus de vingt ans. La terre était bonne. Ils préféraient ne pas se déplacer, mais parfois l'appauvrissement du sol les y obligeait. Son père avait été chef avant lui. Le chef, d'après le chef, était le plus sage, le plus malin et le plus juste d'entre eux et, lui, contrairement aux autres hommes, ne pouvait pas avoir d'histoires extra-conjugales.

Nate supposait qu'il y avait peu d'autres distractions dans la région.

Le chef n'avait jamais vu le fleuve Paraguay. Il préférait la chasse à la pêche et passait donc plus de temps dans la forêt que sur les rivières. Il avait appris ses rudiments de portugais de son père et des missionnaires blancs.

Nate mangeait, écoutait, et guettait un signe de la présence de Rachel dans le village.

Le chef les informa qu'elle n'était pas là. Elle était dans le campement voisin, en train de s'occuper d'une enfant qui avait été mordue par un serpent. Il ne savait pas quand elle reviendrait.

« C'est merveilleux », songea Nate.

– Il veut que nous restions ici ce soir, précisa Jevy.

La femme du chef remplissait à nouveau leurs assiettes.

– Première nouvelle, dit Nate.

– On n'a pas le choix.

– Dis-lui que je vais y réfléchir.

– Dis-le-lui toi-même.

Nate se maudissait de ne pas avoir emporté le SatPhone. Josh devait être en train de faire les cent pas dans son bureau, malade d'inquiétude. Ils ne s'étaient pas parlé depuis presque une semaine.

Jevy sortit une blague en portugais qui, traduite en indien, fit rugir le chef de rire. Tout le monde éclata de rire. Même Nate, qui riait de lui-même d'être ainsi en train de rigoler avec les Indiens.

Ils déclinèrent une invitation à la chasse. Un groupe de jeunes gens les ramena à leur barque. Jevy voulait nettoyer à nouveau les bougies et régler le carburateur. Nate quant à lui n'avait rien à faire.

272

De très bonne heure, Me Valdir décrocha son téléphone : c'était Josh Stafford. Les préliminaires habituels ne durèrent que quelques secondes.

– Je n'ai pas de nouvelles de Nate O'Riley depuis des jours, dit Stafford.

– Mais il a un SatPhone, répondit Valdir, sur la défensive, comme s'il était de son devoir de protéger M. O'Riley.

– Oui, je sais. C'est justement ça qui m'inquiète. Il peut me joindre n'importe quand, de n'importe où.

– Peut-il se servir de ce téléphone par mauvais temps ?

– Non, je ne crois pas.

– Nous avons eu énormément d'orages ces derniers jours. C'est la saison des pluies, vous savez.

– Et pas de nouvelles de votre guide ?

– Non. Ils sont ensemble. C'est un très bon guide. Avec un très bon bateau. Je suis certain qu'ils vont bien.

– Alors pourquoi n'a-t-il pas appelé ?

– Je ne peux pas vous dire. Mais le ciel est couvert tous les jours. Peut-être que son téléphone ne fonctionne pas.

Ils se mirent d'accord. Valdir l'appellerait dès qu'il aurait des nouvelles du bateau. Puis Valdir marcha jusqu'à sa fenêtre ouverte et regarda les rues de Corumbá. Le fleuve Paraguay coulait au pied de la colline. Il connaissait des centaines d'histoires sur des gens qui étaient entrés dans le Pantanal et n'en étaient jamais revenus. Cela faisait partie des coutumes, et c'était ce qui faisait son charme.

Le père de Jevy avait été pilote sur ces rivières pendant trente ans, et on n'avait jamais retrouvé son corps.

Une heure plus tard, Welly se présenta au bureau de l'avocat. Il n'avait jamais rencontré

M. Valdir, mais il savait par Jevy que c'était lui qui finançait l'expédition.

– C'est urgent et très important ! finit-il par hurler à la face de la secrétaire qui ne voulait pas le laisser passer.

Valdir entendit le chahut et sortit de son bureau.

– Qui êtes-vous ? demanda-t-il.

– Je m'appelle Welly. Jevy m'a engagé comme matelot sur le *Santa Loura*.

– Le *Santa Loura* !

– Oui.

– Où est Jevy ?

– Il est toujours dans le Pantanal.

– Où est le bateau ?

– Il a coulé.

Valdir se rendit compte alors que le garçon était effrayé et épuisé.

– Assieds-toi, dit-il, et la secrétaire courut chercher de l'eau. Raconte-moi tout.

Welly serra les accoudoirs du fauteuil et commença son récit. Son débit était saccadé.

– Ils sont partis dans la barque pour trouver les Indiens. Jevy et M. O'Riley.

– Quand ?

– Je ne sais pas. Il y a quelques jours. Je devais rester sur le *Santa Loura* et les attendre. Un orage a éclaté, le plus gros que j'aie jamais vu. Il a arraché les ancres au milieu de la nuit et il a fait chavirer le *Santa Loura*. J'ai été jeté à l'eau et plus tard un bétailler m'a ramassé.

– Quand est-ce que tu es arrivé ici ?

– Il y a une demi-heure.

La secrétaire lui tendit un verre d'eau. Welly la remercia et demanda du café. Penché au-dessus de son bureau, Valdir examinait le pauvre gamin. Il était sale et sentait la bouse de vache.

– Alors, le bateau a disparu ? dit Valdir.

– Oui. Je suis désolé. Je n'ai rien pu faire. Je n'ai jamais vu un orage comme ça.

– Où était Jevy pendant l'orage ?

– Quelque part sur la Cabixa. J'ai peur pour lui.

Valdir regagna son bureau, ferma la porte et retourna à sa fenêtre. M. Stafford était à six mille kilomètres de lui. Jevy pouvait survivre dans une petite embarcation. Inutile d'en arriver à des conclusions hâtives.

Il décida d'attendre quelques jours avant d'appeler. De laisser à Jevy le temps de revenir à Corumbá.

L'Indien était debout dans la barque, la main sur l'épaule de Nate assis devant lui. Il n'y avait pas d'amélioration notable dans le fonctionnement du moteur. Il continuait à crachoter et à hoqueter, et, à plein régime, il donnait deux fois moins de puissance que lors de leur départ du *Santa Loura.*

Ils passèrent le premier campement et la rivière fit une courbe pour revenir quasiment au même endroit. Ils avaient l'impression de tourner en rond. Puis ils atteignirent une fourche, et l'Indien désigna un des embranchements. Vingt minutes plus tard, leur petite tente apparut. Ils amarrèrent le bateau là où Jevy s'était baigné à leur réveil. Ils levèrent le camp et emportèrent leurs effets jusqu'au village où le chef souhaitait leur présence.

Rachel n'était pas revenue.

Parce qu'elle n'était pas l'une d'entre eux, sa hutte était située à une centaine de mètres du village, près de l'orée de la forêt, isolée. Elle était plus petite que les autres et, quand Jevy demanda pourquoi, l'Indien leur expliqua que c'était parce qu'elle n'avait pas de famille. Puis ils passèrent deux heures sous un arbre à la lisière du village en attendant Rachel.

L'Indien avait appris le portugais avec les Cooper, le couple de missionnaires auquel Rachel avait succédé. Il connaissait quelques mots d'anglais qu'il essayait sur Nate de temps en temps. Les

Cooper avaient été les premiers Blancs que les Ipicas eussent jamais vus. Mme Cooper était morte de la malaria et après son décès M. Cooper était rentré chez lui.

Les hommes chassaient et pêchaient, expliqua l'Indien à ses hôtes, et les plus jeunes étaient sans doute cachés quelque part avec leurs petites amies. Les femmes s'occupaient de tout – la cuisine, la lessive, le nettoyage, les enfants, – mais à leur rythme. Si le temps avançait plus lentement au sud de l'Équateur, ici, chez les Ipicas, il n'y avait pas de pendule du tout.

Les portes des huttes restaient ouvertes et des enfants couraient de l'une à l'autre. Des jeunes filles coiffaient leurs cheveux à l'ombre, tandis que leurs mères surveillaient les foyers allumés çà et là.

La propreté était presque une obsession. La poussière des parties communes était traquée avec des balais de paille. L'extérieur des huttes était impeccable. Les femmes et les enfants se baignaient trois fois par jour à la rivière. Les hommes deux fois, et jamais avec les femmes.

Plus tard dans l'après-midi, les adultes et les jeunes se rassemblèrent devant la maison des hommes, le plus grand des deux bâtiments rectangulaires au centre du village. Après s'être coiffés, ils commencèrent à lutter. Le combat se faisait à un contre un. Le but était de jeter son adversaire à terre en le poussant. C'était un jeu très violent, mais avec des règles strictes, et il s'achevait dans le sourire. Le chef réglait toutes les disputes éventuelles. Sur le pas de leur porte, les femmes suivaient ces joutes de loin. Les petits garçons imitaient leurs pères.

Et Nate était assis sur une souche, sous un arbre, à contempler cette scène d'un autre âge en se demandant, pour la énième fois en deux jours, où diable il était tombé.

29.

Peu d'Indiens de ce campement savaient que la petite fille s'appelait Ayesh. Ce n'était qu'une enfant, qui vivait dans un autre village. Mais ils savaient tous qu'une petite fille avait été mordue. Ils en parlèrent toute la journée tout en surveillant leurs enfants plus que d'habitude.

La nouvelle de sa mort arriva à l'heure du dîner. Un messager déboula en courant et livra cette triste nouvelle au chef. Elle se répandit de hutte en hutte en quelques minutes. Les mères rappelèrent leur progéniture auprès d'elles.

Le dîner s'achevait lorsqu'ils entendirent du bruit venant du sentier principal. Rachel revenait avec Lako et les autres hommes qui avaient passé la journée avec elle. Quand elle entra dans le village, tout le monde s'arrêta de manger et de parler pour la regarder. Ils baissaient la tête au fur et à mesure qu'elle passait devant leurs huttes. Elle sourit à l'un, chuchota trois mots à d'autres, s'arrêta assez longtemps pour discuter avec le chef, puis regagna sa hutte, suivie par Lako qui paraissait boiter davantage.

Elle passa près de l'arbre où Nate, Jevy et leur Indien avaient passé quasiment tout l'après-midi, mais elle ne les vit pas. Elle ne regardait pas vers eux. Elle était fatiguée, triste, et elle semblait impatiente de rentrer chez elle.

– Qu'est-ce qu'on fait maintenant ? demanda Nate à Jevy, qui traduisit la question en portugais.

« On attend », fut la réponse.

– Quelle surprise ! dit Nate.

Lako vint les trouver alors que le soleil tombait derrière les montagnes. Jevy et l'Indien partirent manger des restes. Nate suivit le garçon sur le sentier jusqu'à la hutte de Rachel. Elle se tenait debout dans l'encadrement de la porte, s'essuyant le visage avec une serviette. Ses cheveux étaient mouillés et elle s'était changée.

– Bonsoir, monsieur O'Riley, dit-elle de la même voix basse et lente qui ne trahissait rien.

– Bonsoir, Rachel. Je vous en prie, appelez-moi Nate.

– Asseyez-vous ici, Nate, dit-elle en désignant une souche de bois en tout point semblable à celle sur laquelle il était resté assis ces six dernières heures.

Il lui obéit, les fesses encore endolories.

– Je suis désolé pour la petite fille, dit-il.

– Elle est auprès du Seigneur.

– Pas ses pauvres parents.

– Non. Ils pleurent. C'est très triste.

Elle s'accroupit dans l'encadrement de la porte, les coudes entourant ses genoux, les yeux dans le vague. Le garçon montait la garde sous un arbre proche, presque invisible dans l'ombre.

– Je vous inviterais bien chez moi, dit-elle, mais ce ne serait pas convenable.

– Pas de problème.

– Seuls les gens mariés ont le droit d'être ensemble à l'intérieur à cette heure du jour. C'est une coutume.

– Quand tu es à Rome, fais comme les Romains.

– Rome est bien loin.

– Tout est très loin.

– C'est vrai, oui. Vous avez faim ?

– Et vous ?

– Non. Mais je ne mange pas beaucoup.

– Moi, ça va. Il faut que nous parlions.

– Je suis désolée pour aujourd'hui. Je suis sûre que vous comprenez.

– Bien sûr.

– J'ai du manioc et un peu de jus de fruits si vous voulez.

– Non, vraiment, ça va.

– Qu'avez-vous fait aujourd'hui ?

– Oh ! on a rencontré le chef, on a pris le petit déjeuner à sa table, on est retourné au premier village, on a pris la barque, on a bossé sur le moteur, on est revenu planter notre tente derrière la hutte du chef, et puis on vous a attendue.

– Le chef a l'air de vous aimer.

– Apparemment. Il veut qu'on reste.

– Qu'est-ce que vous pensez de mon peuple ?

– Ils sont tout nus.

– Ils l'ont toujours été.

– Combien de temps vous a-t-il fallu pour vous y accoutumer ?

– Je ne sais pas. Deux ans à peu près. C'est comme quelque chose qui s'insinue en vous, peu à peu, comme tout le reste. J'ai eu le mal du pays pendant trois ans et il y a encore des moments où j'aimerais conduire une voiture, manger une pizza et voir un bon film. Mais on s'adapte.

– Je n'arrive même pas à le concevoir.

– C'est comme un appel, une vocation. Je suis devenue chrétienne à l'âge de quatorze ans et j'ai su alors que Dieu voulait que je sois missionnaire. Je ne savais pas exactement comment ni où, mais j'ai mis ma foi en Lui.

– Il a choisi un putain d'endroit.

– J'apprécie de parler anglais avec vous mais, s'il vous plaît, ne jurez pas.

– Pardon. Pouvons-nous parler de Troy ?

Les ombres tombaient vite. Ils étaient à trois mètres l'un de l'autre et pouvaient encore se voir, mais très bientôt l'obscurité les séparerait.

– Allez-y, dit-elle d'un air résigné.

– Troy avait trois femmes et six enfants, six qu'on connaisse en tout cas. Vous, bien sûr, vous étiez la surprise. Il n'aimait pas du tout les six autres, mais visiblement il vous aimait bien. Il ne leur a virtuellement rien laissé, juste de quoi couvrir leurs dettes. Tout le reste a été légué à Rachel Lane, née le 2 novembre 1954 à l'Hôpital catholique de La Nouvelle-Orléans, d'une femme nommée Evelyn Cunningham, aujourd'hui décédée. Cette Rachel se trouve être vous.

Les mots pesaient lourd dans l'air épais. Autour d'eux, le silence régnait. Elle les absorba et, comme d'habitude, elle réfléchit longuement avant de parler.

– Troy ne m'aimait pas. Nous ne nous étions pas vus depuis vingt ans.

– Ce n'est pas important. Il vous a laissé sa fortune. Personne n'a eu l'opportunité de lui demander pourquoi, parce qu'il a sauté par la fenêtre juste après avoir signé ce testament. J'en ai une copie pour vous.

– Je ne veux pas la voir.

– Et j'ai d'autres papiers que j'aimerais que vous signiez, peut-être demain, parce qu'on y verra mieux. Et ensuite, enfin, je pourrai repartir.

– Quel genre de papiers ?

– Des trucs juridiques, tous dans votre intérêt.

– Mon intérêt ne vous concerne en rien.

Ses mots étaient plus rapides et plus secs, et Nate se sentit piqué par cette rebuffade.

– Ce n'est pas vrai, répliqua-t-il faiblement.

– Bien sûr que si. Vous ne savez pas ce que je veux, ce dont j'ai besoin, ce que j'aime ou pas. Vous ne me connaissez pas, Nate, alors comment pouvez-vous dire que ce testament est ou non dans mon intérêt ?

– OK, vous avez raison. Je ne vous connais pas, vous ne me connaissez pas. Je suis ici, mandaté par l'homme de loi de votre père. Il m'est toujours aussi difficile de croire que je suis réellement assis dans le noir devant une hutte, dans un village indien primitif, perdu au cœur d'un marécage de la taille d'un État, dans un pays où je n'avais jamais mis les pieds auparavant, en train de parler à une adorable missionnaire qui se trouve bizarrement être la femme la plus riche du monde. Oui, vous avez raison, je ne sais pas où est votre intérêt. Mais il est très important pour vous de regarder ces papiers et de les signer.

– Je ne signerai rien.

– Oh ! allons...

– Vos papiers ne m'intéressent pas.

– Vous ne les avez pas encore lus.

– Parlez-m'en.

– Ce sont des formalités. Mon cabinet d'avocats doit homologuer le testament de votre père pour pouvoir répartir ses biens. Tous les héritiers désignés dans son testament doivent informer la Cour, en personne ou par écrit, qu'on leur a notifié la procédure et qu'on leur a donné l'opportunité de choisir. C'est exigé par la loi.

– Et si je refuse ?

– Honnêtement, je n'y avais pas pensé. C'est tellement de la routine qu'en général tout le monde s'y plie.

– Donc, je me soumets à la cour de...

– Virginie. La cour d'homologation fait juridiction même en votre absence.

– Je ne suis pas bien certaine d'aimer cette idée.

– Très bien, alors sautez dans la barque, et on file à Washington.

– Je ne partirai pas.

Un long silence suivit, encore accentué par l'obscurité qui, à présent, les avalait complètement. Le jeune Indien était parfaitement immobile sous son arbre. Les autres villageois s'installaient dans leurs huttes pour la nuit, sans autre bruit que les pleurs d'un bébé.

– Je vais nous chercher du jus de fruits, dit-elle en chuchotant presque, puis elle entra dans sa maison.

Nate se leva et s'étira, puis il écrasa quelques moustiques. Son répulsif était resté sous sa tente.

Une faible lueur tremblait dans la hutte. Rachel sortit, tenant un pot d'argile avec une flamme en son centre.

– Ce sont des feuilles de cet arbre, là-bas, expliqua-t-elle en le posant sur le sol près de la porte. On les brûle pour éloigner les moustiques. Asseyez-vous à côté.

Nate obtempéra. Elle revint avec deux bols emplis d'un liquide qu'il ne pouvait pas voir.

– C'est du *macajuno,* un peu comme du jus d'orange.

Elle s'assit à côté de lui. Ils se touchaient presque, le dos appuyé contre la hutte, le pot d'argile brûlant à leurs pieds.

– Parlez doucement, dit-elle. Les voix portent loin dans le noir et les Indiens essaient de dormir. Ils sont également très curieux à notre égard.

– Ils ne peuvent pas comprendre ce que nous disons.

– Non, mais ils écouteront quand même.

Il n'avait pas vu un savon depuis des jours et il se sentit soudain gêné de sa saleté. Il but une petite gorgée, puis une autre.

– Vous avez une famille ? demanda-t-elle.

– Deux. Deux mariages, deux divorces, quatre enfants. Maintenant, je vis seul.

– Divorcer n'est pas si facile, n'est-ce pas ?

Nate avala une autre gorgée du liquide tiède. Jusqu'ici, il avait réussi à éviter les épouvantables diarrhées qui frappaient tant d'étrangers. Ce liquide sucré était certainement inoffensif.

Deux Américains seuls dans un monde sauvage. Avec tant de choses à se dire, pourquoi ne pouvaient-ils éviter de parler divorce ?

– Effectivement, c'est très douloureux.

– Mais on continue. On se marie, et puis on divorce. On trouve quelqu'un d'autre, on se remarie, on redivorce. On trouve quelqu'un d'autre...

– On ?

– Je veux dire les gens civilisés. Les gens éduqués, les gens compliqués. Les Indiens ne divorcent jamais.

– Ils n'ont jamais rencontré ma première femme.

– Elle était désagréable ?

Nate soupira et but une autre gorgée. « Ne la renvoie pas promener, se dit-il. Elle a une envie désespérée de parler à quelqu'un qui vient de chez elle. »

– Désolée, dit-elle. Je n'insiste pas. C'est sans importance.

– Ce n'était pas une mauvaise personne, du moins au début. Je travaillais comme un fou, je buvais énormément. Quand je n'étais pas au bureau, j'étais au bistrot. Elle a commencé par m'en vouloir, puis elle est devenue méchante, puis vicieuse. On est tombés dans une spirale incontrôlable et la haine a grandi entre nous.

Voilà, c'était fini pour les confessions. Cela leur suffisait amplement à tous les deux. Ses déboires matrimoniaux paraissaient si incongrus et dénués d'intérêt, en ce lieu et à cet instant.

– Vous ne vous êtes jamais mariée ? reprit-il.

– Non. Elle but à son tour. Elle était gauchère et, quand elle levait le bol, son coude touchait celui de Nate. Paul ne s'est jamais marié, vous savez.

– Paul ?

– L'apôtre Paul.

– Oh, ce Paul-là !

– Vous lisez la Bible ?

– Non.

– Une fois j'ai cru que j'étais amoureuse, au lycée. Je voulais l'épouser, mais le Seigneur m'a éloignée.

– Pourquoi ?

– Parce qu'il me voulait ici. Le garçon que j'aimais était un bon chrétien, mais il était faible physiquement. Il n'aurait jamais survécu dans une mission.

– Combien de temps allez-vous rester ici ?

– Je n'ai pas l'intention de partir.

– Donc les Indiens vous enterreront.

– Je suppose. Ce n'est pas quelque chose qui m'inquiète.

– Est-ce que la plupart des missionnaires de Tribus du Monde meurent sur le terrain ?

– Non. La plupart prennent leur retraite et rentrent. Mais là-bas, ils ont des familles pour les enterrer.

– Vous auriez famille et amis si vous rentriez maintenant. Vous seriez très célèbre.

– C'est une raison supplémentaire de rester. Je suis chez moi ici. Je ne veux pas de cet argent.

– Ne faites pas l'idiote.

– Je ne fais pas l'idiote. L'argent ne signifie rien pour moi. Cela devrait vous paraître évident.

– Vous ne savez même pas combien il y a.

– Ça ne m'intéresse pas. J'ai travaillé aujourd'hui sans penser une seconde à l'argent. Je ferai la même chose demain, et le jour suivant.

– C'est onze milliards, à quelques dollars près.

– C'est censé m'impressionner ?

– Moi, ça a éveillé mon intérêt.

– Mais vous adorez l'argent, Nate. Vous faites partie d'une culture qui l'idolâtre, où tout est mesuré par lui. C'est une religion.

– Exact. Mais le sexe est assez important aussi.

– Ok, l'argent et le sexe. Et quoi d'autre ?

– La célébrité. Tout le monde veut être célèbre.

284

– C'est une bien triste culture. Les gens vivent dans la frénésie. Ils travaillent comme des forcenés pour gagner de l'argent afin d'acheter des choses pour impressionner les autres. On les juge sur ce qu'ils possèdent.

– Moi inclus ?

– Qu'en pensez-vous ?

– Je suppose, oui.

– Alors c'est que vous vivez sans Dieu. Vous êtes quelqu'un de très seul, Nate, je le sens. Vous ne connaissez pas Dieu.

Il encaissa et chercha une défense, mais la vérité l'avait désarmé. Il n'avait pas d'armes, pas d'arguments, pas la moindre fondation sur quoi s'appuyer.

– Je crois en Dieu, finit-il par répliquer avec sincérité, mais faiblement.

– C'est facile à dire, rétorqua-t-elle de sa voix douce et lente. Et je ne vous mets pas en doute. Mais parler est une chose et vivre en est une autre. Ce jeune estropié sous cet arbre, là, s'appelle Lako. Il a dix-sept ans, il est petit pour son âge et toujours malade. Sa mère m'a dit qu'il était né prématuré. Lako est le premier à attraper les maladies qui nous tombent dessus. Je doute qu'il atteigne la trentaine. Il s'en fiche. Il est devenu chrétien il y a plusieurs années, et il est le plus doux de tous les gens d'ici. Il parle avec Dieu toute la journée. Là, il est probablement en train de prier. Il n'a pas d'inquiétudes, pas de peurs. S'il a un problème, il va droit vers Dieu et il le Lui confie.

Nate regarda vers l'arbre où Lako priait, mais dans le noir il ne vit rien.

Rachel poursuivit :

– Ce jeune Indien n'a rien sur cette terre, mais il engrange des richesses au paradis. Il sait que, quand il mourra, il passera l'éternité au paradis avec son créateur. Lako est un jeune homme très riche.

– Et Troy ?

– Je doute que Troy ait cru en Dieu. Par conséquent, il doit être en train de rôtir en enfer.

– Vous ne croyez pas à ça !

– L'enfer est un endroit bien réel, Nate. Lisez la Bible. À cette minute précise, Troy donnerait ses onze milliards pour un verre d'eau fraîche.

Nate n'avait pas les arguments pour lutter avec une missionnaire sur le terrain de la théologie, et il le savait. Il ne dit rien pendant un moment, et elle comprit. Les minutes passaient, le bébé ne pleurait plus. La nuit était parfaitement calme et obscure, sans lune ni étoiles. La seule lumière provenait de la mince flamme jaune à leurs pieds.

Très gentiment elle le toucha. Elle lui tapota trois fois le bras et murmura :

– Je suis désolée. Je n'aurais pas dû dire que vous étiez seul. Comment pouvais-je savoir ?

– Ça va.

Elle laissa ses doigts sur son bras, comme mue par le besoin désespéré de toucher quelqu'un.

– Vous êtes un type bien, Nate, non ?

– Non. Pas du tout, vraiment pas. Je suis faible et fragile, et je n'ai pas envie d'en parler. Je ne suis pas venu ici pour trouver Dieu. Vous trouver vous a déjà été assez difficile. C'est la loi qui exige que je vous remette ces papiers.

– Je ne signerai pas ces papiers et je ne veux pas de l'argent.

– Allons...

– Ne me suppliez pas, je vous en prie. Ma décision est irrévocable. Ne parlons plus de cet héritage.

– Il est pourtant la seule raison de ma présence ici.

Elle ôta ses doigts mais se pencha de quelques centimètres, si bien que leurs genoux se frôlaient.

– Je suis désolée que vous soyez venu. Tout ce voyage pour rien.

Nouveau blanc dans la conversation. Il avait besoin de se soulager, mais il se sentait prisonnier de lui-même.

Lako dit quelque chose et Nate sursauta. Il était à moins de trois mètres d'eux, parfaitement invisible.

– Il faut qu'il regagne sa hutte, dit Rachel en se levant. Suivez-le.

Nate se redressa lentement. Ses articulations craquaient et ses muscles étaient douloureux.

– J'aimerais repartir demain.

– Bien. Je l'expliquerai au chef.

– Ce ne sera pas un problème ?

– Probablement pas.

– J'ai besoin de trente minutes de votre temps, au moins pour vous montrer les papiers et une copie du testament.

– On en reparlera. Bonne nuit.

Il suivit Lako d'aussi près que possible tout le long du sentier qui le ramenait au village.

– Par ici, chuchota Jevy dans le noir.

Il avait réussi à leur réserver deux hamacs sous le porche de la maison des hommes. Nate lui demanda comment il s'y était pris et Jevy promit de le lui raconter le lendemain matin.

Lako disparut dans la nuit.

30.

F. Parr Wycliff vaquait quelque part dans le palais de justice. Il avait dû subir une série d'audiences très ennuyeuses et avait pris du retard. Josh l'attendait dans son bureau avec la vidéo. Il faisait les cent pas dans cette pièce étouffante, la main crispée sur son téléphone cellulaire, l'esprit dans l'autre hémisphère. Il n'avait toujours pas la moindre nouvelle de Nate.

Valdir se montrait presque trop rassurant pour ne pas lui cacher quelque chose. – « Le Pantanal est un endroit très vaste, le guide est très bon, le bateau est fiable, les Indiens se déplacent, ils n'ont pas envie qu'on les trouve, tout va bien, je vous appelle dès que j'ai des nouvelles de Nate... »

Josh avait envisagé une expédition de secours. Mais aller jusqu'à Corumbá était déjà une expédition. Pénétrer dans le Pantanal pour trouver un avocat perdu semblait impossible. Fallait-il qu'il se rende là-bas lui-même pour attendre avec Valdir que Nate réapparaisse ?

Il travaillait douze heures par jour, six jours par semaine, et le dossier Phelan était au bord de l'explosion. Il avait à peine le temps de déjeuner, alors, un voyage au Brésil...

Il essaya de joindre Valdir sur son portable, mais la ligne était occupée.

Wycliff entra dans le bureau, s'excusa et ôta sa robe en même temps. Impressionner un avocat de la trempe de Stafford faisait partie de ses rêves de grandeur.

Ils étaient seuls. Ils visionnèrent la première partie de la vidéo sans faire de commentaires. On voyait d'abord le vieux Troy assis dans sa chaise roulante, Josh qui ajustait le micro devant lui, et les trois psychiatres avec leurs listes de questions. L'examen durait vingt et une minutes et se terminait par l'opinion unanime selon laquelle M. Troy Phelan savait exactement ce qu'il faisait. Wycliff ne put réprimer un sourire.

Sur le plan suivant, la pièce s'était vidée. La caméra juste en face de Troy était restée allumée. On le voyait sortir le testament manuscrit et le signer quatre minutes après la fin de l'expertise psychiatrique.

– C'est là qu'il saute, dit Josh.

La caméra n'avait pas bougé. Elle montrait Troy qui s'écartait soudain de la table et se levait. Il disparaissait hors champ, sous les yeux incrédules de Josh, Snead et Tip Durban qui restaient figés pendant une seconde, puis bondissaient à la poursuite du vieil homme. Le drame comme si vous y étiez...

Cinq minutes et demie passaient. La caméra n'enregistrait que des fauteuils vides et des voix. Et puis le pauvre Snead s'asseyait dans le fauteuil roulant de Troy. Visiblement, il était très secoué et au bord des larmes, mais il parvenait à raconter la scène dramatique à laquelle il venait d'assister. Josh et Tip Durban témoignaient à sa suite.

Trente-neuf minutes de vidéo.

– Comment vont-ils s'en sortir ? demanda Wycliff quand ce fut terminé.

C'était une question sans réponse. Deux des héritiers – Rex et Libbigail – avaient déjà déposé un référé pour contester le testament. Leurs avocats – respectivement Hark Gettys et Wally

Bright – s'étaient débrouillés pour ameuter les médias.

Les autres héritiers s'engouffreraient sans tarder dans la même voie. Josh avait contacté la plupart de leurs avocats. On allait droit au procès.

– Le plus charlatan des psy veut sa part du gâteau, dit Josh. On va avoir toutes les opinions possibles.

– Est-ce que le fait qu'il se soit suicidé vous inquiète ?

– Bien sûr. Mais il avait si bien tout planifié, y compris sa mort. Il savait précisément quand et comment il voulait mourir.

– Et l'autre testament ? Le gros qu'il a d'abord signé ?

– Il ne l'a pas signé.

– Mais je l'ai vu. C'est sur la bande vidéo.

– Non. Il a griffonné Mickey Mouse en guise de paraphe.

Wycliff prenait des notes sur un bloc et sa main s'arrêta à mi-phrase.

– Mickey Mouse ? répéta-t-il.

– Je récapitule, Votre Honneur. De 1982 à 1996, j'ai préparé onze testaments pour M. Phelan. Certains étaient très épais, d'autres très minces, et ils disposaient de sa fortune de plus de manières que vous ne pouvez l'imaginer. La loi dit qu'à chaque nouveau testament l'ancien doit être détruit. J'apportais donc le nouveau à son bureau, nous passions deux heures à l'examiner en détail, et puis il le signait. Je conservais une copie du dernier testament en date dans mon bureau et donc j'apportais l'ancien aussi, à chaque fois. Lorsqu'il avait signé le nouveau, nous – M. Phelan et moi-même – le passions au broyeur. Il en avait un juste à côté de sa table de travail. C'était un rituel qu'il appréciait immensément. Cela le mettait en joie pour plusieurs mois, et puis l'un de ses enfants le contrariait, et il commençait à parler de remodifier son testament. Si les héritiers peuvent prouver son incapacité testamentaire quand il a signé ce testament manuscrit, alors il n'en existe pas d'autre. Ils ont tous été détruits.

– Auquel cas il serait mort sans testament, ajouta Wycliff.

– Oui et, comme vous le savez, selon la loi virginienne, ses biens seraient alors divisés entre ses enfants.

– Sept enfants. Onze milliards de dollars.

– Sept qu'on connaisse. Onze milliards, c'est à peu près ça. Vous n'attaqueriez pas le testament, à leur place ?

Une bonne grosse contestation de testament bien hargneuse, c'était exactement ce que souhaitait Wycliff. Et il savait que les avocats, y compris Josh Stafford, s'enrichiraient encore plus dans cette guerre.

Mais une bataille suppose deux adversaires, et pour l'instant un seul s'était montré. Il fallait quelqu'un pour défendre le dernier testament de M. Phelan.

– Des nouvelles de Rachel Lane ? demanda-t-il.

– Non, mais on la cherche.

– Où est-elle ?

– Nous pensons qu'elle est missionnaire quelque part en Amérique du Sud. Mais on ne l'a pas encore trouvée. On a des gens là-bas.

Wycliff contemplait le plafond, perdu dans ses pensées.

– Pourquoi donnerait-il onze milliards à une fille illégitime qui est missionnaire ?

– Je ne peux pas répondre, monsieur le juge. Il m'a déconcerté tant de fois que je suis blindé.

– Ça paraît un peu dingue, non ?

– C'est étrange.

– Vous étiez au courant de son existence ?

– Non.

– Pourrait-il y avoir d'autres héritiers ?

– Tout est possible.

– Vous croyez qu'il était déséquilibré ?

– Non. Bizarre, excentrique, capricieux, et méchant comme une teigne, oui. Mais il savait ce qu'il faisait.

– Trouvez la fille, Josh.

– On s'y efforce, on s'y efforce.

La rencontre ne concernait que le chef et Rachel. De là où il était assis, dans son hamac, Nate voyait leurs visages et entendait leurs voix. L'amoncellement des nuages semblait ennuyer le chef. Il parlait, puis écoutait Rachel, et il levait les yeux lentement comme s'il s'attendait à ce que la foudre tombe du ciel.

Autour d'eux, le repas du matin s'achevait tandis que les Ipicas se préparaient à une autre journée. Les chasseurs se rassemblaient par petits groupes dans la maison des hommes pour affûter leurs flèches et tendre leurs arcs. Les pêcheurs avaient étalé leurs filets et leurs lignes. Les jeunes femmes balayaient le sol des huttes. Leurs mères gagnaient les potagers et les champs en lisière de la forêt.

– Il pense qu'il va y avoir un orage, expliqua Rachel quand elle revint vers Nate. Il dit que vous pouvez partir, mais il ne vous donnera pas de guide. C'est trop dangereux.

– On peut y arriver sans guide ?

– Oui, intervint Jevy, et Nate lui lança un regard qui en disait long.

– Ce ne serait pas sage, dit Rachel. Toutes les rivières se rejoignent. Il est facile de se perdre. Même les Ipicas ont perdu des pêcheurs pendant la saison des pluies.

– Et quand est-ce que l'orage sera passé ? demanda Nate.

– Il faut attendre, il n'y a rien d'autre à faire.

Nate respira profondément et ses épaules s'affaissèrent. Il avait mal partout et il était épuisé, couvert de piqûres de moustique, affamé, il en avait plus que marre de cette petite aventure et s'inquiétait de savoir que Josh devait se faire un sang d'encre. Il n'avait pas le mal du pays parce qu'il n'avait rien au pays ni personne. Mais il voulait revoir Corumbá, avec ses agréables petits cafés, ses jolis hôtels et ses rues paresseuses. Il voulait une autre occasion d'être seul, clean et sobre, et sans la peur de se saouler à mort, au vrai sens du terme.

– Je suis désolée, dit-elle.

– J'ai vraiment besoin de repartir. Il y a des gens au bureau qui meurent d'impatience de m'entendre. Tout ça a déjà pris beaucoup plus de temps que prévu.

Elle écoutait poliment, mais il était clair que cela n'était pas son problème. Quelques gens inquiets dans un cabinet d'avocats à Washington ne la concernaient pas plus que ça.

– Pouvons-nous parler ? demanda-t-il.

– Il faut que j'aille au village voisin pour l'enterrement de la petite fille. Pourquoi vous ne venez pas avec moi ? On aura tout le temps pour discuter.

Lako menait la marche, son pied droit se dérobant sous lui si bien qu'à chaque pas il se penchait sur la gauche, puis se tordait pour se redresser. C'était douloureux à regarder. Rachel le suivait, puis Nate, chargé d'un sac de toile qu'elle avait emporté. Jevy restait loin derrière eux, de peur de surprendre leur conversation.

Ils traversèrent quelques petits terrains cultivés en carré, abandonnés et couverts de mauvaises herbes derrière l'ovale de huttes.

– Les Ipicas font pousser leurs légumes dans de petits potagers qu'ils arrachent à la jungle, expliqua Rachel.

Nate avait du mal à ne pas se laisser distancer. Elle tenait un sacré rythme. Un trajet de trois kilomètres à travers la forêt n'était pas une promenade de santé.

– Ils épuisent vite le sol et, au bout de quelques années, il cesse de produire, poursuivit-elle. Ils l'abandonnent, la nature le reprend, et ils vont labourer plus loin dans la jungle. Au bout d'un long moment, le sol récupère et ainsi rien ne s'abîme. La terre signifie tout pour les Indiens. C'est leur vie. La plus grande part en a été prise par les gens civilisés.

– Que voilà un air familier...

– N'est-ce pas ? On décime les populations en versant le sang ou en leur repassant des maladies et on leur vole leurs terres. Ensuite on les met dans des réserves et on ne comprend pas qu'ils ne soient pas heureux de leur sort.

Elle salua deux femmes de petite taille qui binaient la terre près du sentier.

– Ce sont les femmes qui font le travail le plus dur, observa Nate.

– Oui. Mais le travail est facile comparé à la naissance d'un enfant.

– Je préfère les regarder travailler.

L'air était humide, mais débarrassé de la fumée qui restait éternellement en suspens sur le village. Quand ils pénétrèrent dans la forêt, Nate était déjà en sueur.

– Alors, racontez-moi votre vie, Nate, dit-elle par-dessus son épaule. Où êtes-vous né ?

– Ça pourrait prendre un moment.

– Juste les choses intéressantes.

– Il y en a beaucoup plus d'inintéressantes.

– Allons, Nate. Vous vouliez parler. Parlons. Le trajet prend une demi-heure.

– Je suis né à Baltimore, l'aîné de deux garçons, parents divorcés quand j'avais quinze ans, école à Saint Paul, lycée à Hopkins, fac de droit à George-town, et puis je n'ai plus quitté Washington.

– C'était une enfance heureuse ?

– Je suppose. Beaucoup de sport. Mon père a travaillé pour les Brasseries nationales pendant trente ans et il avait toujours des billets pour les matches des Colts et des Orioles. Baltimore est une ville super. Est-ce qu'on va parler aussi de votre enfance ?

– Si vous voulez. Elle n'a pas été très heureuse.

Ça ne l'étonnait pas. Cette femme rare n'avait jamais eu la moindre chance d'accéder au bonheur.

– Vous vouliez être avocat quand vous étiez jeune ?

– Bien sûr que non. Aucun enfant sain d'esprit ne veut être avocat. Je voulais jouer pour les Colts ou les Orioles, peut-être pour les deux.

– Vous alliez à l'église ?

– Bien sûr. À Noël et à Pâques.

Le sentier disparaissait presque complètement dans les hautes herbes. Nate marchait sans perdre de vue les chaussures de Rachel.

– Ce serpent qui a tué la petite fille, c'est quel genre ? demanda-t-il.

– Ils appellent ça un bima, mais ne vous inquiétez pas.

– Et pourquoi ne devrais-je pas m'inquiéter ?

– Parce que vous portez des chaussures montantes. C'est un petit serpent qui mord derrière la cheville.

– Les gros me trouveront bien.

– N'ayez pas peur.

– Et Lako ? Il n'a jamais porté de chaussures ?

– Non, mais il voit tout.

– J'en déduis que le bima est tout à fait mortel.

– Il peut l'être, mais il existe un antidote. J'avais du sérum avant et, si j'en avais eu hier, cette petite fille ne serait pas morte.

– Mais si vous acceptiez votre héritage, vous pourriez acheter des tonnes de sérum ! Vous pourriez remplir vos étagères de tous les médicaments dont vous avez besoin. Vous pourriez acheter un joli petit hors-bord pour vous rendre à Corumbá. Vous pourriez construire une clinique, une église et une école et répandre les Évangiles dans tout le Pantanal.

Elle s'arrêta et se retourna brusquement. Ils étaient face à face.

– Je n'ai rien fait pour gagner ni mériter cet argent, et je ne connaissais pas l'homme qui l'a gagné. S'il vous plaît, n'en parlez plus.

Ses mots étaient fermes, et son visage ne reflétait pas la moindre déception.

– Donnez-le. Donnez-le à des œuvres.

– Il ne m'appartient pas.

– Il sera gaspillé. Des millions vont aller aux avocats, et ce qui restera sera divisé entre vos demi-frères et sœurs. Et croyez-moi, si vous les connaissiez, vous ne le voudriez pas. Vous n'avez pas idée de la misère et des malheurs que ces gens vont provoquer s'ils mettent la main sur cet argent. Ce qu'ils ne gaspilleront pas, ils le laisseront à leurs enfants, et l'argent de Phelan ira polluer la génération suivante.

Elle prit son poignet et le serra. Très lentement, elle dit :

– Je m'en fiche. Je prierai pour eux.

Puis elle se retourna et reprit sa marche. Lako était loin devant, Jevy à peine visible derrière eux. Ils traversèrent en silence un champ en suivant un ruisseau, puis ils entrèrent sous un bosquet d'arbres très hauts. Les branches et les feuilles formaient un immense dais obscur. L'air était soudain plus frais.

– Faisons une pause, dit-elle.

Le ruisseau serpentait à travers le bois et le sentier franchissait son lit de cailloux bleus et oranges. Elle s'agenouilla près de l'eau et s'aspergea le visage.

– Vous pouvez la boire, dit-elle. Elle descend des montagnes.

Nate s'accroupit près d'elle et mit les mains en coupe dans l'eau. Elle était froide et claire.

– C'est mon endroit préféré, dit-elle, je viens ici presque tous les jours pour me baigner, prier et méditer.

– On ne se croirait plus dans le Pantanal. Il fait beaucoup trop frais.

– Nous sommes juste à la lisière. Les montagnes de Bolivie ne sont pas loin. Le Pantanal commence quelque part non loin d'ici et s'étend vers l'est jusqu'au bout du monde.

– Je sais. On l'a survolé en essayant de vous localiser.

– Ah bon ?

– Oui, c'était un vol assez court, et on a dû faire un atterrissage forcé. J'ai eu de la chance, je m'en suis tiré. Je ne remonterai plus jamais dans un petit avion.

– Il n'y a pas d'endroit où atterrir par ici.

Ils enlevèrent chaussures et chaussettes et plongèrent leurs pieds dans le ruisseau. Ils étaient assis sur les rochers, écoutant le murmure de l'eau. Ils étaient seuls. Ni Lako ni Jevy n'étaient en vue.

– Quand j'étais petite, dans le Montana, mon père adoptif était ministre du culte dans une petite ville. À quelques centaines de mètres de la ville, il y avait une petite rivière, à peu près de la taille de celle-ci. Et un endroit, sous de grands arbres semblables à ceux-ci, où j'allais mettre mes pieds dans l'eau pendant des heures.

– Vous vous cachiez ?

– Parfois.

– Et maintenant, vous vous cachez ?

– Non.

– Je crois que si.

– Non, vous vous trompez. J'ai atteint une paix parfaite, Nate. Je me suis abandonnée au Christ il y a des années et je vais là où Il me dit d'aller. Vous croyez que je suis seule – vous vous trompez. Il est avec moi à chaque pas. Il connaît mes pensées, mes besoins, et Il enlève mes peurs et mes doutes. Je suis parfaitement et complètement en paix avec ce monde.

– Je n'ai jamais entendu une chose pareille.

– Hier soir, vous m'avez dit que vous étiez faible et fragile. Que vouliez-vous dire ?

Se confier faisait du bien à l'âme, Sergio le lui avait martelé à plusieurs reprises pendant sa thérapie. Puisqu'elle voulait savoir, il allait lui dire brutalement la vérité.

– Je suis alcoolique, fit-il presque fièrement, comme il avait été entraîné à l'admettre pendant ses cures de désintoxication. J'ai touché le fond quatre fois en dix ans et j'étais encore en cure de désintoxication à la veille de ce voyage. Je ne peux pas affirmer avec certitude que je ne boirai plus jamais. J'ai décroché de la cocaïne trois fois et je pense, mais je n'en suis pas certain, que je ne toucherai plus jamais à ce truc. J'ai été mis en faillite personnelle il y a quatre mois, au moment d'entrer en cure. Je suis actuellement accusé de fraude fiscale et j'ai une chance sur deux d'aller en prison et de me faire rayer du barreau. Pour mes deux divorces, vous êtes au courant. Mes deux femmes me haïssent et elles ont transmis leur haine à mes enfants en les retournant contre moi. J'ai parfaitement réussi à ruiner ma vie.

Il n'éprouva ni soulagement ni plaisir quelconque à se mettre ainsi à nu. Elle l'écouta sans vaciller.

– C'est tout ? demanda-t-elle.

– Oh non ! J'ai essayé de me tuer au moins deux fois, pour autant que je me souvienne. Une fois en août dernier. Et puis une autre il y a quelques jours à Corumbá. Je crois que c'était la nuit de Noël.

– À Corumbá ?

– Oui, dans ma chambre d'hôtel. J'ai bu jusqu'à en mourir de la vodka bon marché.

– Je vous plains.

– Je suis malade, OK. C'est une maladie. Je l'ai admis de nombreuses fois devant de nombreux thérapeutes.

– L'avez-vous confessé à Dieu ?

– Je suis certain qu'Il est au courant.

– Bien évidemment. Mais Il ne vous aidera que si vous Le cherchez. Il est omnipotent, mais il faut aller vers Lui, en prière, dans un esprit d'humilité.

– Et que se passe-t-il ?

– Vos péchés vous seront pardonnés. Vos erreurs seront effacées. Vos dépendances vous seront enlevées. Le Seigneur vous pardonnera toutes vos transgressions, et vous deviendrez un nouveau croyant.

– Et le fisc ?

– Ça ne réglera pas ce problème-là, mais vous aurez la force d'y faire face. Par la prière, vous pouvez vaincre n'importe quelle adversité.

Nate avait déjà subi pas mal de prêches. Il s'était rendu et abandonné au Pouvoir suprême de si nombreuses fois qu'il aurait presque pu réciter tous les sermons de toutes les églises. Il avait été conseillé par des prêtres et des thérapeutes, des gourous et des psy de tous poils et de toutes obédiences. Une fois, durant une phase de sobriété qui avait duré trois ans, il avait même travaillé comme conseiller aux Alcooliques anonymes, enseignant le programme en douze points à d'autres alcooliques dans les sous-sols d'une vieille église d'Alexandria. Et puis il avait replongé.

Pourquoi n'essaierait-elle pas de le sauver ? N'était-elle pas là pour convertir les brebis perdues ?

– Je ne sais pas prier, dit-il.

Elle prit sa main et la serra avec fermeté.

– Fermez les yeux, Nate. Répétez après moi : Mon Dieu, pardonnez-moi mes péchés et aidez-moi à pardonner à ceux qui ont péché contre moi.

Nate marmonna les mots et serra sa main encore plus fort. Cela ressemblait assez au Notre Père.

« Donnez-moi la force de résister à la tentation, à mon alcoolisme et aux procès qui m'attendent. » Nate continuait à marmonner, à répéter les mots qu'elle prononçait, et ce rituel intime était troublant. Pour Rachel, il semblait facile de prier, parce qu'elle y trouvait réellement quelque chose. Pour lui, c'était un acte étrange.

– Amen, dit-elle.

Ils rouvrirent les yeux mais restèrent main dans la main. Ils écoutaient l'eau qui ruisselait gentiment sur les rochers. Il éprouvait une sensation bizarre, comme si on lui avait ôté un poids. Ses épaules lui semblaient plus légères, son esprit plus clair, son âme moins troublée. Mais Nate traînait tellement de valises qu'il ne savait pas bien quelles charges avaient été ôtées et lesquelles demeuraient.

Il était toujours aussi effrayé par le monde réel. C'était facile de résister dans ce lieu perdu où les tentations étaient lointaines, mais il savait qu'elles l'attendaient chez lui.

– Vos péchés sont pardonnés, Nate, dit Rachel.

– Lesquels ? Il y en a tellement.

– Tous.

– Ce serait trop simple. J'ai laissé un tas de dégâts derrière moi.

– Nous prierons encore ce soir.

– Pour moi, ça prendra plus de temps que pour la plupart des gens.

– Ayez confiance en moi, Nate. Et ayez confiance en Dieu. Il a vu pire.

– J'ai confiance en vous. C'est Dieu qui m'inquiète.

Elle serra sa main avec force, et pendant un long moment de silence ils regardèrent l'eau murmurer autour d'eux. Finalement, elle dit :

– Il faut y aller.

Mais ils ne bougèrent pas.

– Je pensais à cet enterrement, à cette petite fille, dit Nate.

300

– Oui, et alors ?

– Verrons-nous son corps ?

– Je suppose. On peut difficilement l'éviter.

– Alors j'aimerais autant pas. Jevy et moi, on va rentrer au village et vous attendre.

– Vous êtes sûr, Nate ? On aurait plus de temps pour parler.

– Je ne veux pas voir un enfant mort.

– Très bien. Je comprends.

Il l'aida à se relever, bien qu'elle n'eût visiblement besoin d'aucune aide. Ils se tinrent par la main jusqu'à ce qu'elle reprenne ses chaussures. Comme d'habitude, Lako se matérialisa, sorti de nulle part, et ils repartirent, vite avalés par la forêt.

Il trouva Jevy endormi sous un arbre. Ils reprirent le sentier dans l'autre sens, guettant un serpent à chaque pas, et, lentement, regagnèrent le village.

31.

Le chef ne se révéla pas grand météorologue. L'orage n'éclata pas. Il plut deux fois pendant que Nate et Jevy luttaient contre l'ennui en faisant la sieste dans leurs hamacs d'emprunt. Les averses furent brèves et le soleil revint plus brûlant que jamais. Même à l'ombre, et en économisant soigneusement leurs mouvements, les deux hommes baignaient dans leur sueur.

Autour d'eux le degré d'activité variait selon la température. Quand le soleil cognait, les Ipicas se réfugiaient dans leurs huttes ou à l'ombre des arbres. Pendant les brèves averses, les enfants jouaient sous la pluie. Quand le soleil était masqué par les nuages, les femmes s'aventuraient dehors pour accomplir leurs tâches ou aller à la rivière.

Après une semaine dans le Pantanal, Nate était engourdi par la monotonie du rythme de vie. Chaque journée semblait être la copie exacte de celle qui la précédait. Rien n'avait changé depuis des siècles.

Rachel revint au milieu de l'après-midi. Lako et elle se rendirent directement chez le chef pour lui rendre compte des événements dans l'autre village. Elle vint ensuite dire à Nate et Jevy qu'elle était fatiguée et avait besoin d'une petite sieste avant de parler affaires.

« Qu'est-ce qu'une heure de plus à tuer ? » pensa Nate. Il la regarda s'éloigner. Elle n'aurait pas déparé sur une piste d'athlétisme.

– Qu'est-ce que tu regardes ? demanda Jevy avec un sourire.

– Rien.

– Quel âge a-t-elle ?

– Quarante-deux ans.

– Et toi ?

– Quarante-huit.

– Elle a été mariée ?

– Non.

– Tu crois qu'elle a déjà eu un homme ?

– Pourquoi tu ne le lui demandes pas ?

– Tu penses que oui, toi ?

– Je m'en fiche éperdument.

Ils s'assoupirent à nouveau. Il n'y avait rien d'autre à faire. Dans deux heures les hommes entameraient leurs jeux de lutte, puis viendrait le dîner, puis la nuit. Nate rêvait du *Santa Loura;* cet humble vaisseau devenait, heure après heure, de plus en plus paradisiaque. Dans ses rêves, il se changeait en un yacht élégant et racé.

Quand les hommes commencèrent à se rassembler, Nate et Jevy s'éloignèrent discrètement. L'un des plus costauds des Ipicas les appela en criant, avec un sourire éclatant qui semblait les inviter à partager leurs joutes. Nate accéléra le pas, poussé par la soudaine vision de lui-même balancé à travers tout le village par un petit guerrier excité, avec ses parties génitales ballottées à tout va. Jevy ne voulait pas non plus se mêler à ça. Rachel vint à leur secours.

Elle l'emmena à la rivière, jusqu'au banc étroit sous les arbres. Ils s'assirent côte à côte, leurs genoux se touchant à nouveau.

– Vous avez bien fait de ne pas venir, dit-elle d'une voix lasse.

Sa sieste n'avait pas suffi à la reposer.

– Pourquoi ?

– Chaque village a son guérisseur. On l'appelle un *shalyun,* et il fabrique ses remèdes en cuisinant herbes et racines. Il invoque aussi les esprits pour résoudre toutes sortes de problèmes.

– Ah ! le bon vieux guérisseur.

– Quelque chose comme ça. Plutôt un sorcier, en fait. La culture des Indiens est peuplée d'esprits et le shalyun est censé régler les relations de tout ce petit monde. Bref, les shalyuns sont mes ennemis naturels. Je représente une menace pour eux. Ils ne manquent pas une occasion de m'agresser. Ils persécutent ceux qui ont la foi chrétienne. Ils maudissent les nouveaux convertis. Ils veulent me pousser à partir et ils font tout pour obtenir des chefs qu'ils me chassent. C'est une guerre permanente. Dans le dernier village, en bas de la rivière, j'avais une petite école où j'enseignais à lire et à écrire. C'était pour les convertis, mais c'était ouvert à tout le monde. Il y a un an, nous avons subi une épidémie de malaria et trois personnes en sont mortes. Le shalyun local a convaincu le chef que la maladie était une punition infligée au village à cause de mon école. Et maintenant elle est fermée.

Nate se contentait de l'écouter. Son courage, déjà remarquable, forçait l'admiration. La chaleur et le rythme languide de la vie lui avaient fait croire que la paix régnait chez les Ipicas. Aucun visiteur ne pouvait soupçonner qu'une guerre des âmes avait lieu ici, quotidiennement.

– Les parents d'Ayesh, la petite fille qui est morte, sont chrétiens et ils ont une foi très profonde. Le shalyun a répandu le bruit qu'il aurait pu sauver la petite fille mais que les parents ne l'ont pas appelé. Bien sûr. Eux préféraient que ce soit moi qui la soigne. Il y a toujours eu des serpents venimeux, et le shalyun concocte ses propres remèdes. Je n'en ai jamais vu un seul guérir qui que ce soit. Hier, après sa mort et après mon départ, le shalyun a invoqué les esprits et organisé une grande cérémonie au centre du village. Il m'a rendu responsable de la mort de l'enfant. Il en a rendu Dieu responsable.

Elle parlait vite, plus vite que la normale, comme si elle voulait se dépêcher d'utiliser son anglais une dernière fois.

– Aujourd'hui, pendant l'enterrement, le shalyun et quelques fauteurs de troubles ont commencé à chanter et à danser à côté de nous. Les pauvres parents étaient complètement terrassés par la douleur et l'humiliation. Je n'ai pas pu finir le service.

Sa voix se brisa imperceptiblement et elle se mordit la lèvre. Nate lui tapota le bras.

– Tout va bien. C'est fini.

Elle ne pouvait pas pleurer devant les Indiens. Il fallait qu'elle reste forte, emplie de foi et de courage, quelles que soient les circonstances. Avec Nate, elle avait le droit de se laisser aller. Il comprenait. Ça ne le choquait ni ne l'étonnait.

Elle s'essuya les yeux et se reprit peu à peu.

– Je suis désolée, dit-elle.

– Ce n'est rien, répéta Nate, anxieux de l'aider. Les larmes d'une femme faisaient fondre sa carapace d'indifférence, que ce soit dans un bar ou au bord d'une rivière.

Des cris joyeux s'élevaient du village. La lutte avait commencé. Nate eut une pensée fugitive pour Jevy. Il n'avait tout de même pas succombé à la tentation de jouer avec ces jeunes gens...

– Je crois que vous devriez partir maintenant, dit-elle subitement, brisant le silence.

Elle contrôlait à nouveau ses émotions et sa voix était redevenue normale.

– Pardon ?

– Oui, maintenant. Très bientôt.

– Je suis impatient de partir, mais il n'y a pas le feu. Il va faire nuit dans trois heures.

– Il y a des raisons de s'inquiéter.

– Je suis tout ouïe.

– J'ai vu, je pense, un cas de malaria dans l'autre village aujourd'hui. Les moustiques la transmettent avec une rapidité incroyable.

Nate se mit à se gratter. Il était prêt à sauter dans la barque aussi sec quand il se souvint de ses pilules.

– Je ne risque rien. Je prends de la chloro-quelque chose.

– Chloroquine ?

– C'est ça.

– Quand avez-vous commencé ?

– Deux jours avant de quitter les États-Unis.

– Où sont vos pilules à présent ?

– Je les ai laissées dans le grand bateau.

Elle secoua la tête d'un air désapprobateur.

– Vous êtes censé les prendre avant, pendant et après le voyage.

Elle parlait d'un ton médical, autoritaire, comme si le risque était imminent.

– Et Jevy, demanda-t-elle, il prend des cachets ?

– Il était dans l'armée. Je suis sûr qu'il est OK.

– Je n'insisterai pas, Nate. J'ai déjà parlé au chef. Il a envoyé deux pêcheurs en reconnaissance ce matin avant l'aube. Les eaux en crue rendent la navigation difficile pendant les deux premières heures, et puis elle devient plus aisée. Il vous fournira trois guides dans deux canoës, et j'enverrai Lako comme interprète. Une fois que vous serez sur la rivière Xeco, c'est tout droit jusqu'au fleuve.

– Et ça fait loin ?

– Environ quatre heures de trajet. Six pour rejoindre le Paraguay. Et vous êtes portés par le courant.

– Comme vous voudrez. Vous avez l'air d'avoir tout organisé.

– Faites-moi confiance, Nate. J'ai eu la malaria deux fois et vous n'aimeriez pas. La seconde fois, ça m'a presque tuée.

Il n'était jamais venu à l'esprit de Nate que Rachel pouvait mourir. L'héritage de Troy Phelan était assez compliqué comme ça. Si elle mourait, il faudrait des années pour le régler.

Et puis il l'admirait. Elle était tout ce qu'il n'était pas – forte et brave, sûre de sa foi, heureuse de sa vie simple, certaine de sa place dans ce monde et dans l'autre.

– Ne mourez pas, Rachel, dit-il, brusquement ému.

– La mort ne me fait pas peur. Pour un chrétien, la mort est une récompense. Mais priez pour moi, Nate, faites-le.

– Je vais prier davantage, je vous le promets.

– Vous êtes un homme bien. Vous avez bon cœur et un bon esprit. Vous avez juste besoin d'un peu d'aide.

– Je sais. Je ne suis pas très fort.

Il sortit les papiers de l'enveloppe pliée dans sa poche.

– Est-ce qu'on peut au moins en discuter ?

– Oui, mais c'est uniquement pour vous que j'accepte. Après toute la peine que vous vous êtes donnée pour me trouver, le moins que je puisse faire est d'accepter cette petite conversation juridique avec vous.

– Merci.

Il lui tendit la première feuille, une copie du testament de Troy. Elle le lut lentement, parfois arrêtée par un mot illisible. Quand elle eut fini, elle demanda :

– Ce testament est légal ?

– Pour l'instant.

– Mais il est si succinct.

– La longueur ne fait rien à la validité. Je n'y peux rien, c'est la loi.

Elle le relut. Nate remarqua les ombres qui tombaient le long de la ligne des arbres. Il avait peur de l'obscurité, désormais. Partir à la tombée de la nuit l'angoissait terriblement.

– Troy ne se souciait pas beaucoup de ses autres héritiers, dites donc, fit-elle avec un certain amusement.

– Vous auriez agi de même si vous les connaissiez. Mais je doute également qu'il ait été un père très attentionné.

– Je me souviens du jour où ma mère m'a parlé de lui. J'avais dix-sept ans. C'était la fin de l'été. Mon père adoptif venait de mourir d'un cancer et la vie était plutôt moche. Troy m'avait retrouvée je ne sais comment et il harcelait ma mère pour pouvoir me rendre visite. Elle m'a dit la vérité sur mes parents biologiques, et cela ne signifiait rien pour moi. Ces gens n'avaient aucune espèce d'importance dans mon existence. Je ne les avais pas connus, et je n'avais aucun désir de les connaître. Et qu'est-ce que vous pensez de ça, Nate : mes deux vrais parents se sont suicidés tous les deux. Est-ce que je trimballe ça dans mes gènes ?

– Non. Vous êtes beaucoup plus forte qu'ils ne l'étaient.

– J'accueillerai la mort avec joie.

– Ne dites pas ça. Quand avez-vous rencontré Troy ?

– Une année a passé. Ma mère adoptive et lui sont presque devenus amis à force de se téléphoner. Elle s'est peu à peu convaincue que ses motivations étaient justes et, un jour, il est venu à la maison. On a pris un thé, et puis il est parti. Il a envoyé de l'argent pour ma scolarité. Il a commencé à faire pression sur moi pour que j'accepte un travail dans une de ses sociétés. Il s'est mis à se comporter comme un père, et moi à le détester de plus en plus. Et puis ma mère est morte, et le monde s'est effondré autour de moi. J'ai changé de nom et je suis partie faire médecine. J'ai prié pour Troy, toutes ces années, comme je prie pour tous les gens que j'ai perdus. Je pensais qu'il m'avait oubliée.

– Visiblement non, dit Nate.

Un moustique noir se posa sur sa cuisse et il l'écrasa d'une claque à fendre une bûche. Si celui-là transportait la malaria, il n'irait pas plus loin en tout cas. Une empreinte rouge apparut sur sa peau.

Il donna à Rachel la reconnaissance et la renonciation. Elle les lut attentivement et dit :

– Je ne signerai rien. Je ne veux pas de cet argent.

– Gardez-les, OK. Pour vos prières.

– Vous vous moquez de moi ?

– Non. C'est juste que je ne sais plus quoi en faire maintenant.

– Je ne peux pas vous aider. Mais je vais vous demander une faveur.

– Bien sûr. Tout ce que vous voudrez.

– Ne dites à personne où je suis. Je vous en supplie, Nate. S'il vous plaît, protégez ma vie privée.

– Je vous le promets. Mais il faut être réaliste.

– Que voulez-vous dire ?

– Cette histoire est une aubaine pour les médias. Si vous prenez l'argent, vous serez probablement la femme la plus riche du monde. Si vous le refusez, alors l'histoire devient encore plus excitante.

– Mais je m'en fiche !

– C'est ce que vous dites. Ici, vous êtes protégée des médias. Aux États-Unis, ils sont présents vingt-quatre heures sur vingt-quatre. Des heures et des heures de news, de magazines, de talk-shows, d'infos toutes fraîches. C'est n'importe quoi. L'histoire la plus insignifiante est montée en épingle et rendue sensationnelle.

– Mais comment pourraient-ils me dénicher ?

– C'est une bonne question. Nous, on a eu de la chance parce que Troy avait retrouvé un début de piste. Cela dit, à notre connaissance, il ne l'a révélé à personne.

– Alors je suis en sécurité, non ? Vous ne direz rien. Et les avocats de votre cabinet sont tenus par le secret professionnel.

– C'est exact.

– Et vous étiez perdus quand vous êtes arrivés ici, non ?

– Tout à fait perdus.

– Vous devez me protéger, Nate. Ma maison est ici. Je fais partie de ce peuple. Je ne veux pas recommencer à fuir.

UNE HUMBLE MISSIONNAIRE CACHÉE DANS LA JUNGLE REFUSE UN HÉRITAGE DE ONZE MILLIARDS DE DOLLARS

Quelle première page ! Les vautours allaient envahir le Pantanal avec des hélicoptères et des jeeps amphibies pour avoir l'exclusivité. Nate en était désolé pour elle.

– Je ferai ce que je peux, promit-il.

– J'ai votre parole ?

– Vous avez ma parole.

Le groupe en partance était mené par le chef lui-même, suivi de sa femme, d'une douzaine d'hommes, de Jevy et d'une dizaine d'autres hommes. Ils avançaient sur le sentier en direction de la rivière.

– Il est temps de partir, dit Rachel.

– Je pense, oui. Vous êtes sûre que tout ira bien pour nous, même dans l'obscurité ?

– Oui. Le chef a choisi ses meilleurs pêcheurs. Dieu vous protégera. N'oubliez pas de prier.

– Je le ferai.

– Je prierai pour vous chaque jour, Nate. Vous êtes un homme bien et vous avez bon cœur. Vous méritez d'être sauvé.

– Merci. Vous voulez m'épouser ?

– Je ne peux pas.

– Bien sûr que si, vous le pouvez. Je m'occuperai de l'argent, vous vous occuperez des Indiens. On aura une plus grande hutte et on jettera tous nos vêtements.

Ils rirent tous les deux, et ils souriaient encore quand le chef arriva à leur hauteur. Nate se leva pour le saluer, et l'espace d'une seconde sa vision se troubla. Une bouffée de vertige le traversa. Il se reprit et jeta un coup d'œil à Rachel pour voir si elle avait remarqué quelque chose.

Elle ne s'était rendu compte de rien. Les paupières de Nate commençaient à lui faire mal. Les articulations de ses coudes étaient douloureuses.

Le groupe au complet s'avança vers la rivière. On plaça de la nourriture dans la barque de Jevy et dans les deux étroits canoës sur lesquels Lako et les guides allaient naviguer. Nate remercia Rachel qui à son tour remercia le chef. Ces politesses achevées, il était temps de partir. Dans l'eau jusqu'aux chevilles, Nate serra affectueusement Rachel dans ses bras, lui tapota le dos et la remercia.

– Merci pour quoi ?

– Oh, je ne sais pas. Merci de représenter une fortune en honoraires.

– Je vous aime bien, Nate, mais je me fiche vraiment de l'argent et des avocats, répondit-elle en souriant.

– Je vous aime bien aussi.

– S'il vous plaît, ne revenez pas.

– Ne vous inquiétez pas.

Tout le monde attendait. Les pêcheurs étaient déjà sur la rivière. Jevy tenait sa pagaie, impatient de larguer les amarres.

Nate mit un pied dans la barque et ajouta :

– On pourrait passer notre lune de miel à Corumbá.

– Au revoir, Nate. Dites à tous ces gens que vous ne m'avez pas trouvée.

– C'est ce que je ferai. Au revoir.

Il donna une poussée du pied et sauta dans la barque où il s'assit assez brutalement, pris d'un nouveau vertige. Tandis qu'ils s'éloignaient, il fit signe de la main aux Indiens et à Rachel, mais leurs silhouettes se brouillaient.

Poussés par le courant, les canoës glissaient sur l'eau ; les Indiens pagayaient avec une aisance étonnante. Ils ne gaspillaient ni leurs efforts ni leur temps. Ils étaient pressés. Le moteur démarra au troisième essai, et ils rejoignirent assez vite les canoës. Quand Jevy réduisit les gaz, le moteur toussa mais ne s'arrêta pas. À la première courbe de la rivière, Nate regarda par-dessus son épaule. Rachel et les Indiens n'avaient pas bougé.

Il était en sueur. Malgré l'écran de nuages épais qui barraient le soleil et la petite brise fraîche qui balayait son visage, Nate se rendit compte qu'il transpirait à grosses gouttes. Ses bras et ses jambes étaient trempés. Il se frotta le cou et le front et regarda l'humidité sur ses doigts. Au lieu de prier comme il l'avait promis, il marmonna :

– Merde, je suis malade.

La fièvre était encore basse, mais elle montait rapidement. La brise le fit frissonner. Il se tourna sur son siège et chercha un autre vêtement à enfiler. Jevy observait son manège ; au bout d'une minute, il demanda :

– Nate, tu vas bien ?

Nate secoua la tête négativement, et la douleur le transperça des yeux jusqu'aux vertèbres. Il essuya la morve qui coulait de son nez.

Après deux nouvelles courbes, les arbres se firent moins touffus. La rivière s'élargissait avant de se jeter dans un lac au centre duquel s'étaient accumulés des troncs pourris. Nate était sûr de n'être pas passé par là en venant. Ils empruntaient un autre trajet. Sans le courant, les canoës ralentirent un peu, mais ils glissaient toujours sur l'eau à une vitesse étonnante. Les guides ne s'attardèrent pas sur le lac. Ils savaient exactement où ils allaient.

– Jevy, je crois que j'ai la malaria, dit Nate d'une voix d'outre-tombe.

Il avait la gorge très douloureuse.

– Comment le sais-tu ? dit Jevy en baissant les gaz.

– Rachel m'a avertie. Elle a relevé un cas dans l'autre village hier. C'est pour ça qu'on est partis si vite aujourd'hui.

– Tu as de la fièvre ?

– Oui, et je vois flou.

Jevy arrêta le bateau et cria quelque chose aux Indiens, qui étaient déjà presque hors de vue. Il déplaça les réservoirs vides et les restes de leurs effets, puis déroula la tente à toute allure.

– Tu vas avoir des frissons, fit-il en installant la tente.

Le bateau tanguait à chacun de ses mouvements.

– Tu as déjà eu la malaria ?

– Non, mais la plupart de mes amis en sont morts.

– Quoi !

– Je blaguais. Ça ne tue pas grand monde, mais ça rend malade comme un chien.

Lentement, bougeant la tête le moins possible, Nate rampa pour s'installer au centre de la barque. Une natte lui servait d'oreiller. Jevy étala la tente sur lui et la fixa avec deux réservoirs vides.

Les Indiens les avaient rejoints, curieux de savoir ce qui se passait. Lako posa la question en portugais. Nate entendit le mot malaria prononcé par Jevy, et force marmonnements chez les Indiens. Et puis il ne les vit plus.

Le bateau lui paraissait plus rapide, peut-être parce qu'il était allongé au fond. De temps en temps, une branche ou un tronc que Jevy n'avait pas vu le faisait sursauter, mais il s'en fichait. Il avait une migraine épouvantable ; aucune gueule de bois ne l'avait jamais déglingué à ce point. Ses muscles et ses articulations lui faisaient trop mal pour qu'il puisse bouger. Il était frigorifié, secoué de frissons et de tremblements.

Il y eut un grondement au loin. Comme un coup de tonnerre. « Merveilleux, songea Nate, un orage. Il ne manquait plus que ça. »

La pluie ne vint pas jusqu'à eux. La rivière tourna encore une fois vers l'ouest, et Jevy aperçut les lueurs orangées du coucher du soleil. Puis elle tourna à nouveau vers l'est, vers la nuit qui tombait sur le Pantanal. Deux fois, les canoës ralentirent, le temps que les Ipicas choisissent quelle fourche prendre. Jevy, qui était jusque-là resté à une trentaine de mètres derrière eux, se rapprocha. Il faisait de plus en plus sombre. Il ne pouvait plus voir Nate, enfoui sous la tente, mais il savait que son ami souffrait. En réalité, Jevy connaissait bien un homme qui était mort de la malaria.

Au bout de deux heures, les guides leur firent emprunter une succession de ruisseaux étroits et de lagons calmes, avant d'aboutir dans une rivière plus large. Les canoës ralentirent quelques instants. Les Indiens avaient besoin de repos. Lako appela Jevy et lui expliqua que désormais ils étaient en sécurité, qu'ils avaient franchi les passages difficiles. La rivière Xeco était à environ deux heures et elle menait droit au fleuve Paraguay. Ils allaient la rejoindre, puis dormir dans un endroit sur la Xeco qui n'était pas inondé.

– Comment va l'Américain ? demanda Lako.

– Pas bien, répondit Jevy.

Nate entendit leurs voix et réalisa que la barque n'avançait plus. La fièvre le brûlait de la tête aux pieds. Sa peau et ses vêtements étaient trempés, comme son matelas. Ses yeux étaient gonflés, sa bouche si sèche qu'il ne parvenait plus à l'ouvrir. Il entendit Jevy lui demander quelque chose, mais il ne put répondre. Il perdait et reprenait conscience sans même s'en apercevoir.

Dans l'obscurité, les canoës avancèrent moins vite. Jevy les suivait, utilisant de temps en temps sa lampe torche pour aider les guides à étudier les embranchements et les affluents. À mi-régime, son hors-bord défaillant émettait une espèce de gémissement continu. Ils ne firent qu'une halte, pour manger un de leurs pains et boire du jus de fruits. Ils attachèrent les trois embarcations ensemble et dérivèrent pendant dix minutes.

Lako était inquiet pour l'Américain.

– Que dois-je dire à la missionnaire à son sujet? demanda-t-il à Jevy.

– Dis-lui qu'il a la malaria.

Des éclairs au loin interrompirent leur pause. Les Indiens repartirent, pagayant plus fort que jamais. Ils n'avaient pas vu la terre ferme depuis des heures. Il n'y avait aucun endroit où aborder et se mettre à l'abri en cas d'orage.

Au bout d'un certain temps, le moteur s'arrêta. Jevy le brancha à son dernier réservoir et le redémarra. À mi-régime, il avait assez de carburant pour environ six heures, bien assez pour atteindre le Paraguay. Il retrouverait le trafic fluvial, et des maisons, là-bas, et le *Santa Loura*. Il connaissait l'endroit exact où la rivière Xeco se jetait dans le Paraguay. En aval, ils rejoindraient Welly à l'aube.

Les éclairs les suivaient, mais ne les rattrapaient pas. Chaque lueur incitait les guides à pagayer plus vite. Mais ils commençaient à fatiguer. À un moment, Lako agrippa un bord de la barque, un autre Ipica prit l'autre, Jevy tint la lampe au-dessus de sa tête, et les deux canoës se laissèrent remorquer par la barque.

Les arbres et les buissons s'épaississaient et la rivière s'élargissait. Des bandes de terre apparaissaient des deux côtés. Les Indiens se mirent à discuter. Quand ils arrivèrent sur la Xeco, ils cessèrent de pagayer. Ils étaient épuisés. Ils avaient dépassé de trois heures le moment où ils allaient se coucher d'habitude, songea Jevy. Ils trouvèrent l'endroit qu'ils cherchaient et abordèrent.

Lako expliqua qu'il avait été l'assistant de la missionnaire pendant plusieurs années. Il avait vu beaucoup de cas de malaria ; lui-même l'avait eue trois fois. Il dégagea la tête et la poitrine de Nate de la tente et lui toucha le front.

– Une très forte fièvre, dit-il à Jevy, qui tenait la lampe torche, debout dans la gadoue, impatient de remonter dans la barque. Tu ne peux rien faire. La fièvre va baisser, et puis il y aura une autre attaque dans quarante-huit heures.

Les yeux gonflés de Nate le troublaient. C'était quelque chose qu'il n'avait jamais vu chez les gens atteints de malaria.

Le plus vieux des guides s'adressa à Lako en désignant la rivière obscure. À l'attention de Jevy, Lako traduisit qu'il fallait rester au centre de la rivière, ignorer les petites fourches, surtout celles sur sa gauche, et que dans deux heures il atteindrait le fleuve Paraguay. Jevy les remercia avec force salamalecs et redémarra le moteur.

La fièvre ne baissait pas. Nate était replié en position fœtale, à moitié inconscient, et balbutiait de manière incompréhensible. Jevy l'obligea à boire, puis versa le reste de l'eau sur son visage.

La Xeco était large et facile à naviguer. Ils passèrent une maison, la première qu'ils voyaient depuis des siècles, lui semblait-il. Comme un phare accueillant un navire qui rentre au port, la lune apparut à travers les nuages et éclaira l'eau devant eux.

– Tu m'entends, Nate ? dit Jevy doucement. Notre chance tourne.

Il suivit la lune vers le Paraguay.

32.

Le bateau était un *chalana,* une espèce de boîte à chaussures flottante, de douze mètres de long, huit de large, à fond plat et qui servait au transport des marchandises à travers le Pantanal. Jevy en avait piloté des douzaines comme capitaine. Il aperçut la lumière au-delà d'une courbe de la rivière ; dès qu'il entendit le ronronnement du diesel, il comprit de quel genre de bateau il s'agissait.

Et il connaissait le capitaine, qui dormait sur sa banquette quand son mousse arrêta le chalana à hauteur de la barque. Il était presque 3 heures du matin. Jevy attacha sa barque à la proue et sauta à bord. Ils lui offrirent deux bananes pendant qu'il leur racontait son périple. Le matelot leur porta du café sucré. Ils se rendaient dans le nord, à la base militaire de Porto Indio, pour commercer avec les soldats. Ils pouvaient lui donner cinq gallons de carburant. Jevy promit de payer quand ils seraient revenus à Corumbá. Pas de problème. Tout le monde s'entraidait sur le fleuve. Il reprit du café et des petits gâteaux secs. Puis il les interrogea sur le *Santa Loura* et Welly.

– Il est à l'embouchure de la Cabixa, leur dit Jevy, ancré à l'ancien quai.

– Il n'est plus là-bas, affirma le capitaine.

317

Le matelot acquiesça. Ils connaissaient le *Santa Loura* et ils ne l'avaient pas vu. Ils ne pouvaient pas l'avoir raté.

– Il doit y être, s'entêta Jevy.

– Non. On a passé la Cabixa hier à midi. Il n'y avait pas trace du *Santa Loura.*

Peut-être Welly l'avait-il fait avancer de quelques kilomètres pour les chercher. Il devait être malade d'inquiétude. Jevy lui pardonnerait d'avoir déplacé le *Santa Loura,* mais pas avant de lui avoir passé un bon savon.

Le bateau serait là, il en était certain. Il but encore un café et leur parla de Nate et de la malaria. Des rumeurs circulaient à Corumbá à propos d'une vague d'épidémie dans le Pantanal. Mais Jevy avait entendu de telles rumeurs toute sa vie.

Ils remplirent de carburant un réservoir de la barque. En règle générale, durant la saison des pluies, le trafic fluvial était trois fois plus rapide en descendant qu'en remontant. Une barque pourvue d'un bon moteur pouvait atteindre la Cabixa en quatre heures, le comptoir de commerce en dix et Corumbá en dix-huit. Le *Santa Loura,* s'ils le retrouvaient, mettrait plus de temps, mais au moins ils auraient des hamacs et de la nourriture.

Jevy projetait de se reposer brièvement sur le *Santa Loura.* Il voulait mettre Nate au lit et appeler Valdir avec le SatPhone. Valdir saurait trouver un bon médecin qui prendrait Nate en charge quand ils atteindraient la ville.

Le capitaine lui donna une autre boîte de gâteaux secs et un gobelet de café. Jevy promit de les retrouver à Corumbá la semaine suivante. Il les remercia et leva l'ancre. Nate respirait mais il était inconscient. La fièvre n'avait pas baissé.

Le café avait donné un coup de fouet à Jevy. Il jouait avec la manette des gaz, les montant jusqu'à ce que le moteur tousse, puis les baissant avant qu'il ne cale. Tandis que l'obscurité s'effaçait, un brouillard épais tomba sur le fleuve.

Il atteignit l'embouchure de la Cabixa une heure après l'aube. Le *Santa Loura* n'était pas là. Jevy s'amarra à l'ancien quai et partit à la recherche du propriétaire de la seule maison proche. Il était dans son étable en train de traire une vache. Il se souvenait de Jevy et lui raconta comment la tempête avait emporté le bateau. Le pire orage qu'il eût jamais vu. Il avait éclaté au milieu de la nuit et le vent était si fort qu'il s'était réfugié sous son lit avec sa petite famille.

– Où a coulé le *Santa Loura* ? l'interrogea Jevy.

– Je ne sais pas.

– Et le garçon ?

– Welly ? Aucune idée.

– Vous n'avez parlé à personne d'autre ? Personne ne l'a revu ?

Personne. Il n'avait parlé à personne depuis que Welly avait disparu dans la tempête. C'était un homme d'un naturel pessimiste ; il était d'avis que Welly était mort.

Nate ne l'était pas. La fièvre avait considérablement baissé et, quand il s'éveilla, il avait froid et soif. Il ouvrit les yeux et essaya de se redresser. Il ne vit que de l'eau autour de lui, la brousse sur la rive, et la ferme.

– Jevy, fit-il faiblement, la gorge sèche.

Il s'assit et se frotta les yeux. Il n'arrivait pas à faire le point. Tout était flou. Jevy ne répondait pas. Son corps était complètement meurtri – ses muscles, ses articulations, le sang qui martelait dans sa tête. Sa peau le démangeait sur le cou et la poitrine et il se gratta jusqu'à s'écorcher. Sa propre odeur le rendait malade.

Le fermier et sa femme suivirent Jevy jusqu'à la barque. Ils n'avaient pas une goutte d'essence et cela irritait leur visiteur.

– Comment ça va, Nate ? demanda-t-il en montant à bord.

– Je vais crever, dit ce dernier dans un souffle inaudible.

Jevy lui tâta le front, puis la poitrine.

– Ta fièvre a baissé.

– Où sommes-nous ?

– À l'embouchure de la Cabixa. Welly n'est pas là. Le bateau a coulé pendant un orage.

– La chance continue, fit Nate en grimaçant – parler relançait sa migraine. Où est Welly ?

– Je n'en sais rien. Tu peux tenir jusqu'à Corumbá ?

– Je préférerais mourir tout de suite.

– Allonge-toi.

Ils quittèrent la rive. Le fermier et sa femme, dans la vase jusqu'aux chevilles, leur adressaient de grands signes de la main qu'ils ignorèrent.

Pendant un moment, Nate resta assis. Le vent lui faisait du bien au visage. Mais bientôt, il eut à nouveau froid. Il était secoué de frissons, et il s'allongea doucement sous la tente. Il essaya de prier pour Welly ; il était incapable de se concentrer. Il ne parvenait toujours pas à croire qu'il avait attrapé la malaria.

Hark avait organisé ce brunch dans les moindres détails. Il avait lieu dans un salon privé de l'hôtel Hay-Adams. Au menu, huîtres, caviar, saumon, champagne et œufs mimosa. Ils arrivèrent tous vers 11 heures, en tenue décontractée, et se précipitèrent sur les œufs mimosa.

Il leur avait assuré que cette rencontre était de la plus haute importance. Il fallait qu'elle demeure confidentielle. Il avait déniché le seul témoin qui pouvait leur faire gagner le procès.

Seuls les avocats des enfants Phelan étaient conviés. Les ex-épouses Phelan n'avaient pas encore contesté le testament, et elles semblaient renâcler quelque peu à s'impliquer dans tout ça. Elles avaient visiblement plus à perdre qu'à gagner si elles se lançaient dans la bataille. Wycliff avait discrètement signalé à l'un de leurs avocats qu'il ne verrait pas d'un œil favorable les ex-femmes déposer une plainte avec si peu d'arguments juridiques.

Arguments ou pas, les six enfants, eux, n'avaient pas perdu de temps pour contester le testament. Ils s'étaient tous rués dans la brèche, avec le même credo : Troy Phelan avait perdu la tête quand il avait signé son dernier testament.

Deux avocats au maximum par héritier avaient été invités à cette rencontre, plutôt un seul si possible. Hark représentait Rex ; Wally Bright, Libbigail. Yancy était le seul avocat que Ramble connaissait. Grit était là pour Mary Ross. Mme Langhorne, l'ancien professeur de droit, pour Geena et Cody. Troy Junior avait engagé et viré trois cabinets d'avocats depuis la mort de son père. Les derniers en date, Mes Hemba et Hamilton, appartenaient à une firme de quatre cents personnes. Ils se joignirent à cette assemblée plutôt hétéroclite.

Hark ferma la porte et s'adressa au groupe. Il leur présenta une brève biographie de Malcolm Snead, qu'il avait vu presque quotidiennement depuis leur première rencontre.

– Il a été la personne la plus proche de M. Phelan pendant trente ans, dit-il gravement. Peut-être l'a-t-il aidé à rédiger son dernier testament. Peut-être est-il prêt à affirmer que le vieil homme était complètement cinglé à ce moment-là.

Les avocats semblaient heureusement surpris par ce témoin tombé du ciel. Hark laissa ses propos faire leur petit effet, puis reprit :

– Aussi bien, il est prêt à dire qu'il ignorait tout d'un testament manuscrit et que M. Phelan était parfaitement lucide et sain d'esprit au jour de sa mort.

– Combien veut-il ? demanda Wally Bright, allant droit au but.

– Cinq millions de dollars. Dix pour cent maintenant, le reste quand tout sera réglé.

Les exigences de Snead ne firent pas broncher les avocats. L'enjeu était tellement plus élevé que la cupidité du majordome paraissait presque modeste.

– Nos clients, bien sûr, n'ont pas cet argent, précisa Hark. Donc, si nous voulons acheter son témoignage, c'est à nous de jouer. Pour environ quatre-vingt mille dollars par héritier, nous pouvons signer un contrat avec M. Snead. Je suis convaincu qu'il témoignera d'une manière qui nous fera gagner l'affaire ou qui obligera la partie adverse à passer un accord à l'amiable.

Côté argent disponible, il y avait de tout dans cette pièce. Le bureau de Wally Bright était dans le rouge. Il croulait sous les impôts en retard. À l'autre extrémité, le cabinet qui employait Hemba et Hamilton comptait des associés qui se faisaient plus d'un million de dollars par an.

– Êtes-vous en train de suggérer que nous achetions un témoin qui ment ? s'indigna Hamilton.

– Nous ne savons pas s'il ment, répondit Hark.

Il avait anticipé toutes les questions.

– Personne ne peut le savoir. Il était seul avec M. Phelan. Il n'y a pas d'autre témoin. La vérité sera ce que M. Snead voudra qu'elle soit.

– C'est un peu louche, ajouta Hemba.

– Vous avez une meilleure idée ? grogna Grit.

Il en était à son quatrième œuf mimosa.

Hemba et Hamilton appartenaient à un très grand cabinet. Ils n'étaient pas accoutumés aux magouilles à la petite semaine du tout-venant. Non qu'eux et leurs pareils fussent à l'abri de la corruption, mais leurs clients étaient de grosses entreprises qui se servaient de groupes financiers pour obtenir de gros contrats gouvernementaux permettant de cacher leur argent en Suisse, tout cela avec l'aide de leurs juristes, bien sûr. C'est précisément pour cette raison qu'ils méprisaient très naturellement le genre de comportement immoral suggéré par Hark, et le peu d'éthique de Grit, Bright et autres bâfreurs d'œufs mimosa.

– Je ne suis pas certain que notre client soit d'accord, objecta Hamilton.

– Votre client va sauter sur l'occasion ! s'exclama Hark. C'était carrément comique de draper TJ Phelan du manteau de l'éthique offensée. Nous le connaissons mieux que vous. La question est de savoir si vous, vous acceptez de le faire.

– Suggérez-vous que nous, les avocats, nous mettions les cinq cent mille dollars de départ ? demanda Hemba d'un ton ouvertement méprisant.

– Exactement, dit Hark.

– Alors, je peux vous assurer que jamais notre cabinet ne marchera dans une telle combine.

– Dans ce cas, vous n'allez pas tarder à vous faire virer, intervint Grit, narquois. N'oubliez jamais que vous êtes le quatrième cabinet engagé en un mois.

En réalité, Troy Junior les avait déjà menacés d'aller voir ailleurs. Ils se turent et écoutèrent. Hark était maître du ring.

– Pour éviter l'embarras d'avoir à demander à chacun de mettre sa part, j'ai trouvé une banque qui accepte de prêter cinq cent mille dollars pendant un an. Tout ce dont nous avons besoin, c'est de six signatures en bas du prêt. J'ai déjà signé.

– Je signe ce putain de truc, dit Bright.

Il ne craignait rien, parce qu'il n'avait rien à perdre.

– Que je comprenne bien, lança Yancy. Nous payons Snead, et ensuite il parle, c'est ça ?

– Exact.

– Est-ce qu'on ne devrait pas entendre sa version d'abord ?

– Sa version a besoin d'être travaillée. C'est tout l'intérêt de ce marché. Une fois que nous l'avons payé, il est à nous. Nous pouvons mettre son témoignage en forme, le structurer de sorte qu'il serve nos desseins. Gardez à l'esprit qu'il n'y a pas d'autre témoin, à l'exception d'une secrétaire.

– Et combien coûte-t-elle? demanda Grit.

– Rien. Elle est comprise dans le deal de Snead.

Combien de fois dans une carrière rencontrez-vous l'opportunité de ramasser un pourcentage de la dixième plus grosse fortune du pays? Les avocats firent leurs calculs. Un petit risque aujourd'hui, une mine d'or plus tard.

Mme Langhorne les surprit en observant :

– Je vais préconiser à ma société d'accepter ce deal. Mais ceci doit rester un secret absolu.

– Absolu, répéta Yancy. Nous pourrions tous être rayés du barreau, et probablement condamnés. Acheter un parjure est un délit.

– Vous n'avez pas compris, dit Grit. Il ne peut pas y avoir de parjure. La vérité est définie par Snead et Snead seulement. S'il dit qu'il a aidé à rédiger le testament et qu'à ce moment-là le vieux avait perdu la boule, alors qui diable peut le contredire? Personne au monde. C'est un deal magnifique. Je le signe.

– Cela fait quatre, commenta Hark.

– Je le signe, dit Yancy.

Hemba et Hamilton hésitaient.

– Il faut que nous en parlions avec nos partenaires, dit Hamilton.

– Dites donc, les gars, est-ce qu'il faut vous rappeler que tout ça est confidentiel? ironisa Bright.

Le petit avocat de quartier sorti des cours du soir, qui reprenait des confrères mille fois plus prestigieux sur un problème d'éthique... décidément, cette réunion ne manquait pas de piquant.

– Non, grommela Hemba. C'est inutile.

Hark allait appeler Rex, lui expliquer le deal; à peine aurait-il raccroché que Rex appellerait TJ pour l'informer que ses nouveaux avocats étaient en train de tout faire foirer. Hemba et Hamilton appartiendraient au passé dans moins de quarante-huit heures.

– Décidez-vous vite, les avertit Hark. M. Snead affirme qu'il est ruiné et par conséquent tout à fait prêt à passer un accord avec l'autre partie.

– À propos, dit Langhorne, avons-nous des nouvelles de l'autre partie ? Nous contestons tous le testament. Quelqu'un doit bien le défendre. Où est Rachel Lane ?

– Visiblement, elle se cache, dit Hark. Josh m'a assuré qu'ils savent où elle est, qu'ils sont en contact avec elle et qu'elle engagera des avocats pour protéger ses intérêts.

– Pour onze milliards de dollars, j'espère bien, commenta Grit.

Ils songèrent aux onze milliards pendant un moment, chacun les divisant en multiples de six, puis y appliquant ses propres pourcentages. Cinq millions pour Snead semblaient une somme si raisonnable...

Jevy et Nate accostèrent au comptoir de commerce tôt dans l'après-midi. Le hors-bord marchait de plus en plus mal et ils n'avaient presque plus d'essence. Fernando, le propriétaire du comptoir, se balançait dans un hamac sous le porche, essayant de se protéger du soleil brûlant. C'était un vieil homme, un vétéran de la rivière qui avait connu le père de Jevy.

Les deux hommes aidèrent Nate à sortir de la barque. Il était brûlant de fièvre à nouveau. Ses jambes engourdies le portaient à peine et tous trois avancèrent précautionneusement sur l'étroit ponton et sur les marches du porche. Quand ils l'eurent allongé dans le hamac, Jevy raconta brièvement la semaine qui venait de s'écouler. Sur le fleuve, rien n'échappait à Fernando.

– Le *Santa Loura* a coulé, dit-il. Il y a eu un orage énorme.

– Tu as vu Welly ? demanda Jevy.

– Oui. Un bétailler l'a sorti de la rivière. Ils se

sont arrêtés ici. Il m'a raconté l'accident. Je suis sûr qu'il est à Corumbá.

Jevy était soulagé d'apprendre que Welly était vivant. Mais la perte du bateau était une nouvelle dramatique. Le *Santa Loura* était l'un des plus beaux bateaux du Pantanal, et il avait sombré sous sa responsabilité.

Fernando observait Nate tout en parlant. Ce dernier entendait à peine ce qu'ils disaient. Il ne pouvait absolument pas les comprendre. Et il s'en souciait comme d'une guigne.

– Ce n'est pas la malaria, dit Fernando en touchant les écorchures à l'endroit où Nate s'était gratté le cou.

Jevy s'approcha du hamac et regarda son ami. Il avait les cheveux collés de sueur, et ses yeux étaient clos et très gonflés.

– Qu'est-ce que c'est, alors ?

– La malaria ne fait pas de telles plaques. La dengue, oui.

– La fièvre dengue ?

– Oui. Elle a les mêmes symptômes que la malaria – fièvre et frissons, muscles douloureux, articulations bloquées et elle est aussi transmise par les moustiques. Mais ces plaques qu'il a grattées sont le signe de la dengue.

– Mon père l'a eue une fois. On a bien cru qu'il allait y rester.

– Il faut que tu l'emmènes à Corumbá le plus vite possible.

– Je peux emprunter ton moteur ?

Le bateau de Fernando était amarré sous la maison délabrée. Son hors-bord n'était pas aussi rouillé que celui de Jevy et il avait cinq chevaux de plus. Ils bricolèrent, échangèrent les moteurs, remplirent les réservoirs, et après une heure passée dans le hamac, comateux, le pauvre Nate fut réinstallé sous la tente dans la barque. Il était trop malade pour se rendre compte de quoi que ce soit.

Il était presque 14 h 30. Corumbá était à neuf ou dix heures de là. Jevy laissa le numéro de téléphone de Valdir à Fernando. Parfois, les bateaux qui circulaient sur le Paraguay étaient équipés d'une radio. Si Fernando en voyait passer un, Jevy voulait qu'il contacte Valdir et qu'il lui donne des nouvelles.

Il partit à plein régime, très fier de mener un bateau qui fendait l'eau à toute vitesse. Le sillage bouillonnait derrière lui.

La dengue pouvait être fatale. Son père avait été malade à en crever pendant une semaine, avec des maux de tête qui le rendaient aveugle et des fièvres de cheval. Ses yeux lui faisaient si mal que sa mère l'avait laissé dans une chambre totalement obscure pendant des jours. C'était un homme du fleuve, costaud, dur au mal, et quand Jevy l'avait entendu gémir comme un enfant, il avait senti que son père était mourant. Le médecin était venu le voir tous les jours, et finalement la fièvre était tombée.

Il ne voyait de Nate que ses pieds qui dépassaient de la tente. Non, il ne mourrait pas.

33.

Il se réveilla une première fois, mais il ne voyait rien. Plus tard, il se réveilla à nouveau. Il faisait sombre. Il essaya de demander de l'eau et une bouchée de pain à Jevy, mais il n'avait plus de voix. Parler requérait un effort et des mouvements surhumains, surtout pour parvenir à dominer le vrombissement du moteur. Ses articulations étaient complètement bloquées. Il était comme entravé, cloué au fond de la barque.

Rachel était allongée à côté de lui sous cette tente puante, ses genoux également ramenés contre elle et touchant les siens, comme lorsqu'ils étaient assis devant sa hutte, et plus tard sous l'arbre près de la rivière. Un frôlement prudent, celui d'une femme affamée de l'innocent contact de la chair. Elle avait vécu avec les Ipicas pendant onze ans, et leur nudité mettait une terrible distance entre eux et n'importe quelle personne civilisée. Une simple embrassade était déjà tout un problème. Où tenez-vous l'autre ? Comment l'étreignez-vous ? Et combien de temps ? Elle n'avait certainement jamais serré dans ses bras aucun des hommes de la tribu.

Il aurait aimé l'embrasser, parce qu'elle avait visiblement passé des années sans connaître le moindre geste d'affection. « De quand date ton dernier baiser, Rachel ? voulait-il lui demander. Tu as été amoureuse. Mais as-tu déjà fait l'amour ? »

Aucune de ces questions ne franchissait les lèvres de Nate. Ils ne parlaient que de gens qu'ils ne connaissaient pas, se confiant indirectement, malgré tout, quelques bribes de leur passé.

Il lui caressait le genou et elle avait l'air d'aimer ça. Mais il n'irait pas plus loin. Il fallait l'apprivoiser pas à pas.

Elle était là pour l'empêcher de mourir. Elle avait vaincu la malaria par deux fois elle-même. La fièvre montait et baissait, les frissons vous frappaient comme des pointes de glace transperçant le corps, puis disparaissaient. Les nausées survenaient par vagues. Et puis plus rien. Pendant des heures. Elle mit sa main sur son bras et lui promit qu'il ne mourrait pas. « Elle dit ça à tout le monde », songea-t-il. La mort serait la bienvenue.

La sensation de la main de Rachel sur sa peau s'estompa. Il ouvrit les yeux et essaya de la toucher, mais elle avait disparu.

Jevy l'entendit délirer deux fois. Chaque fois, il arrêta la barque et tira Nate hors de la tente. Il l'obligea à boire un peu d'eau et aspergea doucement ses cheveux trempés.

– On y est presque, répétait-il. On y est presque.

Les premières lumières de Corumbá lui firent monter les larmes aux yeux. Il les avait vues de nombreuses fois en revenant du Pantanal, mais jamais il ne les avait attendues avec autant d'impatience. Elles clignotaient au loin. Il les compta jusqu'à ce que ses yeux se brouillent.

Il était presque 11 heures quand il sauta dans l'eau sombre pour tirer sa barque jusqu'au quai de béton. Les docks étaient déserts. Il amarra le bateau et courut vers une cabine téléphonique.

Valdir regardait la télévision, en pyjama, fumant sa dernière cigarette de la nuit et ignorant sa grincheuse de femme, quand le téléphone sonna. Il décrocha sans se lever, puis bondit sur ses pieds.

– Qu'est-ce qui se passe ? demanda la mégère tandis qu'il se précipitait hors de la chambre.

– Jevy est de retour, répondit-il par-dessus son épaule.

– Qui est Jevy ?

Passant devant elle pour sortir, il lança : « Je vais au fleuve. » Elle s'en fichait éperdument.

Tout en roulant à travers la ville, il appela un ami médecin, qui venait juste de se coucher. Usant de toute sa force de persuasion, il finit par le convaincre de le retrouver à l'hôpital.

Jevy faisait les cent pas sur le quai. L'Américain était affalé sur un rocher, la tête sur les genoux. Sans un mot, ils l'installèrent avec précaution sur la banquette arrière et démarrèrent en trombe, faisant voler le gravier derrière eux.

Tant de questions venaient aux lèvres de Valdir qu'il ne savait pas laquelle poser en premier.

– Quand est-il tombé malade ? demanda-t-il en portugais.

Jevy était assis à côté de lui, se frottant les yeux, essayant de demeurer éveillé. La dernière fois qu'il avait dormi, c'était chez les Indiens.

– Je n'en sais rien, dit-il. Je finis par confondre les jours. C'est la fièvre dengue. Les démangeaisons commencent le quatrième ou le cinquième jour et je crois qu'il en a depuis deux jours. Je ne sais pas.

Ils fonçaient à travers le centre-ville, ignorant feux rouges et panneaux. Les cafés fermaient. Il y avait peu de circulation.

– Vous avez trouvé la femme ?

– Oui.

– Où ?

– Près des montagnes. Je pense qu'elle est en Bolivie. À une journée au sud de Porto Indio, je dirais.

330

– Sa mission figurait sur les cartes ?

– Non.

– Alors comment vous l'avez trouvée ?

Il était impossible à un Brésilien d'admettre qu'il s'était perdu, a fortiori un guide de la réputation de Jevy. Un tel aveu aurait été fatal à sa fierté, peut-être même à ses affaires.

– Nous étions dans une région complètement inondée où les cartes ne servaient à rien. J'ai demandé à un pêcheur qui nous a aidés. Comment va Welly ?

– Welly va bien. Mais le bateau a disparu.

Valdir s'inquiétait beaucoup plus du sort du bateau que de celui du matelot.

– Je n'ai jamais vu des orages comme ça. On s'en est pris trois.

– Qu'est-ce que la femme a dit ?

– Je n'en sais rien. Je ne lui ai pas vraiment parlé.

– Elle était surprise de vous voir ?

– Elle n'en avait pas l'air. Elle a été plutôt sympa. Je crois qu'elle s'est bien entendue avec notre ami, là derrière.

– Comme s'est passée leur rencontre ?

– Demandez-le-lui.

Nate était roulé en chien de fusil sur la banquette arrière. Il n'entendait rien. Et Jevy était censé ne rien savoir, donc Valdir n'insista pas. Il parlerait plus tard avec Nate, dès que celui-ci en serait capable.

Une civière les attendait sur le parking de l'hôpital. Ils y transportèrent Nate et suivirent le brancardier. L'atmosphère était chaude et collante, encore étouffante. Sur les marches de l'entrée, une douzaine d'infirmières et d'aides-soignants fumaient en bavardant tranquillement. L'hôpital n'avait pas l'air conditionné.

L'ami médecin était brusque et pressé d'en finir. Il s'occuperait de la paperasserie le lendemain. Ils poussèrent Nate à travers le hall d'entrée désert, puis le long d'une série de couloirs, jusque dans une petite salle d'examen où une infirmière à moitié endormie le prit en charge. Tandis que Valdir et Jevy restaient dans un coin, le docteur et l'infirmière déshabillèrent leur patient. Le médecin étudia les plaques rouges qui lui couvraient le corps du menton à la taille. Nate était couvert de piqûres de moustique qu'il avait furieusement grattées, créant des dizaines de petits cratères rouges. Ils vérifièrent sa température, sa tension, son rythme cardiaque.

– On dirait la fièvre dengue, diagnostiqua le médecin au bout de dix minutes.

Il donna ses instructions à l'infirmière qui l'écoutait à peine parce qu'elle connaissait ce protocole sur le bout des doigts. Elle commença par laver la tête de Nate.

Nate murmura quelques mots incompréhensibles. Il ne pouvait toujours pas ouvrir ses yeux aux paupières enflées ; il ne s'était pas rasé depuis une semaine. On aurait dit un poivrot ramassé dans le caniveau derrière un bar de nuit.

– La fièvre est très forte, dit le médecin. Il délire. On va d'abord le mettre sous perfusion, antibiotiques et analgésiques, beaucoup d'eau, peut-être un peu de nourriture plus tard.

L'infirmière couvrit les yeux de Nate d'un épais bandage de gaze, qu'elle colla avec du sparadrap d'une oreille à l'autre. Elle trouva une veine et mit la perfusion en place. Elle sortit une chemise de nuit jaune d'un tiroir et la lui enfila.

Le médecin revérifia sa température.

– Elle ne devrait pas tarder à descendre, dit-il à l'infirmière, sinon, appelez-moi à la maison.

Il regarda sa montre d'un air impatient.

– Merci, fit Valdir.

– Je le verrai tôt demain matin, ajouta le médecin, et il les planta là.

Jevy vivait aux abords de la ville, où les maisons étaient petites et les rues en terre. Il s'endormit deux fois le temps que Valdir le ramène chez lui.

Mme Stafford faisait les antiquaires à Londres. Le téléphone sonna une douzaine de fois avant que Josh ne l'entende. Son réveil marquait 02.20.

– C'est Valdir, annonça la voix.

– Ah oui, Valdir, fit Josh en se frottant les cheveux et en clignant des yeux. Il vaudrait mieux que ce soit de bonnes nouvelles.

– Votre homme est revenu.

– Dieu merci.

– Mais il est très malade.

– Quoi ? Qu'est-ce qu'il a ?

– Il a la dengue. C'est presque similaire à la malaria. Ce sont les moustiques qui la transmettent. C'est assez commun par ici.

– Je pensais qu'on l'avait vacciné contre tout.

Josh s'était levé et s'étirait avec difficulté.

– Il n'y a pas de vaccin pour la dengue.

– Il ne va pas mourir ?

– Oh non ! Il est à l'hôpital. J'ai un excellent ami médecin qui prend soin de lui. Selon lui, il va s'en sortir sans problème.

– Quand pourrais-je lui parler ?

– Peut-être demain. Il a une très forte fièvre et il est inconscient pour l'instant.

– Est-ce qu'il a trouvé la femme ?

– Oui.

« Ça, c'est mon bon vieux Nate », songea Josh. Il poussa un grand soupir de soulagement et s'assit sur le lit. Donc elle était bien là-bas.

– Donnez-moi son numéro de chambre.

– Eh bien, il n'y a pas le téléphone dans les chambres.

– C'est une chambre seule, n'est-ce pas ? Valdir, l'argent n'est pas un problème : on s'occupe bien de lui, au moins ?

– Il est en de bonnes mains. Mais nos hôpitaux sont un peu différents des vôtres.

– Est-ce qu'il faut que je vienne ?

– Si vous voulez. Mais ce n'est pas nécessaire. Vous ne pourrez pas changer l'hôpital. Il est suivi par un bon médecin.

– Combien de temps va-t-il y rester ?

– Quelques jours. On en saura plus demain matin.

– Appelez-moi de bonne heure, Valdir. Il faut que je lui parle dès que possible.

– Je vous appellerai le plus tôt que je pourrai.

Josh se rendit dans sa cuisine pour boire un verre d'eau glacée. Puis il fit les cent pas dans sa chambre. À 3 heures, il abandonna toute idée de se rendormir, se fit une pleine cafetière de café très fort et gagna son bureau au sous-sol.

Parce que c'était un riche Américain, ils ne reculèrent devant rien. On injecta dans les veines de Nate les meilleurs médicaments de la pharmacie. La fièvre descendit un peu, les suées cessèrent. La douleur disparut, balayée par les produits chimiques les plus performants qu'on pouvait se procurer aux États-Unis. Nate ronflait lourdement quand l'infirmière et un garçon de salle le roulèrent jusqu'à son lit, deux heures après son arrivée.

Pour sa première nuit, il allait partager une chambre avec cinq autres personnes. Heureusement pour lui, il était aveuglé par son pansement et comateux. Il ne pouvait pas voir les blessures ouvertes, les tremblements incontrôlés du vieil homme à côté de lui, ni la créature détruite et sans vie à l'autre bout de la pièce. Il ne pouvait même pas sentir l'odeur putride qui enveloppait la pièce.

34.

Même s'il n'avait aucun bien à son propre nom, et était, financièrement, sur la corde raide depuis qu'il était adulte ou presque, Rex Phelan avait un réel talent pour les chiffres. C'était une des rares choses qu'il avait héritées de son père. Il était le seul héritier Phelan doté des aptitudes et de la résistance nécessaires pour lire les six référés contestant le testament de Troy. Quand il eut fini, il se rendit compte que cinq des six cabinets avaient quasiment dupliqué le travail du sixième.

Six cabinets livrant le même combat, et exigeant chacun un énorme morceau du gâteau. Il était largement l'heure de discuter en famille. Il décida de commencer par son frère TJ, qui était la cible la plus facile parce que ses avocats s'accrochaient à leurs scrupules éthiques.

Les deux frères tombèrent d'accord pour se rencontrer secrètement : leurs femmes se détestaient et il suffisait de ne pas les mettre au courant pour éviter la discorde. Rex dit au téléphone à Troy Junior qu'il était l'heure d'enterrer la hache de guerre. Les chiffres l'exigeaient.

Ils se retrouvèrent pour petit déjeuner dans un fast-food de banlieue et, au bout de quelques minutes de viennoiseries et de conversation sur le foot, on rangea les couteaux. Rex attaqua par l'histoire Snead.

– C'est énorme, insista-t-il, cela pourrait nous faire gagner ou perdre.

Il relata l'histoire strate par strate, s'approchant lentement de l'accord préliminaire que les avocats s'apprêtaient à signer, tous à l'exception de ceux de son frère aîné.

– Tes avocats sont en train de foutre le deal en l'air, lui glissa-t-il sur un ton de conspirateur, ses yeux scrutant la salle comme si des espions étaient en train de manger leurs œufs au bacon au comptoir.

– Ce fils de pute veut cinq millions ? fit Troy Junior, qui n'arrivait pas à croire à la duplicité de Snead.

– C'est une bonne affaire. Écoute, il est prêt à jurer qu'il était le seul présent auprès de papa quand il a écrit son testament. Il est prêt à tout ce qu'on veut pour invalider ce sale papier. Il ne veut qu'un demi-million maintenant. On peut le baiser sur le reste plus tard.

Cette idée plut à Troy Junior. Et changer d'avocats ne lui posait aucun problème. S'il avait été sincère, il aurait admis que Hemba et Hamilton appartenaient à une firme plutôt intimidante. Quatre cents avocats. Des halls en marbre. De l'art sur les murs. Quelqu'un payait pour leur luxe ostentatoire.

Rex changea de sujet.

– Tu as lu les six référés ? demanda-t-il.

Troy Junior avala une fraise et secoua la tête négativement. Il n'avait même pas lu celui qui avait été déposé en son nom. Hemba et Hamilton en avaient discuté avec lui, mais le document était épais, et Biff l'attendait dans la voiture.

– Eh bien, moi, je les ai lus, lentement et avec attention, et ils sont identiques. Nous voilà avec six cabinets qui font le même boulot, attaquant tous le même testament de la même manière. C'est absurde.

– J'y ai pensé, oui, dit Troy Junior pour ne pas le contrarier.

– Et tous les six s'attendent à devenir riches quand on signera l'accord. Combien est-ce que tes bonshommes obtiendront ?

– Combien est-ce que Hark Gettys obtiendra ?

– Vingt-cinq pour cent.

– Les miens voulaient trente. On est tombé d'accord sur vingt.

Il eut un bref éclair de fierté parce qu'il avait mieux négocié que Rex.

– Jouons un peu avec les chiffres, poursuivit Rex. Disons, c'est une hypothèse, que nous engageons Snead, qu'il dit tout ce qu'il faut, qu'on a nos psy, que ce bordel grandit et qu'en face ils sont obligés de proposer un accord à l'amiable. Disons que chaque héritier obtient, je ne sais pas, mettons vingt millions. Cela fait quarante à cette table. Cinq vont à Hark. Quatre à tes bonshommes. Cela fait neuf. Donc il nous en reste trente et un.

– Je les prends.

– Moi aussi. Mais, si on efface tes bonshommes du tableau et qu'on s'allie, alors Hark diminuera sa part. On n'a pas besoin de tous ces avocats, TJ. Ils se montent sur le dos les uns les autres pour nous bouffer notre fric.

– Je hais Hark Gettys.

– Très bien. Laisse-moi traiter avec lui. Je ne te demande pas de devenir son pote.

– Et pourquoi on ne vire pas Hark pour engager mes bonshommes ?

– Parce que Hark a trouvé Snead. Parce que Hark a trouvé la banque qui prête l'argent pour acheter Snead. Parce que Hark est prêt à signer les papiers et que tes bonshommes ont des états d'âme. C'est une sale affaire, TJ. Et Hark le comprend.

– Pour moi, ce n'est qu'un enculé d'escroc.

– Oui ! Mais c'est *notre* escroc. Si on marche ensemble, sa part passera de vingt-cinq à vingt. Si on peut s'associer avec Mary Ross, alors ça descendra à dix-sept et demi. Avec Libbigail, ça descendrait à quinze.

– On n'aura jamais Libbigail.

– Il y a toujours une chance. Si on est déjà tous les trois à bord, il se peut qu'elle nous écoute.

– Et ce malfrat avec qui elle est mariée ?

Troy Junior avait posé la question en toute franchise. Il parlait à son frère, lequel avait épousé une strip-teaseuse.

– On va les prendre un par un. Mettons-nous d'accord, et puis nous irons voir Mary Ross. Son avocat, c'est ce Grit, et il ne m'a pas l'air bien finaud.

– On n'y arrivera jamais, dit tristement Troy Junior.

– Notre fortune *est en jeu,* putain ! Il est temps de faire une trêve.

– Maman serait fière.

Les Indiens utilisaient les hautes berges de la rivière Xeco depuis des décennies. Les pêcheurs y établissaient parfois la nuit leur campement provisoire ; c'était aussi une halte pour le trafic fluvial. Rachel et Lako, et un autre Indien nommé Ten, étaient serrés les uns contre les autres sous une hutte précaire avec son toit de chaume. Ils attendaient que l'orage passe. Le toit fuyait et le vent leur balançait la pluie en plein visage. Le canoë était à leurs pieds, tiré de la rivière après une heure d'une terrible lutte contre la tempête. Les vêtements de Rachel étaient trempés, mais au moins l'eau de pluie était tiède. Depuis que son hors-bord avait rendu l'âme, chaque année, en soumettant son modeste budget à Tribus du Monde, elle demandait un nouveau hors-bord, ou au moins une bonne occasion. Mais les budgets de l'organisation étaient serrés. Ses allocations se limitaient aux médicaments et à la littérature biblique. « Continuez à prier, lui disait-on. Peut-être l'année prochaine... »

Elle ne remettait jamais cette réponse en cause. Si le Seigneur voulait qu'elle ait un nouveau hors-bord, alors elle en aurait un.

Sans barque, elle allait de village en village à pied, presque toujours avec Lako boitant à ses côtés. Et une fois par an, au mois d'août, elle réussissait à convaincre le chef de lui prêter un canoë et un guide pour se rendre jusqu'au fleuve Paraguay. Là, elle prenait un bétailler ou un chalana allant vers le sud. Deux ans auparavant, elle avait attendu trois jours, dormant dans l'étable d'une petite fazenda au bord du fleuve. En trois jours elle était passée du statut d'étrangère à celui d'amie et de missionnaire, et le fermier et sa femme s'étaient convertis grâce à ses enseignements et à ses prières.

Elle serait chez eux le lendemain et elle y attendrait un bateau pour Corumbá.

Le vent hurlait dans leur abri. Elle tenait la main de Lako et ils priaient, non pas pour eux, mais pour la vie de leur ami Nate.

Le petit déjeuner de M. Stafford – céréales et fruits – lui fut servi dans son bureau. Il refusa de quitter la pièce et, quand il déclara qu'il y resterait toute la journée, ses deux secrétaires se hâtèrent de réorchestrer pas moins de six rendez-vous. Il appela Valdir et on lui dit qu'il était en rendez-vous quelque part à l'autre bout de la ville. Valdir avait un téléphone cellulaire. Pourquoi ne l'avait-il pas appelé ?

Un associé lui apporta un mémo de deux pages sur la dengue, dégotté sur Internet. Puis il dit qu'il était attendu au palais et demanda à son patron s'il avait d'autres travaux médicaux pour lui. M. Stafford ne comprit pas la plaisanterie.

Josh lut le mémo en mangeant son petit pain. C'était écrit tout en capitales, avec doubles espaces et marges de dix centimètres, même pas une page et demie de long. Un mémo Stafford. La dengue est une infection virale commune à toutes les régions tropicales du globe. Elle est portée par un moustique connu sous le nom d'*aedes*, qui pique surtout le jour. Le premier symptôme est une intense fatigue, suivie rapidement par de violents maux de tête derrière les yeux, puis une fièvre moyenne qui grimpe haut et très rapidement, avec suées, nausées et vomissements. La fièvre est aussi connue sous le sobriquet de « briseuse d'os » en raison des violentes douleurs musculaires et articulaires qu'elle provoque. Une éruption de plaques apparaît une fois que tous les autres symptômes se sont déclarés. La fièvre peut descendre pendant un jour ou deux, mais elle revient en général avec une intensité accrue. Au bout d'une semaine, l'infection disparaît et le danger diminue. Il n'y a ni médicament ni vaccin. Il faut un mois de repos complet et d'alimentation sous forme liquide pour se rétablir.

Et ce, dans le meilleur pronostic. La dengue peut aussi dégénérer en fièvre hémorragique ou syndrome du choc de la dengue, qui sont tous deux fatals, surtout chez les enfants.

Josh à ce moment était prêt à expédier le jet de Phelan jusqu'à Corumbá pour ramener Nate, avec à bord un médecin, une infirmière et tout ce qu'il faudrait.

– M. Valdir au téléphone, dit une secrétaire dans l'interphone.

Josh avait refusé toutes les autres communications.

Valdir était à l'hôpital.

– Je viens d'aller voir M. O'Riley, dit-il lentement. Il va bien. Mais il n'a pas repris toute sa conscience.

– Peut-il parler ? demanda Josh.

– Non. Pas pour l'instant. On lui administre des sédatifs contre la douleur.

– Est-ce qu'il est entre les mains d'un bon médecin ?

– Le meilleur. Un ami à moi. Il examine M. O'Riley en ce moment même.

– Demandez-lui quand M. O'Riley pourra prendre l'avion pour rentrer. J'enverrai un jet privé et un médecin à Corumbá.

Il entendit une conversation à l'arrière-plan.

– Pas tout de suite, reprit Valdir. Il devra se reposer quand il quittera l'hôpital.

– Quand sort-il ?

Nouveau conciliabule.

– Mon ami ne peut pas se prononcer pour l'instant.

Josh secoua la tête et balança le reste de son petit pain à la poubelle.

– Avez-vous parlé à M. O'Riley ? gronda-t-il.

– Non. Je crois qu'il dort.

– Écoutez, monsieur Valdir, il est extrêmement important que je lui parle dès que possible. Compris ?

– Parfaitement. Mais il faut être patient.

– Je ne suis pas un homme patient.

– Je comprends. Mais il faut essayer.

– Rappelez-moi dans l'après-midi.

Josh écrasa le téléphone sur son réceptacle et se mit à marcher de long en large. Il avait commis une erreur en envoyant Nate, fragile et instable comme il l'était, dans cette expédition dangereuse. Il l'avait fait par commodité. Pour l'éloigner quelques semaines de plus, pour l'occuper ailleurs pendant que le cabinet réparait les dégâts qu'il avait causés. Il avait quatre autres associés de moindre importance en dehors de Nate, quatre avocats qu'il avait choisis, engagés et formés, et dont il prenait désormais les avis sur certaines affaires. Parmi eux, Tip était le seul à parler en faveur de Nate. Les trois autres auraient voulu le voir disparaître.

On avait assigné la secrétaire de Nate à quelqu'un d'autre. Un associé en pleine ascension s'était vu attribuer son bureau, et on disait qu'il s'y sentait comme chez lui.

Si la dengue ne tuait pas ce pauvre Nate, alors le fisc s'en chargerait.

La poche de la perfusion fut vide en milieu de journée, mais personne ne se soucia de venir la vérifier. Plusieurs heures plus tard, Nate s'éveilla. Il avait la tête légère, il se sentait en paix et moins fiévreux. Il était engourdi, mais il ne transpirait plus. Il sentit l'épaisse gaze sur ses yeux, toucha le sparadrap qui la maintenait et, après mûre réflexion, décida de l'ôter. Son bras gauche étant immobilisé par la perfusion, il commença à arracher le sparadrap de la main droite. Il percevait des voix dans une autre pièce et des bruits de pas sur un sol dur. Des gens s'affairaient dans le couloir. Plus près de lui, quelqu'un gémissait, d'une voix basse, régulière, douloureuse.

Il décolla doucement la bande adhésive et maudit la personne qui l'avait posée. Il laissa pendre le bandage d'un côté, sur son oreille gauche. La première image qui surgit fut un mur à la peinture écaillée, d'un jaune terne, juste au-dessus de lui. Les lumières étaient éteintes et des rais de soleil passaient par une fenêtre. La peinture du plafond était elle aussi craquelée, laissant apparaître de grandes taches noires envahies de toiles d'araignée et de poussière. Un ventilateur rouillé tournait au plafond en couinant.

Deux pieds attirèrent son attention, deux vieux pieds usés, zébrés de cicatrices et de cals des orteils au talon, en l'air. Il souleva la tête pour regarder à qui ils appartenaient : un vieillard tout ridé dont le lit touchait presque le sien. Il avait l'air mort.

Les gémissements de douleur provenaient du lit proche de la fenêtre. Le pauvre type était aussi ratatiné et ridé que son voisin. Il était assis au milieu de son lit, en boule, et il souffrait visiblement le martyre.

Cela puait la vieille urine, les excréments, la sueur et la Javel en même temps. Une seule odeur, très lourde. Des infirmières riaient dans le couloir. Il y avait cinq lits en plus de celui de Nate, posés n'importe comment dans la pièce.

Son troisième compagnon de chambre était près de la porte. À l'exception d'un lange humide, il était nu, et son corps était couvert de blessures béantes. Lui aussi avait l'air mort, et Nate espérait pour lui qu'il l'était.

Il n'y avait pas de sonnette, pas d'interphone, aucun moyen d'appeler sauf en hurlant, et cela risquait de réveiller les morts. Ces créatures pouvaient se relever et vouloir se pencher sur son lit.

Il fut saisi d'une furieuse envie de fuir, de balancer ses pieds hors du lit, d'arracher la perfusion et de courir le plus loin possible comme si sa vie en dépendait. Dans les rues, il aurait sa chance. Il ne pouvait pas y avoir autant de maladies dehors. Tout plutôt que cette léproserie.

Mais ses pieds étaient comme des parpaings. Nate essaya de les soulever, de toutes ses forces, l'un après l'autre, mais ils bougèrent à peine.

Il se renfonça dans son oreiller. Il ferma les yeux et faillit hurler. « Je suis dans un hôpital du tiers-monde, se répétait-il inlassablement. J'ai quitté Walnut Hill, à mille dollars par jour, avec tout sur commande, des tapis, des douches, des thérapeutes à ma disposition... »

L'homme aux blessures ouvertes grogna et Nate s'enfonça encore un peu plus. Puis il remit soigneusement la gaze en place sur ses yeux et recolla les sparadraps exactement là où ils étaient, en appuyant bien fort.

35.

Snead arriva au rendez-vous avec un contrat de son cru, qu'il avait préparé tout seul. Hark le lut et dut admettre que ce n'était pas un mauvais boulot du tout. C'était intitulé Contrat de Service d'Expertise de Témoin. Les experts donnent des opinions, Snead allait surtout affronter des faits, mais Hark se fichait de ce que disait ce contrat. Il le signa et lui tendit un chèque certifié d'un demi-million. Snead le prit délicatement, en lut chaque mot, puis le plia et l'enfouit dans la poche de son manteau.

– Maintenant, comment procédons-nous ? demanda-t-il.

Il y avait tant de choses à voir. Les autres avocats des Phelan tenaient à être présents. Hark n'aurait pas d'autre occasion de tête à tête avec Snead.

– Dans les grandes lignes, dit-il, quel était l'état mental du vieil homme le matin de sa mort ?

Snead se tortilla, se raidit et fronça les sourcils comme s'il réfléchissait intensément. Il voulait vraiment dire ce qu'il fallait. Il sentait ses quatre millions et demi suspendus juste au-dessus de sa tête.

– Il était complètement à côté de la plaque, commença-t-il, laissant sa phrase en suspens comme s'il quêtait l'approbation de Hark.

Hark hocha la tête.

– Était-ce inhabituel ?

– Non. En fait, les derniers temps, il débloquait.

– Combien de temps passiez-vous avec lui ?

– Bon an mal an, vingt-quatre heures par jour.

– Où dormiez-vous ?

– Ma chambre était au bout du couloir, mais il avait un buzzer pour m'appeler. Je devais être constamment disponible. Parfois il me sonnait au milieu de la nuit pour avoir un jus de fruits ou un cachet. Il n'avait qu'à pousser un bouton, cela me réveillait et j'allais lui chercher ce qu'il désirait.

– Qui d'autre vivait avec lui ?

– Personne.

– Avec qui d'autre passait-il son temps ?

– Peut-être la jeune Nicolette, sa secrétaire. Il l'aimait bien.

– Avait-il des relations sexuelles avec elle ?

– Est-ce que ça aiderait à notre affaire ?

– Oui.

– Alors, ils baisaient comme des lapins.

Hark ne put s'empêcher de sourire. L'allégation que Troy s'envoyait sa dernière secrétaire ne surprendrait personne.

Il ne leur fallut pas longtemps pour chanter la même partition.

– Écoutez, monsieur Snead, voilà ce que nous voulons. Nous avons besoin d'un relevé d'excentricités, de petites bizarreries, de lacunes, de choses étranges qu'il disait et faisait qui, considérées ensemble, pourraient convaincre n'importe qui qu'il n'était pas sain d'esprit. Vous avez le temps. Écrivez tout noir sur blanc. Assemblez les pièces du puzzle. Discutez-en avec Nicolette, assurez-vous qu'ils avaient une relation sexuelle, écoutez ce qu'elle a à raconter.

– Elle dira ce que nous voudrons.

– Bien. Alors, répétez vos textes et soyez sûr qu'il n'existe pas de faille que les autres avocats pourraient découvrir. Vos histoires doivent se tenir parfaitement.

– Il n'y a personne pour les contredire.

– Personne ? Pas de chauffeur, ni de femme de ménage, ni d'ex-maîtresse, ou bien une autre secrétaire ?

– Il avait tout ça, bien sûr. Mais personne ne vivait au quatorzième étage que M. Phelan et moi. C'était un homme très seul. Et tout à fait fou.

– Alors, comment a-t-il fait pour tromper si bien les trois psychiatres ?

Snead réfléchit un instant. Son imagination était en panne.

– Vous diriez quoi, vous ? demanda-t-il.

– Je dirais que M. Phelan savait que cet examen serait difficile pour lui et qu'il allait se tromper, et qu'en conséquence il vous a demandé de préparer des listes de questions probables. Du coup, vous avez tous deux passé la matinée à étudier des choses aussi simples que la date du jour, qu'il n'arrivait pas à retrouver, les noms de ses enfants, qu'il avait complètement oubliés, les lieux où ils avaient fait leurs études, à qui ils étaient mariés, etc. Puis vous lui avez fait répéter les questions concernant sa santé. Je dirais qu'après ça vous l'avez interrogé pendant deux heures sur ses biens, sur la structure du Groupe Phelan, les compagnies qu'il possédait, les acquisitions qu'il avait faites, les prix à la clôture de certaines actions. Il se reposait de plus en plus sur vous pour tous les aspects financiers, donc cela vous était facile. Cette répétition générale fut une épreuve pour le vieil homme, mais vous étiez déterminé à l'aider de votre mieux. Est-ce que ça vous rappelle quelque chose ?

Snead adorait ce jeu. Il était subjugué par le don de cet avocat pour inventer autant de mensonges à brûle-pourpoint.

– Oui ! Oui, c'est ça ! C'est comme ça que M. Phelan a berné les psychiatres.

– Alors, brodez sur cette trame, monsieur Snead. Plus vous travaillerez vos histoires, meilleur témoin vous serez. Les avocats de l'autre partie vont se jeter sur vous. Ils vont attaquer votre témoignage et vous traiter de menteur, il faut donc être parfaitement sûr de vous. Écrivez tout, noir sur blanc, pour bien mettre au point vos histoires et ne jamais vous couper.

– J'aime bien cette idée.

– Les dates, les endroits, les incidents, les bizarreries. Tout, monsieur Snead. Pareil pour Nicolette. Faites-lui tout écrire.

– Elle n'écrit pas très bien.

– Aidez-la. C'est à vous de jouer, monsieur Snead. Vous voulez toucher le reste de l'argent, alors gagnez-le.

– Combien de temps ai-je ?

– Nous voudrions vous enregistrer dans quelques jours. Nous écouterons vos histoires, nous vous assaillirons de questions, et puis nous analyserons comment vous vous en êtes tiré. Je suis certain qu'il faudra modifier certaines choses. Nous vous aiderons, comptez sur nous. Peut-être aurons-nous besoin de vous enregistrer plusieurs fois. Quand tout sera parfaitement au point, alors nous vous ferons déposer.

Snead partit à toute vitesse mettre l'argent à la banque. Il voulait s'acheter une nouvelle voiture. Nicolette aussi.

Un aide-soignant qui faisait sa ronde de nuit remarqua que la perfusion était vide. Les instructions manuscrites au dos de la poche plastifiée indiquaient que le liquide devait couler en permanence. Il emporta la poche à la pharmacie, où une élève infirmière la remplit. Dans l'hôpital, les rumeurs sur le riche patient américain allaient bon train.

Dans son sommeil, Nate reçut une nouvelle dose de drogues dont il n'avait plus besoin.

Quand Jevy lui rendit visite, avant le petit déjeuner, il le trouva à moitié éveillé, les yeux toujours bandés.

– Welly est là, chuchota Jevy.

L'infirmière de service aida Jevy à rouler le lit jusqu'à une petite cour ensoleillée. Elle inclina le lit de sorte à installer Nate en position semi-assise. Elle ôta la gaze et la bande adhésive et il ne cilla pas. Il ouvrit tout doucement les yeux et essaya d'accommoder. Jevy se pencha sur lui et remarqua :

– Tes paupières ne sont plus du tout gonflées.

– Bonjour, Nate, fit Welly, penché de l'autre côté.

L'infirmière les laissa.

– Salut, Welly, répondit Nate d'une voix pâteuse.

Il était groggy mais heureux. Il connaissait bien cette sensation d'être drogué.

Jevy lui posa une main sur le front et constata :

– La fièvre est tombée aussi.

Les deux Brésiliens se sourirent, soulagés.

– Qu'est-ce qui t'est arrivé ? demanda Nate à Welly, en faisant un gros effort pour articuler.

Jevy traduisit en portugais. Welly s'anima d'un coup et commença une longue histoire sur l'orage, la tempête et le naufrage du *Santa Loura*. Jevy l'arrêtait toutes les trente secondes pour la traduction. Nate écoutait tout en essayant de garder les yeux ouverts, mais il lui semblait flotter dans du coton.

Puis Valdir arriva. Il salua Nate avec chaleur, ravi de voir que leur hôte avait l'air d'aller bien mieux. Il sortit un portable et, tout en composant un numéro, il dit :

– Il faut que vous parliez à M. Stafford. Il est fou d'inquiétude.

– Je ne suis pas certain de...

Les mots de Nate sortaient en bouillie de sa bouche.

348

– Tenez, je vous passe M. Stafford, dit Valdir en lui tendant son téléphone et en remontant son oreiller.

Nate prit le portable et murmura un faible « Hello ».

– Nate ! fit Josh. C'est bien toi ?

– Josh.

– Nate, dis-moi que tu ne vas pas mourir, je t'en prie.

– Je ne sais pas, dit Nate.

Avec sollicitude, Valdir rapprocha le téléphone de l'oreille de Nate. « Parlez plus fort », lui chuchota-t-il. Jevy et Welly s'éloignèrent.

– Nate, est-ce que tu as trouvé Rachel Lane ? cria Josh dans le téléphone.

Nate essaya de reconstituer le puzzle. Il fronçait les sourcils, concentré.

– Non, finit-il par dire.

– Quoi ?

– Elle ne s'appelle pas Rachel Lane.

– Qu'est-ce que c'est que ce bordel ?

Nate réfléchit de toutes ses forces, mais il était épuisé. Il essaya de se souvenir de son nom. Peut-être ne le lui avait-elle jamais dit ?

– J'en sais rien, marmonna-t-il faiblement.

Valdir pressait le téléphone contre son oreille.

– Nate ! Parle-moi ! As-tu trouvé la fille de Troy ?

– Oh oui ! Tout va bien ici, Josh. Détends-toi.

– Et alors, comment est-elle ?

– Elle est adorable.

Josh hésita une seconde, mais il n'avait pas de temps à perdre.

– C'est bien, Nate. A-t-elle signé les papiers ?

– Je n'arrive plus à me souvenir de son nom.

– A-t-elle signé les papiers ?

Il y eut un long silence. Le menton de Nate tomba sur sa poitrine comme s'il s'était endormi.

– Je l'aime vraiment bien, balbutia soudain Nate. Beaucoup.

– T'es défoncé, pas vrai, Nate ? Ils t'ont bourré d'analgésiques, non ?

– Ouais.

– Écoute, Nate, appelle-moi quand tu auras l'esprit plus clair, OK ?

– Je n'ai pas de téléphone.

– Sers-toi de celui de Valdir. Rappelle-moi, Nate, s'il te plaît.

Nate hocha la tête et ses yeux se refermèrent.

– Je lui ai demandé de m'épouser, marmonnat-il dans le téléphone, puis son menton retomba pour de bon.

Valdir prit le combiné et s'écarta du lit. Il essaya de décrire dans quel état était Nate.

– Est-ce qu'il faut que je vienne ? cria Josh pour la troisième ou quatrième fois.

– Ça ne servirait à rien. S'il vous plaît, soyez patient.

– Arrêtez de me seriner ça. C'est exaspérant !

– Je comprends.

– Remettez-le sur pied, Valdir.

– Il va bien.

– Non, pas du tout. Rappelez-moi plus tard.

Tip Durban trouva Josh devant la fenêtre de son bureau, le regard perdu sur l'horizon. Tip referma la porte, prit un siège et demanda :

– Qu'est-ce qu'il a dit ?

Josh ne se retourna pas.

– Qu'il l'avait trouvée, qu'elle est adorable, et qu'il lui a demandé sa main.

Il n'y avait pas la moindre trace d'humour dans sa voix. Mais cela fit quand même sourire Tip. Décidément, ce bon vieux Nate ne changerait jamais...

– Comment va-t-il ?

– Il est à moitié conscient, bourré d'analgésiques. Valdir dit que la fièvre est tombée et qu'il a l'air beaucoup mieux.

– Il va s'en sortir, alors.

– Je crains que non.

Durban se mit à rire.

– C'est bien notre Nate. Il ne peut pas résister à ce qui porte jupon.

Josh se retourna enfin, un sourire sur les lèvres.

– C'est magnifique, dit-il. Nate est ruiné. Elle n'a que quarante-deux ans, et n'a probablement pas vu un homme blanc depuis des années.

– Elle serait moche comme un pou que Nate s'en foutrait. Il se trouve qu'elle est la femme la plus riche du monde.

– Tout bien réfléchi, ça ne m'étonne pas. Je pensais lui faire une faveur en lui proposant cette aventure. Je n'avais pas pensé qu'il essaierait de séduire une missionnaire.

– Tu crois qu'il se l'est tapée ?

– Qui sait ce qu'ils ont bien pu faire dans la jungle.

– J'en doute, ajouta Tip après réflexion. On connaît Nate, mais on ne la connaît pas, elle. Il faut être deux.

Josh s'assit sur le coin de son bureau.

– Tu as raison. Je ne suis pas sûr qu'elle craquerait pour Nate. Il trimballe de trop grosses valises.

– Est-ce qu'elle a signé les papiers ?

– On n'a pas pu aller aussi loin dans la discussion. Je suis certain qu'elle l'a fait, sinon, il ne l'aurait pas quittée.

– Quand est-ce qu'il rentre ?

– Dès qu'il pourra voyager.

– N'en sois pas si sûr. Pour onze milliards, moi, je traînerais un peu dans le coin.

36.

Le médecin trouva son patient en train de ronfler à l'ombre dans la cour. Son ami dormait sur le
sol juste à côté de lui. Il vérifia la poche de la perfusion et interrompit l'écoulement. Il toucha le
front de Nate : la fièvre avait disparu.

– *Senhor* O'Riley, dit-il assez fort, tout en tapotant l'épaule de Nate.

Jevy bondit sur ses pieds. Le médecin ne parlait
pas anglais.

Il voulait que le malade retourne dans sa
chambre, ce qui n'était pas du tout du goût de
Nate. Ce dernier supplia Jevy et Jevy supplia le
docteur. Jevy avait vu les autres patients lui aussi,
et il comprenait la répulsion de son ami ; il promit
au médecin de rester assis à l'ombre avec le malade
jusqu'à ce que la nuit tombe. Le médecin accepta.
Il s'en fichait, après tout.

Une sorte de petit enclos fermé par de grosses
barres en métal noir scellées dans le béton jouxtait
la cour. Des patients s'approchaient de temps à
autre, les dévisageant entre les barreaux. Ils ne
pouvaient pas s'échapper. En fin de matinée, un
agité apparut et s'offusqua de la présence de Jevy
et Nate dans la cour. Il avait la peau tachetée de
brun et des cheveux roux coupés n'importe comment. Il avait l'air aussi cinglé qu'il l'était en réa-

lité. Il se coinça la tête entre deux barreaux, puis se mit à hurler. Sa voix suraiguë résonnait dans la cour et dans le hall.

– Qu'est-ce qu'il dit ? demanda Nate.

Les cris du fou l'avaient fait sursauter et réveillé pour de bon.

– Je ne comprends pas un mot. Il est complètement barjo.

– Ils m'ont mis dans le même hôpital que les fous ?

– Oui. Désolé. C'est une toute petite ville.

Ses hurlements s'intensifièrent. Du hall, une infirmière lui cria de la fermer. Il déversa sur elle un chapelet d'injures qui la fit s'enfuir en courant. Puis il reporta son attention sur Nate et Jevy. Il serrait les barreaux si fort que ses phalanges étaient blanches. Il se mit à sauter sur place en hurlant de plus belle.

– Le pauvre type, dit Nate.

Les hurlements se transformèrent en gémissements ; au bout de quelques minutes, un infirmier apparut derrière l'homme et tenta de l'emmener, ce qui décupla sa rage.

L'infirmier finit par abandonner. Avec un rire dément, le fou baissa son pantalon et commença à pisser entre les barreaux, essayant de viser Nate et Jevy qui étaient largement hors de portée. Comme ses mains avaient lâché les barreaux, l'infirmier réapparut soudain, l'attaquant par-derrière. Il bloqua les bras de l'homme et l'entraîna hors de vue. Les hurlements cessèrent immédiatement.

Secoué par ce petit drame du quotidien, Nate supplia Jevy :

– Sors-moi d'ici.

– Qu'est-ce que tu veux dire ?

– Emmène-moi. Je me sens bien. La fièvre est tombée, mes forces reviennent. Allons-y.

– On ne peut pas partir sans l'autorisation du médecin. Et tu as ça, dit-il en désignant la perfusion dans l'avant-bras gauche de Nate.

– Ça, c'est rien, dit Nate en arrachant l'aiguille de son bras. Trouve-moi des vêtements, Jevy. Je me casse.

– Tu ne connais pas la dengue. Mon père l'a eue.

– C'est fini. Je le sens.

– Non, ce n'est pas fini. La fièvre va revenir, et ce sera pire. Bien pire.

– Je ne te crois pas. Accompagne-moi à l'hôtel, Jevy, s'il te plaît. J'y serai mieux. Je te paierai pour rester avec moi et si la fièvre revient tu me donneras des cachets. S'il te plaît, Jevy.

Jevy était debout au pied du lit. Il jetait des regards furtifs autour de lui comme si quelqu'un risquait de comprendre leur conversation en anglais.

– Je ne sais pas, dit-il, hésitant.

Ce n'était pas une si mauvaise idée, au fond.

– Je te donnerai deux cents dollars pour me trouver des vêtements et un hôtel. Et je te paierai cinquante dollars par jour pour me soigner jusqu'à ce que j'aille mieux

– Ce n'est pas une question d'argent, Nate. Je suis ton ami.

– Moi aussi je suis ton ami, Jevy. Et les amis aident les amis. Je *ne peux pas* retourner dans cette chambre. Tu as vu tous ces pauvres gens ? Ils pourrissent, ils agonisent, ils se pissent dessus. Ça pue la mort, là-dedans. Les infirmières s'en balancent. Les médecins ne viennent jamais te voir. L'asile de fous est juste à côté. Je t'en prie, Jevy, sors-moi de là. Je te paierai bien.

– Ton argent a coulé avec le *Santa Loura*.

Cela l'arrêta net. Nate avait complètement oublié le *Santa Loura* et ses affaires – ses vêtements, son argent, son passeport et son attaché-case qui enfermait les gadgets et les papiers de Josh. Il n'avait connu que de brefs moments de lucidité depuis qu'il avait quitté Rachel, durant lesquels il n'avait pensé qu'à la vie et à la mort. Jamais à des choses tangibles ou à des biens matériels.

– Ça n'est pas un problème. Je vais m'en faire câbler des États-Unis. S'il te plaît, aide-moi.

Jevy savait que la dengue était rarement fatale. Nate paraissait vraiment mieux, même s'il risquait certainement un nouvel assaut de fièvre. Personne ne pourrait lui reprocher de vouloir s'échapper d'un tel hôpital.

– OK, fit le jeune Brésilien en regardant à nouveau autour d'eux il n'y avait personne. Je reviens dans quelques minutes.

Nate ferma les yeux. Il n'avait plus de passeport, plus un sou, pas de vêtements, pas de brosse à dents. Plus de SatPhone, plus de portable, même pas l'ombre d'une carte téléphonique. Quant à ce qu'il avait laissé chez lui, ce n'était guère plus brillant. De sa banqueroute personnelle, il pouvait tout juste espérer conserver sa voiture en leasing, ses vêtements, ses modestes meubles, et l'argent mis de côté dans son assurance-vie. Rien d'autre. Le bail de son petit appartement de Georgetown avait été résilié pendant sa cure. Il n'avait même pas un endroit à lui où dormir quand il rentrerait. Et, à part Josh, personne ne l'attendait.

Pour son quarantième anniversaire, Nate avait gagné un procès à dix millions de dollars contre un médecin coupable de n'avoir pas diagnostiqué un cancer. C'était le plus gros verdict de sa carrière : au bout de deux ans de procédure, il avait rapporté quatre millions de dollars d'honoraires au cabinet. La prime de Nate avait atteint cette année-là un million et demi. Il avait été millionnaire pendant quelques mois, jusqu'à ce qu'il achète une nouvelle maison. Il avait offert à sa femme, la deuxième, des fourrures et des diamants, il avait changé de voiture, il avait voyagé, il s'était lancé dans quelques investissements hasardeux. Et puis il avait commencé à fréquenter une étudiante cocaïnomane, et il avait craqué de nouveau. Il était tombé très vite et très bas et avait passé deux mois enfermé. Sa femme l'avait quitté en emportant l'argent, puis elle était revenue brièvement après l'avoir dépensé.

Il avait été millionnaire et il essayait d'imaginer à quoi il ressemblait à présent – malade, seul, sans le sou, bientôt condamné à la prison, effrayé à l'idée de rentrer chez lui et terrifié par les tentations qui l'y guettaient.

Sa quête de Rachel avait pleinement occupé son esprit. Cette chasse était excitante. Maintenant qu'elle était finie, et qu'il se retrouvait face à lui-même, incapable de bouger, il pensait à Sergio, à la cure, aux diverses dépendances et aux ennuis qui l'attendaient. L'obscurité se refermait à nouveau sur lui.

Il ne pouvait pas passer le reste de ses jours à naviguer dans des chalanas sur le Paraguay avec Jevy et Welly, loin de tout alcool, de la drogue et des femmes, en oubliant ses démêlés avec la justice. Il fallait qu'il revienne. Il fallait qu'il fasse front encore une fois.

Un cri perçant le sortit brutalement de ses rêveries. Le rouquin dément était de retour.

En roulant le lit, Jevy traversa une véranda, puis longea un couloir qui menait vers le devant de l'hôpital. Il s'arrêta près de la loge du concierge et aida Nate à se lever. Très faible, Nate tremblait sur ses jambes, mais il était déterminé à s'échapper. Il s'appuya sur Jevy pour entrer dans la loge vide, où il arracha sa chemise de nuit et enfila un short, un tee-shirt rouge, des sandales en caoutchouc, une casquette en jean et des lunettes de soleil. Bien qu'il en eût le costume, il ne se sentait pas du tout brésilien. Il était à peine habillé qu'il s'évanouit.

Dehors, Jevy l'entendit heurter la porte. Il l'ouvrit à toute volée et trouva Nate inanimé, étendu au milieu d'une pile de seaux, de balais et de serpillières. Il le prit sous les bras et le traîna jusqu'au lit roulant sur lequel il l'installa et le recouvrit du drap.

Assez vite, Nate reprit conscience.

– Qu'est-ce qui s'est passé ? demanda-t-il.

– Tu es tombé dans les pommes, expliqua Jevy en recommençant à pousser le lit.

Ils passèrent devant deux infirmières qui ne parurent pas les remarquer.

– C'est une mauvaise idée, ajouta-t-il.

– Continue, ne te pose pas de questions.

Ils s'arrêtèrent à la hauteur de l'entrée principale. Nate se souleva péniblement, saisi d'un nouveau vertige, mais il parvint à se mettre debout. Jevy passa un bras autour de ses épaules et le maintint solidement.

– Doucement, répétait-il, doucement et lentement.

Ils traversèrent le hall puis descendirent les marches du perron dans l'indifférence générale. Le soleil frappa Nate en plein visage et il se cramponna à Jevy pour atteindre l'énorme pick-up Ford garé de l'autre côté de la rue.

Ils faillirent avoir un accident dès le premier croisement.

– Pourrais-tu conduire moins vite, s'il te plaît ? balbutia Nate, qui suait à grosses gouttes, l'estomac complètement retourné.

– Désolé, dit Jevy en appuyant sur la pédale de frein.

Déployant tout son charme, avec la promesse de quelques billets verts, Jevy obtint une chambre de la jeune réceptionniste du Palace Hotel.

Sitôt dans la chambre, Nate s'écroula sur le lit. Cette évasion l'avait exténué. Jevy s'installa devant la rediffusion d'un match de foot, mais au bout de cinq minutes il s'ennuyait déjà. Il retourna flirter avec la fille de l'accueil.

Deux fois, Nate essaya d'obtenir une opératrice internationale. Il avait le vague souvenir d'avoir parlé à Josh et soupçonnait que ce dernier devait attendre de ses nouvelles avec impatience. À la seconde tentative, un flot de portugais se déversa dans le téléphone. Quand l'opératrice essaya l'anglais, il parvint à saisir les mots « carte téléphonique ». Il raccrocha et s'endormit.

Le médecin appela Valdir. Valdir trouva le camion de Jevy garé dans une rue devant le Palace Hotel et son propriétaire près de la piscine, une bière à la main.

– Où est M. O'Riley ? s'énerva Valdir, visiblement à bout de patience.

– Dans sa chambre, répondit Jevy très tranquillement en buvant une petite gorgée.

– Qu'est-ce qu'il fiche ici ?

– Il voulait quitter l'hôpital. Est-ce qu'on peut l'en blâmer ?

La seule fois que Valdir avait eu à se faire opérer, il était allé à Campo Grande, à quatre heures de Corumbá. Seuls les pauvres hères se faisaient hospitaliser dans ce mouroir.

– Comment va-t-il ?

– Je crois qu'il va bien.

– Restez auprès de lui.

– Je ne travaille plus pour vous, monsieur Valdir.

– Oui, mais il y a l'affaire du bateau.

– Je ne peux pas le faire remonter du fond. Ce n'est pas moi qui l'ai coulé. C'est un orage. Qu'est-ce que vous voulez que je fasse ?

– Je veux que vous surveilliez M. O'Riley.

– Il a besoin d'argent. Pouvez-vous lui en faire câbler ?

– Je suppose.

– Et il a besoin d'un passeport. Il a tout perdu.

– Contente-toi de le surveiller. Je m'occupe du reste.

La fièvre remonta tout doucement mais continûment pendant la soirée. Encore sous l'effet des doses de cheval qu'on lui avait injectées, il ne s'en rendit pas compte. À un moment, toutefois, il ouvrit les yeux. Ses paupières avaient à nouveau doublé de volume et l'intensité de la douleur lui arracha un hurlement.

Un grognement, plutôt. Il avait la bouche totalement desséchée. Une masse sournoise lui martelait les tempes. Il baignait dans un lac de sueur, le visage en feu, recroquevillé sous la douleur. Il était en train de mourir, il en était sûr.

– Jevy, murmura-t-il. Jevy.

Jevy alluma la lampe de chevet, ce qui arracha un nouveau gémissement à Nate.

– Éteins ça ! supplia-t-il.

Jevy courut allumer la lampe de la salle de bains, qui diffusait une lumière plus douce. Il avait acheté de l'eau minérale, de la glace, de l'aspirine et un thermomètre. Il espérait que ça suffirait.

Une heure passa et Jevy en compta chaque minute. La fièvre était montée à quarante. Les frissons et les tremblements saisissaient le malade par vagues si violentes qu'ils faisaient vibrer le petit lit sur le plancher. À chaque accalmie, Jevy lui glissait des cachets dans la bouche et le faisait boire. Il mouillait son visage avec des serviettes humides. Nate souffrait en serrant bravement les dents, sans se plaindre. Il voulait à tout prix rester dans le luxe relatif de cette petite chambre d'hôtel. Chaque fois qu'il avait envie de crier, il se rappelait le plâtre craquelé et les odeurs de l'hôpital.

À 4 heures du matin, sa fièvre dépassa quarante et un et Nate se mit à délirer. Il fut pris de convulsions qui l'affaiblissaient minute après minute.

À 6 heures, Jevy lui reprit la température. Quarante-deux et deux dixièmes. Il savait que son ami n'allait pas tarder à tomber en état de choc. Il paniqua. Il fallait retourner à l'hôpital.

Il trouva un garçon d'étage endormi au deuxième qui l'aida à traîner Nate jusqu'à son pick-up. Il téléphona à Valdir, le réveillant, et se fit agonir d'injures.

Quand Valdir fut calmé, il accepta d'appeler le médecin.

37.

– Remettez-le sous perfusion à haute dose, et essayez de lui trouver une meilleure chambre, ordonna le médecin du fond de son lit.

Comme elles étaient toutes archipleines, ils l'installèrent dans le couloir, près d'un bureau en pagaille qu'ils appelaient la salle des infirmières. Au moins, là, ils ne pouvaient pas l'ignorer. On pria Jevy de s'en aller. Il ne pouvait rien faire d'autre qu'attendre.

À un moment d'accalmie, un aide-soignant vint lui ôter ses vêtements et lui enfila une nouvelle chemise de nuit jaune. Nate ne protesta pas. Il n'en avait plus rien à faire.

Quand les tremblements ou les gémissements s'accentuaient, le premier venu – médecin, infirmière, ou aide-soignant – accélérait le débit de la perfusion. Et quand il ronflait trop fort, quelqu'un le ralentissait.

Un décès libéra une place. On roula Nate dans la chambre la plus proche où on le parqua entre un ouvrier qui venait de perdre un pied et un homme qui mourait d'une insuffisance rénale. Le médecin le vit deux fois dans la journée. La fièvre oscillait entre quarante et quarante et un. Valdir passa en fin d'après-midi, mais Nate dormait. Il fit son rapport à M. Stafford, que cela rendit fou de rage.

– Les médecins disent que c'est normal, s'efforçait d'expliquer Valdir dans son portable, au beau milieu du couloir. M. O'Riley va se rétablir.

– Ne le laissez pas mourir, Valdir ! hurlait Josh du fond des États-Unis.

On câbla de l'argent. On s'occupait également de son passeport.

Une fois encore, la poche de la perfusion se retrouva vide et personne ne le remarqua. Peu à peu les médicaments cessèrent de faire de l'effet. Il faisait complètement nuit et il n'y avait aucun mouvement dans les trois autres lits quand Nate sortit de son coma. Il distinguait à peine ses compagnons d'infortune. La porte était ouverte et une faible lueur provenait du couloir. Pas de voix, pas le moindre bruit de pas.

Il tâta sa chemise de nuit – trempée de sueur – et réalisa qu'il était à nouveau nu dessous. Il frotta ses yeux douloureux et essaya d'étendre ses jambes crispées par des crampes. Son front était très chaud. Il mourait de soif et ne se souvenait pas de son dernier repas. Il prenait garde de bouger le moins possible de crainte de réveiller les autres malades. Une infirmière allait sûrement venir bientôt.

Ses draps étaient trempés eux aussi, si bien que, quand une nouvelle vague de frissons secoua son corps, il se mit également à grelotter. Quand la crise fut passée, il essaya de se rendormir et parvint à s'assoupir, mais la fièvre remonta assez vite. Ses tempes battaient si fort que Nate se mit à pleurer. Il serra l'oreiller le plus fort possible autour de sa tête.

Une silhouette entra et fit le tour des lits dans l'obscurité, s'arrêtant finalement à côté du sien. Elle l'observa un moment puis lui toucha doucement le bras en chuchotant : « Nate. »

En temps normal, il aurait sursauté. Mais les hallucinations étaient devenues quelque chose de commun depuis qu'il était tombé malade. Il baissa l'oreiller et s'efforça de distinguer qui lui parlait.

– C'est Rachel, murmura la voix.

– Rachel ? chuchota-t-il, respirant difficilement.

Il tenta de s'asseoir, puis d'ouvrir les yeux, soulevant ses paupières avec ses doigts.

– Rachel ? répéta-t-il.

– Je suis là, Nate. Dieu m'a envoyée pour te protéger.

Il tendit la main vers son visage et elle la saisit. Elle embrassa sa paume.

– Tu ne vas pas mourir, Nate, dit-elle. Dieu ne le veut pas.

Il était incapable de répondre quoi que ce fût. Lentement, ses yeux accommodèrent et il la vit.

– C'est toi, fit-il.

Était-il en train de rêver ?

Il retomba sur son oreiller. Imperceptiblement, son corps se détendait. Il referma les yeux, mais il tenait encore la main de la jeune femme. Le martèlement contre ses tempes cessa. La chaleur quitta son front et son visage. La fièvre avait eu raison de ses forces et il sombra à nouveau dans un sommeil profond qui n'était plus dû à l'effet des médicaments mais à un épuisement total.

Il rêva d'anges – des jeunes femmes en robe blanche flottaient dans les nuages au-dessus de lui, qui étaient là pour le protéger, et chantaient des cantiques qu'il n'avait jamais entendus mais qui, bizarrement, lui semblaient familiers.

Il quitta l'hôpital à midi le lendemain, armé de son ordonnance et accompagné par Jevy et Valdir. Il n'avait plus de fièvre, plus de plaques rouges, juste de fortes courbatures dans tout le corps. Il avait insisté pour sortir, et le médecin avait fini par accepter, trop content de se débarrasser de ce patient.

Leur première halte fut pour un restaurant où Nate avala un grand bol de riz et une assiette de pommes de terre bouillies. Il évita steaks et côte-lettes. Pas Jevy. Ils étaient encore tous deux affa-més après leur voyage dans le Pantanal. Valdir prit un café et fuma en les regardant manger.

Personne n'avait vu Rachel entrer ni sortir de l'hôpital. Nate avait raconté sa visite nocturne à Jevy, qui avait mené son enquête auprès des infir-mières et des filles de salle, sans succès. Après le déjeuner, Jevy les laissa et partit arpenter la ville à la recherche de Rachel. Il alla au fleuve où il dis-cuta avec l'équipage du dernier bétailler arrivé. Elle n'avait pas voyagé avec eux. Les pêcheurs ne l'avaient pas vue non plus. Personne ne semblait rien savoir sur la présence en ville d'une femme blanche venue du Pantanal.

Seul dans le bureau de Valdir, Nate composa le numéro du cabinet Stafford, après avoir eu un mal fou à se le remémorer. Il sortit Josh d'un rendez-vous important.

– Enfin, c'est toi ! s'exclama-t-il. Comment vas-tu ?

– Je n'ai plus de fièvre, répondit Nate en se balançant dans le rocking-chair de Valdir. Je me sens bien. Un peu courbatu et crevé, mais bien.

– Ça s'entend à ta voix. Je veux que tu rentres.

– Laisse-moi deux jours.

– J'envoie un avion, Nate. Il partira ce soir.

– Non. Ne fais pas ça, Josh. Ce n'est pas une bonne idée. Je reviendrai quand je voudrai.

– OK. Parle-moi de la fille.

– On l'a trouvée. Elle est bien la fille illégitime de Troy Phelan, et l'argent ne l'intéresse absolu-ment pas.

– Alors comment as-tu réussi à la convaincre de l'accepter ?

– Josh, il est impossible de convaincre cette femme de quoi que ce soit. J'ai essayé, je ne suis arrivé à rien, donc j'ai laissé tomber.

– Allons, Nate, personne ne renonce à une for-tune pareille.

– Elle, si. C'est la personne la plus sûre de ses choix que j'aie jamais rencontrée. La perspective de passer le restant de ses jours auprès des Ipicas semble la satisfaire tout à fait. Parce que, selon elle, c'est là que Dieu veut qu'elle soit.

– Elle a quand même signé les papiers ?

– Non, aucun.

Il y eut un long silence, le temps que Josh absorbe cette nouvelle donnée.

– Tu plaisantes, dit-il finalement, à peine audible.

– Non. Désolé, patron. J'ai fait de mon mieux pour la convaincre, au minimum, de signer. Elle n'a pas bougé d'un pouce. Elle ne les signera jamais.

– Est-ce qu'elle a lu le testament ?

– Oui.

– Est-ce que tu lui as précisé le montant de l'héritage ?

– Ouais. Elle vit seule dans une hutte avec un toit de chaume, point. Pas de plomberie, pas d'électricité, pas de téléphone ni de fax, le minimum vital de nourriture et de vêtements, et aucun regret pour toutes ces choses que nous jugeons indispensables. Elle vit dans un autre monde, Josh, exactement là où elle désire vivre, et l'argent bouleverserait ça.

– C'est incompréhensible.

– C'est ce que je pensais aussi, avant de la voir dans son élément.

– Est-elle brillante ?

– Elle est médecin, Josh, médecin diplômé. Et elle a aussi suivi la formation Tribus du Monde. Elle parle cinq langues.

– Un médecin ?

– Ouais, mais je me suis bien gardé de lui parler des procès pour erreur médicale.

– Tu as dit qu'elle était adorable.

– Vraiment ?

– Ouais, au téléphone il y a deux jours. Je crois que tu étais complètement dans les vapes.

– Je l'étais, et c'est vrai, elle est adorable.

– Tu es tombé amoureux ?

– On est devenus amis.

Cela ne servirait à rien de dire à Josh qu'elle était à Corumbá. Nate espérait la retrouver rapidement et, pendant qu'ils étaient en pays civilisé, essayer de la faire changer d'avis.

– Ça a été une sacrée aventure, tu sais. Une aventure grandeur nature.

– J'ai perdu le sommeil tellement je m'inquiétais pour toi.

– Détends-toi. Je suis encore en un seul morceau.

– Je t'ai câblé cinq mille dollars. C'est Valdir qui les a.

– Merci, patron.

– Rappelle-moi demain.

Valdir l'invita à dîner, mais Nate déclina l'invitation. Il prit son argent et partit à la dérive dans les rues de Corumbá. Il s'acheta des sous-vêtements, un short kaki, des tee-shirts blancs et des chaussures de randonnée. Quand il rapporta sa nouvelle garde-robe au Palace Hotel, à quatre pâtés de maisons de là, il était épuisé. Il dormit deux heures.

Jevy ne trouvait pas la moindre trace de Rachel. Après avoir parlé aux gens du fleuve, il écuma les quartiers commerçants, fureta dans les réceptions des hôtels du centre-ville, en profitant au passage pour flirter avec les réceptionnistes. Personne n'avait vu une Américaine de quarante-deux ans voyageant seule.

Plus l'après-midi avançait, plus Jevy doutait de la véracité de l'histoire de son ami. La dengue provoque des hallucinations, vous fait entendre des voix, vous fait croire aux fantômes, surtout en pleine nuit. Pourtant, il continuait à chercher.

Nate s'y mit aussi, après sa sieste et un autre repas. Il marchait lentement, réglant son allure, s'efforçant de rester à l'ombre, une bouteille d'eau en permanence à portée de main. Il fit une halte en haut de la crête qui surplombait le fleuve. Le Pantanal s'étalait majestueusement devant lui sur des centaines de kilomètres.

L'épuisement eut raison de lui, et il boitilla jusqu'à l'hôtel pour faire une autre sieste. Il s'éveilla quand Jevy frappa à la porte. Ils avaient promis de se rejoindre à 19 heures pour dîner. Il était plus de 20 heures et, quand Jevy entra dans la chambre, il chercha immédiatement des yeux des bouteilles vides. Il n'y en avait pas.

Ils partagèrent du poulet grillé dans un café. Dehors, la soirée bruissait de musique et de promeneurs. Des couples et leurs enfants achetaient des glaces en rentrant chez eux. Des bandes de jeunes se baladaient, sans but précis. Les terrasses des cafés envahissaient les trottoirs jusque sur la chaussée. Les rues étaient chaudes et tranquilles. Personne n'avait l'air de craindre de se faire dépouiller ni tirer dessus.

À une table voisine, un type buvait une bière Brahma bien fraîche directement à la bouteille et Nate observa chacune de ses gorgées.

Après le dessert, Nate et Jevy se quittèrent en se promettant de se retrouver tôt le lendemain matin pour poursuivre leurs recherches. Nate décida de se promener encore un peu. Il se sentait reposé et il en avait marre de rester couché.

À deux pâtés de maisons du fleuve, les rues étaient plus calmes. Les magasins étaient fermés, les maisons éteintes ; il n'y avait presque pas de circulation. En face de lui, Nate aperçut les lumières d'une petite chapelle. « C'est là qu'elle doit être », se dit-il, presque à voix haute.

La porte d'entrée était grande ouverte, ce qui permit à Nate d'apercevoir du trottoir les rangées de bancs en bois, la chaire vide, le Christ en croix et les dos d'une poignée de fidèles penchés en avant, en prière. L'orgue jouait une musique lente et douce, et cela l'attira à l'intérieur. Il s'arrêta à l'entrée et compta cinq personnes dispersées sur les bancs, loin les unes des autres. Aucune n'avait la moindre ressemblance avec Rachel. Sous son crucifix, le banc de l'orgue était vide. La musique venait de haut-parleurs.

Il avait tout son temps : elle pouvait très bien apparaître. Il se glissa au dernier rang et s'assit. Il étudia le crucifix, les clous dans Ses mains, le coup de lance sur Son flanc, l'agonie sur Son visage. L'avaient-ils vraiment tué d'une si horrible manière ? À certaines étapes de sa pauvre vie profane, Nate avait lu ou entendu les grandes lignes de l'histoire du Christ : l'Immaculée Conception ; Noël ; la marche sur les eaux ; peut-être un ou deux autres miracles ; avait-il été avalé par une baleine ou était-ce quelqu'un d'autre ? Et puis la trahison de Judas, le procès devant Pilate ; la crucifixion, Pâques, et finalement l'Ascension.

Oui, Nate connaissait les rudiments. Peut-être était-ce sa mère qui les lui avait inculqués. Aucune de ses deux épouses n'était pratiquante, même si la deuxième, catholique, l'avait entraîné une ou deux fois à la messe de minuit.

Trois badauds entrèrent. Un jeune prêtre avec une guitare sortit de la sacristie et se dirigea vers la chaire. Il était exactement 21 h 30. Il gratta quelques accords et se mit à chanter d'une manière très fervente. Une toute petite femme devant Nate se mit à frapper dans ses mains et à chanter pour l'accompagner.

Peut-être la musique allait-elle attirer Rachel. Cela devait beaucoup lui manquer de ne pas pouvoir prier dans une véritable église, auprès d'autres croyants lisant la Bible dans sa langue. Elle allait certainement à l'église quand elle venait à Corumbá.

Quand le cantique s'acheva, le jeune prêtre lut quelques pages des Écritures puis commença à prêcher. Son portugais était le plus lent que Nate eût entendu depuis le début de son expédition. Nate était comme hypnotisé par le son doux, ronronnant, la cadence nonchalante de cette voix. Bien qu'il ne comprît pas un mot, il essaya de répéter les phrases. Et puis ses pensées dérivèrent.

Son corps avait éliminé la fièvre et les médicaments. Il avait mangé, il s'était reposé. Il avait retrouvé son bon vieux lui-même, et cela le déprima soudain. Le présent le rattrapait, main dans la main avec l'avenir. L'incommensurable gâchis de sa vie, qu'il avait un moment oublié auprès de Rachel, l'assaillait à nouveau. Il avait besoin d'elle à son côté, lui tenant la main et l'aidant à prier.

Il haïssait ses faiblesses. Il les énuméra mentalement une à une, et cette liste l'attrista profondément. Les démons l'attendaient chez lui – les bons copains et les mauvais, les hantises et les obsessions, les pressions qu'il ne pouvait plus supporter. Il ne pouvait pas vivre avec la béquille de gens comme Sergio à mille dollars par jour. Et il ne pouvait pas non plus s'assumer tout seul.

Le jeune prêtre priait à présent, les yeux fermés, les bras légèrement levés. Nate ferma les yeux et appela Dieu.

À deux mains, Nate serra le dossier du banc devant lui. Il répéta la liste, nommant doucement chaque faiblesse, chacune de ses imperfections et tous les maux qui l'empoisonnaient. Il les confessa tous. Une très longue énumération d'échecs peu glorieux. Il se mit à nu devant Dieu. Il ne retint rien. Il déchargea de quoi écraser trois hommes et, quand il eut fini, il avait les larmes aux yeux.

– Je suis désolé, chuchota-t-il. Je Vous en prie, aidez-moi.

Aussi vite que la fièvre avait quitté son corps, il sentit tous les poids qui l'écrasaient quitter son âme. Comme d'un simple revers de main, ses péchés venaient d'être effacés. Sa respiration était soudain plus ample, libérée, mais son cœur battait la chamade.

Il entendit à nouveau la guitare. Il rouvrit les yeux et s'essuya les joues. Au lieu de celui du jeune prêtre, Nate vit le visage du Christ à l'agonie, mourant sur la croix. Mourant pour lui.

Une voix appelait Nate. Une voix venue de l'intérieur, une voix qui l'attirait vers l'allée. Cette invitation était troublante. Il était traversé d'émotions contradictoires.

« Pourquoi suis-je en train de pleurer dans une petite chapelle étouffante, à écouter de la musique que je ne comprends pas, dans une ville que je ne reverrai plus jamais ? » se demandait-il. Il était incapable de répondre.

C'était une chose que Dieu lui pardonne, et Nate éprouvait effectivement un sentiment de soulagement comme il n'en avait jamais ressenti. Mais c'en était une autre que de se sentir appelé à devenir plus qu'un fidèle, un serviteur.

Ça, il ne comprenait pas. Comment Dieu pouvait-il s'intéresser à un type comme lui, poivrot, accro, don Juan, père absent, misérable mari, avocat cupide, fraudeur ? La triste liste défilait dans son esprit, sans lui laisser le moindre répit.

Il était pris de vertige. La musique s'arrêta. Nate se faufila hors de la chapelle. En tournant le coin de la porte, il jeta un coup d'œil en arrière, espérant voir Rachel, mais aussi pour s'assurer que Dieu ne le faisait pas suivre.

Il avait besoin de lui ouvrir son cœur. Il savait qu'elle était à Corumbá, et il se jura de la trouver.

38.

Le *despachante* est partie intégrante de la vie
brésilienne. Dans un pays où la bureaucratie est
nonchalante et antédiluvienne, le despachante
connaît les employés de la mairie, les greffiers du
tribunal, les agents des douanes, bref, la bonne
personne. Le système n'a pas de secrets pour lui et
il sait quelles pattes graisser. Au Brésil, aucun
papier officiel, aucun document ne peut être
obtenu sans faire la queue pendant des siècles, et le
despachante est le type qui la fera à votre place. En
échange d'une petite commission, il poireautera
huit heures pour le contrôle technique de votre
voiture, puis l'affichera sur votre pare-brise pendant que vous êtes à votre bureau. Il s'occupera
d'aller à la banque, de faire des paquets, des mai-
lings... la liste est sans fin. Aucun obstacle bureau-
cratique ne l'intimide. Les despachantes ont
pignon sur rue comme les avocats ou les médecins.
Ils figurent dans les pages jaunes. Ce métier ne
requiert aucune formation particulière. Tout ce
qu'il faut, c'est une langue bien pendue, une bonne
dose de patience et beaucoup de culot.

Le despachante de Valdir à Corumbá connaissait un confrère à São Paulo très introduit dans les
hautes sphères de la ville. Moyennant deux mille
dollars, il pouvait délivrer un nouveau passeport.

Jevy passa les matinées suivantes au bord du fleuve, aidant un ami à réparer un chalana. En même temps, il tendait l'oreille vers toutes les rumeurs. Pas un mot sur elle. À la fin de la semaine, il avait acquis la conviction que Rachel n'était pas venue à Corumbá, du moins pas durant les quinze jours écoulés. Jevy connaissait tous les pêcheurs, les capitaines et les matelots du port. Et ils adoraient causer. Si une Américaine vivant avec les Indiens était soudain arrivée en ville, ils l'auraient su.

Nate chercha de son côté jusqu'à la fin de la semaine. Il arpenta les rues, scruta la foule, écuma les hôtels et les cafés. À aucun moment, il ne croisa quelqu'un qui aurait pu, même de loin, ressembler à Rachel.

Le dernier jour, à 13 heures, il passa prendre son passeport au bureau de Valdir. Ils se dirent au revoir comme de vieux amis, avec force promesses de se revoir bientôt. Ils savaient tous deux que cela n'aurait aucune chance de se produire. À 14 heures, Jevy le conduisit à l'aéroport. Ils avaient un peu de temps devant eux avant que Nate embarque et Jevy en profita pour lui expliquer qu'il souhaitait aller vivre aux États-Unis.

– J'aurai besoin d'un boulot. Tu m'aideras ? demanda-t-il.

Nate l'écoutait, pas bien certain de ce qu'il deviendrait lui-même.

– Je verrai ce que je peux faire, promit-il quand même.

Ils parlèrent du Colorado, de l'Ouest et d'endroits où Nate n'avait jamais mis les pieds. Jevy adorait la montagne, et après deux semaines dans le Pantanal, Nate comprenait ça. Puis vint le moment de se quitter. Ils s'embrassèrent chaleureusement. Nate traversa la piste surchauffée et monta dans l'avion, toute sa garde-robe rangée dans un petit sac de sport.

Le turbopropulseur de vingt places fit deux escales avant d'atteindre Campo Grande. Là, les passagers prirent un jet pour São Paulo. La voisine de Nate commanda une bière. Il la regarda avaler sa boisson à vingt centimètres de lui. « Plus jamais », se dit-il. Il ferma les yeux et demanda à Dieu de lui en donner la force, puis commanda un café.

L'avion pour Dulles partait à minuit. Il atterrirait à Washington à 9 heures le lendemain matin. Sa quête de Rachel l'avait tenu éloigné de son pays pendant presque trois semaines.

Il ne se souvenait pas où était sa voiture. Il n'avait plus d'appartement et pas les moyens d'emménager où que ce fût. Mais il ne s'inquiétait pas. Josh s'était sûrement occupé de tout.

Il dormirait bien quelque part cette nuit, probablement dans un hôtel, sans surveillance pour la première fois depuis le 4 août dernier, cette nuit où il avait voulu en finir dans un motel de banlieue.

Mais un nouveau Nate existait désormais. Il avait quarante-huit ans et il était prêt pour une nouvelle vie. Dieu lui avait donné des forces et avait raffermi ses résolutions. Il lui restait trente ans. Il ne les passerait certainement pas à vider des bouteilles. Ni à fuir.

Aux abords de Washington, le paysage était recouvert d'un épais manteau blanc. Les pistes étaient encore mouillées et il tombait quelques flocons. Quand Nate descendit de l'avion et franchit la passerelle couverte, le froid le saisit et il repensa aux rues humides et étouffantes de Corumbá. Josh l'attendait devant le terminal des bagages. Évidemment, il lui avait apporté un manteau.

– Tu as une mine épouvantable, furent ses premiers mots.

– Merci.

Nate enfila le manteau.

– Tu est maigre comme un clou.

– Tu veux perdre dix kilos ? C'est simple, choisis le bon moustique !

Ils suivirent la foule jusqu'à la sortie, bousculés sans vergogne par les voyageurs pressés. « Bienvenue à la maison... », songea Nate.

– Tu voyages léger, remarqua Josh en désignant le petit sac de sport.

– C'est tout ce que je possède au monde.

Dehors, il faisait un froid de canard. Une tempête de neige avait sévi durant la nuit et, contre les bâtiments, les congères atteignaient presque un mètre.

– Il faisait trente-sept, hier, à Corumbá, dit Nate alors qu'ils quittaient l'aéroport.

– Ne me dis pas que ça te manque.

– Si. Tout à coup, ça me manque.

– Écoute, Gayle est à Londres. J'ai pensé que tu pouvais t'installer chez nous pendant deux ou trois jours.

La maison de Josh aurait pu abriter quinze personnes.

– Bien sûr. Merci. Où est ma voiture ?

– Dans mon garage.

Évidemment. C'était une Jaguar en leasing, et sans aucun doute Josh avait dû la faire vidanger, graisser, laver, cirer, sans oublier de payer l'échéance mensuelle.

– Merci, dit Nate une nouvelle fois.

– J'ai mis tes meubles au garde-meuble. Tes vêtements et tes effets personnels sont dans le coffre de la voiture.

– Merci.

Nate n'était absolument pas surpris.

– Comment tu te sens ?

– Très bien.

– Écoute, Nate, je me suis documenté sur la dengue. Il faut un mois pour récupérer complètement. Tu dois te reposer.

Un mois. Ça, c'était le premier round du combat que Nate allait devoir mener pour regagner sa place dans le cabinet. « Prends un mois de plus, mon vieux. T'es peut-être trop malade pour bosser. » Il aurait pu écrire le scénario.

Mais il n'y aurait pas de combat.

– Je me sens un peu faible, c'est tout. Je dors beaucoup, je bois beaucoup.

– Quel genre de liquides ?

– Tu vas droit au but, hein ?

– Toujours.

– Je suis clean, Josh. Ne t'inquiète pas. Je n'ai pas trébuché.

Josh avait déjà entendu ce discours de nombreuses fois. Il ne le croyait pas, mais il ne voulait pas polémiquer, Nate non plus. Les deux hommes roulèrent en silence pendant un moment. La circulation était dense.

Le Potomac était à moitié gelé et de gros blocs de glace flottaient lentement vers Georgetown. Ils se retrouvèrent coincés dans un embouteillage sur Chain Bridge. Nate reprit la parole et annonça tout de go :

– Je ne retournerai pas au bureau, Josh. Cette époque est révolue.

Josh resta impassible. Il aurait pu être déçu de ce qu'un vieil ami et un excellent avocat jetait l'éponge. Il aurait pu se sentir soulagé, parce qu'une énorme source de migraines quittait le cabinet sans éclats. Il aurait pu rester indifférent, parce que la sortie de Nate était probablement inévitable. Ce bordel de fraude fiscale finirait d'une manière ou d'une autre par l'exclure du barreau.

Mais il se contenta de demander :

– Pourquoi ?

– Pour un tas de raisons, Josh. Disons que c'est parce que je suis fatigué.

– La plupart des avocats sont usés au bout de vingt ans.

– C'est ce que j'ai entendu dire.

Josh en resta là. Nate avait pris sa décision et il ne voulait rien y changer. Le Superbowl avait lieu dans quinze jours et les Redskins n'y participeraient pas. Ils se mirent à parler football.

Les Stafford possédaient une grande maison à Wesley Heights, au nord-ouest de Washington. Ils avaient également un cottage sur la baie de Chesapeake et un chalet dans le Maine. Leurs quatre enfants étaient adultes et mariés chacun de son côté. Mme Stafford préférait voyager et son mari préférait travailler.

Nate prit quelques vêtements chauds dans le coffre de sa voiture, puis se délecta d'une douche brûlante dans l'aile des invités. La pression de l'eau était plus faible au Brésil. Dans sa modeste chambre d'hôtel, la douche n'était jamais chaude, jamais froide non plus. Les savons étaient plus petits. Il ne cessait de comparer les choses qui l'entouraient. Il sourit en repensant à la douche du *Santa Loura,* un tuyau au-dessus des toilettes qui, quand on le tirait, balançait de l'eau tiède et opaque directement pompée du fleuve. Nate était plus solide qu'il ne le croyait, l'aventure lui avait appris au moins ça.

Il se rasa et se brossa les dents, retrouvant ses réflexes d'Américain habitué au confort. Par beaucoup de côtés, cela faisait du bien d'être rentré.

La pièce que Josh avait aménagée au sous-sol pour y travailler était plus grande que son bureau au cabinet, et tout aussi en désordre. Ils s'y rejoignirent pour boire un café. C'était l'heure du debriefing. Nate commença par le récit de l'accident d'avion, l'atterrissage forcé, la vache qu'ils avaient écrasée, les trois petits garçons, le néant qu'était Noël dans le Pantanal. Avec force détails, il raconta sa balade à cheval et sa rencontre dans les marais avec un curieux alligator. Puis le sauvetage par hélicoptère. Il passa sous silence la cuite qui avait failli lui être fatale le soir de Noël ; cela n'aurait pas servi à grand-chose et il en avait terriblement honte. Il décrivit Jevy, Welly, le *Santa Loura* et le voyage vers le nord. Le moment où Jevy et lui s'étaient perdus avec la barque. Il se rappelait avoir eu peur, mais avoir été trop occupé pour crever de trouille. À présent, à l'abri de la civilisation, leur errance semblait terrifiante.

Josh restait sidéré par cette aventure. Il s'excusa d'avoir envoyé Nate dans un endroit si dangereux, bien que, visiblement, cette expédition eût été excitante. Plus Nate parlait, plus les alligators grossissaient. L'anaconda solitaire prenant le soleil au bord de la rivière se doubla d'un second nageant près de leur barque.

Nate décrivit les Indiens, leur nudité, leur nourriture fade et leur vie languide, leur chef et son refus de les laisser repartir.

Et Rachel. À partir de là, Josh sortit un bloc et commença à prendre des notes. Nate brossa son portrait avec le plus de précision possible, de sa douce voix de basse jusqu'à ses sandales et ses chaussures de randonnée. Sa hutte et sa mallette de médecin, Lako et sa claudication, la manière dont les Indiens la regardaient quand elle passait. Il raconta l'histoire de l'enfant qui était morte à cause de la morsure de serpent. Il répéta le peu de ce qu'elle lui avait confié sur sa vie.

Avec la précision d'un vétéran des salles d'audience, Nate n'omettait aucun détail. Il répéta les mots exacts qu'elle avait employés quand ils avaient parlé de l'héritage, et jusqu'aux commentaires de Rachel sur la manière dont Troy l'avait rédigé.

Mais il ne s'attarda pas trop sur ce que la dengue lui avait fait endurer. Il avait survécu et, en soi, cela le surprenait déjà.

La bonne leur apporta de la soupe et un thé chaud.

– Voilà où nous en sommes, résuma Josh après quelques cuillerées. Si elle rejette le testament de Troy, alors l'argent reste dans la succession. Si, toutefois, le testament est invalidé pour une raison quelconque, alors il n'y a plus de testament.

– Comment pourrait-il être invalidé ? Trois psychiatres ont examiné Troy quelques minutes avant qu'il saute.

– Les enfants Phelan ont engagé un tas d'autres psychiatres, bien payés, et qui ont un point de vue opposé. Tout ça est de plus en plus bordélique. Tous ses testaments précédents ont été détruits. Si on décide un jour qu'il est mort sans testament valide, alors ses enfants, tous les sept, se partageront ses biens à égalité. Puisque Rachel ne veut rien, sa part sera divisée entre les six autres.

– Ces crétins vont se faire un milliard chacun.

– Quelque chose comme ça, oui.

– Quelles sont leurs chances d'invalider le testament ?

– Elles sont minces. Je préfère être de notre côté que du leur, mais les choses peuvent changer.

Nate se mit à arpenter la pièce, en réfléchissant à haute voix.

– Pourquoi nous battre pour la validité du testament si Rachel refuse l'héritage ?

– Pour trois raisons, rétorqua Josh.

Comme d'habitude, il avait étudié toutes les hypothèses. Sa stratégie était un chef-d'œuvre et il allait la révéler à Nate point par point.

– D'abord, et c'est le plus important, mon client a préparé un testament valide. Il a distribué ses biens exactement comme il le voulait. Étant son avocat, je n'ai pas d'autre choix que de me battre pour protéger l'intégrité du testament. Deuxièmement, je sais ce que Troy pensait de ses enfants. Il était horrifié à l'idée qu'ils puissent mettre la main sur son argent d'une manière ou d'une autre. Je partage ses sentiments à leur propos, et je tremble à la pensée de ce qui arriverait s'ils disposaient d'un milliard chacun. Troisièmement, il y a toujours un espoir que Rachel change d'avis.

– Ne compte pas là-dessus.

– Écoute, Nate, elle est humaine quand même. Elle a ces papiers avec elle. Elle va attendre quelques jours et commencer à y réfléchir. Peut-être que l'argent est le dernier de ses soucis, mais, à un moment ou à un autre, elle va bien finir par comprendre tout ce qu'elle pourrait faire avec ces milliards. Est-ce que tu lui as expliqué pour les bourses, les fondations et les œuvres de charité ?

– Je sais à peine de quoi il s'agit moi-même, Josh. Ce n'était pas du tout mon domaine, tu te souviens ?

– Nous allons nous battre pour faire respecter les dernières volontés de M. Phelan, Nate. Le problème, c'est que le plus gros fauteuil de la table reste vide. Rachel a besoin d'être représentée.

– Non. Elle veut oublier tout ça.

– Le procès ne peut avoir lieu tant qu'elle n'a pas d'avocat.

Nate n'était pas de taille face à ce maître stratège. Le piège se refermait, jailli de nulle part, et il était déjà en train de tomber dedans. Il ferma les yeux et dit :

– Tu plaisantes.

– Non. Et on ne peut pas repousser le moment d'agir plus longtemps. Troy est mort il y a un mois. Le juge Wycliff bout d'impatience de savoir où en est Rachel Lane. Six demandes de référé ont été déposées, contestant le testament et, derrière elles, il y a une sacrée pression. La presse relate tout ça dans les moindres détails. Si nous laissons ne serait-ce qu'entendre que Rachel a l'intention de décliner le legs, alors nous perdons tout contrôle. Les héritiers Phelan et leurs avocats deviennent dingues. Et le juge perd soudain tout intérêt à faire respecter le dernier testament de Troy.

– Donc, je suis son avocat ?

– Il n'y a pas d'autre solution, Nate. Que tu abandonnes, très bien, mais il faut que tu gagnes ton dernier procès. Contente-toi de t'asseoir à la table et de défendre ta cliente. On fera le gros du travail.

– Mais il y a conflit d'intérêts. Je suis un de tes associés.

– C'est un conflit mineur parce que nos intérêts sont les mêmes. Nous – le Groupe Phelan et Rachel – nous avons le même but : faire respecter le testament. Nous sommes assis à la même table. Et nous pouvons prouver que tu as physiquement quitté le cabinet en août dernier.

– Il y a du vrai là-dedans.

Josh but une gorgée de thé, les yeux rivés sur Nate.

– Nous irons voir Wycliff pour lui dire que tu as trouvé Rachel, qu'elle n'a pas l'intention d'apparaître pour l'instant, qu'elle n'est pas bien sûre de ce qu'elle veut faire, mais qu'elle veut que tu défendes ses intérêts.

– Alors nous mentirons au juge.

– C'est un petit mensonge, Nate, et il nous en remerciera plus tard. Il est impatient d'entamer la procédure, mais il ne peut rien faire tant qu'il n'a pas de nouvelles de Rachel. Tu la représentes, tu es son avocat, la guerre commence. Je m'occupe de gérer le mensonge.

– Donc, je suis mon propre cabinet travaillant sur ma dernière affaire ?

– Exact.

– Je quitte la ville, Josh. Je ne veux pas rester là, dit Nate, puis il éclata de rire. Mais où est-ce que je peux habiter ?

– À ton avis ?

– Je n'en sais rien. Je n'ai pas encore pensé aussi loin.

– J'ai une idée.

– J'en suis certain.

– Prends mon cottage sur la baie de Chesapeake. On ne s'en sert pas en hiver. C'est à Saint Michaels, à deux heures d'ici. Tu peux revenir dès qu'on a besoin de toi, et habiter là-bas. Une fois de plus, Nate, c'est nous qui ferons le gros du boulot.

Nate étudia les rayonnages de livres pendant un moment. Vingt-quatre heures plus tôt, il mangeait un sandwich sur le banc d'un parc à Corumbá en regardant les promeneurs dans l'espoir d'y reconnaître Rachel. Il s'était fait le serment de ne jamais remettre les pieds de son propre gré dans un tribunal.

Mais il devait admettre que le plan de Josh avait des arguments. Il ne pouvait imaginer meilleur client. L'affaire n'irait jamais jusqu'au procès. Et, vu la somme en jeu, il pourrait au moins gagner de quoi vivre quelques mois.

Josh finit sa soupe et confirma, comme s'il lisait dans ses pensées :

– Je te propose des honoraires de dix mille dollars par mois.

– C'est généreux, Josh.

– Je crois qu'on peut les tirer des biens du vieux. Sans frais à assumer, ça va te remettre à flot.

– Jusqu'à ce que...

– Exact, jusqu'à ce qu'on s'arrange avec le fisc.

– Des nouvelles du juge ?

– Je l'appelle de temps à autre. On a déjeuné ensemble la semaine dernière.

– Vous êtes potes ?

– On se connaît depuis très longtemps. Oublie la prison, Nate. Tu t'en tireras avec une grosse amende et une suspension de cinq ans.

– Ils peuvent garder ma licence.

– Pas encore. On en a besoin pour une dernière affaire.

– Combien de temps le fisc va-t-il attendre ?

– Un an. Tu n'es pas une priorité pour eux.

Merci, Josh.

Nate se sentait à nouveau fatigué. Le vol de nuit, les séquelles de l'expédition, la discussion avec Josh. Il avait envie d'un bon lit douillet dans une chambre obscure.

39.

À 6 heures le lendemain matin, Nate achevait de prendre une douche chaude, sa troisième en vingt-quatre heures, et commençait à s'organiser pour partir dans sa retraite le plus vite possible. Une nuit en ville et il était déjà plus qu'impatient de la quitter. Le refuge sur la baie l'appelait.

Sans adresse, déménager était facile. Il trouva Josh au sous-sol, devant son bureau, au téléphone avec un client de Thaïlande. Après avoir écouté la moitié de leur conversation sur les dépôts de gaz naturel, Nate se sentit renforcé dans sa décision d'abandonner la pratique de la loi. Josh avait douze ans de plus que lui, c'était un homme très riche, et sa conception du plaisir consistait à se trouver à 6 h 30 devant son bureau, un dimanche matin. « Faites que cela ne m'arrive jamais », se dit Nate à lui-même, mais il savait que c'était impossible. S'il retournait au bureau, il recraquerait. Quatre désintoxications signifiaient qu'une cinquième était en route. Il n'était pas aussi fort que Josh. Avant dix ans, il serait mort.

En outre, tirer sa révérence comme ça avait quelque chose d'excitant. Poursuivre des médecins en justice était un boulot plutôt cradingue. Il pouvait très bien vivre sans. Le stress d'un cabinet surpuissant ne lui manquerait pas non plus. Il avait eu sa carrière, ses triomphes. Le succès ne lui avait rien apporté, que des malheurs. Il ne savait pas le gérer. Le succès avait failli avoir sa peau.

Il partit, le coffre plein de vêtements, après avoir rangé le reste dans un carton dans le garage de Josh. Il avait cessé de neiger, mais les pneus laissaient encore des traces. Les rues étaient glissantes et, au bout de deux blocks, Nate se souvint qu'il n'avait pas tenu un volant depuis plus de cinq mois. Il n'y avait pas de circulation, heureusement.

Seul dans sa belle voiture, il recommençait à se sentir américain. Il pensa à Jevy dans son vieux pick-up Ford, un vrai danger public, et il se demanda combien de temps il tiendrait sur un périphérique. Et il pensa à Welly, un gamin si pauvre que sa famille ne possédait même pas de voiture. Il se promit de leur écrire dans les jours à venir.

Le téléphone attira son attention. Il l'activa ; il fonctionnait, apparemment. Évidemment, Josh s'était aussi assuré que ses factures soient payées. Il appela Sergio chez lui et ils parlèrent pendant vingt minutes. Nate se fit sermonner de ne pas avoir donné de nouvelles plus tôt. Sergio s'était inquiété. Nate lui expliqua pourquoi il lui avait été impossible de téléphoner depuis le Pantanal. Les choses prenaient une nouvelle tournure, il y avait pas mal d'inconnues, mais son aventure continuait. Il quittait la profession et évitait la prison.

Sergio ne lui posa pas une seule question sur sa sobriété. Nate en conclut qu'il devait avoir l'air clean et fort. Il lui donna le numéro du cottage, et ils se promirent de déjeuner ensemble bientôt.

Puis il appela son fils aîné à la fac de Northwestern, Evanston, et laissa un message sur le répondeur. Où pouvait bien être un étudiant de vingt-trois ans à 7 heures un dimanche matin ? Pas à la première messe, en tout cas. Nate ne voulait pas le savoir. Quoi que fasse son fils, il ne foutrait pas son existence en l'air aussi facilement que son père. Sa fille avait vingt et un ans et suivait un cursus chaotique à la fac de Pitt. Leur dernière conversation avait porté sur les frais de scolarité, la veille du jour où Nate s'était enfermé dans sa chambre de motel avec une bouteille de rhum et un sac bourré de cachets.

Il ne trouvait pas son numéro de téléphone.

Leur mère s'était remariée deux fois depuis qu'elle l'avait quitté. Ils ne se parlaient que quand c'était absolument nécessaire. Il attendrait deux ou trois jours, puis il l'appellerait pour lui demander le numéro de sa fille.

Il était déterminé à faire le douloureux voyage vers l'ouest, jusqu'en Oregon, pour voir au moins ses deux plus jeunes enfants. Leur mère s'était également remariée avec un autre avocat qui, visiblement, n'avait aucun problème avec l'alcool, lui. Il leur demanderait de lui pardonner, et tenterait d'établir les fragiles bases d'une autre relation. Il n'était pas bien certain de savoir s'y prendre, mais il se jura d'essayer.

À Annapolis, il s'arrêta dans un café pour prendre un petit déjeuner. Il écouta d'une oreille distraite ses voisins de table faire des pronostics sur l'évolution de la météo, et balaya le *Post* d'un regard absent. Des gros titres et des dernières nouvelles, Nate ne retint rien qui l'intéresse un tant soit peu. C'était toujours pareil. Troubles au Moyen-Orient, troubles en Irlande. Scandales au Congrès. Fluctuations de la Bourse. Une marée noire. Peut-être un nouveau médicament contre le sida. Des guérilleros qui tuaient des paysans en Amérique latine. La confusion totale en Russie.

Il paya et s'en alla.

Il traversa la Chesapeake sur le Bay Bridge. Les dameuses ne semblaient pas légion, par ici. La Jaguar faillit déraper deux fois, et il ralentit. La voiture avait un an, et il ne se souvenait pas de la date d'expiration du leasing. Sa secrétaire s'était occupée de tout. Il avait juste choisi la couleur. Il décida de s'en débarrasser dès que possible et de se trouver un vieux 4 × 4. Jadis, posséder une belle voiture lui avait semblé indispensable à son standing d'avocat. Désormais, il n'en avait plus besoin.

À Easton, il emprunta la nationale 33, qui était recouverte de cinq bons centimètres de neige. Il suivit les traces des autres véhicules et traversa bientôt de petites bourgades portuaires endormies le long desquelles étaient amarrés des dizaines de bateaux à voiles. Les rives de la baie de Chesapeake étaient couvertes de neige et ses eaux d'un bleu très foncé.

Saint Michaels comptait une population de treize cents personnes. Il se retrouva bientôt sur la rue principale avec ses magasins colorés et ses vieux bâtiments côte à côte, tous bien préservés. Une véritable image de carte postale.

Nate avait souvent entendu parler de Saint Michaels. Son musée maritime, son festival de l'huître, son port de plaisance, ses dizaines de petites pensions de famille qui attiraient les citadins en mal de longs week-ends. Il dépassa la poste et une petite église, où le pasteur dégageait la neige des marches avec une pelle.

Le cottage était sur Green Street, à deux blocks de Main Street, face au nord avec vue sur le port. C'était une maison victorienne, peinte en bleu délavé, avec des volets jaune et blanc, des pignons jumeaux, et entourée d'un porche en longueur. Les congères arrivaient jusque devant la porte. L'allée était couverte de cinquante centimètres de neige. Nate se gara le long du trottoir et se fraya un passage jusqu'à la porte. Il alluma la lumière et se dirigea vers l'arrière de la maison où il finit par trouver une pelle en plastique.

Il mit une heure à nettoyer le porche, l'allée et le trottoir, dégageant un passage pour sa voiture. Mais il ne vit pas le temps passer. Il se sentait formidablement bien.

Il ne fut pas surpris de découvrir que la maison était richement décorée, avec beaucoup de goût, ni qu'elle était confortable et fonctionnelle. Josh lui avait dit qu'une femme de ménage venait chaque mercredi. Mme Stafford y passait deux semaines au printemps et une en automne. Quant à Josh, il y avait dormi trois fois les dix-huit derniers mois. Il y avait quatre chambres et quatre salles de bains avec baignoire. Plutôt vaste pour un cottage...

Mais il n'y avait pas de café dans la cuisine ni dans la réserve, et cela représenta la première urgence du jour. Nate referma soigneusement les portes et se dirigea vers le centre-ville. Les trottoirs étaient dégagés, glissants de neige fondue. D'après le thermomètre dans la vitrine du coiffeur, il faisait un peu au-dessus de zéro. Toutes les boutiques étaient fermées. Nate regarda leurs vitrines en se promenant. Au loin, les cloches de l'église se mirent à sonner.

Sur le bulletin que le vieux bedeau lui tendit, il vit que le pasteur s'appelait Phil Lancaster. C'était un homme petit et trapu avec d'épaisses lunettes en écaille et des cheveux bouclés roux grisonnant. Il pouvait avoir trente-cinq ans comme cinquante. Ses rares ouailles du service de 11 heures n'étaient pas de première jeunesse. La météo devait y être pour quelque chose. Nate compta vingt et une personnes, y compris Phil et son organiste.

C'était une jolie petite église, avec un plafond voûté, des bancs et un sol de bois sombre, et quatre vitraux. Quand le bedaud solitaire eut pris son siège au dernier rang, Phil se leva dans sa soutane noire et les accueillit à l'église de la Trinité, où tout le monde était chez soi. Il avait une voix haute et nasale, et se passait sans problème de micro. Dans sa prière, il remercia Dieu pour la neige et l'hiver, pour les saisons qui rappelaient qu'Il menait l'univers.

Puis vinrent les hymnes et les prières. Quand le père Phil commença son sermon, il remarqua Nate, le seul nouveau venu, assis à l'avant-dernier rang. Ils échangèrent un sourire et, pendant un moment qui lui parut interminable, Nate craignit qu'il ne lui demande de se présenter à l'assemblée.

Son sermon portait sur l'enthousiasme, choix bizarre étant donné l'âge moyen des fidèles. Nate lutta pour y prêter attention, mais ses pensées se mirent assez vite à dériver. Elles revinrent à la petite chapelle de Corumbá, avec ses portes grandes ouvertes, ses hautes fenêtres, la chaleur étouffante, le Christ souffrant sur sa croix, le jeune prêtre avec sa guitare.

Soucieux de ne pas offenser le père Phil, il réussit à garder les yeux fixés sur un globe de lumière qui éclairait faiblement le mur derrière l'autel. De toute façon, vu l'épaisseur de ses verres de lunettes, le pasteur ne risquait guère de remarquer son manque de concentration.

Assis dans cette chaleureuse petite église, enfin en sécurité, Nate se rendit compte que pour la première fois, aussi loin que ses souvenirs remontent, il était en paix. Il n'avait plus peur. Dieu lui indiquait un chemin. Il n'était pas bien sûr de savoir lequel, mais il ne ressentait aucune crainte. « Sois patient », se dit-il.

Puis il murmura une prière. Il remercia Dieu d'avoir épargné sa vie et il pria pour Rachel, parce qu'il savait qu'elle priait pour lui.

Cette sérénité nouvelle le fit sourire. Quand sa prière fut achevée, il rouvrit les yeux et vit que Phil lui souriait.

Après la bénédiction, ils se rassemblèrent en file vers la sortie, près de laquelle se tenait Phil. Chaque paroissien s'arrêta pour le saluer, le féliciter de son prêche et échanger quelques nouvelles. La file avançait lentement ; c'était un rituel. « Comment va votre tante ? » demanda Phil à l'une de ses ouailles, puis il écouta attentivement le récit des petites misères de la tante en question. « Et cette hanche ? » interrogea-t-il un autre. « Et l'Allemagne, c'était bien ? »

Il serrait les mains et se penchait vers ses interlocuteurs avec un réel intérêt.

Nate attendait patiemment à la fin de la file. Il n'était pas pressé. Il n'avait rien d'autre à faire.

– Bienvenue, lui dit le père Phil en lui prenant le bras. Bienvenue à la Trinité.

Il le serra si fort que Nate se demanda s'il n'était pas son premier visiteur étranger depuis des années.

– Je m'appelle Nate O'Riley, dit-il, puis il ajouta : De Washington, comme si cela pouvait aider à le définir.

– C'est un plaisir de vous avoir avec nous ce matin, dit Phil, ses gros yeux dansant derrière ses lunettes.

De près, ses rides révélaient qu'il avait au moins la cinquantaine.

– Je suis chez les Stafford pour quelques jours, précisa Nate.

– Oh oui, une très jolie maison. Quand êtes-vous arrivé ?

– Ce matin.

– Vous êtes seul ?

– Oui.

– Alors, vous allez vous joindre à nous pour déjeuner.

Cette hospitalité quelque peu offensive fit rire Nate.

– Eh bien, euh, merci, mais...

Phil était tout sourire également.

– Non, j'insiste. Ma femme fait un ragoût de mouton chaque fois qu'il neige. Il est sur le feu. Nous avons si peu d'invités durant l'hiver. S'il vous plaît, le presbytère est juste derrière l'église.

Cet homme avait partagé sa table du dimanche avec des centaines de gens. Nate se sentit un peu piégé.

– Vraiment, je ne faisais que passer et je...

– Cela nous fera très plaisir, dit Phil en prenant Nate par le bras pour le ramener vers le fond de l'église. Qu'est-ce que vous faites à Washington ?

– Je suis avocat.

Une réponse moins évasive l'obligerait à se lancer dans des explications.

– Et qu'est-ce qui vous amène ici ?

– C'est une longue histoire.

– Oh, merveilleux ! Laura et moi, nous adorons les histoires. Nous allons passer un bon moment.

Son enthousiasme était contagieux. Le pauvre semblait affamé de conversations nouvelles. « Et pourquoi pas ? » songea Nate. Il n'y avait rien à manger au cottage. Et tous les magasins étaient fermés.

Ils passèrent devant l'autel, puis franchirent une porte qui menait à l'arrière de l'église. Laura éteignait les lumières.

– Voici M. O'Riley, de Washington, dit Phil à son épouse, d'une voix forte. Il se joint à nous pour déjeuner.

Laura sourit et serra la main de Nate. Elle portait ses cheveux gris coupés court et paraissait dix ans de plus que son mari. Si cette invitation au pied levé la surprenait, cela ne se voyait pas du tout. Nate eut l'impression que cela arrivait tout le temps.

– Je vous en prie, appelez-moi Nate, fit-il.

– C'est Nate, alors, annonça Phil en ôtant sa robe.

Leur maison jouxtait l'église, sur une rue parallèle.

– Comment était mon sermon ? demanda Phil à sa femme en grimpant les marches du perron.

– Excellent, chéri, dit-elle sans la moindre trace d'enthousiasme.

Nate sourit, certain que chaque dimanche depuis des années Phil posait la même question, à la même heure et au même endroit, et qu'il recevait la même réponse.

Tous ses scrupules à avoir accepté l'invitation s'envolèrent dès qu'il entra dans la maison. L'arôme riche et lourd du ragoût de mouton envahissait le salon. Phil tisonna les braises dans la cheminée tandis que Laura achevait de préparer le déjeuner.

Dans l'étroite salle à manger entre la cuisine et le salon, la table était dressée pour quatre.

– Nous sommes si heureux que vous soyez là, dit Phil tandis qu'ils s'asseyaient. J'avais comme l'impression que nous pourrions avoir un invité aujourd'hui.

– Pour qui est cette assiette ? demanda Nate en désignant le quatrième couvert.

– Nous mettons toujours quatre couverts le dimanche, dit Laura, sans plus d'explication.

Ils se tinrent la main tandis que Phil remerciait encore une fois le Seigneur pour la neige et les saisons, et pour la nourriture. Il conclut son bénédicité par : « Et que nous soyons toujours conscients des besoins et des nécessités des autres. » Ces mots agirent comme un déclencheur dans la mémoire de Nate. Il les avait entendus longtemps, très longtemps auparavant.

Ils commencèrent par commenter l'office de la matinée. Il y avait quarante fidèles au service de 11 heures, normalement. La neige en avait vraiment découragé beaucoup. Et il y avait une épidémie de grippe dans la péninsule. Nate les complimenta sur la beauté simple du sanctuaire. Ils étaient à Saint Michaels depuis six ans. Le repas n'avait pas avancé beaucoup quand Laura finit par dire :

– Vous êtes plutôt bronzé pour un mois de janvier. Vous n'avez pas pris cette mine à Washington, quand même ?

– Non, je reviens juste du Brésil.

Ils s'arrêtèrent tous les deux de manger et le fixèrent, attentifs. Nate prit une bonne cuillère de l'épais et délicieux ragoût, puis il commença son histoire.

– Mangez, je vous en prie, l'interrompait Laura toutes les cinq minutes.

Nate prenait alors une bouchée, mâchait lentement, puis reprenait. Il ne parla de Rachel que comme de la « fille d'un client ». Les orages devinrent plus violents, les serpents plus longs, le bateau plus petit, les Indiens moins amicaux. Les yeux de Phil dansaient d'émerveillement.

C'était la seconde fois que Nate racontait son histoire depuis son retour. S'il l'exagérait un peu, il ne trahissait pas la réalité. Et cela le sidérait lui-même. Il avait vraiment vécu une aventure étonnante. Ses hôtes le mitraillaient de questions à la moindre occasion.

Quand Laura débarrassa la table et apporta les brownies pour le dessert, Nate et Jevy venaient d'arriver au campement ipica.

– A-t-elle été surprise de vous voir ? demanda Phil quand Nate lui décrivit sa toute première rencontre avec Rachel.

– Pas vraiment. Elle avait l'air de savoir que nous allions venir.

Il fit de son mieux pour décrire les Indiens et leur civilisation immuable, mais il trouvait son récit fade par rapport aux images qu'il en gardait.

Puis ils passèrent au café. Pour Laura et Phil, le déjeuner du dimanche était plus tourné vers la conversation que vers la sustentation. Nate se demanda qui avait été assez chanceux pour partager leur repas le dimanche précédent. Il avait déjà avalé deux brownies et il en aurait bien pris un troisième.

Bien qu'il lui fût difficile de dépeindre les horreurs de la dengue, Nate s'y efforça. Quand il eut fini, les questions fusèrent. Phil voulait tout savoir sur la missionnaire – sa confession, sa foi, son travail avec les Indiens. La sœur de Laura avait vécu en Chine pendant quinze ans, travaillant dans l'hôpital d'une mission, et cela devint la source d'anecdotes supplémentaires.

Il était presque 15 heures quand Nate réussit à prendre congé. Ses hôtes l'auraient volontiers gardé pour parler jusqu'à la nuit tombée, mais Nate avait besoin de marcher. Il les remercia pour leur hospitalité et, quand il les quitta, il eut l'impression qu'il les connaissait depuis des années.

Faire le tour de Saint Michaels lui prit une petite heure. Les rues étaient étroites et bordées de maisons du XIXᵉ siècle. Tout semblait à sa place, pas de chiens errants, pas de terrains vagues, pas de maisons à l'abandon. Même la neige était nette – soigneusement pelletée pour que les rues et les trottoirs soient propres. Nate s'arrêta sur le port pour admirer les bateaux. Il n'avait jamais mis les pieds sur un voilier.

Il décida qu'il ne quitterait Saint Michaels que contraint et forcé. Il vivrait dans ce cottage jusqu'à ce que Josh l'évince poliment. Il allait économiser son argent et, quand l'affaire Phelan serait finie, il trouverait un moyen de rester ici.

Près du port, il tomba sur une petite épicerie en train de fermer. Il acheta du café, de la soupe en boîte, des crackers et des céréales pour le petit déjeuner. Des canettes de bière étaient empilées près de la caisse. Il sourit à cette vision, heureux de constater que cette tentation-là était loin derrière lui maintenant.

40.

Grit se retrouva viré par fax et e-mail, une première pour son bureau. C'est Mary Ross qui lui
infligea ce traitement, tôt le lundi matin, après un
week-end tendu avec ses frères.

Grit ne se le tint pas pour dit. Il réexpédia à sa
cliente mécontente un fax détaillant sa facture
pour les services dus à ce jour – cent quarante-
huit heures à six cents dollars, soit quatre-vingt-
huit mille huit cents dollars. Il demandait que ces
honoraires lui soient réglés séance tenante si
aucun accord sur son pourcentage n'était trouvé.
Grit ne voulait pas vraiment de ces six cents dollars de l'heure. Il voulait sa part du gâteau, une
bonne fraction de celle de sa cliente, les vingt-cinq
pour cent qu'il avait négociés. Grit voulait des
millions, et, assis dans son bureau fermé à clé, les
yeux fixés sur son fax, il n'arrivait pas à
comprendre comment sa fortune lui avait ainsi
glissé entre les doigts. Il était sincèrement
convaincu qu'après quelques mois de bataille juridique l'héritage du vieux Phelan irait à ses
enfants. Lancez vingt millions à chacun des six,
regardez-les se battre comme des chiens affamés,
et il n'y aurait plus la moindre entaille dans la fortune des Phelan. Vingt millions pour sa cliente
signifiaient cinq pour lui, et Grit devait s'avouer

qu'il avait déjà imaginé plusieurs moyens de les dépenser.

Il appela le bureau de Hark pour l'injurier, mais on lui répondit que M. Gettys était trop occupé pour le prendre.

Hark Gettys avait déjà dans sa manche trois des quatre héritiers de la première famille. Son pourcentage était tombé de vingt-cinq à vingt pour cent, puis à dix-sept et demi. Mais cela restait une somme énorme.

Hark entra dans sa salle de conférences quelques minutes après 10 heures et accueillit les rescapés des avocats Phelan, qu'il avait convoqués pour une réunion au sommet. Il était tout joyeux.

– J'ai une annonce à faire. M. Grit n'est plus impliqué dans cette affaire. Son ex-cliente, Mary Ross Phelan Jackson, m'a demandé de la représenter, et, après mûre réflexion, j'ai accepté de le faire.

Ses mots éclatèrent comme autant de petites bombes autour de la table de conférences. Yancy caressa sa barbe effilochée et se demanda quelle méthode de coercition avait été employée pour arracher Mary Ross aux tentacules de Grit. Il se sentait en sécurité, pourtant. La mère de Ramble avait utilisé tous les moyens possibles pour attirer le môme vers un autre avocat. Heureusement, le gamin détestait sa mère.

Mme Langhorne fut étonnée, surtout quand elle entendit Hark ajouter que Troy Junior devenait aussi son client. Passé l'effet de surprise, elle ne se sentit pas plus menacée que ça. Sa cliente, Geena Phelan Strong, haïssait ses demi-frères et sœurs aînés. Aucun risque qu'elle s'acoquine avec leur avocat. Mais un déjeuner pour reprendre les choses en main s'avérait nécessaire. Elle appellerait Geena et Cody dès qu'elle sortirait d'ici. Elle les emmènerait au Promenade, près du Capitole, et ils auraient peut-être la chance d'apercevoir un vice-président de sous-comité sénatorial.

En revanche, les cheveux de Wally Bright se dressèrent sur sa nuque. Hark s'emparait des clients, tirait sur les ambulances. De la première famille, seule Libbigail résistait, et Wally Bright tuerait Hark s'il essayait de la lui voler.

– Restez loin de ma cliente, OK ? aboya-t-il, agressif.

Tout le monde se figea dans la pièce.

– Un peu de sang-froid, je vous prie.

– Du sang-froid, mon cul ! Comment peut-on garder son sang-froid quand vous nous volez nos clients ?

– Je n'ai pas volé Mme Jackman. Elle m'a appelé. Je n'ai pas cherché à la contacter.

– On sait quel jeu vous jouez, Hark. On n'est pas stupides.

Wally lança cela en regardant les autres avocats. Ils ne se considéraient effectivement pas comme stupides eux-mêmes, mais en ce qui concernait Wally, ils avaient des doutes. La vérité, c'était que personne ne faisait confiance à personne. Il y avait simplement trop d'argent en jeu pour imaginer une seconde que l'avocat à côté de vous n'allait pas sortir un couteau.

Ils firent entrer Snead et cela détourna radicalement la discussion. Hark le présenta au groupe. Le pauvre Snead ressemblait à un condamné en face du peloton d'exécution. Il s'installa en bout de table, deux caméras vidéo braquées sur lui.

– Ce n'est qu'une répétition, le rassura Hark. Détendez-vous.

Les avocats sortirent leurs listes de questions et se penchèrent tous vers leur témoin capital.

Hark alla s'installer derrière lui et lui tapota l'épaule :

– Bon, quand vous ferez votre déposition, monsieur Snead, les avocats de la partie adverse auront le droit de vous interroger en premier. Donc, pendant la première heure ou à peu près, nous allons faire comme si nous étions l'adversaire, OK ?

Pas vraiment, non, mais Snead avait encaissé leur argent. Il fallait qu'il tienne son rôle.

Hark prit son bloc et commença à lui poser les questions de base, sur sa naissance, son passé, sa famille, l'école. C'était facile, sans piège, et cela détendit Snead. Puis sur ses premières années avec M. Phelan, et mille autres questions qui semblaient n'avoir aucun rapport avec le sujet.

Après une pause, Mme Langhorne prit le relais et passa Snead sur le gril au sujet des familles Phelan, des épouses, des mômes, des divorces, des maîtresses. Snead pensait que remuer toute cette boue était absolument inutile, mais les avocats avaient l'air d'aimer ça.

— Étiez-vous au courant de l'existence de Rachel Lane ? demanda Langhorne.

Snead hésita un moment, puis dit :

— Je n'ai pas réfléchi à ça.

En d'autres termes : aidez-moi.

— Que diriez-vous ? demanda-t-il en s'adressant à Gettys.

Hark bâtit une histoire très rapidement.

— Je dirais que vous saviez tout sur M. Phelan, surtout sur ses femmes et leurs progénitures. Rien ne vous échappait. Le vieil homme vous avait tout confié, y compris l'existence de sa fille illégitime. Elle avait dix ou onze ans quand vous avez commencé à travailler pour M. Phelan. Au cours des années, il a essayé de rester en contact avec elle, mais elle ne voulait rien avoir à faire avec lui. Je dirais que cela l'avait grandement blessé, qu'il était un homme habitué à obtenir ce qu'il voulait, et que, lorsque Rachel l'a rejeté, sa douleur s'est changée en colère. Je dirais qu'il s'était mis à la détester. Ainsi, lui avoir légué sa fortune prouve qu'il avait perdu la tête.

Une fois de plus, Snead s'émerveilla de l'habileté avec laquelle Hark bâtissait des fables. Les autres avocats étaient également très impressionnés.

– Qu'en pensez-vous ? leur demanda Hark.

Ils hochèrent la tête, approbateurs.

– Vaudrait mieux lui donner tout ce qu'on sait sur Rachel Lane, dit Bright.

Snead répéta donc pour les caméras l'histoire que Hark venait d'inventer et, ce faisant, il montra un certain talent de fabulateur. Quand il eut fini, les avocats ne masquaient plus leur jubilation. Cet asticot pouvait raconter n'importe quoi. Et personne n'était capable de le contredire.

Quand on interrogeait Snead sur un point qui lui posait problème, il répétait son laconique « Je n'ai pas réfléchi à ça. » Les avocats tentaient alors de l'aider. Hark, qui semblait avoir anticipé toutes les faiblesses de Snead, avait en général une fable toute prête dans sa manche. Peu à peu, pourtant, les autres avocats s'enhardirent, impatients de montrer leur talent pour le mensonge.

Détail après détail, tout fut fabriqué et orchestré au millimètre pour que la folie de M. Phelan le matin où il avait gribouillé son testament devienne une évidence. Très vite, Snead en fit presque trop. Il ne fallait pas entamer sa crédibilité. Il ne pouvait pas y avoir la moindre faille dans son témoignage.

Pendant trois heures, ils construisirent son histoire, puis, pendant deux autres heures, ils tentèrent de la détruire dans un contre-interrogatoire sans merci. Ils ne lui donnèrent rien pour déjeuner. Ils se moquèrent de lui et le traitèrent de menteur. À un moment, Langhorne parvint à le pousser au bord des larmes. Quand il fut épuisé, proche de l'évanouissement, ils le renvoyèrent chez lui avec le paquet de bandes vidéo et l'instruction de les étudier sans relâche.

Ils lui déclarèrent qu'il n'était pas prêt à témoigner. Ses histoires n'étaient pas béton. Le pauvre Snead rentra chez lui dans sa Range Rover toute neuve, crevé et sidéré, mais également très déterminé à s'entraîner à mentir jusqu'à ce que les avocats l'applaudissent.

Le juge Wycliff appréciait les déjeuners tranquilles dans son bureau. Comme d'habitude, Josh avait apporté des sandwiches achetés en passant chez un Grec près de Dupont Circle. Il les déballa, avec du thé glacé et des cornichons, sur la petite table d'angle. Ils parlèrent de choses et d'autres en mangeant, mais en arrivèrent vite à l'affaire Phelan. Le juge savait qu'il y avait du nouveau, sinon Josh n'aurait pas appelé.

– Nous avons trouvé Rachel Lane, dit-il.

– Merveilleux. Où ça ?

Le soulagement s'entendait dans la voix de Wycliff.

– Elle nous a fait promettre de ne pas le révéler. Du moins pas pour l'instant.

– Elle est aux États-Unis ?

Le juge en oubliait son sandwich au corned-beef.

– Non. Elle vit dans un endroit très reculé et elle n'a aucune intention d'en bouger.

– Comment l'avez-vous trouvée ?

– Par son avocat.

– Qui est son avocat ?

– Un type qui a travaillé dans mon cabinet. Nate O'Riley, un ancien associé. Il nous a quittés en août.

Le regard de Wycliff se rétrécit en soupesant cette donnée.

– Quelle coïncidence ! Elle engage un ancien associé du cabinet d'avocats de son propre père.

– Ce n'est pas une coïncidence. En tant qu'exécuteur testamentaire, je devais la trouver. J'ai envoyé Nate O'Riley. Il l'a trouvée. Elle l'a engagé. C'est vraiment très simple.

– Quand compte-t-elle apparaître ?

– Je doute qu'elle le fasse en personne.

– Et l'acceptation ou la renonciation ?

– Elle arrive. Elle est très circonspecte et, franchement, j'ignore quels sont ses projets.

– Nous sommes face à une contestation du testament, Josh. La guerre a déjà commencé. Les choses ne peuvent attendre. Cette cour doit faire juridiction sur elle.

– Monsieur le juge, elle est légalement représentée. Ses intérêts seront défendus. Allons à la bataille. Nous allons communiquer les pièces et on verra bien ce que l'autre partie a en main.

– Puis-je lui parler ?

– C'est impossible.

– Allons, Josh.

– Je vous assure. Écoutez, elle est missionnaire dans un coin vraiment perdu, dans l'autre hémisphère. C'est tout ce que je peux vous dire.

– Je veux voir M. O'Riley.

– Quand ?

Wycliff s'approcha de son bureau et prit son agenda le plus proche. Il était tellement occupé. Sa vie était réglée par un calendrier des jugements à rendre, un calendrier des procès, un calendrier des procédures. Sa secrétaire tenait celui des rendez-vous.

– Que diriez-vous de ce mercredi ?

– Très bien. Pour déjeuner ? Juste nous trois, officieusement, bien sûr.

– Bien sûr.

L'avocat O'Riley avait prévu de lire et d'écrire toute la matinée. Ses plans furent bouleversés par un coup de fil du pasteur.

– Je vous dérange ? demanda le père Phil, sa voix forte résonnant dans le récepteur.

– Eh bien, non, pas vraiment, dit Nate.

Il était assis dans un gros fauteuil de cuir, sous une couette recouverte de patchwork, buvant de petites gorgées de café et lisant Mark Twain.

– Vous en êtes sûr ?

– Bien sûr que j'en suis sûr.

– Eh bien, je suis dans le sous-sol de l'église en train de faire des réaménagements et j'ai besoin d'un coup de main. Je pensais que vous vous ennuyiez peut-être, puisqu'il n'y a pas grand-chose à faire ici, du moins en hiver. Il paraît qu'il va encore neiger aujourd'hui.

Le ragoût de mouton traversa l'esprit de Nate. Il devait en rester.

– Je vous rejoins dans dix minutes.

Le sous-sol donnait directement dans l'église. Nate entendit des coups de marteau en descendant les marches branlantes. C'était une pièce assez vaste, longue et large, basse de plafond. Visiblement, une tentative de réaménagement avait été entamée il y avait un bon moment, dont on ne voyait pas la fin. L'idée générale semblait être de créer une série de petites pièces le long des murs, avec un espace vide au milieu. Phil se tenait entre deux tréteaux, un mètre à la main, de la sciure jusque sur les épaules. Il portait une chemise en flanelle, un jean, des bottes, et on aurait aisément pu le prendre pour un charpentier.

– Merci d'être venu, dit-il avec un grand sourire.

– Pas de quoi. Je m'ennuyais un peu.

– J'installe des cloisons, expliqua le pasteur en désignant le chantier autour de lui. C'est plus facile à deux. M. Fuqua m'aidait, mais il a quatre-vingts ans et son dos n'est plus ce qu'il était.

– Qu'est-ce que vous construisez ?

– Six classes pour le catéchisme. Cette zone centrale sera une sorte de foyer. J'ai commencé il y a deux ans. Notre budget ne nous permet pas de dépenser beaucoup pour de nouveaux projets, alors je fais tout moi-même. Ça me maintient en forme.

Le père Phil n'avait pas dû être en forme depuis des années.

– Donnez-moi des instructions précises, dit Nate, et souvenez-vous que je ne suis qu'un avocat.

– Un travail pas très honnête, hein ?

– Non.

Ils saisirent tous deux une grande feuille de contreplaqué et l'apportèrent jusqu'à la petite salle actuellement en construction. La feuille faisait presque deux mètres sur deux et, en la mettant en place, Nate comprit pourquoi il fallait effectivement être deux pour ce boulot. Phil grommelait, fronçait les sourcils et se mordait les lèvres, et quand le panneau s'intégra dans le puzzle, il ordonna :

– Maintenez-le comme ça.

Nate pressa la feuille contre les chevrons tandis que Phil la clouait vite à grands coups de marteau. Une fois le contre-plaqué en place, il enfonça six grosses vis dans les chevrons et admira son œuvre. Puis il sortit son mètre pour mesurer le prochain espace vide.

– Où avez-vous appris à jouer les charpentiers ? demanda Nate en l'observant avec intérêt.

– J'ai ça dans le sang. Joseph était charpentier.

– Qui est-ce ?

– Le père de Jésus.

– Oh, ce Joseph-là !

– Vous lisez la Bible, Nate ?

– Pas beaucoup.

– Vous devriez.

– J'aimerais bien.

– Je peux vous aider si vous voulez.

– Merci.

Phil gribouilla des dimensions sur le panneau qu'ils venaient juste d'installer. Il mesura soigneusement, puis recommença. Très vite, Nate comprit pourquoi les travaux avançaient si lentement. Phil prenait son temps et croyait dur comme fer en une organisation solide à base de très nombreuses pauses-café.

Au bout d'une heure, ils remontèrent les marches branlantes jusqu'au bureau du pasteur, où il faisait bien dix degrés de plus que dans le sous-sol. Phil avait une petite cafetière au chaud sur une plaque électrique. Il leur en versa deux tasses et se mit à fouiller dans sa bibliothèque.

– Voilà un guide des prières quotidiennes, c'est un de mes préférés, dit-il en prenant délicatement le livre.

Il l'essuya comme s'il était couvert de poussière, puis le tendit à Nate. C'était un gros volume cartonné dont la jaquette était comme neuve.

Il en choisit un autre et le tendit également à Nate.

– Et ça, c'est une étude de la Bible pour les gens pressés. Très bon livre.

– Qu'est-ce qui vous fait croire que je suis pressé ?

– Vous êtes avocat à Washington, non ?

– Officiellement, oui, mais plus pour longtemps.

Phil joignit les mains et fixa Nate comme seul un prêtre peut le faire. Ses yeux disaient : « Continue. Dis-m'en plus. Je suis ici pour t'aider. »

Nate se déchargea donc de quelques-uns de ses ennuis, passés et présents, en insistant sur l'épée de Damoclès du fisc et la perte imminente de sa licence d'avocat. Il allait éviter la prison, oui, mais on lui collerait une amende qu'il était incapable de payer.

Et pourtant, cela ne le rendait pas malheureux. En fait, il était soulagé de quitter cette profession.

– Qu'est-ce que tu vas faire ? demanda Phil.

– Pas la moindre idée.

– Tu as confiance en Dieu ?

– Oui, je crois.

– Alors ne t'inquiète pas. Il te montrera la voie.

Ils parlèrent assez longtemps pour étirer la matinée jusqu'à l'heure du déjeuner et partagèrent les restes de ragoût. Laura les rejoignit assez tard. Elle enseignait au jardin d'enfants et n'avait que trente minutes pour déjeuner.

Vers 14 heures, ils redescendirent au sous-sol, où ils reprirent leur travail sans grand enthousiasme. À voir la façon dont Phil s'y prenait, Nate se convainquit que ce projet ne serait pas achevé de son vivant. Joseph avait peut-être été un excellent charpentier, mais la place du père Phil était plutôt en chaire. Chaque espace vide entre les chevrons était mesuré au moins deux fois, examiné, considéré sous tous les angles, puis mesuré à nouveau. C'était un travail de fourmi. Finalement, après avoir gribouillé assez de chiffres pour rendre un architecte cinglé, Phil, complètement surexcité, s'emparait de la scie sauteuse et découpait la feuille. Ils la portaient jusqu'à l'espace vide, la clouaient puis la vissaient. Elle était toujours parfaitement aux dimensions et, chaque fois, Phil semblait soulagé.

Deux petites salles de classe avaient l'air finies, n'attendant plus qu'un coup de peinture. Tard dans l'après-midi, Nate décida que le lendemain il deviendrait peintre en bâtiment.

41.

Deux jours d'efforts ne firent guère avancer le chantier du sous-sol glacé de l'église de la Trinité. Mais beaucoup de café fut consommé, le ragoût de mouton enfin terminé, quelques panneaux mis en place, quelques murs peints, et surtout une amitié se construisit.

Le mardi soir, Nate grattait la peinture collée sous ses ongles, quand le téléphone sonna. C'était Josh qui le ramenait au monde réel.

– Le juge Wycliff veut te voir demain, dit-il. Où étais-tu ? J'ai essayé de te joindre tout l'après-midi.

– Qu'est-ce qu'il veut ? demanda Nate, la voix blanche d'anxiété.

– Il a quelques questions à te poser sur ta nouvelle cliente.

– Je suis très occupé, Josh, je construis, je cloue des plaques de contreplaqué, je repeins.

– Vraiment ?

– Ouais. Je refais le sous-sol d'une église. Le temps est essentiel.

– Je ne savais pas que tu avais de tels talents.

– Je suis obligé de venir, Josh ?

– Je crois bien, mon vieux. Tu as accepté de prendre cette affaire. Je l'ai déjà dit au juge. On a besoin de ta présence.

– Où et quand ?

– Viens me prendre à 11 heures. On ira ensemble.

– Je ne veux pas passer au bureau, Josh. J'y ai plein de mauvais souvenirs. Je préfère te retrouver au palais.

– Bien. Sois-y à midi. Dans le bureau du juge Wycliff.

Nate mit une bûche dans la cheminée et regarda les flocons de neige tourbillonner au-dehors. Il pouvait enfiler un costume et une cravate, et porter un attaché-case. Il était dans ses cordes de faire semblant et de jouer son rôle. Il savait dire « Votre Honneur » et « Qu'il plaise à la Cour », il savait crier « Objection » et passer des témoins sur le gril. Il était parfaitement capable de faire toutes ces choses qu'il connaissait par cœur, mais il ne se considérait plus comme un avocat. Ce temps-là était révolu, Dieu merci.

Toutefois, il était prêt à le faire une fois encore, la dernière. Il essaya de se convaincre que c'était pour Rachel, mais il savait qu'elle s'en fichait.

Il ne lui avait pas encore écrit, bien qu'il en eût l'intention. Il avait mis deux heures à rédiger laborieusement une page et demie à l'intention de Jevy.

Trois jours dans la neige et déjà les rues humides de Corumbá lui manquaient, avec leurs piétons nonchalants, leurs terrasses de café, le rythme d'une existence où tout était naturellement remis au lendemain. Il neigeait de plus en plus fort. « Peut-être une nouvelle tempête, espéra-t-il. Les routes seront fermées, et je n'aurai pas à retourner là-bas. »

Josh avait à nouveau apporté des sandwiches grecs, des cornichons et du thé. Il préparait la table pendant qu'ils attendaient le juge Wycliff.

– Voilà le dossier de la Cour, dit-il en tendant à Nate un gros classeur rouge. Et voilà ta réponse, ajouta-t-il en lui passant une chemise beige. Il faut que tu lises et que tu signes ceci le plus tôt possible.

– Est-ce que le ministère public a préparé une réponse ? demanda Nate.

– Demain. La réponse de Rachel Lane est là-dedans, toute prête, n'attendant que ta signature.

– Il y a quelque chose qui ne va pas là, Josh. Je ne peux pas m'engager au nom d'une cliente qui n'est même pas au courant de ce que je vais signer pour elle.

– Envoie-lui une copie.

– Où ça ?

– À sa seule adresse connue, celle de Tribus du Monde à Houston, Texas. Tout est dans la chemise.

Nate secoua la tête. Il se sentait comme un pion sur un échiquier. La réponse de Rachel Lane faisait quatre pages et niait, en général et en détail, les allégations inscrites dans les six référés contestant le testament. Nate lut les six plaintes pendant que Josh utilisait son téléphone portable.

Une fois décrypté le jargon juridique, l'affaire se résumait à une question toute simple : est-ce que Troy Phelan savait ce qu'il faisait quand il avait rédigé son ultime testament ? Ça n'empêcherait pas le procès d'être un vrai cirque. Les avocats lanceraient toutes sortes de psychiatres et d'experts dans la bataille, et feraient témoigner tous ceux qui avaient passé cinq minutes avec le vieil homme, des employés, des ex-employés, d'anciennes petites amies, des concierges, des bonnes, des chauffeurs, des pilotes, des gardes du corps, des médecins, des prostituées...

Nate n'avait plus l'estomac pour ça. Il reposa le dossier. Quand la bataille serait finie, il y aurait de quoi remplir une pièce entière de documents semblables.

Comme d'habitude, le juge Wycliff fit une entrée en trombe à 12 h 30, s'excusant d'être si occupé tout en ôtant sa robe.

– Vous êtes Nate O'Riley ? dit-il en lui tendant la main.

– Oui, monsieur le juge. Ravi de vous rencontrer.

Josh parvint à raccrocher son portable. Ils s'attablèrent autour des sandwiches.

– Josh m'a dit que vous aviez réussi à retrouver la femme la plus riche du monde, dit Wycliff en mordant dans le sien.

– C'est vrai. Il y a deux semaines à peu près.

– Et vous ne pouvez pas me dire où elle est ?

– Elle m'a supplié de garder le secret. Je le lui ai promis.

– Acceptera-t-elle de venir témoigner quand il le faudra ?

– Elle n'aura pas à le faire, expliqua Josh.

Bien évidemment, il avait, dans son dossier, un mémo sur les conséquences de la probable absence de Rachel au procès.

– Elle ne sait rien des capacités mentales de M. Phelan, et elle ne peut pas être témoin.

– Mais elle est l'une des parties, objecta Wycliff.

– Bien sûr. Son absence peut néanmoins être excusée. Nous pouvons débattre sans elle.

– Excusée par qui ?

– Par vous, Votre Honneur.

– J'ai l'intention de déposer une motion en temps approprié, dit Nate, demandant à la Cour de permettre que le procès ait lieu hors de sa présence.

Josh sourit de l'autre côté de la table. « Voilà mon bon vieux Nate... »

– Nous nous soucierons de ça plus tard, dit Wycliff. Je suis beaucoup plus inquiet de la communication des pièces du dossier. Inutile de vous rappeler que la partie adverse piaffe d'impatience.

– Vous aurez notre réponse aux six requêtes en contestation demain, le rassura Josh. Nous sommes prêts à livrer bataille.

– Et l'héritière présumée ?

– Je travaille encore à sa réponse, dit Nate d'un ton sérieux, comme s'il y consacrait ses jours et ses nuits. Mais je peux la verser au dossier dès demain.

– Vous êtes prêt à communiquer toutes les pièces du dossier ?

– Oui, Votre Honneur.

– Quand pouvons-nous espérer recevoir la renonciation ou la reconnaissance signée de votre cliente ?

– Ça, je ne peux pas vous dire.

– Légalement, elle n'est pas sous ma juridiction tant que je n'ai pas reçu l'une ou l'autre.

– Je sais. Je suis certain que je l'aurai bientôt. Son service postal est plutôt lent.

Josh sourit à son protégé [1].

– Vous l'avez réellement trouvée, vous lui avez montré une copie du testament, vous lui avez expliqué la procédure, et elle vous a demandé de la représenter... C'est bien ça ?

– Oui, monsieur, dit Nate à contrecœur.

– Mettrez-vous ça sous serment dans le dossier ?

– C'est un peu inhabituel, non ? intervint Josh.

– Peut-être, mais si nous entamons la communication des pièces sans la signature de cette femme en bas de ces papiers, je veux qu'il y ait une trace dans le dossier de ce qu'elle a bien été contactée et sait ce que nous faisons.

– Bonne idée, Votre Honneur, approuva Josh comme si l'idée venait de lui. Nate signera.

Nate hocha la tête et mordit une grosse bouchée de sandwich, espérant qu'ils le laisseraient manger sans l'obliger à proférer d'autres mensonges.

– Était-elle proche de son père ? demanda Wycliff.

Nate mâcha aussi longtemps qu'il pouvait avant de répondre.

– Nous parlons officieusement, là ?

1. En français dans le texte. (*N.d.T.*)

– Bien sûr. J'adore les ragots.

Oui, et les ragots peuvent faire gagner ou perdre des procès.

– Je ne crois pas qu'ils étaient très proches. Elle ne l'avait pas vu depuis des années.

– Comment a-t-elle réagi quand elle a lu le testament ?

Le ton de Wycliff était effectivement celui d'un amateur de ragots et de cancans, et Nate comprit que le juge ne le lâcherait pas avant d'avoir eu tous les détails.

– Elle a été surprise, ce n'est rien de le dire, fit-il en essayant de sourire.

– Ça, je veux bien le croire. A-t-elle demandé à combien se montait l'héritage ?

– Oui. Je pense qu'elle a été quelque peu décontenancée, comme n'importe qui le serait face à une telle somme.

– Est-elle mariée ?

– Non.

Josh se rendit compte qu'avec ses questions apparemment anodines le juge les entraînait sur un terrain dangereux. Ce dernier ne devait à aucun prix savoir, du moins pas à ce stade, que Rachel ne s'intéressait absolument pas à l'argent. Or, si Nate continuait à répondre ainsi, Wycliff le comprendrait.

– Vous savez, monsieur le juge, dit-il pour tirer la conversation dans une autre direction, cette affaire n'est pas très compliquée. La communication des pièces du dossier ne devrait pas durer éternellement. Les enfants Phelan sont impatients. Nous sommes impatients. Il y a une énorme pile d'argent au bout de la table et tout le monde la veut. Pourquoi n'abrégerions-nous pas les communications en fixant d'ores et déjà la date du procès ?

Accélérer la procédure dans une telle affaire était totalement inhabituel. Tous les avocats d'affaires étaient payés à l'heure. Pourquoi se presser ?

– Proposition intéressante, dit Wycliff. Qu'est-ce que vous avez derrière la tête ?

– Faisons une audience de communication des pièces le plus vite possible. Rassemblons tous les avocats, que chacun produise sa liste de témoins potentiels et de documents. Donnons-nous un mois pour étudier toutes les dépositions et choisissons une date quatre-vingt-dix jours plus tard.

– C'est incroyablement rapide.

– C'est très courant dans les cours fédérales. Les avocats des parties adverses vont sauter sur cette proposition parce que leurs clients sont ruinés.

– Et vous, monsieur O'Riley ? Est-ce que votre cliente est impatiente de toucher son argent ?

Nate s'en sortit par une pirouette :

– Vous ne seriez pas impatient, vous, monsieur le juge ?

Ils éclatèrent de rire.

Quand Grit parvint enfin à passer le barrage téléphonique de Hark, ses premiers mots furent :

– Je pense que je vais rendre une petite visite au juge.

Hark appuya sur le bouton enregistreur de son téléphone :

– Bon après-midi, Grit, fit-il calmement.

– Je vais lui dire la vérité, lui expliquer que Snead vous a vendu son témoignage cinq millions de dollars, et que donc ce témoignage n'aura aucune valeur.

Hark rit juste assez fort pour que Grit l'entende.

– Tu ne peux pas faire ça, Grit.

– Bien sûr que si.

– Tu n'es pas bien malin, mon vieux. Écoute-moi attentivement. D'abord, tu as signé le contrat avec nous et donc tu es impliqué dans cette manœuvre illégale. Ensuite, et c'est le plus important, tu es au courant pour Snead parce que tu es l'avocat de Mary Ross. Tu es tenu par le secret professionnel, je te le rappelle. Si tu divulgues la moindre information qui t'a été communiquée dans le seul but de défendre les intérêts de ta cliente, tu romps la clause de confidentialité. Elle portera plainte auprès du barreau, et je ferai tout pour te faire radier. Tout. Compte sur moi.

– T'es une merde, Gettys. Tu m'as volé ma cliente.

– Si ta cliente était satisfaite de tes services, pourquoi a-t-elle cherché un autre avocat ?

– Je n'en resterai pas là, crois-moi.

– Ne fais pas de conneries.

Grit lui raccrocha au nez, furieux. Hark savoura cet instant, puis se remit au travail.

Nate traversait la ville, de nouveau seul. Il passa le Potomac, le Lincoln Memorial, avançant au gré de la circulation, sans se presser. Des flocons s'écrasaient sur son pare-brise, mais la grosse tempête de neige prévue n'avait pas encore éclaté. À un feu rouge sur Pennsylvania Avenue, il jeta un œil dans son rétroviseur et aperçut le building, coincé entre une douzaine d'autres, où il avait passé la plupart de son temps ces vingt-trois dernières années. La fenêtre de son bureau était au sixième étage. Il était trop loin pour la distinguer.

Sur Main Street, entrant dans Georgetown, il longea les anciens endroits où il aimait traîner – les bars et les cafés où il avait partagé de longues heures obscures avec des gens dont il ne se souvenait même pas. Il se rappelait pourtant les noms des barmen. Chaque pub avait une histoire. Dans ses mauvais jours, il avait un besoin irrépressible de ces haltes après une dure journée au bureau ou au palais. Il ne pouvait pas rentrer chez lui sans avoir bu jusqu'à plus soif. Il tourna vers le nord sur Wisconsin et tomba sur un bar où il s'était battu un jour avec un étudiant, un môme plus soûl que lui. Une étudiante trop bien roulée avait provoqué la dispute. Le barman les avait expédiés dehors pour régler leurs comptes. Le lendemain matin, au palais, Nate portait un sparadrap.

Il y avait aussi ce petit café où il avait acheté assez de cocaïne pour se flinguer. Les stups y avaient fait une descente pendant qu'il était en désintoxication. Deux de ses potes de défonce, agents de change à la Bourse, avaient fini en taule.

Voilà où il avait gâché ses jours de gloire, pendant que ses femmes l'attendaient et que ses enfants grandissaient sans lui. Il avait honte des malheurs qu'il avait provoqués. En sortant de Georgetown, il se jura de ne plus y revenir.

Il passa chez les Stafford récupérer quelques effets personnels supplémentaires puis repartit en coup de vent.

Dans sa poche, il avait un chèque de dix mille dollars, les honoraires de son premier mois, d'avance. Le fisc lui réclamait soixante mille dollars d'arriérés d'impôts. L'amende se monterait à peu près à la même somme. Il devait à sa seconde épouse environ trente mille dollars de pension alimentaire qu'il avait dépensés pour payer sa dernière cure.

Sa mise en faillite ne le déchargeait pas de ces dettes. Il ne pouvait se cacher que son avenir financier était plutôt sombre. Les plus jeunes de ses enfants lui coûtaient chacun trois mille dollars par mois en pensions alimentaires. Les deux plus âgés revenaient presque aussi cher, avec leurs études, leurs chambres et leurs frais. Il pourrait vivre sur l'argent de l'affaire Phelan pendant quelques mois, mais à la manière dont Josh et Wycliff parlaient du procès, celui-ci allait se tenir plus tôt que prévu. Quand cette affaire serait close, Nate devrait comparaître devant un juge fédéral, plaider coupable et rendre sa licence.

Le père Phil lui enseignait à ne pas s'inquiéter de l'avenir. Dieu prenait soin de ses fidèles.

Nate se demanda si Dieu y gagnait en misant sur ses brebis perdues.

De retour à Saint Michaels, il saisit une feuille de bloc-notes et entreprit de commencer une lettre à Rachel. Il avait l'adresse de Tribus du Monde à Houston. Sur l'enveloppe, il inscrirait « Personnel et confidentiel », l'adresserait à Rachel Lane et y adjoindrait une note explicative : « À qui de droit... »

Il y avait forcément quelqu'un, dans cette ONG, qui savait qui elle était et où elle était. Peut-être même cette personne savait-elle que Troy était son père et comprendrait-elle, à la lecture de cette lettre, que l'héritière Phelan dont parlaient les journaux et Rachel Porter, missionnaire de Tribus du Monde, ne faisaient qu'une.

Nate supposait que Rachel allait de son côté entrer en contact avec Tribus du Monde, si ce n'était déjà fait. Elle était venue à Corumbá puisqu'elle lui avait rendu visite à l'hôpital. Il était sensé de penser qu'elle appellerait Houston et leur parlerait de lui.

Elle avait évoqué le budget annuel que lui versait Tribus du Monde. Ils devaient bien avoir un moyen de communiquer par courrier. Si sa lettre tombait entre les bonnes mains à Houston, alors peut-être parviendrait-elle à Corumbá.

Il écrivit la date, puis : « Chère Rachel... »

Une heure passa. Il contemplait le feu, essayant de trouver une entrée en matière chaleureuse et intelligente. Finalement, il commença par un paragraphe sur la neige. Est-ce que la neige de son enfance lui manquait ? À quoi ressemblait-elle dans le Montana ? À sa fenêtre, en ce moment, elle atteignait plus de trente centimètres.

Il se sentit obligé de confesser qu'il agissait comme son avocat et, une fois qu'il eut retrouvé le terrain juridique qu'il connaissait par cœur, les mots lui vinrent aisément. Il expliqua aussi simplement qu'il pouvait ce qui se passait et quelle tournure allait prendre la procédure.

Il lui parla aussi du père Phil, de l'église et de son sous-sol. Il étudiait désormais la Bible et cela lui plaisait. Il priait pour elle.

Quand il eut fini, la lettre faisait trois pages et Nate était assez fier de lui. Il la relut deux fois et la déclara au point. Si elle parvenait un jour dans la hutte de Rachel, il savait qu'elle la lirait et la relirait, et qu'elle ne prêterait aucune attention aux maladresses de style.

Nate avait réellement envie de la revoir. Elle lui manquait.

42.

Une autre raison de la lenteur des travaux dans le sous-sol de l'église était le penchant du père Phil pour les grasses matinées. Laura avouait que lorsqu'elle partait de chez eux à 8 heures tous les jours de la semaine pour se rendre au jardin d'enfants, le pasteur était presque à chaque fois encore enfoui sous les couvertures. « Je suis un oiseau de nuit, disait-il pour se défendre, et j'adore regarder les vieux films en noir et blanc à la télé après minuit. »

Aussi, quand il appela à 7 h 30 le vendredi matin, Nate fut-il quelque peu surpris.

– Tu as vu le *Post* ? demanda Phil sans préambule.

– Je ne lis pas les journaux, répliqua Nate.

Il avait rompu avec cette habitude en désintoxication. Phil, de son côté, en lisait cinq par jour. Ils constituaient une excellente source d'inspiration pour ses sermons.

– Tu devrais peut-être, dit-il.

– Pourquoi ?

– Il y a un article sur toi.

Nate enfila ses chaussures et pataugea dans la neige jusqu'à un café sur Main Street. En première page de la section Vie locale s'étalait un bel article intitulé : « À la recherche de l'héritière perdue ».

Des documents avaient été déposés tard la veille au tribunal du comté de Fairfax, dans lesquels, par l'intermédiaire de son avocat, un certain Nate O'Riley, l'héritière réfutait les allégations de ceux qui contestaient le dernier testament de son père. Puisqu'il n'y avait pas grand-chose à dire d'elle, l'article s'étendait sur son avocat. Selon sa déclaration sous serment, déposée à la Cour, il avait retrouvé Rachel Lane, lui avait montré une copie du testament manuscrit, avait discuté des divers problèmes juridiques avec elle et s'était débrouillé pour devenir son avocat. Il n'avait donné aucune précision sur l'endroit où se trouvait la jeune femme.

M. O'Riley était un ancien associé du cabinet Stafford ; éminent plaideur, il avait quitté le cabinet en août dernier, avait été déclaré en faillite en octobre, mis en examen en novembre, et un verdict pour fraude fiscale était encore suspendu au-dessus de sa tête. D'après le fisc, il aurait dissimulé soixante mille dollars. Pour faire bonne mesure, le journaliste en rajoutait une couche sur ses deux divorces. Et, comble de l'humiliation, une très mauvaise photo de lui trônait au milieu de l'article, une photo prise plusieurs années auparavant où on le voyait un verre à la main dans un bar de Washington. Il étudia l'image mal imprimée. Il avait les yeux injectés de sang, les joues bouffies par l'alcool, un sourire idiot. C'était embarrassant, mais c'était dans une autre vie.

Nate replia le journal et revint au cottage. Il était 8 h 30. Il lui restait une heure et demie avant de rejoindre Phil dans le sous-sol de l'église.

Désormais, la meute l'avait identifié. Mais trouver sa trace ne serait pas aisé. Josh s'était arrangé pour que son courrier lui soit expédié dans une boîte postale de Washington. Il avait un nouveau numéro de téléphone, au nom de Nathan F. O'Riley, avocat. Les appels étaient pris par une secrétaire du cabinet Stafford qui filtrait et classait les messages.

À Saint Michaels, seuls le pasteur et son épouse savaient qui il était. Pour les autres, la rumeur courait qu'il était un riche avocat de Baltimore en train d'écrire un livre.

Se cacher devenait peu à peu comme une nouvelle dépendance. Peut-être était-ce pour cela que Rachel le faisait.

Des copies de la réponse de Rachel Lane furent expédiées à tous les avocats des Phelan, que la nouvelle secoua. Elle était donc vivante et prête au combat, même si le choix de son avocat semblait quelque peu curieux. O'Riley avait une réputation de plaideur efficace capable d'éclairs de génie, mais qui ne tenait pas la pression. Les avocats des Phelan, de même que le juge Wycliff, soupçonnaient Josh Stafford d'être derrière tout ça. Il avait secouru O'Riley qui était en désintoxication, l'avait remis sur pied, lui avait collé la déposition dans la main et l'avait dirigé droit vers le tribunal.

Les avocats des Phelan se rencontrèrent le vendredi matin dans les bureaux de Mme Langhorne, un building moderne coincé entre de nombreux autres sur Pennsylvania Avenue, dans le quartier des affaires. Son cabinet misait tout sur la frime – avec quarante avocats, il n'était pas assez important pour attirer les gros clients, mais ses patrons étaient dévorés d'ambition. La décoration était clinquante et prétentieuse, dans le seul but d'appâter du beau monde.

Ils avaient décidé de se retrouver une fois par semaine, une ou deux heures, chaque vendredi à 8 heures, pour peaufiner leur stratégie. L'idée venait de Langhorne. Elle s'était rendu compte que c'était à elle de jouer les médiatrices. Les hommes n'arrêtaient pas de se chercher et de s'engueuler. Et il y avait trop d'argent à perdre dans un procès où les demandeurs, tous réunis dans un coin de la salle, se filaient des coups de couteau dans le dos.

Apparemment, le détournement de clients avait cessé. Geena et Cody étaient restés avec elle. Ramble paraissait attaché à Yancy. Wally Bright vivait quasiment avec Libbigail et Spike. Hark avait les trois autres – Troy Junior, Rex et Mary Ross – et ce trio semblait lui suffire. La poussière retombait autour des héritiers. Les rapports redevenaient familiers. Les objectifs avaient été définis. Les avocats étaient conscients que s'ils ne parvenaient pas à travailler en équipe, ils perdraient l'affaire.

Le premier point concernait Snead. Ils avaient consacré des heures à visionner ses premiers efforts en vidéo et chacun avait préparé des kilomètres de notes destinées à améliorer sa performance. Ils y étaient allés sans vergogne. Yancy, ex-aspirant scénariste, s'était même fendu d'un script de cinquante pages à l'intention de Snead, où il n'hésitait pas à faire passer le pauvre Troy pour un débile complet.

Le point numéro deux concernait Nicolette. Dans quelques jours, ils la passeraient à son tour à la question, et il y avait certaines choses qu'elle devrait évoquer. Bright avait eu une idée : le vieux Troy avait été victime d'une attaque lors d'un rapport sexuel avec elle ; cela s'était produit quelques heures avant la confrontation avec les trois psychiatres. Une attaque signifiait des capacités mentales diminuées. Cette idée les séduisit, et elle provoqua une très longue discussion sur l'autopsie. Ils n'avaient toujours pas reçu les conclusions du médecin légiste. Étant donné l'état dans lequel il avait récupéré le corps, son examen risquait-il de mettre leur fable en péril ?

Le troisième point concernait leurs propres experts. Le psy de Grit ayant fait une sortie rapide en même temps que l'avocat, il ne leur en restait que quatre, un par cabinet. C'était un bon nombre, finalement, et à eux quatre ils pouvaient convaincre le tribunal à la condition qu'ils arrivent aux mêmes conclusions par des cheminements différents. Ils se mirent d'accord : ils devaient également faire répéter leurs psychiatres, les harceler de questions, les pousser à bout pour blinder leurs témoignages.

Le quatrième point concernait les autres témoins. Il fallait trouver des personnes qui avaient côtoyé le vieil homme durant ses derniers jours. Snead pouvait les y aider.

Le dernier point enfin était l'apparition de Rachel Lane et de son avocat.

– Il n'y a rien dans la déposition signée par cette femme, dit Hark. Elle vit cachée. Personne ne sait où elle est, sauf son avocat et il ne le dira pas. Il lui a fallu un mois pour mettre la main sur elle. Elle n'a rien signé. Techniquement, la Cour n'a donc pas juridiction. Il me semble évident que cette femme est assez réticente face à ce qui lui arrive.

– Elle est peut-être comme certains gagnants du loto, insinua Bright. Ils se planquent pour éviter que le moindre crétin du voisinage ne vienne cogner à leur porte.

– Et si elle ne voulait pas l'argent ? demanda Hark.

Un silence sidéré tomba dans la pièce.

– Ce serait dingue ! s'exclama Bright d'instinct.

Il lui était proprement impossible de concevoir un tel refus.

Pendant qu'ils se grattaient la tête, Hark poursuivit son raisonnement.

– C'est juste une idée, mais on devrait y réfléchir. D'après la loi virginienne, on a le droit de renoncer à une donation par testament. Le legs reste en l'état, et il est alors réparti entre les autres demandeurs. Si ce testament est invalidé, et s'il n'y a pas d'autre testament, les sept enfants de Troy Phelan ramassent tout. Puisque Rachel Lane ne veut rien, nos clients se partagent les biens.

Ils se mirent à faire mentalement des calculs étourdissants. Onze milliards, moins les taxes, divisés par six. Appliquez le pourcentage approprié, et vous obtenez une vraie fortune, une mine d'or. Les honoraires à sept chiffres devenaient des honoraires à huit chiffres.

— C'est pousser un peu loin la spéculation, dit lentement Langhorne, la cervelle encore bouillonnante d'arithmétique.

— Je n'en suis pas sûr, dit Hark.

Il était évident qu'il en savait plus que les autres.

— Une reconnaissance est un document très simple. Devons-nous croire que M. O'Riley s'est rendu au Brésil, a trouvé Rachel Lane, lui a parlé de Troy, s'est fait engager comme avocat, mais n'a pas réussi à obtenir une simple signature sur un document peu complexe qui donnerait juridiction à la Cour ? Non, il y a quelque chose qui cloche.

Yancy fut le premier à réagir.

— Au Brésil ?

— Oui. Il vient de rentrer du Brésil.

— Comment le savez-vous ?

Lentement, Hark saisit un dossier et en tira quelques papiers.

— J'ai un très bon détective, commença-t-il, et le silence se fit dans la pièce. Hier, après avoir reçu comme vous la déclaration sous serment d'O'Riley et de sa cliente, je l'ai appelé. En trois heures, il a découvert les choses suivantes : le 22 décembre, Nate O'Riley a quitté l'aéroport de Dulles sur le vol Varig 882, direct pour São Paulo. De là, il a pris le vol Varig 146 pour Campo Grande, où il a emprunté un avion d'Air Pantanal jusqu'à une petite ville baptisée Corumbá. Il y est arrivé le 23 et y est resté presque trois semaines.

– Il était peut-être en vacances, marmonna Bright.

Il était aussi étonné que les autres.

– Peut-être, mais j'en doute. M. O'Riley a passé tout l'automne en cure de désintoxication, et pas pour la première fois de sa vie. Il y était encore quand Troy s'est suicidé. Il en est sorti le 22, le jour même où il est parti pour le Brésil. Son voyage n'avait qu'un seul et unique but : retrouver Rachel Lane.

– Mais comment savez-vous tout ça ? fut contraint de demander Yancy.

– Ce n'est pas difficile, vraiment. Surtout pour les vols aériens. N'importe quel bon *hacker* obtient ça par ordinateur.

– Comment savez-vous qu'il était en désintoxication ?

– J'ai des espions.

Un long silence suivit, le temps qu'ils digèrent ces données. Ils méprisaient Hark et en même temps ils l'admiraient. Il en savait toujours plus qu'eux. Heureusement qu'il était de leur côté, qu'ils étaient une équipe.

– C'est juste un effet de levier, poursuivit Hark. Nous allons foncer dans la phase de communication des pièces. Nous allons attaquer le testament sous le prétexte qu'il constitue une vengeance contre nos clients. Nous ne soulèverons pas pour le moment le problème de la lacune de juridiction. Si l'héritière continue de ne pas se montrer, ce sera un excellent indice qu'elle ne veut pas de l'argent.

– Je n'arriverai jamais à croire ça, dit Bright.

– C'est parce que vous êtes avocat.

– Et vous, vous êtes quoi ?

– Pareil, mais moins cupide. Croyez-moi ou pas, Wally, il y a des gens sur cette terre qui ne sont pas motivés par l'argent.

– Ils doivent être une vingtaine en tout, dit Yancy, et ils sont tous mes clients.

Un petit rire général allégea l'atmosphère.

Avant de mettre fin à la réunion, ils se sentirent obligés de répéter que tout ceci était extrêmement confidentiel. Chacun le pensait, mais personne ne faisait une confiance absolue à ses voisins. Les nouvelles concernant le Brésil étaient particulièrement délicates.

43.

L'enveloppe était brune et dépassait légèrement le format standard. À côté de l'adresse de Tribus du Monde à Houston, il y avait ces mots, imprimés en gras et en noir : « Pour Rachel Lane, missionnaire en Amérique du Sud, personnel et confidentiel. »

Le préposé au courrier la reçut, l'examina pendant un moment, puis la monta à son chef de service. Le voyage de l'enveloppe se poursuivit toute la matinée, jusqu'à ce qu'elle atterrisse, toujours cachetée, sur le bureau de Neva Collier. Elle la regarda d'un air incrédule – personne ne savait que Rachel Lane était missionnaire de Tribus du Monde. Personne sauf elle.

Selon toute évidence, ceux qui avaient manipulé cette enveloppe avant elle n'avaient pas fait le lien entre le nom écrit dessus et le nom apparu récemment dans la presse.

Neva verrouilla sa porte. À l'intérieur de la grosse enveloppe, il y avait une lettre et une petite enveloppe scellée. La lettre était adressée « à qui de droit ». Elle la lut à voix haute, sidérée ue quelqu'un d'autre qu'elle connaisse l'identité, même partielle, de Rachel Lane.

« À qui de droit :

« Ci-joint une lettre destinée à Rachel Lane,

l'une de vos missionnaires au Brésil. S'il vous plaît, transmettez-la-lui, sans l'ouvrir.

« J'ai rencontré Rachel il y a deux semaines. Je l'ai trouvée vivant parmi les Ipicas, dans le Pantanal, où, comme vous le savez, elle réside depuis onze ans. Le but de ma visite concernait une affaire juridique.

« Pour votre information, elle va bien. J'ai promis à Rachel que, quelles que soient les circonstances, je ne dirais jamais à personne où elle se trouvait. Elle ne veut plus être dérangée pour ce genre de problèmes, et je respecterai son souhait.

« Elle a réellement besoin d'argent pour acquérir un nouveau bateau à moteur, ainsi que des médicaments. Je me ferai une joie d'adresser un chèque à votre organisation pour y contribuer. Indiquez-moi simplement la marche à suivre.

« J'ai l'intention d'écrire de nouveau à Rachel, même si je n'ai aucune idée de la manière dont elle reçoit son courrier. Pourriez-vous, s'il vous plaît, me téléphoner pour me dire si vous avez reçu cette lettre, et si la sienne lui sera transmise ? Merci d'avance. »

C'était signé Nate O'Riley. Au bas de la lettre, il y avait un numéro de téléphone à Saint Michaels, Maryland, et l'adresse d'un cabinet d'avocats à Washington.

Correspondre avec Rachel était d'une simplicité absolue. Deux fois l'an, le 1er mars et le 1er août, Tribus du Monde envoyait des colis à la poste de Corumbá. Dedans, il y avait des médicaments, de la littérature chrétienne, et tout ce dont elle pouvait avoir besoin. La poste gardait les colis pendant trente jours et, s'ils n'étaient pas réclamés, les réexpédiait à Houston. Cela n'était jamais arrivé. En août de chaque année, Rachel faisait le voyage de Corumbá, appelait le bureau et pratiquait son anglais pendant dix minutes. Elle prenait ses colis et retournait chez les Ipicas. En mars, après la saison des pluies, les colis étaient envoyés plus haut sur le fleuve sur un chalana et déposés dans une fazenda près de l'embouchure de la rivière Xeco. C'était en général Lako qui venait les chercher. Les colis de mars étaient toujours plus petits que ceux d'août.

En onze ans, Rachel n'avait jamais reçu une lettre personnelle, du moins pas par l'intermédiaire de Tribus du Monde.

Neva recopia le numéro de téléphone et l'adresse sur un bloc, puis cacha la lettre dans un tiroir. Elle l'enverrait dans un mois et quelques, avec le contenu habituel des colis de mars.

Ils travaillèrent pendant presque une heure à découper des panneaux pour la prochaine petite salle de catéchisme. Leur col était couvert de sciure. Phil en avait jusque dans les cheveux. Le bruit de vrille suraigu de la scie sauteuse résonnait encore dans leurs oreilles. C'était l'heure d'un petit café. Ils s'assirent sur le plancher, adossés au mur, près d'un radiateur d'appoint. Phil versa le breuvage noir et fort d'un Thermos dans deux gobelets.

– Tu as raté un grand sermon hier, dit-il avec un sourire.

– Où ça ?

– Comment où ça ? Ici, bien sûr.

– Et quel était le sujet ?

– L'adultère.

– Pour ou contre ?

– Contre, comme toujours.

– Je n'aurais pas pensé que ce soit un problème dans ta congrégation.

– Je fais ce sermon une fois par an.

– Le même ?

– Oui, mais rafraîchi à chaque fois.

– De quand date la dernière histoire d'adultère dans ta communauté ?

– D'il y a deux ans. Une de nos plus jeunes membres pensait que son ami avait une autre femme à Baltimore. Il s'y rendait une fois par semaine pour ses affaires, et elle avait remarqué qu'il était très différent quand il revenait. Il avait plus d'énergie, plus d'enthousiasme. Ça durait deux ou trois jours, puis il redevenait aussi grincheux qu'avant. Elle avait fini par se convaincre qu'il était amoureux d'une autre.

– Résultat des courses ?

– Il allait chez un chiropracteur.

Phil éclata de rire, un rire nasal, fort, communicatif et en général plus drôle que la chute de ses blagues. Quand il fut calmé, ils burent à l'unisson. Puis Phil demanda :

– Dans ton autre vie, Nate, tu as déjà eu un problème d'adultère ?

– Pas que je sache. Ce n'était pas un problème, c'était une manière d'être. Je chassais tout ce qui passait. Je voyais chaque femme, même peu attirante, comme un coup potentiel. J'étais marié, mais je n'ai jamais pensé que j'étais infidèle. Ce n'était pas un péché, c'était un jeu. J'étais comme un chiot malade, Phil.

– Je n'aurais pas dû te demander ça.

– Si. Se confesser fait du bien à l'âme. J'ai honte de l'être que j'étais. Les femmes, la boisson, la drogue, les bars, les bagarres, les divorces, les enfants négligés... j'étais une épave. J'aimerais bien pouvoir revenir en arrière. Mais c'est important de se souvenir jusqu'où on a été.

– Tu as encore de belles années devant toi, Nate.

– J'espère. Mais je ne sais pas très bien quoi en faire.

– Sois patient. Dieu te guidera.

– Bien sûr, à la vitesse où nous allons, je vais avoir une longue carrière dans ce sous-sol.

Phil sourit, mais n'éclata pas de rire.

– Étudie la Bible, Nate, et prie. Dieu a besoin de gens comme toi.

– Je ne sais pas...

– Fais-moi confiance. Cela m'a pris dix ans pour découvrir la volonté de Dieu. Un temps, je ne cessais de courir, et puis je me suis arrêté et j'ai écouté. Lentement, Il m'a amené au ministère du culte.

– Quel âge avais-tu ?

– Trente-six ans quand je suis entré dans les ordres.

– Tu étais le plus âgé ?

– Non. Ce n'est pas inhabituel d'y voir des gens ayant atteint la quarantaine. Cela arrive même assez souvent.

– Combien de temps cela prend-il ?

– Quatre ans.

– C'est pire que la fac de droit.

– Ce n'était pas désagréable du tout, en fait c'était même très agréable.

– On ne peut pas dire ça de la fac de droit.

Ils travaillèrent encore une heure, puis vint le moment de déjeuner. La neige avait fini par fondre entièrement, et ils avaient décidé d'aller manger du crabe chez un poissonnier sur la route de Tilghman. Nate était impatient de pouvoir inviter son ami.

– Jolie voiture ! dit Phil en attachant sa ceinture.

De la sciure tombait de ses épaules sur l'impeccable siège en cuir de la Jaguar. Nate s'en foutait complètement.

– C'est une voiture d'avocat, en leasing parce que je ne pouvais pas la payer cash. Huit cents dollars par mois.

– Désolé.

– J'aimerais bien m'en débarrasser et me prendre une jolie petite Blazer ou un autre 4×4.

La nationale 33 devenait sinueuse en quittant la ville, et bientôt, ils longèrent la côte.

Il était au lit quand le téléphone sonna. Il n'était que 22 heures, mais son corps était encore accoutumé à la routine de Walnut Hill, sans parler de son voyage au sud de la Terre. Et par moments, il ressentait la fatigue due à la dengue.

Il avait du mal à croire que, dans son ancienne vie, il était encore au travail à cette heure-là, puis allait dîner dans un bar et picolait jusqu'à 1 heure du matin. Cela l'épuisait rien que d'y penser.

Ça ne pouvait être qu'une mauvaise nouvelle. Il décrocha rapidement. Une voix de femme résonna :

– Nate O'Riley, je vous prie.

– C'est moi.

– Bonsoir, monsieur, je m'appelle Neva Collier, et j'ai reçu votre lettre pour notre amie du Brésil.

Nate bondit hors du lit, faisant valser les couvertures autour de lui.

– Oui ? Vous avez eu ma lettre ?

– Nous l'avons reçue. Je l'ai lue ce matin et j'enverrai la sienne à Rachel.

– Merveilleux. Comment lui achemine-t-on son courrier ?

– Je le lui envoie à Corumbá, à certaines époques de l'année.

– Merci. J'aimerais bien lui écrire à nouveau.

– Très bien, mais s'il vous plaît, ne mettez plus son nom sur les enveloppes.

Il vint à l'esprit de Nate qu'il était 21 heures à Houston. Elle appelait de chez elle, et cela lui sembla bizarre. La voix était assez plaisante, quoique sur la défensive.

– Il y a un problème ? demanda-t-il.

– Non, c'est juste que personne ici ni nulle part ne sait qui elle est. Personne, sauf moi. Enfin, maintenant nous sommes deux, avec vous.

– Elle m'a fait jurer de garder le secret.

– Vous avez eu du mal à la trouver ?

– Ah ! Ça plutôt, oui ! Je ne m'inquiéterais pas trop que d'autres s'y frottent.

– Mais comment avez-vous fait ?

– C'est son père. Vous avez entendu parler de Troy Phelan ?

– Oui. Je garde tous les articles de presse.

– Avant de quitter ce bas monde, il avait réussi à savoir qu'elle était dans le Pantanal. Je n'ai pas la moindre idée de la manière dont il y est parvenu.

– Il en avait les moyens.

– Effectivement. Nous savions dans quelle région elle était, mais pas exactement où ; je suis donc allé sur place, j'ai engagé un guide, nous nous sommes perdus et nous sommes tombés sur sa tribu. Vous la connaissez bien ?

– Je ne suis pas certaine que qui que ce soit connaisse bien Rachel. Je lui parle une fois par an, en août, quand elle va à Corumbá. Elle a pris un congé il y a cinq ans et j'ai déjeuné avec elle un jour. Mais non, je ne la connais pas plus que ça.

– Vous avez eu de ses nouvelles récemment ?

– Non.

Rachel s'était rendue à Corumbá deux semaines auparavant. Il en était certain parce qu'elle était venue à l'hôpital. Elle lui avait parlé, l'avait touché, puis s'était évaporée en même temps que sa fièvre. Et elle n'avait pas appelé Tribus du Monde ? C'était étrange.

– Elle s'en sort très bien, dit-il. Elle se sent chez elle avec les Ipicas.

– Pourquoi l'avez-vous traquée comme ça ?

– Il fallait que quelqu'un le fasse. Est-ce que vous êtes au courant de ce que son père lui a laissé ?

– Plus ou moins.

– Quelqu'un devait le notifier à Rachel et il fallait que ce soit un avocat. Il s'est trouvé que j'étais le seul dans notre cabinet dont l'emploi du temps le permettait.

– Et maintenant vous la représentez ?

– Vous suivez l'affaire, n'est-ce pas ?

– Il se peut que nous soyons amenés à nous y intéresser de plus près. Elle est l'une d'entre nous et elle est, dirons-nous, légèrement en dehors du circuit.

– C'est rien de le dire.

– Quelle est son intention à propos des biens de son père ?

Nate se frotta les yeux et marqua une pause. Cette brave femme devenait un peu trop curieuse. Il se demanda si elle s'en rendait compte.

– Je ne voudrais pas vous paraître trop brusque, madame Collier, mais je ne peux pas discuter avec vous de ce dont j'ai parlé avec Rachel concernant les biens de son père.

– Bien sûr. Je n'essayais pas de vous tirer les vers du nez. C'est juste que je m'interroge sur ce que Tribus du Monde devrait faire.

– Rien. Vous n'êtes impliqués en rien, sauf si Rachel vous demande d'agir.

– Je vois. Donc, je me contente de suivre l'affaire dans les journaux.

– Je suis certain que la procédure y sera racontée en détail.

– Vous avez mentionné certaines choses dont elle aurait besoin là-bas...

Nate raconta l'histoire de la petite fille morte parce que Rachel n'avait pas d'antidote.

– Elle ne peut pas trouver assez de médicaments à Corumbá. J'aimerais lui envoyer tout ce dont elle a besoin.

– Merci. Envoyez l'argent à mon attention chez Tribus du Monde et je m'assurerai qu'elle reçoit les médicaments. Nous avons quatre mille Rachel tout autour du monde, et nos budgets ne sont pas élastiques.

– Les autres sont-elles aussi remarquables qu'elle ?

– Oui. Nos missionnaires ont été choisis par Dieu.

Ils se promirent évidemment de rester en contact. Nate pourrait envoyer toutes les lettres qu'il voudrait. Neva les ferait parvenir à Corumbá. Si l'un d'eux avait des nouvelles de Rachel, il appellerait immédiatement l'autre.

De retour dans son lit, Nate repensa à sa conversation téléphonique avec Neva Collier. Rachel venait d'apprendre que son père était mort et lui avait laissé une des plus importantes fortunes de la planète. Elle s'était faufilée à Corumbá parce qu'elle savait par Lako que Nate était très malade. Et puis elle était repartie, sans appeler personne de Tribus du Monde pour parler de ce qui lui était arrivé. Tout cela était vraiment étonnant.

Quand il l'avait laissée sur la berge de la rivière, il avait eu la certitude que l'argent ne l'intéressait pas. À présent, il en avait la conviction.

44.

La course aux dépositions commença le lundi 17 février, dans une longue salle vide et nue du Palais de justice du comté de Fairfax. C'était une pièce habituellement réservée aux témoins, mais le juge Wycliff s'était arrangé pour qu'on la mette à sa disposition jusqu'à la fin du mois. Quinze personnes au moins devaient déposer et les avocats avaient été incapables de se mettre d'accord sur l'ordre et les horaires. Wycliff avait dû trancher et imposer le planning des débats. Un tel marathon était rare ; de tels enjeux également. Les avocats avaient montré une étonnante habileté à dégager leurs calendriers pour cette phase de l'affaire Phelan. Ils avaient ajourné des procès, reporté des rendez-vous, repoussé des vacances, confié d'autres dossiers à des collègues moins chevronnés, et tout cela avec le sourire. Rien n'avait plus d'importance comparé à cette gigantesque bataille qui mettait en jeu onze milliards de dollards.

Pour Nate, la perspective de rester enfermé deux semaines dans une salle bourrée d'avocats à passer des témoins au gril était un supplice à peine moins pénible que l'enfer lui-même.

Puisque sa cliente ne voulait pas de l'argent, pourquoi devrait-il se soucier de savoir qui allait l'obtenir ?

Son attitude changea quelque peu quand il rencontra les héritiers Phelan.

Le premier à déposer fut Troy Phelan Jr. Le greffier lui fit jurer de dire la vérité, toute la vérité, mais avec ses yeux chafouins et ses joues couperosées il avait déjà perdu toute crédibilité à l'instant où il s'assit devant le juge.

La boîte de Josh avait préparé des centaines de questions pour Nate. Les recherches avaient été menées par une demi-douzaine de juristes du cabinet que Nate ne rencontrerait jamais. Mais il aurait pu se débrouiller seul, au pied levé, sans la moindre préparation. Ce n'était qu'une déposition, comme une partie de pêche, et Nate en avait fait des centaines.

Nate se présenta à Troy Junior, qui lui lança un sourire nerveux en se trémoussant sur sa chaise.

– Êtes-vous à l'heure actuelle sous l'influence d'une drogue quelconque, d'un médicament ou de l'alcool ? commença Nate d'un ton affable, et tous les avocats des Phelan se figèrent immédiatement de l'autre côté de la table.

Seul Hark comprit. Dans sa carrière, il avait mené presque autant de dépositions que Nate O'Riley.

Le sourire s'évanouit.

– Non, grogna Troy Junior.

Sa tête se ressentait encore de la gueule de bois de la veille, mais il était à jeun.

– Comprenez-vous que vous venez de jurer de dire toute la vérité ?

– Oui.

– Comprenez-vous bien ce qu'est un parjure ?

– Certainement.

– Lequel est votre avocat ? demanda Nate en désignant ses confrères d'un grand geste du bras.

– Hark Gettys.

L'arrogance de Nate vexa les avocats, Hark compris. O'Riley n'avait même pas pris la peine de savoir quels avocats représentaient quels clients. Le dédain qu'il leur manifestait ainsi équivalait à une déclaration de guerre.

En deux minutes, Nate avait réussi à donner une tournure agressive au débat. Il n'y avait aucun doute possible : il ne croyait absolument pas Troy Junior, ce type était probablement sous l'influence de l'alcool. C'était un vieux truc.

– Combien de femmes avez-vous eues ?

– Et vous ? répliqua Troy Junior, puis il regarda son avocat, quêtant son approbation.

Hark avait le nez plongé dans un document de la plus haute importance.

Nate garda son calme. Qu'est-ce que les avocats des Phelan avaient bien pu raconter sur son compte ? Il s'en foutait.

– Laissez-moi vous expliquer quelque chose, monsieur Phelan, dit-il sans marquer la moindre irritation. Je vais aller doucement, alors écoutez attentivement. Je suis l'avocat, vous êtes le témoin. Vous me suivez jusqu'ici ?

Troy Junior hocha lentement la tête.

– Je pose les questions, vous donnez les réponses. Vous comprenez ?

Le témoin opina à nouveau.

– Vous ne posez pas de questions et je ne donne pas de réponses. Compris ?

– Ouais.

– Bon, je ne pense pas que vous aurez du mal avec les réponses si vous prêtez bien attention aux questions. Oĸ ?

Junior hocha à nouveau la tête.

– Y a-t-il encore quelque chose de confus pour vous ?

– Nan.

– Bien. Si cela vous semble trop confus, vous êtes tout à fait libre de consulter votre avocat. Vous saisissez ?

– Je comprends.

– Merveilleux. Recommençons. Combien de femmes avez-vous eues ?

– Deux.

Une heure plus tard, ils en finissaient seulement avec ses mariages, ses enfants, son divorce. Junior transpirait à grosses gouttes et se demandait combien de temps allait durer sa déposition. Les avocats des Phelan fixaient sans les voir les feuilles du dossier sur la table en se posant la même question. Or Nate n'avait même pas encore consulté les pages de questions préparées pour lui. Il pouvait écorcher vif n'importe quel témoin, lui peler la peau rien qu'en le regardant dans les yeux, laissant une question mener à la suivante. Aucun détail ne lui semblait négligeable. Où était le collège de votre première femme ? Quel a été son premier travail ? Était-ce son premier mariage ? Faites-nous l'historique des emplois qu'elle a eus. Parlons du divorce. À combien se montait votre pension alimentaire ? L'avez-vous payée intégralement ?

Pour la plupart, c'étaient des questions inutiles, évoquées non pour l'importance de l'information, mais pour titiller le témoin et lui faire sentir que *tous* les squelettes pouvaient être sortis des placards. Il avait porté plainte. Il devait subir l'examen.

L'historique de sa vie profesionnelle leur prit jusqu'au déjeuner. Il eut une nouvelle bouffée de chaleur quand Nate l'interrogea sur les divers emplois qu'il avait tenus dans les compagnies de son père. Il existait des douzaines de témoins qui pouvaient contredire sa version s'il en rajoutait sur son utilité. Pour chaque poste, Nate lui demandait les noms de ses collègues et de ses supérieurs hiérarchiques. Le piège était posé. Hark le voyait venir et il réclama une pause. Il prit son client à part et lui fit la leçon sur la manière de gérer la vérité.

La session de l'après-midi fut brutale. Nate attaqua sur les cinq millions de dollars que Troy Junior avait reçus pour son vingt et unième anniversaire, et les quatre avocats des Phelan se raidirent comme un seul homme.

– C'était il y a très longtemps, dit Troy Junior d'un air résigné.

Après quatre heures face à Nate O'Riley, il ne se faisait plus aucune illusion sur la teneur du prochain round.

– Eh bien, tentons de nous en souvenir, répliqua Nate avec un sourire.

Il ne montrait aucun signe de fatigue. Il était tellement rompu à ce genre de joutes qu'il avait l'air authentiquement impatient de creuser chaque détail. Il jouait la comédie à la perfection. En réalité, il détestait tourmenter des gens qu'il espérait ne jamais revoir. Plus il posait de questions, plus il était déterminé à changer de métier.

– Comment cet argent vous a-t-il été donné ? demanda-t-il.

– Initialement, il était déposé sur un compte en banque.

– Vous aviez accès à ce compte ?

– Oui.

– Quelqu'un d'autre y avait-il accès ?

– Non. Moi seul.

– Comment retiriez-vous l'argent de ce compte ?

– Avec des chéquiers.

Et il en avait signé, des chèques. Son premier achat avait été une Maserati neuve, bleu marine. Nate l'interrogea sur cette foutue voiture pendant quinze minutes.

Troy Junior n'était jamais retourné à la fac après avoir reçu l'argent, mais aucun des établissements qu'il avait fréquentés n'avait regretté cette défection. De vingt et un à trente ans, il avait passé son temps à faire la fiesta. Il dit cela avec une certaine arrogance. Il fit beaucoup moins le fier quand, sous le feu des questions de Nate, il finit par être obligé d'avouer qu'en réalité il n'avait pas travaillé du tout pendant ces neuf années. Il avait joué au golf et au foot, changé de voiture comme de paire de chaussures, passé un an aux Bahamas et un an à Vail, vécu avec une collection de jeunes femmes avant d'en épouser une, presque par hasard, à l'âge de vingt-neuf ans. Bref, il s'était autorisé la grande vie, jusqu'à ce qu'il ne lui reste plus un dollar.

Et puis le fils prodigue avait rampé aux pieds de son père pour lui demander du travail.

Au fur et à mesure que l'après-midi passait, Nate commençait à entrevoir la catastrophe que ce témoin déclencherait pour lui et pour son entourage s'il mettait ses sales pattes sur la fortune Phelan. Il allait se flinguer à coup de fric.

À 16 heures, Troy Junior demanda à ce qu'on s'interrompe jusqu'au lendemain. Nate refusa. Durant la pause qui suivit, on passa une note au juge Wycliff. Pendant qu'ils attendaient dans le hall, Nate regarda pour la première fois la liste de questions établie par Josh.

La réponse du juge fut que la procédure devait continuer.

Une semaine après le suicide de Troy, Josh avait engagé des détectives privés pour fouiller les existences des héritiers Phelan. L'enquête était plus orientée sur leurs finances que sur leur vie privée. Nate en lut les grandes lignes pendant que les témoins fumaient une cigarette.

– Quel genre de voiture conduisez-vous maintenant ? demanda Nate quand ils reprirent.

Les débats partaient dans une autre direction.

– Une Porsche.

– Quand l'avez-vous achetée ?

– Ça fait un moment que je l'ai.

– Essayez de répondre à la question. Quand l'avez-vous achetée ?

– Il y a deux, trois mois.

– Avant ou après la mort de votre père ?

– Je n'en suis pas bien sûr. Avant, je crois.

Nate sortit une feuille de papier.

– Quel jour votre père est-il décédé ?

– Voyons, voyons... C'était un lundi... euh... le 9 décembre, je pense.

– Avez-vous acheté la Porsche avant ou après le 9 décembre ?

– Je viens de vous le dire, je pense que c'était avant.

– Non, encore raté. Le mardi 10 décembre, vous êtes allé chez Irving Motors, à Arlington, et vous avez acheté une Porsche Carrera Turbo 911 noire pour la somme de quatre-vingt-dix mille dollars. Oui ou non ?

Nate posa la question tout en lisant son mémo.

Troy Junior se tortilla et se rétrécit sur son siège. Il regarda Hark, qui haussa les épaules, l'air de dire : « Réponds à la question. Il a tout sur papier. »

– Oui, c'est exact.

– Avez-vous acheté d'autres voitures ce même jour ?

– Oui.

– Combien.

– Deux en tout.

– Deux Porsche ?

– Oui.

– Pour un montant total de cent quatre-vingt mille dollars ?

– Quelque chose comme ça.

– Comment les avez-vous payées ?

– Je ne les ai pas payées.

– Les voitures étaient donc un cadeau d'Irving Motors ?

– Pas exactement. Je les ai achetées à crédit.

– Ils ont accepté votre crédit ?

– Oui.

– Ils n'ont pas réclamé leur argent ?

– Si, on peut dire ça comme ça.

Nate prit une autre feuille de papier.

– En fait, ils ont porté plainte pour récupérer soit leur argent, soit les voitures, n'est-ce pas ?

– Oui.

– Conduisiez-vous la Porsche pour venir déposer aujourd'hui ?

– Oui, elle est dans le parking.

– Que je comprenne bien. Le 10 décembre, le lendemain du décès de votre père, vous êtes allé chez Irving Motors et vous avez acheté deux voitures de luxe, en obtenant une espèce de crédit personnel bizarre, et aujourd'hui, deux mois plus tard, vous n'avez pas payé un dollar et on vous poursuit. Est-ce exact ?

Le témoin hocha la tête.

– Ce n'est pas la seule poursuite engagée contre vous, n'est-ce pas ?

– Non, dit Troy Junior, défait.

Nate se sentit presque désolé pour lui. Une agence immobilière le poursuivait pour non-paiement d'un logement meublé. American Express lui réclamait dans les quinze mille dollars. Une banque l'avait attaqué une semaine après la divulgation du testament de son père. Junior les avait embarqués dans un prêt de vingt-cinq mille dollars, avec son seul nom pour garantie. Nate avait des copies des plaintes, et il passa en revue les détails de chacune des poursuites.

À 17 heures, Troy Junior demanda encore à arrêter. On envoya un nouveau message à Wycliff. Le juge apparut en personne.

– Quand pensez-vous en avoir fini avec ce témoin ? s'enquit-il auprès de Nate.

– Pour l'instant, je n'entrevois pas encore la fin, répondit Nate en fixant Junior, qui était en transe tant il rêvait de boire un verre.

– Alors poursuivez jusqu'à 18 heures, ordonna Wycliff.

– Pourrions-nous commencer à 8 heures, demain matin ? demanda Nate, comme s'ils allaient à la plage.

– À 8 h 30, décréta Son Honneur avant de sortir.

Pendant la dernière heure, Nate jeta du sel sur les plaies de Junior en lui posant des questions sur toutes sortes de sujets, de manière apparemment aléatoire. Le déposant n'avait aucune idée de là où celui qui l'interrogeait voulait en venir. Dès qu'ils tombaient sur un thème où il se sentait plus à l'aise, Nate changeait de direction.

Combien d'argent avait-il dépensé du 9 au 27 décembre, jour de la lecture du testament ? Qu'avait-il offert à sa femme pour Noël et comment avait-il payé les cadeaux ? Qu'avait-il acheté à ses enfants ? Pour en revenir aux cinq millions, avait-il placé une part quelconque de cet argent en Bourse, ou en emprunts ? Combien d'argent Biff avait-elle gagné l'an passé ? Pourquoi son premier mari avait-il la garde de leurs enfants ? Combien d'avocats avait-il engagés et virés depuis la mort de son père ? Encore et encore...

À 18 heures précises, Hark se leva et annonça que la déposition était ajournée. Dix minutes plus tard, Troy Junior était dans le bar d'un hôtel à trois kilomètres de là.

Nate dormit dans la chambre d'amis des Stafford. Mme Stafford était quelque part dans la maison, mais il ne la croisa pas. Josh était à New York pour affaires.

Le deuxième jour d'audition des témoins commença à l'heure. La distribution des rôles était la même, néanmoins les avocats étaient habillés plus décontracté. Junior portait un sweat en coton rouge.

En le regardant, Nate reconnut le visage d'un ivrogne : les yeux rouges, la peau gonflée autour des orbites, les joues et le nez couperosés, la sueur sur les sourcils. Il avait eu le même visage pendant des années. Traiter la gueule de bois faisait partie du rituel matinal au même titre que la douche ou le brossage des dents. Prendre des cachets, boire beaucoup d'eau et de café fort. Tant qu'à se foutre en l'air, autant le faire jusqu'au bout.

– Êtes-vous conscient que vous êtes encore sous serment, monsieur Phelan ? commença Nate.

– Oui.

– Êtes-vous sous l'influence d'une drogue quelconque ou de l'alcool ?

– Non, monsieur.

– Bien. Revenons au 9 décembre, le jour du décès de votre père. Où étiez-vous quand il a été examiné par les trois psychiatres ?

– J'étais dans son immeuble, dans une salle de conférences, avec ma famille.

– Et vous avez assisté à tout l'examen, n'est-ce pas ?

– Oui.

– Il y avait deux téléviseurs couleurs dans la pièce, exact ? Deux moniteurs avec des écrans de cinquante-deux centimètres ?

– Si vous le dites. Je ne les ai pas mesurés.

– Mais vous pouviez les voir, n'est-ce pas ?

– Oui.

– Votre vision n'était pas obstruée ?

– Je voyais très bien, oui.

– Et vous aviez de bonnes raisons de regarder votre père avec attention ?

– Oui.

– Est-ce que vous aviez du mal à l'entendre ?

– Non.

Les avocats savaient où Nate voulait en venir. C'était un aspect très délicat de leur affaire, mais on ne pouvait pas l'éviter. Chacun des six héritiers allait y avoir droit.

– Donc vous avez regardé et écouté l'examen dans sa totalité ?

– Oui.

– Vous n'avez rien raté ?

– Rien.

– Des trois psychiatres, c'est le docteur Zadel qui avait été engagé par votre famille, exact ?

– Exact.

– C'est vous qui l'avez trouvé ?

– Non, ce sont mes avocats.

– Vous faisiez confiance à vos avocats pour le choix du psychiatre ?

– Oui.

Pendant dix minutes, Nate le harcela sur la manière dont ils étaient finalement parvenus à choisir le docteur Zadel pour un examen si crucial. Zadel avait été retenu parce qu'il avait un excellent CV, une grande expérience, et qu'il avait été chaudement recommandé.

– Étiez-vous satisfait de la manière dont il a mené l'examen ?

– Vraisemblablement.

– Aviez-vous quoi que ce soit à reprocher au docteur Zadel dans le travail qu'il a effectué ?

– Pas que je me souvienne.

Le voyage jusqu'au bord de la falaise continua. Troy admit qu'il était satisfait de l'examen, satisfait de Zadel, heureux des conclusions des trois médecins, et qu'il avait quitté l'immeuble convaincu que son père savait ce qu'il faisait.

– Après l'examen, quand avez-vous commencé à douter de la stabilité mentale de votre père ? demanda Nate.

– Quand il a sauté.

– Le 9 décembre ?

– Exact.

– Donc vous avez eu des doutes immédiatement ?

– Oui.

– Que vous a dit le docteur Zadel quand vous avez exprimé ces doutes ?

– Je n'ai pas parlé au docteur Zadel.

– Ah bon ?

– Non.

– Du 9 au 27 décembre, jour de la lecture du testament au tribunal, combien de fois avez-vous parlé avec le docteur Zadel?

– Je ne m'en souviens pas.

– L'avez-vous rencontré?

– Non.

– Avez-vous appelé son bureau?

– Non.

– L'avez-vous vu depuis le 9 décembre?

– Non.

L'ayant amené jusqu'au bord du précipice, Nate n'avait plus qu'à le pousser.

– Pourquoi avez-vous viré le docteur Zadel?

Junior avait été préparé à cette question, du moins dans une certaine mesure.

– Il faudra demander ça à mon avocat, dit-il en espérant que Nate allait le lâcher un peu.

– Ce n'est pas votre avocat qui dépose, monsieur Phelan. Je vous demande pourquoi le docteur Zadel a été remercié.

– Il faut le demander aux avocats. Cela fait partie de notre stratégie.

– Avant de remercier le docteur Zadel, est-ce que vos avocats en ont discuté avec vous?

– Je n'en suis pas sûr. Vraiment, je ne m'en souviens pas.

– Êtes-vous satisfait que le docteur Zadel ne travaille plus pour vous?

– Bien évidemment.

– Pourquoi?

– Parce qu'il s'est trompé. Écoutez, mon père était un maître escroc, OK. Il a passé cet examen au bluff, comme il a toujours tout fait dans sa vie, et puis il a sauté par la fenêtre. Il a berné Zadel et les autres psy. Ils ont marché dans sa comédie. Il était visiblement à côté de ses pompes.

– Parce qu'il a sauté?

– Oui, parce qu'il a sauté, parce qu'il a donné son argent à une héritière inconnue, parce qu'il n'a fait aucun effort pour protéger sa fortune des taxes d'État, parce qu'il était déjà cinglé depuis un bon moment. Pourquoi pensez-vous que nous avions demandé cet examen ? S'il n'avait pas été dingue, est-ce que nous aurions eu besoin de trois psychiatres pour le tester avant qu'il signe son testament ?

– Mais les trois psychiatres ont dit qu'il était OK.

– Ouais, et ils se sont complètement gourés. Les gens sains d'esprit ne sautent pas par la fenêtre.

– Et si votre père avait signé le gros testament, et pas le manuscrit ? Et qu'il ait sauté ? Vous le considéreriez comme fou ?

– On ne serait pas ici.

C'était la seule fois depuis les deux jours que durait cet interrogatoire que Troy Junior arrivait à s'en sortir. Mais Nate savait louvoyer, pour revenir ensuite.

– Parlons de Roosters Inns, annonça-t-il, et les épaules de Junior s'affaissèrent.

C'était une de ses faillites, rien de plus. Mais Nate voulait tous les détails. Une faillite en appelait une autre. Cela semblait sans fin.

Junior avait mené une triste vie. Même s'il était dur d'éprouver de la sympathie pour lui, Nate se rendait compte que ce pauvre type n'avait jamais eu de père. Il avait recherché l'approbation de Troy, et ne l'avait jamais reçue. Josh lui avait dit que Troy s'amusait comme un fou quand les entreprises de ses enfants s'effondraient.

L'avocat libéra le témoin à 17 h 30. Rex était le suivant. Il avait attendu toute la journée dans le hall, et il s'énerva beaucoup en apprenant qu'il devait encore patienter.

Josh était revenu de New York. Nate se joignit à lui pour dîner.

45.

Rex Phelan avait passé presque toute la journée précédente dans le hall, son portable vissé à l'oreille pendant que son frère se faisait malmener par Nate O'Riley. Rex avait subi assez de procès pour savoir que justice égale attente : attente pour les avocats, pour les juges, les témoins, les experts, les dates de jugement, les cours d'appel. Attente dans des halls et des couloirs que votre tour vienne de témoigner. Quand il leva la main droite et dit : « Je le jure », il méprisait déjà Nate.

Hark et Troy Junior l'avaient averti de ce qui l'attendait. Cet avocat était un teigneux, et il vous écorchait comme personne.

Une fois de plus, Nate commença par des questions incendiaires, et en dix minutes la tension dans la salle avait considérablement augmenté. Pendant trois ans, Rex avait été la cible d'une enquête du FBI. Une banque avait fait faillite en 1990. Rex en était l'un des actionnaires et l'un des directeurs. Des dépositaires avaient perdu de l'argent. Des emprunteurs avaient perdu leurs prêts. Les procès avaient fait rage pendant des années et la fin n'était pas encore en vue. Le président de cette banque était en prison, et ceux qui suivaient l'affaire pensaient que Rex serait le prochain à y être jeté. Il y avait assez de boue pour occuper Nate pendant des heures.

Pour s'amuser, il rappelait continuellement à Rex qu'il était sous serment. Et qu'il y avait une très forte chance que le FBI lise sa déposition.

Au milieu de l'après-midi, Nate en arriva aux six bars à strip-tease. Il s'en donna à cœur joie – c'était presque trop facile. Il les prit un par un – le Lady Luck, le Lolita's, le Club Tiffany, etc. – et posa une centaine de questions, notamment sur les filles, les strip-teaseuses : d'où elles venaient, combien elles gagnaient, est-ce qu'elles se droguaient, est-ce qu'elles touchaient les clients ? Puis il passa aux clients, et au très juteux commerce de la chair. Au bout de trois heures consacrées à brosser un portrait soigné du business le plus sordide du monde, Nate demanda :

– Est-ce que votre femme actuelle ne travaillait pas dans un de ces bars ?

La réponse était oui, mais Rex n'arrivait même pas à la balbutier. Il vira à l'écarlate, et l'espace d'un instant il sembla prêt à se jeter sur Nate.

– Elle tenait les livres de comptes, dit-il, la mâchoire serrée.

– Elle n'a jamais dansé sur les tables ?

Nouveau blanc. Rex serrait la table des deux mains.

– Certainement pas, dit-il.

C'était un mensonge et tout le monde dans la pièce le savait.

Nate feuilleta quelques papiers, à la recherche de la vérité. Ils l'observaient tous avec angoisse, s'attendant presque à ce qu'il sorte une photo d'Amber en string et talons hauts.

Ils interrompirent une fois de plus la séance à 18 heures. Quand la caméra vidéo s'éteignit et que la greffière eut fini de ranger son équipement, Rex s'arrêta à la porte, pointa l'index vers Nate et gronda :

– Plus de questions sur ma femme, OK ?

– C'est impossible, Rex. Tout est à son nom.

Nate agita quelques papiers, comme s'il savait absolument tout sur eux. Hark poussa son client dehors.

Nate resta assis tout seul pendant une heure, prenant des notes, feuilletant des pages et des pages. Il ne souhaitait qu'une chose : retrouver Saint Michaels et le porche du cottage face à la vue sur la baie. Il avait besoin d'appeler Phil.

« C'est ta dernière affaire, ne cessait-il de se dire. Et tu le fais pour Rachel. »

À midi le deuxième jour, les avocats des Phelan débattaient ouvertement pour savoir si la déposition de Rex allait prendre trois ou quatre jours. Il avait plus de sept millions de dollars en litiges et procès divers, que ses créanciers ne pouvaient pas recouvrer parce que tout était au nom de sa femme, Amber, l'ex-strip-teaseuse. Nate s'empara de chaque procès, les étala sur la table, les examina sous tous les angles possibles, puis les remit dans le dossier où ils pouvaient rester, ou ne pas rester. Cet interrogatoire assommant mettait tout le monde sur les nerfs, sauf Nate qui, imperturbable, poursuivait son travail de sape.

Pour la séance de l'après-midi, il choisit de revenir au suicide de Troy et aux événements qui l'avaient précédé. Il suivit la même ligne d'attaque qu'avec Junior, mais cette fois, Hark avait préparé son client. Ses réponses aux questions sur le docteur Zadel étaient téléguidées, mais cohérentes. Rex tenait la position commune : les trois psychiatres se trompaient tout simplement parce que Troy avait sauté quelques minutes plus tard.

Puis Nate l'attaqua sur ses problèmes d'emploi dans le Groupe Phelan. Ils passèrent aussi deux heures douloureuses à gaspiller à nouveau les cinq millions que Rex avait reçus pour ses vingt et un ans.

À 17 h 30, Nate interrompit brusquement la séance et quitta la salle.

Deux témoins en quatre jours. Deux hommes mis à nu sous l'œil implacable de la vidéo, et le spectacle n'était pas joli. Les avocats des Phelan prirent leurs voitures et s'en allèrent séparément. Le pire était peut-être derrière eux, peut-être pas.

Leurs clients avaient été des enfants gâtés, ignorés par leur père, lâchés dans le monde avec de gros comptes en banque à un âge où ils n'étaient pas équipés du tout pour gérer autant d'argent, et supposés le faire prospérer. Ils avaient fait de mauvais choix, mais toute la faute, en fin de compte, en incombait à Troy.

Le vendredi matin tôt, ce fut au tour de Libbigail de s'asseoir dans le fauteuil d'honneur. Ses cheveux étaient coupés à la militaire, les côtés du crâne rasés et trois centimètres de gris sur le dessus. De la joaillerie bon marché pendait à son cou et à ses poignets, un vrai sapin de Noël qui tintinnabula quand elle se leva pour jurer.

Elle regardait Nate avec horreur. Ses frères lui avaient raconté le pire.

Mais on était vendredi et Nate était pressé de quitter la ville plus qu'il ne désirait manger quand il avait faim. Il lui sourit et commença par des questions faciles sur sa situation de famille. Enfants, boulots, mariages. Pendant trente minutes, ce fut assez affable. Puis il commença à fouiller dans son passé. À un moment, il demanda :

— Combien de fois avez-vous été en désintoxication pour drogue et alcoolisme ?

La question la choqua, et Nate ajouta :

— Je suis passé par là quatre fois moi-même, alors n'ayez pas honte.

Sa franchise la désarma.

— Je ne me souviens vraiment pas, dit-elle, mais je suis clean depuis six ans.

— Formidable, dit Nate, comme un accro parlant à une autre accro. Je suis content pour vous.

À partir de cet instant, ils s'adressèrent l'un à l'autre comme s'ils étaient seuls dans la pièce. Nate était obligé de fourrer son nez dans les histoires des autres, et il s'en excusa. Il s'enquit des cinq millions et, avec beaucoup d'humour, elle raconta les bonnes défonces et les mauvais bonshommes qu'ils lui avaient valus. Contrairement à ses frères, Libbigail avait trouvé la stabilité. Elle portait le nom de son mari, Spike, un ancien motard qui était passé par les mêmes galères qu'elle. Aujourd'hui, ils vivaient modestement dans une petite maison de la banlieue de Baltimore.

– Que feriez-vous si vous obteniez un sixième des biens de votre père ? demanda Nate.

– J'achèterais des tas de choses. Comme vous, comme tout le monde. Mais je ferais attention à l'argent cette fois. Très attention.

– Quelle est la première chose que vous achèteriez ?

– La plus grosse Harley du monde, pour Spike. Puis une maison plus jolie, mais pas un palais, non.

Ses yeux dansaient quand elle s'imaginait en train de dépenser cet argent.

Sa déposition dura moins de deux heures. Sa sœur Mary Ross Phelan Jackman la suivit et, comme les autres, elle regarda Nate comme s'il allait la manger toute crue. Des cinq héritiers Phelan adultes, Mary Ross était la seule encore mariée à son premier époux, même s'il avait, lui, déjà été marié. Il était orthopédiste. Elle était vêtue avec goût et portait de jolis bijoux.

Les premières questions mirent au jour une expérience universitaire prolongée, mais sans arrestations, ni drogue ni renvois. Elle avait reçu l'argent de ses vingt et un ans et était allée vivre en Toscane pendant trois ans, puis à Nice pendant deux ans. À vingt-huit ans, elle avait épousé ce médecin, en avait eu deux filles aujourd'hui âgées de cinq et sept ans. Il était assez difficile de savoir ce qui restait des cinq millions. Le médecin s'occupait de leurs investissements, et Nate pensait qu'ils étaient virtuellement ruinés. Riches, mais très lourdement endettés. Le dossier de Josh sur Mary Ross faisait état d'une énorme maison, de voitures étrangères plein le garage, d'un appartement en Floride, et d'un revenu estimé à sept cent cinquante mille dollars par an pour le médecin. Il payait vingt mille dollars par mois à une banque, sa part d'une faillite due à un associé dans une affaire de lavage automatique de voitures dans le nord de la Virginie.

Le médecin avait également un appartement à Alexandria où il logeait une maîtresse. Mary Ross et son mari étaient rarement vus ensemble. Nate décida de ne pas aborder ces sujets. Il se sentait soudain pressé d'en finir, mais il ne voulait pas le montrer.

Ramble se traîna dans la salle après la pause déjeuner, son avocat menant la marche tout en lui parlant avec autorité, visiblement terrifié que son client ait à tenir une conversation intelligente. Les cheveux du garçon étaient aujourd'hui rouge vif, comme assortis à son acné. En plus de ses boutons, il avait le visage couvert de piercings. Le col de son blouson de cuir était relevé façon James Dean, si bien qu'il touchait les anneaux suspendus à ses lobes d'oreilles.

Après quelques questions, il devint évident que ce garçon était aussi stupide qu'il en avait l'air. Puisqu'il n'avait pas encore eu l'occasion de gaspiller son argent, Nate le laissa tranquille à ce sujet. Il se contenta d'établir qu'il allait rarement à l'école, qu'il vivait seul dans le sous-sol de la maison de sa mère, n'avait jamais eu ne serait-ce qu'un petit job d'été, aimait jouer de la guitare et envisageait de devenir sans attendre une vraie rock star. Son nouveau groupe s'appelait les Singes démoniaques, mais il n'était pas certain qu'ils enregistreraient sous ce nom. Il ne pratiquait aucun sport, n'avait jamais vu l'intérieur d'une église, parlait aussi peu que possible à sa mère, et passait son temps devant MTV quand il ne dormait pas et ne jouait pas sa propre musique.

« Il faudrait un milliard de dollars de thérapie pour remettre ce pauvre gamin d'aplomb », se dit Nate. Il en finit avec lui en moins d'une heure.

Geena était le dernier témoin de la semaine. Quatre jours après la mort de son père, elle avait signé avec son mari la promesse de vente d'une maison estimée à trois millions huit cent mille dollars. Quand Nate l'attaqua sur cette question, juste après qu'elle eut juré, elle se mit à balbutier et à bégayer en jetant des regards désespérés à son avocate, Mme Langhorne, qui tombait des nues. Sa cliente ne lui avait pas parlé de ce contrat.

– Comment avez-vous l'intention de payer cette demeure ? demanda Nate.

La réponse était évidente, mais elle ne pouvait pas la formuler.

– Nous avons de l'argent, dit-elle, sur la défensive, ouvrant une brèche dans laquelle Nate s'engouffra.

– Parlons un peu de votre argent, poursuivit-il avec un sourire. Vous avez trente ans. Il y a neuf ans, vous avez reçu cinq millions de dollars, n'est-ce pas ?

– Oui.

– Combien en reste-t-il ?

Elle s'embrouilla dans une réponse alambiquée. Ce n'était pas si simple. Cody avait gagné beaucoup d'argent. Ils en avaient investi une partie, dépensé beaucoup, tout cela était emmêlé, et si on regardait leur balance budgétaire, on pouvait dire qu'il restait quelque chose des cinq millions, mais guère plus. Nate lui tendit la corde, et elle se pendit lentement avec.

– Combien d'argent votre mari et vous avez-vous sur vos comptes courants ? demanda-t-il.

– Il faudrait que je regarde.

– Donnez-moi une estimation, même vague.

– Dans les soixante mille dollars.

– Combien de propriétés possédez-vous ?

– Juste notre maison.

– Quelle est sa valeur ?

– Il faudrait que je la fasse expertiser.

– Une estimation me suffira.

– Dans les trois cent mille.

– Et votre hypothèque se monte à combien ?

– Deux cent mille.

– Quelle est la valeur approximative de votre portefeuille d'actions ?

Elle gribouilla quelques notes et ferma les yeux.

– Approximativement deux cent mille dollars.

– D'autres biens significatifs ?

– Pas vraiment.

Nate fit ses propres calculs.

– Donc, en neuf ans, vos cinq millions se sont réduits à quelque chose comme trois cent mille dollars. Est-ce exact ?

– Certainement pas. Je veux dire : cela me semble peu.

– Alors maintenant, expliquez-nous à nouveau comment vous comptez payer cette nouvelle maison ?

– Grâce au travail de Cody.

– Et l'héritage de votre père ? Vous n'y avez jamais songé ?

– Peut-être un peu, si.

– Aujourd'hui, le vendeur de cette maison vous attaque en justice, n'est-ce pas ?

– Oui, et nous avons contre-attaqué.

Elle était sournoise, malhonnête et spécieuse, et maniait habilement les demi-vérités. Nate se dit qu'elle devait être la plus dangereuse des Phelan. Ils passèrent en revue les aventures financières de Cody, et on découvrit assez vite où était parti l'argent. Il avait perdu un million de dollars en spéculant sur le cuivre en 1992. Il avait mis un demi-million dans une entreprise de poulets surgelés et tout perdu. Un élevage d'asticots pour la pêche en Géorgie avait englouti six cent mille dollars quand une vague de chaleur avait tué les pauvres appâts.

Ils étaient comme deux enfants immatures vivant une vie douillette grâce à l'argent de quelqu'un d'autre, et rêvant du gros coup.

Vers la fin de sa déposition, elle affirma avec un aplomb incroyable que sa contestation du testament n'avait rien à voir avec l'argent. Elle aimait profondément Troy, il l'aimait et, s'il avait eu toute sa tête, il n'aurait jamais écrit un testament comme ça. Tout donner à une étrangère était un signe évident de gâtisme. Elle était ici pour protéger la réputation de son père.

Elle avait bien répété son petit discours, mais elle ne convainquit personne. Nate laissa glisser. Il était 17 heures ce vendredi après-midi et il en avait assez.

Coincé dans les embouteillages de l'Interstate 95 en direction de Baltimore, ses pensées revinrent aux héritiers. Il avait fourré sans vergogne son nez dans leurs vies. Il ressentait une certaine sympathie pour eux, à cause de la manière dont ils avaient été élevés, des valeurs qu'on ne leur avait jamais inculquées, et de leurs pauvres existences qui ne tournaient qu'autour de l'argent.

Mais Nate était persuadé que Troy savait exactement ce qu'il faisait quand il avait changé son testament. Laisser une telle fortune entre les mains de ses enfants causerait un chaos total et des malheurs sans nombre.

Ne serait-ce que pour cela, Nate était déterminé à défendre la validité de son dernier testament.

Il était tard quand il arriva à Saint Michaels et, en passant devant l'église de la Trinité, il eut envie de s'arrêter, d'entrer, de s'agenouiller et de prier pour demander à Dieu de lui pardonner ses péchés de la semaine. Une confession et un bon bain chaud, voilà de quoi il avait réellement besoin après cinq jours de dépositions.

46.

En tant que tourmenté professionnel de la vie urbaine, Nate ne savait pas ce que voulait dire s'asseoir et se détendre. En revanche, Phil pratiquait activement cette manière d'être, que ce fût dans son rôle de pasteur ou chez lui, avec sa femme.

Nate se rattrapa vite. Il était assis avec Phil sur les marches devant le cottage des Stafford, les deux hommes portant de gros pull-overs et des gants, et buvant un chocolat chaud que Nate avait préparé dans le micro-ondes. Ils contemplaient la baie devant eux, le port et les eaux agitées au loin. Ils bavardaient, mais partageaient aussi beaucoup de silences. Phil savait que son ami avait eu une sale semaine. Nate lui avait déjà raconté la pagaille de l'affaire Phelan. Il avait toute confiance en la discrétion de son ami.

– Je pense faire un petit voyage en voiture, annonça Nate tranquillement. Tu veux m'accompagner ?

– Où ça ?

– J'ai besoin de voir mes enfants. Les deux plus jeunes, Austin et Angela, vivent à Salem dans l'Oregon. J'irai probablement là-bas d'abord. Mon fils aîné est en dernière année à Evanston et j'ai une fille à Pittsburgh. Ça fait une jolie petite balade.

– De combien de temps ?

– Il n'y a pas le feu. Deux semaines, en voiture.

– Quand est-ce que tu les as vus pour la dernière fois ?

– Ça fait plus d'un an que je n'ai pas vu Daniel et Kaitlin, mes deux aînés. J'ai emmené les deux plus jeunes à un match des Orioles en juillet dernier. J'y ai pris une cuite et je ne me souviens même pas de les avoir ramenés à Arlington.

– Ils te manquent ?

– Bien sûr. À la vérité, je n'ai jamais passé beaucoup de temps avec eux. Je les connais très mal.

– Tu travaillais dur.

– C'est vrai, mais je buvais encore plus dur. Je n'étais jamais à la maison. En de rares occasions, quand je prenais un peu de vacances, j'allais à Las Vegas avec les potes, ou je faisais du golf ou de la pêche au gros dans les Bahamas. Je n'emmenais jamais les enfants.

– Tu ne peux pas revenir là-dessus.

– Non, en effet. Pourquoi ne viendrais-tu pas avec moi ? Ça nous donnerait l'occasion de parler pendant des heures.

– Merci, mais je ne peux pas partir. J'ai pris un bon rythme dans les travaux du sous-sol. Je détesterais perdre cette avance.

Il avait raison. Les progrès étaient évidents.

Âgé d'une vingtaine d'années, le fils unique de Phil était un de ces gamins qui ne savent pas trop quoi faire de leur vie : il avait abandonné la fac et vivotait quelque part sur la côte ouest. Ses parents étaient sans nouvelles de lui depuis plus d'un an.

– Tu penses que ce voyage sera couronné de succès ? demanda Phil.

– Je n'en ai aucune idée. Je veux serrer mes enfants dans mes bras et m'excuser d'être un si mauvais père. Mais je ne sais pas s'il n'est pas trop tard pour réparer les dégâts.

– À ta place, je ne ferais pas ça. Ils savent que tu as été un piètre papa. Te fustiger n'y fera rien.

Mais c'est important d'y aller, de faire le premier pas dans la construction d'une nouvelle relation.

– Pour mes enfants, je suis un raté complet.

– Ne te flagelle pas, Nate. Tu as le droit d'oublier le passé. Dieu l'a fait. Paul a assassiné des chrétiens avant d'en devenir un. Dieu pardonne tout. Montre plutôt à tes enfants qui tu es aujourd'hui.

Ils regardèrent un petit bateau de pêche quitter le port et tourner dans la baie. Nate pensa à Jevy et à Welly, de retour sur le fleuve maintenant, guidant un chalana chargé de toutes sortes de marchandises, le bruit saccadé du diesel les poussant toujours plus avant dans le Pantanal. Jevy tenait la barre, et Welly grattait sa guitare. Le monde était en paix.

Plus tard, longtemps après le départ de Phil, Nate s'installa près de la cheminée pour écrire une autre lettre à Rachel. C'était la troisième. Il la data du samedi 22 février. « Chère Rachel, commença-t-il, je viens de passer une semaine très déplaisante avec vos frères et sœurs... »

Il parla d'eux, en commençant par Troy Junior et en finissant trois pages plus tard par Ramble. Il lui décrivit honnêtement leurs défauts et les ravages que causeraient sur eux-mêmes et sur leur entourage la restitution de l'héritage. Mais il lui décrivit tout aussi honnêtement et avec compassion leurs circonstances atténuantes.

Il envoya un chèque de cinq mille dollars à Tribus du Monde pour qu'elle puisse acheter un bateau, un moteur et des médicaments. Elle pouvait disposer de davantage si elle le désirait. Les intérêts sur sa fortune se montaient à deux millions de dollars par jour, l'informa-t-il, elle pouvait donc l'utiliser à des tas de bonnes choses.

Hark Gettys et ses collègues avaient commis une grosse bourde en remerciant aussi sèchement les

Docteurs Flowe, Zadel et Theishen. Ils avaient définitivement court-circuité leurs chances de la réparer.

La nouvelle brochette de psychiatres avait l'avantage de disposer du témoignage fabriqué par Snead pour se faire une opinion. Flowe, Zadel et Theishen, pas.

Quand Nate les fit déposer le lundi, il suivit le même scénario avec les trois. Il commença par Zadel, et lui montra la vidéo de l'examen de M. Phelan. Les huit pages de la déclaration sous serment avaient été signées quelques heures après cet enregistrement et après le suicide, à la demande pressante de Hark et des autres avocats des Phelan. Nate pria Zadel de lire sa déclaration devant la greffière de la Cour.

– Avez-vous la moindre raison de modifier les opinions émises dans cette déclaration ? demanda Nate quand le psychiatre eut fini sa lecture.

– Pas la moindre, non, dit Zadel en regardant Hark.

– Nous sommes aujourd'hui le 24 février, plus de deux mois après votre examen de M. Phelan. Pensez-vous encore aujourd'hui qu'il était suffisamment sain d'esprit pour rédiger un testament valide ?

– Absolument, dit Zadel en adressant un sourire fielleux à Hark.

Flowe et Theishen souriaient aussi, authentiquement heureux d'avoir une si belle occasion de se venger des avocats qui les avaient engagés avant de les virer comme des malpropres. Nate leur montra également la vidéo et leur posa les mêmes questions. Il reçut les mêmes réponses. Chacun lut son ancienne déclaration pour qu'elle soit enregistrée dans le dossier. La séance fut ajournée à 16 heures, ce lundi après-midi.

À 8 h 30 précises, le mardi matin, Snead fut escorté dans la salle jusqu'au fauteuil du témoin. Il portait un costume sombre avec un nœud papillon qui lui donnait un air intelligent immérité. Les avocats avaient soigneusement choisi sa garde-robe. Ils avaient modelé et programmé Snead pendant des semaines, et le pauvre homme se demandait s'il allait réussir à prononcer une seule phrase spontanément, ou à dire ne serait-ce qu'un mot sincère. Chaque syllabe devait être parfaite. Il devait donner l'impression d'être sûr de lui tout en évitant le plus petit soupçon d'arrogance. Lui et lui seul définirait la vérité. Il était crucial qu'on croie à ses histoires.

Josh connaissait Snead depuis des années. C'était un domestique dont Troy Phelan avait souvent eu envie de se débarrasser. Des onze testaments établis par Josh pour Troy, un seul avait mentionné Malcolm Snead. Un don de un million de dollars avait été prévu pour lui, don révoqué quelques mois plus tard avec un nouveau testament. M. Phelan avait enlevé le nom de Snead précisément parce que celui-ci avait demandé combien il pouvait espérer recevoir.

Snead était trop cupide pour plaire à son maître. L'argent était la seule et unique raison de la présence de son nom dans la liste des témoins des parties plaignantes. Il était payé pour témoigner, et Josh le savait. Deux semaines de simple surveillance avaient mis au jour une Range Rover toute neuve, un tout nouvel appartement loué dans un immeuble où le plus bas loyer commençait à mille huit cents dollars par mois, et un voyage à Rome, en première classe.

Snead faisait face à la caméra vidéo, et il se sentait assez à l'aise, se retrouver sous l'œil d'un objectif étant devenu quelque chose de familier pour lui. Il avait passé tout le samedi et la moitié du dimanche dans le bureau de Hark, où ce dernier l'avait à nouveau harcelé de questions. Il avait visionné les bandes de ses propres répétitions pendant des heures. Il avait écrit des douzaines de pages sur les derniers jours de Troy Phelan. Et il s'était entraîné avec Nicolette, sa complice.

Snead était prêt. Les avocats avaient anticipé les questions sur l'argent. Si on lui demandait s'il était payé pour témoigner, Snead devait mentir. C'était aussi simple que ça. Il n'y avait pas à tourner autour du pot. Il devait mentir sur le demi-million qu'il avait déjà entre les mains, et sur les quatre millions et demi de dollars qu'il toucherait au moment du verdict ou quand l'accord à l'amiable serait conclu. Il devait mentir sur l'existence du contrat entre lui et les avocats. Bref, il devait mentir sur l'argent autant et aussi fermement qu'il s'apprêtait à le faire sur son ancien patron.

Nate se présenta et demanda soudain, très fort :

– Monsieur Snead, combien vous paie-t-on pour témoigner dans cette affaire ?

Les avocats l'avaient préparé à répondre à la question : « Est-ce que l'on vous paie ? », et pas « Combien ? ». La réponse que Snead avait répétée était un simple : « Non, absolument pas ! » Déstabilisé, il ne parvint pas à répondre du tac au tac. Son hésitation le coula. Il donna l'impression de chercher de l'air, tout en lançant des regards désespérés vers Hark, qui s'était subitement raidi comme un cerf pris au piège.

On avait averti Snead que M. O'Riley était bien renseigné et qu'il semblait connaître les réponses avant de poser les questions. Durant les longues et douloureuses secondes qui suivirent, M. O'Riley fronça les sourcils en le regardant, pencha la tête de côté et prit quelques feuilles de papier.

– Allons, monsieur Snead, je sais qu'on vous paie. Combien ?

Snead fit craquer ses phalanges assez fort pour les briser. Des rigoles de sueur jaillirent sur ses sourcils.

– Eh bien, euh, je... je ne suis pas...

– Allons, monsieur Snead. Avez-vous, ou pas, acheté une Range Rover neuve le mois dernier ?

– Eh bien, oui, il se trouve que...

– Et avez-vous loué un trois pièces à Palm Court ?

– C'est vrai.

– Et vous revenez juste d'un séjour de dix jours à Rome, n'est-ce pas ?

– Oui.

Il savait tout ! Les avocats des Phelan se rétrécirent sur leurs sièges, s'enfonçant le plus possible, rentrant la tête pour que les balles, en ricochant, ne les atteignent pas.

– Donc, combien vous paie-t-on ? demanda Nate en haussant le ton. Gardez bien à l'esprit que vous êtes sous serment !

– Cinq cent mille dollars, balbutia Snead.

Nate le regarda, incrédule. Même la greffière en resta paralysée.

Deux des avocats des Phelan émirent un imperceptible soupir. Si Snead avait paniqué et tout balancé sur les cinq millions, ç'aurait été la curée.

Mais ils pouvaient retenir leur souffle. Pour l'instant, il apparaissait qu'ils avaient acheté un témoin un demi-million de dollars, et cet aveu risquait d'être fatal à leur cause.

Nate fouilla dans ses papiers comme s'il cherchait un document. Les mots résonnaient encore aux oreilles de toutes les personnes présentes dans la pièce.

– Je prends pour acquis que vous avez déjà reçu cet argent, fit Nate.

Indécis sur ce qu'il devait dire, Snead balbutia simplement :

– Oui.

Suivant son intuition, Nate demanda :

– Un demi-million maintenant, combien plus tard ?

Impatient de pouvoir dévider son mensonge, Snead répondit :

– Rien.

C'était un déni aisé, qui paraissait crédible. Les avocats des Phelan respirèrent.

– Vous en êtes certain ? insista Nate.

Il allait à la pêche. Il aurait pu demander à Snead s'il avait déjà été condamné pour violation de sépulture s'il voulait. C'était un jeu d'enchères, et Snead tint bon.

– Bien sûr que j'en suis sûr, dit-il, assez indigné pour paraître plausible.

– Qui vous a donné cet argent ?

– Les avocats des héritiers Phelan.

– Qui a signé le chèque ?

– C'était un chèque de banque, certifié.

– Avez-vous insisté pour qu'ils paient votre témoignage ?

– On peut dire ça comme ça.

– Êtes-vous allé vers eux, ou bien est-ce eux qui sont venus à vous ?

– C'est moi qui suis allé les voir.

– Pourquoi êtes-vous allé les voir ?

Nate revenait sur un terrain plus prévisible. Il y eut un soulagement général du côté Phelan. Les avocats commencèrent à gribouiller des notes.

Snead croisa les jambes sous la table et fronça les sourcils d'un air intelligent face à la caméra.

– Parce que j'étais avec M. Phelan avant qu'il ne meure et que je savais que le pauvre homme n'avait plus sa tête.

– Depuis combien de temps n'avait-il plus sa tête ?

– Depuis le matin.

– Quand il s'est réveillé, il était fou ?

– Quand je lui ai porté son petit déjeuner, il ne savait plus mon nom.

– Comment vous a-t-il appelé ?

– Il s'est contenté de grogner.

Nate s'appuya sur ses coudes et ignora les papiers autour de lui. C'était une joute, et en fait il adorait ça. Il savait où il allait, mais pas son malheureux témoin.

– L'avez-vous vu sauter ?

– Oui.

– Et tomber ?

– Oui.

– Et toucher le sol ?

– Oui.

– Étiez-vous près de lui quand il a été examiné par les psychiatres ?

– Oui.

– Il était environ 14 heures, c'est ça ?

– Oui, si je me souviens bien.

– Et il était cinglé depuis le matin ?

– Je crains bien que oui.

– Combien de temps avez-vous travaillé pour M. Phelan ?

– Trente ans.

– Et vous saviez tout sur lui, n'est-ce pas ?

– Tout ce qu'une personne peut savoir sur une autre.

– Donc, vous connaissiez son avocat, M. Stafford ?

– Oui, je l'ai rencontré à plusieurs reprises.

– Est-ce que M. Phelan faisait confiance à M. Stafford ?

– Je suppose.

– Je croyais que vous saviez tout ?

– Je suis sûr qu'il faisait confiance à M. Stafford.

– M. Stafford était-il assis à côté de lui pendant l'examen psychiatrique ?

– Oui.

– Quel était l'état mental de M. Phelan durant cet examen, selon vous ?

– Il était troublé, ne sachant plus trop où il était ni ce qu'il faisait.

– Vous en êtes certain ?

– Oui.

– À qui l'avez-vous dit ?

– Il ne faisait pas partie de mes attributions de dire ces choses.

– Pourquoi ?

– J'aurais été congédié. Une partie de mon travail consiste à me taire. Cela s'appelle la discrétion.

– Vous saviez que M. Phelan allait signer un testament divisant sa vaste fortune. Dans le même temps, il était mentalement perturbé, et pourtant vous ne l'avez pas dit à son avocat, un homme qui avait sa confiance ?

– Cela ne faisait pas partie de mon travail.

– M. Phelan vous aurait viré ?

– Immédiatement.

– Et après son suicide, alors ? À qui l'avez-vous dit ?

– À personne.

– Pourquoi ?

Snead reprit sa respiration et recroisa les jambes. Il s'en sortait bien, du moins le pensait-il.

– C'était une question trop intime, dit-il gravement. Je considérais ma relation avec M. Phelan comme confidentielle.

– Jusqu'à aujourd'hui. Jusqu'à ce qu'ils vous offrent un demi-million de dollars, pas vrai ?

Snead marqua un temps d'hésitation, et Nate poussa son avantage.

– Vous ne vendez pas seulement votre témoignage, mais aussi votre relation confidentielle avec M. Phelan, pas vrai, monsieur Snead ?

– J'essaie de réparer une injustice.

– Quelle noblesse ! Feriez-vous la même chose s'ils ne vous payaient pas ?

Snead parvint à balbutier un « oui » tremblant et Nate éclata de rire. Il rit fort et longtemps tout en regardant les visages solennels et partiellement cachés des avocats des Phelan. Il rit au nez de Snead. Puis il se leva et marcha le long de son côté de la table, gloussant tout seul.

– Quel procès ! dit-il, puis il se rassit.

Il jeta un œil sur ses notes et reprit :

– M. Phelan est mort le 9 décembre. Son testament a été lu le 27 du même mois. Dans l'intervalle, avez-vous dit à qui que ce soit qu'il était dérangé quand il a signé son testament ?

– Non.

– Bien sûr que non. Vous avez attendu la lecture du testament, et, vous rendant compte que vous aviez été oublié, vous avez décidé d'aller voir les avocats et de passer un accord avec eux, pas vrai, monsieur Snead ?

Le témoin répondit « non », mais Nate l'ignora.

– M. Phelan était-il malade mentalement ?

– Je ne suis pas expert en la matière.

– Vous avez dit qu'il était dérangé, qu'il n'avait plus sa tête. Était-ce un état permanent ?

– Cela allait et venait.

– Depuis combien de temps ?

– Depuis des années.

– Combien d'années ?

– Dix, peut-être.

– Dans les quatorze dernières années de sa vie, M. Phelan a fait onze testaments, dont l'un qui vous laissait un million de dollars. Avez-vous pensé à l'époque à dire à quelqu'un que votre patron n'avait plus sa tête ?

– Cela ne faisait pas partie de mon travail.

– A-t-il vu un psychiatre ?

– Pas à ma connaissance.

– A-t-il vu un quelconque médecin spécialisé dans les maladies mentales ?

– Pas à ma connaissance.

– Lui avez-vous jamais suggéré qu'il pourrait éventuellement se faire aider psychologiquement ?

– Cela ne faisait pas partie de mon travail de suggérer de telles choses.

– Si vous l'aviez trouvé par terre victime d'une attaque, auriez-vous suggéré à quelqu'un qu'il avait peut-être besoin d'aide ?

– Bien sûr.

– Si vous l'aviez trouvé crachant du sang, vous l'auriez dit à quelqu'un ?

– Oui.

Nate avait un mémo de six centimètres d'épaisseur sur les divers biens de Troy Phelan. Il l'ouvrit au hasard et demanda à Snead s'il savait quelque chose sur les Forages Xion. Snead fit d'énormes efforts pour s'en souvenir, mais sa tête avait été si surchargée de données nouvelles qu'il n'y parvint pas. Delstar Communications ? Une fois de plus, Snead grimaça, mais ne put faire la connexion. La cinquième compagnie que Nate mentionna réveilla un écho chez lui. Fièrement, Snead informa l'avocat qu'il la connaissait. M. Phelan l'avait acquise depuis quelques années. Nate posa des questions sur les ventes, les produits, les rapports, une liste de statistiques infinie. Snead répondit de travers à chaque fois.

– En saviez-vous beaucoup sur les biens de M. Phelan ? répétait Nate.

Puis il lui posa des questions sur la structure du Groupe Phelan. Snead avait appris le principal, mais les détails lui échappaient. Il ne parvint à nommer aucun sous-directeur. Il ne connaissait le nom d'aucun chef comptable. Nate le harcela ainsi pendant des heures. Tard dans l'après-midi, alors que Snead était complètement sonné, Nate, au milieu de la millionième question sur les finances, demanda sans prévenir :

– Avez-vous signé un contrat avec les avocats quand vous avez pris le demi-million ?

Un simple « non » aurait suffi, mais Snead avait été pris par surprise, sa garde baissée. Il hésita, regarda Hark, puis Nate qui fouillait à nouveau dans ses papiers comme s'il avait une copie du contrat. Snead n'avait pas menti depuis deux heures, et il ne fut pas assez rapide.

– Euh, bien sûr que non, marmonna-t-il, sans convaincre personne.

Nate vit cette contre-vérité, mais il laissa filer. Il y avait d'autres moyens d'obtenir une copie de ce contrat.

Les avocats des Phelan se retrouvèrent dans un bar très tamisé pour panser leurs blessures. La contre-performance totale de Snead leur paraissait encore pire après deux tournées. On pouvait le préparer mieux pour le procès, mais le fait qu'il eût reconnu avoir été payé entachait son témoignage sans appel.

Comment O'Riley avait-il su ? Il s'était montré si sûr de lui.

– C'est Grit, dit Hark.

– Grit ? répétèrent-ils pour eux-mêmes.

Non, Grit n'avait tout de même pas changé de côté !

– Voilà ce qu'on gagne à lui piquer sa clientèle, dit Wally Bright après un long silence.

– Fermez-la, le rembarra Mme Langhorne.

Hark était trop fatigué pour se battre. Il finit son verre et en commanda un autre. Dans le flot des témoignages, les autres avocats Phelan avaient oublié Rachel. Il n'y avait toujours aucun signe officiel de sa part dans le dossier du tribunal.

47.

La déposition de Nicolette, la secrétaire, dura huit minutes. Elle donna son nom, son adresse et la liste de ses précédents emplois, pendant que les avocats des Phelan s'installaient de l'autre côté de la table pour entendre les détails de ses escapades sexuelles avec le vieux Troy. Elle avait vingt-trois ans, et peu d'atouts autres qu'un corps mince, une belle poitrine et un joli visage aux cheveux blond platine. Ils se régalaient à l'avance de ce récit.

Allant droit au but, Nate demanda :

– Avez-vous déjà eu des rapports sexuels avec M. Phelan ?

Elle fit mine d'être embarrassée par la question, mais répondit oui tout de même.

– Combien de fois ?

– Je ne les ai pas comptées.

– Pendant combien de temps ?

– En général, dix minutes.

– Non, je veux dire durant quelle période de temps ? De quel mois à quel mois ?

– Oh, je n'ai travaillé là-bas que cinq mois.

– Soit environ vingt semaines. Procédons comme suit : combien de fois par semaine aviez-vous un rapport sexuel avec M. Phelan ?

– Deux fois, à peu près.

– Donc cela fait une quarantaine de fois ?

– Oui. Cela semble beaucoup, non ?

– Pas pour moi. Est-ce que M. Phelan ôtait ses vêtements quand vous vous envoyiez en l'air ?

– Oui.

– Avait-il des taches de naissance visibles sur le corps ?

Quand des témoins concoctent des mensonges, ils passent souvent à côté de l'évidence. Leurs avocats également. Ils sont si immergés dans leur propre fiction qu'ils négligent un fait ou deux. Hark et les autres avaient accès aux veuves Phelan – Lillian, Janie, Tira – et n'importe laquelle aurait pu leur dire que Troy avait une tache de naissance pourpre et ronde, de la taille d'un dollar d'argent, en haut de la jambe droite, près de la hanche, juste sous la taille.

– Pas que je me souvienne, répondit Nicolette.

La réponse surprit Nate un instant, puis finalement pas tant que ça. Il était crédible d'imaginer que Troy couchait avec sa secrétaire, ce qu'il avait fait pendant des décennies. Il l'était tout autant de penser que Nicolette mentait.

– Pas de marque de naissance visible ? interrogea-t-il de nouveau.

– Aucune.

Les avocats des Phelan étaient figés par la peur. Un autre de leurs témoins vedettes était-il en train de se ratatiner sous leurs yeux ?

– Pas d'autres questions, dit Nate, et il quitta la pièce pour aller se resservir un café.

Nicolette regarda les avocats. Ils fixaient la table, se demandant où était placée cette fichue tache de naissance, exactement.

Quand elle fut partie, Nate fit glisser à travers la table une photo de l'autopsie vers ses ennemis sidérés. Il ne dit pas un mot, il n'en avait pas besoin. Le vieux Troy était sur le billard, pauvre forme humaine blême et nue, et sa tache de naissance avait l'air de jaillir de la photo.

Ils passèrent le reste du mercredi et tout le jeudi avec les quatre nouveaux psychiatres qui avaient été engagés pour dire que les trois précédents ne savaient pas ce qu'ils faisaient. Leurs témoignages étaient prévisibles et répétitifs : les gens mentalement stables ne sautent pas par la fenêtre.

Ils étaient moins distingués que Flowe, Zadel et Theishen. Deux étaient à la retraite et arrondissaient leurs fins de mois en tant que témoins professionnels. Le troisième enseignait dans un collège de banlieue surchargé d'élèves. Le dernier vivotait dans un petit bureau de la lointaine périphérie.

Mais ils n'étaient pas payés pour impressionner qui que ce soit. Leur rôle se limitait à remuer la vase de sorte qu'on n'y voie plus rien. Troy Phelan était célèbre pour ses sautes d'humeur et son excentricité. Quatre experts prétendaient qu'il n'avait pas la capacité intellectuelle de rédiger un testament. Trois disaient que si. Brouillez bien l'eau de la mare, et espérez que ceux qui soutiennent la validité du testament finiront par renoncer. Sinon, ce sera à un jury d'essayer de naviguer dans le jargon médical et de démêler le vrai du faux parmi ces opinions conflictuelles.

Les nouveaux experts étaient payés pour s'en tenir à leur conviction, et Nate ne tenta pas de la modifier. Il avait fait déposer assez de médecins pour savoir qu'il ne servait à rien d'argumenter avec eux. À la place, il examina à la loupe leurs références et leur expérience. Il les fit regarder la vidéo et critiquer les trois premiers psychiatres.

Quand la séance fut ajournée le jeudi après-midi, quinze dépositions avaient été enregistrées. Une autre tournée de témoins fut programmée pour fin mars. Wycliff prévoyait le procès aux alentours de la mi-juillet. Les mêmes témoins viendraient à la barre, mais dans un tribunal, avec des spectateurs et des jurés soupesant chaque mot prononcé.

Nate s'enfuit de la ville. Il prit vers l'ouest à travers la Virginie, puis au sud par la vallée de la Shenandoah. Après ces neuf jours de punching-ball passés à fouiller dans la vie intime des autres, il avait l'esprit comme engourdi. À un moment mal défini de son existence, poussé par son travail et ses dépendances, il avait perdu les notions de décence et de honte. Il avait appris à mentir, tricher, mépriser, cacher, importuner et attaquer d'innocents témoins sans le moindre soupçon de culpabilité.

Aujourd'hui, dans le silence de sa voiture et l'obscurité de la nuit, Nate avait honte. Il avait pitié des héritiers Phelan. Il se sentait navré pour Snead, un pauvre type qui avait misé sur le mauvais cheval. Il regretta d'avoir attaqué les nouveaux experts avec une telle vigueur.

Nate était à nouveau capable d'éprouver de la honte, et il en était très heureux. Il était fier de lui, fier de ce sentiment. Il était humain, après tout.

À minuit, il s'arrêta dans un petit motel bon marché près de Knoxville. Il y avait de fortes chutes de neige dans le Midwest, dans le Kansas et l'Iowa. Allongé sur le lit avec son atlas routier, il choisit un itinéraire par le Sud-Ouest.

Il dormit la seconde nuit à Shawnee, Oklahoma. La troisième à Kingman, Arizona. La quatrième à Redding, Californie.

Les enfants de son second mariage s'appelaient Austin et Angela. Respectivement âgés de douze et onze ans, ils étaient en cinquième et sixième au collège. La dernière fois qu'il les avait vus, c'était en juillet, trois semaines avant sa dernière descente aux enfers, quand il les avait emmenés à un match des Orioles. Ce qui devait être une agréable sortie s'était transformé en cauchemar. Un de plus. Nate avait bu six bières pendant le match – les enfants les avaient comptées parce que leur mère le leur avait demandé – et il avait roulé les deux heures de Baltimore à Arlington en état d'ivresse.

À cette époque, ils s'apprêtaient à déménager en Oregon avec leur mère, Christi, et son second mari, Theo. Ce match devait être la dernière visite de Nate avant quelque temps et, au lieu de leur faire ses adieux, Nate s'était bourré la gueule. Il s'était engueulé avec sa femme, devant les enfants, leur imposant une fois encore une scène qu'ils avaient trop souvent vécue. Theo l'avait menacé avec un manche à balai. Nate s'était réveillé dans sa voiture, garé dans la zone réservée aux handicapés d'un McDonald's, un carton de six canettes vides sur le siège à côté de lui.

Quand ils s'étaient rencontrés quatorze ans auparavant, Christi était la principale d'une école privée de Potomac. Elle était membre d'un jury. Nate l'un des avocats du procès. Le deuxième jour, elle était venue au tribunal avec une jupe noire très courte et les débats s'étaient presque interrompus à son entrée. Leur premier rendez-vous avait eu lieu une semaine plus tard. Pendant trois ans Nate était resté sobre, assez longtemps pour se remarier et avoir deux enfants. Dès que ses démons avaient insidieusement commencé à le reprendre, Christi avait eu peur et elle avait voulu s'enfuir. Quand il avait resombré, elle l'avait fait, avec ses enfants, et n'était pas revenue avant un an. Leur mariage avait encore enduré dix années de chaos.

Elle travaillait maintenant dans une école de Salem. Theo exerçait dans un petit cabinet d'avocats de cette même ville. Nate s'était toujours considéré comme responsable de leur départ de Washington. Il ne pouvait pas les blâmer de s'être enfuis sur la côte ouest.

Il appela l'école de sa voiture. Il était à Medford, à quatre heures du but. On le mit en attente pendant cinq minutes, le temps pour elle – il en était certain – de verrouiller sa porte et de se préparer à lui parler.

– Allô, finit-elle par dire.

– Christi, c'est moi, Nate.

Il se sentait particulièrement idiot de devoir préciser l'identité de sa propre voix à une femme avec qui il avait vécu plus de dix ans.

– Où es-tu ? demanda-t-elle, sur la défensive.

– Près de Medford.

– Dans l'Oregon ?

– Oui. J'aimerais voir les enfants.

– Quand ?

– Ce soir, demain, je ne suis pas pressé. Je suis sur la route depuis plusieurs jours, je vois du pays. Je n'ai ni itinéraire ni contrainte de temps.

– Eh bien, certainement, Nate. Je pense qu'on peut organiser quelque chose. Mais les enfants sont très occupés, tu sais, l'école, la danse, le foot.

– Comment vont-ils ?

– Ils sont en pleine forme. Merci de le demander.

– Et toi ? Comment va ta vie ?

– Impeccable. On adore l'Oregon.

– Je m'en sors bien aussi. Merci de me le demander. Je suis clean et sobre, Christi, vraiment. J'ai fini par me débarrasser de la boisson et de la défonce pour de bon. Je suis sur le point de quitter la profession d'avocat, mais je m'en sors très bien.

Celle-là, elle l'avait déjà entendue.

– Tant mieux, Nate.

Ses mots étaient prudents. Elle calculait ce qu'elle disait deux phrases à l'avance.

Ils convinrent qu'il viendrait dîner le lendemain. Cela permettrait de préparer les enfants, la maison, et de donner à Theo le temps de décider quel serait son rôle. Assez de temps pour prévoir des issues de secours.

– Je n'ai pas l'intention d'intervenir dans votre vie, promit Nate avant de raccrocher.

Theo avait décidé de travailler tard et de ne pas se joindre à eux. Quand Nate arriva, Angela sauta dans ses bras. Austin lui serra la main. La seule chose qu'il s'était promis de ne pas faire, c'était de s'extasier bêtement sur le mode : « Comme vous avez grandi ! » Christi se retira dans sa chambre pendant une heure pour les laisser se retrouver.

Il voulait aussi s'appliquer à suivre les conseils de Phil. Ils s'installèrent sur le tapis du salon et parlèrent école, danse et football. Salem était une jolie ville, beaucoup plus petite que Washington, et les enfants s'y étaient très bien adaptés, s'étaient fait plein d'amis, étaient dans une bonne école, avaient de bons profs.

Pour dîner, ils eurent des spaghettis et de la salade, et le repas dura une heure. Nate raconta des histoires sur la jungle du Brésil en les emmenant avec lui à la recherche de sa cliente perdue. Visiblement, Christi n'avait pas lu les bons journaux. Elle ne savait rien de l'affaire Phelan.

À 19 heures précises, il annonça qu'il devait partir. Ils avaient des devoirs à faire et l'école commençait tôt.

– J'ai un match de foot demain, p'pa, dit Austin, et le cœur de Nate faillit s'arrêter.

Il ne se souvenait pas de la dernière fois où on l'avait appelé « p'pa ».

– C'est à l'école, précisa Angela. Tu pourrais venir ?

L'ex-petite famille partagea un moment bancal quand tout le monde se regarda dans les yeux. Nate ne savait absolument pas quoi répondre.

Christi les tira de ce mauvais pas en disant :

– J'y serai. On pourrait parler.

– Bien sûr que je viendrai, dit Nate.

Les enfants l'embrassèrent fort quand il s'en alla. En roulant, Nate comprit que Christi voulait le voir deux jours de suite pour examiner son regard. Elle connaissait les signes.

Nate resta trois jours à Salem. Il assista au match de foot et fut submergé de fierté en voyant jouer son fils. Il se fit à nouveau inviter à dîner, mais n'accepta que si Theo se joignait à eux. Il déjeuna avec Angela et ses amis à côté de l'école.

Au bout de trois jours vint le moment de partir. Les petits avaient besoin de retrouver leur existence normale, sans les complications que Nate apportait. Christi était fatiguée de prétendre que rien ne s'était jamais passé entre eux. Et Nate commençait à s'attacher terriblement à ses enfants. Il promit d'appeler, d'envoyer des e-mails et de revenir bientôt.

Il quitta Salem le cœur brisé. Comment un homme pouvait-il couler assez bas pour faire sombrer une si merveilleuse famille ? Il ne se souvenait de quasiment rien concernant ses enfants quand ils étaient plus petits – pas de pièces de théâtre à l'école, pas de costumes de Halloween, pas de balades dans les centres commerciaux. Rien. Maintenant, ils étaient presque grands, et un autre homme les élevait.

Il prit vers l'est et se laissa emporter par le trafic.

Pendant que Nate vagabondait à travers le Montana, pensant à Rachel, Hark Gettys déposait un référé pour faire invalider la réponse de l'héritière à la contestation du testament. Ses raisons étaient claires et évidentes, et il soutint son attaque avec un dossier de vingt pages sur lequel il avait travaillé pendant un mois. On était le 7 mars, presque trois mois après la mort de M. Phelan, pas tout à fait deux mois après l'entrée de Nate O'Riley dans l'affaire, et la Cour n'avait toujours pas juridiction sur Rachel Lane. En dehors des allégations de son avocat, il n'y avait aucun signe d'elle. Aucun document officiel dans le dossier du tribunal ne portait sa signature.

Hark se référait à elle comme à « la partie fantôme ». Les autres contestataires et lui menaient un procès contre une ombre. Cette femme se posait en héritière de onze milliards de dollars. Le moins qu'elle pût faire était de suivre la loi et de signer les papiers officiels. Si elle s'était donné la peine d'engager un avocat, elle pouvait certainement s'assujettir aux ordres de la Cour.

Le temps qui passait jouait grandement en faveur des héritiers, même s'il leur était très difficile d'être patients tout en rêvant à de telles richesses. Chaque semaine qui s'écoulait sans nouvelles de Rachel était une preuve supplémentaire qu'elle ne s'intéressait pas à la procédure. Lors de leurs rencontres du vendredi matin, les avocats des Phelan repassaient en revue les dépositions, parlaient de leurs clients et mettaient au point leur stratégie en vue du procès. Mais ils consacraient le plus clair de leur temps à spéculer sur les raisons de l'absence de Rachel. Ils étaient captivés par l'idée aberrante qu'elle pourrait ne pas vouloir cet argent. C'était absurde, mais, quelque part, cela rendait chaque vendredi matin assez agréable.

Les semaines se changeaient en mois. La gagnante du loto ne réclamait pas son lot.

Il y avait une autre raison valable pour mettre la pression sur les défenseurs du testament de Troy. Son nom était Snead. Hark, Yancy, Bright et Langhorne avaient visionné la déposition de leur témoin vedette jusqu'à la connaître par cœur, et ils n'avaient plus confiance dans sa capacité à convaincre un jury. Nate O'Riley l'avait fait passer pour un idiot, et il ne s'agissait alors que d'une déposition. Imaginez comme les poignards seraient acérés au procès, devant des jurés venant pour la plupart des classes moyennes, et qui avaient du mal à boucler leurs fins de mois. Snead s'était mis un demi-million dans la poche pour raconter ses bobards. Le vendre au jury se révélait difficile.

Le problème avec Snead était évident. Il mentait, et les menteurs, en général, se font prendre en plein tribunal. Après l'avoir vu trébucher si maladroitement pendant sa déposition, les avocats étaient terrifiés à l'idée de le lâcher devant un jury. Un autre mensonge exposé à la face du monde, et leur affaire finirait en eau de boudin.

La tache de naissance avait rendu le témoignage de Nicolette complètement inutile.

Leurs propres clients n'étaient pas particulièrement sympathiques. À l'exception de Ramble, le plus inquiétant de tous, chacun avait reçu cinq millions de dollars pour entamer son existence d'adulte. Aucun des jurés ne verrait jamais une telle somme, même en additionnant ses salaires pendant une vie entière. Les enfants de Troy pouvaient toujours gémir d'avoir été élevés par un père absent, la moitié des jurés venaient de foyers brisés.

La bataille des psy serait dure à mener, et c'était la partie du procès qui les préoccupait le plus, en fait. Nate O'Riley avait mis des médecins en pièces pendant vingt ans devant les tribunaux. Leurs quatre psychiatres marrons ne tiendraient jamais face à ses contre-interrogatoires musclés.

Pour éviter un procès, ils devaient s'entendre. Pour pactiser, il leur fallait trouver une faiblesse. Le manque apparent d'intérêt manifesté par Rachel Lane était plus que suffisant, et certainement leur meilleure arme.

Josh passa en revue le référé de Hark avec admiration. Il adorait les manœuvres légales, les stratégies et les tactiques, et quand quelqu'un, même un adversaire, décelait la faille, il applaudissait silencieusement. Tout était parfait dans la contre-attaque de Gettys – le timing, le raisonnement, le dossier superbement argumenté.

Les plaignants avaient un dossier plus que faible, mais leurs problèmes n'étaient rien comparés à celui de Nate. Nate n'avait pas de client. Josh et lui s'étaient débrouillés pour que personne ne s'en aperçoive pendant deux mois, et leur ruse venait d'être éventée.

48.

Daniel, le plus âgé de ses enfants, insista pour le retrouver dans un pub. Nate trouva l'endroit à la tombée de la nuit, à deux pas du campus, dans une rue où s'alignaient bars et clubs. La musique, les marques de bières lumineuses qui clignotaient, les étudiants qui criaient dans la rue, tout cela lui était par trop familier. C'était Georgetown quelques mois plus tôt, et cet univers lui donnait désormais la nausée. Une année auparavant, il se serait mis à crier aussi, poursuivant les étudiantes d'un bar à l'autre, persuadé qu'il avait toujours vingt ans et qu'il pouvait tenir toute la nuit.

Daniel l'attendait dans un box tamisé, avec une fille. Ils fumaient tous les deux. Ils avaient chacun une grande bouteille de bière posée devant eux sur la table. Père et fils se serrèrent la main ; un geste plus affectueux aurait mis Daniel mal à l'aise.

– Je te présente Stef, dit ce dernier en désignant la fille. Elle est mannequin, ajouta-t-il, histoire de prouver à son vieux qu'il chassait du gros gibier.

Sans savoir pourquoi, Nate avait imaginé qu'ils passeraient quelques heures seuls. Cela n'arriverait pas.

La première chose qu'il remarqua chez Stef fut son rouge à lèvres gris, lourdement appliqué sur ses lèvres épaisses et charnues, des lèvres qui bougeaient à peine quand elle lui adressait un demi-sourire de politesse. Elle était certainement assez froide et sévère pour être mannequin. Ses bras étaient aussi maigres que des manches à balai. Bien qu'il ne puisse pas les voir, Nate savait que ses jambes n'avaient rien à leur envier et qu'elle portait, sans le moindre doute, deux tatouages sur ses chevilles.

Nate la détesta immédiatement, et il eut l'impression que ce sentiment était réciproque. Daniel avait évidemment dû lui raconter sa vie.

Son fils avait fini un cycle universitaire à Grinnel un an plus tôt, et il avait passé l'été en Inde. Nate ne l'avait pas vu depuis treize mois. Il n'avait pas assisté à sa soutenance de mémoire, ne lui avait envoyé ni carte ni cadeau et ne s'était pas même soucié de l'appeler pour le féliciter. L'ambiance était assez tendue à leur table pour que le mannequin se sente obligée de souffler sa fumée vers Nate en le fixant d'un regard complètement vide.

– Tu veux une bière ? demanda Daniel quand un serveur passa à côté d'eux.

C'était une question cruelle, un petit coup destiné à faire mal.

– Non, juste de l'eau, dit Nate.

Daniel héla le serveur, puis ajouta :

– Tu tiens toujours ?

– Oui, fit Nate avec un sourire, essayant de dévier les flèches.

– Tu n'as pas repiqué depuis l'été dernier ?

– Non. Parlons d'autre chose, s'il te plaît.

– Dan m'a dit que vous aviez été en désintoxication, intervint Stef, soufflant la fumée par le nez.

Nate fut surpris qu'elle soit capable de commencer une phrase et de la finir. Elle s'exprimait lentement, la voix aussi froide que ses yeux.

– Ça m'est arrivé plusieurs fois, oui. Qu'est-ce qu'il vous a dit d'autre ?

– Moi aussi, j'ai été en désintoxication, mais seulement une fois, dit-elle.

Elle avait l'air fière de sa réussite, et en même temps attristée par son propre manque d'expérience. Les deux bouteilles de bière devant eux étaient vides.

– C'est bien, dit Nate sèchement.

Il ne pouvait pas faire semblant de l'apprécier ; de toute façon, dans un mois ou deux, elle aurait un autre amoureux.

– Comment va la fac ? demanda-t-il à Daniel.

– Quelle fac ?

– Ta fac.

– J'ai laissé tomber.

Il avait la voix tendue et fatiguée. Une énorme pression perçait sous ses mots. Nate était concerné par cet abandon. Il ne savait pas très bien pourquoi ni comment, mais il s'en sentait responsable. Son eau arriva.

– Vous avez mangé ? leur demanda-t-il.

Stef évitait la nourriture et Daniel n'avait pas faim. Nate était affamé, mais il ne voulait pas manger seul. Il jeta un regard circulaire sur le pub. Dans un autre box, des étudiants fumaient de l'herbe. C'était un petit endroit vraiment cool, le genre de bar qu'il aurait adoré dans une vie pas si lointaine que ça.

Daniel alluma une autre cigarette, une Camel sans filtre, la pire dose de cancer sur le marché, et expédia un énorme nuage de fumée vers le lustre bon marché suspendu au-dessus d'eux. Il était nerveux et en colère.

La fille était là pour deux raisons. Pour éviter qu'ils ne s'engueulent et peut-être même qu'ils n'en viennent aux mains. Nate soupçonnait que son fils était sans un rond, qu'il s'apprêtait à agresser son père pour son manque de soutien, mais qu'il hésitait à le faire parce que son vieux était fragile et avait récemment craqué. Stef était censée tempérer sa colère et l'empêcher de dire des mots qu'on regrette.

La seconde raison était de faire que cette rencontre dure le moins longtemps possible. Au bout de quinze minutes, cela fut évident.

– Comment va ta mère ? demanda Nate.

Daniel tenta un sourire.

– Elle va bien. Je l'ai vue à Noël. Tu étais parti.

– J'étais au Brésil.

Une étudiante en jean moulant passa à côté d'eux. Stef l'inspecta des pieds à la tête, ses yeux exprimant enfin quelque étincelle de vie. La fille était encore plus maigre qu'elle. Comment cette maigreur émaciée avait-elle pu devenir tellement à la mode ?

– Qu'est-ce qu'il y a au Brésil ? demanda Daniel.

– Une cliente.

Nate était fatigué de raconter ses aventures.

– M'man m'a dit que tu avais de gros ennuis avec le fisc.

– Je suis certain que ça lui a fait plaisir.

– Peut-être. Ça n'avait pas l'air de l'ennuyer en tout cas. Tu vas aller en taule ?

– Non. On ne pourrait pas parler d'autre chose ?

– C'est ça le problème, p'pa. Il n'y a pas d'autre chose, rien que le passé et même ça, on ne peut pas en parler.

Stef, l'arbitre, fronça les sourcils en regardant Daniel, l'air de dire : « Doucement. »

– Pourquoi as-tu laissé tomber la fac ? demanda Nate, impatient d'en finir.

– Pour plusieurs raisons. Ça devenait chiant.

– Il n'avait plus assez de fric, intervint Stef pour l'aider.

Elle lança à Nate son regard le plus froid.

– C'est vrai ? demanda Nate.

– C'est l'une des raisons.

Le premier réflexe de Nate fut de sortir son chéquier et de résoudre le problème de son fils. C'est ce qu'il avait toujours fait. Être un parent, pour lui, n'avait été qu'une longue suite de dépenses. Si tu ne peux pas être là, envoie de l'argent. Mais Daniel avait vingt-trois ans maintenant, il était en fin de cycle, et il traînait avec des Miss Anorexie comme Stef. Il était largement temps pour lui de nager sans la bouée parentale.

Et le chéquier n'était plus ce qu'il avait été.

– C'est pas mal pour toi, dit Nate. Travaille un peu. Cela te fera apprécier la fac.

Stef n'était pas d'accord. Deux de ses amis qui avaient laissé tomber et avaient carrément disparu de la surface de la terre. Pendant qu'elle racontait son histoire, Daniel se retira dans son coin du box. Il engloutit sa troisième bière. Nate avait toutes sortes de leçons toutes préparées sur l'alcool, mais il savait combien elles sonneraient faux.

Après quatre bières, Stef était pétée, et Nate n'avait plus rien à dire. Il griffonna son téléphone à Saint Michaels sur une serviette en papier et la donna à Daniel.

– C'est là que je serai pendant deux mois à peu près. Appelle-moi si tu as besoin de moi.

– Salut, p'pa, dit Daniel.

– Prends soin de toi.

Nate sortit dans l'air frigorifié et s'en alla à pied jusqu'au lac Michigan.

Deux jours plus tard, il était à Pittsburgh, pour sa troisième et dernière réunion de famille, qui n'eut pas lieu. Il avait parlé deux fois à Kaitlin, la fille qu'il avait eue de son premier mariage, et le rendez-vous était clair. Elle devait le retrouver pour dîner à 19 h 30 devant le restaurant de son hôtel. Son appartement était à vingt minutes de là. Elle l'appela vers 20 h 30 pour lui expliquer qu'une amie à elle venait d'avoir un accident de voiture, qu'elle était à l'hôpital et que c'était assez grave.

Nate suggéra qu'ils déjeunent le lendemain. Kaitlin refusa, prétextant que son amie était gravement blessée, en réanimation, et qu'elle devait rester auprès d'elle jusqu'à ce qu'elle reprenne conscience. Nate lui demanda où était l'hôpital. Au début, elle n'arriva pas à le situer, après elle n'en fut pas très sûre, et enfin elle estima qu'une visite ne serait pas une bonne idée parce qu'elle ne pouvait pas quitter le chevet de son amie.

Il mangea dans sa chambre, sur une petite table près de la fenêtre, avec vue sur Downtown. Il picora dans son assiette en imaginant toutes les raisons possibles du refus de sa fille. Elle avait un anneau dans le nez ? Un tatouage sur le front ? Elle était entrée dans une secte et s'était rasé le crâne ? Elle avait pris cinquante kilos, ou les avait perdus ? Elle était enceinte ?

Il essaya de lui en vouloir, pour ne pas avoir à affronter l'évidence. Le détestait-elle à ce point ?

Dans la solitude de sa chambre d'hôtel, dans une ville où il ne connaissait personne, il lui était facile de s'apitoyer sur son sort, de souffrir une fois de plus des erreurs du passé.

Déboussolé, il appela le père Phil pour prendre des nouvelles de Saint Michaels. Phil avait eu la grippe et, comme on se gelait dans le sous-sol, Laura lui interdisait d'y descendre. « Merveilleux », songea Nate. Face aux incertitudes qui jonchaient son passé, la promesse d'un travail régulier dans le sous-sol de l'église de la Trinité lui donnait un but, ancrait le futur proche dans une réalité rassurante.

Ensuite, il appela Sergio comme il avait promis de le faire une fois par semaine. Les démons étaient bien en laisse, et il se sentait maître de lui, d'une manière presque surprenante. Sa chambre d'hôtel avait un minibar, et il ne s'en était pas approché.

Il appela aussi Salem et bavarda agréablement avec Angela et Austin. Bizarre comme les enfants les plus jeunes souhaitaient parler quand les plus vieux ne le voulaient pas.

Il appela Josh, qui était dans son bureau au sous-sol, à réfléchir à la pagaille de l'affaire Phelan.

– Il faut que tu reviennes, Nate, dit-il. J'ai un plan.

49.

Nate ne fut pas invité au premier round des négociations à l'amiable. Son absence avait deux raisons. D'abord, c'était Josh qui avait pris l'initiative de ce sommet, et donc il se tenait sur son territoire. Nate avait évité jusqu'ici de revenir sur son ancien lieu de travail, et tenait à continuer. Ensuite, les avocats des Phelan voyaient Josh et Nate comme des alliés, à juste titre. Josh voulait tenir le rôle du conciliateur, du médiateur. Pour gagner la confiance d'une des parties, il devait ignorer l'autre, ne serait-ce qu'un bref laps de temps. Son plan était de rencontrer Hark et sa clique, puis Nate, puis de faire des allers et retours pendant plusieurs jours si nécessaire jusqu'à ce que l'affaire soit conclue.

Après un bon moment consacré aux civilités d'usage, Josh réclama l'attention. Ils avaient beaucoup de terrain à couvrir. Les avocats des Phelan étaient impatients d'entamer les négociations.

Un accord à l'amiable peut intervenir en quelques secondes, pendant un creux dans une instruction agitée quand un témoin trébuche, ou quand une des parties veut en finir avec une situation bloquée par un harcèlement incessant. Il peut aussi prendre des mois, tandis que la procédure s'achemine vers l'ouverture du procès. Collectivement, les avocats des Phelan rêvaient d'un accord éclair, et cette rencontre dans les bureaux de Josh était un premier pas. Ils étaient persuadés qu'ils allaient très bientôt devenir millionnaires.

Josh commença très diplomatiquement en exposant son opinion sur leur position : elle était plutôt précaire. Il ne pensait pas que son client avait eu l'intention de créer un tel chaos, mais le testament manuscrit était bien valide. Il avait passé deux heures avec M. Phelan, la veille de sa mort, à peaufiner l'autre testament, et il était prêt à témoigner que Troy savait exactement ce qu'il faisait. Il témoignerait aussi, si c'était nécessaire, que Snead n'était pas avec eux quand ils avaient relu le testament.

Les trois psychiatres qui avaient examiné M. Phelan avaient été choisis avec soin par les enfants et les ex-femmes de Troy, ainsi que par leurs avocats, et tous trois avaient des références inattaquables. Les quatre nouveaux étaient nébuleux. Leurs CV étaient minces. La bataille d'experts, selon lui, tournerait forcément à l'avantage des trois premiers.

Wally Bright avait mis son plus beau costume. Il écoutait ces critiques la mâchoire serrée pour ne pas intervenir à mauvais escient, et il prenait des notes inutiles sur un bloc, parce que tous les autres le faisaient. Il n'était pas dans sa nature de supporter sans réagir de telles critiques, même émanant d'un avocat aussi célèbre que Josh Stafford. Mais, pour l'argent, il était prêt à tout. Le mois précédent, en février, son petit bureau avait généré deux mille six cents dollars d'honoraires, et brûlé les habituels quatre mille dollars de frais. Wally ne ramenait rien à la maison. Bien évidemment, il avait passé presque tout son temps sur l'affaire Phelan.

Josh patinait sur une mince couche de glace quand il résuma les témoignages de leurs clients.

– J'ai vu les vidéos de leurs dépositions, dit-il tristement. Franchement, à part Mary Ross, je pense qu'ils feraient des témoins lamentables au procès.

Leurs avocats acceptèrent cette opinion sans sourciller. C'était une réunion d'accord à l'amiable, pas un procès.

Josh ne s'étendit pas sur les héritiers. Moins il en disait, mieux cela vaudrait. Leurs avocats savaient parfaitement que s'ils allaient au procès, ce serait une vraie boucherie.

– Cela nous amène à Snead, poursuivit-il. J'ai également visionné sa déposition et franchement, si vous le faisiez témoigner, ce serait une erreur dramatique. À mon sens, en fait, on est à la limite de la faute professionnelle grave.

Bright, Hark, Langhorne et Yancy baissèrent un peu plus le nez sur leurs blocs-notes. Entre eux, Snead était devenu un gros mot. Ils n'arrêtaient pas de se reprocher les uns aux autres d'avoir tout si bien bousillé. Ils avaient perdu des nuits entières de sommeil à cause de ce type. Ils avaient également perdu un demi-million de dollars et, comme témoin, il ne pouvait plus servir à rien.

– Je connais Snead depuis plus de vingt ans, dit Josh.

Et il passa quinze minutes à faire son portrait. Un majordome aux compétences contestables, un coursier sur lequel on ne pouvait pas toujours compter, un domestique que M. Phelan avait souvent parlé de renvoyer. Ils ne mirent rien en doute.

Josh se débrouilla pour détruire leur témoin vedette sans même avoir besoin de mentionner qu'il leur avait soudoyé la bagatelle de cinq cent mille dollars pour raconter son histoire.

Nicolette ne valait pas mieux.

Ils avaient été incapables de trouver d'autres témoins. Il y avait bien des employés mécontents, mais ils ne voulaient pas participer à un procès. Leurs témoignages étaient très vagues, de toute manière. Il y avait aussi deux rivaux en affaires que Troy avait lessivés. Mais ils avaient fort peu à dire sur ses capacités mentales.

— Votre dossier n'est pas très solide, conclut Josh. Cela dit, tout est risqué, face à un jury.

Il parla ensuite de Rachel Lane comme s'il la fréquentait depuis des années. Pas trop de détails, mais assez de généralités pour donner l'impression qu'il la connaissait très bien. C'était une femme adorable qui vivait une vie très simple, dans un autre pays, et qui n'était pas le genre de personne à comprendre les procès. Elle fuyait les controverses. Elle détestait les confrontations. Et elle avait été plus proche de Troy que qui que ce soit d'autre.

Hark brûlait de demander à Josh s'il l'avait réellement rencontrée. L'avait-il même jamais vue ? Avait-il entendu son nom avant la lecture du fameux testament ? Mais ce n'était ni le moment ni le lieu pour semer la discorde. On allait mettre l'argent sur la table, et le pourcentage de Hark se montait à dix-sept et demi.

Mme Langhorne avait fait des recherches sur la ville de Corumbá, et elle ne comprenait toujours pas ce qu'une Américaine de quarante-deux ans pouvait bien faire dans un endroit pareil. Hark et elle, derrière le dos de Bright et Yancy, étaient peu à peu devenus alliés. Ils avaient discuté des heures pour savoir s'il fallait laisser filtrer les détails sur Rachel Lane dans une certaine presse. Les journalistes finiraient bien par la trouver. Ils la feraient sortir de son trou et alors le monde entier saurait ce qu'elle voulait faire de cet argent. Et si, comme ils en rêvaient, elle n'en voulait pas, alors leurs clients pourraient réclamer la totalité.

C'était un risque et ils en étaient encore à l'évaluer.

— Qu'est-ce que Rachel Lane a l'intention de faire de tout cet argent ? interrogea Yancy.

– Je n'en suis pas bien sûr, dit Josh comme si Rachel et lui en parlaient tous les jours. Elle va probablement en garder un peu et donner la plus grosse partie à des œuvres. D'après moi, c'est pour cela que Troy l'a choisie. Il se disait que si vos clients touchaient cet argent, il ne durerait pas trois mois. En le laissant à Rachel, il savait que cette fortune irait à ceux qui sont dans le besoin.

Il y eut une longue pause après que Josh leur eut asséné ça. Leurs rêves s'effritaient lentement. Rachel Lane existait bien, et elle ne refuserait pas l'argent.

– Pourquoi ne se montre-t-elle pas ? demanda finalement Hark.

– Eh bien, il faut connaître cette femme pour répondre à cette question. L'argent ne signifie rien pour elle. Elle ne s'attendait pas à figurer sur le testament de son père. Et puis, tout d'un coup, elle se rend compte qu'elle a hérité de quelques milliards. Elle est encore un peu secouée.

Une autre longue pause. Les avocats continuaient à noircir leurs blocs.

– Nous sommes prêts à aller jusqu'à la Cour suprême, si nécessaire, dit Langhorne. Est-ce qu'elle réalise que ça pourrait durer des années ?

– Oui, répliqua Josh. Et c'est l'une des raisons qui font qu'elle veut explorer la possibilité d'un accord.

Ils faisaient des progrès, tout d'un coup.

– Par où commençons-nous ? demanda Wally Bright.

C'était une question difficile. D'un côté de la table, il y avait un chaudron plein d'or d'une valeur de onze milliards et quelques. L'État allait en taxer plus de la moitié. Il en resterait cinq pour s'amuser. De l'autre côté, il y avait les héritiers Phelan, qui étaient tous ruinés sauf Ramble. Qui allait lancer le premier chiffre ? Et lequel ? Dix millions par héritier ? Ou cent ?

Josh avait tout prévu.

– Commençons par le testament, dit-il. En supposant qu'il soit validé, il renferme, en langage clair, une désignation des cadeaux que chaque héritier a refusés en le contestant. Donc, pour vos clients, vous partez de zéro. Mais le testament donne à chacun de vos clients une somme d'argent égale à leurs dettes au jour du décès de M. Phelan.

Josh prit une autre feuille de papier et l'étudia un moment.

– Selon nos sources, Ramble Phelan n'en a pas, pas encore du moins. Geena Phelan Strong avait quatre cent vingt mille dollars de dettes au 9 décembre. Libbigail et Spike environ quatre-vingt mille dollars. Mary Ross et son médecin de mari neuf cent mille dollars. Troy Junior s'est débarrassé de la plupart de ses dettes d'une faillite à l'autre, mais il doit encore cent trente mille dollars. Rex, comme nous le savons, est le grand gagnant. Lui et son adorable femme Amber devaient, le 9 décembre, un total de sept millions six cent mille dollars. Vous êtes d'accord avec ces chiffres ?

Oui, les chiffres étaient exacts. C'était le chiffre à venir qui les inquiétait.

– Nate O'Riley a contacté sa cliente. Pour arranger cette affaire, elle est prête à offrir à chacun des héritiers la somme de dix millions de dollars.

Les avocats n'avaient jamais calculé ni griffonné si vite de leur vie. Hark avait trois clients. Dix-sept et demi pour cent lui donnaient des honoraires de cinq millions deux cent cinquante mille dollars. Geena et Cody avaient accordé vingt pour cent à Langhorne et donc son cabinet ramassait deux millions. Autant pour Yancy dont les honoraires étaient sujets à l'approbation de la Cour parce que Ramble était encore mineur. Quant à Wally Bright, l'avocat des cours du soir qui faisait de la pub pour des divorces express sur les abribus, il allait ramasser la moitié des dix millions de dollars grâce au contrat aberrant passé avec Libbigail et Spike.

Wally réagit le premier. Même si son cœur était comme gelé et si son estomac se serrait, il parvint à dire, avec quelque superbe :

– Pas question que mes clients négocient à moins de cinquante millions.

Les autres secouèrent également la tête. Ils froncèrent les sourcils et tentèrent de prendre un air dégoûté devant l'offre d'une somme si ridicule, alors que dans leur tête ils étaient déjà en train de calculer comment ils dépenseraient leur argent.

Wally Bright n'arrivait pas à écrire cinquante millions en mettant les zéros à la bonne place. Mais il se débrouilla pour jeter la feuille sur la table comme un roi de Las Vegas.

Ils étaient tous tombés d'accord avant : si on parlait d'argent, ils ne descendraient pas en dessous de cinquante millions par héritier. Cela avait l'air correct, avant la rencontre. À présent, les dix millions posés sur la table ne paraissaient pas si maigres.

– C'est à peu près un centième des biens, dit Hark.

– Vous pouvez voir les choses comme ça, dit Josh. En fait, il y a plusieurs manières de voir. Moi, je préfère partir de zéro, c'est là que vous en êtes maintenant, et monter, plutôt que de considérer la totalité des biens et descendre.

Mais Josh voulait aussi obtenir leur confiance. Ils se lancèrent des chiffres pendant un moment, puis il les coupa :

– C'est vrai, personnellement, si je représentais un des héritiers, je ne me contenterais pas de dix millions.

Ils se figèrent, tout ouïe.

– Rachel Lane n'est pas une femme avare. Je pense que Nate O'Riley pourrait la convaincre d'aller jusqu'à vingt millions par héritier.

Les honoraires doublaient – plus de dix millions pour Hark. Quatre pour Langhorne et Yancy. Le pauvre Wally, qui en était à dix millions maintenant, fut soudain pris d'une colique terrible et demanda à quitter la pièce.

Nate était très heureux, en train de peindre un chambranle de porte, quand son portable sonna. Josh l'obligeait à garder ce satané truc à portée de main.

– Si c'est pour moi, note le message, dit le père Phil.

Il prenait les mesures d'un angle très compliqué pour la prochaine plaque de bois.

C'était Josh.

– Cela n'aurait pas pu mieux se passer, dit-il. Je me suis arrêté à vingt millions, et ils en veulent cinquante.

– Cinquante? répéta Nate, incrédule.

– Ouais, mais ils ont déjà commencé à dépenser l'argent. Je te parie qu'à l'heure actuelle il y en a au moins deux qui sont chez Mercedes.

– Qui va le dépenser le plus vite? Les avocats ou leurs clients?

– Je parierais sur les avocats. Écoute, je viens de parler avec Wycliff. Le rendez-vous est pour mercredi à 15 heures, dans son bureau. On devrait tout emballer pour de bon.

– Je n'en peux plus d'attendre, dit Nate, et il éteignit le portable.

C'était l'heure d'une petite pause café. Ils s'installèrent à même le sol, adossés à un mur, et ils burent, à toutes petites gorgées.

– Ils en voulaient cinquante? demanda Phil.

Désormais, il connaissait tous les détails de l'affaire. Seuls tous les deux dans le sous-sol, ils n'avaient plus de secrets l'un pour l'autre à force de travailler ensemble. La conversation avait pris plus d'importance que l'avancée des travaux. Phil représentait le clergé. Nate était avocat. Tout ce qui était dit l'était plus ou moins sous le sceau du secret professionnel.

– C'est un bon début, dit Nate. Mais ils accepteront à beaucoup moins.

– Tu penses que ça va se terminer à l'amiable ?

– Bien sûr. On a rendez-vous mercredi avec le juge. Il leur mettra un peu plus la pression. Et les avocats et leurs clients seront déjà en train de compter leur argent.

– Alors tu pars quand ?

– Vendredi, je pense. Tu veux venir ?

– Je ne peux pas me le permettre.

– Bien sûr que si. Ma cliente paiera la note. Tu pourrais être mon conseiller spirituel pour ce voyage. L'argent ne compte pas.

– Ce ne serait pas bien.

– Allons, Phil. Je te ferais visiter le Pantanal. Tu pourrais rencontrer mes copains, Jevy et Welly. On ferait une belle balade en bateau.

– Quand tu en parlais, cela n'avait pas l'air d'une partie de pêche.

– Ce n'est pas si dangereux. Il y a pas mal de touristes dans le Pantanal. C'est une grande réserve écologique. Sérieusement, Phil, si ça t'intéresse, je peux tout arranger.

– Je n'ai pas de passeport, dit le prêtre en buvant son café. Et en plus, j'ai tellement de boulot ici.

Nate serait absent une semaine et, en fait, il aimait bien l'idée que le sous-sol n'ait pas avancé d'un millimètre quand il reviendrait.

– Mme Sinclair ne va pas tarder à rendre l'âme, dit doucement Phil. Je ne peux pas m'en aller.

Mme Sinclair était mourante depuis au moins un mois. Phil avait peur d'aller ne serait-ce qu'à Baltimore. Nate savait qu'il ne quitterait jamais le pays.

– Donc, tu vas la revoir, dit Phil.

– Oui, répondit Nate.

– Ça te fait quel effet ?

– Je n'en sais rien. Je suis très impatient, mais je ne suis pas sûr qu'elle veuille me revoir. Elle est très heureuse et elle ne veut rien avoir à faire avec notre monde. Elle va m'opposer un refus encore plus catégorique que la première fois.

– Pourquoi le faire, alors ?

– Parce qu'il n'y a rien à perdre. Si elle rejette l'argent une fois de plus, nous nous retrouvons dans la même situation que maintenant. L'autre partie ramasse le tout.

– Et c'est un désastre.

– Oui. Il serait difficile de trouver des gens moins bien armés que les héritiers Phelan pour gérer une telle somme. Ils vont se flinguer avec.

– Tu ne peux pas expliquer ça à Rachel ?

– J'ai déjà essayé. Cela ne l'intéresse même pas d'en entendre parler.

– Donc, elle ne changera pas d'avis ?

– Non. Jamais.

– Et ce voyage là-bas est une perte de temps ?

– J'en ai bien peur. Mais au moins, j'aurai tenté le coup.

50.

À l'exception de Ramble, tous les héritiers Phelan avaient insisté pour être soit au palais de justice, soit le plus près possible pendant la rencontre. Chacun avait un portable, comme chacun des avocats dans le bureau de Wycliff.

Clients et avocats avaient perdu le sommeil.

Combien de chances a-t-on de devenir millionnaire d'un seul coup ? Les héritiers Phelan en avaient déjà eu une et ils se juraient d'être un peu plus avisés cette fois. C'était leur dernière chance.

Ils arpentaient anxieusement les couloirs du palais. Ils fumaient dehors, devant les portes. Ils restaient au chaud dans leurs voitures garées sur le parking, frissonnant d'impatience. Ils vérifiaient leurs montres, essayaient de lire le journal, bavardaient nerveusement quand ils tombaient nez à nez avec un autre d'entre eux.

Nate et Josh se tenaient dans un coin de la pièce. Josh, bien évidement, portait un costume de marque. La chemise en jean de Nate était tachée de peinture blanche au col. Pas de cravate. Un jean et des chaussures de randonnée complétaient sa tenue.

Wycliff s'adressa d'abord aux avocats des Phelan de l'autre côté de la pièce. Il les informa qu'il n'avait pas l'intention d'invalider la réponse de

Rachel Lane, du moins pas pour l'instant. L'enjeu était trop important pour l'évincer de la procédure. M. O'Riley avait fait un très bon travail dans la défense de ses intérêts ; par conséquent la procédure suivrait son cours.

Le but de cette réunion était d'explorer l'éventualité d'un accord à l'amiable, comme tous les juges aimeraient en obtenir dans toutes les affaires. Wycliff rêvait en réalité d'un long procès, bien juteux et très médiatique, mais il ne pouvait pas le dire. Il était de son devoir de pousser les parties à un accord, en les aiguillonnant et en les flattant.

Aiguillons et flatteries ne seraient pas nécessaires.

Son Honneur avait examiné les plaintes et les documents déposés, et il avait visionné chaque minute de chaque déposition. Il récapitula les faits, et en vint à la grave et évidente conclusion que peu d'éléments jouaient en faveur des plaignants.

Ils le prirent bien. Cela ne provoqua aucune surprise. L'argent était déjà sur la table et ils étaient impatients de mettre la main dessus. « Insultez-nous si vous voulez, songeaient-ils, mais dépêchons-nous de passer à l'argent. »

D'un autre côté, disait Wycliff, la décision d'un jury est toujours imprévisible. Il parlait comme s'il présidait des jurys à longueur de semaine, ce qui n'était pas le cas. Et les avocats le savaient.

Il demanda à Josh de lui raconter la rencontre préliminaire qui avait eu lieu le lundi, soit l'avant-veille.

– Je veux savoir exactement où nous en sommes, fit-il.

Josh fut bref. Les choses étaient simples. Les héritiers voulaient cinquante millions de dollars chacun. Rachel, la seule bénéficiaire majeure, leur en offrait vingt juste pour arranger les choses, et sans admettre que l'autre partie avait un dossier valable.

– C'est une différence substantielle, observa Wycliff.

Nate s'ennuyait, mais s'efforçait d'avoir l'air intéressé. Il s'agissait tout de même d'un accord à l'amiable impliquant l'une des plus grosses fortunes de la planète. Josh l'avait obligé à être présent. Il s'en fichait. Pour s'occuper il observait les visages des avocats de l'autre côté de la pièce. C'était une bande hétéroclite, mais ils ne semblaient ni anxieux ni inquiets. Plutôt agités et pressés d'apprendre combien ils allaient ramasser. Leurs yeux brillaient de convoitise. Les mouvements de leurs mains trahissaient leur excitation.

Que ce serait drôle de se lever brusquement, d'annoncer que Rachel n'offrait pas un centime pour cet arrangement, et de filer en coup de vent. Ils resteraient stupéfaits pendant quelques secondes, et puis ils le poursuivraient comme des chiens affamés.

Quand Josh eut fini, Hark s'exprima au nom des plaignants. Il avait pris des notes et préparé ses commentaires. Il attira leur attention en admettant d'abord que le développement de leur stratégie n'avait pas suivi le cours qu'ils désiraient. Leurs clients n'étaient pas des témoins valables. Les nouveaux psychiatres n'étaient pas aussi solides que les trois premiers. On ne pouvait plus compter sur Snead. Sa sincérité était assez admirable.

Au lieu d'argumenter sur le terrain juridique, Hark s'étendit sur l'aspect humain de l'affaire. Il parla de leurs clients, les enfants Phelan, et reconnut qu'a priori ils formaient une bande tout à fait antipathique. Toutefois, si on creusait un peu, et si on apprenait à les connaître comme leurs avocats les connaissaient, on se rendait compte qu'ils n'avaient jamais eu leur chance, tout simplement. Ils avaient été des gosses de riches archigâtés, élevés dans un monde privilégié par des nurses qu'on remplaçait très fréquemment, complètement ignorés de leur père, qui était soit en Asie en train de racheter des compagnies, soit enfermé dans son bureau avec sa dernière secrétaire en date. Hark n'avait pas l'intention d'accabler le mort, mais M. Phelan était ce qu'il était. Leurs mères formaient une drôle de collection de femmes, mais elles aussi avaient enduré l'enfer de la vie avec Troy.

Les enfants Phelan n'avaient pas été élevés dans des familles normales. Ils n'avaient pas bénéficié des leçons que la plupart des enfants apprennent de leurs parents. Leur père était un grand homme d'affaires dont ils désiraient ardemment l'approbation, sans jamais la recevoir. Leurs mères étaient trop occupées par leurs clubs, leurs œuvres et leur shopping. Pour les aider à démarrer dans la vie, la seule idée de leur père avait été de leur donner cinq millions de dollars chacun pour leurs vingt et un ans. Cet argent ne pouvait pas leur apporter la sagesse, l'amour et le soutien dont, enfants, ils avaient été privés. Et ils avaient clairement prouvé qu'ils étaient incapables d'assumer les responsabilités qu'impliquait une telle richesse.

Ces cadeaux avaient été un désastre, mais ils leur avaient apporté une certaine maturité. Maintenant, avec le bénéfice des années, les enfants Phelan reconnaissaient leurs erreurs. Ils étaient embarrassés d'avoir été si stupides avec cet argent. Imaginez-vous vous réveillant un jour comme le fils prodigue, comme Rex l'avait fait à l'âge de trente-deux ans – divorcé, ruiné, et debout devant un juge prêt à vous jeter en prison pour non-paiement de pension alimentaire. Imaginez-vous assis dans une cellule pendant onze jours, pendant que votre frère, lui aussi ruiné et divorcé, essaie de convaincre votre mère de payer la caution. Rex lui avait raconté qu'il avait passé tout son temps derrière les barreaux à essayer de se remémorer comment l'argent avait disparu.

Cette vie dorée en apparence n'avait pas fait de cadeau aux enfants Phelan. La plupart de leurs blessures, ils se les étaient infligées eux-mêmes, mais leur père portait la responsabilité de nombre d'entre elles.

Et que dire de ce testament manuscrit ? Ils ne parviendraient jamais à comprendre la méchanceté de l'homme qui les avait négligés en tant qu'enfants, tourmentés en tant qu'adultes et gommés en tant qu'héritiers.

Hark conclut ainsi :

– Ils sont les Phelan, la propre chair et le propre sang de Troy, pour le meilleur ou pour le pire, et ils méritent tout de même une juste portion des biens de leur père.

Il se rassit et la pièce resta silencieuse. C'était une plaidoirie qui venait du cœur ; Nate, Josh et même Wycliff étaient émus. Cela ne marcherait pas devant un jury parce qu'il ne pourrait jamais admettre devant la Cour que ses clients n'avaient pas de dossier. Mais aujourd'hui, et dans cette pièce, son petit discours avait été parfait.

Nate était censé tenir les cordons de la bourse, du moins était-ce son rôle dans cette histoire. Il pouvait marchander et presser les citrons, bluffer et chicaner pendant une heure et sauver ou dégager quelques millions de cette fortune. Mais il n'était tout simplement pas d'humeur à le faire. Si Hark était parvenu à parler juste et sans détour, il le pouvait aussi. En somme, tout cela n'était qu'une habileté d'avocat.

– Quel est votre minimum ? demanda-t-il à Hark, les yeux dans les yeux.

– Je ne suis pas certain d'avoir un minimum. Je pense que cinquante millions par héritier est un chiffre raisonnable. Je sais que cela semble énorme, et ça l'est, mais regardez l'importance de l'héritage. Après impôts, cela ne fait encore que cinq pour cent du total.

– Cinq pour cent, ce n'est pas beaucoup, dit Nate, puis il laissa les mots suspendus entre eux.

Hark était le seul à soutenir son regard. Les autres étaient courbés sur leurs blocs-notes, les stylos prêts pour le prochain tour d'arithmétique.

– Ce n'est pas beaucoup, effectivement, dit Hark.

– Ma cliente sera d'accord pour cinquante millions, dit Nate.

À cet instant, sa cliente était probablement en train d'enseigner les Évangiles à de petits enfants à l'ombre d'un arbre au bord de la rivière.

Wally Bright venait de gagner vingt-cinq millions de dollars, et sa première impulsion fut de bondir à travers la pièce pour embrasser les pieds de Nate. Mais il se contenta de froncer les sourcils d'un air inspiré, en s'appliquant à prendre des notes qu'il était incapable de relire.

Josh savait que ça finirait comme ça, bien sûr, ses comptables avaient fait les calculs, mais Wycliff ne s'en doutait pas. Un accord venait d'être passé, et il n'y aurait pas de procès. Il se devait pourtant d'arborer une expression satisfaite.

– Eh bien, dit-il, le marché est-il conclu ?

Par habitude, les avocats des Phelan feignirent de vouloir se lancer dans un dernier combat. La manège dura à peine cinq minutes. Qu'auraient-ils pu obtenir de plus ?

– Marché conclu, annonça Hark, plus riche de ving-six millions de dollars.

Il se trouva que Josh avait une ébauche d'accord toute prête. Ils commençaient à en remplir les blancs quand les avocats des Phelan se souvinrent soudain de leurs clients. Ils demandèrent qu'on les excuse, puis foncèrent dans le couloir, téléphone portable à la main. Troy Junior et Rex attendaient devant un distributeur de sodas au premier étage. Geena et Cody lisaient le journal dans une salle d'audience vide. Spike et Libbigail étaient assis dans leur vieux pick-up en bas de la rue. Mary Ross dans sa Cadillac, sur le parking. Et Ramble dans son sous-sol, porte verrouillée, casque sur la tête, dans un autre monde.

L'accord ne serait pas complet tant qu'il n'aurait pas été signé et approuvé par Rachel Lane. Les avocats des Phelan exigeaient que tout cela demeure strictement confidentiel. Wycliff accepta de sceller le dossier juridique. Au bout d'une heure, l'accord était complété. Il avait été signé par chacun des héritiers Phelan et leurs avocats. Et signé par Nate.

Il ne manquait qu'une signature. Nate les informa qu'il lui faudrait quelques jours pour l'obtenir.

« Si seulement ils savaient ! » pensait-il en quittant le palais de justice.

Le vendredi après-midi, Nate et le pasteur quittèrent Saint Michaels dans la Jaguar de l'avocat. Phil conduisait pour s'habituer à la voiture. Nate piquait un somme dans le siège du passager. En traversant le Bay Bridge, Nate se réveilla et lut l'accord final à Phil, qui voulait tous les détails.

Le Gulfstream IV du Groupe Phelan attendait sur l'aéroport de Baltimore. Il était fuselé et brillant, assez grand pour emporter vingt personnes n'importe où dans le monde. Phil voulut le visiter, et ils en demandèrent l'autorisation. Pas de problème. Tout ce que M. O'Riley voulait. La cabine était lambrissée d'acajou et tapissée de cuir sombre, avec des sofas, des sièges inclinables, une table de conférence, plusieurs écrans de télévision. Nate aurait préféré voyager comme une personne normale, mais Josh avait insisté.

Nate regarda Phil partir, puis remonta à bord de l'avion. Dans neuf heures il serait à Corumbá.

L'accord à l'amiable était délibérément mince, écrit avec le plus de concision et le plus simplement possible. Josh le leur avait fait réécrire plusieurs fois. Si Rachel acceptait de signer, il était impératif qu'elle soit capable d'en saisir le sens. Nate serait là pour tout lui expliquer, mais il savait qu'elle avait peu de patience pour ce genre de choses.

Les biens qu'elle recevrait selon le dernier testament de son père seraient placés sur un compte en fidéicommis nommé le Rachel Trust – on n'avait pas trouvé mieux. Le plus gros de la somme resterait intact pendant dix ans, et seuls les intérêts et les bénéfices seraient disponibles pour des œuvres de charité. Au bout de dix ans, cinq pour cent de la somme, plus les intérêts, pourraient être dépensés au gré des curateurs. Les déboursements annuels seraient obligatoirement utilisés à des fins charitables, avec une priorité pour Tribus du Monde. Mais la formulation était si vague que les curateurs pourraient employer l'argent pour presque n'importe quelle cause caritative. La première curatrice serait Neva Collier, de Tribus du Monde, et elle serait chargée du salaire d'une douzaine d'autres curateurs qui l'aideraient dans son travail. Les curateurs agiraient indépendamment et feraient leur rapport à Rachel, si elle le désirait.

Si Rachel le souhaitait, elle pourrait ainsi ne jamais toucher à cet argent. Les curateurs seraient choisis avec l'assistance d'avocats eux-mêmes choisis par Tribus du Monde.

C'était une solution si simple.

Il ne manquait plus qu'une signature, la sienne, sur tous les documents, et l'affaire Phelan serait définitivement réglée. Nate pourrait passer à autre chose, affronter ses problèmes et reconstruire son existence.

Si elle refusait l'accord, il faudrait tout de même que Nate obtienne sa signature au bas du document de renonciation. Elle pouvait décliner le cadeau, mais il fallait qu'elle le notifie à la Cour.

Une renonciation rendrait le testament de Troy sans valeur. Il serait valide, mais inapplicable. Les biens se retrouveraient alors sans propriétaires, et la loi appliquerait la même règle que s'il n'y avait pas eu de testament : elle les diviserait en six parts égales, une pour chacun des héritiers.

Comment allait-elle réagir ? Il se plaisait à penser qu'elle serait heureuse de le voir, mais il n'en était pas convaincu. Il se souvenait de sa silhouette au bord de la rivière, quand elle agitait la main en le regardant partir, juste avant que la dengue ne le frappe. Son geste était un geste d'adieu, pas d'au revoir.

51.

Valdir était à l'aéroport de Corumbá quand le Gulfstream atterrit. Il était 1 heure du matin. L'aéroport était désert, et seuls quelques petits avions étaient garés tout au bout du tarmac. Nate les regarda et se demanda si celui de Milton était jamais revenu du Pantanal.

Ils se saluèrent comme de vieux amis. Valdir fut impressionné de trouver Nate si en forme. Il avait gardé le souvenir d'un homme squelettique, affaibli par la maladie.

Ils s'en allèrent dans la Fiat de Valdir, vitres baissées, l'air lourd et moite fouettant le visage de Nate. Les pilotes les suivaient en taxi. Les rues poussiéreuses étaient vides, la ville endormie. Au centre-ville, ils s'arrêtèrent devant le Palace Hotel. Valdir lui tendit une clé.

– Chambre 212, dit-il. Je vous vois demain à 6 heures.

Nate dormit quatre heures, et il attendait sur le trottoir quand le soleil se leva derrière les maisons. Le ciel était clair, et c'est la première chose qu'il remarqua. La saison des pluies était finie depuis un mois. Le temps était plus frais, même si à Corumbá la température descendait rarement en dessous de trente degrés.

Dans sa lourde sacoche, il avait les papiers, un

504

appareil photo, un nouveau SatPhone, un agenda, une bonbonne du répulsif anti-insectes le plus efficace jamais mis au point par la chimie moderne, un petit cadeau pour Rachel et deux tenues de rechange. Il s'était couvert au maximum. Un pantalon kaki sur les jambes et un tee-shirt à manches longues sur les bras. Il ne serait peut-être pas très à l'aise, il transpirerait sûrement beaucoup, mais aucun insecte ne percerait son armure.

À 6 heures, Valdir arriva et ils filèrent jusqu'à l'aéroport. La ville revenait peu à peu à la vie.

Valdir avait loué l'hélicoptère à une compagnie de Campo Grande pour mille dollars de l'heure. Il pouvait emporter quatre passagers, avec deux pilotes, et il avait une autonomie de vol de six cents kilomètres.

Valdir et les pilotes avaient étudié les cartes fournies par Jevy de la rivière Xeco et des affluents qui s'y jetaient. Avec la décrue, le Pantanal était beaucoup plus facile à suivre, sur l'eau comme dans les airs. Les rivières étaient dans leurs lits. Les lacs ne débordaient pas de leurs limites naturelles. Les fazendas émergeaient au-dessus de l'eau et on pouvait les repérer sur les cartes aériennes.

En déposant sa lourde sacoche dans l'hélicoptère, Nate essaya de ne pas penser à son dernier vol au-dessus du Pantanal. Les statistiques jouaient en sa faveur. Il était quasi impossible qu'il s'écrase deux fois de suite au même endroit.

Valdir avait préféré rester au sol, près d'un téléphone. Il n'aimait pas voler, surtout en hélicoptère, et surtout au-dessus du Pantanal. Le ciel était calme et sans nuages quand ils décollèrent. Nate portait une ceinture de sécurité, un filet de sauvetage et un casque. Ils longèrent le cours du fleuve pour sortir de Corumbá. Des pêcheurs leur firent signe. De petits garçons enfoncés dans l'eau jusqu'aux genoux levaient le nez vers eux. Ils survolèrent un chalana chargé de bananes qui allait vers le nord, comme eux. Puis un autre tout rafistolé qui naviguait vers le sud.

Nate s'habitua aux secousses et aux vibrations de l'appareil. Il entendait, dans ses écouteurs, les pilotes bavarder en portugais. Il se souvenait du *Santa Loura* et de sa terrible gueule de bois la première fois qu'ils avaient quitté Corumbá pour le nord.

Ils grimpèrent à huit cents mètres, leur altitude de croisière. Au bout de trente minutes de vol, Nate aperçut le comptoir de Fernando au bord de la rivière.

Il était stupéfait par la différence des saisons dans le Pantanal. C'était toujours une infinie variété de marais, lagons et rivières serpentant dans toutes les directions, mais tout était beaucoup plus vert depuis que les eaux s'étaient retirées.

Ils restaient au-dessus du fleuve. Le ciel demeurait clair et bleu. Nate le scrutait sans cesse. Il se souvenait de la rapidité avec laquelle l'orage avait tout obscurci la veille de Noël.

Descendant à trois cents mètres en faisant des cercles, les pilotes commencèrent à se montrer le sol comme s'ils avaient repéré leur cible. Nate entendit le mot Xeco, et vit un affluent qui se jetait dans le Paraguay. Lui, bien sûr, aurait été incapable de la reconnaître. Lors de sa première rencontre avec la rivière, il était roulé en boule sous une tente au fond de la barque, appelant la mort. Ils tournèrent vers l'ouest et quittèrent le fleuve, leur vol suivant les sinuosités de la Xeco qui remontait vers les montagnes de Bolivie. Les pilotes se préoccupaient de plus en plus de ce qui se passait en bas. Ils cherchaient un chalana bleu et jaune.

Au sol, Jevy entendit le bruit saccadé de l'hélico. Il alluma promptement une fusée orange et l'expédia dans les airs. Welly fit de même. Les fusées émirent une lumière brillante en laissant une traînée de fumée bleu et argent. Quelques minutes après, l'hélicoptère apparut. Il se mit à faire des cercles, lentement.

Jevy et Welly s'étaient servis de deux machettes pour tailler une clairière dans un bosquet, à cinquante mètres de la berge, là où le sol était encore inondé un mois plus tôt. L'hélico se balança, reprit un peu d'altitude, puis se posa finalement sur l'herbe.

Une fois les pales immobilisées, Nate sauta à terre et serra ses amis dans ses bras. Ils étaient d'autant plus heureux de se retrouver qu'ils n'avaient jamais sérieusement pensé en avoir l'occasion.

Le temps était compté. Nate craignait les orages, l'obscurité, les inondations et les moustiques, et il voulait partir le plus vite possible. Ils marchèrent jusqu'au chalana ancré sur la rivière. À côté, il y avait une longue et fine barque toute neuve, qui attendait apparemment son premier voyage. Elle était munie d'un moteur également neuf, tout cela grâce au Groupe Phelan. Nate et Jevy grimpèrent vite à bord, dirent au revoir à Welly et aux pilotes et filèrent.

Les campements étaient à environ deux heures de là, expliqua Jevy en criant pour couvrir le bruit du hors-bord. Welly et lui étaient arrivés la veille avec le chalana. La rivière était devenue trop petite, même pour un tel bateau, ils l'avaient donc ancré près d'un terrain assez plat pour accueillir l'hélicoptère. Et puis ils s'étaient aventurés un peu avec la barque, en direction du premier camp d'Indiens. Il avait repéré les lieux, mais il avait fait demi-tour avant que les Indiens l'entendent.

Deux heures, peut-être trois. Nate espérait que ce ne serait pas cinq. Il ne voulait dormir ni par terre, ni dans une tente, ni même dans un hamac, quelles que soient les circonstances. Sa peau ne serait plus jamais exposée aux dangers de la jungle.

Les horreurs de la dengue étaient trop fraîches dans ses souvenirs.

S'ils ne parvenaient pas à trouver Rachel, alors il reviendrait à Corumbá avec l'hélicoptère, se paierait un bon petit dîner avec Valdir, dormirait dans un lit, et ils essaieraient à nouveau demain. Le Groupe Phelan pouvait acheter ce satané hélico s'il le fallait.

Jevy semblait confiant, comme d'habitude. Ils filaient sur la rivière, la proue se soulevant tandis que le puissant moteur les propulsait en vrombissant. Comme c'était agréable et rassurant de se sentir invincibles !

Nate était hypnotisé une fois de plus par le Pantanal, les alligators qui se jetaient dans les eaux troubles des berges à leur passage, les oiseaux qui plongeaient au milieu de la rivière, la magnifique solitude de cet endroit. Ils étaient trop enfoncés dans la forêt pour apercevoir la moindre fazenda. Ils cherchaient des gens qui demeuraient là depuis des siècles.

Vingt-quatre heures plus tôt, il était assis sous le porche du cottage, sous une couverture, buvant du café, regardant les bateaux dériver dans la baie, attendant le coup de fil du père Phil pour le rejoindre dans son sous-sol. Il lui fallut une bonne heure de barque pour réaliser pleinement où il était.

La rivière n'évoquait rien de familier. La dernière fois qu'ils avaient trouvé les Ipicas, ils étaient perdus, effrayés, trempés, affamés, et ils se reposaient sur les talents de guide d'un jeune pêcheur. Les eaux étaient hautes, les points de repère terrestres immergés.

Nate regardait le ciel comme s'il s'attendait à voir tomber des bombes. Au premier nuage sombre, il aurait sursauté de terreur.

Et puis une courbe de la rivière leur sembla familière, peut-être s'approchaient-ils. Allait-elle l'accueillir avec un sourire, le serrer dans ses bras et lui proposer de venir s'asseoir à l'ombre pour bavarder en anglais ? Avait-il une chance de lui avoir manqué, ou qu'elle ait même pensé à lui ? Avait-elle reçu ses lettres ? On était à la mi-mars, et ses colis étaient censés être arrivés. Est-ce qu'elle avait déjà sa nouvelle barque, et tous les médicaments dont elle avait besoin ?

Ou bien allait-elle fuir ? Palabrer avec le chef et lui demander de la protéger, de la débarrasser une bonne fois pour toutes de cet Américain importun ? Est-ce que Nate aurait même une chance de la voir ?

Il serait ferme, plus dur que la dernière fois. Ce n'était pas sa faute si Troy avait rédigé un testament aussi ridicule, et il n'y pouvait rien si elle était sa fille illégitime. Elle ne pouvait pas changer les choses non plus et ce n'était pas trop lui demander que de faire montre d'un peu de coopération. Même si elle tournait le dos à la terre entière, elle serait toujours la fille de Troy Phelan. Soit elle était d'accord et elle signait, soit elle signait la renonciation. Il ne partirait pas sans sa signature.

Il lui parlerait de ses demi-frères et sœurs. Il lui peindrait un horrible tableau de ce qui se produirait s'ils touchaient l'intégralité de cette fortune. Il lui dresserait la liste des causes utiles qu'elle pourrait faire avancer rien qu'en signant le fidéicommis. Nate répétait ses arguments à voix haute, en boucle. Jevy ne pouvait pas l'entendre.

Des deux côtés, les arbres devinrent plus épais et se penchèrent au-dessus de la rivière, s'entremêlant peu à peu. Nate reconnut ce tunnel.

– C'est là, dit Jevy en pointant le doigt vers la droite, vers l'endroit où ils avaient rencontré les enfants qui nageaient dans la rivière.

Il réduisit les gaz, et ils passèrent devant le premier campement sans voir un seul Indien. Quand les huttes furent hors de vue, la rivière se divisa et les berges se rapprochèrent.

C'était un terrain familier. Ils zigzaguèrent plus profond dans la forêt, la rivière faisant des cercles qui leur permettaient parfois d'entrevoir les montagnes entre deux arbres. Au second campement, ils s'arrêtèrent près du gros arbre où ils avaient dormi la première nuit, en janvier dernier. Ils abordèrent exactement là où Rachel se tenait quand elle lui avait fait au revoir, juste au moment où la fièvre commençait à l'envahir. La souche de bois qui leur servait de banc était toujours là, ses entrelacs de branches bien serrées.

Nate regardait le village pendant que Jevy amarrait la barque. Un jeune Indien courait sur le sentier, venant vers eux. On les avait entendus arriver.

Il ne parlait pas portugais, mais avec force onomatopées et langage des mains, il fit passer le message qu'ils devaient rester là, près de la rivière, jusqu'à nouvel ordre. S'il les reconnaissait, il ne le leur montra pas. Il avait l'air effrayé.

Ils s'assirent donc sur le banc. Il était presque 11 heures. Ils avaient beaucoup de choses à se dire. Jevy avait été très occupé à conduire des chalanas pleins sur le fleuve. Il avait également piloté un ou deux bateaux de touristes, ce qui payait nettement mieux.

Ils reparlèrent aussi de leur première expédition.

– Je vais te dire, fit Jevy, j'ai discuté avec tous les gens du fleuve et la dame n'est pas venue. Elle n'était pas à l'hôpital. Tu as rêvé, mon ami.

Nate hésitait à se défendre. Il n'en était pas sûr lui-même.

L'homme qui possédait le *Santa Loura* avait répandu les pires calomnies sur Jevy dans toute la ville. Le bateau avait coulé sous sa responsabilité, mais tout le monde savait que c'était l'orage qui l'avait emporté, en réalité. Ce type était un idiot, de toute façon.

Comme Nate s'y attendait, la conversation bifurqua rapidement sur l'avenir de Jevy aux États-

Unis. Il avait fait une demande de visa, mais il avait besoin d'un garant et d'un travail. Nate hochait la tête, évitait, esquivait, si bien que son ami n'arrivait pas à savoir s'il l'aiderait ou non. Il n'avait pas le courage de lui avouer que lui aussi allait bientôt devoir se mettre en quête d'un travail.

– Je verrai ce que je peux faire, finit-il par dire, évasif.

Un moustique s'approcha de la main droite de Nate. Sa première impulsion fut de l'écraser d'une violente claque, mais il décida de jauger l'efficacité de son super-répulsif. Quand le moustique en eut assez de tourner autour de sa cible, il plongea soudain en piqué vers le dos de la main. Mais à deux centimètres, il s'arrêta soudain, recula et disparut. Nate sourit. Ses oreilles, son cou et son visage étaient couverts de cette huile.

La seconde attaque de dengue provoque en général des hémorragies. Elle est bien pire que la première, et souvent fatale. Nate O'Riley n'en serait pas victime.

Tout en parlant, ils faisaient face au village et Nate observait tous les mouvements qui s'y produisaient. Il s'attendait à voir Rachel apparaître, passer d'une démarche élégante entre les huttes et s'avancer le long du sentier pour les accueillir. À cette heure, elle savait que l'homme blanc était de retour.

Mais savait-elle qu'il s'agissait de Nate ? Et si l'Ipica ne l'avait pas reconnu, et que Rachel fût terrifiée que quelqu'un d'autre l'ait finalement retrouvée ?

Puis ils virent le chef venir lentement à leur rencontre. Il portait une longue lance de cérémonie et était suivi d'un Ipica que Nate reconnut. Ils s'arrêtèrent à l'orée du sentier, à quinze bons mètres du banc. Ils ne souriaient pas. En fait, le chef avait le visage complètement fermé. En portugais, il demanda :

– Que voulez-vous?

– Dis-lui qu'on veut voir la missionnaire, dit Nate, et Jevy traduisit.

– Pourquoi? fut la réponse.

Jevy expliqua que l'Américain avait couvert une très grande distance pour venir ici, et que c'était très important qu'il voie la femme. Le chef redemanda :

– Pourquoi?

Parce qu'ils ont des choses à discuter, des choses cruciales que ni Jevy ni le chef ne comprendraient. C'était très important, sinon l'Américain ne serait pas ici.

Nate se souvenait du chef comme d'un type bourru, mais avec un sourire vif et une certaine truculence. Aujourd'hui son visage était dénué d'expression. À quinze mètres, ses yeux avaient un éclat dur. Un jour, il avait insisté pour qu'ils s'assoient près de son feu et partagent son petit déjeuner. Aujourd'hui, il se tenait le plus loin possible d'eux. Quelque chose n'allait pas. Quelque chose avait changé.

Il leur dit d'attendre et repartit, refaisant lentement le chemin en sens inverse jusqu'au village. Une demi-heure passa. À cette heure Rachel savait qui ils étaient, le chef le lui avait dit. Et elle ne venait pas les accueillir.

Un nuage cacha le soleil et Nate l'observa avec attention. Il était cotonneux et blanc, pas menaçant le moins du monde, mais il lui fit pourtant peur. Au premier coup de tonnerre au loin, il filerait d'ici. Ils mangèrent quelques biscuits et un peu de fromage, assis dans la barque.

Le chef siffla, interrompant leur pique-nique. Il revenait seul. Ils le rejoignirent à mi-chemin et le suivirent pendant une trentaine de mètres, puis il changea de direction et, passant derrière des huttes, prit un autre sentier. Nate aperçut la place centrale du village. Elle était déserte, pas un seul

Ipica. Pas d'enfants en train de jouer. Pas de jeunes filles balayant la poussière devant les huttes. Pas de femmes en train de cuisiner. Pas un bruit. Le seul mouvement venait de la fumée de quelques petits feux.

Puis il vit des visages aux fenêtres, de petites têtes qui les observaient au coin d'une porte. On les regardait. Le chef continuait à les entraîner loin des huttes comme s'ils étaient porteurs de maladies. Il prit un autre sentier qui traversait la forêt. Au bout d'un moment, ils émergèrent dans une clairière. Ils étaient en face de la hutte de Rachel.

Il n'y avait pas signe d'elle. Le chef les fit passer devant la porte, puis il tourna sur le côté et il s'arrêta. Sous l'ombre épaisse des grands arbres, ils virent les tombes.

52.

Les deux croix blanches identiques étaient er
bois et avaient été soigneusement coupées et polies
par les Indiens, puis attachées avec des ficelles
Elles étaient petites, moins de trente centimètre
de haut, et plantées dans la terre fraîche à l'extré
mité des deux tombes. Il n'y avait pas d'inscriptior
dessus, rien pour indiquer qui était mort ni quanc

Il faisait sombre sous les arbres. Nate posa s
sacoche sur le sol entre les tombes et s'assit dessus
Le chef commença à parler doucement, mais vite

– La femme est à gauche. Lako est à droite. I
sont morts le même jour, il y a deux semaines
peu près, traduisit Jevy.

Le chef parla encore.

– La malaria a tué dix personnes depuis notr
départ, dit Jevy.

Le chef se lança dans un grand récit sar
reprendre son souffle. Jevy ne pouvait pas l'inte
rompre pour traduire. Nate entendait les mots,
pourtant il n'entendait rien. Il regarda le monticu
de terre sur la gauche, un beau tas de terre noir
un petit rectangle parfait, soigneusement entou
de branches. Ici était enterrée Rachel Lane, la pe
sonne la plus brave qu'il ait jamais rencontr
parce qu'elle n'avait absolument aucune peur de
mort. Elle l'attendait avec sérénité. Elle était

paix, son âme enfin auprès du Seigneur, son corps demeurant pour l'éternité parmi ceux qu'elle aimait.

Et Lako était avec elle, son corps céleste débarrassé de ses défauts et handicaps.

Nate se sentait à la fois bouleversé et détaché. Sa mort était tragique, et en même temps elle ne l'était pas. Elle n'était pas une jeune mère, laissant derrière elle un mari et des enfants. Elle n'avait pas un vaste cercle d'amis qui allaient la pleurer. Seule une poignée de gens dans son pays natal saurait qu'elle n'était plus. Elle était également une énigme pour ceux qui l'avaient enterrée.

Il la connaissait assez pour savoir qu'elle n'aurait pas voulu voir qui que ce soit pleurer. Elle n'aurait pas approuvé le chagrin, et Nate n'en avait pas à lui donner. Pendant un moment, il regarda sa tombe, complètement incrédule, et puis la réalité reprit le dessus. Ce n'était pas une vieille amie avec qui il avait partagé de bons moments. Il l'avait à peine connue. Ses motifs pour la retrouver dans la jungle avaient été purement égoïstes. Il avait envahi sa vie privée, et elle lui avait demandé de ne pas revenir.

Mais son cœur lui faisait mal tout de même. Il avait pensé à elle tous les jours depuis qu'il avait quitté le Pantanal. Il avait rêvé d'elle, senti son contact, entendu sa voix. Il se souvenait de sa sagesse. Elle lui avait appris à prier et elle lui avait redonné l'espoir. Elle était la première personne depuis des décennies qui ait vu quelque chose de bon en lui.

Il n'avait jamais rencontré qui que ce soit comme Rachel Lane, et sa mort laisserait un vide en lui.

Le chef se taisait.

– Il a dit qu'on ne devait pas rester très longtemps, fit Jevy.

– Et pourquoi ? demanda Nate, les yeux toujours fixés sur la tombe.

– Les esprits nous tiennent pour responsables de l'épidémie de malaria. Elle est arrivée quand nous sommes venus la première fois. Ils ne sont pas heureux de nous revoir.

– Dis-lui que ses esprits sont une bande de clowns.

– Il veut te montrer quelque chose.

Lentement, Nate se leva et fit face au chef. Ils entrèrent dans la hutte, pliant les genoux pour passer par la porte. Le plancher était en terre. Il y avait deux pièces. L'ameublement de la première était incroyablement primitif : une chaise faite de bambou et de raphia, une banquette composée de souches avec de la paille en guise de coussins. La pièce du fond était une chambre-cuisine. Rachel dormait dans un hamac comme les Indiens. Sous le hamac, sur une petite table, il y avait le coffret en plastique qui avait autrefois contenu des médicaments. Le chef désigna cette boîte et se mit à parler.

– Il y a des choses pour toi dedans, traduisit Jevy.

– Pour moi ?

– Oui. Elle savait qu'elle allait mourir. Elle a demandé au chef de garder sa hutte. Si un Américain venait, il devait lui montrer cette boîte.

Nate n'osait pas la toucher. Le chef la prit et la lui donna. Nate recula hors de la pièce et s'assit sur la banquette. Le chef et Jevy ressortirent de la hutte.

Ses lettres ne lui étaient jamais parvenues, car elles n'étaient pas dans la boîte. Il y avait un badge d'identification officiel brésilien, requis pour tout les non-Indiens évoluant dans le pays, et trois lettres de Tribus du Monde. Nate ne les lut pas parce que au fond de la boîte, il aperçut son testament.

Il était dans une enveloppe blanche au format standard, et portait un nom brésilien et une adresse d'expéditeur au dos. Dessus, elle avait écrit les mots : Dernier testament de Rachel Lane Porter.

Sidéré, Nate regardait l'enveloppe. Ses mains tremblaient quand il l'ouvrit, très délicatement

Pliées en deux, il trouva trois feuilles de papier à lettres blanc, agrafées ensemble. Sur la première feuille, elle avait écrit, à nouveau, en gros caractères : Dernier testament de Rachel Lane Porter.

Il lut :

« Moi, Rachel Lane Porter, enfant de Dieu, résidente de Son monde, citoyenne des États-Unis, étant saine d'esprit, livre par la présente mon dernier testament.

« 1. Je n'ai pas de testament précédent à révoquer. Celui-ci est le premier et le dernier. Chaque mot est écrit de ma main. Ce testament est olographe.

« 2. J'ai en ma possession une copie du dernier testament de mon père, Troy Phelan, daté du 9 décembre 1996, dans lequel il me remet tous ses biens. Je désire adjoindre mon testament au sien.

« 3. Je ne rejette ni ne décline la portion de ses biens qui me revient. Et je ne veux pas non plus la recevoir. Je désire que ce qui doit m'échoir soit placé en fidéicommis.

« 4. Les bénéfices et intérêts de ce fidéicommis doivent être utilisés dans les buts suivants : a) poursuivre le travail de Tribus du Monde et de ses missionnaires autour du monde ; b) répandre les Évangiles et la parole du Christ ; c) protéger les droits des indigènes du Brésil et de l'Amérique du Sud ; d) nourrir les affamés, soigner les malades, loger les sans-abri et sauver les enfants.

« 5. Je désigne mon ami Nate O'Riley pour gérer ce fidéicommis, et je lui donne tous pouvoirs discrétionnaires pour l'administrer. Je le désigne également comme mon exécuteur testamentaire.

Signé le 6 janvier 1997, à Corumbá, Brésil

RACHEL LANE PORTER. »

Il la lut, la relut, encore et encore. La deuxième feuille était tapée à la machine et en portugais. Il lui faudrait attendre un moment pour en connaître le contenu.

Il contemplait la terre battue à ses pieds. L'air était collant et parfaitement immobile. Le silence régnait, pas un bruit ne venait du village. Les Ipicas se cachaient encore de l'homme blanc et de ses pestes.

Est-ce qu'on balaie la poussière pour rendre la hutte propre ? Qu'arrive-t-il quand il pleut et que le toit de paille fuit ? Est-ce que le plancher se change en gadoue collante ? Sur le mur en face de lui, Nate vit des étagères bricolées avec les moyens du bord remplies de livres – bibles, livres de prières, études de théologie. Elles étaient un peu de guingois, penchant d'un ou deux centimètres sur la droite.

Cela avait été sa maison pendant onze ans.

Il relut sa lettre. Le 6 janvier était le jour où il était sorti de l'hôpital. Elle n'était donc pas un rêve. Elle l'avait bien touché et lui avait bien dit qu'il n'allait pas mourir. Et puis elle avait rédigé son testament.

La paille bruissait sous lui quand il se déplaçait. Lorsque Jevy passa sa tête par la porte et dit : « Le chef veut qu'on parte », il trouva son ami dans un état second.

– Lis ça, répondit Nate en lui tendant les deux feuilles de papier avec le testament sur le dessus.

Jevy s'avança pour être dans la lumière de la porte. Il lut lentement.

– Deux personnes. La première est un avocat qui dit qu'il a vu Rachel Lane Porter signer son testament dans son bureau, à Corumbá. Elle jouissait de toutes ses facultés. Elle savait ce qu'elle faisait. Sa signature est certifiée officiellement par un comment tu dis...

– Un notaire.

– Oui, un notaire. La seconde, là en bas, est la signature de la secrétaire, qui, apparemment, di

xactement la même chose. Et le notaire certifie sa
ignature également. Qu'est-ce que ça veut dire?

– Je t'expliquerai plus tard.

Ils sortirent dans le soleil. Le chef avait croisé les
bras sur sa poitrine – sa patience était presque à
bout. Nate prit son appareil dans sa sacoche et
commença à prendre des photos de la hutte et des
tombes. Il fit tenir le testament par Jevy debout
devant sa tombe. Puis ils échangèrent leur rôles. Le
chef ne voulut pas se faire prendre en photo avec
Nate. Il resta à distance, le plus possible. Il grommelait et Jevy avait peur qu'il se fâche pour de
bon.

Ils reprirent le sentier et traversèrent la forêt,
toujours à l'écart du village. Comme les arbres
devenaient plus épais, Nate s'arrêta pour jeter un
dernier regard vers la hutte. Il aurait voulu
l'emporter avec lui, la soulever et la transporter
aux États-Unis, la préserver comme un monument
pour que les millions de gens qu'elle allait toucher
puissent avoir un endroit où venir lui rendre visite
et la remercier. Et sa tombe avec. Elle méritait un
lieu de pèlerinage.

Mais c'était la dernière chose qu'elle aurait vou-
lue.

Jevy et le chef étaient loin devant lui, et Nate
accéléra le pas pour les rejoindre.

Ils atteignirent la rivière sans avoir croisé personne. Le chef grogna quelque chose à Jevy au
moment où ils montaient dans la barque.

– Il ne veut pas qu'on revienne, traduisit Jevy.

– Dis-lui qu'il n'a pas à s'en faire pour ça.

Jevy ne traduisit pas. Il démarra le moteur et
recula pour quitter la berge.

Le chef s'en allait déjà, vers son village. Nate se
demanda si Rachel lui manquait. Elle avait été
là pendant onze ans. Elle semblait avoir une
influence considérable sur lui, bien qu'elle ne l'ait
pas converti. Était-il en deuil d'elle, ou soulagé que

519

ses propres dieux et ses esprits puissent à nouveau régner en paix ? Qu'arriverait-il aux Ipicas qui étaient devenus chrétiens maintenant qu'elle n'était plus ?

Il se souvint des shalyuns, ces sorciers des villages qui luttaient contre Rachel. Ils devaient se réjouir de sa mort. Et assaillir les convertis. Elle n'avait plus à livrer cette bataille quotidienne à présent, elle reposait en paix.

Jevy arrêta le moteur et guida la barque avec une pagaie. Le courant était lent, l'eau presque lisse. Nate ouvrit délicatement le SatPhone et le posa sur l'un des bancs. Le ciel était clair, le signal fort, et en deux minutes il obtint la secrétaire de Josh qui courut chercher son patron.

– Dis-moi qu'elle a signé ce satané fidéicommis, Nate ! furent ses premiers mots.

Il criait dans le téléphone.

– Pas la peine de crier, Josh. Je t'entends.

– Désolé. Dis-moi, elle l'a signé ?

– Elle a signé un document, oui, mais pas le nôtre. Elle est morte, Josh.

– Non !

– Si. Elle est morte il y a deux semaines. La malaria. Elle a laissé un testament manuscrit, exactement comme son père.

– Tu l'as ?

– Oui. Il est en sécurité. Tout l'héritage va dans un fidéicommis. Je suis le curateur et l'exécuteur testamentaire.

– Il est valide ?

– Je pense. Il est écrit entièrement à la main, signé, daté, et certifié par un notaire de Corumbá et sa secrétaire.

– Ça me paraît valide.

– Qu'est-ce qui va se passer, maintenant ? demanda Nate.

Il imaginait Josh debout derrière son bureau, les yeux clos de concentration, une main tenant le téléphone, l'autre tapotant ses cheveux. Il pouvait presque l'entendre réfléchir à travers le téléphone.

– Rien. Son testament est valide. Ses requêtes seront suivies.

– Mais elle est morte.

– Les biens de son père lui ont été transférés. Cela arrive fréquemment dans les accidents de voiture quand l'un des époux meurt un jour et l'autre quelques jours plus tard. Les désirs exprimés passent d'un testament à l'autre.

– Et les autres héritiers ?

– L'accord à l'amiable tient toujours. Ils toucheront leur argent, enfin ce qu'il en restera une fois que les avocats se seront servis. Les héritiers sont les gens les plus heureux de la terre, en dehors de leurs avocats, j'imagine. Ils n'ont rien à attaquer. Nous avons deux testaments valides. On dirait bien que tu vas entamer une carrière de curateur.

– J'ai de très larges pouvoirs discrétionnaires.

– Tu as bien plus que ça. Lis-moi la lettre.

Nate la trouva, tout au fond de sa sacoche, et la lut, très lentement, mot pour mot.

– Dépêche-toi de rentrer, dit Josh.

Jevy n'avait pas perdu une miette de la conversation, même s'il avait l'air de ne s'occuper que de la rivière. Quand Nate raccrocha et rangea le Sat-Phone, Jevy demanda :

– L'argent est à toi ?

– Non. L'argent va dans un fidéicommis.

– Qu'est-ce que c'est ?

– Pense à une espèce de très gros compte en banque. L'argent est à la banque, protégé, et produit des intérêts. Le curateur décide ce qu'on doit faire de ces intérêts.

Jevy n'était pas convaincu. Beaucoup de questions le tourmentaient et Nate sentait sa confusion. Ce n'était pas le moment de lui faire un cours sur les versions anglaises des testaments, biens et fidéicommis.

– Allons-y, dit Nate.

Le moteur redémarra, et ils volèrent sur l'eau, rugissant dans les courbes, laissant un large sillage derrière eux.

Ils retrouvèrent le chalana en fin d'après-midi. Welly pêchait. Les pilotes jouaient aux cartes à l'arrière du bateau. Nate rappela Josh et lui dit de faire renvoyer le jet aux États-Unis. Il n'en aurait pas besoin. Il allait prendre son temps pour revenir.

Josh protesta pour la forme. La pagaille de l'affaire Phelan rentrait enfin dans l'ordre. Plus rien ne pressait.

Nate dit aux pilotes de contacter Valdir quand ils arriveraient, puis il les renvoya.

L'équipage du chalana regarda l'hélico s'éloigner comme un insecte. Jevy était à la barre. Welly était assis en dessous, à l'avant du bateau, les pieds pendant à quelques centimètres de l'eau. Nate trouva une banquette et essaya de faire un somme. Mais le vacarme du diesel juste à côté de lui empêchait toute sieste.

Le bateau faisait un tiers du *Santa Loura*. Même les banquettes étaient plus courtes. Nate se coucha sur le flanc et regarda les rives défiler.

D'une certaine manière, elle avait su qu'il n'était plus un alcoolique, qu'il s'était débarrassé de ses obsessions, que les démons qui avaient contrôlé sa vie avaient été anéantis pour toujours. Elle avait vu quelque chose de bon en lui. Elle savait qu'il cherchait. Elle avait entendu son appel. Dieu le lui avait dit.

Jevy le réveilla après la tombée de la nuit.

– Viens voir la lune, dit-il.

Ils s'installèrent à l'avant du bateau, Welly à la barre juste derrière eux, suivant la lumière de la pleine lune sur la rivière Xeco qui sinuait jusqu'au fleuve Paraguay.

– Le bateau est lent, dit Jevy. Deux jours pour Corumbá.

Nate sourit. Même si ça prenait un mois, quelle importance ?

Note de l'auteur

La région du Pantanal, au Brésil, dans les États du Mato Grosso et du Mato Grosso do Sul, est un pays d'une grande beauté naturelle et un endroit fascinant à visiter. J'espère ne pas l'avoir dépeinte seulement comme un immense marécage truffé de dangers. Ce n'est pas ça. C'est un joyau écologique qui attire de nombreux touristes, dont la plupart survivent. J'y ai été deux fois, et je suis impatient d'y retourner.

Carl King, mon ami missionnaire baptiste de Campo Grande, m'a emmené très loin au cœur du Pantanal. Je ne sais pas si toutes ses informations étaient vérifiables, mais nous avons passé quatre jours merveilleux à compter les alligators, à photographier la vie sauvage, à chercher des anacondas, à manger du riz et des haricots noirs, à nous raconter des histoires, tout ça sur un bateau qui semblait devenir de plus en plus petit tous les jours. Mille mercis à Carl pour cette aventure.

Merci aussi à Rick Carter, Gene McDade, Penny Pynkala, Jonathan Hamilton, Fernando Catta-Preta, Bruce Sanford, Marc Smirnoff et Estelle Laurence. Et merci, comme toujours, à David Gernert pour s'être plongé dans le manuscrit et avoir aidé à rendre ce livre meilleur.

"Combat pour la justice"

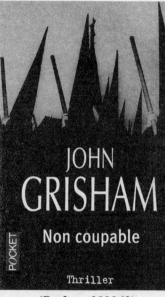

JOHN
GRISHAM

Non coupable

Thriller

(Pocket n°10043)

À Clanton, Mississippi, une fillette noire a été sauvagement violée et torturée par deux garçons blancs. Appelés à comparaître, ils arrivent assez confiants au tribunal, assurés du soutien de leurs camarades. Au beau milieu du procès, le père de la victime se lève et abat froidement les deux accusés. Bien que son sort semble tout tracé (la condamnation à mort), un jeune avocat blanc, courageux et ambitieux, accepte de le représenter. Ce choix surprenant fait aussitôt réagir le Ku Klux Klan…

Il y a toujours un Pocket à découvrir

"Le revers de la médaille"

JOHN
GRISHAM
La loi du plus faible

POCKET

Thriller

(Pocket n°11157)

Ambitieux, talentueux et riche, Michael travaille pour le célèbre cabinet juridique Drake & Sweeney. Sa seule préoccupation est de faire prospérer ses patrons et collègues. Mais sa vie bascule lorsqu'un SDF désespéré prend en otages les membres du cabinet avant d'être abattu par les forces de police. Intrigué, Michael enquête et découvre que le malheureux avait été expulsé de son logement par Drake & Sweeney. Peu à peu, le jeune loup se trouve confronté à la face cachée de l'Amérique prospère.

Il y a toujours un Pocket à découvrir

"Manipulations"

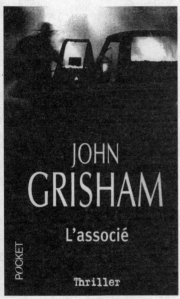

JOHN
GRISHAM

L'associé

POCKET

Thriller

(Pocket n°10288)

Espérait-il faire disparaître impunément 90 millions de dollars de la poche de ses associés ? Pensait-il qu'il suffirait de simuler la mort pour qu'on le laisse tranquille ? Laningan, avocat en fuite au Brésil, est traqué, débusqué, torturé. Pour finir, repêché dans un sale état par le FBI et rapatrié aux États-Unis où l'attend un procès qui peut lui coûter la vie. Une seule chose est claire : il avait tout prévu...

Il y a toujours un Pocket à découvrir

"Complot au gouvernement"

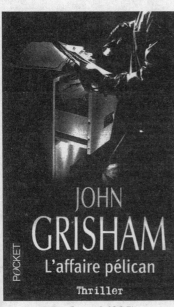

(Pocket n°4335)

Abe Rosenberg et Glenn Jensen, les deux plus hauts magistrats de la Cour suprême de justice des États-Unis, viennent d'être assassinés. Ni le FBI, ni la CIA ne disposent du moindre indice permettant d'éclairer cette affaire, que manifestement le gouvernement cherche à étouffer. Pendant ce temps, Darby Shaw, une brillante étudiante en droit, rend un rapport, dans lequel elle dénonce une machination mettant en cause de nombreuses personnalités. Sans le savoir, elle est parvenue à établir un lien entre les deux meurtres.

Il y a toujours un Pocket à découvrir

Impression réalisée sur Presse Offset par

BRODARD & TAUPIN

GROUPE CPI

23756 – La Flèche (Sarthe), le 03-05-2004
Dépôt légal : avril 2002
Suite du premier tirage : mai 2004

POCKET – 12, avenue d'Italie - 75627 Paris cedex 13
Tél. : 01.44.16.05.00

Imprimé en France